anagramma

1224

Questo romanzo contiene la trattazione di tematiche delicate e la descrizione di scene esplicite. Se ne consiglia la lettura a un pubblico maturo e consapevole.

Prima edizione: luglio 2024

ISBN 978-88-227-8494-0

www.newtoncompton.com

Realizzazione a cura di The Bookmakers Studio editoriale s.r.l.s.
Stampato nel luglio 2024 presso Puntoweb s.r.l., Ariccia (Roma)

Scarlett Starkey

Cruel

Tormento

Newton Compton editori

A mio fratello.
Quando eri piccolo ti piaceva da matti quando ti raccontavo le storie.
Ma tu sei cresciuto, e questa non è una fiaba.

1

Arya

«Ti ho comprato un'auto nuova», dice papà, poggiando sul bancone delle chiavi.

«Un'auto nuova? Stai scherzando, papà?», domando incredula, sfiorando il metallo freddo con riverenza.

«Mai stato così serio», ribatte, con un sorriso.

«Ti sarà costata una fortuna!», protesto, ma poi afferro il mazzo di chiavi e lo infilo nella tasca del mio grembiule bianco.

«Non mi è costata molto, in realtà: è stato un affare», replica, ripiegando il cappotto su una delle poltroncine del bar. «Così non dovrai più prendere il bus per andare a scuola».

«Che macchina hai comprato?», chiedo, incapace di trattenere la curiosità e l'entusiasmo.

«Una Ford. Una Granada degli anni Ottanta, ma l'ho fatta sistemare e il motore è come nuovo. È parcheggiata qui di fronte».

Guardo fuori dalla finestra. Il cielo è coperto da una grigia coltre di nubi, il marciapiede brulica di gente, però il mio sguardo viene rapito da un'auto blu dal muso allungato, che mi osserva dalla strada. Mi immagino sfrecciare via su quell'auto, lontano da qui. La cosa che più desidero al mondo è andarmene: voglio lasciare New York. Abbandonare il mio quartiere, un insignificante agglomerato urbano che vanta uno dei tassi di criminalità più alti negli Stati Uniti d'America, e vendere il Donovan's, il bar di famiglia dall'insegna fulminata che io e papà gestiamo insieme da anni.

Detesto questo posto.

E detesto questo bar.

Non ce la faccio più a preparare caffè e panini con formaggio che sembra plastificato per pochi dollari al giorno.

«Non dovevi comprare nessuna auto, papà». Mi mordo il labbro inferiore. «Siamo al verde. *Lo sai*», gli ricordo.

«Non ti preoccupare dei soldi, Arya. Ho chiesto un prestito».

«Un altro, papà?», lo rimprovero, preoccupata.

«Andrà tutto bene, piccola mia, ce la caveremo».

"Andrà tutto bene, ce la caveremo" è il suo motto, peccato che poi tocchi a me pagare i debiti.

«Consideralo un regalo in anticipo per il tuo diploma», aggiunge. «Ai soldi non ci pensare. L'importante è che tu sia felice».

Dubito che potrei mai essere felice in questa città, visto che ci sono *loro*. I Mackenzie sono il mio incubo e il motivo per cui voglio scappare da qui. Metto i soldi da parte da anni. Ho risparmiato 2572 dollari e li tengo nel salvadanaio a forma di maialino, sulla mensola sopra il mio letto. Chissà se riuscirò mai a realizzare il mio sogno.

Con un sospiro, mi arrotolo le maniche del maglioncino di cachemire comprato in saldo. Comincio a pulire i tavoli per tenermi occupata, mentre papà si dedica alla macchinetta del caffè. È un momento di calma prima dell'arrivo dei clienti serali.

«Cazzo», mormoro, mentre sfrego con energia un tavolino incrostato di sporco fino a farmi dolere le mani.

«Tutto bene?», domanda qualcuno alle mie spalle. Beatrix è appena entrata e si sta accomodando al bancone, addentando una ciambella glassata al cioccolato. «È la prima volta che ti sento dire una parolaccia, *ma petite*. Devi essere stressata sul serio».

Beatrix Evans. Pelle olivastra, capelli lisci e del colore dell'ebano, occhi castani affusolati, truccati alla perfezione con l'eye-liner e scintillanti di malizia. Li ha ereditati dalla madre, originaria di Bora Bora.

«Questo perché le parolacce sono come una dichiarazione d'amore», spiego, contenta che sia qui. «Si dicono in rarissime occasioni e solo quando si sentono con tutto il cuore». Io e Beatrix ci conosciamo dalla prima elementare e la nostra amicizia è sopravvissuta tra alti e bassi.

La prima sbronza l'ho presa con lei.

La prima sigaretta è stata lei ad accendermela.

Il primo tatuaggio – un piccolo leone stilizzato di cui si vedono solo muso e criniera, sulla parte alta della schiena, appena sotto il collo – me lo sono fatto con lei che mi teneva per mano.

Si alza dallo sgabello e inarca un sopracciglio. So cosa sta pensando: che sono uscita fuori di senno, ma ha il tatto di non commentare.

«Dovresti smetterla di massacrarti con tutto questo lavoro», mi rimprovera, aprendo il frigo accanto all'entrata e rubando una lattina di birra. «Tu ti impegni troppo nelle cose. E quella macchia non andrà mai via. Ciao, Frank!», cinguetta infine rivolta a mio padre, che le sorride e le fa un cenno di saluto. Ha un debole per lei da sempre.

«Già. Non andrà via», mormoro, fissando il tavolino. «Esattamente come me».

«Cosa?», domanda Beatrix.

«*Niente*».

«Se ti sentisse Wellington, Arya, non sarebbe contento di sapere che la sua ragazza vorrebbe scappare dalla città».

Ah, già. *Wellington*. «Non è il mio ragazzo», dichiaro, piccata. «Sono uscita con lui due volte».

Wellington abita nell'Upper East Side e suo padre lavora in finanza. Siamo andati al cinema, a teatro e in un ristorante raffinato, posti in cui una come me non c'entra niente, in cui è di disturbo persino la mia presenza. Non sono adatta a quel tipo di uscite. Non mi sono mai dovuta scusare per come sono con nessuno e non soffro di alcun complesso di inferiorità, so bene che il mio valore va molto al di là dei soldi. Eppure, certe occasioni e, soprattutto, certi posti e certe persone sembrano ricordarti costantemente che tu non appartieni a quel mondo.

«Vi siete baciati, Arya», mi ricorda Bea.

«È stato *solo* un bacio», mi giustifico.

Eravamo fuori dal teatro, la sua limousine era accostata accanto al marciapiede. Wellington mi ha preso il viso tra le mani e ha poggiato le labbra tiepide sulle mie.

«Non vedevo l'ora di farlo», mi ha detto, e ha sorriso, sfoggiando un paio di adorabili fossette. Un ragazzo che ti bacia come se fossi la sua principessa delle favole ti fa credere nei sogni. Per un attimo, mi ha persino fatto provare le farfalle nello stomaco, ma è stato davvero per poco: una come me non vive nelle favole, e non si può permettere il lusso di illudersi di farne parte, nemmeno per una sera.

«Non so tu, ma io non bacio i miei amici», dice Bea.

Sbuffo. «Non ho detto che siamo amici, ho detto che ci stiamo frequentando e poi vedremo come va».

«Attenta, Arya, sai che non funziona così... Non si dà il due di picche a uno che ti spalanca il portafogli».

«Non lo voglio il suo portafogli».

«Ma non vuoi neanche il suo cazzo, però. Scusa, Frank».

Mio padre ridacchia in evidente imbarazzo.

Alzo gli occhi al cielo. «Di questi tempi, non si è obbligati ad andare a letto al primo appuntamento», ribatto. «E lo penso davvero, non lo dico solo perché qui c'è mio padre».

Bea storce il naso. «Ah, hai ragione: scopare al primo appuntamento è davvero da vecchi. Non trovi anche tu, Cassie?».

Cassie Young ci guarda affannata dalla porta spalancata del bar: ha le guance rosse, i capelli lunghi fino alla vita disordinati e un paio di grandi occhi azzurri, che le conferiscono un'aria di perenne sorpresa e che incantano chiunque.

«Scusate il ritardo! Mi ero distratta!». Che novità, è costantemente persa nel suo mondo. «Di cosa stavate parlando? Ciao, Frank!».

Cassie è la terza del nostro gruppo, nonché l'ultima arrivata: si è unita a noi soltanto al liceo. Si definisce "la nostra guardia del corpo", perché ha un fisico molto florido, di cui si vergogna. Apre il frigo, prende una lattina di Coca-Cola, rigorosamente zero zuccheri, e si siede a un tavolino sotto un poster di Bob Dylan, senza levare mai gli occhi dal cellulare.

«Allora, tu che ne pensi dei primi appuntamenti, Cassie?», le chiede Bea.

«Cosa, ragazze?», domanda Cassie confusa, continuando a fissare il telefono. È chiaro che non ci sta ascoltando.

«Niente», replica Bea, seccata.

Cassie sta sempre attaccata allo schermo ultimamente. Sono due mesi che si sente con uno sconosciuto, un certo ReservedGuy13, il ragazzo perfetto in tutto e per tutto. La riempie di emoji dolci e le dà il buongiorno e la buonanotte. Risponde sempre entro dieci minuti e Cassie sostiene che lui la capisce come nessun altro.

«Avete sentito che Ryan Mackenzie è uscito di prigione?», interviene Bea, cambiando discorso.

«Sì, ho sentito», ribatto laconica, ma continuo a occuparmi dei tavolini.

«È stato rilasciato per buona condotta», continua Bea.

«Se quel ragazzo ha mai avuto una buona condotta, io sono Winnie The Pooh», commenta mio padre.

«I Dead Rabbits sono tornati», dichiara Bea con l'entusiasmo sotto le scarpe.

«Quella è gente pericolosa», dice mio padre, come a suggerirle di non scherzare sulla questione, «se decide che ti vuole, non hai scampo», aggiunge.

Ascolto la conversazione senza smettere di strofinare. Mille pensieri mi vorticano in testa, perché *loro sono il mio incubo.* I fratelli Mackenzie e Paxton Hale, un loro amico d'infanzia. Si fanno chiamare Dead Rabbits e vanno in giro come se tutto fosse di loro proprietà, come se potessero conquistarsi ogni cosa, solo con la forza bruta, l'arroganza e la seduzione. Sono così spietati che a volte penso di essere nata e cresciuta direttamente all'inferno, anziché a New York. Il loro leader è Ryan Mackenzie. Quasi ventun anni, altissimo, fisico longilineo e disonorato da tatuaggi, occhi verdi, densi e inquinanti come il petrolio, acuti come quelli di un falco, capelli castani a spazzola un po' scompigliati, che non si dà la pena di aggiustare.

È stato un anno in galera per furto con scasso e rilasciato da pochi giorni. Da quando è tornato, è ancora più riservato e taciturno di prima. Il giorno in cui è stato scarcerato, si è presentato al bar con dei lividi sul viso, l'espressione spenta. Si è acceso una sigaretta e si è messo in un angolino del locale a disegnare, voltando di tanto in tanto la testa verso l'enorme vetrata alle sue spalle. Non ha proferito parola.

Avrei voluto parlargli, chiedergli perché i mesi in carcere lo avessero reso diverso, ma non ne ho il diritto.

Perché Ryan Mackenzie mi odia. Non mi rivolge più la parola da quando ha cominciato a fare il criminale. Da quando suo fratello ha tentato di uccidermi.

E adesso sorveglia il mio bar, così come fa con il resto del quartiere. Viene qui quando vuole, si prende quello che vuole, perfino i battiti del mio cuore, l'infrangersi dei miei respiri, l'attesa e la paura che mi si spezzano in gola. Il suo silenzio è ostile e arrogante e mi chiedo spesso cosa succederebbe se io gli parlassi. Se gli intimassi di non venire più qui, di lasciare me e mio padre in pace. Mi ascolterebbe? Reagirebbe male? Eppure, Ryan non è sempre stato così. Lui, io e i suoi fratelli giocavamo insieme, da piccoli. Ci rincorrevamo per strada, facevamo maratone di serie TV, guardavamo partite di baseball in televisione, dividendoci una ciotola di nachos al formaggio, come piaceva a me. Ryan mi prestava la sua bandana rossa, dicendomi che con quella addosso non mi sarebbe mai successo niente di male. Mi medicava le ferite quando mi sbucciavo le ginocchia. Mi proteggeva a qualunque costo, mettendosi contro persino suo fratello maggiore, Killian, che non mi voleva tra i piedi durante le loro scorribande. Un tempo, Ryan aveva degli obiettivi, dei sogni nel cassetto: frequentare una scuola d'arte, togliersi dalla strada, comunicare alle persone la sua interiorità, che è molto più complessa di quello che vorrebbe far intendere a chi non lo conosce. Voleva conquistare il mondo con i suoi disegni, che ero l'unica a poter vedere. Lui mi ha costruito una casetta sull'albero, come unico rifugio al riparo dal mondo. Realizzava per me coroncine di fiori e molto spesso mi lasciava vincere alle gare di velocità. Tutto questo, prima che diventasse un criminale, che cominciasse a sventrare automobili rubate o finisse nei guai fino al collo per tirare fuori dai casini quei teppisti dei suoi fratelli. Ora, da quel che so, frequenta la New York Academy of Art, ma non ha dato neanche un esame. Si occupa di tutta la sua famiglia con una devozione quasi religiosa. Il suo scopo nella vita sembra salvare i suoi fratelli dai macelli, e non importa quanto gli costi, lui è pronto a sacrificare tutto.

Negli anni, ho rispettato ogni suo silenzio, ogni suo allontanamento, perché ho sempre creduto che se una persona buona fa una vita sbagliata significa che non ha scelta. Da quando è uscito di prigione, però, non ne sono così sicura.

Ryan sembra volersi riprendere tutto ciò che un anno di galera gli ha tolto, e la sua espressione è cambiata, è diventata corrotta. Comincia ad assomigliare a quella di Killian, il più schizzato della famiglia. A soli ventitré anni, Killian ha all'attivo quindici rapine a mano armata: gioiellerie, locali chic, orologerie, hotel di lusso. Non è mai stato beccato, quella è la sua fortuna. Fa uso di cocaina, e Dio solo sa di cos'altro. Persino la sua famiglia pensa che non abbia speranza. È imprevedibile, non sai mai cosa gli passi per la testa. E soprattutto: non *vuoi* saperlo. Per strada, è inconfondibile grazie al suo aspetto: capelli lisci biondo platino, occhi di ghiaccio e una cicatrice che gli attraversa metà del volto, dalla palpebra fino allo zigomo, un segno che lui porta con onore e rispetto, simbolo di una bellezza crudele. Ha un braccio meccanico, perché a quindici anni è stato investito. Va sempre in giro con una collana con un crocifisso, sebbene lui sia la personificazione di Satana in persona. Al suo fianco c'è sempre Clayton, il terzo dei fratelli Mackenzie, che ha da poco vent'anni. Lo si riconosce dalla chioma nera, ondulata, una sbavatura color dell'inchiostro su un viso pulito che sembra disegnato con un pennello. E dagli occhi neri, insondabili, che incutono timore costante. Lo ritengono il più mite dei fratelli, ma l'apparenza inganna: dietro la sua calma, si cela una natura molto articolata, selvaggia e spietata. Non mi stupirei se accoltellasse qualcuno in mezzo alla strada, solo per il puro divertimento di farlo. Lui è diabolico, si diverte a creare il caos per il piacere di vederlo degenerare, e forse è il più spaventoso di tutti, perché la sua tranquillità nasconde una forza bestiale e implacabile.

A completare il gruppo c'è Tyler Mackenzie, di diciotto anni appena. Una testa calda, il re delle risse. Da dopo l'arresto di Ryan, è fuori controllo. Non bisogna lasciarsi ingannare dal viso splendido, dai caldi occhi color nocciola, dal sorriso smagliante. Se lo si osserva meglio, se si studiano con attenzione i serpenti di inchiostro che si arrampicano sulle sue braccia, ci si rende conto che è un teppista in tutto e per tutto. Ha un fuoco dentro che gli brucia nel petto, una rabbia da sfogare a tutti i costi.

Per fortuna, l'arrivo dei clienti mi impedisce di continuare a pensare ai Mackenzie. Servo ai tavoli per qualche ora, mentre le mie amiche mi fanno compagnia. Quando se ne vanno tutti e papà ci saluta per andare di sopra a riposarsi, finalmente posso rilassarmi.

«Allora, vieni con me al Cherry Club?», domanda Bea a Cassie, che non si è ancora arresa.

«Non ballerò mezza nuda su un tavolo», replica asciutta Cassie. Mentre io sistemo il retro del bancone, le mie amiche sono sugli sgabelli di fronte a me.

«Certo che no, tu rimarrai a fissarmi sculettare, seduta con i guardoni. D'accordo?», scherza Bea. Da qualche tempo lavora in un night club e spesso ci chiede di accompagnarla.

Cassie le lancia un'occhiata, ma poi torna a guardare il telefono. ReservedGuy l'ha letteralmente risucchiata.

«Devi andarci per forza a lavorare?», chiedo a Bea. «È sabato sera, potresti riposarti».

«*Ma petite*, sei una noia mortale e hai una strana concezione del sabato sera. Riposarsi stanotte è da attempati. In più, fare la ballerina mi piace. È divertente e mi pagano: cosa potrei mai volere di più?».

Mi mordo il labbro inferiore. «L'ultima volta mi hai fatto preoccupare».

«Non riattaccare, ti prego».

«Dico solo che i club sono un covo di disperati e che meriteresti di meglio. Te lo sto dicendo da amica». Bea è una con le palle, è la ragazza più sicura di sé che conosco, e scommetto che all'occorrenza sarebbe capace di sferrare un pugno meglio di qualsiasi uomo. Io, però, non posso fare a meno di preoccuparmi per lei.

«Ascolta, se gli uomini fossero belli e intelligenti si chiamerebbero donne. Gli stronzi e i pervertiti sono dappertutto, tanto vale sfruttarli e racimolare qualche soldo», dice.

Faccio un bel respiro. Il suo modo cinico di ragionare, che non condivido affatto, mi lascia ogni volta senza parole e, nonostante la conosca da una vita, non ci ho ancora fatto l'abitudine. Non so se questa sua visione cruda della realtà mi mette angoscia e tristezza oppure mi affascina. Non lo so, davvero.

«A ogni modo, fai attenzione», la supplico.

Beatrix schiva i miei occhi premurosi e agita una mano in aria, come a scacciare via i brutti pensieri. «È il rischio del mestiere, incontrare dei deficienti. Cassie, allora, vieni con me stasera, oppure no? Lascia perdere quel telefono! ReservedGuy non ti inviterà mai a uscire, e gli indizi ci sono tutti... Il suo nickname, "ragazzo riservato", ti dice niente?».

Gli occhi di Cassie si riempiono di lacrime. La sua voce rotta infrange l'aria.

«Non stavo parlando con lui, parlavo con mia madre». Oh, *merda*. No, non voglio sapere che cosa sta succedendo. «Mi ha appena cacciata via di casa», dice lei.

«Ma sul serio? Che stronza!», strilla Bea.

«Sì, sul serio».

«Non importa, verrai a stare da me», dichiara perentoria. «Dovrei avere un letto per te».

«In quella topaia insieme alle tue colleghe? Non ci sono neanche i fornelli per darsi fuoco».

«Non sei nella posizione di poter fare la sofisticata».

Già, non lo è. La madre di Cassie è in cura psichiatrica da anni per diversi disturbi. A mio avviso, è solo stronza, ma potrei essere di parte, perché ho visto Cassie stare male troppe volte a causa di quella donna. A ogni modo, dovrebbe prendere dei farmaci per tenere sotto controllo la situazione, ma da quando ha conosciuto il suo nuovo compagno, un gelataio di nome Paul che va in giro a vendere coni su un camioncino rosa, Cassie ci racconta che ha smesso di curarsi. Non solo, è sempre ubriaca, rimane sveglia fino a notte fonda e ha scatti d'ira, fino ad arrivare a convincersi di complotti politici inesistenti. Paul ha decisamente una cattiva influenza sulla madre di Cassie: forse, questo è un modo perverso per controllarla. A certi uomini piace il potere, e il dominio che ne deriva.

«Allora ti ci vuole un po' di divertimento stasera», dice Bea a Cassie, sbrigativa. «Ti farò portare un cocktail gratis». Estrae un gloss dalla borsetta e se lo spalma sulle labbra.

Cassie mette in tasca il cellulare. «Questo sì che mi fa sentire meglio». Anche lei non fa i salti di gioia per il lavoro di Bea. Non c'è niente di male nel fare la spogliarellista, ma Beatrix ha un cervello che molti si sognano: è in gamba e mi piange il cuore all'idea che a contare sia solo il suo corpo. Lei non è un culo sodo o un bel visetto e basta, è molto di più.

«Dovrei trovarmi un uomo, così i miei sabato sera sarebbero meno deprimenti». Cassie mi fa l'occhiolino.

«Non ti illudere», la mette in guardia Bea, «gli uomini sono come i cessi. Quando li cerchi non li trovi mai».

«Dovremmo smetterla di fare battute sugli uomini», dice Cassie con un sospiro, «dopotutto, non si scherza con i meno fortunati».

Cassie si mette seduta al bancone: ha un'aria distrutta e gli occhi gonfi. Le sfrego la spalla per confortarla.

«Devo fare pipì», annuncia Bea e scappa sul retro. Cassie invece mi fissa, mentre pulisco la macchinetta del caffè.

«Sai che dramma trasferirsi da Bea?», domanda.

«Immagino. Ma vedrai che troverai presto un'altra sistemazione», cerco di rassicurarla.

«Ne dubito. Paul non schioderà mai da casa». Il mio cuore sussulta.

«Ti direi di rimanere qui a dormire», esordisco. «Ma lo sai, c'è solo la mia stanza e ho un solo letto».

«Non preoccuparti, Arya. Come sta tuo padre?»

«Bene. Oggi mi ha regalato un'auto. E non so proprio con quali soldi». Butto le cialde nell'immondizia.

«Se hai bisogno di una mano con il bar, puoi contare su di me».

«Lo apprezzo, ma hai fin troppi problemi». Sua madre l'ha cacciata di casa, e lei si offre di aiutarmi. Questa ragazza è un angelo, e io non posso credere che sua madre non si sia accorta di quanto lei è speciale. Alle volte i genitori sono così presi da loro stessi da non rendersi conto di quanto male possono causare ai figli. Di esempi così intorno a me ne ho tantissimi, perciò tutto sommato sono grata di avere un padre come Frank. Nonostante le mille incomprensioni e tutti gli sbagli, lui si prende cura di me. Si accorge se ho qualche problema o preoccupazione che mi ronza in testa, mi mette al primo posto. Perché è *questo* che dovrebbe fare un genitore.

«Ci sono sempre per te», ribadisce lei.

«Grazie. E vale lo stesso per me». Le smancerie, anche tra amiche, mi hanno sempre messa un po' a disagio, così nascondo la testa dentro un armadietto e sistemo dei bicchieri già impilati alla perfezione.

«E con Ryan?», domanda lei.

Mi tasto il grembiule. «Che c'entra lui?». La voce mi trema più del necessario.

«Il bel criminale si è fatto vedere, di recente?», chiede con un sorriso malizioso.

Quando è qui Ryan è sempre chino sui suoi disegni. È concentrato e assorto, e spesso il suo sguardo mi trova nella stanza. I suoi occhi verdi mi trafiggono e l'ombra di un'emozione li attraversa. Ma il nostro contatto visivo dura sempre solo un attimo, dopodiché lui distoglie di nuovo l'attenzione da me.

«Ehi, Arya, tutto bene?», mi richiama alla realtà Cassie.

«Scusa, Cas. Dicevi?»

«Ryan... si è fatto vedere?»

«Sono un po' di giorni che non lo vedo», dico, «stamattina, suo fratello Tyler è venuto qui e mi ha raccontato che è entrato in un giro di scommesse».

«Pensi sia nei guai?». Il punto è che i Mackenzie sono sempre nei guai, con loro non c'è mai fine al peggio.

Faccio un lungo sospiro per farle intuire quanto sia critica la situazione. Tyler Mackenzie viene a scuola con noi, ma ha imparato in fretta a cacciarsi nei casini. Stamattina è arrivato con quella faccia un po' da sbruffone, di chi sa perfettamente che ho un debole per lui e che gli voglio bene da quando siamo piccoli e lo aiutavo a fare i compiti.

«Non lo so, non mi ha voluto spiegare molto. Mi ha chiesto una ciambella», le confido.

«Oh, cielo, e tu che gli hai risposto?»

«Gli ho offerto la ciambella».

«In effetti, quel ragazzo è una calamita per i guai», riflette Cassie.

«Spero solo che Ryan si tenga alla larga dai problemi», penso ad alta voce. Alla mia amica non sfugge il mio interesse per il secondo dei fratelli Mckenzie.

«La sua vita ultimamente non ha preso una bella direzione», afferma Cassie, tetra.

«Affatto», concordo.
«Voglio dire, è finito anche in galera», commenta pensierosa. «Per rapina a mano armata?»
«Furto con scasso», la correggo.
«Siamo lì».
«Già».
«Mmm», mormora.
«Hai sentito che la settimana scorsa i Mackenzie hanno aperto un locale? Il Lion's. Non è molto lontano da qui».
Mi manca il fiato e mi tremano le gambe. Lion's. Sicuramente è stato Ryan a dargli quel nome... *Ma possibile che sia per via di...?*
«Non lo sapevo», ribatto.
«Almeno, ora sanno come riciclare il denaro sporco».
«Magari adesso Ryan non verrà più qui», dico stringendomi nelle spalle.
Cassie mi guarda male: sa essere molto eloquente, anche senza dire una parola. «Ti piacerebbe che non venisse più».
In quel momento, Bea torna dal bagno e ha un'espressione allegra. «Andiamo, Cassie, siamo in ritardo».
«Arya, sicura che non vuoi che rimango a darti una mano questa sera?», mi domanda Cassie.
«No, vai a divertirti», ribatto, sarcastica.
«Figurati che divertimento», replica lei, con una risata.
«Guardate che vi sento», brontola Bea.
«Sono stanchissima, stasera», informo le mie amiche. «Finirò di sistemare qui le ultime cose e poi chiuderò il locale. Ciao, ragazze, vi chiamo domani così mi raccontate».
Le accompagno alla porta e un venticello fresco mi accarezza la pelle. Guardo la strada buia, poi giro il cartellino, mostrando la scritta "Chiuso". Ma non chiudo a chiave. Qualche volta, capita che Ryan venga a mangiare qualcosa a quest'ora. Dopotutto, non conosce il rispetto delle regole, se non quello per le *sue*. A ogni modo, sono abbastanza sicura che questa sera non verrà, sarà di sicuro al nuovo locale, ma nonostante ciò... non giro la chiave.
Rientro, mi appoggio un attimo sul piano scuro del bancone, mi premo la fronte con un palmo. Mi si annebbia la vista, ho come un mancamento. Dovrei mettermi a dormire, però ho anche da studiare; perciò, afferro lo zaino e tiro fuori i libri, a cui mi dedicherò dopo aver finito di sistemare il bar. Sono stanca, guardo con desiderio le scale che conducono al piano superiore, alla camera mia e a quella di papà.
Non abbiamo una vera e propria casa, solo delle stanze per dormire. Aprire un'attività per mio padre è stato uno sforzo economico enorme,

perciò, ha deciso di vendere la casa in cui abitavamo. Lui sostiene che per ottenere qualcosa nella vita ci sia bisogno di sacrificio, ma io penso che fosse un'altra la ragione: dopo la morte di mamma voleva lasciarsi tutto alle spalle e ricominciare. Vorrei fosse altrettanto semplice per me. Tra il bar e la scuola, non ho più un singolo istante da dedicare a me, e solamente a me. Non ho più energie, sono prosciugata. Do un'occhiata all'orologio a parete, e sono quasi le undici di sera. D'un tratto, delle luci lampeggianti illuminano il locale. Mi allarmo, perché noto che ci sono auto della polizia che pattugliano la strada. Poi... sento la porta aprirsi.

2

Paxton

Da che io ricordi, ho sempre voluto fare il gangster. Per me fare il gangster è sempre stato un sogno, anche se mia nonna ha sempre voluto che io diventassi un medico, o un avvocato, o un ingegnere. Parcheggio dietro due automobili per dirigermi al Lion's, il nuovo pub irlandese dei Mackenzie. Spengo lo stereo che fino a un secondo fa suonava *Don't Be Cruel* di Elvis Presley, poi scendo dalla mia vecchia Mercedes color vino, anni Ottanta, rigorosamente rubata, dai sedili in pelle color caramello e con le cuciture un po' consunte. Mentre mi dirigo verso il Lion's e tutti mi guardano con un misto di timore e rispetto, mi rendo conto che non c'è modo migliore di essere un gangster, se non quello di essere amico dei fratelli Mackenzie, e si dà il caso che noi siamo amici da una vita. I Mackenzie, a differenza di quello che si dice in giro, sono bravi ragazzi, e posso giurarvelo su mia nonna. Hanno da poco aperto questo locale e, qualche rissa a parte, lì dentro si respira aria di casa.

Prima di continuare, lasciate che io vi metta in chiaro una cosa, dal momento che sono il narratore più affidabile che incontrerete in questa storia: se qualche malalingua vi racconta che i Mackenzie sono dei criminali spietati che hanno aperto una sala scommesse nel loro nuovo pub irlandese per riciclare denaro sporco… be', quel qualcuno avrebbe ragione. Il Lion's è proprio ciò che sembra. Un luogo di vizi, perdizione, violenza e gioco d'azzardo. Spingo la porta, entro e inspiro soddisfatto: aria di sigaretta e birra. Mi piace. Tempo un'ora e sarò ubriaco come uno stronzo. A servire da bere c'è Ryan Mackenzie, e sembra molto occupato, perciò vado a disturbarlo. Mi metto seduto bello comodo sul primo sgabello libero.

«Ehilà. Vorrei farmi una bionda».

Ryan curva le labbra in un sorriso inquietante e scrolla i capelli castani che gli vanno a finire sugli occhi verdi. Ha un'espressione così scura da fare paura. «Guardati intorno allora. È pieno di bionde», dice.

«Grazie per il suggerimento, ma intendevo una birra».

I suoi occhi scovano i miei. «Questa volta, la birra dovrai pagarla».

«Stai facendo il tirchio con me? *Devo* ricordarti che sono di famiglia?».

Mi squadra da capo a piedi. «E io *devo* scuoterti fino a farti uscire qualche moneta?».

Sono sempre stato dell'opinione che con gli amici bisogna essere sinceri. «Senti, non ho un soldo in tasca. Una birra chiara, solo una birra e non ti chiederò più niente fino all'orario di chiusura».

Mi fulmina con un'occhiata scettica: mantenere le promesse non è mai stato il mio forte.

«Dimmi una cosa, Paxton. Dov'è finito Clayton?», cambia discorso lui.

Cerco di assumere un'espressione vaga. «Non è qui?»

«No», dice.

«Non hai idea di dove possa essere?»

«Non ne ho idea». Ryan scrolla il capo e mi rivolge un'occhiata colma di rimprovero.

«Non ne hai idea, eh? Tu sai sempre tutto di tutti», mi rinfaccia porgendomi la mia birra. Ultimamente, è sempre così scontroso. Da quando è stato in carcere, Ryan non è più quello di un tempo. Ha uno sguardo disilluso, segnato, soffocato quasi. Solo quando parla di Arya si accende un fioco bagliore di luce sul suo volto. Al momento, però, pare che Arya e Ryan non si parlino molto, almeno non da quando Killian per poco non rischiava di ucciderla. Tra l'altro, lei adesso esce con un riccastro dell'Upper East Side, Wellington Parker, se non mi sbaglio.

«Non coprire quel ragazzo, Paxton, specialmente dopo quello che è successo quest'estate», dice, «quindi se sai dove si è cacciato Clayton, per favore, dimmelo». Da quando quest'estate Clayton ha dato fuoco a un'officina, Ryan gli sta con il fiato sul collo.

«Come mai stai cercando Clayton?», domando.

«Dobbiamo fare una riunione di famiglia».

«Che è successo?»

«Tyler è finito nei casini». In quel momento, Ryan posa gli occhi proprio sul fratello minore, che se ne sta con due ragazze più grandi, bionde e formose. Le donne gli ronzano sempre attorno e lui le conquista tutte: gli basta sorridere, scompigliarsi i riccioli biondo cenere e camminare come un pugile che ha appena preso un sacco di botte. Le donne gli crollano ai piedi. E non è simpatico neanche la metà di me: la vita non è meritocratica.

«Qualche giorno fa mi ha chiesto di gestire insieme a noi gli affari. Diceva di aver bisogno di soldi».

«E tu? Che gli hai detto?», mi informo.

«Gli ho detto che doveva pensare alla scuola».

«Ti ha ascoltato?»

«Neanche per sogno. È andato a scommettere da un nuovo allibratore della zona, o così ho sentito in giro. Tu sai di chi si tratta?»

«E perché dovrei saperlo?»

«Parla, Paxton».

«Si fa chiamare Bill the Killer», spiego al leader del gruppo. «È un nuovo allibratore: un italoamericano di un metro e ottanta con muscoli da galeotto e una bella pancia gonfia da birra. Mani giganti, una faccia quadrata e profondamente segnata, naso piatto e rotto, e un temperamento fumantino», dichiaro facendogli l'identikit.

Ryan sgrana gli occhi, poi rivolge uno sguardo sofferente al fratello senza commentare. Ma Tyler non ci fa caso: sta sbaciucchiando la sua bella biondina e non si volta neanche per sbaglio.

Sbuffando, Ryan prepara un drink colorato e lo porge a una signorina che mi siede accanto, e che lo ringrazia in tono zuccheroso.

«Per chi lavora questo Bill?», mi domanda.

«Non lo so», ribatto. «E ora come rimediamo?».

In quel momento, Killian Mackenzie appare dietro il bancone e si riempie un boccale di birra da mezzo litro. È magnifico e terribile insieme, con i capelli lisci, lunghi fino alle spalle, così biondi da sembrare bianchi, gli occhi affusolati, azzurri e freddi come le lande ghiacciate. Non sorride mai. Tantomeno a me. La sua repulsione nei miei confronti è palpabile. Ci separa un lungo bancone in legno di noce, ma ho paura a guardarlo. Lo sto ammirando da quando è comparso e a lui non piace essere osservato.

«Tu non devi rimediare a un cazzo», mi rimbecca e io sussulto. «Stanne fuori».

«Ciao, Killian. Hai mandato un messaggio a Clayton, chiedendogli di venire qui?», gli domanda Ryan.

«Sì».

«E perché non è qui?», lo incalza Ryan che sembra stia andando su tutte le furie.

«Non risponde».

«Clayton sta sempre con il cellulare in mano a messaggiare. Come diavolo è possibile che non ti risponda?», si arrabbia Ryan.

«Secondo me è su qualche sito porno. Scommettiamo?», scherza suo fratello.

«Non ti ci mettere anche tu», lo gela Ryan.

«Con cosa?!».

«Con le scommesse».

«Io non scommetto, Ryan. Io mi dedico al calcolo delle probabilità». Il suo braccio meccanico riluce alla fioca luce del locale. Lo fisso e ripenso al giorno in cui Killian Mackenzie perse il suo braccio. Aveva solo quindici anni, era luglio e tutti quanti eravamo su di giri perché saremmo andati a una corsa d'auto clandestina. Un evento memorabile. Io, Tyler, Killian e

Clayton ci saremmo accalcati in mezzo alla folla in trepidazione, per vedere i piloti percorrere a tutta velocità la strada ad anello che delimitava il nostro quartiere. Ricordo che Ryan non era insieme a noi e pensai che si stesse perdendo la casa della stagione. Ma in fondo non mi importava. Noi quattro camminavamo sull'asfalto bruciante, diretti alla linea di partenza. Stava andando tutto bene. Fino a quando non arrivammo all'altezza del benzinaio.

Lì iniziò la tragedia.

Il furgone argentato investì Killian. Lo colpì al fianco e all'improvviso il suo braccio non c'era più. Il pirata della strada si dileguò senza fermarsi. Killian giaceva a terra. Il volto una maschera di confusione e shock. Bianco come schiuma da barba. La sua spalla era più gonfia del normale, come se la ruota gli avesse schiacciato il braccio e fatto salire su il muscolo come succede quando si spreme un tubetto di dentifricio. Quella carne pulsava solo a vederla. Il suo braccio, o ciò che ne restava, era adagiato sull'asfalto e ne faceva parte, insieme a sassi, insetti e lattine di birra.

Per Killian quel giorno segnò la fine della sua infanzia e l'inizio di una serie di lunghi giorni bui e angoscianti, di cui tutti noi fummo testimoni.

Poche settimane dopo, in prossimità della fine dell'estate, il proprietario del furgone, un certo Herman, un ubriaco che viveva in un camper all'interno dell'autorimessa all'aperto del papà dei Mackenzie, fu arrestato. Ma in cuor suo Killian sentiva che giustizia non era ancora stata fatta, dato tutto quello che lui aveva perso in quell'incidente. Ciò che non ti uccide, ti rende più pericoloso, giusto?

D'un tratto, Killian mi fissa, gli occhi da gatto selvatico, gli zigomi sporgenti, le guance incavate. Mi rivolge un sorriso di sfida, mentre beve la sua rossa doppio malto. Sono certo che potrebbe sporgersi in avanti, tagliarmi la gola per poi fare un passo indietro e preoccuparsi solo di non essersi sporcato le suole di sangue.

«Stai sempre in mezzo al cazzo», sputa.

Premo la punta della lingua contro gli incisivi, per costringermi a non replicare. Non ha tutti i torti. Ma non posso farne a meno. Io vivo per servirli. Sembrerà una frase troppo romantica e azzardata, ma è così. In un'altra vita ero un Mackenzie, me lo sento nelle vene.

«Killian», lo riprende Ryan. «Non fare la solita testa di cazzo. Paxton è con noi. Ci darà una mano a uscirne».

Ryan mi passa un'altra birra e io ne bevo un grande sorso, per rinfrescarmi. Gli sorrido riconoscente. Poi qualcuno mi batte una mano sulla spalla e mi sto per strozzare con la birra.

È Clayton Mackenzie. Mi studia coi suoi occhi neri come la notte, che ti guardano come se dicessero: "Fai attenzione, io so tutto di te, non puoi sfuggirmi". E nessuno, sulla faccia della terra, può sfuggirgli. Un incarnato pallido, una bocca dipinta da madre natura, un sorriso soggiogante. A volte, mette i brividi. E io non vorrei essere mai e poi mai un suo nemico.

«Killian, ho ricevuto ora il tuo messaggio. A chi li deve, Tyler, tutti questi cazzo di soldi?», chiede Clayton.

Killian continua a bere la sua birra e Ryan, per un momento, ci guarda senza parlare. «A un tale. Si fa chiamare Bill the Killer».

«Incoraggiante, vero?», cerco di fare lo spiritoso. «E perché Tyler è ancora vivo?», chiedo.

«La vera domanda», commenta Killian, «è perché sei ancora vivo tu».

Rido, per abbassare i toni: è un momento di tensione per tutti e Killian in particolare non regge bene la tensione, ma non bisogna agitarsi in momenti come questo; guardo Clayton e Ryan in cerca di supporto.

«Dobbiamo trovarlo. Prendere questo Bill the Killer e minacciarlo, magari. Fargli capire chi comanda. Non si chiedono soldi ai Mackenzie», afferma Clayton.

«Facciamolo fuori», suggerisce Killian.

«Sarebbe meglio mantenere un profilo basso», dice Ryan.

Ryan vorrebbe sempre trovare la soluzione per non dover uccidere nessuno: non vuole che i suoi fratelli si sporchino le mani di sangue, anche se nel profondo lo sa che è una battaglia persa.

«Mettiamolo sul nostro libro paga, allora», propone Clayton. «Noi qui comandiamo».

«Troviamo i soldi piuttosto, ed estinguiamo questo debito. Dopodiché sai quante botte gli do a quell'idiota». Ryan pianta gli occhi sulla nuca di Tyler. «Di che cifra stiamo parlando?»

«Be', parecchi soldi», dice Killian, «e siamo fortunati che me l'ha detto, prima. Ho dovuto insistere un po'». "Insistere un po'" sta per "prenderlo per il colletto della camicia e appiccicarlo al muro".

«Quanto?», insiste Ryan, e nel frattempo noialtri ci guardiamo omertosi.

«Seimila dollari», mi lascio sfuggire.

Ryan sbianca. «Io lo ammazzo, lo giuro su mamma». Corre verso Tyler e praticamente lo ribalta dallo sgabello. Gli sbraita qualcosa contro che non riesco a sentire, ma di sicuro non sono frasi affettuose. Le due ragazze con cui Tyler si stava sbaciucchiando indietreggiano molto spaventate. Scommetto che non hanno mai visto il buon Ryan inferocirsi in questo modo, ma lui è così. Un momento prima è dolce e tranquillo, un attimo dopo, quando perde le staffe, si trasforma in un pazzo e diventa peggiore di tutti e tre i fratelli messi insieme. Perché è così che succede alle persone buone e sensibili: quando le fai incazzare, è finita.

In quell'istante, per sfuggire all'ira del fratello, Tyler si scontra con un omone alle sue spalle. Gli fa versare il drink sui pantaloni e adesso sembra che si sia pisciato addosso.

La rissa, a quel punto, è inevitabile.

Qualche attimo dopo, Ryan ha del sangue che gli cola dal naso e Tyler si prepara a tirare un cazzotto. Clayton e Killian si precipitano ad aiutare i fratelli, come dei fedelissimi cani da guardia. Io ne resto fuori. Sono troppo mingherlino, rischio di rompermi il setto nasale, e poi chi la sente quell'isterica di mia nonna. Preferisco godermi lo spettacolo.

Tyler dà un montante ben assestato a un energumeno che peserà più di cento chili. Nel frattempo, sembra che tutto il locale stia facendo a botte, come risucchiato da un campo gravitazionale inevitabile. Il bello dei Mackenzie è che non importa quali difficoltà stanno avendo tra loro, non importa quali screzi ci sono stati: nel momento del bisogno, loro ci saranno sempre gli uni per gli altri. Si guarderanno sempre le spalle e le guarderanno a te. Loro distruggeranno chiunque osi toccarti, se ti considerano importante per loro.

Io non ho mai avuto nessuno, sono figlio unico e vivo in un appartamento che puzza di fogna con mia nonna. Sono sempre stato solo, finché non ho conosciuto loro. Sono la cosa più vicina alla famiglia che possiedo e non vorrei perderli mai, per niente al mondo. Non c'è niente che non farei per loro, non c'è niente che non sacrificherei, perché sono una fonte di ispirazione per me.

Quando la rissa finisce, Ryan si mette un impacco di ghiaccio sul labbro spaccato, poi lo passa a Tyler che se lo porta sul torace. Gli avversari sono tutti stesi per terra.

Il cliente ha sempre ragione? Forse no.

Sento le volanti della polizia farsi sempre più vicine all'ingresso del locale.

«Qucsta non ci volcva», bofonchia Ryan massaggiandosi il labbro spaccato con il polpastrello.

«È tutto in regola qui dentro, no?», domando.

Ryan mi guarda interdetto e Killian con uno sguardo che trasuda disprezzo.

«Secondo te?», sbotta Tyler.

Ok, ok. Direi di no.

3

Arya

Ryan spalanca la porta, che si richiude subito dopo alle sue spalle.
Alla fine… è qui.
Proprio quando non ci speravo più.
Raduno i quaderni e i libri sul tavolo, dopodiché li metto rapidamente nello zaino, mentre lo guardo. Ryan indossa dei jeans neri, una felpa nera e sotto una maglia bianca. I suoi occhi verdi sono due fari. Rimane sulla soglia e si accende una sigaretta. Indossa un cappuccio e nel buio non riesco a vederlo bene in viso.
Scatto in piedi. Sono certa che come al solito non mi parlerà e la polizia fuori dal mio bar mi mette preoccupazione. Cerco di rallentare il respiro, faccio di tutto per calmarmi.
Non lo tollero tutto questo silenzio… il fatto che lui mi ignori.
Ryan, ti prego, di' qualcosa. Ho bisogno di chiederti così tante cose… Ho bisogno di chiederti perché sei diventato come i tuoi fratelli…
E stasera, per la prima volta da quando è tornato, non mi riesco a trattenere, forse per via della stanchezza.
«Come va?», gli domando. La mia voce è rotta, ma spero che lui non colga l'esitazione.
Continua a fumare imperterrito appoggiato al muro, rivolto verso l'esterno. «Una meraviglia», risponde, dopo un secondo.
Le volanti della polizia si sono radunate sul marciapiede. Mi sforzo di ignorarle. «E con la scuola d'arte?», chiedo ancora. La presenza degli agenti mi mette in agitazione, ma Ryan mi tranquillizza, in qualche modo.
«Una meraviglia», replica con la sua voce calda e roca.
Credo si stia prendendo gioco di me. Mi torturo le pellicine del pollice con i denti. Mi bagno le labbra con la lingua.
Lui non mi guarda, non lo fa mai.
«Lo sai che oggi Tyler è venuto qui?», gli chiedo.
Dilata le narici e mi pianta gli occhi verdi e inquinati addosso. Mi sento così inconsistente sotto il suo sguardo. «Ah, sì?», risponde ridendo tetro. «Che ti ha detto?».

Le volanti della polizia si fanno sempre più vicine.
«La polizia ti sta cercando?», gli chiedo.
I suoi occhi disillusi, quelli che un tempo erano la mia casa, ora, non sono altro che gemme vuote.
«Ryan, cosa è succ…?»
«Stai zitta, Arya, per favore», mi ammonisce e continua a fumare scrutando la vetrata. *Quando fa così…* Poi noto il dettaglio. Ryan ha il labbro spaccato.
«Cos'hai fatto al labbro?», gli domando.
Lui inizia a camminare verso di me, con gli occhi puntati sul mio viso. «Una rissa». La sua voce non la ricordavo così bassa. «È arrivata la polizia al Lion's, ma sono riuscito a calmare le acque. Grazie anche a Gary, che ci ha dato una mano a sistemare la situazione». Gary è un loro amico, un poliziotto.
«Meraviglioso», ribatto sarcastica, poi però mi schiarisco la voce. «La polizia sta cercando *te*?», chiedo di nuovo e lo scruto nel buio.
Ryan non è *solo* bello, nel suo sguardo c'è un mistero. Ha un'aria inquietante, come se una condanna non ancora scritta lo seguisse sempre passo dopo passo.
Ride divertito. «Perché tutta questa preoccupazione? Non vuoi che un farabutto ricercato metta piede nel tuo bar?», chiede.
«Non sei un farabutto ricercato, sarebbe troppo per definirti», lo correggo, e lui ride maliziosamente.
«Sembri piuttosto informata su di me». Sembra quasi lusingato.
«So solo ciò che si dice in giro», cerco di sminuire.
«E cosa si dice in giro?», domanda con voce roca e profonda, fingendo curiosità.
«Che la gente paga per avere protezione da voi Mackenzie», replico con un sibilo incerto.
«E quindi?»
«Da queste parti siete voi la legge, non è vero?»
«Sì».
«E tutti hanno paura di te».
«Anche tu hai paura di me?»
«Se non ti volessi qui dentro», ribatto, «troverei il modo per farti andare via. Non ho paura di te, Ryan».
«Non hai paura di me?», chiede con espressione scettica, insinuando che io stia mentendo.
«No».
«Solo perché preferisci tremarmi davanti anziché scappare, non significa che tu non abbia paura di me». Sorride con scherno mentre il fumo della sigaretta gli annebbia il viso.

Deglutisco. Ryan ha il mondo ai suoi piedi, eppure sembra camminare come se stesse costantemente per scivolare, come se le suole delle sue scarpe non riuscissero mai a trovare un solido punto di appoggio.

«Avrei potuto...», esalo, ma poi mi interrompo. Ryan mi fa sentire piccola. La sua presenza mi fa perdere le parole.

«...chiudere la porta a chiave», suggerisce. Ora mi sta guardando come se stesse escogitando una penitenza per me.

«Non ti hanno mai insegnato», dice lentamente, «che è *pericoloso* far entrare gli sconosciuti a quest'ora?».

Mi arriva a un passo e io inspiro il suo profumo intenso, ma poi subito si allontana.

«Tu saresti uno sconosciuto?», mormoro senza ormai più un filo di voce.

«Ricorda...». Ryan si mette a gironzolare per il locale. «...se non chiudi a chiave, Arya, potrebbe entrare chiunque. Ma a quanto pare a te va bene proprio *chiunque*». Batte una mano sul bancone, in uno scatto di furia. Un suono che si propaga nella stanza e poi nella mia testa. Io sobbalzo. *Che fa?* Vuole spaventarmi? E all'improvviso, contro la mia volontà, vengo catapultata a una notte di tanti anni prima.

La pioggia batteva sui tetti delle case e l'aria umida era densa e opaca. Io e mio padre abitavamo ancora nella nostra vecchia casa, una via di abitazioni prefabbricate. Io non volevo lasciare il posto in cui ero cresciuta, che mi ricordava mamma, però papà insisteva, dicendo che c'era bisogno di trasferirsi, che le spese erano troppe e che la situazione era diventata insostenibile. Così quella notte, dopo aver litigato con mio padre, sono scappata di casa... Ho preso la mia bicicletta e ho pedalato fino a non avere più aria nei polmoni, fino a quando i muscoli delle cosce non hanno cominciato a bruciare, poi ho sentito qualcuno gridare nella notte.

Era Killian, che stava puntando una pistola contro un altro ragazzo, forse uno spacciatore che gli doveva dei soldi. Il tipo era terrorizzato a morte. E potevo capirlo. Killian sembrava un demone, con i capelli lisci incollati al viso a causa della pioggia, la cicatrice bianca come madreperla che gli rigava il volto incavato, gli occhi vitrei.

Mi ha vista e il mio cuore si è fermato. Dimenticandosi del ragazzo che stava minacciando e che ha approfittato della situazione per fuggire, Killian ha messo la pistola nella tasca della felpa e si è avvicinato a me.

La sua voce è rimbombata nell'aria come un tuono. «Ah, ciao, leonessa!».

Sapevo che mi avrebbe fatto del male. Killian mi ha sempre odiata, perché non voleva ragazze attorno ai suoi fratelli. Con le mani che tremavano sul manubrio, ho cominciato a pedalare a più non posso. Ma Killian ha recuperato la sua auto e mi ha inseguita, con la faccia trasfigurata dalla rabbia; il suo odio verso di me, la ragazzina in mezzo ai piedi, sempre più evidente. Durante la mia fuga precipitosa, sono caduta in un fosso con la bicicletta. Ho sbattuto la testa. Ho creduto che sarei morta, che avrei raggiunto mia madre.

Mi sono risvegliata tra le braccia di Ryan, ore dopo, raggomitolata contro il suo petto, ascoltando il suo cuore che si fondeva con il mio. In quel momento, ho pensato che lui fosse come un angelo custode per me. Nonostante tutto quello che era appena successo, nonostante Killian, io sapevo che Ryan era diverso, me lo sentivo nello stomaco... Lui c'era stato sempre per me, era sempre lì nei paraggi, nel caso mi fosse accaduto qualcosa. E mi avrebbe salvata, sempre.

«Mi dispiace, Arya», mi ha detto, quando siamo tornati a casa mia.

Quella è stata l'ultima volta in cui Ryan Mackenzie mi ha parlato. Fino a stasera.

«Di che parli?», domando.

«Di quel Parker. So che adesso esci con lui». Le sue parole mi stupiscono, anche se cerco di non darlo a vedere. Come fa a saperlo? Be', domanda sciocca, lui ha occhi dappertutto.

«Non sono affari tuoi, Ryan».

Lui torna al bancone. «Stai tranquilla, non volevo insinuare che è un *coglione*». Stringe il pugno sul tavolo, La sua voce così bassa mi fa rabbrividire. «O che meriteresti di meglio. Ma sul serio. Meriteresti di meglio».

«Cosa ne sai di cosa mi merito io?».

Estrae un pacchetto di Marlboro dalla tasca anteriore dei jeans e aggrotta le sopracciglia. Prende una piccola boccata di fumo e il suo sguardo cambia, come se una malattia lo stesse consumando dall'interno.

«Io non ne so nulla di cosa meriti. Però, tu dovresti saperlo».

«Infatti lo so», rispondo, alzando il mento.

«Lui ti rende felice?», domanda, senza guardarmi negli occhi.

«La felicità», borbotto, «è una cosa sopravvalutata».

«No», mi incenerisce, «non è sopravvalutata... È solo per pochi... Forse, non ti reputi all'altezza di rientrare tra quei pochi?».

Deglutisco, ma non dico nulla, così lui continua.

«Che ti attira di lui? Oltre al portafogli, naturalmente». La sua voce è diventata all'improvviso molto fredda.

Non permetterò a quel bambino nei miei ricordi di giustificare un adulto che continua a detestarmi, a ignorarmi, o a rivolgermi parole sgradevoli. È diventato tutto quello che diceva di non voler mai essere.

«Speri che ti aiuti economicamente? Questo è quello che cerchi da lui? *Arya*», domanda ancora, lanciando un'occhiata al locale malridotto.

«Ryan».

«Tu e tuo padre sembrate sul lastrico», dice indurendo la mascella.
«E tu sembri uno stronzo», replico a denti stretti.
Ryan ride. «Quindi siete sul lastrico».
«Quindi sei uno…».
«Lui non ti aiuterà». Cala il gelo.
Ma che ne sa lui di Wellington.
Che ne sa lui di me.
«Vuoi darci una mano tu?», domando sarcastica.
«Non credo di essere abbastanza ricco per la causa». Sorride.
«Che intendi?»
«La situazione in cui siete messi tu e tuo padre è abbastanza grave, mi sembra, se sei arrivata a *scoparti* qualcuno affinché ti aiuti a non far precipitare questo posto…».
«Cazzo, Ryan, mi fai schifo», dico e gli occhi mi si riempiono di lacrime.
Lui sembra soddisfatto. «Meglio», ribatte, dirigendosi all'uscita.
Sento un nodo alla gola e non riesco a impedirmi di parlare. «Quel bambino…», sussurro e lui si immobilizza, continuando a darmi le spalle. «Quel bambino pieno di sogni, Ryan… che fine gli hai fatto fare?».
Si volta di tre quarti, prima di rispondere.
«L'ho ucciso».

4

Cassie

ReservedGuy13: Ti sto pensando.
Cinderella911: Anch'io. Tanto.
ReservedGuy13: A cosa pensi, diavoletta?
Cinderella911: Al fatto che, anche se non ci conosciamo, parlare con te mi fa sentire al sicuro. Sei una delle poche persone di cui mi fido. È una cosa stupida, scusa.
ReservedGuy13: Fammi un piacere, Cenerentola. Non darti mai e poi mai della stupida.
ReservedGuy13: Ehi… ci sei? Con tua madre hai risolto?
Cinderella911: No, mi ha cacciata via di casa, è definitivo.
ReservedGuy13: Perché ti ha cacciata? Prima non me lo hai detto.
Cinderella911: Perché Paul, il suo "compagno", mi guardava sempre il culo. E a lei è venuta una crisi di mezz'età. Mi ha anche detto che devo andare in giro coperta, e che così sembro una puttana.
ReservedGuy13: Cristo. È deprimente.

In realtà, ho mentito: Paul non mi ha solo guardato il fondoschiena, me l'ha anche toccato; però, se lo scrivessi per messaggio, se vedessi quelle parole nero su bianco, non so come mi sentirei ora come ora… Qualcosa dentro di me cederebbe e non riuscirei ad affrontare le prossime ore a questo tavolino. Digito una risposta che mi sembra adeguata alla circostanza.

Cinderella911: Deprimente, già. Non sai quanto.
ReservedGuy13: Hai trovato un posto in cui stare?
Cinderella911: Sì…
ReservedGuy13: Dove?
Cinderella911: Dalla mia migliore amica, ma sarà una situazione temporanea, perché vive con mille persone e non ci sarà molto spazio per me.
ReservedGuy13: Vorrei ospitarti io.
Cinderella911: Sì, ma tu non ti farai mai vedere, giusto?
ReservedGuy13: Sì, che mi farò vedere…
Cinderella911: Di te non so niente, se non che frequentiamo la stessa scuola, sei molto intelligente, e parli ventiquattro ore su ventiquattro con me. Non so neanche perché parliamo.
ReservedGuy13: Oh, io lo so.
Cinderella911: Dimmelo, allora.
ReservedGuy13: Mi piace ricevere le tue foto nuda. Mi piace specialmente vedere le foto del tuo seno.
Cinderella911: Coglione.

ReservedGuy13: Ahahaha, sì, lo sono, ma questa notizia di merda su tua madre mi ha messo di cattivo umore. Comunque, Cassie, ti penso costantemente. La sera, quando vado a letto, è una vera tortura...

Cinderella911: Ti sei mai...*hai capito*... pensando a me?

ReservedGuy13: Può darsi.

Cinderella911: "Può darsi" non significa niente.

ReservedGuy13: Il sesso fa parte della natura.

Cinderella911: E tu ci vai particolarmente d'accordo con la natura...

ReservedGuy13: Cogliona.

Cinderella911: Ora devo andare. Scusa. Sono a una specie di festa.

ReservedGuy13: Ci sentiamo più tardi?

Cinderella911: Non voglio sentirti più tardi. Voglio incontrarti.

ReservedGuy13: Ok, Cenerentola. Devo andare anch'io. Ho un casino super urgente che mi chiama.

Blocco lo schermo del telefono e lo rimetto in tasca. Ho accompagnato Bea al night club in cui lavora e ora me ne sto per i fatti miei, dopo aver finito di chattare con uno sconosciuto che sa tutto di me.

Sa chi sono, sa che vado alla Mordale High School, che sono una secchiona, un topo da biblioteca che si tuffa tra i libri per non pensare ai problemi che la affliggono. Lui sa che mi consolo con il cibo spazzatura, che la mia scrittrice preferita è Emily Brontë e che sono un caso perso con le relazioni. Forse, per colpa dei rapporti disfunzionali che ho avuto, a partire da quelli con i miei genitori: un padre fantasma, che se n'è andato prima ancora che nascessi, e una madre per cui sono sempre stata una valvola di sfogo. Mia madre non mi ha mai visto carina, non mi ha mai detto che andavo bene così com'ero, non mi ha mai fatto sentire giusta. A volte mi abbraccia, mi chiede perdono in lacrime, ma l'attimo dopo si dimentica di ogni torto che mi ha fatto. Forse perché è troppo presa a correre dietro l'ennesimo uomo sbagliato.

ReservedGuy è stato come uno scoglio dopo aver nuotato per anni controcorrente. Anche lui dice di andare alla Mordale, ma non sono mai riuscita a capire chi sia. Certo, una parte di me è consapevole di idealizzarlo troppo: insomma, un ragazzo che non ho mai visto e che sembra perfetto, chissà dov'è la fregatura. Forse, Bea e Arya hanno ragione: io e lui non ci incontreremo mai; quando accenno all'argomento "vederci" diventa schivo e tronca la conversazione. D'altronde, cosa mi aspettavo da un tizio conosciuto su un sito di incontri che non ha neanche caricato la sua foto profilo? Forse, ha il viso pieno di acne o non è fotogenico. Forse è obeso e si vergogna di mostrarsi.

In fondo, come posso giudicarlo? Sono la prima che non è a proprio agio con il suo corpo; sono un'insicura patologica. Quello in cui mi guardo allo specchio è il momento della giornata che temo di più: vorrei strapparmi la carne a morsi per togliermi di dosso strati su strati di insicurezze, dolore e lacrime, fino a non far rimanere più niente di me. Il mio aspetto è un abito orribile che non posso togliermi di dosso, cucito sull'anima per sempre. Se ci penso, mi viene da piangere, oppure da gridare.

La cosa peggiore di tutte, però, è che sono perseguitata dalla paura. Dalla paura di esistere e allo stesso tempo dalla paura di non potermi godere appieno questi anni, che tutti sostengono dovrebbero essere i migliori della mia vita.

Forse incontrare ReservedGuy13 potrebbe aiutarmi a cambiare la situazione. Gli ho raccontato cose molto private di me e lui non mi ha giudicata, ma nemmeno mi ha rivolto rassicurazioni vuote. Mi ha detto solo che nella vita scegliamo noi chi essere, che ogni cosa si può determinare, perfino l'apparenza. L'ho apprezzato. E dopo quasi due mesi di conversazione continua vorrei associare un nome a un volto. La musica intorno a me sale di volume e mi ritrovo a osservare Bea con un pizzico di invidia. È sul palco e indossa un paio di tacchi vertiginosi e trasparenti, e un costume a brasiliana. Sembra molto a suo agio con il suo corpo, i suoi movimenti sono esperti, ma anche naturali: ha una consapevolezza innata di sé, la sua mente è fusa con il corpo. Ogni mossa, ogni ondeggiamento del bacino, perfino il movimento lento delle labbra quando sorride, tutto in lei esprime sicurezza. Vorrei sapermi muovere anch'io così, vorrei sentirmi così a mio agio nella mia pelle.

Mi porto alle labbra il Margarita che mi è stato portato al tavolino, gentilmente offerto da Bea, e accavallo le gambe, mentre gusto il sale sull'orlo del bicchiere. Non ci metto molto a scolarmelo e dopo poco vedo le pareti tremolare. Il night club è un luogo molto più intimo di quanto immaginassi, grazie alle luci soffuse, di una strana colorazione violetta e rossa; tra i tavoli piccoli e rotondi passano cameriere vestite in abiti succinti e ci sono dei divanetti proprio sotto il palco. All'improvviso, mi arriva un altro Margarita.

«Non l'ho ordinato», dico alla ragazza che me lo porge.

«Te lo manda quel signore laggiù».

A pochi metri da me, in prima fila, c'è un ragazzo voltato nella mia direzione con la fronte aggrottata, che mi fissa con attenzione… Ha un paio di occhi azzurri piacevolmente inquietanti, le labbra carnose, i capelli castani e setosi e un viso insolito, molto aguzzo. La cameriera lo ha chiamato "signore", nonostante sembri un diciottenne sbarbato che profuma di soldi. Mi fa cenno con due dita di avvicinarmi. Un gesto secco e preciso. Vuole che lo raggiunga? Non mi sembra una grande idea. Come non lo è accettare il drink. Cazzo. Sono ubriaca. E *irritata*. Lo fisso da lontano. È circondato da donne che gli accarezzano il petto nudo che si intravede dalla camicia bordeaux sbottonata. Andare a sentire cosa vuole è una pessima idea, però io sono la regina delle pessime idee e devo fargli sapere che non accetterò da lui nessun drink.

Mi alzo barcollando e il suo sguardo addosso è così seccante. Lo sconosciuto è così rilassato e a suo agio, comodo e giudicante, sulla sua poltrona privilegiata di spettatore.

«Non berrò quel drink», gli dico, una volta arrivata davanti a lui. Le altre ragazze smettono di accarezzarlo, mi lanciano occhiate curiose e un po' infastidite per averle interrotte.

«Okay, d'accordo», replica.

«E non scoperò con te».

Si raddrizza, per un attimo sembra non sapere cosa dire. Alza le sopracciglia. «Mi piaci, hai un bel modo di arrivare dritta al punto».

«Tu, invece, non mi piaci».

Il suo volto è il più enigmatico e distaccato che abbia mai visto. Scaccia via le ragazze che gli hanno fatto compagnia fino a questo momento. Mi fulminano per aver fatto perdere loro delle mance extra e un po' mi sento in colpa. Studio con attenzione il ragazzo davanti a me. Dietro le sue buone maniere, sembra nascondersi un animo molto scorbutico, o quantomeno indifferente.

«Siediti», mi ordina, imperativo.

Rimango in piedi e lui mi punta gli occhi addosso con insistenza.

«Ti volevo solo offrire un drink, nient'altro. *Siediti*».

Obbedisco e mi faccio scivolare la gonna sopra le cosce, in modo che lui non possa lanciarmi occhiate lascive. Lancio un'occhiata in direzione di Bea, per controllare se tutto va bene, poi torno a rivolgermi allo sconosciuto. Prende un bicchiere dal tavolino di fronte a noi e noto che sull'indice porta un prezioso anello d'acciaio.

«Di dove sei?», domanda.

«Indovina», rispondo.

«Paradiso?». Sorride vago.

«Dai, andiamo. Puoi fare di meglio».

«Lo so, ma di solito questo mi basta».

«A farti apparire un idiota?», ribatto.

«Oh, andiamo, puoi fare di meglio», mi fa il verso lui.

La sua sottile presa in giro mi fa tornare alla carica. «*Se* sei così bravo a conquistare le ragazze perché sei in un posto come questo?», lo provoco.

«Perché sono selettivo». Inarca un sopracciglio. «E pigro. In giro di ragazze come ne voglio io non se ne trovano».

«Questa, più che altro, sembra una scusa». Dovrei mordermi la lingua, ma proprio non ci riesco.

«Una scusa per cosa?», chiede lui, curioso.

«Magari, hai problemi a fartelo diventare duro». Oh, cielo, non ci credo di averlo appena detto. Un bicchiere di Margarita, e già perdo ogni freno inibitorio. Non erano questi i piani.

«Senti, non fraintendermi. Mi piace scopare, però sono un tipo esigente», replica, bagnandosi le labbra con il drink. «Vedi quella tipa che si sta attorcigliando attorno al palo? Ha le caviglie troppo grosse. E quell'altra lì dovrebbe perdere almeno cinque chili...».

«Sei spregevole», dico, disgustata.

«Mi preoccupo per la sua salute», spiega, ridacchiando.

«Oh, davvero generoso. E dimmi, per caso regali anche preservativi per prevenire il sesso non protetto?», lo rimbecco.

Lui mi studia, sorpreso dalla mia audacia. «Come ti chiami?».

Valuto se mentirgli, ma poi opto per la verità. «Cassie. E tu chi sei?»

«Roman Lancaster».

Strabuzzo gli occhi. «*Quel* Lancaster?»

«In persona».

Prendo un gran respiro. «Roman Lancaster, "il gentiluomo"... Perché i giornali ti chiamano così?»

«Perché mi hanno insegnato la galanteria, che a quanto pare è sgradita a molti. Il mondo è pieno zeppo di cafoni».

In realtà, sembra più viziato di come lo descrivono. Ma è comprensibile: nemmeno vent'anni e ha il mondo ai suoi piedi. Una rivista lo ha persino definito uno dei giovani sex symbol del momento, nonché uno degli imprenditori di successo più influenti.

«Sei uno dei più ricchi della città e qualche giorno fa il tuo nome era su tutti i giornali», mi lascio sfuggire, più colpita di quanto vorrei dare a vedere.

«Gli scandali sono all'ordine del giorno, dalle nostre parti».

«Sì, vero...». E poi ricordo *perché* il suo nome era su tutti i giornali. «Tuo padre si è ucciso, ora tu sei qui...».

Sorride. «*A festeggiare*».

Deglutisco. Lo fisso attentamente e d'un tratto scorgo una profonda solitudine nei suoi occhi.

«Era così terribile?», chiedo a bassa voce.

«Non mi guardava neanche in faccia».

Mi si avvicina, con una lentezza disarmante. Ha un profumo vanigliato, con un retrogusto alle spezie, come il cardamomo.

«Sicura che non hai niente da fare più tardi?», mi domanda con fare seducente.

Abbasso gli occhi sul suo petto pallido, lasciato scoperto dalla camicia. Non sono una campionessa di coerenza e la sua vicinanza mi mette a dura prova; con il Margarita in corpo, con queste luci attorno, mi riesce difficile concentrarmi su qualcos'altro che non sia il suo viso impenetrabile.

«Più tardi, ho *molto* da fare. Mi trasferisco», sussurro.

Questa non se l'aspettava. «Come mai?»

«Mia madre mi ha cacciata di casa», rivelo, mio malgrado.

«Mi dispiace». Pare sincero. «Sembra una brutta situazione».

«Grazie», ribatto a denti stretti e mi ritrovo a trattenere le lacrime.

Lui se ne accorge e storce le labbra. «E dove andrai a stare?»

«Ora vuoi sapere un po' troppo», scherzo, ma il mio tono allarmato non gli sfugge.

«A quanto pare, non sono bravo a fare conversazione con te», conclude, quasi sconfortato.

«È la prima cosa intelligente che dici», ribatto con una risatina.

Mi sorride, gli occhi fermi. «Casa mia è grande. Ho varie stanze per gli ospiti. Puoi alloggiare da me senza problemi». Lui *non* mi tocca, neanche mi sfiora. Sono colpita. La sua proposta, per quanto assurda, mi pare innocente. Forse mi sono sbagliata sul suo conto e fingo di stare al gioco. Dopotutto, non ho molto da perdere, anche se preferirei farmi a fettine piuttosto che accettare l'aiuto di qualcuno.

«A casa di uno sconosciuto?». Cerco di rimettere della distanza tra noi. «In ogni caso, non verrei a letto con te».

«Ti ospiterei comunque. Non voglio che tu venga a letto con me. Voglio solo aiutarti».

«Molto generoso. E perché mai?». Mi insospettisco. Perché mai un tizio ricchissimo, con il mondo ai suoi piedi, dovrebbe aiutare me?

«Perché soffro la solitudine, Cassie. Vivo da solo in una casa enorme e non so mai cosa fare di tutto quello spazio».

«Ti serve una domestica?», chiedo, un po' seria e un po' no.

«No, ce l'ho già la domestica, e anche più di una».

«Non hai una famiglia? *Qualcuno*?»

«No. Mia madre e mia sorella si sono trasferite in un appartamento fuori città».

«Potresti essere un serial killer», gli faccio notare, «potresti ammazzarmi e nessuno lo verrebbe a sapere».

«Su questo ti sbagli. Se ammazzassi qualcuno, finirebbe su tutti i giornali. Ho i paparazzi incollati alla schiena, puoi credermi». Non sembra felice della cosa.

«Quindi, se mi trasferissi da te, lo saprebbero tutti». C'è anche un rovescio della medaglia, che lui non sta considerando.

«Ti preoccupa?», mi domanda, curioso.

«Un po'. Mi darebbe fastidio, più che altro, se mia madre dovesse scoprirlo».

«Tua madre legge le riviste di gossip?».
Ci rifletto un secondo. «In effetti, non credo».
«Direi che il problema non si pone, dunque». Finisce il liquore e afferra la sua giacca, al lato del divanetto. Estrae un bigliettino da visita grigio, poi me lo passa. Vedo la scritta "Lancaster Industries" in corsivo e i suoi recapiti telefonici.
«Se ti serve aiuto chiama. Mi farebbe piacere aiutarti». Poi si alza e se ne va, lasciandomi lì indecisa tra la risata e il pianto.

Ore dopo, sono nell'appartamento di Bea e delle sue amiche, sdraiata sul pavimento, con un borsone a farmi da cuscino e il tappeto a farmi da coperta. Alla fine, il letto per me non c'era.
Bea ha insistito affinché prendessi il suo, ma le ho risposto di no, che non c'era problema.
«L'importante è che nel bagno non ci siano gli scarafaggi, per il resto posso anche dormire per terra», le ho detto.
Visto che è rimasta in silenzio, mi sono venuti i dubbi e non mi sono andata a lavare i denti.
Adesso sono quasi le quattro del mattino, ho mal di testa e di prendere sonno non se ne parla. Chissà come farò a studiare per la verifica di matematica di lunedì. Penso che domani mi imbottirò di aspirine e caffè e mi tapperò in casa finché non avrò assimilato ogni argomento.
D'un tratto, il mio telefono vibra accanto alla mia coscia. Cavolo, non l'ho spento e non l'ho tolto dalla tasca della gonna. Attivo lo schermo e la luce mi ferisce gli occhi assonnati.

ReservedGuy13: Ehi, Cenerentola, sei ancora sveglia?
Cinderella911: Ciao, ragazzo misterioso. Sì, sono sveglia.
ReservedGuy13: La tua specie di festa è finita? Sei a casa della tua amica?
Cinderella911: Sì a entrambe le domande. Tu che hai fatto fino a quest'ora?
ReservedGuy13: Affari scomodi di famiglia. Ti spiegherei, però poi dovrei ucciderti.
Cinderella911: Vorrei conoscerti, ho bisogno di sapere chi sei.
ReservedGuy13: Posso essere chiunque tu voglia.
Cinderella911: Una volta mi hai scritto: "Non esiste il destino, esistono solo le persone che vogliono qualcosa e se lo prendono, tutti gli altri sono dei codardi…". Tu per caso sei un codardo?
ReservedGuy13: Potrei essere qualcuno che non ti piace. Lo sai, vero, Cenerentola?
Cinderella911: Ehi, non saresti il primo a deludermi.
ReservedGuy13: Non ho detto che ti deluderò, ma potresti rimanere sorpresa.
Cinderella911: Senti, attiro persone che non mi piacciono da una vita, d'accordo? Il motivo è semplice, sono io la prima a non piacermi… Potresti essere l'ennesima persona che si approfitta delle mie debolezze, ma per ora le cose non stanno così e

io non voglio rifugiarmi in un sogno. Per quanto bello possa essere, preferisco affrontare la verità, perché i sogni sono bellissimi, certo, ma alla lunga ti distruggono.
ReservedGuy13: Come fa di cognome quel Paul?
Cinderella911: Che te ne importa?
ReservedGuy13: Se mi dirai come si chiama, lunedì a scuola ci incontreremo. Nel cortile, sotto la quercia, al riparo da sguardi indiscreti.
Cinderella911: Questo si chiama ricatto.
ReservedGuy13: Esatto. Prendere o lasciare.
Cinderella911: Paul Campbell… A che ora lunedì?
ReservedGuy13: E ti ha guardato il culo?
Cinderella911: Mi ha toccato il culo, io l'ho spinto via, lui però mi ha afferrata per i fianchi e siamo cascati entrambi sul divano. Quando mia madre ci ha visti, ha pensato che tra noi ci fosse qualcosa. Mi ha sbattuta fuori di casa e io poi ho provato a chiamarla, a mandarle dei messaggi, a spiegarle… Ma lei è stata irremovibile, un osso duro, e non c'è niente da fare. Crede a Paul.
ReservedGuy13: Cavolo, Cassie, tua madre è una demente.
Cinderella911: Dai, ti prego, non dire così, è pur sempre mia madre…
ReservedGuy13: Certa gente non dovrebbe mettere al mondo dei figli. Dico la verità. E tu dovresti smetterla di giustificarla.
Cinderella911: Non la giustifico, solo che mia madre ha molti problemi. Ma basta parlare di lei… Promettimi che lunedì ci sarai, alla seconda ora, sotto la quercia.
ReservedGuy13: Certo che ci sarò 🍌
Cinderella911: 🤡😂 Allora buonanotte?
ReservedGuy13: Notte, diavoletta😈
Cinderella911: Buonanotte, pazzoide😝
ReservedGuy13: 🌙🍌

5

Cassie

Il lunedì mattina è sempre un trauma. Ma lo è ancora di più quando durante il weekend: 1) tua madre ti ha cacciata di casa 2) sei andata in un night club in cui hai conosciuto un tizio pazzo che ti ha lasciato il suo biglietto da visita e ti ha proposto di trasferirti da lui 3) hai fatto le quattro di notte a parlare online con un ragazzo conosciuto su un sito di incontri a cui ti sei iscritta per evitare di finire nel baratro e 4) hai passato la domenica a studiare disperatamente matematica sotto l'effetto di caffeina e aspirina. Come se ciò non bastasse, sono in ansia al pensiero di incontrare ReservedGuy, soprattutto con le borse sotto gli occhi che mi ritrovo e che non ho nemmeno fatto in tempo a coprire con il correttore.

A ogni modo, arrivo al mio armadietto, e Arya e Bea sono già lì che, con facce un po' spaventate, ipotizzano cosa potrebbe chiedere il professor Smith nella verifica di matematica. Sperano che le lascerò copiare da me come sempre, solo che non sanno che neanche io sono preparata. Ieri, anziché studiare come si deve, non ho fatto altro che pensare a ReservedGuy.

Con un sospiro, immergo la testa dentro il mio armadietto per trovare un po' di pace, ma le voci delle mie amiche mi raggiungono lo stesso.

«C'è una ragazza nuova a scuola, lo sapevate?», dice Bea. «Si chiama Judith Lancaster, si è trasferita nel nostro istituto perché suo padre si è ucciso qualche giorno fa e non voleva tornare alla sua vecchia scuola per paura che la giudicassero. Dicono che sia un'ereditiera...». E a sentire quel nome rizzo immediatamente le orecchie.

«Come cavolo fai a sapere tutto ciò che succede su questa terra?», domanda Arya, colpita. «A ogni modo, a proposito di ricchi, una di voi stasera mi accompagna a un'uscita a quattro con Wellington e un suo amico?»

«Stasera c'è la gara di corse clandestine e io non posso mancare, voglio vedere qualcuno che muore», dice Bea.

«Cassie, a te va di venire?», chiede Arya. «Sarà una cena leggera e poi un drink vicino a Central Park».

«Ma sentiti», commenta Bea. «Parli già come una mantenuta».

«Sì, Arya, ti accompagno», le dico senza rifletterci troppo, togliendo la testa da dentro l'armadietto.

Ho il cuore che batte a mille, temo che mi esca dal petto, ho la tremarella e mi sudano le mani. Controllo il cellulare per la milionesima volta, ma lui non si è fatto sentire, quindi deduco che l'appuntamento è confermato: tra dieci minuti, sotto la quercia.

«Cassie, perché sei ancora qui? Tira fuori le palle», interviene Bea, che ha colto il mio nervosismo.

Arrossisco e ho la sensazione che le guance mi vadano a fuoco. «Non so, ragazze, non so se ci andrò».

Arya stringe i quaderni contro il petto, ha un maglioncino celeste, senza ricami, molto classico, e un paio di orecchini di perla. La perfetta incarnazione della ragazza della porta accanto o di una che sta per entrare in parrocchia.

«Vedrai che sarà come te l'eri immaginato», mi rassicura Arya con dolcezza. «Non preoccuparti e per qualsiasi cosa scrivici, che arriviamo di corsa».

«Ho un brutto presentimento», mormoro. I miei brutti presentimenti potrebbero essere solo delle insicurezze legate al disprezzo per il mio corpo, ma non ne posso essere certa. Non voglio esternare la cosa. Quando disprezzo il mio fisico, Arya comincia a elencarmi i particolari del mio aspetto che ama, invece Bea, per solidarietà, commenta le parti del suo corpo che la disgustano, come i fianchi stretti, e poi aggiunge sempre che nessuna si vedrà mai perfetta perché noi ragazze siamo molto pignole.

«Cassie», mi richiama Bea. «Di cosa hai paura? Se non ti piace, lo lasci perdere e fine della storia, che sarà mai? Non gli hai mica mandato delle foto di te nuda».

Rido nervosamente e Bea mi fissa, sconcertata. La mascella che le si sta quasi per staccare e cadere a terra.

«Cassie! Ma che combini! Non si manda la foto della paperella agli sconosciuti!».

Deglutisco, inspiro a fondo, guardo per terra, mi gratto la testa. «C'erano anche quelle delle *tette*», mormoro.

Il suo strillo mi fora i timpani. «*Cassie*!», esclama. «Dimmi chi ti fornisce internet, così vado a denunciarlo!».

«Dai, non è una tragedia», interviene Arya, sempre calma e confortante. «Chi è che non ha mai mandato delle foto di nudo integrale a un ragazzo oggigiorno?»

«Non intendo dire che non bisogna scambiarsi nudi», sottolinea Bea alterata, «ma, come ogni cosa, va fatto con moderazione e criterio e soprattutto cervello e...».

I bisbigli e il vociare nel corridoio cessano all'improvviso, le persone ammutoliscono e si radunano vicino agli armadietti, lasciando lo spazio libero nel corridoio.

Tyler Mackenzie si trascina nel mezzo con lo zaino in spalla; i capelli color sabbia ondulati gli ricadono sugli occhi color nocciola, felini e vivaci, e ha un modo di scostarseli dalla fronte che ti fa venire voglia di farlo per lui. Nonostante sia strafatto come ogni mattina, sfoggia un sorriso capace di far sciogliere qualsiasi ragazza come la creta nelle sue mani. Lo osservo mentre cammina per il corridoio indisturbato: anellino alla narice, dita piene di anelli, tatuaggi a forma di serpenti e i pettorali definiti messi in mostra dalla canottiera, jeans a vita bassa con l'orlo dei boxer ben in vista

Tyler Mackenzie sembra essere stato scolpito da Michelangelo in persona, e non c'è da stupirsi se tutte le ragazze lo fissano bramose. Nessuna è immune al suo fascino, nemmeno Beatrix Evans.

«È arrivato Sua Maestà», commenta Bea incrociando le braccia, annoiata. «Che faccia da schiaffi».

Arya le fa segno di tacere: è meglio non inimicarsi certe persone, specialmente dopo solo una settimana di scuola.

«Cosa c'è? Ho detto ciò che pensiamo tutte», insiste Bea, «che è insopportabile».

«No, Bea, ciò che pensiamo tutte è che è un gran figo», la correggo.

«Non è insopportabile, comunque, è solo un Mackenzie», insiste Arya sottovoce.

«Ah, "Mackenzie" e "insopportabile" non sono sinonimi?», ribatte Bea, che ce l'ha con lui dall'anno scorso. Dalla festa organizzata da Kevin, un nostro compagno di corso. Bea ci ha raccontato di averlo incontrato verso la fine della serata. Appollaiato sulla poltrona scassata davanti alla televisione, Tyler aveva una sigaretta incastrata tra le labbra, la faccia coperta dal cappuccio e il solito sguardo sballato. Si scolava una lattina di birra dietro l'altra.

«Hai proprio dei bei capelli, lo sai?», gli ha detto Bea.

Lui a stento l'ha guardata e ha ribattuto, secco: «E cosa ti fa credere di potermi parlare?».

Da quel momento, Bea non perde occasione per criticarlo.

«Sentite», dico alle mie amiche, «io adesso vado, mi sono convinta. Tanto, le mie foto nuda ce le ha già, perciò... Grazie per il vostro supporto».

Arya mi accarezza la spalla, le rivolgo un sorriso tirato e poi scappo verso il cortile, ormai deserto. Un vento insolito mi graffia la faccia, mentre mi incammino. C'è un silenzio soffocante. Estraggo il telefono dalla tasca dei jeans, però ancora non ho ricevuto alcun messaggio.

Dovrei cominciare a preoccuparmi? Noto che nel parcheggio sul retro, quello che non usa nessuno, c'è una moto nera splendente. Quella moto... la conosco. Volto lo sguardo in direzione della quercia. I grandi rami si muovono sinuosi contro il cielo grigio e, appoggiata al tronco robusto, c'è una figura scura, minacciosa e... *magnetica.* Capelli neri come piume di corvo, una mandibola tagliente, un orecchino che brilla come un diamante all'orecchio e due lame al posto degli occhi. È Clayton Mackenzie. Scrolla la testa e i suoi capelli corvini brillano alla luce del sole.

Io e Clayton non ci siamo mai parlati. Ha frequentato la Mordale, si è diplomato l'anno scorso con ottimi voti. All'apparenza, una condotta impeccabile. I professori erano fieri di lui. Eccelleva in ogni materia ed era una promessa nel basket. A scuola camminava fluttuando sopra una nuvola di perfezione fisica. Ma il suo fascino era controbilanciato dal terrore che instillava il suo sguardo. Tra i Mackenzie lui è l'unico ad aver avuto una brillante carriera scolastica, ma visto quello che combina con i suoi fratelli credo non abbia alcuna intenzione di proseguire con l'università. Ha sempre un'aria così cupa e perversa, persino schiva, un atteggiamento che mi ha sempre tenuto a distanza da lui.

A scuola, ho sempre evitato di incrociare il suo sguardo. Non c'è nessuna persona al mondo che mi terrorizzi quanto lui, con quelle sue iridi nere e fiammeggianti come il carbone. Ogni volta che le guardi, sembra di danzare con la morte: nessuno sa cosa succede dietro quegli occhi. Non ho mai voluto avere niente a che fare con Clayton Mackenzie, non ho mai voluto avere a che fare con il demonio. Perché Clayton è il demonio. Ma quando il demonio bussa alla tua porta, non hai *scampo.* E nessuno lo sa meglio di me, dopo quanto accaduto tre mesi fa.

Era notte inoltrata, il buio si stendeva sulla città come un mantello; in giro non c'era anima viva e io sono uscita di casa perché mia madre aveva bisogno urgente delle sue medicine; ho controllato su internet l'unica farmacia aperta nei dintorni e mi ci sono fiondata.

Una volta arrivata lì, ho parcheggiato l'auto di traverso, senza chiuderla e con le quattro frecce accese. Le saracinesche degli altri negozi della zona erano tutte abbassate, tranne quella dell'officina di Alan McLean.

Il vecchio McLean lavorava giorno e notte, non c'era da stupirsi che lo facesse anche in orari così impensabili, anche se stranamente non vedevo luci accese nell'officina. Senza pensarci troppo, ho preso quello che mi serviva in farmacia e sono tornata alla macchina; però, quando ho aperto lo sportello ho sentito delle grida. Provenienti dall'officina.

Grida strazianti e rauche. Ho cercato le chiavi nella borsa, le mani che mi tremavano come poche volte in vita mia. Dovevo scappare da lì. Ma non ho fatto in tempo. Ho visto... le fiamme all'interno dell'officina. Qualcuno aveva appena appiccato un incendio. Ho sentito altre grida atroci... e poi uno sparo. Non potevo farmi da parte, non se potevano esserci dei feriti, e qualcuno che avesse bisogno di aiuto. Sono corsa verso l'officina, mi sono sporta per vedere cosa stava succedendo. Il fumo e le fiamme divampanti mi hanno fatta tossire. E poi l'ho visto. Il vecchio Alan McLean era steso per terra, vicino alla cassetta degli attrezzi, la fronte cosparsa di sangue, gli occhi spalancati. Il petto forato da un proiettile che grondava sangue scuro... Mi sono accucciata accanto a lui, gli ho preso le mani rugose e piene di calli, le unghie orlate di sporcizia nera. McLean respirava a malapena e ho provato a trascinarlo verso l'uscita. A fatica, devo dire...

«Se la caverà, signor McLean, non abbia paura, se la caverà», gli ripetevo.

«Dietro di te, ragazza...», ha sussurrato McLean in un ultimo sospiro di vita.

Mi sono voltata e ho visto Clayton Mackenzie in sella alla sua moto, la pistola puntata nella mia direzione, gli occhi neri e spietati come un burrone, i capelli rigidi come coltelli.

Voleva spararmi.

Come aveva fatto con Alan McLean.

In quell'istante ho provato la paura più intensa di tutta la mia vita. Mi sono sentita come se la terra potesse spalancarsi sotto i miei piedi e qualcosa di tremendo stesse per trascinarmi sotto, giù con sé.

Clayton ha ricaricato l'arma, si è preso il labbro tra i denti bianchi, poi il suo braccio si è spostato di qualche centimetro e ha sparato. Ha colpito il bersaglio del gioco a freccette appeso alla parete proprio dietro di me. Il proiettile è passato a un centimetro dai miei capelli. E poi se n'è andato.

Clayton Mackenzie ora è a pochi passi da me e fuma una sigaretta: si mescola perfettamente con le ombre proiettate dalle fronde. Indossa una maglietta nera aderente, che gli mette in risalto i bicipiti, con una giacca di pelle nera legata in vita. Clayton è un insieme di linee dure e spigoli definiti. Non c'è niente di gentile o garbato in lui. Persino quando sorride come ora appare spietato.

Comincio a provare un senso di inquietudine. Ho sepolto il ricordo di Clayton e di quell'officina in fiamme a fondo, ma quando mi addormento, spesso ho gli incubi. Dopo quell'incendio la puzza di fumo mi si è impregnata addosso. Tra l'altro, Alan McLean era un amico storico del defunto padre di Clayton. Chi è capace di compiere un crimine simile? Di uccidere qualcuno che si conosce dall'infanzia? Nonostante avessi la possibilità di incastrarlo, però, quando sono arrivate l'ambulanza e la polizia, non ho detto una parola su Clayton. Qualcosa mi teneva la bocca cucita: il terrore. E mi sono sentita una vigliacca perché mi sono lasciata divorare viva dalla paura. Se avessi detto ciò che avevo visto, se avessi mandato Clayton in prigione, lui e i suoi fratelli mi avrebbero perseguitata. In cuor mio, però, mi sono chiesta tante volte perché mi abbia risparmiata. Clayton non ri-

sparmia nessuno, e se ora si trova qui, a pochi metri da me, un motivo c'è e potrebbe essere il peggiore: la vendetta.
Clayton si stacca dal tronco dell'albero e cammina lento come una pantera nella mia direzione. Infila le mani nelle tasche anteriori dei jeans neri ed evita di guardarmi.
«Che fai?», chiede come se nulla fosse.
«Sto aspettando una persona», gli dico nervosa.
Lancia a terra il mozzicone di sigaretta e lo calpesta con la suola delle sneakers. «Non verrà».
La gola mi si chiude e mi si annebbia la vista. Per un istante, la terra frana sotto i miei piedi. «*Cosa*?». Il mio cervello si immagina il peggio. Clayton Mackenzie ha fatto del male a ReservedGuy13? Lo ha minacciato? L'ha costretto ad andare via? Cosa gli ha fatto? Cosa gli ha detto su di me? Noto che ha le nocche screpolate e graffiate… Come se avesse pestato a sangue qualcuno.
«Il tuo principe azzurro», sussurra raggiungendomi con ampie falcate. «Non verrà. *Cenerentola*».
La mente mi si ghiaccia, non sento più il sangue scorrermi nelle vene.
Cenerentola.
C'è solo una persona al mondo che mi chiama in questo modo, nessun altro, se non lui, ReservedGuy.
Clayton si scompiglia i capelli e la sua bocca carnosa, quando parla, si muove appena.
«Che poi, è anche meglio così. Questa storia del principe azzurro che trova la scarpetta mi sa di feticista».
«Sei tu… eri tu», balbetto e il cuore mi si ferma. Sento l'umiliazione solidificarsi in lacrime: sono stata presa in giro. *Fin dall'inizio*. Non solo. Sono stata presa in giro dalla peggiore feccia presente su questa terra. Un Mackenzie, e non uno qualsiasi: il peggiore in assoluto, il più *malvagio*.
«Grande. Bella intuizione», mi schernisce.
«Tu ti sei finto ReservedGuy, il mio ragazzo riservato», lo accuso e mi vergogno di me stessa.
«Cassie, Cassie». Il suono del mio nome sulla sua lingua è così strano… riesce a renderlo persino crudele. «Non sai quanto sono riservato, invece».
Sotto il suo sguardo affilato e terribile, provo un rifiuto dilaniante verso tutto ciò che in queste settimane gli ho confidato. Era tutta una menzogna: lui, i messaggini dolci, la complicità, la tenerezza. Ho il cuore che mi trema, gli occhi umidi dalla disperazione e dalla sorpresa. Ma non voglio dargli la soddisfazione di vedermi piangere… Non se la merita.
«Voglio sapere soltanto una cosa. *Perché*?». La voce mi esce spezzata e incerta e lui purtroppo se ne accorge.

Inclina la testa. Si finge amareggiato, ma la recita non gli esce granché bene. «Credevi fosse tutto vero?», dice con un tono di finto dispiacere.

Annuisco. Non riesco a mentire nemmeno in una situazione di questo tipo. «Sì».

Mi scocca un'occhiata diffidente e arrabbiata. «Porca troia, Cassie, sei messa male».

Mi sento squarciata, sento una ferita dentro riaprirsi, spalancarsi, sento la mia pelle troppo stretta. «Perché hai finto, per tutto questo tempo? Che bisogno c'era?».

Ma la risposta la conosco: nessun motivo. Lui è un sadico. Mi chiedo se possegga un'anima. Un briciolo di umanità o empatia. I suoi occhi sono due caverne e ha l'espressione di un lupo pronto a sbranarmi.

Ora ho paura.

«Per assicurarmi che stessi zitta. Non hai detto nulla alla polizia di McLean e sono sorpreso che, quando ti ci metti, dimostri un po' d'astuzia, ma sai, non sono un tipo che si prende certi rischi. È nella natura umana. La gente ha a disposizione molte scelte e puntualmente fa quella sbagliata, io sono qui per assicurarmi che tu faccia la cosa giusta. È un buon motivo, secondo te?».

Deglutisco. Sono un'idiota.

«Hai ragione. Un figlio di puttana come te non ha bisogno di un motivo sensato per fare la testa di cazzo».

Storce le labbra in segno di disapprovazione. Poi, si porta una mano alla tasca posteriore dei jeans.

«Cazzo se sei stupida», mormora. Dopodiché, estrae la pistola, il metallo che risplende alla luce, e me la punta alla tempia.

Vado a fuoco. Lui ha una seconda occasione per finire il suo lavoro e io sono pronta, questa volta. Non ho paura. Con il fiato sospeso, continuo a fissarlo, aspettando la mossa successiva, e all'improvviso mi rendo conto che il terrore ha lasciato il posto alla rabbia. Sono furiosa.

«Cosa vuoi farci con questa?», dico.

«Non provocarmi, Cassie, o le cose per te non finiranno bene».

«Dai, che magari questa volta il bersaglio giusto lo centri».

«Sei così *stupida* da provocare un Mackenzie?», sputa, velenoso.

La gola mi si chiude in una morsa. Vorrei deglutire, ma non riesco a muovermi. Devo rimanere lucida e continuare a sfidarlo, nonostante l'effetto che mi fa.

«Se mi avessi voluto morta, sarei già morta».

«Puoi giurarci».

Mi concedo un minuscolo respiro. «Ma non lo sono».

Ghigna. «Non ancora».

«Cosa vuoi da me?», ribatto, decisa.
I suoi occhi scorrono sul mio collo scoperto, sulle mie clavicole, e il desiderio nel suo sguardo è evidente.
«Che continui a mandarmi le foto del tuo seno, sono così arrapanti».
Sto per tirargli uno schiaffo, ma ha una reattività impressionante e, prima che la mia mano possa scontrarsi con il suo viso, mi afferra il polso. Me lo stringe e mi trascina verso la quercia, fino a schiacciarmi la schiena sul tronco. Il suo viso è a pochi centimetri dal mio ed è di una ferocia unica; ma nonostante tutta la rabbia, Clayton ha un fascino angelico.
«Cristo santo… cosa cazzo pensi che voglia da te, mmm? Voglio che tu tenga la bocca chiusa su ciò che hai visto, che non dica una parola a nessuno, né alle tue amiche né alla polizia, voglio che tu capisca che non *vuoi* avere problemi con me. E comunque, tengo le tue foto per *garanzia*. Se parli, quei capolavori potrebbero finire nelle mani sbagliate», risponde, letale.
«A cosa ti è servito tutto questo, Clayton? Parlare con me per mesi… quando sapevi benissimo che non avrei detto una parola, quando sapevi *benissimo* che sono una codarda. Non mi riesco a guardare allo specchio, figuriamoci se mi metto a fare l'eroina della situazione! Sono passati *tre* mesi», sputo con furia, incurante del fatto che lui abbia una pistola a pochi centimetri da me.
«Con quelle come te non si sa mai… Cassie, a quelle *come te*, non metterei mai la mia vita in mano», mi gela.
Clayton è riuscito a ferirmi nel profondo, ma provo a parlargli come avrei fatto con il ragazzo misterioso, se fosse stato reale.
«Ci sono delle cose che mi hai detto, cose che mi sono rimaste impresse… Una volta, mi hai scritto…».
«Era tutto finto», mi anticipa.
«Mi hai scritto che odi te stesso, che anche tu non riesci a guardarti allo specchio, anche se per motivi diversi dai miei». Guardo i suoi occhi neri, di quel nero che consuma tutta la speranza del mondo. «Per questo fai quello che fai? Uccidi gli altri, bruci negozi, umili le ragazze… perché odi te stesso?»
«Cassie, comincio a dubitare della tua intelligenza», sussurra. «Ma te lo spiegherò lo stesso. Smettila di fare domande, smettila di impicciarti. E la parte peggiore di me non dovrai mai vederla».
«Mi stai puntando una pistola contro. Cosa c'è di peggio?».
Mi sorride, soddisfatto. «Potrei premere il grilletto e questa volta non ti mancherò». La sua voce è intimidatoria ma le labbra gli tremano. «E… *bum*, addio, Cenerentola. Cosa ne pensi?». Scoppia a ridere e il suono roco della sua risata mi fa venire i crampi di paura allo stomaco. È un

pazzo. Come mi è venuto in mente di mettermi a discutere con un pazzo? Sto tremando e sudando insieme. Sento il clic della pistola fin dentro il cervello.

«Ultime parole…?», domanda, spietato.

Soffoco i singhiozzi. Ho il respiro affannato.

«Per favore», provo a implorarlo.

«Ti meriti il meglio da questo mondo di merda. Dico davvero», afferma, in tono più mite, poi abbassa la pistola e se la incastra nei boxer, dietro la schiena. «Ma tieni quella bella boccuccia sigillata, altrimenti da oggi in poi il mio unico obiettivo sarà distruggerti. Dimmi. Se. Ti. È. Chiaro».

Non rispondo, neanche lo guardo.

«Ehi, ci sei? Parli la mia lingua? Dimmi. Se. Ti. È. Chiaro», ripete.

«Non dirò una parola», mormoro.

«A nessuno».

«A nessuno», replico esausta.

«Molto bene». Si guarda intorno, si assicura che nessuno ci abbia visti e si dirige verso il parcheggio. Sale in sella alla sua moto e con un rombo di motore se ne va.

Mi accuccio contro l'albero, mi graffio la schiena contro la corteccia e mi porto le ginocchia al petto, poi scoppio a piangere. Fa un male cane. Giuro, questo dolore, questo malessere vuoto, lo sento mangiarmi lo stomaco. Tutto quello in cui ho creduto in questi due mesi si è appena frantumato, l'unica volta in cui ho provato a sperare in qualcosa, questo mi ha annientato.

Le cose più belle, per me, non sono mai reali. *Mai*. L'universo ha stabilito che non me le merito.

Prendo un fazzoletto dalla tasca e mi soffio il naso. D'un tratto, vengo distratta dal mio cellulare. È un messaggio da parte di mamma.

Il suo tempismo. Il suo cazzo di tempismo.

Decido di leggerlo, perché tanto peggio di così non può andare.

La stronza: Tesoro, come stai? Ti scrivo per darti brutte notizie… Paul è all'ospedale, è stato massacrato di botte, i responsabili non sono stati ancora beccati 😭😭

Quando torni a casa?

Baci, la tua mamma.

6

Arya

Sono seduta sulla toilette e guardo il mio riflesso allo specchio, e ciò che vedo è una giovane donna molto stanca, sciupata, deperita, che sta trascurando sé stessa, con i capelli disordinati. Mi spalmo del burrocacao sulle labbra con le dita. Mi alzo, e tiro lo sciacquone. Torno a guardarmi allo specchio, da una prospettiva più ravvicinata. Stringo il lavandino, ho una nausea profonda che mi risale dal petto. Una sensazione che provo spesso, di recente, ed è orribile. Lancio un'occhiata all'orologio. Devo muovermi, sono in ritardo. Esco dal bagno in mutande e corro in camera. Apro l'armadio minuscolo incastrato dietro il letto e cerco qualcosa da mettermi e alla fine scelgo dei pantaloni neri in finta pelle, una maglietta di cotone beige e un paio di ballerine. Sto per uscire con Wellington, un ragazzo di cui non so neanche quanto mi importa. Mi piace passare il mio tempo con lui, che tra i migliori pregi possiede quello di non appartenere alla mia vita passata. Scendo le scale.

Tolgo il cappotto dal gancio dell'appendiabiti accanto all'uscita e saluto mio padre, che si sta occupando del bar.

«Papà, allora io esco», gli dico, infilando le braccia nelle maniche del cappotto. «Se vuoi, ti ho cucinato i biscotti. Sono quelli con la scorza di limone che ti piacciono tanto».

«Grazie, Arya, dopo li assaggio. Dove vai di bello?»

«Oh, un'uscita a quattro, in un ristorante italiano, e poi un drink vicino Central Park».

«Hai un ragazzo, allora? Possiamo dire che è ufficiale?»

«Papà!», lo rimprovero, arrossendo.

«Ci sarà anche Beatrix?», domanda.

«No, ci sarà Cassie».

«Ti vengono a prendere?»

«No, adesso ho la macchina, ricordi?». Gli sorrido mostrandogli le chiavi dell'auto che mi ha regalato. «Andrò io a prendere Cassie e poi ci avvieremo al ristorante, preferisco prendere la mia macchina. Sai com'è, devo far riscaldare i motori alla mia nuova Ford».

«Già», dice papà sorridendo. «Non correre», si raccomanda.

Sorrido, lo saluto ed esco.
Quando arrivo sotto casa di Cassie, o meglio di Bea, mando un messaggio sul gruppo.

Io: Cas, sono qui sotto, non metterci troppo a scendere, siamo già in ritardo 🤡

La bionda atomica: Scuuusa, ho letto ora! Mi catapulto giù velocissima!

Dopo dieci minuti, sale in macchina e invade l'abitacolo con un dolce profumo alla pesca. Cassie indossa un abitino celeste che le mette in risalto il seno, ha un rossetto rosso color delle ciliegie mature e un paio di sandali col tacco, con le corde che le stringono il polpaccio. È pazzesca.
«Scusami se arrivo solo ora, non sapevo che cosa mettermi e guardami qua, strizzata in questo vestito di Bea».
«Tranquilla, siamo solo in ritardo di mezz'ora... E tu sei magnifica».
Lei si mostra mortificata. «Scusa».
«Sicura che è tutto okay?», chiedo, osservandola meglio.
«Certo! Diciamo che a casa di Bea non funziona neanche la caldaia e ho dovuto lavarmi i capelli nel lavandino, che tra parentesi è otturato», sbuffa, ma c'è qualcosa di forzato nel suo tono. «Sono una brutta persona a lamentarmi! Bea è stata super carina a darmi un *pavimento* su cui dormire».
«Il pavimento?»
«Siamo in troppe là dentro».
«Non sei una brutta persona, anche io probabilmente impazzirei».
«Sai chi è l'amico di Wellington?», chiede Cassie per cambiare discorso.
Scuoto la testa. «No, non me l'ha detto... Comunque, tu come stai? Oggi non ci hai più detto nulla sul ragazzo che hai incontrato».
Si rabbuia, confermandomi che qualcosa non va. «Non ne parliamo, ti prego, era solo uno sfigato».
Metto la freccia per svoltare a destra e imboccare la strada principale. «Va bene, d'accordo, come vuoi», la accontento, dato che non mi sembra dell'umore.
Dopo un po', parcheggio davanti al locale in cui Wellington mi ha dato appuntamento.
Io e Cassie entriamo e, sulla porta, un uomo di mezz'età vestito con un abito molto elegante ci comunica che i signori sono già seduti al tavolo e che ci stanno aspettando.
Sono decisamente fuori luogo vestita in questo modo: cammino tra i tavoli e sento gli occhi di tutti catalizzarsi su di me. Mi sono già pentita di essere venuta. Continuo a illudermi di essere una persona menefreghista e sicura di sé, ma non è sempre così, e in questo momento, con gli occhi indiscreti e le risatine degli altri sul viso, vorrei solo spaccare qualcosa. Vor-

rei avere la capacità di diventare invisibile, invece mi limito a camminare più velocemente. Wellington e il suo amico sono seduti al tavolo, entrambi in giacca e cravatta. Quando Wellington mi vede si alza e viene a darmi un bacio, attirando l'attenzione di alcuni curiosi. La cravatta che ha intorno al collo è stretta come un laccio emostatico.

«Sei bellissima», dice, e so che sta mentendo. Dopodiché si rivolge a Cassie. «Ciao, molto piacere, sono Wellington».

«Cassie», dice lei, con lo sguardo puntato sul suo amico.

«Arya, Cassie…», pronuncia entusiasta Wellington, «vi presento il mio amico Roman Lancaster, ci conosciamo da una vita».

Roman ci sorride e una scintilla viva gli brilla negli occhi azzurri. Noto che Cassie, all'improvviso, è diventata rossa come un peperone. La serata si prospetta interessante.

7

Paxton

Sto dando dei cazzotti al juke boxe, dentro il Lion's. Volevo mettere *Do I Wanna Know* degli Arctic Monkeys, ma a quanto pare non è nel loro repertorio. Questo ammasso di ferro sbrilluccicante si è fottuto i miei soldi.

«Ehi, che cazzo fai, idiota? Smettila di scassarmi il bar», sbotta Killian dietro di me. Il suo volto è una maschera di rabbia su cui ricadono i suoi capelli biondi.

«Questo coso mi ha fregato i soldi», spiego.

Quando sorride, le rughe gli solcano le guance, dando una nota ancora più inquietante alla sua espressione. «E allora siete molto più simili di quanto pensi…».

«Sì, ok, ma andiamo… dentro c'è solo musica di merda, roba sconosciuta, metal. Voglio dire, chi *diavolo* sono i Necronautical?», mi lamento.

Mi scocca un'occhiata terrificante. «Continua a sentirti i Nirvana, vai, e non rompere il cazzo».

Ignoro la sua provocazione. Mi rollo una sigaretta, lecco la cartina per incollare bene il tutto e poi tiro fuori l'accendino dalla giacca.

«Non si fuma qua dentro», dice Killian.

«Ah, no? Non lo sapevo».

«Ah, non lo sapevi? Però, il fatto che dietro di te ci sia un cartello enorme con su scritto "Vietato fumare"» avrebbe dovuto farti capire qualcosa».

«Voi fumate». Alzo un sopracciglio.

«Appunto. *Noi*».

«Vabbè, ho capito». Mi incastro la sigaretta dietro l'orecchio. Non capisco perché ogni volta deve trattarmi così, come se fossi un po' di muffa sul formaggio o un'unghia incarnita. Eppure, quando siamo soli, con me si comporta diversamente.

Una settimana fa, durante l'inaugurazione del Lion's, dopo l'ennesima birra sono scappato in bagno. Quando sono uscito, Killian era appoggiato sullo stipite della porta a fissarmi con quei suoi freddi occhi inquietanti. Gli ho detto qualcosa che nemmeno ricordo sul fatto che mi stessi annoiando un po' o qualcosa del genere. Lui allora si è avvicinato a me, con la bocca socchiusa, e le sue dita longilinee e pallide mi hanno sfiorato l'avambraccio. Ho abbassato gli occhi sulla patta dei suoi jeans e ho sentito il cuore accelerarmi nel petto. Ho soffocato l'istinto di sbottonargli i pantaloni o di buttarmi addosso a lui, perché da sobrio me ne sarei pentito. Ma avrei voluto Killian in quel bagno, avrei voluto sbatterlo contro le mattonelle linde vicino allo specchio, e sì, succhiarglielo. *Gesù*. Penso di avere una cotta per lui da sempre, ma ho capito solo di recente la reale portata dell'attrazione che sento per lui... Non sono mai stato attratto da nessuno – donna o uomo che fosse – come sono attratto da lui. Voglio dire: viva la fica e chi l'ha inventata, ma qualcuno si è accorto di quanto è morbosamente bello Killian? Non avrei problemi a stare con lui, eccetto che poi dovrei dirlo a mia nonna.

In quel momento, Killian mi guarda ancora con odio. Vorrei poter dire che il suo odio mi ferisce, ma non è così; lui non è uno da relazioni e con gli altri non si spreca mai. Lui le persone le ignora, a meno che non si tratti dei suoi fratelli, e non ha amici, al massimo gente che non ha ancora fatto incazzare. In un certo senso, mi sento lusingato che provi tante emozioni nei miei riguardi. Lo so, è una follia.

Giusto per fare qualcosa, mi dirigo verso Ryan e Clayton, che sono dietro il bancone a servire la birra, con gli occhi di Killian che mi sorvegliano come una tigre con la sua preda. Inavvertitamente, urto un cellulare a faccia in giù sul bancone.

«Non toccare il mio telefono», mi ordina Clayton.

«Ma come sei suscettibile... Per caso hai qualche porno in galleria?».

Lui irrigidisce la mascella e torna a parlare con Ryan sottovoce. È lunedì sera e il bar non è molto affollato, però quando discutono dei loro affari i Mackenzie lo fanno sempre molto discretamente.

«Ma dove cazzo è Tyler? È tutto il giorno che lo cerco e si è fottuto la macchina», dice Ryan.

«Allora, hai dei porno in galleria?», chiedo di nuovo a Clayton.

Lui mi fulmina con un'occhiata. In altre circostanze sarebbe stato allo scherzo, ma oggi è intrattabile. Chissà che gli è successo.

Non indago e mi metto a giocare con un tappo di una bottiglia di Coca-Cola abbandonata sul bancone.

«Lo sapete», sta dicendo Ryan a Clay e Killian, che ci ha raggiunti, «ho parlato con la polizia questa mattina e mi hanno detto che qualcuno ha rubato un camioncino dei gelati, proprio sotto i loro nasi. E che il proprietario di quel camioncino, Paul Campbell, è stato massacrato di botte ed è finito all'ospedale. Voi ne sapete qualcosa?».

Totalmente indifferente, Clayton asciuga i boccali di birra con uno strofinaccio. «Mmm. Paul Campbell? Mai sentito nominare».

Ryan si gira verso il fratello più grande. «E tu, Killian, perché la polizia dice di averti visto vicino a quel camioncino prima che venisse rubato?»

«Come avrei fatto a rubare quel camioncino?», dice agitando il suo braccio robotico. «Per me guidare è impossibile, con quest'affare».

«Ragionamento molto sensato, devo ammetterlo», afferma Ryan, aggrottando la fronte. «Ma vorrei sapere una cosa da voi due. Come mai il camioncino che *non* avete rubato è parcheggiato nel nostro garage?».

Ryan guarda Clay di traverso, aspettandosi una spiegazione. Tra loro due, al momento, non scorre buon sangue. Ryan tiene d'occhio Clayton da quando quest'estate ha dato fuoco all'officina di McLean per accaparrarsi un bel bottino di soldi e fare piazza pulita degli amici del padre. Per poco Clay non rischiava di finire in galera, visto che ci sono stati dei testimoni, che però, per fortuna, non hanno parlato. Ryan ci tiene molto alla fedina penale di Clay, dato che è l'unica della famiglia a essere ancora immacolata. Comunque, a nessuno dei Mackenzie è dispiaciuto della morte di McLean: quel figlio di puttana se l'è meritato, visto come li ha sempre trattati, fin da piccoli. Li prendeva a cinghiate sulla schiena, e non è una metafora. Sul serio, ci provava gusto a frustarli con la sua cintura, quando si intrufolavano nella sua officina per rubare dei pezzi di ricambio o taniche puzzolenti di benzina. Soprattutto Clayton. Jack Mackenzie non è stato un buon padre; era un violento, un ubriacone, e spesso si cacciava nei guai. Più spesso di quanto si possa immaginare. Ed era Clayton, sempre Clayton, a occuparsi dell'autorimessa quando Jack era troppo sbronzo per occuparsene. Era Clayton a essere picchiato, preso a calci, quando i padroni del quartiere, ovvero i Lombardo, si presentavano all'autorimessa pretendendo che si lavorasse per loro gratis. Ma Clayton non ha mai ceduto. Si faceva pestare, ancora e ancora, finché non restava steso per terra nella polvere, col sangue che gli colava sulla faccia, senza più la forza di respirare. Clayton voleva e *pretendeva* una cosa dalla sua misera esistenza, una cosa per cui piuttosto avrebbe rischiato la pelle: essere rispettato, solo questo. Niente valeva mai il prezzo che ti costava mettere la coda tra le gambe. Essere un vigliacco è peggio che vendere l'anima al diavolo, perché i peccatori vanno all'inferno, d'accordo, ma i codardi sono degli smidollati, troppo spaventati per fare qualsiasi cosa, che si mangiucchiano le dita e corrono di qua e di là, terrorizzati persino da sé stessi, *inutili*. No. Clayton non voleva sottostare ai comandi degli altri. Per lui, la vita non è resistere, è *combattere*: perché è fatta per il 5 per cento da cosa ti capita e per il 95 per cento da come reagisci. Lui non prende ordini da nessuno, nemmeno dai suoi fratelli, tantomeno da Ryan: è un lupo solitario, che rispetta solo un comandamento: mai abbassare la testa. Perfino il ferro può piegarsi, ma Clayton no.

«Allora, sto aspettando una spiegazione», li incalza Ryan. «Perché abbiamo un camioncino dei gelati scadenti nel nostro garage? Cosa vi è saltato in mente?».

Clay serra le labbra. «Coraggio, Killian, diglielo».

«Perché io?»

«Perché quest'idea del cazzo è venuta a te».

«Be', d'accordo, pensavo che potessimo partecipare alla corsa di questa sera. Sai, si vincono seimila dollari e così possiamo saldare il debito di Tyler, ma ci serviva un mezzo da distruggere...».

«Un camioncino dei gelati?». Ryan ha il veleno che gli danza negli occhi. «Volevate partecipare a una corsa d'auto clandestina con un camioncino dei gelati?»

«Almeno, ci teniamo al fresco», commenta Killian.

«E chi avrebbe dovuto partecipare alla corsa?», chiede Ryan con interesse. «Chi avrebbe guidato? Tu, Killian, che non hai un braccio, per caso?»

«Grazie che continui a ricordarmelo».

Clayton si schiarisce la voce. «Pensavamo a te, Ryan. Sei il più veloce».

Ryan sa guidare qualsiasi cosa: camion, furgoncini, auto da corsa, autobus... Qualsiasi cosa abbia le ruote, lui la fa volare. Guida da quando non arrivava al volante. È il miglior pilota che io conosca. Nemmeno Clayton, che potrebbe gareggiare in motoGP, è all'altezza di Ryan quando si tratta di automobili. E ci credo, dato che Ryan ha partecipato a innumerevoli corse. Ma Ryan non partecipa più alle gare d'auto clandestine: mai, per nessuna ragione, piuttosto si farebbe ammazzare.

«Che idea del cazzo», sputa Ryan.

«Tu ne hai una migliore?», lo rimbecca Killian. «Non mi pare che tu ti sia sprecato tanto. Cosa hai fatto, in questi giorni, a parte sorvegliare il bar di quella... di quella *puttana*?».

Oh. Questo non doveva dirlo. Non so se voglio assistere a questa scena, ma non posso farne a meno: il mio sguardo saetta dal volto paonazzo di Ryan a quello impallidito di Killian. Francamente, provo del disagio, senza peraltro saper dire per chi.

Ryan dilata le narici e nel locale cala il silenzio. «Stai attento a come parli, Killian».

Il diretto interessato non si scompone. «Quella non ti pensa nemmeno, Ryan. Va dietro ai ricconi, le piace la bella vita, le piacciono i soldi... Ti ha dimenticato da un pezzo».

«Non. Parlare. Di. Lei», sibila Ryan e sembra che gli esca fumo dalla testa.

Decido di intervenire. Quando si parla di donne tra fratelli è sempre così: gli animi si accendono, però la maggior parte delle volte non ne vale la pena.

«Ehi, ragazzi, possiamo calmarci un attimo? *Per favore*?».
Per fortuna, il telefono di Ryan squilla e lui risponde brusco.
«Pronto?», dice con tono crudo, e dall'altra parte della cornetta si sente una voce femminile.
Cerco di drizzare le antenne, ma non riesco a cogliere nessuna parola di senso compiuto.
Ryan sbianca e strabuzza gli occhi. «Okay, ho capito. Grazie. Grazie per avermi avvisato».
«Che succede?», chiede Clayton.
«Mi ha chiamato Arya, dice che una sua amica ha visto Tyler alle corse».
Guardo l'orologio che ho al polso: è mezzanotte spaccata, di solito la partenza è prevista più o meno per quest'ora. «Sarà andato lì per vincere i seimila dollari», mi intrometto.
Ryan mi guarda come per dire: "Genio".
«Una volta tanto che rimedia ai suoi stessi guai», dice Clayton. «Lasciamolo lì dov'è».
«Cazzo, sfascerà la Chevrolet, poteva dirmelo, così gli davo il camioncino», brontola Killian.
Ryan, invece, ha la faccia di chi sta per architettare un piano. Un piano decisamente molto improvvisato e per cui toccherà chiudere un occhio su qualche buon proposito. Si dirige verso l'uscita del locale e noialtri lo seguiamo. Per quanto razionalmente sia giusto lasciare che Ty se la cavi per conto suo, non si lascia mai da solo un fratello in difficoltà. Non è nello stile dei Mackenzie.
«Dobbiamo andare, e prendiamo il camioncino», dice Ryan.
«Ah, ora il camioncino sì», borbotta Killian.
«Fanculo e muoviti, Killian. Andiamo da quel coglione di Tyler», afferma Ryan, e mi guarda. «Ci pensi tu a sorvegliare il locale stasera?»
«Non se ne parla, vengo con voi», ribatto.
Clayton mi dà una pacca sulla spalla che mi farà venire la cervicale a vita. «Grande, bello, grazie che rimani qui».
«Ma che cazzo», sussurro quando escono.

8

Beatrix

Sono alle corse. Mi godo l'atmosfera prima della partenza, che ogni volta mi gasa un sacco: qualcuno è impegnato in scambi di soldi, qualcun altro sniffa cocaina sui cofani delle auto, qualcun altro ancora si scola litri di birra. Nell'aria aleggia un che di sordido e selvaggio.

«Ieri ho fatto un sacco di punti in sala giochi», dice Betsy, una ragazza con i codini e le lentiggini.

«Quanti?», le sta chiedendo Seth. «Io ne ho fatti almeno duecento all'hockey da tavolo».

Sono venuta qui con il solito gruppetto della scuola che frequento ogni tanto, a tempo perso. I più simpatici sono Seth e Betsy, e ora mi stanno parlando di cose di cui non mi frega niente, tipo quanti punti hanno fatto sabato sera in sala giochi. Sarei venuta volentieri con Arya e Cassie, ma loro avevano altri programmi.

«Parlando di cose serie», dice Seth a Betsy. «Hai visto la *ricrescita* di quella di francese? Sembra che abbia un'autostrada sulla testa!».

Mentre loro parlano, io mi guardo attorno. Riconosco molti che vengono alla mia scuola.

Kevin, il ragazzo dell'ultimo anno che organizzava feste strepitose ogni sabato sera l'anno scorso, e che ha una cotta per me dalla prima superiore. Per fortuna ancora non mi ha vista, altrimenti sarebbe già arrivato ad attaccare bottone, anche se dopo che ho chiamato la polizia all'ultimo party che ha organizzato non mi vede molto di buon occhio. Meredith Keller, una strafiga bionda che sbava per Tyler Mackenzie da secoli, e che ora gli sta addosso. Lei gli tocca i capelli. Lui la scaccia come se fosse una mosca fastidiosa. Tyler è seduto sul cofano della sua auto, l'espressione è un po' assente. Quel ragazzo sembra sempre occupato a silenziare il mondo. Abbiamo diversi corsi in comune, ma lui è sempre troppo sballato per rendersi conto degli altri. Di lui, in giro, si dice che porti sempre con sé un coltellino svizzero, nel caso qualche rissa cominci a mettersi male, e si dice che abbia inciso le sue iniziali come ricordo sulla pancia di qualcuno. Infine, c'è quella nuova: Judith Lancaster, la figlia di uno molto potente che si è suicidato. Si è portata dietro l'amica ricca, tutta vestita di nero. Si chiama

Kara Jones, l'ho letto su un giornale. Curioso che due ragazze come loro siano venute in un posto come questo; forse sono attirate dall'adrenalina che sprigiona la corsa d'auto clandestina più folle della città… E come posso biasimarle? Io sono qui per lo stesso motivo.

Arya mi ha proposto di andare con lei e Cassie a quella cena, ma non mi sembrava il caso di rompere l'equilibrio perfetto della doppia uscita romantica. Il quinto incomodo non serviva. In più, non ero dell'umore giusto. Le mie amiche pensano che io sia sempre quella dalla battuta facile, quella a cui non importa di niente, quella che si fa scivolare sempre tutto addosso. In parte, è così. Ma la maggior parte delle volte è una corazza. Rido perché è l'unico modo per sopravvivere. E poi odio il romanticismo: le cene, i cioccolatini, i mazzi di fiori non fanno per me. Non voglio neanche vederli. Qualcuno potrebbe pensare che è a causa del mio lavoro se sono diventata così cinica, ma la verità è che penso che l'amore sia solo uno stato di psicosi temporanea. L'infatuazione, il corteggiamento, sono cose dovute a un'alterazione chimica. Nient'altro. L'amore che è tutto carinerie e occhi a cuoricino non dura per sempre. Dopodiché devi fare i conti con chi è davvero l'altra persona. Con chi sei davvero *tu*. Ci si scontra sempre con la realtà prima o poi. Questo non è essere cinica, ma realista. È questo che mi hanno insegnato le donne della mia famiglia, donne forti, donne a cui la vita non ha mai steso il tappeto rosso. Mia madre lavora a Bora Bora come donna delle pulizie e si spacca la schiena. Ha rinunciato a me, mi ha mandato qui a New York da sua sorella, per darmi una vita migliore. Sono stata infatti cresciuta da mia zia vedova che aveva cinque figli piccoli, e ho passato la mia adolescenza a fare loro da babysitter. Mia zia si fa il culo in un fast food, tra il caldo dei fornelli e la puzza d'olio bruciato tutto il giorno, per uno stipendio della miseria. Per questo ho iniziato a lavorare: per ripagarla di tutta l'ospitalità ricevuta in diciotto anni di vita. Le do quasi tutto quello che guadagno e sono orgogliosa di quei piccoli birbanti: quando li vado a trovare, mi saltano addosso come dei koala.

Mi volto e mi rendo conto che Judith e Kara mi stanno ancora guardando. Squadro Judith da capo a piedi: è molto magra, ha un fisico slanciato e cammina come se stesse su una passerella. Le sue labbra luccicanti a forma di cuore fremono quando i suoi occhi incrociano i miei.

Lei e la sua amica si avvicinano.

«Cercate mamma e papà?», chiedo alle due, e forse è da stronza, ma è il mio modo di dar loro il benvenuto nel quartiere più malfamato della città. Se pensano che sarò la loro guida in una specie di tour dei bassifondi si sbagliano di grosso.

«Cerchiamo una sigaretta», dice Kara, «O una pasticca di ecstasy. Tu hai una delle due?»

«Vada per la sigaretta». Frugo nella mia borsa e quando trovo il pacchetto gliene passo una. Kara mi fa un lieve sorriso e l'ho già inquadrata: è lei, tra le due, che comanda. Infatti, dopo che si è accesa la sigaretta, Judith la segue come un automa quando si dirige verso le macchine parcheggiate sulla linea di partenza. *Prego, non c'è di che.*

Sbuffo e già che ci sono me ne accendo anche io una.

Percepisco il fumo che mi pizzica nei polmoni, una parte del mio nervosismo si placa e sento il cervello distendersi sotto l'effetto della nicotina. È proprio vero che tutto quello che ti uccide, alla fine, ti fa sentire vivo. Io sono proprio portata, delle volte, per l'autodistruzione, sembra essere la mia indole.

All'improvviso, vengo distratta dai miei pensieri da Kevin, che si è accorto che sono qui. Non faccio in tempo a nascondermi dietro la schiena di qualche sconosciuto, ormai mi ha visto.

Gli sorrido a denti stretti. Kevin è alto e grosso, e ha un viso da bamboccione; sembra il classico buttafuori innocuo delle discoteche, ma quando beve diventa molesto. Ragion per cui lo evito. Tra le dita a forma di salsiccia stringe un bicchiere bello pieno di birra.

Saluta vago Betsy e Seth, ma non vuole una risposta da loro e prende a fissare me.

«Ehilà, *Bea*, chi non muore si rivede, eh?».

In effetti, delle volte è meglio morire. Betsy e Seth ci informano che andranno a prendere da bere, poi si rimettono a parlare di sala giochi.

«Niente più feste a casa tua?», chiedo vaga a Kevin, cercando di ignorare i suoi occhi puntati sulla mia scollatura. Indosso un vestito nero, lucido e aderente, con un po' di pizzo sugli orli.

«Tu a casa mia puoi venire anche senza la scusa della festa», biascica.

Grazie, ma anche no.

«Sei proprio bella stasera», continua. «Ho saputo che hai iniziato a lavorare in un night, perché non balli per me? Me lo fai un balletto, Bea? Uno soltanto, se vuoi posso pagarti».

Inspiro. Vorrei tirargli un pugno. Inspiro di nuovo.

«Allora, Bea, me lo fai questo balletto?».

Coraggio, Bea, affrontiamo questa cosa con calma eleganza e grazia.

«Kevin, la sai una cosa? Vai a farti fottere!».

Lui ride e si avvicina a me, le braccia allargate come se volesse abbracciarmi.

«Eddaaaaaaaaai», dice e fa un altro passo verso di me. Però inciampa. Per un attimo penso che voglia darmi una testata, per chissà quale motivo. Invece, è solo un babbeo che non riesce a stare in piedi. Mi rovina addosso, il suo alito fetido mi investe. Come se non bastasse, mi rovescia la birra sul vestito.

«Ma dai!», esclamo.

«Santo cielo, mi dispiace tantissimo», mugugna.

Mi tasto il petto, il vestito mi si sta appiccicando sulla pelle come nastro adesivo. «Non preoccuparti, è tutto okay, basta che ti levi».

Lui, invece, ne approfitta e mi tocca i seni con la scusa di asciugare la birra. Sobbalzo, quando i suoi palmi mi toccano i capezzoli; per i primi cinque secondi non riesco a muovermi, nemmeno a respirare, poi cerco di trovare la voce e faccio appello a tutte le mie forze, pur di ribellarmi a questo schifo.

«Oh, ma che cazzo fai?», urlo, però Kevin non smette di palpeggiarmi. Sto per tirargli un calcio ben assestato nel basso ventre, ma qualcuno mi precede.

Qualcuno afferra Kevin per la maglietta e Kevin barcolla all'indietro. Sono quasi sollevata, finché non vedo la fastidiosa, e imponente, figura di Tyler Mackenzie.

«Ehi, rincoglionito», dice Tyler a Kevin, trattenendolo per il colletto della maglietta, «perché non vai a farti un giro?».

Kevin, al cospetto di Tyler, sembra minuscolo e insignificante. Vorrebbe tanto andarsi a fare un giro, ma Tyler non lo molla.

«T-Tyler?», balbetta Kevin, con gli occhi spalancati dalla paura.

«In persona», risponde Tyler. «E tu sei Kevin il rincoglionito, nel caso avessi qualche altro dubbio d'identità».

«S-scusa, T-Tyler, p-pensavo che B-bea non f-fosse con te…».

«È proprio questo il punto, che tu pensi». Quando Tyler gli sorride, mi fa paura. Avvolto nella luce fioca della notte, è molto più spaventoso che a scuola, sembra proprio che questo sia il suo habitat naturale. Pare capace di uccidere con il solo sguardo.

«La prossima volta che *pensi*», sussurra, «ti taglio i *coglioni*».

Lascia andare Kevin, che scappa come un maiale che non vuole essere sgozzato. Tyler lo guarda andarsene via, con i pugni stretti.

«Dio, che pervertito», mormoro riferendomi a Kevin.

Tyler si volta e mi fissa, con un sorriso da sbruffone. I suoi occhi sono due calamite scure. Ho la sensazione che mi stia scannerizzando.

Deglutisco. Ma che ha da guardare?

Poi capisco: il mio vestito bagnato aderisce come un guanto al mio corpo. Mi ricordo di quando, per errore, gli ho parlato durante una festa e mi salgono i nervi. Non l'ho mai confidato alle mie amiche, ma quello stronzo mi ha detto: «Scusami, cosa ti fa credere di potermi parlare?».

Non importa se mi ha appena levato Kevin dai piedi, uno come Tyler va evitato.

«Hai un bel vestito, lo sai?», dice con tono basso e roco, la voce stanca e graffiata.

«Scusami», ribatto spazientita, «cosa ti fa credere di potermi parlare?».

Una risata crudele e sarcastica gli scoppia sulle labbra, mentre si passa una mano tra i capelli. Ah, allora se lo ricorda, di quella sera.

D'un tratto, sento dei fischi provenire dalla linea di partenza.

La gara sta per iniziare, ci sono un paio di ragazze con le bandierine in mano, in piedi su una striscia sull'asfalto a quadrati bianchi e neri.

Tyler mi scruta, incuriosito, e alza un sopracciglio. «Sembri un po' snob, Evans, lo sai?».

Io, *snob*? Non ha capito un tubo. Storco il naso.

«Non è che sono snob, *Mackenzie*, è che per me non esisti».

Si infila una sigaretta tra le labbra e per accendersela si fa scudo dal vento con le mani. I suoi anelli scintillano nel buio.

«Peccato, ti stavo per chiedere se vuoi farmi da groupie».

Salire in macchina con un idiota? No, grazie.

«Spiacente, ma no».

«Vorrà dire che mi andrò a schiantare», replica.

«*Che*?», domando, incredula.

Sbuffa del fumo dalle labbra carnose. «Hai capito».

«Non salirò in macchina con te, te lo assicuro».

Avanza di qualche passo e i suoi occhi densi color cioccolato si fanno penetranti.

«Mmm». La sua voce è un brivido. «Andrò così veloce da ammazzarmi, allora».

Sono allibita, non so cosa dire. E non mi capita spesso. Perciò, non dico niente. È uno squilibrato, e con gli squilibrati non si parla. La mia faccia scioccata sembra divertirlo. Si leva la felpa, anche se non il sorrisetto, e rimane con una T-shirt nera, su cui scivola una spessa collana d'argento. Me la lancia e la afferro come se mi avesse lanciato un topo morto. Ma *non* puzza, come un topo morto. Anzi, sa incredibilmente di vaniglia.

«Mettiti la mia felpa, Evans».

«Cosa? *No*!».

Si avvicina ancora e mi pare più alto che mai. Inspiro il suo profumo, un mix seducente di vaniglia e tabacco.

«Mettiti la mia felpa, *Evans*», ripete e nelle iridi castane c'è una sfumatura di ammonizione.

«Non la voglio la tua felpa puzzolente», dico osservando mio malgrado il suo petto definito. «E se pensi che salirò in macchina con te sei un pazzo».

«Salire in macchina sarà solo *una* delle tante cose che stasera farai con me».

Ti prego, ma chi si crede di essere?

«Lo sai, Tyler, se facessi un po' meno lo spaccone, saresti anche carino».

«Vorresti dire che non lo sono?».
Fa un sorrisetto di circostanza, poi guarda un punto lontano.
«Lo vedi quello laggiù?», dice. Indica un tizio con una ferita sul naso e l'aria da sballato. «Si fa chiamare Bill the Killer e gli devo seimila dollari». Si aggiusta di nuovo i capelli e mi chiedo se smetterà di tormentarseli prima o poi.
«Se non sali in macchina con me, mi andrò a schiantare pur di vincere. Anzi no. Mi andrò a schiantare di *proposito.* Primo, perché così non perderò mai più un dollaro in vita mia. E secondo, perché non sei voluta venire con me».
«Tu sei tutto matto», sentenzio.
«Se non sali con me, morirò, Evans».
«Ma vattene al diavolo», ribatto.
«È la prima cosa che farò quando morirò», replica lui.
«Quelli come te se la cavano sempre».
«Ti prego, *salvami*».
«Perché io? Non puoi torturare qualcun'altra?». Indico Meredith Keller che mi sta guardando con odio da minuti interi.
«Sì, ma io voglio te», mormora. «Solo per stanotte».
«Fai schifo», lo gelo, ma sento che sto cominciando a cedere.
Gli sfugge una risata, ma i suoi occhi mi stanno implorando di cogliere la sua sfida.
«Allora... mi salverai, Evans?», sussurra. «Mi condanni a morte se non sali con me».
Cazzo. È la cosa più folle che abbia mai fatto. Però sbuffo e comincio a camminare verso la sua stupida Chevrolet Camaro.
«Che musica ascolteremo?», domando.
Ci riflette, poi comincia a canticchiare le prime strofe di *Without Me*, di Eminem. Poi, mi rivolge un sorriso da fotomodello che mi urta.
«Ok, ok, ci sto. Giusto perché altrimenti ti avrei sulla coscienza», spiego. «E per la musica. Adoro Eminem. Però ho una condizione».
«Dimmi».
Mi infilo la sua felpa e metto la borsetta nella tasca enorme.
«Devi arrivare primo. Detesto *perdere*».
Ride soddisfatto e lancia un'occhiata severa alla mia scollatura. «Allacciati quella zip, sono qui per vincere seimila dollari non per sparare in testa a qualcuno».
Nel frattempo, siamo arrivati alla sua auto, sulla linea di partenza.
«Addirittura», dico salendo dal lato passeggero. I sedili in pelle profumano di borotalco. Di fianco a noi c'è una sfilza di macchine pronte a dare gas al motore.

Quando Tyler si sistema dietro il volante, occupa tutto lo spazio vitale dell'abitacolo. Le sue mani tatuate spalancano il tettuccio. «Fidati, ho ucciso per molto meno».

Guardo Tyler con gli occhi spalancati.

«Scherzo», aggiunge allegro.

Mica tanto, penso, mentre lui accende la radio. Parte Eminem, come promesso.

Tyler tamburella con le dita sul volante, a ritmo di musica. Intanto, prendo il cellulare e scrivo un messaggio alle ragazze sul gruppo.

Io: Se stasera muoio, sappiate che vi ho amato tantissimo. Sono sulla macchina di Tyler Mackenzie, che gareggerà per un debito, da quel che ho capito. Non so neanche io come ci sono finita qui sopra. Ma sono dipendente dall'adrenalina, e sinceramente non vedo l'ora. Se sopravvivo vi racconto.

Arya: Bea! Scendi da quella macchina! Arriviamo subito!

Che carina, Arya, si preoccupa sempre.

E forse dovrei preoccuparmi anche io. In quel momento, infatti, ci affianca Bill the Killer e ha gli occhi da maniaco. Per un attimo ho paura e vorrei scendere, ma di solito non sono una che si rimangia la parola. Guardo meglio l'abitacolo di Bill the Killer e noto che è accompagnato da Kara Jones, che fuma con il gomito fuori dal finestrino come se fosse una celebrità pronta a essere paparazzata.

Quella tipetta si sta ambientando a dovere.

Tyler e Bill the Killer si lanciano un'occhiata di sfida. Il volto di Tyler diventa brutale, quello di uno disposto a tutto, spietato.

Come si dice in questi casi? Che la sfida abbia inizio.

9

Beatrix

Sono in macchina con Mackenzie, ancora non posso credere di esserci salita. Credo che tutte le ragazze qui presenti mi stiano guardando con odio.

Siamo pronti a partire, ma io sono imbambolata a fissare il tizio a cui Tyler deve dei soldi. Sembra uno di quelli che nei film mozzano le dita agli spacciatori, ha uno sguardo avido e micidiale.

Si volta nella nostra direzione, parla con Tyler ma ammicca a me.

«Quanto vogliamo scommettere che non arrivi vivo alla fine?», dice con un ghigno, e poggia la mano sulla coscia scoperta di Kara.

«Ti farò mangiare la polvere», sputa Tyler tra i denti.

Bill the Killer ha le pupille dilatate, non penso che dovrebbe guidare un'auto.

«Tu sei un cazzo di perdente, Mackenzie».

Tyler diventa rosso e i suoi occhi si offuscano di collera. Credo che abbia dei problemi con la gestione della rabbia.

«È tempo di pagare i tuoi debiti», continua Bill the Killer. «Non si ha mai niente per niente. Mammina non te lo ha insegnato?».

Tyler pare sul punto di esplodere, invece dovrebbe mantenere la calma. Solo così può sperare di vincere.

Mi sporgo verso di lui per dirgli qualcosa di rassicurante, e Tyler istintivamente volta la testa nella mia direzione. Le sue labbra carnose sono socchiuse. Da così vicino, i suoi tratti sono molto più intensi del previsto, ha l'aria di uno che ha fatto un patto con l'oscurità. Siamo così *vicini* che avverto il suo respiro.

«Non ne vale la pena», gli dico, decisa.

Stringe il volante con forza. Mi fissa e si mordicchia il labbro inferiore, poi mi sorride.

«Mettiti la cintura, Evans», ordina, e si volta verso il parabrezza.

Approfitto del momento e metto un po' di distanza tra noi. «E tu?», domando.

«Ho detto mettiti la cintura. È la mia auto, e la mia gara, perciò devi seguire le mie indicazioni».

«Ai suoi comandi», ribatto sarcastica.
«Comincia a rosicare, faccia da culo», urla Tyler all'avversario, mentre manda su di giri il motore.
Eccoci alla resa dei conti. L'uomo sulla linea fischia e comincia il conto alla rovescia.
3.
Tyler accarezza il volante come se fosse il manto di un animale feroce.
2.
La sua espressione diventa concentrata, oltre che irrequieta.
1.
Assottiglia lo sguardo e allarga le narici.
Via.
Tyler accelera così forte che sento lo stomaco capovolgersi. La mia schiena si incolla al sedile e mi sento come un'acciuga sottovuoto.
Lui lancia un grido euforico, un suono profondo e angosciante, che mi risuona nella testa e mi provoca dei brividi intensi di paura.

Stiamo andando così veloce che neanche mi accorgo dell'asfalto che corre sotto le ruote della macchina. Le case attorno a noi sono sfocate e si confondono. Arriviamo alla prima curva, che Tyler affronta premendo l'acceleratore e sterzando. Ha il viso contratto, la mascella serrata, le nocche bianche per lo sforzo di stringere il volante. Sono così agitata che *Superman* di Eminem è solo un lontano suono di sottofondo. Mi focalizzo sul profilo perfetto del naso di Tyler, sull'anellino alla narice che brilla nel buio. Sembra così consapevole di quello che fa. Sembra uno che guida da una vita e, soprattutto, uno che non ha paura di osare. La macchina tiene la strada, e in curva, anziché diminuire la velocità, Tyler accelera. Ha gli occhi scuri e concentrati. Al momento, siamo in vantaggio, però Bill the Killer ci sta addosso. D'un tratto, noto che c'è un camioncino dei gelati proprio dietro di noi. Viaggia a una velocità sorprendente per un veicolo di quel tipo, tanto che riesce persino ad affiancarci, dopo aver superato Bill. Tyler abbassa il finestrino e finalmente vedo chi si trova al posto di guida.
«Che cazzo fai?», urla Ryan.
«Che cazzo fai tu», ribatte Tyler. «Pensa a guidare!».
«Guarda che mi tocca fare per colpa tua», brontola Ryan. «Appena esci da quell'auto...».
«Pensi che io sia bello?», domanda Tyler di punto in bianco al fratello.
«*Cosa*?», replica Ryan, allibito.
«Te lo chiedo perché invece di guardare la strada non la smetti di fissarmi», scherza Tyler.
Ryan rimane a bocca aperta, poi comincia a suonare il clacson all'impaz-

zata. Tyler preme di nuovo l'acceleratore e sento un nodo alla gola, quando Bill the Killer ci affianca.

Mi rendo conto che siamo quasi arrivati al traguardo, siamo in vantaggio per un pelo. Tyler ha gli occhi socchiusi. Il tachimetro sale vertiginosamente. Il mio respiro diventa affannato. Non ho mai fatto una cosa così figa e pericolosa, prima, e non voglio rovinarmi questo momento. Mi sventolo con una mano e Tyler si gira per controllarmi.

Cazzo, non ti distrarre. Non distrarti proprio ora, Mackenzie.

Abbiamo il camioncino dei gelati a destra, Bill the Killer a sinistra, e Tyler si è imbambolato su di me

«Sto bene, cazzo, sto bene», dico sbrigativa e con il fiato corto.

Tyler allora preme di nuovo l'acceleratore e si volta verso il fratello.

«Io gli taglio la strada», dice Ryan. «Tu pensa a tagliare il traguardo».

E il camioncino dei gelati blocca l'auto di Bill the Killer, permettendoci di arrivare primi.

Grida di giubilo accolgono Mackenzie mentre scende dall'auto, esultando davanti alla folla.

10

Arya

Quando ho ricevuto il messaggio di Bea, ero insieme a Cassie, Roman e Wellington a bere un drink. Eravamo in un locale alla moda vicino a Central Park. La serata scorreva in modo piacevole, Roman è un tipo simpatico, che sa il fatto suo. Ha offerto a Cassie un posto in cui stare, dopo che ha saputo delle condizioni in cui vive, ed è stato davvero gentile. Cassie ha accettato. A dire la verità, l'ha fatto solo perché ho insistito.

«È un tipo fidato, uno di famiglia per Wellington», ho concluso, dopo averla trascinata in bagno e averle fatto un discorso molto serio sul perché avrebbe dovuto prendere in considerazione la proposta di Roman. E lei ha capitolato.

La serata, però, è deragliata dopo il messaggio di Bea. Mi è preso un colpo. Dovevo fermarla. Diciamo che i fratelli Mackenzie e le corse d'auto clandestine non vanno molto d'accordo. Per questo, ho detto agli altri che dovevo scappare e Cassie è voluta venire con me.

Ho ringraziato il cielo di aver preso la mia macchina, questa sera. La mia vita è così: c'è sempre un imprevisto ed essere autonomi è la sensazione più bella del mondo.

La prima cosa che ho fatto salendo in auto è stata chiamare Ryan. Mi tremava il petto. Anni che non ci parliamo e poi nell'arco di una settimana lo chiamo persino al telefono. A dire il vero, non ho mai cancellato il suo numero. E non ho mai cambiato il mio, perché speravo che avesse sempre un modo per contattarmi. Ovviamente non si è mai fatto sentire.

Ma adesso la priorità erano Tyler e Bea, dovevo mettere da parte il mio orgoglio. Dovevo avvertirlo.

Quando ho sentito la sua voce dall'altro capo della linea, ho aspettato qualche secondo prima di parlare: avevo paura che lui potesse trattarmi male o, peggio, avvertire tutta l'emozione spezzata che provavo. Poi sono riuscita a dirgli ciò che dovevo e mi sono fiondata alle corse. Ora sono qui con Cassie e voglio solo trovare Bea, tirarle i capelli per avermi fatta preoccupare così e allo stesso tempo assicurarmi che stia bene. Quando siamo a pochi metri dal traguardo, Cassie diventa pallida come un cencio.

«Ma quello è il camioncino di Paul», mormora Cassie. «Che cosa sta succedendo?».

Non abbiamo tempo di pensarci troppo: si levano delle urla e ci voltiamo. I Mackenzie stanno litigando con un tizio. Sembra che stiano per arrivare alle mani. Ma perché quando ci sono di mezzo quei fratelli c'è sempre qualche rissa?

«Voglio i miei soldi! Voglio quei soldi, mi avete capito?», sta gridando lo sconosciuto.

«Non ti daremo proprio niente. Basta chiederci soldi e porta rispetto, ingrato del cazzo», dice Clayton, strattonando lo sconosciuto per la maglietta.

L'altro prova a liberarsi dalla stretta di Clayton, senza successo. Anzi, si ritrova schiacciato contro l'auto. Noto che dentro c'è una ragazzina dagli occhi blu, vestita con un abito nero da sera firmato, che fuma sul sedile del passeggero e si gode la scena.

«Voi non avete idea di chi sono io!», gracchia il tipo, ormai con le guance e la fronte color porpora.

«E chi cazzo saresti tu?», ringhia Killian.

«Senti, Ryan, facciamolo fuori e togliamoci il problema», dice Clayton.

Ryan è di spalle, non riesco a scorgere le sue espressioni, ma la sua presenza alta e composta mi atterrisce. Sa essere così autoritario anche rimanendo in silenzio.

All'improvviso, Killian estrae una pistola e la preme contro il collo dello sconosciuto, sulle vene pulsanti.

«Se non smetti di frignare ti spariamo un colpo in testa», dice.

La sua voce fredda come metallo mi si incastra dentro e non ne esce più. Gli occhi animaleschi di Killian incontrano i miei e mi si spezza il respiro.

Non mi trovavo così vicina a lui da quella volta che quasi mi ha uccisa e per un attimo non riesco più neanche a pensare. Killian ha sempre avuto un effetto strano su di me, forse perché, fra tutti i fratelli, è quello più irrazionale. E mi spaventa anche perché Killian è il punto debole di Ryan, il quale sarebbe in grado di commettere le atrocità più impensabili pur di proteggere il fratello maggiore.

«E tu, Tyler, che cazzo. Potevi evitare di perdere tutti questi soldi con un pisciasotto», dice Killian, dopodiché affonda la pistola nella carne del tipo, che comincia a piagnucolare.

«Avete ragione, è che mi ero fatto prendere la mano e…». Tyler si stringe nelle spalle ed è allora che mi accorgo di Bea, piccola e tremante al suo fianco.

Da quanto sta assistendo al teatrino di questi pazzi? Diamine, sembra una che ha appena visto passare un fantasma. Supero l'ostacolo della presenza di Ryan e vado da lei. Devo salvare Bea dalle grinfie di quei fratelli.

«Ehi, Bea, stai bene?», le sussurro abbracciandola e poi le bacio la testa. Bea è sempre forte e coraggiosa, tanto che a volte mi dimentico che anche lei ha le sue fragilità. Sento gli occhi di quel branco di animali feroci infilzarmi la schiena.

«Arya». Quando mi abbraccia a sua volta, il mio cuore si stringe. È un attimo, poi torna quella di sempre. «Sto bene, non c'era bisogno di correre qui».

«Bea, non farlo mai più».

«Ma perché sei venuta fino a qui? Non c'era bisogno», ripete, decisa.

«Sì, invece, non potrei mai lasciarti sola». Farei qualunque cosa per lei e Cassie, *qualunque*. Se dovessi gettarmi nel fuoco pur di proteggerle, lo farei, senza pensarci due volte. Voglio portarla via da questo manicomio.

In quel momento, Clayton solleva da terra il ragazzo, che è bordeaux. «Leghiamolo e imbavagliamolo», propone, voltandosi verso i fratelli. «Mettiamolo sul camioncino e più tardi ragioniamo su cosa fare di lui. Magari da te esce un buon gelato, eh, Bill?», sibila, rivolto al poveretto.

«Esatto», concorda Killian. «Facciamolo a pezzi». Apre il retro ed estrae della corda e del nastro adesivo. Gli lega i polsi, gli incolla la bocca con lo scotch e insieme a Clayton lo getta nel retro del camioncino. Uhm: la situazione si mette *male*.

«Andiamocene», mormoro a Bea e, in quel momento, incrocio lo sguardo di Ryan, che rimane fermo nel buio, il viso contratto e impenetrabile che mi fissa, le labbra piegate in un sorriso sardonico.

Vorrei non trovarmi di fronte a Ryan. Vorrei non sentire il cuore che mi sprofonda nel petto e il fiato mancarmi, vorrei non dover ammettere con me stessa che, per un suo sorriso, io potrei sentirmi male. Vorrei spegnere tutto ciò che provo in quest'istante, almeno ignorarlo sarebbe più semplice. Invece, la mia sciocca mente non fa altro che preoccuparsi per lui: in tutto questo tempo, in un piccolo spazio chiuso a chiave dentro di me, lui c'è sempre stato. *Sempre*. Per questo, mentre gli sfilo di fronte per andarmene, mi costringo ad abbassare gli occhi. Trascino Bea verso Cassie, che è rimasta indietro. Mi accorgo che ha uno sguardo sconcertato e fissa Clayton, il labbro inferiore che le trema. Il terzo dei Mackenzie si volta a guardarla e contrae la mascella, un fiume tortuoso di emozioni gli attraversa gli occhi. Tuttavia, non ho tempo di indagare.

«Forza, torniamo alla macchina», dico, ma Cassie non si muove. «È meglio andarcene, fidati di me».

Lei, più per rassegnazione che per reale volontà, alla fine ci segue. Quando intravedo la sagoma della mia Ford, parcheggiata malamente a pochi metri da noi, provo un piacevole senso di conforto.

Quella macchina è la mia grande salvezza.

Spalanco la portiera e mi siedo al volante. Bea e Cassie si accomodano, in silenzio. Prendo un respiro profondo, poi infilo la chiave nel quadro e la giro.

Scappare, ecco cosa dobbiamo fare.

La macchina scoppietta, emette un lieve borbottio, sembra che si stia accendendo, ma poi si spegne. Riprovo due, tre volte, ma niente: non parte. No, non è possibile. Mi passo una mano tra i capelli e vorrei strapparli dalla cute.

«Arya, va tutto bene», sussurra Cassie, dal sedile posteriore.

«Sì, Arya, non preoccuparti», dice Bea, «chiameremo il carro attrezzi e poi Betsy e Seth ci daranno un passaggio».

Sono quasi convinta che andrà tutto bene, poi però il camioncino dei Mackenzie frena brusco di fronte a noi e Ryan apre lo sportello.

«Ci sono problemi?», chiede Ryan con le sopracciglia inarcate.

«Ci si è fermata la macchina!», strilla Bea dal finestrino. «Nessun problema, però, ce la caveremo!».

«Salite», ordina Ryan.

Mi si ghiaccia il cervello. La notte sembra premermi addosso. «Ce la sbrighiamo da sole, grazie», ribatto senza distogliere gli occhi dal volante.

«Arya, salite, per favore».

Sentire la voce di Ryan roca e sommessa mi procura un brivido.

Nella sua richiesta c'è un'intransigenza che non mi sfugge e che mi fa capire che è meglio dargli retta. Sospiro e scendo dall'auto, e le mie amiche mi imitano.

«Dove vi porto?», si informa Ryan.

Gli occhi di Killian, oltre il fratello, brillano come lame nel buio, e sapere che mi fissa con rancore mi mette la pelle d'oca. Clayton, appena più in là, ha un'ombra che gli oscura il volto, sembra Lucifero in persona.

«Bea abita a pochi isolati da qui, Arya al bar sulla strada principale e io, stasera, andrò a stare da un amico, nell'Upper East Side», risponde Cassie.

Ryan annuisce in segno di conferma. «Killian», dice poi sbrigativo al fratello. «Scendi. Vai in macchina con Tyler». Tyler sta tallonando il camioncino, lo stereo al massimo. Killian mi fredda con un'occhiata, prima di andarsene. Ryan sa che questo è l'unico modo per non avere problemi.

«Beatrix», continua Ryan, «anche tu con Tyler».

«Mi sentirei più tranquilla se stessimo tutte insieme», intervengo.

Tyler, che non si sa bene come mi ha sentita, aggrotta la fronte, il braccio fuori dal finestrino e le dita piene di anelli d'acciaio che picchiettano sulla carrozzeria. «La accompagnerò fin dentro casa», mi assicura con un sorrisetto ma, non so perché, non mi convince affatto.

«Tyler», lo avverto, «prova a toccarla e io ti spezzo le gambe».

Ridacchia. «Sta' tranquilla, leonessa, è in buone mani». *Leonessa.* Erano secoli che non mi chiamava così.

«Ci sentiamo più tardi, ragazze», ci dice Bea, prima di salire sul sedile del passeggero dell'auto di Tyler, con Killian che si sistema su quello posteriore.

Annuisco: lei scherza, ma io non mi sento affatto tranquilla. Io e Cassie ci schiacciamo tra Ryan e Clayton. Io sono vicino a Ryan e il suo corpo sprigiona elettricità. Lui ingrana la marcia e si parte. Tiene gli occhi sulla strada, ma non per precauzione. Ha una padronanza alla guida che nessun altro ha, e questo perché ha sempre guidato. Veicoli rubati, chiaramente. No, lui tiene lo sguardo fisso sulla strada per non rivolgerlo a me. Lancio un'occhiata a Cassie accanto a Clayton, che ha ancora la pistola tra le mani. Lui è schiacciato contro il finestrino, lei contro di me, come se fossero attenti a rimanere il più lontani possibile l'una dall'altro. La tensione si taglia con il coltello. Dopo quella che mi pare un'eternità, il camioncino parcheggia davanti al mio bar. Non sono mai stata così contenta di vedere l'insegna mezza fulminata del Donovan's. Ryan scende, le mani nelle tasche dei jeans, e si accende una sigaretta. Ho capito: mi accompagnerà all'interno, nonostante io sia a meno di cinquanta metri dall'ingresso. In questi cinquanta metri ha paura che mi rapiscano gli alieni? Mi giro verso la mia amica.

«A più tardi», le prometto.

Clayton si lascia sfuggire una risata maligna. Io esco dall'abitacolo e prendo un bel respiro, pronta ad affrontare Ryan.

11

Cassie

Quando Arya e Ryan si allontanano, rimango da sola con Clayton, sul camioncino che hanno *rubato* a Paul. Ho passato l'intero tragitto a guardare ovunque tranne che verso Clayton, avrei fatto di tutto pur di non dovermi confrontare con il buio di quegli occhi. Ma ora che siamo fermi, evitare il suo sguardo è quasi impossibile. Tra le mani pallide ha la pistola che mi ha puntato sulla tempia nel cortile della scuola, proprio stamattina. La tiene appoggiata tra le cosce muscolose e ha il viso riparato dal cappuccio grigio di una felpa. Questa situazione è terrificante. Sono in uno spazio ristretto con uno squilibrato che tiene in mano una pistola e che mi detesta, che mi ha preso in giro per mesi, fingendosi qualcuno che non era. A cui ho mandato foto decisamente compromettenti, azione di cui mi pento moltissimo. Clayton conosce ogni mia debolezza, perché non gli ho messo a nudo solo il mio corpo ma anche la mia anima, e di questo mi pento ancora di più.

«Sei stato tu a mandare Paul all'ospedale?», chiedo. La voce mi esce stridula come una chitarra scordata. So che dovrei trovarmi un passatempo meno pericoloso e più intelligente e costruttivo, anziché litigare con lui, ma è più forte di me.

Lui gira la testa con pigrizia, ciocche di capelli neri gli ricadono davanti agli occhi come un sipario inquietante.

«Sei fastidiosa», sussurra.

«Ti sei divertito a spedire un tizio all'ospedale? Lo sai che poteva rimanerci secco?», lo provoco.

Lui è una statua di marmo: il modo in cui sta fermo è irreale.

«Ah, non è morto? Peccato», dice con aria annoiata.

«Ti piace picchiare la gente a sangue? Ci provi gusto?».

Non mi interessa niente di Paul, ma voglio capire perché Clayton ha deciso di distruggere tutto ciò che ho intorno... Paul non è una brava persona, ma questo non autorizza Clayton ad aggredirlo. Sono degli avvertimenti? Cosa vuole dimostrarmi con questo gesto? Che è spietato? Lo sapevo già. Che è in grado di uccidere, se vuole? Anche questo lo sapevo già. Ho paura di lui. Ho paura di quello che è capace di fare.

«Risparmia il fiato per il tuo fidanzato, stasera dovrai dargli qualche spiegazione sul perché stai facendo così tardi».

Fidanzato? Ma di che parla? Ah, avrà sentito che stasera vado nell'Upper East Side, ma ho anche specificato che alloggerò da un amico.

«Hai dei problemi».

Si volta, di scatto. Mi osserva come se fossi debole e patetica. «Attenta, Cenerentola».

«A cosa?», domando.

«A *me*».

Abbasso gli occhi sui polsi possenti su cui si dirama l'inchiostro dei tatuaggi.

«Non ho paura di te», mormoro, ben consapevole di stare mentendo.

«Invece dovresti», dice. «Non mi costerebbe tanta fatica metterti uno scotch su quella bella bocca e rinchiuderti insieme al tizio sul retro».

«È un'altra minaccia? Non sai fare altro? Sei solo un assassino spietato».

Clayton scivola lungo il sedile, un sorriso teso che mi mette i brividi, e accosta il viso al mio. È bellissimo.

«Ne hai mai conosciuti di assassini amorevoli?», commenta, con una risata spoglia di qualsiasi divertimento.

«Tu hai davvero qualcosa che non va», insisto, ma questa volta con meno convinzione. La sua presenza mi annebbia la coscienza. I suoi occhi sembrano fatti di incubi e sono in grado di risucchiarmi, di farmi perdere come dentro a un labirinto. La sua voce roca scorre nel mio orecchio e nel mio corpo come seta.

«Mi odi?», sussurra avvicinandosi al mio orecchio.

Deglutisco a fatica. Il suo profumo mi invade le narici.

«Sì».

Mi fissa la bocca, inclina il capo e posa la sua grande mano calda sul mio ginocchio.

«*Quanto*?», domanda.

«Tanto».

Si morde il labbro inferiore e il suo corpo imponente si avvicina pericolosamente al mio. Il buio gli sta così bene addosso…

«Dimostralo, Cenerentola», sussurra. Le sue dita si muovono dal ginocchio al fianco: scorrono con lentezza, avanti e indietro, dolci, sopra il tessuto sottile del vestito. Le sue labbra sono molto, *troppo*, vicine al mio collo. Mi concentro sul movimento delle sue dita. Provo dei brividi molto intensi che assomigliano al dolore. Il mio fianco sfrega contro la sua coscia. Senza volerlo inarco un po' la schiena. La sua voce bassa e profonda mi riempie l'orecchio.

«Ti piace essere al centro dell'attenzione, vero? *Upper East Side*, eh? Tu e la tua amica volate alto».

Non riesco a emettere alcun suono, si insinua sotto la gonna e disegna dei cerchietti sulla mia coscia scoperta. Apro lentamente le gambe, un riflesso quasi involontario.

«Non sei una brava ragazza, vero, Cassie?». Le sue dita mi sfiorano le mutandine e sento un'energia accumularsi nel basso ventre.

Non riesco a parlare.

«Lui lo sa che sarò io a riportarti a casa?», continua. Preme leggermente sul mio clitoride. La stoffa ci sfrega contro.

Cerco di respingere il calore che provo in mezzo alle gambe, ma è più forte di me: un intenso fuoco bruciante si propaga su tutta la mia pelle.

«Te lo scopi?», chiede, con il respiro affannato.

Se solo sapesse che sono vergine… Forse smetterebbe perfino di toccarmi in questo modo, ma io non voglio che smetta.

«Non sono affari tuoi», replico con voce strozzata. Per un attimo i nostri sguardi si incrociano e schiudo le labbra; vorrei pregarlo di continuare, ma sto zitta per conservare quel briciolo di dignità rimasta. Il suo braccio muscoloso mi sfiora il seno, mentre la sua mano enorme tortura la stoffa delle mie mutande.

«Sei bagnata», sussurra, «non ti faccio poi così schifo, allora».

Sento il cuore pulsarmi nella gola e nelle orecchie. Mi sento così sporca, ora, a provare tutto questo piacere inaspettato grazie all'essere più disgustoso su questo pianeta. Eppure, adesso vorrei afferrargli i capelli corvini, mettermi cavalcioni su di lui e placare questo irrefrenabile impulso di piacere.

«Non mi sono mai toccato con le tue foto, comunque», sussurra, mentre con la punta del naso mi sfiora il mento. «Una volta me lo hai chiesto. La risposta è no».

Deglutisco sonoramente, incapace di muovermi. Mi rendo conto che un po' sono delusa.

«Perché?», gli chiedo. "Non ti piacevano?", vorrei aggiungere, ma lui mi precede.

«Sono uno stronzo, Cassie, ma non sono un depravato del cazzo», dice, e la sua mano si ritira dalle mie mutande, perché Ryan sta tornando verso il camioncino. Clayton mi lascia sola, ansimante e confusa. Piena di vergogna.

12

Arya

Getto la borsa sul bancone e il manico sbatte contro il lavello.

Ryan è dietro di me.

Non ho il coraggio di voltarmi, *so* che è assurdo: ma ho il terrore di salutarlo, ho il terrore che lui dopo stasera torni a far finta di non conoscermi.

Alla fine, nonostante i tentennamenti, riesco a girarmi.

Lui indugia sulla porta, i capelli castani scompigliati come se dovesse posare per una rivista, lo sguardo provato e stanco, ma indistruttibile.

Ecco, Ryan è sempre stato questo per i suoi fratelli. *Indistruttibile.*

«Be', grazie per avermi riportata a *casa*». Faccio fatica a chiamare questo posto "casa", nonostante sotto questo tetto ci viva ormai da diversi anni.

Si stringe nelle spalle. «Quando vuoi».

So che è una menzogna. Lui, d'ora in avanti, riprenderà a ignorarmi. Ho speso mesi, anni a torturarmi su quale fosse il suo problema, a capire perché lui di punto in bianco avesse deciso che tutto ciò che c'era stato tra noi dovesse finire… Qualunque fosse quello che c'era tra noi. Non mi sono mai data una risposta. Sono solo arrivata alla più ovvia delle conclusioni, cioè che lui mi odiasse, ma non saprei perché mi merito il suo astio.

«Mi spiace per quello che hai visto stasera», dice, con la tristezza negli occhi.

Avverto una fitta alla parte alta dell'addome, come se rovi di spine mi si fossero piantati tra le costole.

«Questo non sei *tu*, Ryan», dichiaro a denti stretti.

La sua risata spezzata mi fa sempre così male. «Infatti. Questo è quello che sono diventato».

Cerco di trovare un po' di forza, anche se è un'impresa ardua. Ryan ha la misteriosa abilità di rendermi debole, o perlomeno… *sentimentale.*

«Se ti faccio una domanda… puoi rispondermi con sincerità?», gli chiedo.

«Falla e basta», replica con un sorriso cupo.

«Sei stato arrestato per furto con scasso, mesi fa», dico, «secondo la polizia hai svuotato una cassaforte. Ma quella notte, verso quell'ora, io ti ho visto qui fuori, di fronte al mio bar… *Quindi* non eri dove i poliziotti dicevano che fossi. Non sei stato tu, non è vero, Ryan?». Non può essere stato lui. E chi è quello che di solito fa le rapine? Un pazzo dai capelli platino...

«Brava, Arya. Mi hai *scoperto*», risponde con lentezza e i suoi occhi verdi si fanno minacciosi.

Il cuore mi martella nel petto e le tempie mi pulsano, non so neanche io se è per la rabbia o per altro.

«Chi proteggi, eh, Ryan? *Killian*? Lo proteggi al punto tale da finire in prigione per lui?».

Avanza verso di me e il profilo duro della sua mascella guizza in un sorriso tagliente.

«Questo e altro. *Ucciderei* per i miei fratelli».

«Ti stai giocando tutto così».

«Questo tuo atteggiamento da *mammina...*».

«Non è da persona intelligente, Ryan, gettare all'aria i tuoi sogni in questo modo». Oramai è così vicino che avverto il suo respiro caldo sul viso.

«Per quelli come me», mormora, «non è da persona intelligente avere un sogno, Arya. Capire che i sogni, nella vita reale, non si avverano mai: questo sì che è *intelligente*».

Vorrei piangere. E in fondo lo capisco: anche io ferirei a morte chiunque tocchi le persone che amo, e in questo siamo sempre stati molto simili. Il leone e la leonessa. Ma che razza di testa bacata farebbe mai una cosa del genere? Chi è che si assumerebbe la responsabilità di una cosa così grave? Per salvare chi, poi? Uno che il carcere se lo meriterebbe a vita? Se ripenso a ciò che Killian ha fatto negli anni, a ciò che ha fatto a me, a ciò che ha fatto a Ryan...

«Perché? Perché ti prendi delle colpe che non hai?». Trattengo le lacrime.

«Tu non puoi capire», dice.

«Posso, Ryan, ti giuro che posso», quasi lo imploro.

«*No*». Il suo viso è così vicino che basterebbe così poco per prenderlo tra le mani e stringerlo contro il mio corpo: un istinto che mi freme dall'interno, che mi scuote come un bisogno primario.

«Di cosa hai paura?», sussurro.

Nel verde delle sue iridi c'è qualcosa di vivo, una ricettività magnetica, un calore che ho sempre associato al sole.

«Che cominci a guardarmi con occhi diversi», ribatte. «Ora devo riportare la tua amica dall'altra parte della città, stammi bene, Arya».

Quando esce, non mi trattengo più e scoppio in lacrime. I ricordi rompono gli argini come un fiume in piena.

Faceva così caldo che cuoceva persino l'asfalto. Ma io ero concentrata: era il momento decisivo. Ero con Ryan e i suoi fratelli, nel campetto da basket abbandonato, dietro la parrocchia. Si stava per decidere il mio destino. Dentro o fuori dai Dead Rabbits, e io volevo stare dentro con tutta me stessa. Volevo stare insieme a loro, insieme a Ryan. Guardai gli altri. Clayton e Tyler si fronteggiavano ai tiri liberi, Paxton fumava una canna a bordo campo, e Killian era seduto su una panchina di plastica, il moncherino che gli usciva dalla spalla. I suoi occhi da lince mi fissavano. Aveva camminato per tutto il tragitto con uno zaino sulla spalla che gli faceva perdere l'equilibrio. Era triste e anche un po' buffo a vedersi. Ma in quel momento, mentre mi studiava, era tutto meno che buffo.

Era stata di Ryan l'idea della sfida. Killian non voleva ragazze nella banda. Lui non voleva me. Allora, Ryan gli aveva proposto di mettermi alla prova. Ci saremmo sfidati in una partita di basket. Se avessi vinto, potevo far parte dei Dead Rabbits, altrimenti avrei continuato, per citare Killian, a giocare con le bambole. Ci si batte sempre per quello in cui si crede, no?

Ryan si è tolto il suo berretto verde che metteva sempre al contrario e, dopo avermi scompigliato i capelli, lo ha messo sopra la mia testa, aggiustando la visiera, questa volta dalla parte giusta.

«Così sei pronta per la sfida», ha detto Ryan. «Piccola combinaguai».

«E se non vinco?», gli ho chiesto.

«Sì, che vincerai, e sarai dei nostri», ha ribattuto lui, convinto.

«Davvero, Ryan. Potrei non farcela...».

«Senti, hai il mio berretto. Vincerai».

Ho deglutito a fatica. «Non importa se vincerò, vero? Killian continuerà a dirmi che sono indegna».

Ryan mi ha guardato con quei suoi occhi screziati e luminosi, di un verde impossibile. Aveva un'espressione pensosa, mentre si aggiustava in fronte la bandana rossa che considerava un portafortuna.

«Ehi, stammi a sentire. Sei tu che dici agli altri chi sei, non il contrario. Chiaro? E adesso forza, concentrata».

Ci siamo spostati al centro del campo. Killian e io, i due capitani, abbiamo fatto carta forbici sasso per stabilire chi avrebbe cominciato a scegliere per primo i giocatori. La sua carta ha battuto il mio sasso. Toccava a lui reclutare per primo.

«Scelgo Clayton», ha detto.

«Io Ryan», ho ribattuto senza pensarci, e lui fiero si è posizionato al mio fianco.

Rimanevano solo Paxton e Tyler, e quest'ultimo, seppur molto più piccolo, era di gran lunga più veloce, agile e coordinato di Paxton.

«Tyler», ha scelto Killian, con un sorriso diabolico, ben sapendo di avermi penalizzato.

«Così sono squilibrate», ho mormorato.

Killian ha guardato prima il proprio braccio monco e poi Paxton. «Non lo sono, principessa. Un disabile in una squadra, e un impedito nell'altra».

La partita è durata un'eternità. All'inizio, era equilibrata: a Killian mancava una parte fondamentale del corpo per poter giocare a basket e stava prendendo le misure coi tiri; Paxton, invece, sbagliava tutti i passaggi. Col passare dei minuti, però, io e Ryan abbiamo cominciato a fare la differenza. Nei giorni precedenti, io e lui ci eravamo esercitati con i tiri. Mi aveva spiegato la posizione del braccio e come calcolare la traiettoria del lancio. E proprio grazie ai suoi consigli, all'ultimo minuto ho segnato il punto decisivo per la vittoria. Mi sono buttata addosso a Ryan, che mi ha preso in braccio e mi ha fatto roteare. Gli altri non esistevano più, c'eravamo solo io e Ryan.

«Ce l'abbiamo fatta, combinaguai», ha detto, e poi si è slacciato la bandana dalla fronte per arrotolarmela al polso.

«Questa, da ora in poi è tua».

Il cuore mi è esploso nel petto. Sapevo quanto era importante per Ryan: era uno dei pochi ricordi che gli rimanevano di suo nonno.

«Sei una di noi adesso e ti serve un nome», ha aggiunto. Ognuno dei Dead Rabbits aveva un soprannome. Tyler, la tigre. Ryan, il diamante. Killian, la sigaretta. Clayton, il diavolo bianco. Paxton era il mitico, anche se avevo il sospetto che, più che un soprannome, fosse una presa in giro.

«Io ne avrei uno per te», ha detto Killian avanzando nella mia direzione, il capo chino in segno di rispetto. «La principessa. Che ne dici?».

Ryan, però, ha sorriso con orgoglio. «No. Lei è la leonessa».

E il mio cuore ha fatto una capriola.

Mi trascino fino alla mia stanza. Apro il cassetto del comodino di fianco al mio letto, e frugo tra le varie agende degli anni scorsi, su cui ho annotato i vari bilanci del bar. Dev'essere ancora qui. La trovo, sento la consistenza liscia sotto le dita. La bandana rossa di Ryan. La ispeziono, alla ricerca di quella scritta tracciata con un pennarello un po' scarico, ma le parole sbiadite, frutto di una grafia grande e distratta, ci sono ancora.

"Sei la mia leonessa".

Anche se non vorrei, né dovrei, dormo tutta la notte con quel pezzo di stoffa sul cuore.

13

Paxton

Sono in camera di Ryan. È martedì mattina, è da poco passata l'alba. Siamo tutti in riunione, in cerchio con le braccia incrociate, tranne Tyler che è sdraiato sul letto dietro di noi. Siamo qui per capire cosa fare di Bill the Killer, che è legato e imbavagliato a una sedia, al centro della stanza. Il camioncino dei gelati non era freddo abbastanza da surgelarlo, quindi ancora respira.

Per poco, credo. Non vuole dirci come si chiama né chi sono i suoi capi: in poche parole è un tipo omertoso, uno di quelli che i Mackenzie farebbero sparire senza cerimonie. Ma con la polizia alle calcagna non è così semplice. Siamo stati svegli tutta la notte per pensare a cosa fare, tranne Tyler che un po' ha dormito, visto che deve affrontare una giornata di scuola.

«Si può sapere per chi lavori tu? Ah, non parli, *eh*, grande figlio di puttana?», chiedo per l'ennesima volta a Bill the Killer, sforzandomi di sembrare più minaccioso di quel che sono.

«Paxton, è inutile che insisti, non può risponderti», dice Ryan fulminandomi con un'occhiata. «Lo vedi che ha dello scotch sulla bocca?».

Mi gratto la testa. «Era per dire».

«Togliamogli lo scotch», interviene Clayton, «e facciamolo parlare. Stavolta sul serio».

«Uccidiamolo e basta». Killian si passa una mano tra i capelli, è più pallido di un cadavere. «Ci sta dando troppi problemi».

«Ricordate le regole: l'omicidio è la nostra ultima opzione», chiarisce Ryan, e scruta i suoi fratelli con severità.

«Vuoi risparmiare quest'alito di fogna?», sbotta Killian. «La sua vita non conta niente!».

Ryan lo afferra per il colletto della maglietta e lo guarda furente. «Se lo ammazzassimo, credi che ai suoi capi farebbe piacere? Lui rimane vivo, e sai perché? Perché è l'unica moneta di scambio che abbiamo per negoziare».

«E una volta che i suoi capi sapranno che l'abbiamo rapito, speri in una negoziazione amichevole, Ryan?». Killian ridacchia.

Ryan, dopo ieri sera, è molto irrequieto. Ha infranto la promessa che ha fatto a sé stesso tanti anni fa, ovvero che non avrebbe mai più partecipato a una gara d'auto clandestine in vita sua. Ma l'evoluzione disastrosa di alcuni eventi lo ha messo alle strette.

«Trovategli una sistemazione che non sia la mia camera», ordina Ryan indicando Bill the Killer. «Entro oggi».

«Ehi, ragazzi, guardate che ho trovato», dice Ty. Se ne sta sdraiato a pancia in aria sulla trapunta scozzese, le braccia dietro la nuca, i piedi sul cuscino su cui dorme il fratello e due occhi torvi.

Clay dà una gomitata a Killian. «E andiamo, stai zitto, che così gli dai pure i suggerimenti».

Ryan si gira, lo sguardo che dardeggia rimproveri. «Giù i piedi dal mio cuscino», intima al fratello minore.

Tyler si mette seduto a fatica, poi osserva il cuscino e lo solleva. Sfila una fotografia e spalanca la bocca, con teatrale incredulità.

«Ma è *Arya*?!», domanda, incredulo e divertito.

Ryan si butta sul fratello e cominciano a lottare, le molle del materasso che cigolano, Tyler che tiene il braccio teso e sventola la fotografia lontano dal naso del fratello. Ryan si arrampica su Tyler, che fa delle acrobazie per allontanarsi da lui.

«Non la strappare, o giuro che ti ammazzo!», sbotta Ryan, stremato dagli eventi.

«Minacci di uccidermi ogni giorno, hai perso di credibilità molto tempo fa, fratello». In altre circostanze, Tyler non si sarebbe mai permesso di sfidare il leader del gruppo, ma oggi siamo tutti molto fuori dai gangheri, specialmente lui, perché stanotte Ryan gli ha sequestrato la macchina. Un prezzo da pagare per avergli disobbedito.

Tuttavia, mi fa male vedere Ryan ridotto allo sfinimento in questo modo; quella foto significa tutto per lui.

«Ehi, Tyler, non fare il bambino», dico, «ridagli la foto».

Tyler ha un momento di esitazione e Ryan ne approfitta per riprendersi ciò che gli è stato rubato. *Quella* fotografia raffigura lui e Arya da piccoli, sulla sedia a dondolo del portico malmesso, ed è stata scattata da Jack Mackenzie. Ryan apre un cassetto della scrivania, con gesti scattosi. Sfila un album di foto e ci inserisce quella che nascondeva sotto il cuscino. Ryan non saprebbe dire di preciso il giorno in cui sono state scattate tutte quelle foto: si ricorda però gli occhi azzurri di lei, tersi e immacolati come il cielo sopra di loro; quelle fotografie sono la prova che non si ricordano i giorni, ma gli istanti. Quell'album di fotografie è tutto ciò che ha: vedere Arya, ricordare alle sue pupille corrotte la purezza di quel viso bambino, accarezzare la superficie liscia di quelle immagini bidimensionali lo salva tutti i giorni. Ogni volta che Ryan guarda Arya è un po' come se il mondo gli si rivelasse. Ryan è stato rinchiuso a lungo in una cella e solo il pensiero di Arya gli ha permesso di sopravvivere. Durante il suo periodo in prigione, stava sempre in allerta, mangiava a malapena e si guardava le spalle di continuo. L'unica distrazione era Arya, onde evitare di impazzire all'idea di essersi sacrificato per Killian. In quella prigione c'era qualcuno che voleva uccidere Killian, per questo Ryan ha confessato un reato che non ha commesso: sapeva che, se Killian fosse finito dentro, sarebbe morto. Lui non lo avrebbe mai permesso.

In generale, Ryan è sempre pronto a proteggere chi ama ed è per questo che non vuole che qualcuno si accorga di quanto lui tenga ad Arya, perché è convinto di metterla in pericolo. Un vero peccato, visto che ho sempre creduto che un giorno loro due sarebbero finiti insieme: voglio dire, se non loro, *chi*? Ma Ryan è troppo devoto alla sua famiglia, per pensare a qualcos'altro: è convinto che per lui e i suoi fratelli non ci sia redenzione. Se il destino dei Mackenzie è l'inferno, Ryan vuole assicurarsi che nessuno ci vada prima del previsto. E, ovviamente, Arya meriterebbe il paradiso, non la condannerebbe mai a stare con uno come lui. Come se questo bastasse a tenerla alla larga dai farabutti. Wellington, il ragazzo che Arya sta frequentando, non è un tipo molto affidabile; Ryan ha scoperto che, un anno e mezzo fa, durante una festa si è portato a letto delle minorenni e ha fatto sesso con loro, filmandole con la fotocamera del cellulare. Lo scandalo è stato insabbiato perché suo padre è un pezzo grosso della città. Ryan non vuole dirlo ad Arya, o meglio, non sa come dirglielo senza sembrare uno stalker, cosa che in effetti è. Perciò rimane in silenzio e si fa gli affari suoi, una politica che nella famiglia Mackenzie però non funziona: non si sa come, ma da queste parti i segreti vengono sempre a galla prima o poi. Ryan esce dalla stanza e l'atmosfera si fa più allegra.

«Allora, che ne facciamo di questo sacco di patate?», incalza Clay, approfittando dell'assenza di Ryan.

Killian si passa indice e pollice sul mento, e guarda Bill the Killer come se fosse una costoletta di maiale. «Sono dell'idea che dovremmo bruciarlo».

«Sii serio, Killian, per favore», intervengo.

«E chi scherza», interviene Ty. «Posso incidergli le mie iniziali sulla pancia?»

«Certo, così tutti sapranno che siamo stati noi a rapirlo!», lo sgrida Clay.

«Muovi quel culo e preparati per la scuola», dice Ryan a Tyler, facendo di nuovo capolino nella stanza e poi uscendo di nuovo, una volta per tutte.

Tyler si alza, sbuffa, si stiracchia e fa uno sbadiglio, poi mi fissa. «Ehi, bello, mi accompagni tu?».

Dopo ieri notte, Tyler non ha più la Chevrolet, che gli è stata sequestrata da papà Ryan a tempo indeterminato; quando gli è toccata questa punizione ero d'accordo, anzi, *molto* d'accordo, ma non avevo capito che avrei poi dovuto scarrozzarlo io.

«Non puoi andare a piedi?», gli dico.

«E dai, ho mal di testa», si lagna lui.

«Succede, quando fumi le canne alle sei del mattino», gli faccio notare, però poi osservando i suoi grandi occhi scuri, pieni di tenerezza, mi sento in colpa.

Tyler da piccolo era iperattivo e per farlo addormentare sua madre gli somministrava dei sonniferi. Robe potenti, non medicinali scadenti che si comprano nelle parafarmacie. Così adesso è diventato dipendente dalle sostanze e ha problemi con la gestione dei suoi sentimenti, in particolar modo della rabbia. La signora Mackenzie è sempre stata una donna dall'approccio duro e pratico e, a quei tempi, presa com'era dai disastri di suo marito, non ragionava lucidamente. Il piccolo Tyler era quello che non voleva dormire, quello che aveva problemi a scuola, quello che i professori non bocciavano per non ritrovarselo l'anno dopo nella stessa classe. Così la signora Mackenzie aveva risolto il problema a modo suo. Devo dire che solo mia nonna mi mette più angoscia di lei.

«Allora?». Tyler sta ancora aspettando il verdetto: passaggio sì o passaggio no.

«D'accordo», gli dico, «ma in macchina si ascolta la musica che dico io e non metterai i piedi sul cruscotto».

Si scompiglia i capelli e sorride, poi viene a darmi un pugno sulla spalla. «Grazie, sei mitico».

14

Beatrix

La prima sigaretta della mattina è la migliore. Lascia una sensazione molto intensa e corrosiva in gola e, paradossalmente, sembra ti doni ossigeno ai polmoni. Getto la cenere oltre la finestra del bagno delle ragazze e osservo il cortile della scuola. Non c'è nessuno in giro tranne il custode: un vecchiaccio dall'aria sempre tetra, le guance afflosciate e lo sguardo vitreo. Il posto che di solito è occupato dalla Chevrolet Camaro di Mackenzie è vuoto. Cerco di non pensare a ieri sera, a quando mi ha riportata a casa. Scaccio il ricordo con forza.

Cassie e Arya fumano appoggiate al muro, accanto a me. Arya indossa dei jeans scoloriti, una camicia e un paio di stivali di camoscio; il suo gusto in fatto di vestiti è opinabile. La osservo in viso: ha gli occhi rossi e gonfi, come se avesse passato tutta la notte a piangere; e, magari, è proprio ciò che ha fatto.

«*Ma petite*», le dico, «dovremmo trovarti uno stilista, non si può andare in giro conciate così, dovrebbe essere illegale».

Lei arriccia le labbra in un sorriso flebile. Sospira stringendosi nelle spalle, come per dire: "Fai di me ciò che vuoi".

«Comunque», taglio corto, «come è andata ieri sera? La cenetta di lusso intendo dire».

Cassie ha il capo chino, gli occhi irrequieti e terrorizzati, l'aria di chi è appena sopravvissuta a una sparatoria. È da stamattina che provo a instaurare con lei un contatto visivo che però non mi concede, come se avesse qualcosa da nascondere. Del resto, Cassie non sa mentire.

«La cena tutto bene», dice Arya, «ho assaggiato le *ostriche*, per la prima volta in vita mia. E Roman è stato gentile. Lui e Wellington hanno quasi fatto a pugni per pagare la cena».

«Emozionante», ribatto, mentre continuo a fissare Cassie. «Wellington è ancora adorabile o è calata la maschera?»

«Lui è sempre lui. Educato, gentile, parla sette lingue, e sua madre mi vuole conoscere».

Sposto l'attenzione su Arya. «Sua madre? Uh, si mette male. E quand'è che vi sposerete?»

«*Bea*».

«Non sei fatta per questo, Arya, tu sei... tu sei selvaggia, capisci? Uno come Wellington non fa per te. Lo sa del tuo tatuaggio?». Arya ha un tatuaggio sulla parte alta della schiena, proprio sotto il collo: un leone. Eravamo insieme ed eravamo ubriache, la notte in cui l'ho portata da un mio amico tatuatore l'anno scorso.

«Sì, lo sa».

«E sa anche che vuol dire?». Sono inopportuna, delle volte. Sono provocatoria e indisponente. Ma sono anche dell'opinione che le mie amiche meritano la mia sincerità, anche se corro ogni giorno il rischio di contraddirle e quindi di perderle. La tua migliore amica deve essere brutalmente onesta: se il vostro legame è sincero, dopo la amerai ancora di più.

Lei si aggiusta i capelli e riflette sulle mie parole. «Non c'è bisogno che lo sappia», dice. Già, perché il leone rappresenta Ryan, ovviamente.

«Quand'è che dovresti incontrare la signora madre?», mi informo.

«Venerdì», sospira Arya.

«Ma venerdì c'è una serata al Lion's!», ribatto. «Non possiamo perdercela, ci va tutta la scuola. È una specie di battesimo, lo capisci? Non puoi dire al tuo fidanzato di rimandare l'incontro ufficiale con la sua mammina? Cassie, tu vieni venerdì, giusto?».

Cassie trasalisce. «Perché dobbiamo *per forza* andare al Lion's? Non possiamo fare qualcos'altro?»

«Cosa vorresti fare, di venerdì sera, la piccola fiammiferaia?». Incrocio le gambe, il sedere schiacciato sul davanzale. «Oh, no! Non dirmi che hai in programma anche tu una cenetta a lume di candela con... chi era? *Lancaster*?»

«Roman Lancaster, sì», ribatte Cassie tutta d'un pezzo.

«Come si sta a casa sua? Comodi?»

«Una pacchia».

«Non ti inquieta vivere in una casa dove un tizio si è suicidato?», la provoco.

«Sì, ma il trucco è non pensarci. Tra l'altro, tutta la situazione è bizzarra. Ieri sera, quando sono tornata, Roman mi ha dato la stanza, ma poi non si è fatto più vedere, lo stesso vale per stamattina. È sparito».

«E brava, Cassie. Quindi è per Roman che non vuoi venire al Lion's?».

Il labbro le trema. «No. Non è per lui, solo che... proprio al locale dei Mackenzie dobbiamo andare?»

«Non lo scelgo io dove si fa la festa di inizio anno, lo stabilisce il comitato».

«E chi è che fa parte del comitato? Ah, già, quell'oca di Meredith Keller, che ci ha praticamente provato con tutti i fratelli Mackenzie, e che ancora spera di uscire con uno di loro. È una follia organizzare la festa di inizio anno in un posto losco come il Lion's!», si lamenta lei.

«Se non verrai di tua spontanea volontà, ti costringerò», le dico. «Principessina sul pisello».

«*Gne gne*». Cassie e la sua improvvisa aggressività mi accendono un campanello d'allarme in testa.

«*Cassie*».

«Cosa c'è, Bea?», dice con la voce soffocata.

«Cosa nascondi?», le domando.

Spalanca gli occhi. «*Io*? In che senso?», si mette subito sulla difensiva lei.

«Hai qualcosa che non va. È da *ieri* che hai qualcosa che non va». Serro le labbra, poi mi coglie una sorta di illuminazione: non sono un granché in matematica ma due più due riesco a farlo anch'io. «Cazzo, *Cassie*!», esclamo.

«Che ho fatto?!», chiede lei, preoccupata.

«Sei una pessima bugiarda», le rinfaccio. «Il ragazzo riservato! Perché non ci hai detto che era Clayton?».

La piccola Cassie ora ha uno sguardo smarrito. *Beccata*. Persino Arya la scruta, incuriosita dalla faccenda.

«E-e tu che ne sai?», mi chiede.

«Secondo te, sono nata ieri? Ho visto come vi guardavate ieri sera... c'era della tensione sessuale, era come se tra di voi fosse successo qualcosa. E prima, quando ti ho detto della festa, ti sei irrigidita. Per favore, dimmi che non ci sei andata a letto».

Cassie si tappa le orecchie. «Ti prego, basta, non voglio mai più sentir parlare di lui».

«Oh, mio Dio», sussurro. «È successo: ci sei andata a letto».

Io e Arya ci guardiamo terrorizzate. Sappiamo entrambe che se c'è una persona da cui bisogna stare lontani anni luce quella è Clayton: è il male incarnato, mette paura perfino a guardarlo, e tra tutti quanti i Mackenzie è il peggiore. C'è chi potrebbe pensare che sia Killian, ma io non sono d'accordo. Tra i due c'è una grande differenza. Killian è uno psicopatico: un folle che non sa distinguere il bene dal male; Clayton invece è un *sociopatico*: sa benissimo cosa è bene e cosa è male, ma non gliene importa, perché per lui sono principi deboli: agisce per egoismo, per vanità, per il piacere primitivo di sopraffare l'altro. Quando Clayton frequentava la Mordale, era talmente venerato dalle ragazze, che loro avrebbero fatto di tutto per lui, anche farsi uccidere, dicendo poi "grazie". Non pensavo che Cassie fosse una di quelle: non aveva mai dato segni di squilibrio prima d'ora.

«Almeno ce l'ha grosso?», le chiedo per sdrammatizzare.

Cassie diventa viola. Arya si trattiene dal ridere, sconcertata.

«Ma solo agli uccelli pensi te, maniaca!», ribatte.
Rido così forte che, quando passa con il secchio e lo spazzolone, l'addetto alle pulizie allunga il collo nel bagno delle ragazze per indagare. Arya e Cassie si accucciano per non farsi vedere, e io soffoco la risata tra le mani.
«Non ci sono andata a letto, comunque», chiarisce Cassie. «State tranquille».
«Non so perché», dico, «ma questo non mi rassicura per niente».
Cassie incrocia le braccia. «E tu, invece, ieri sera cos'hai fatto con Tyler, *mmm*?».
Ah, adesso giochi sporco, Cassie: impari in fretta. Brava.

Il volto di Tyler era illuminato dalla pallida luce della luna, nel mio appartamento fatiscente, mentre le mie coinquiline dormivano. I suoi riccioli color oro, folti e lucenti, risplendevano e gli ricadevano sopra due occhi grandi e penetranti. I suoi tratti sembravano ricamati e le labbra erano di un rosa vivido e splendente. Soggiogata dal potere sovrannaturale del suo viso, ho indietreggiato, finché le mie spalle non hanno toccato la parete. Lui ha schiuso le labbra carnose e ha poggiato una mano contro il muro, intrappolandomi, mentre ha infilato l'altra nella tasca anteriore dei jeans.
Ho ammirato il profilo del suo collo, la cosa più perfetta che abbia mai visto in tutta la mia vita, e ammetterlo con me stessa mi è costata una gran fatica.
«Stasera non hai saldato il tuo debito», gli ho sussurrato, «quindi è come se avessi perso. Mi avevi garantito che avresti vinto. Non sei uno che mantiene le promesse».
Il suo petto ampio si contraeva per i respiri, mentre i suoi occhi erano fissi nei miei, non cedevano mai.
«Ma io ho vinto. Sei salita in macchina con me».
«Ti accontenti di poco».
«E tu ti sottovaluti, se pensi di essere poco». Il suo sorriso era bello da fare male, bello da starci male. Per un tizio così, una potrebbe anche rimetterci la salute, e io non avevo né tempo né mezzi né voglia di rischiare l'ultimo granello di salute mentale rimasto.
«Questa è la classica frase che rifili alle ragazze per conquistarle?», l'ho sfidato.
«Sta funzionando?»
«Se ti dicessi di sì ti farebbe sentire meglio?».
La sua voce roca mi ha vibrato dentro la carne. «Molto meglio».
«Che peccato».
Ma perché gli avevo permesso di salire? Non potevo andare a letto con lui, insomma era un Mackenzie. Inoltre, l'ultima volta che avevo fatto sesso con

qualcuno non mi era piaciuto per nulla… Non ero pronta a riprovarci, di certo non con uno come Tyler.

Mackenzie era quello che si rigirava le ragazze come calzini: la sua reputazione lo precedeva. Tutta la scuola sapeva che per lui le ragazze erano soltanto usa e getta.

No, era una pessima idea, anche se fosse stato "solo per stanotte", per citare Tyler.

Un rumore improvviso ha spezzato l'incantesimo. Una delle mie coinquiline, Charlotte, si è alzata e ha acceso la luce. Ci ha fissati con un po' di sgomento, poi è scappata in bagno. Alla fredda luce artificiale, Tyler si è guardato intorno e si è reso conto che il mio appartamento era pieno di ragazze che dormivano mezze nude, di corpetti e giarrettiere sexy, di tacchi a spillo buttati in scatole di negozi vintage.

«Ma perché abiti qui? Insieme a loro?». Ha indicato i letti ammucchiati nel salone.

«Perché faccio la spogliarellista. E loro sono le mie colleghe, ci dividiamo l'affitto».

Lui era sbalordito, ma prima che potesse parlare Charlotte è tornata e ha spento di nuovo la luce.

«Ti sei ammutolito?», ho chiesto.

Nonostante il buio, ho visto la sua mascella contrarsi. «Non sapevo facessi la spogliarellista», ha detto e i suoi occhi sono diventati ancora più scuri e profondi. Era delusione quella che vedevo? Un giudizio, forse? Mi stava giudicando come faceva il resto del mondo?

«E da quando sai qualcosa di me?». Nonostante io e Mackenzie ci conoscessimo di vista da un secolo, facevamo due vite troppo diverse per scambiarci anche solo mezza parola. Siamo due poli opposti. Stavo aspettando una risposta, ma poi il telefono nella sua tasca ha cominciato a vibrare… Ha estratto il cellulare e ha fissato lo schermo. Ho letto anch'io il messaggio di suo fratello Killian.

Killian: Ehi, ti muovi a scopare? Dobbiamo andare…

«Scusa, Evans, il dovere mi chiama», ha detto Tyler.

Ah, mi mollava così. «Il dovere ti chiama… Ma chi sei, un supereroe della Marvel?». Ho nascosto il dispiacere sotto strati di sarcasmo, come mio solito.

Lui mi ha scoccato un'ultima occhiata divertita, squadrandomi da capo a piedi, e mi ha detto: «La mia felpa puoi tenerla, ti sta molto bene». E poi se n'è andato.

«Allora, con Tyler?», chiede Cassie.

«Mi ha riportato a casa, ma ha tenuto le mani a posto, meglio per lui», dico e poi mi ricordo che ho ancora la sua felpa dentro lo zaino; quando lo incrocio, dovrò ridargliela. «Arya, perché sembra che tu abbia subito un incidente ferroviario in faccia?».

Lei sorride e le guance le si colorano di rosso.

«Ho avuto una conversazione strana con Ryan. È finito in galera per un reato che non ha commesso. Ha confessato al posto di Killian».

«Cavolo, in quella famiglia sono tutti da ricoverare», commento.

«Sentite, ragazze», dice Arya. «Credo sia arrivato il momento di dircelo. D'ora in poi, penso che sarebbe meglio per tutte noi se ci facessimo una promessa».

«Che staremo insieme finché morte non ci separi?», scherzo per stemperare la tensione.

«Non c'è bisogno di prometterlo, sarà così e basta». Arya sorride. «No, mi riferisco ai ragazzi».

«Non mi sposerò mai», dice Cassie. «Te lo prometto».

Arya sorride di nuovo. «Siamo tutte d'accordo che dovremmo stare lontane dai Mackenzie?»

«Sì», dico, convinta.

«Sì», ripete Cassie.

«Perfetto», dice Arya.

In quel momento, da uno dei gabinetti escono due ragazze vestite entrambe Ralph Lauren. Sono Judith e Kara. Non mi ero resa conto che ci fosse qualcuno qui dentro oltre a noi. Mi viene il dubbio che potrebbero aver ascoltato tutta la nostra conversazione e mi tremano le ginocchia. E il dubbio martellante si trasforma in certezza, quando vedo che si stanno avvicinando.

«Ho sentito "Mackenzie", o sbaglio?», dice Kara. Judith, che le sta a fianco come se avesse paura di esistere, guarda Arya storto. Sembrano entrambe sballate.

«Che cosa volete?», le affronto.

«I vostri amici, i Mackenzie», dice Kara leccandosi la punta del pollice, «hanno rapito il mio fidanzato».

«Bill the Killer?», domando aggrottando la fronte. Ieri sera Kara era in macchina con lui, ma non sapevo che fossero addirittura fidanzati.

«James Lombardo», mi corregge Kara. «La sua famiglia lo sta cercando da ieri sera. Sapete chi è la sua famiglia, vero?».

Io e le mie amiche ci scambiamo un'occhiata, cercando di non mostrarci spaventate. I Lombardo sono i padroni della città, e ciò vuol dire che i Mackenzie, senza volerlo, hanno appena scatenato una guerra. Sarà uno spargimento di sangue senza precedenti.

«Quando i Lombardo scopriranno che James è tenuto in ostaggio dai

Mackenzie», continua Kara, «non vorrei trovarmi nei loro panni, o nei paraggi del loro locale. Andiamocene, Judith». Kara mi scruta con i suoi occhi blu, prende per un braccio la sua amica ed esce. Butto la sigaretta dalla finestra.

«Lontane dai Mackenzie», ribadisco.

«Lontanissime», continua Cassie.

Quando torniamo in classe, il professor Jefferson, insegnante di letteratura, è già alla lavagna a scrivere a caratteri cubitali "Romeo e Giulietta". Mi siedo al mio banco in seconda fila e tiro fuori astucci e quaderni, attenta a schivare gli aeroplanini di carta che fanno il giro dell'aula.

«Quest'anno», sta dicendo il professore, «sarà molto emozionante perché studieremo Shakespeare e metteremo in scena la rappresentazione teatrale di *Romeo e Giulietta*, la più grande storia d'amore mai scritta!». Si volta e il suo sguardo indugia sul fondo dell'aula. «Questa non è la sua classe, Tyler», afferma il professore.

Mi giro. Mackenzie è seduto all'ultimo banco ed è troppo grosso per quella sediolina. Tiene le braccia incrociate sul petto in una posa morbida ma anche esplosiva. La luce della finestra gli illumina il viso e in qualche modo lo rende persino più pericoloso.

«Vada avanti», dice Tyler.

Jefferson sembra tentennare, ma poi continua con il suo discorso. Io, intanto, sento lo sguardo di Tyler perforarmi la schiena. Dopo un po', scatto in piedi.

«Posso andare al bagno?», domando, disperata.

Jefferson si toglie gli occhiali e sospira sfiancato. «Evans, di nuovo? È appena tornata!».

«Mi faccia capire, professore», dico con competenza, «vorrebbe impedire a una ragazza di andare al bagno durante il ciclo mestruale, col rischio che si sporchi i pantaloni bianchi e che *quindi* venga derisa per il resto della giornata perché ha una macchia rossa sul fondoschiena?».

Jefferson si assicura che io abbia effettivamente dei pantaloni bianchi.

«La discriminazione contro le donne è davvero una piaga in questo paese», aggiungo.

«Faccia presto», borbotta il professore, in imbarazzo.

Mi dirigo verso l'uscita e sento il rumore di una sedia che si sposta.

«Anche lei al bagno, Mackenzie?», domanda Jefferson, stremato.

«Mi faccia capire, professore», ribatte Tyler, «vorrebbe insinuare che un ragazzo maschio etero bianco in questo pianeta non può più pisciare?».

Soffoco una risatina, ma la dissimulo in fretta perché sono molto arrabbiata con lui. Ieri sera se n'è andato all'improvviso e adesso sono io che non ho voglia di parlare con lui. Stamattina l'ho visto appiccicato a Meredith in cortile. Ieri sera è stata un errore fin dall'inizio, fin dalle nostre prime parole. Non avrei dovuto farlo salire a casa. Ma cosa mi aspettavo da uno che ti dice "cosa ti fa credere di potermi parlare?" senza neanche guardarti in faccia?

«Ehi, Evans!», mi chiama, mentre cammino veloce per il corridoio. «Ehi, Evans, mi hai sentito?», mi grida dietro, ma io non mi fermo.

«Ti ho sentito, ho solo scelto di ignorarti», gli urlo.

Mi raggiunge e mi afferra il polso. «Pessima scelta».

Mi giro. «Che vuoi?», domando, aggressiva.

«La stessa cosa che volevo ieri sera, nient'altro. Quando passo da te?», chiede, sfacciato.

Lancio un'occhiata alle sue dita attorno al mio polso.

«Non mi toccare».

Ridacchia. «Va bene, non ti toccherò, finché non mi implorerai di farlo».

Ma perché per lui è sempre tutto uno scherzo? Oppure è *serio*?

«Certo che sei proprio stronzo, Mackenzie», dico. I suoi occhi castani mi investono: hanno delle venature color miele, sono vivaci, emanano calore, come il legno che si sfalda sotto il potere del fuoco.

«Me lo dite in tante, che sono uno stronzo. Sto cominciando a pensare che sia vero». Mi lascia il polso con delicatezza.

«Ma qual è il tuo problema?», sbotto.

Ride amaramente. «Non sei così sveglia come credevo, se pensi che sia solo uno».

«Ah, e tu sei *sveglio*, allora? A me sembri sempre solo un tossico».

Mi si avvicina e non c'è più traccia di divertimento sul suo viso. «Pensi questo di me?». Pare quasi deluso.

«Ti conosco, Mackenzie, a te non importa di nessuno, a momenti neanche parli; sai solo suscitare paura. Abbiamo passato anni nella stessa scuola, eppure non ti sei mai degnato di guardarmi. L'unica cosa che sei stato in grado di dirmi, dopo anni, è stata: "Cosa ti fa credere di potermi parlare?". Quindi, Mackenzie, cosa posso pensare di te?».

Credo di aver colpito nel segno, credo di aver ferito il suo orgoglio. Tyler sfoggia un sorriso di circostanza e uno sguardo enigmatico; in questo momento, vorrei picchiarlo. Si inumidisce le labbra e fa un sorriso meschino, la sua voce è un sussurro roco e vellutato.

«Siamo tutti dei tossici, Evans. Siamo tutti dipendenti da qualcosa. Tu per esempio: pensi di essere migliore di me? Hai passato tutta la tua vita a isolarti dal mondo, a mostrarti superiore dall'alto del tuo piedistallo con quell'aria di superiorità che ti ritrovi, troppo occupata a lucidarlo. E poi? Come sei finita? A lavorare in un locale notturno per due spicci. I voti eccezionali, gli elogi dei professori, la competizione che ti ha avvelenata a cosa sono serviti se la tua unica ambizione era mostrare il tuo bel culo a dei malati del cazzo?»

«Vattene all'inferno», dico con le orecchie bollenti dall'imbarazzo.

Ride, e si scompiglia i capelli. Poi allarga le braccia e indica tutto ciò che lo circonda.

«Non te ne sei accorta? Ci sono già dentro».

«E allora brucia».

«Con piacere, e ti confesso una cosa. Sono sempre stato in silenzio, è vero. Ma su una cosa ti sbagli». Fa una pausa, poi continua. «Ti guardavo».

Senza aspettare che io dica altro, se ne va.

15

Beatrix

Finalmente è venerdì sera. L'interno del Lion's è poco illuminato. La musica è talmente alta che il suono dei bassi mi vibra nel petto. Cassie e io stiamo appiccicate e ci addentriamo nella folla.

«Ricordati il regolamento di stasera: lontane dai Mackenzie», le dico e lei annuisce. Abbiamo ripassato la lezione un miliardo di volte prima di venire qui, ma con Cassie non si sa mai: rammentarlo una volta in più è sempre meglio.

«E soprattutto… si beve per dimenticare, non per peggiorare la situazione, quindi spegni il telefono», le ordino.

«Cosa?! Ma perché?», protesta lei.

«Per evitarti la tentazione di fare sexting con il ragazzo riservato».

«Ho già cancellato il suo numero. Non c'è bisogno che spenga il cellulare… E voglio tenerlo acceso, nel caso chiami Arya».

Non replico e il mio sguardo viene catturato dall'attrazione principale della serata: Seth e Betsy, in piedi davanti a un tavolo di legno immenso, allestito con bicchieri di plastica rossi ricolmi di birra. *Beer pong*? Solo loro possono divertirsi così.

«Bea, guardami», mi sussurra Cassie all'orecchio. «Secondo te questa gonna è troppo corta?». Abbasso gli occhi sulla sua gonna di pelle nera, e noto con piacere che stasera ha osato: non si è trasformata in Beyoncé, ma almeno non è vestita da Hello Kitty come al solito.

«Ci hai messo cent'anni a vestirti, non torneremo a casa solo per la tua gonna corta», ribatto.

«Oh, mannaggia, lo sapevo, quindi è troppo corta?», insiste.

«Cazzo, Cassie, non è troppo corta, sei una strafiga: non comportarti come una monaca di clausura, per piacere».

«Lo sapevo, dovevo mettermi il vestito lungo».

«Senti, se non vai in giro così adesso, mi dici quando lo farai? Quando il culo ti si affloscerà?», la riprendo, un po' brusca.

«E questo mascara che mi hai fatto mettere mi fa prudere gli occhi», si lamenta lei.

«Non insultare il miglior mascara al mondo, o sarò costretta a rivalutare la nostra amicizia».

«Ma…».

«*No.* Hai rotto», la interrompo.

È stata sua madre a devastarle l'autostima, con il risultato che adesso è insicura del suo corpo a livelli stratosferici.

Lei mi lancia un'occhiata un po' risentita. «Mi sa che chiamo Roman e mi faccio venire a riprendere», dice sfilando dalla borsa il suo cellulare. «Non dovevo venire».

«Ah, adesso si chiama Roman e non più "lo sfigato grassofobico"?».

Cassie mi ha raccontato tutto del loro primo incontro. Non so, a me quel ragazzo spaventa. E sono preoccupata per lei. *Molto* preoccupata. Due volte che Roman la vede, due volte che la invita a stare a casa sua: l'altruismo è sempre ben accetto, ma così è più insistente di un venditore porta a porta. Ho cercato di dirlo a Cassie, ma lei con gli uomini non ci sa fare. Peggio di me quando studio matematica. Anche se potrei sembrare troppo dura, in realtà ho paura per lei: è una calamita per casi umani. Cassie, inoltre, mi ha pregato di mantenere il segreto sul suo primo incontro con Roman, e di non dirlo ad Arya, perché ci tiene che la nostra amica abbia un rapporto il più appagante possibile con Wellington, specialmente dopo tutto ciò che ha passato per via di Ryan. Così dice, ma in realtà è codarda. Il motivo per cui Cassie ha accettato di vivere da Roman è perché glielo ha detto Arya: è stato unicamente per compiacerla. Ma ora, quando ha detto "mi sa che chiamo Roman", ho avvertito la puzza di tresca.

«Che stai facendo?», le chiedo torva.

«Che sto facendo?», domanda, mentre smette di digitare.

«Chiami il tuo autista?», la rimbecco.

«Roman non è il mio autista! Lui *ha* l'autista! E insieme mi verranno a prendere». China la testa sullo schermo.

«Metti via il telefono. Andiamo ad ubriacarci».

«Va bene. Questa è una buona alternativa».

La trascino verso il tavolo da beer pong, sperando che un po' di alcol la sciolga. È perfetta, ed è gnocca. Quando lo capirà che i ragazzi sono fortunati perfino a respirare l'aria che respira lei?

Mentre procediamo, ci scontriamo con Killian che se ne sta andando sconsolato, borbottando.

«Questo gioco è una merda. Non sono ubriaco per niente». Si dirige verso una donna sulla trentina, che indossa un top leopardato. Cominciano a ballare e lui la palpeggia in modo davvero rude. Sembra uno che si tuffa sul cibo dopo mesi di digiuno.

Se Killian è qui, allora nei paggi devono esserci per forza anche i suoi fratelli. E li individuo presto. Ryan è dietro il bancone con una faccia da funerale. Clayton è al suo fianco, scruta la gente con i muscoli in tensione e la mascella contratta. Tyler sta lanciando a Meredith delle patatine tonde al formaggio, e lei cerca di mangiarle al volo, ridacchiando come una pazza. Non saprei dire chi, tra i due, ha il quoziente intellettivo più basso.

«Hai visto, c'è il tuo ragazzo riservato», dico. «Ma perché ha sempre l'aria incazzata?»

«Non lo so. Ma ho proprio bisogno di consolarmi con la vodka», risponde Cassie indicando un angolo del locale dove è stata allestita una sorta di open bar su un tavolo. «Andiamo a prenderne un po'?».

Annuisco e ci dirigiamo proprio verso quel tavolo, dove ci sono un sacco di superalcolici. Prendo la tequila e mi attacco alla bottiglia, sentendo l'alcol bruciarmi la gola. Poi la passo a Cassie, che manda giù diversi sorsi dello stesso drink come un'assetata.

«Da *quando* bevi così?», le chiedo stupita.

«Da quando la mia vita fa cagare», risponde, e ride. La abbraccio, e lei ricambia.

«È per questo che siamo amiche, lo sai, vero?». Le faccio il solletico sui fianchi.

Se a quest'ora ci fosse stata Arya ci avrebbe già fatto la predica, Cassie, invece, è più pazza. In quel momento, alcuni nostri compagni di scuola che fanno parte della squadra di basket si avvicinano. Lucas, Mathias e Samuel. Sono amici di Tyler. Sono inseparabili e sono dei folli: si arrampicano sui tetti da ubriachi, si tuffano nel fiume da fatti, e quando vanno in discoteca litigano sempre con tutti.

«Ciao, Bea! Ehi, Cassie! Come va?», dice Lucas, e si passa una mano tra i lunghi ciuffi biondi.

«Si campa», rispondo, secca.

Io e Lucas ci siamo conosciuti un pomeriggio in cui sono finita in punizione per essere rimasta in bagno per tutta l'ora di matematica. Da allora, mi saluta sempre quando ci incrociamo per i corridoi.

«Ci sarà la prima partita di campionato la settimana prossima», annuncia Lucas. «Vi va di venire? Poi daremo una festa a casa mia».

«Siamo già a una festa, non mi va di parlare di altre feste», ribatto.

«Okay, come vuoi, scusa, ma se cambi idea tu e le tue amiche siete le benvenute».

Alle spalle di Samuel intravedo Kevin che si ingozza di patatine e panini, ogni tanto mi lancia qualche occhiata furtiva.

«Qualcuno sa dove ci si può rifornire di un po' di coca?», chiede Mathias.

Cassie, al mio fianco, emette un verso strozzato. «Coca… nel senso di… cocaina?»

«Certo, raggio di sole», interviene Mathias. «Ma dove abiti, su Marte?»
«Ehi, vacci piano con il sarcasmo», lo avviso.
«Se no? Mi tiri un cazzotto?», scherza e giocherella con il piercing sul labbro.
«Scommettiamo?», lo provoco.
«No, non mi batto con le ragazze», replica Mathias con un sorrisetto.
«Grandiosa questa festa, vero?», s'intromette Lucas per smorzare la tensione.
«La parte migliore deve ancora arrivare», risponde qualcuno alle nostre spalle, e riconosco il fastidioso tono roco di Tyler.
«Ah, sì, quando?», chiede Lucas.
«Quando ti levi dal cazzo», lo gela Tyler.
Gli altri ridono sguaiati. Tyler dà dei pugnetti di saluto ai suoi fedelissimi, che ricambiano con pacche sulle spalle. Lo squadro rapidamente: indossa una camicia bianca sbottonata sul petto, da cui fuoriescono i serpenti dei suoi tatuaggi, e un paio di pantaloni calati sulle anche. Tyler è il capo, tutti a scuola lo rispettano senza battere ciglio, soprattutto i suoi amici.
«Tu sempre simpatico, eh», lo schernisce Lucas.
Tyler scrolla le spalle e si accende una sigaretta. Mi studia di traverso e i suoi occhi sono magnetici. Dopo un secondo, si sofferma su Cassie e indugia un po' sulla bottiglia di tequila che stringe in mano.
«Ciao, biondina».
«Ciao, Ty», dice lei, diventando color anguria.
L'ultima conversazione che io e Tyler abbiamo avuto è stata disastrosa. Non mi dispiace l'idea di fingere che lui non esista da qui all'eternità. Per questo, senza dire niente, prendo Cassie per un braccio e la porto via verso il tavolo di beer pong.
«Ehi, non si fraternizza con il nemico», la ammonisco.
«Tyler mi sembra simpatico, Bea, non capisco perché ce l'hai con lui».
«Non ce l'ho con lui», mi difendo, «per avercela con lui dovrebbe prima importarmi».
Cassie annuisce, ma non riesce a nascondere una risatina. «E ovviamente non ti importa, certo».
Sbuffo. «La tequila ti fa male».
A peggiorare la serata, poco dopo Kara e Judith si avvicinano a noi, con un bicchiere di gin tonic a testa. Queste due sempre in mezzo stanno. Si atteggiano da dive e donne vissute, specialmente Kara.
«La terza, quella che si veste come una suora, si è persa per strada?», domanda proprio la più perfida delle due. Indossa un tubino rosso di seta, con una scollatura profonda. Non si può dire che non sia bellissima.
«Ma cosa volete da noi?», sbotta Cassie, sul piede di guerra.

Decido di prendere in mano la situazione, prima che degeneri. «La terza è impegnata ad assicurarsi il matrimonio con un buon partito», spiego, nella speranza di togliermele di torno.

«Ah, sì?», mormora Kara, e si rivolge all'amica. «Allora è vero. Hai visto, Judith? Il *tuo* Wellington fa sul serio con quella». Judith si mette due dita in bocca, come a simulare un conato di vomito. Ma perché non parla? Non è capace?

«Non avete ancora risposto. Che cosa volete?», le incalza Cassie.

Kara sorride come la dea del caos in persona che è. «Ballare. Ovvio, no?».

I suoi occhi blu mi trascinano in un'onda di dubbi e mistero. È la ragazzina più bella che io abbia mai visto; ha una sicurezza in sé stessa quasi diabolica, e per certi aspetti mi somiglia.

Quando mi rendo conto che Tyler mi sta guardando, decido di agire di impulso. Prendo la mano di Kara e iniziamo a ballare, lasciandoci Cassie e Judith alle spalle. La mano di Kara è piccola e fredda. Mi offre un po' del suo gin tonic e io accetto con piacere, è così buono che quasi me lo finisco. La musica intorno a noi è talmente forte che la sento entrarmi nella carne. I muscoli si stanno sciogliendo e provo una soddisfazione immensa nel seguire il ritmo della canzone. Kara mi posa il braccio sulla spalla con fare sensuale. Mi accorgo che alcuni ragazzi della nostra scuola ci stanno fissando intontiti, compresi Kevin e il gruppo di Tyler. Il desiderio è chiaramente dipinto sul loro volto.

«Ci stanno fissando tutti», dice Kara, che non ne sembra affatto dispiaciuta.

Mi sento ubriaca e gli occhi di Tyler sono una calamita per me. In quell'istante, Meredith, che nel frattempo lo ha raggiunto, gli cinge il bacino, e gli sbaciucchia il petto. Sotto il suo sguardo, percepisco i miei movimenti come ingigantiti, scandalosi, attraenti e immorali.

«Per così poco?», domando.

«A quanto pare». Avvicina le sue labbra a forma di cuore al mio lobo. «Sai cosa penso?».

Mi passo una mano tra i capelli e poi lungo tutto il collo. «No, dimmelo».

«Penso che dovremmo dargli un motivo più valido per fissarci, non credi?», dice Kara, con un sorriso sornione.

16

Arya

Sono ore che Ryan è qui al bar, seduto al suo solito posto accanto alla finestra, a disegnare senza tregua. Non ha nemmeno mangiato. E, probabilmente, neanche dormito: ha due ombre scure sotto gli occhi, così profonde che sembra abbia fatto a botte. Nonostante l'evidente stanchezza, ha un'espressione tenace. In lui c'è sempre stata un'energia che lo rende diverso dagli altri. Lui, così come i suoi fratelli, la grinta che ha dentro te la sbatte in faccia se solo osi guardarlo. Io mi tengo occupata: sistemo e pulisco il bancone, e prendo le ordinazioni ai tavoli.

È venerdì sera, e siamo in chiusura, quindi c'è poca gente, ma pur di tenere la mente impegnata, mi intrattengo a chiacchierare con i clienti. Geoffrey, il proprietario della tabaccheria all'angolo della strada, ordina un sandwich e così glielo preparo. Apro la busta del pane in cassetta, sistemo le fette in un piattino. Mi sento sotto pressione, perché so che Ryan, nonostante tutto, mi tiene d'occhio. Faccio un bel respiro, concludo la preparazione, e porto il panino a Geoffrey. Da quando sua moglie è morta, Geoffrey viene sempre più spesso qui la sera a cenare.

«Ecco qua, buon appetito, signor Turner», gli dico porgendogli il piatto.

Geoffrey fa un sorriso enorme e sdentato. «Arya! Sei favolosa! Grazie mille. Papà come sta?»

«Se la cava, direi», replico vaga.

«Se ti serve qualcosa…».

Sorrido, mentre lui addenta il suo panino. «Grazie», mormoro. «Ma siamo a posto».

Geoffrey decide di cambiare discorso. «Tu come stai?».

Mi stringo nelle spalle e indosso il sorriso apatico di sempre. In questo quartiere siamo tutti una famiglia, la gente viene qui da anni e si è affezionata a me e a mio padre, il che mi fa piacere, però a volte preferirei che mi ignorassero. Nella vita, ho imparato che quando le persone ti chiedono "come stai" non vogliono davvero saperlo.

«Arya, se hai bisogno di una mano con i debiti, io ti aiuto. Tuo padre è un brav'uomo e tu sei una ragazza d'oro, non voglio che questo posto chiuda. Posso prestarti i soldi, basta chiedere», dice Geoffrey con delicatezza.

«Grazie, signor Turner, ma non c'è bisogno, come le ho detto ce la caveremo. Vado a sistemare, se serve qualcos'altro, sono là». Faccio un piccolo cenno con la testa in direzione del piano di servizio e Geoffrey annuisce.

Sto per tornare alla mia postazione, ma faccio l'errore di incrociare gli occhi verdi di Ryan. Sono duri e al contempo malinconici. Come agganciata da una forza invisibile, vado verso di lui, e ormai è troppo tardi per invertire la rotta. Ryan copre subito i suoi disegni. Disegna sempre quando è qui, e io sono felice che lui abbia trovato un posto sicuro in cui esprimere la sua creatività. Alle volte, vorrei solo che lui condividesse ciò che crea con me, come faceva un tempo. Mi passo le mani sul grembiule, il cuore che picchia contro il petto.

«Ti preparo da mangiare?». La voce mi esce più sottile del previsto.

Ryan mi studia, il suo sguardo è opprimente per quanto emana sofferenza.

«No, non voglio da mangiare», replica.

Vederlo così mi fa male.

Sospiro. «Vuoi qualcosa da bere?», offro.

Si volta verso la finestra. «Niente, grazie, sto bene così».

«Nemmeno un caffè?»

«No».

Mi siedo di fronte a lui, cercando di regolarizzare il respiro che si è fatto spezzato.

«Cosa stai disegnando?». Provo a intraprendere una conversazione, anche se già so che ogni mio tentativo andrà a vuoto. Osservo il suo modo di tenere la matita, è molto affascinante: ci sa fare con le mani, mi ritrovo a pensare. E puntualmente arrossisco. «Perché non mi fai più vedere i tuoi disegni? Una volta, ero la prima a cui li mostravi», mormoro ancora.

Ryan emana rabbia e calore. Increspa le labbra e abbassa lo sguardo. «La tua auto è quasi riparata», dice senza guardarmi. «Lunedì sarà pronta, la troverai parcheggiata qui fuori, dopo pranzo».

Ci ha pensato Ryan a far aggiustare la Ford, dopo la gara clandestina, perché non voleva che pagassi il meccanico per conto mio. «Non c'era bisogno, ma grazie», dico.

Mi rendo conto che le sue mani sono strette a pugno, come se fosse teso per qualche motivo. Anche io sono tesa. L'ultima volta che ci siamo parlati è stato doloroso, ma sono stata così male che penso che la parte peggiore sia passata. Non posso aspettarlo in eterno, credo di essermene fatta una ragione. Serra le labbra e corruga la fronte, poi mi inchioda con gli occhi fiammeggianti.

«A quanto ammontano i debiti?», domanda, brusco.

«Hai origliato mentre parlavo con Geoffrey?», chiedo un po' risentita.

«Be', Arya, non mi ci sono messo di impegno, con quel suo vocione lo hanno sentito pure a Tahiti». Mio malgrado, rido, e lui fa altrettanto, però ci mette meno di un secondo a tornare serio. «Sai che potrei pagare io», afferma. «I soldi non sono un problema».

La proposta mi coglie alla sprovvista.

«Il problema non sono i soldi, okay, ma come te li guadagni», mi lascio scappare.

Rimane senza parole, per un attimo. Mi sento una stronza, adesso. Ryan vuole aiutarmi, eppure questo mi fa sentire in una posizione di debolezza.

«Meglio vendere il bar, giusto? E rimanere al verde?», mi provoca con un sorriso obliquo.

«Troverò quei soldi», dichiaro come se fosse una sfida.

«Arya. Non li troverai. Lo sappiamo entrambi», sussurra con gentilezza.

«Grazie per la fiducia», ribatto secca.

Un tempo Ryan mi avrebbe detto che avrei potuto farcela, che avrei trovato il modo di saldare i debiti. Perché potevo fare ogni cosa. Il Ryan di un tempo non mi avrebbe fornito una scorciatoia ai miei problemi.

«È tuo padre che non vuole i miei soldi, o sei tu?», domanda ancora.

«Sono io».

I ciuffi castani gli piovono sul viso dall'espressione lugubre.

«Ce l'hai ancora la mia bandana? O l'hai buttata?», domanda d'un tratto, cogliendomi alla sprovvista. Sta dicendo sul serio? Quel pezzo di stoffa è il mio portafortuna da sette anni. Non avrei mai potuto sbarazzarmene.

«Certo che ce l'ho, perché mai avrei dovuto buttarla?», replico.

«Non so, dimmelo tu».

Abbasso gli occhi, incapace di sostenere il suo sguardo. «Non la butterei mai», ammetto.

«E perché?».

Come perché? Mi prendi in giro, Ryan?

Alzo il mento, sperando che lui interpreti il mio gesto come una dimostrazione di ostinazione.

«Vuoi sul serio che ti risponda?», chiedo.

«Sì».

«Mi dispiace. Non si può avere tutto nella vita», ribatto ironica, ma lui sembra ferito.

D'un tratto, la sua mano scivola sul tavolo e si ferma a pochi centimetri dalla mia; sento che potrebbe scoppiarmi il cuore se solo lui mi toccasse. Le sue dita esitano, poi scelgono di sfiorarmi il dorso della mano con delicatezza. Scariche elettriche mi attraversano il corpo.

«C'è solo una cosa che desidero, Arya, e non posso averla. L'ho accettato, ormai». Gli occhi di Ryan scattano verso un punto indefinito alle mie spalle e si ritrae.

In quel momento, la porta del bar si apre. Ancora scossa a causa di quel tocco, mi giro, incuriosita, e la sorpresa mi leva il fiato. In giacca e cravatta, Wellington cammina tra i tavoli con un mazzo di rose tra le mani. Mi ero scordata che avrei dovuto prepararmi, che a quest'ora avrei dovuto già essere pronta. Stasera, Wellington mi porterà a cena e conoscerò sua madre: e io non mi sono neanche fatta una doccia. Per tutto il giorno non ho fatto altro che sbirciare Ryan che disegnava, e ora mi sento un'idiota. Con che faccia gli sorrido, adesso? Wellington si avvicina al nostro tavolo, lo sguardo di chi sa di aver appena interrotto qualcosa. Mi bacia sbrigativo la testa e mi porge il mazzo di rose.

«Ciao, piccola, ti ho portato le tue preferite. Sei pronta per conoscere mia madre? Lei non vede l'ora. Ma perché indossi ancora il grembiule?», domanda. Poi fissa Ryan. «Lui chi è?».

Ryan si accende una sigaretta e ignora il nuovo arrivato.

«Lui...», comincio. Ho la gola secca, non riesco a parlare, sto per entrare nel pallone.

Ryan interviene per togliermi dall'impiccio.

«Sono un vecchio amico», dice.

«Ah», replica Wellington. «Arya non mi ha mai parlato di te».

«Che coincidenza», sussurra Ryan e gli lancia uno sguardo di sfida. «Neanche a me ha mai parlato di te».

Wellington si schiarisce la gola e si rivolge a me, spazientito. «Mi dici chi è questo?».

Non so che fare, non so dove guardare e soprattutto non so che dire. Come faccio a spiegare a Wellington chi è Ryan, se non lo so nemmeno io? Wellington e Ryan insieme nello stesso posto: neanche nei miei peggiori incubi me l'ero immaginato. Il passato e il presente che si prendono a cazzotti. Non è solo un modo di dire, in questo caso... Potrebbe succedere, in effetti. Santo cielo.

«Arya», dice Ryan brevemente, «perché non vai a prepararti? Così spiego per bene al tuo fidanzato *chi* sono».

"Ryan, ti prego, non peggiorare le cose", lo imploro con lo sguardo.

«Non serve che tu mi spieghi niente», interviene Wellington. «Non mi interessa chi sei. Ma sta' lontano dalla mia fidanzata, hai capito?».

Ryan scatta in piedi, e lo fissa imperscrutabile. «Fossi in te, d'ora in avanti, mi guarderei le spalle quando metterai piede in questo quartiere», lo minaccia. La sua voce è calma e rilassata, quindi ancora più agghiacciante. «E comunque i suoi fiori preferiti sono le peonie, *non* le rose», continua Ryan.

Wellington ci rimane di stucco, non sa bene cosa dire e cala un silenzio imbarazzante. Poi Ryan raccoglie i suoi disegni e si dirige verso l'uscita. Gli corro dietro, voglio capire perché ha appena fatto credere a Wellington che tra di noi ci sia qualcosa di più dell'amicizia.

«Ehi! Ma che hai? Che ti è preso? Fai come i tuoi fratelli, adesso?», gli grido dietro. Non risponde e continua a camminare. Il suo atteggiamento pare un castigo che si autoinfligge.

«Credevo fossi migliore di così», gli dico, travolta da un malessere fisico che mi sta distruggendo.

Lui si ferma e si gira. Nei suoi occhi c'è qualcosa di oscuro, ed è come se volesse dirmi qualcosa, come se volesse che io lo aiutassi a liberare le tenebre in lui.

«Ti sbagliavi».

17

Ryan

Esco dal bar di Arya, senza voltarmi. Una collera incontrollabile mi fluisce nelle vene. Wellington è proprio uno stronzo. Là dentro mi sono controllato, ma sto per esplodere. Tutto questo è così doloroso che vorrei fare qualcosa di terribile, tipo schiantarmi con la macchina contro un albero.

Stringo le mani a pugno: vedere Arya con un altro è la cosa più difficile che abbia mai dovuto fare in tutta la mia vita. Mi immergo nel silenzio immobile della strada e sollevo la testa verso il cielo. Le stelle non sono più stelle, ma le punte di milioni di coltelli pronti a colpire. Voglio che Dio mi punisca. Voglio che mi trafigga con diecimila lame. Tutto, pur di non sentire più nulla. Sono perduto, e tutto questo mi uccide.

Vado verso il marciapiede e sferro il pugno più forte di tutta la mia vita. Sento la pelle delle nocche sfaldarsi contro il cemento. È la stessa mano che qualche minuto fa ha sfiorato la sua. Toccarla è stato come tornare a respirare dopo tanto tempo. Ma è stato un errore accarezzarla in quel modo. Tuttavia, nonostante leggessi la confusione e la paura nei suoi occhi, ho continuato a farlo.

Mi rendo conto sempre di più che io, per Arya, sono nocivo come l'amianto. Non voglio illuderla che le cose potrebbero cambiare tra di noi, devo continuare a rimanerle a debita distanza. Eppure, stavolta, sono stato un egoista, perché solo con lei sono me stesso, vivo solo quando la tocco. Vivo solo quando la guardo. Perché il resto del tempo mi limito a sopravvivere e a lottare con i miei mostri. L'unico momento di pausa da questa esistenza rassegnata arriva quando varco la soglia di quel bar. Lì, le grida che mi dilaniano l'anima si spengono. Ammesso che io ce l'abbia, un'anima. E sempre lì, io disegno lei.

Quando mi ha chiesto: «Perché non mi fai più vedere i tuoi disegni? Una volta, ero la prima a cui li mostravi», io avrei voluto risponderle: «Perché una volta non dovevo disegnarti per averti sempre con me». E questa è la verità: quando la disegno è l'unico momento in cui posso averla. È l'unico motivo per cui prendo ancora in mano una matita, non riesco a raffigurare nient'altro sulla carta. Non sento niente, se non quello che provo per Arya.

Sono come uno che è stato appena seppellito, ma respira ancora. Eppure, sono paralizzato. Sono paralizzato dal giorno in cui Killian l'ha aggredita. Quel giorno, il mio mondo è crollato perché è stata tutta colpa mia. Se lei non mi avesse mai conosciuto, se lei non avesse mai conosciuto i miei fratelli, non avrebbe mai rischiato la vita in quel modo. Ma ho sempre saputo che prima o poi sarebbe successo. Fin da quando la osservavo da dietro la rete dell'autorimessa di mio padre: aveva le mollette tra i capelli, le ginocchia sbucciate, un sorriso luminoso come l'arcobaleno e due occhi azzurri che erano per me le porte del paradiso. Non avevo mai visto niente di più bello. Per questo, negli anni, ho tenuto i ragazzi lontano da lei e ho fatto di tutto per renderla felice, compreso costruirle una casa sull'albero che fosse solo nostra, nella speranza, un giorno, di poterle dare una casa vera, di poterle dare il mondo. Ma, mentre lei è stata la mia salvezza, io sono stato la sua rovina. E per questo Arya mi è scivolata tra le dita come sabbia. Non posso più averla, perciò dormo con una sua foto sotto il cuscino, sperando di sognarla tutte le notti. Nei momenti più bui, sono arrivato perfino a odiarla per come mi fa sentire. Ma la verità è che odio me stesso per averla messa in pericolo. La notte in cui l'ho riportata a casa, dopo l'aggressione di Killian, il tempo si è fermato. Ho perso me stesso. Quella notte, in me c'è stata un'apocalisse. E ho deciso di allontanarmi da lei. L'ho lasciata andare a costo di morire dal dolore, a costo di diventare pazzo, di sprofondare nel baratro della follia. Perché, quando tieni davvero a qualcuno, metti da parte te stesso se è necessario. Mi sarei strappato il cuore dal petto, se fosse servito a renderla felice. E adesso, sono qui che mi dispero perché lei esce con Wellington Parker, un idiota che comunque potrebbe renderla cento volte più felice di quanto non possa fare io. Abbasso lo sguardo e la mano sta sanguinando.

Se Arya mi vedesse così, si spaventerebbe.

Qualche giorno fa le ho detto: «Io ucciderei per i miei fratelli». Per i miei fratelli ucciderei, è vero… ma per te…

Cazzo.

Arya, io per te morirei.

18

Beatrix

Sto ballando sopra il tavolo del Lion's. Kara è sparita, ma a me non interessa. Muovo le braccia in alto e faccio ondeggiare i fianchi, come se fossi una sirena che nuota nell'oceano, certa di avere parecchi occhi puntati addosso. Sentirsi ammirate è una sensazione piacevole, però adesso, con troppo alcol in corpo, non mi curo molto di ciò che mi sta succedendo intorno. C'è chi applaude, c'è chi mi incita a continuare a ballare, ma i cori e i fischi li percepisco come suoni ovattati e lontani. Sono immersa nel ritmo, e nei miei movimenti. È così quando ballo. Tutto il resto non conta. Sono felice, quando danzo, e questa è l'unica cosa che so. Chiudo gli occhi e sorrido. Mi sento così bene... fino a quando, d'un tratto, il mondo si capovolge. Qualcuno mi dà una pacca sulle natiche, mentre mi trasporta in braccio tra i tavoli.

«Bella, la serata?», dice una voce roca e familiare.

Sono sulle spalle di... Tyler?

«Che diavolo stai facendo?», grido. «Mettimi giù!».

«Lo sai, Evans? Qui non siamo dentro un night club».

«Non mi importa dove siamo, tu non devi toccarmi».

Mi dimeno e, finalmente, lui mi mette giù e sfodera il suo sorriso bianco e smagliante. Mi ritrovo con le spalle al muro.

«Cosa vuoi fare, eh, Mackenzie?», lo sfido.

Le sue mani calde si posano sui miei fianchi, un calore viscerale si diffonde su tutta la mia pelle. Avvicina il suo viso al mio, mordicchiandosi il labbro inferiore.

«Tu vuoi far vedere a tutti il tuo corpo, io voglio far vedere a tutti che solo io posso toccarlo», afferma, con un sorrisetto.

Vorrei non essere vittima dell'attrazione che sprigiona ogni cellula del suo corpo, eppure è così.

«Non ci pensare neanche, io non ti appartengo», sentenzio.

Lui respira tra i miei capelli e la sua vicinanza mi procura un brivido inaspettato.

«Sbagliato. Sei a casa *mia*, Evans. Ogni cosa qui dentro mi appartiene».
Lo odio, perché è strafottente e imbecille.

«*Non* io», ribadisco, dura.

Mi sposta i capelli dal viso e mi mette una ciocca di capelli dietro l'orecchio.

«Non voglio rotture di coglioni dentro il mio locale, intesi? E tu sei esattamente il genere di persona che scatena rotture di coglioni. Se avessi voluto una ballerina dentro il Lion's, ne avrei assunta una».

«Fottiti, Mackenzie».

«Non parlarmi così», replica, piccato.

Ah-ah, come ci si sente a stare dall'altra parte, eh?

«Altrimenti?», lo sfido ancora. «Cosa vuoi fare?».

Mi sfiora la guancia con le dita. «Punirti». Mette di nuovo le mani sui miei fianchi. «Così magari impari le buone maniere».

«Le buone maniere?», ripeto sconcertata.

«Non si balla sui *miei* tavoli», ribadisce. «Soprattutto, non si parla a uno come *me* con quella superbia».

Prima che possa sfuggirgli, mi solleva di nuovo da terra e mi carica in spalla. Comincio a scalciare, ma non serve a nulla.

«Vediamo se questa volta sarai in grado di stare zitta e buona, *gnometta*», mi dice con una risata.

Tyler mi conduce via dalla folla e imbocca delle scale. Le pareti si stringono e non ho idea di dove mi trovi. Sono troppo alticcia per valutare con attenzione la situazione, ma pare che stiamo scendendo.

«Ehi, ma dove diavolo siamo?», sbraito.

Prendo a pugni la sua schiena, ma non gli faccio niente, neanche il solletico. Senza considerarmi, Tyler spalanca una porta che cigola.

«Eccoci qui, gnometta, sei arrivata a destinazione», dice Tyler e mi getta a terra. Poi richiude a chiave la porta.

19

Cassie

Non trovo Bea: fino a qualche minuto fa era a ballare sopra un tavolo e ora è sparita. Ho bisogno di lei, quando sono ubriaca: è l'unica che riesce a farmi vivere l'euforia in modo esaltante, altrimenti vado in depressione. Ma dove s'è cacciata? Quella ragazza si dissolve sempre nei momenti peggiori. Ho la testa che galleggia e vorrei solo avere un'amica con cui svagarmi.

Chiedo a Seth e Betsy se l'hanno vista, ma loro, che stanno ballando con una bottiglia di whisky a testa in mano, sono così ubriachi che non si ricordano nemmeno chi sia Bea. Incrocio Kevin e lo chiedo anche a lui, che però mi risponde ruttandomi in faccia. Sempre un signore, devo dire.

Prendo il telefono e le scrivo l'ennesimo messaggio su WhatsApp.

Io: Dove ti sei cacciata B., si può sapere?

I messaggi non le arrivano. È come se il suo telefono fosse spento o lei si trovasse in un punto dove non prende. Forse i Mackenzie l'hanno vista. Mi guardo attorno. Dietro il bancone, non c'è nessuno. Imbocco un corridoio buio e mi affaccio sul retro. Nascosta dietro la porta, mi accorgo che Tyler, Ryan, Killian e Paxton stanno discutendo animatamente.

«Ma cosa vi è saltato in mente?», sbotta Ryan, che ha una mano tumefatta. «Vi avevo detto di trovare un posto sicuro per l'ostaggio, non di lasciarlo legato nel camioncino».

«Senti, ti prego, quel maledetto Bill pesa un quintale», si lamenta Killian. «Non ho intenzione di tirarlo fuori da lì».

«Il tuo problema è che non ragioni e fai stronzate», sputa Ryan. «Se arriva la polizia e lo trova in garage…».

«Non arriverà nessuno della polizia», dice Killian.

«E se invece arrivasse?», lo rimbecca Ryan.

«E se invece non me ne fregasse un cazzo?», lo aggredisce il fratello maggiore.

«*Certo* che non te ne frega un cazzo. Non frega un bel cazzo di niente e di nessuno a te… Tu non fai altro che casini», ribatte Ryan, velenoso.

«Che palle, Ryan, sei un disco rotto. Se non ti piace come faccio le cose, allora arrangiati tu».

Ryan è ridotto a uno straccio, sembra fuori dalla grazia di Dio. «Come se già ne facessi poche!», urla, fuori di sé.

«E basta, che cazzo», interviene Tyler. «Non vi sopporto più, sembrate due suocere isteriche. Quel che è fatto è fatto. Il panzone è in garage, che ci piaccia o no. Ma è legato, ci ho pensato io a controllare. A meno che qualcuno non voglia andare a portargli una birra, rimaniamo *qui* e rimaniamo calmi».

Ryan lo guarda come se avesse appena detto qualcosa di intelligente. «Non avrai mica messo la testa a posto?», gli domanda, sorpreso.

Tyler si stringe nelle spalle. «Ogni tanto succede anche a me».

Capire come non farsi beccare dalla polizia dopo aver commesso un reato come il sequestro di persona uguale mettere la testa a posto? *Oddio*, ma il loro mondo è al rovescio.

«L'avete chiuso dentro a chiave, almeno?», chiede Ryan, sconfitto, e guarda Paxton, che si gratta la testa.

«Dettaglio non da poco, in effetti», ragiona Paxton. «Ma non importa, dai. È legato, Ryan, non andrà da nessuna parte».

«Quel figlio di puttana sarebbe capace di rotolare», commenta Killian, velenoso. «L'avete chiuso dentro a chiave, sì o no?».

Paxton scuote la testa. «Mi sono scordato. Faccio *mea culpa*».

Killian ha praticamente un inferno in faccia. «E farai *mea culpa* anche quando ti darò una sprangata sui denti?», lo rimprovera.

Paxton sembra uno che non sa se ridere o piangere.

«E sì che te l'avevo detto», continua Killian.

Santo cielo, questi sono fuori. Meglio non farsi vedere e andarsene. Se li interrompessi chiedendo se hanno visto Bea, mi farebbero a fettine.

«Stai origliando?», mi sussurra qualcuno all'orecchio.

Un brivido caldo mi scorre lungo tutto il corpo. Quella voce profonda e tetra so a chi appartiene. Non ho il coraggio di muovermi.

«Non si fa, Cassie», mi ammonisce Clayton, respirandomi sul collo. Mi immobilizzo come una statua.

«Stavo cercando…», mormoro, ma parlo così a bassa voce che non sono neanche certa che mi abbia sentito. Probabilmente no.

In quel momento, Clayton mi scosta i capelli dalla nuca e le sue dita mi sfiorano. «Ti piace giocare a nascondino, vero?».

Deglutisco e mi giro, incontrando le sue iridi nere come la pece. «Nessuno sta giocando».

«Io sì, e prega affinché continui», ribatte, e in quell'istante noto come non mai l'immancabile tono di fastidio che usa quando parla con me. «Perché, se smettessi di giocare, le cose per te si metterebbero male».

Abbasso lo sguardo e ammiro il suo fisico perfetto. Indossa una camicia nera sbottonata sul petto definito e pallido, dove sfoggia una collana d'argento. Le maniche della sua camicia sono arrotolate e sull'avambraccio spuntano le vene bluastre in rilievo. Lo odio con tutta l'anima, eppure lo desidero addosso.

«Non volevo essere...», provo a dire, ma la sua l'espressione affilata, imprigionata in una morsa di tenebre e delirio, mi fa ammutolire.

«...invadente? Sconsiderata? Impicciona? Tu non volevi essere *cosa*, Cassie?».

Ho il volto in fiamme per l'imbarazzo. A farmi sentire inadatta, Clayton ci riesce benissimo, e ci riesce così bene che è deprimente quanto sia bravo.

«Eppure, è un concetto semplice. Non devi ficcare il naso in questioni che non ti riguardano. *Perché* non riesci a capirlo?».

"C'è un malinteso, ti prego, ascolta", vorrei dire. Ma non riesco a spiccicare parola. Lui attende con pazienza che io risponda. Sembra Lucifero alle porte dell'inferno.

«Stavo cercando soltanto la mia amica», dico infine, dopo aver preso un respiro profondo.

La sua voce assume un tono freddo e impersonale. «Direi che non è qui», mi gela lui.

«Sì, me ne vado». In fondo, lo so che l'unico modo per difendersi da uno come lui è stargli lontana. Faccio per scappare via, ma lui mi ferma.

«Aspetta», sussurra torreggiando su di me. La sua bellezza è oltraggiosa. Ma tutto quel fascino è controbilanciato dal terrore che diffondono i suoi occhi scuri.

«Che c'è?», domando, fingendomi seccata.

Lui mi stringe il fianco. «Credi davvero che, dopo ciò che hai fatto, ti lasci andare via così?»

«Che intenzioni hai? Sappi che non mi fai paura».

Sto mentendo, e lui lo sa. Mi guarda con premurosa attenzione, come se volesse proteggermi da me stessa. Con un movimento rapido, mi spinge verso lo scaffale dei liquori dietro di me. Mi afferra il viso con una rabbia cieca, mi stringe le guance tra le dita e mi fa poggiare lentamente il capo contro il legno.

«Se l'avvertimento dell'ultima volta non ti è bastato, dimmelo, che rimediamo subito». Gronda di rabbia.

Deglutisco e lui mi fissa l'incavo del collo.

«Se mi fai qualcosa, lo dirò a...». A chi? A chi lo dirò? Non ho nessuno a cui dirlo e lui lo sa benissimo, tanto che ridacchia sommessamente contro la vena pulsante del mio collo.

«E perché, tu da morta saresti capace di parlare?», mi minaccia con una risatina vellutata.

«Lasciami o mi metto a gridare», piagnucolo. Ma perché sono sempre nel posto sbagliato al momento sbagliato? Mi viene da piangere.

«E chi pensi ti sentirà? I miei fratelli? Pensi che gli importi di un'intrusa del cazzo come te?».

Sto sudando, ma non mi abbandonerò mai alla sensazione di terrore che mi procura. «La gente come te mi fa vomitare», sputo, e lui finalmente mi lascia le guance.

«La tua fica bagnata l'altra sera diceva il contrario. E quindi, oltre che sciocca, sei anche bugiarda. *Bene*», sibila, e lo sento così vicino a me che il petto mi trema. Cerco di sostenere la sua espressione dura, ma il senso di vergogna mi assale.

Come ho fatto a farmi sfiorare da uno come lui e a provare il piacere più intenso della mia vita? E poi, in un lampo di lucidità, mi rendo conto che anche io posso fargli male.

«Sai», dico, «il tizio che avete rapito dopo le corse… in realtà è James Lombardo. Bell'affare, eh?».

Clayton si allontana da me, con inesorabile lentezza. I capelli neri gli oscurano il volto.

«Chi te l'ha detto?», sbotta.

«Non ha importanza».

«Non peggiorare la tua situazione».

«Non vuoi credermi? Non farlo. Ma sei tu, adesso, quello nei casini». Un senso di puro trionfo mi attraversa.

Punta l'indice verso il salone del locale. «Vattene. *Subito*». Non lo dice, ma i suoi occhi sembrano aggiungere: "Prima che io cambi idea".

20

Cassie

Il soffitto bianco sembra cadermi addosso. Mi sento rintronata. Giro la testa, prima a destra, poi a sinistra, e sento un dolore fortissimo al collo: ho compiuto da poco diciotto anni e già ho i primi acciacchi di vecchiaia, andiamo bene.

Mi sollevo un po' e mi stropiccio gli occhi. Mi trovo nel mio nuovo e confortevole letto, dentro l'enorme camera degli ospiti di Roman, che profuma di disinfettante al limone. La testa mi sta per esplodere. Da un certo momento in poi, non mi ricordo più nulla di ieri sera.

Cos'è successo ieri alla festa al Lion's, dopo che mi sono confrontata con l'oscurità negli occhi di Clayton? Di sicuro, ho bevuto come una spugna. Ma come diavolo ci sono tornata a casa e, soprattutto, dov'è finita Bea? Afferro il cellulare, posizionato in bilico sul comodino, e lo sblocco, per cercare di colmare i miei vuoti di memoria.

Apro il gruppo WhatsApp delle mie amiche. Bea ha cambiato cinque minuti fa l'immagine del gruppo e ci ha messo una papera.

Bea: Vi piace la nostra nuova immagine del gruppo? È la paperella di Cassie, me l'ha inviata Clayton.

Io: E hai perfino il coraggio di definirti mia amica?

Arya: 😂😂😂

Arya: Com'è andata ieri???

Bea: Quel coglione di Tyler mi ha rinchiusa nel seminterrato del suo bar.

Arya: Oh, mio Dio.

Io: Davvero? Ti ha rinchiusa a chiave? 😮

Bea: Sì, a chiave, certo. Lo odio.

Arya: Vi avevo avvertite sul Lion's.

Io: Anch'io.

Bea: Scusatemi se sono l'unica normale qui dentro che vuole andare alle feste.

Io: Ma quindi poi com'è finita la storia del seminterrato?

Bea: Sono arrivati Ryan, quello inutile e il biondo malvagio a liberarmi.

Io: Questa cosa che possono fare come gli pare è assurda. Non dovrebbero avere le chiavi di un seminterrato.

Arya: Sì, assurdo che abbiano le chiavi del loro seminterrato 🤓

Io: Bea, per caso, dopo che ti hanno liberata, io e te ci siamo parlate?

Bea: Mmm… no, quando sono uscita dal seminterrato credevo ti fossi fatta venire a prendere da Roman… Io ero insieme a Lucas.

Arya: Lucas… della nostra scuola?

Io: Cosa ci facevi con Lucas?

Bea: Chiacchiere noiose sul riscaldamento globale. Terra chiama Cassie: cosa fanno una ragazza e un ragazzo a una festa insieme? 😶

Io: Spero non scopare.

Bea: Sei facilmente impressionabile.

Io: Non è questo. Per me, puoi pure andarci a letto. Cioè, fai come vuoi. Ma te lo ricordi che lui e Tyler sono amici?

Bea: Sì, e allora?

Io: No, era per chiedere.

Arya: Ci sei andata a letto?😲

Bea: Ovvio che nooooo, ragazze 💀

Bea: Comunque, Cassie, perché mi hai chiesto se ci siamo viste? Che hai combinato?

Io: Sto cercando di capirlo anch'io. Non mi ricordo niente di cos'è successo ieri. Non mi ricordo come sono tornata a casa. Ho bevuto troppo.

Bea: Sicuro hai chiamato il tassista di Roman Lancaster, e ti sei fatta venire a prendere.

Io: Non credo. O meglio, non lo so.

Arya: Chi altro potrebbe averti accompagnato, Cassie?

Bea: Cazzo. Se non hai chiamato Roman, allora… Clayton???

Io: Impossibile.

Bea: Perché???

Io: Troppo difficile da spiegare. Ma ti basti sapere che, se potesse appendere la mia testa nel suo bar, lo farebbe.

Bea: Oddio, perché?

Io: Mi ha beccata ad ascoltare mentre i Mackenzie complottavano. Abbiamo più o meno litigato. E alla fine gli ho detto che il tizio che hanno in ostaggio è un Lombardo. Non so come faccio a essere ancora viva per raccontarlo.

Arya: Bea viene rinchiusa in un seminterrato. Cassie spiffera segreti che potrebbero costare la vita al criminale peggiore del quartiere. Bene. Vedo che avete preso alla lettera la regola "lontane dai Mackenzie".

Bea: Se non è stato Roman… ti ha riportata Clayton a casa. Sono piuttosto sicura, perché dopo una certa ora non l'ho più visto. Chiediglielo. Hai il suo numero, vero?

Io: Sì.

Bea: Che stronza! Ieri sera mi avevi detto di averlo cancellato!

Io: 🤫

Arya: Vi ricordo che "lontane dai Mackenzie" significa anche non scrivergli. Cassie, lascia stare, sei a casa di Roman ormai.

Bea: Cassie, posso dirti una cosa per quel che riguarda Clayton?

Io: Se proprio devi…

Bea: Ricordati che sei la mia piccola stella cadente. Brilli anche quando cadi. A testa alta, anche quando ti cedono le gambe. Capito?

Io: Grazie, Bea, ti amo ♥

Bea: Anch'io, piccola papera ♥

Arya: Ma che carine che siete, mi fate piangere 😭 Ora purtroppo devo andare. Ci sentiamo più tardi.

Bea: Anch'io devo andare!!! A più tardi!

Io: 👋👋

Esco dalla conversazione con le mie amiche, con l'animo leggermente risollevato, ma è una sensazione che dura poco. I miei occhi si posano sulla conversazione con ReservedGuy13. Non ho cancellato le nostre chat e al solo ricordo di tutto ciò che ci siamo detti in questi ultimi due mesi mi si stritola lo stomaco. Scorro compulsivamente le conversazioni lunghissime che abbiamo avuto, e ne prendo una che risale a due settimane fa. Una cosa che mi ha detto Clayton, dopo che gli ho parlato dei miei vuoti, che ora acquisisce molto senso.

ReservedGuy13: Capisco ciò che dici e come ti senti, diavoletta. So cosa vuol dire non capire più chi sei. Anche per me è la stessa cosa. Sono rimasto al buio per così tanto tempo da dimenticarmi che effetto fa vivere alla luce del sole. Quando sei abituato a lottare, quando lottare per te diventa la normalità, a volte lotti anche se non ce n'è bisogno. Non credo che dentro di me ci sia rimasto ancora qualcosa. Ci sono dei giorni in cui non mi sento nemmeno una persona. La parte più difficile è uccidere i mostri senza uccidere te stesso.

Io: No, ti prego, non è vero. Non pensarlo neanche. Dentro di te c'è tanto, anzi tantissimo. C'è così tanto che tu neanche lo sai. Non pensare di essere irrecuperabile.

ReservedGuy13: Invece lo sono, Cenerentola.

Esco dalla conversazione. Posiziono il telefono a faccia in giù sul letto. Guardo fuori dalla finestra. È una bella giornata di sole, la luce è quasi accecante.

Ieri sera mi sono comportata da sciocca. Dire a Clayton di James Lombardo è stato stupido: avrei dovuto farmi gli affari miei.

Ora come ora, mi sento anche inutile. Non ho molti pregi, e sono capace solo di farmi paranoie. Sono brava a scuola, e questa è l'unica cosa che mia madre mi abbia mai riconosciuto, ma non sono brillante quanto Bea. Lei studia la metà di me per ottenere risultati che non potrò mai raggiungere.

La verità è che ho passato una vita intera a plasmarmi come volevano gli altri. A nessuno è mai andata a genio la mia stramberia. Mia madre mi ha sempre spronato a socializzare, sostenendo che la mia indole solitaria fosse una stranezza. Potrei dare la colpa a lei se sono una disadattata, ma sarebbe una giustificazione troppo comoda. No, sono io il problema. Alcune volte fantastico di sparire. Mi chiedo come sarebbe il mondo se solo io non ci fossi, e poi mi rispondo: sarebbe uguale. Se vivo o se muoio, che differenza fa? È questa consapevolezza a distruggermi, a farmi sentire sbagliata e fuori posto in ogni istante. Alle volte mi chiedo se esisto davvero, se tutto questo non è una specie di esperimento alieno a cui sono sottoposta per vedere quanto resisto in queste condizioni. La mia mente è il luogo più spaventoso in cui io abbia mai messo piede. Ci sono dei momenti in cui penso di essere pazza, solo perché vedo le cose in maniera diversa dagli altri, ma poi ricordo a me stessa che la vita è troppo complessa per poterla ridurre a un unico punto di vista. Con un sospiro, scendo dal letto. Abbastanza intorpidita, infilo i piedi nelle ciabatte di spugna di cui mi ha equipaggiato la domestica, Miss Fridge. Metto il cellulare nella tasca dei pantaloni del pigiama ed esco dalla stanza. Questa casa è così grande, che a volte ho paura di perdermi. Scendo le scale di vetro, con il corrimano in legno. Attraverso l'ampio salone e vedo Roman al tavolo della cucina. È di spalle, intento a contemplare il muro vuoto di fronte a sé, mentre beve del caffè. Il silenzio è surreale, sembra di essere su un altro pianeta.

«Buongiorno», gracchio, un po' intimidita. È la prima vera occasione in cui ci ritroviamo insieme a casa sua, a parlare, e io sono un rottame. Bene, Cassie.

«È andata bene la serata?», chiede alzandosi.

«Più o meno», replico evasiva.

I suoi occhi sono di un celeste molto freddo, come una fitta nebbia.

«Ti ho preparato del caffè, se ti va».

Annuisco e lui mi porge una tazza di porcellana, dopodiché ci accomodiamo entrambi al tavolo. Noto una confezione di brioche e una brocca con del succo d'arancia.

«Sei gentile», dico.

«Scusami se sono stato poco a casa, in questi giorni, ma il lavoro in azienda è davvero ingestibile».

«Non ci provare a scusarti, ti devo un enorme favore per ciò che stai facendo per me». Le mie parole risuonano nel vuoto della casa e mi assale una sensazione di solitudine.

«Non mi devi niente», ribatte lui con un sorriso.

«Come stai? Per la storia di tuo padre, intendo. Se ne vuoi parlare, io ci sono», dico dopo un po' per spezzare il silenzio che è calato tra noi.

«Non devi sentirti in dovere di ascoltare le mie lamentele, solo perché adesso vivi qui».

«No, non mi sento in dovere. Mi farebbe piacere esserti d'aiuto in qualche modo».

«Sto andando in terapia e mi basta. La mia psichiatra dice che sto facendo progressi. Non devi sentirti in debito con me, Cassie. Stando qui, mi stai aiutando molto più di quanto immagini».

«Mi fa piacere», dico con sincerità e cala nuovamente un silenzio imbarazzante.

«Non mangi?», chiede curioso, e indica la brioche.

«Oh, no no. Non ho fame, grazie». Poi decido di togliermi il dubbio che mi assilla da quando mi sono svegliata. «Ehm, per caso, ieri sera tardi, ti ho chiamato?».

Prende un sorso dalla tazza. «Uhm, no, perché?».

Merda. «Sono tornata con il tuo autista?», domando ancora.
«No». Mi guarda con i suoi occhi glaciali. «C'è qualche problema?».
Un problema enorme, penso. «No, affatto».
Ma, allora, come ci sono tornata qui?
«Cassie? Tutto bene?», mi chiede, preoccupato.
Ignoro la domanda di Roman e prendo il cellulare. Vado di nuovo sulla conversazione con RiservedGuy13 e scrivo un messaggio rapido.

Io: Sei stato tu, ieri notte?

«Cassie?». La voce di Roman, limpida come un cristallo, mi risuona nelle orecchie, ma ancora una volta non gli do retta.
Clayton ha visualizzato immediatamente, lo vedo dalle spunte blu.
«Sto bene, perdonami, io...», dico a Roman, ma continuo a fissare la chat con ReservedGuy13.
Sento una sedia grattare sul pavimento. «Va bene, finisci la tua colazione, io devo uscire», dice Roman.
Non faccio neanche in tempo ad alzare gli occhi che sparisce. Mi sento in colpa. Sono una maleducata. Ma sono come ipnotizzata dal cellulare.
Il mio telefono vibra, segno che è arrivato un nuovo messaggio, e mi dimentico totalmente del padrone di casa.

ReservedGuy13: Sono stato io. Qualsiasi cosa terribile ti venga in mente, la risposta sarà sempre sì.

"Sono stato io".

Io: Quindi... mi hai riportata tu a casa, ieri notte? Rispondimi, per favore, ho bisogno di saperlo.
ReservedGuy13: Le cose non si chiedono, Cassie. Si prendono.

Cosa significa? *Cazzo.* L'ultima volta che siamo rimasti soli, Clayton mi ha infilato una mano tra le cosce e io gliel'ho lasciato fare. E non ero nemmeno ubriaca! Forse, non voglio ricordare cos'è successo ieri. Forse, questa volta, ha fatto molto di più che infilarmi una mano tra le cosce. Ne sarebbe capace? Sarebbe capace di agire solo per i suoi scopi egoistici contro la mia volontà? Ma che stupida che sono, ovvio che sì. Mi sento male solo all'idea.

Io: Voglio sapere la verità.
ReservedGuy13: Vienitela a prendere, sai dove trovarmi.

21

Paxton

Sbadiglio ed entro in cucina. Apro il frigorifero dei Mackenzie e scopro che è praticamente vuoto. È quasi mezzogiorno e ho un buco allo stomaco enorme, ma nessuno ha fatto la spesa. Ci sono un cuore di lattuga avvizzito, del prosciutto secco, un paio di barattolini di acciughe sott'olio e alcune birre. Ieri sera ho cenato con la birra e stamattina mi toccherà fare colazione con la birra. In quel momento, il terranova dei Mackenzie si struscia contro i miei polpacci.

«Ehi, Mustafà, che vuoi? Non ci sono più croccantini nella tua ciotola? Ti è andata male, perché non ho da mangiare stavolta».

Prendo una Tennent's e la stappo con i denti, ferendomi ai lati della bocca. Mi butto sul divano e accendo la televisione: parte il notiziario e c'è una tipa molto attraente in camicetta che sta parlando di una sparatoria in cui è morta una dozzina di persone.

D'un tratto, sento dei rumori alle mie spalle, così mi giro e vedo Clayton in boxer che apre il frigorifero.

«Che diavolo!», ringhia brutalmente. «Paxton, sei un cassonetto, ti sei scofanato tutto». Sono giorni che si alza sempre con la luna storta.

«Non è colpa mia». Ed è vero, è tutta colpa di Mustafà e del suo sguardo implorante. Guardo il suo furbissimo musetto nero. La settimana scorsa, forse, in effetti, l'ho viziato troppo con il cibo…

Clayton sbatte lo sportello del frigo e ravana nella dispensa, prendendo la sua confezione preferita di cereali, quelli al miele. «Ma tua nonna che dice sul fatto che sei sparito?», si informa. «Almeno, lo sa che sei qui, da noi?»

«Scherzi? Oddio, certo. Non vorrei mai farla morire di crepacuore». Mia nonna adora i Mackenzie, dice che sono gli unici esseri umani al mondo oltre a lei in grado di sopportarmi, e vorrebbe che li invitassi più spesso a casa nostra. Le ho spiegato troppe volte che loro verrebbero pure, se il salotto non puzzasse di piscio di gatto o se l'intero salotto non sembrasse la tana di una chiromante.

«La prossima volta che tua nonna ti chiama alle quattro di notte e strilla "polpettino" sarò io a morire di crepacuore. Stavo dormendo, cazzo».

Io e Clayton dividiamo la stanza, l'unica dotata di un letto matrimoniale.

Ryan non ha posto per me, avendo un letto singolo, la camera di Tyler è quella che le madri definirebbero un terreno su cui è esplosa una bomba, e chiaramente Killian non mi vuole tra i piedi, figuriamoci nel suo spazio.

«Non mi sembrava che stessi dormendo», lo punzecchio. «Stavi al cellulare. Ti ho visto».

Nel dormiveglia post-sbronza ho ipotizzato stesse guardando video su YouTube o su TikTok, oppure stesse scrollando la home di Instagram per combattere l'insonnia di cui soffre ormai da diverso tempo. Non so come faccia Clayton a reggersi in piedi dormendo così poco.

«No. Non mi hai visto».

«Sì, invece, ti ho visto che stavi al cellulare, non ho gli occhi foderati di prosciutto...».

Clayton mi rivolge uno sguardo vagamente minaccioso e capisco che vuole che io tenga la bocca chiusa, anche se non so perché.

«Afferrato». Mi passo indice e pollice sulle labbra, come se stessi chiudendo una zip. «Però anche tu. Tienitela per te, questa cosa del polpettino».

Mi guarda come se fossi un moccioso che sta facendo i soliti capricci. È a petto nudo. I suoi tatuaggi sul deltoide, simili a rami di alberi, sono sottili come delle vene.

«E soprattutto... non ce l'hai una maglietta?», gli chiedo.

Senza rispondermi, Clayton riempie la sua tazza di cereali al miele, poi ne lancia uno a Mustafà, che scodinzola.

«Non è che condivideresti un po' di cereali anche con me?», gli domando speranzoso.

Lui alza le sopracciglia. «Scordatelo».

In cucina in quel momento arrivano anche Ryan e Killian, che si catapultano dalle scale, e sembra stiano litigando, visto che entrambi sono rossi in volto. Non c'è neanche l'ombra di Tyler, quindi probabilmente sta ancora dormendo.

«Non faremo niente di ciò che dici». Ryan si accende una sigaretta e assesta un'occhiata torva a Clayton e al suo petto nudo, prima di andare ai fornelli. Altro che buongiorno. Forse, si sta chiedendo anche lui perché gira per casa come se fosse Tarzan.

«L'idea è grandiosa, invece». Killian gli sta alle costole, mentre Ryan prepara il caffè.

«Sai cos'è grandioso?», dice Ryan, mentre scruta pensieroso il braccio meccanico del fratello. «Che ancora non ti sei fatto ammazzare».

Mi alzo dal divano, con la birra in mano. «Di che state parlando?», chiedo.

«Sto fantasticando sui diversi modi per liberarci di quell'alito di fogna di Bill the Killer», spiega Killian.

«Perché ci tieni così tanto a ucciderlo?», domando.
«Esatto, Killian, perché ci tieni così tanto a uccidere la nostra moneta di scambio?», mi fa eco Ryan.
«Tu lo chiami moneta di scambio, io lo chiamo palla di lardo».
Killian si gira verso di me e mi fa un sorrisetto. Di prima mattina ha la faccia impastata di sonno e sembra quasi angelico. La cicatrice che gli attraversa il volto gli regala una bellezza crudele. Ha uno sguardo ossessivo e uno scintillio bramoso rifulge nelle sue iridi azzurre.
Clayton si schiarisce la gola, interrompendo il nostro contatto visivo.
«Quella palla di lardo», dice con timbro serio. «È James Lombardo».
Killian si appropria dei cereali di Clay con una smorfia soddisfatta.
«"James palla di Lombardo" suona bene come soprannome», commenta Killian.
Clayton si vede sfilare da sotto il naso la sua colazione e non è per nulla contento. «Ohi, ladro del cazzo, ridammi la mia tazza».
Killian lo guarda da capo a piedi, con sdegno, e si sofferma sulle sue mutande di Calvin Klein a vita bassissima, che mettono in risalto i suoi addominali scolpiti.
«Non ho mai capito cosa ci trovi di bello la gente nell'avere il nome di un tizio sulle mutande», dice Killian, ma la discussione tra i due viene interrotta da Ryan.
«Abbiamo un pezzo grosso tra le mani», chiarisce il leader del gruppo, preoccupato. «Sei proprio sicuro che sia un Lombardo, Clay?»
«Sì, è un Lombardo, e non mi chiedere come l'ho saputo perché è complicato», ribatte Clay.
«Sono sempre più convinto che dovremmo ucciderlo», replica Killian, che odia i Lombardo da quando è piccolo. «E non capisco che cosa fai, Ryan, invece di…».
«Io ragiono, Killian», mette in chiaro Ryan. «Ecco cosa faccio. Così almeno non devi farlo tu».
«Ehi, perché la tua mano è ammaccata?», chiedo a Ryan per deviare la conversazione.
«Meglio non parlarne», replica Ryan con uno sguardo di fuoco.
Clayton indica la mano del fratello. «No, sul serio. Come mai ti sei ridotto in questo modo?».
Ryan scuote il capo. «Cambiamo discorso».
«Si tratta di lei?», domanda Clayton, che non ha intenzione di mollare l'osso.
«*Cambiamo. Discorso*».
Killian si mette seduto e accavalla le gambe. «Roba da matti, ragazzi. Si fa il sangue marcio per una che neanche lo vuole».

Clayton inspira forte dal naso e osserva suo fratello, con la fronte aggrottata. «Sei un coglione», gli dice.
Ryan annuisce.
«Ti stai rovinando la vita», aggiunge Clay. «Sicuro che ne vale la pena?».
Clayton rispetta profondamente suo fratello Ryan, ma non è facile restare a guardare quando qualcuno che ami persevera per anni in azioni stupide e insensate.
«Certo che ne vale la pena. Non chiederlo neanche».
Io, Clay e Killian ci scambiamo un'occhiata scettica. Tutti vogliamo bene ad Arya, ma se Ryan continua così ci morirà per quella ragazza. Onestamente, preferirei che il mio migliore amico voltasse pagina alla svelta, prima di rimetterci le penne, o peggio qualche arto, facendo la fine di Killian.
A proposito di Killian: quando si parla di Arya, lui ha sempre una buona parola da mettere.
«Arya non è più quella di una volta, fratello. Adesso va in giro come se avesse una scopa nel culo da rimuovere chirurgicamente. Quella ragazzina che ti piaceva tanto tempo fa non esiste più», commenta, mentre prende l'occorrente per farsi una canna.
«Abbiamo questioni più urgenti da risolvere», dice Ryan sbrigativo. «Arya è l'ultimo dei nostri problemi».
«Sono d'accordo», conferma Killian.
«Qual è il piano?», chiede Clayton, deviando il discorso di nuovo sui Lombardo. Della famiglia, lui è quello sempre pronto a combattere. Negli anni, ha sviluppato degli anticorpi alla paura; non c'è niente che lo spaventi. È stato suo padre a renderlo così. Quando Clayton aveva otto anni, non riusciva a dormire, perciò, ha detto a suo padre che aveva paura del buio; lui gli ha messo in mano una pistola e gli ha detto: «Con questa non avrai paura e non sarai mai debole».
È stato in quel momento che Clayton ha imparato la lezione più importante. A rendere la gente debole è la paura. E Clayton, questa lezione, l'ha seguita alla lettera, soprattutto quando i Lombardo lo massacravano. Del resto, non potevano ferirlo nell'animo, se non aveva paura. Sono convinto che nessun essere umano potrebbe mai spezzare il cuore di Clayton. Perché non puoi spezzare il cuore a chi non ne ha uno.
Ryan sta per rispondere, ma viene interrotto dal rumore della serratura, e la signora Mackenzie entra con le buste della spesa.
«Ciao, ma'», dice Clayton, e gli altri lo imitano in coro.
«Ciao, ragazzi, ciao, Paxton», ci saluta la signora Mackenzie, in tono stanco. «Dov'è Tyler?», domanda.
«Dorme», replica Killian con un sorrisetto ironico.

«Be', che qualcuno di voi lo svegli, per favore, non si può dormire fino a quest'ora, è indecente».

Ryan si dirige verso l'ingresso, prende le chiavi e si sistema al volo i capelli davanti allo specchio.

«Pensateci voi, io esco».

«Dove vai?», gli chiede sua madre, ma Ryan ha già sbattuto la porta.

«E pure tu, ma', dove pensi che vada?», scherza Clay.

Ci sono due posti in cui Ryan può andare quando esce: il bar di Arya o l'accademia d'arte.

«Non voglio neanche sapere cos'ha fatto alla sua mano. Voi figli prima o poi mi farete dannare».

Killian si alza dalla sedia e attraversa il salotto, facendomi un cenno con il capo. «Ehi, Paxton, che fai? Inculi le zanzare? Vieni con me a buttare Tyler giù dal letto».

Non me lo faccio ripetere due volte. Seguo Killian per le scale e ammiro i boxer neri che si intravedono dai jeans calati. È davvero meraviglioso: è un pazzo fuori di testa, ma se lui si gettasse da un grattacielo, io lo farei insieme a lui.

Ieri sera l'ho visto sniffare e palpare ogni essere umano di genere femminile all'interno del locale. Eppure, non faceva che fissarmi con una soddisfazione primitiva e violenta. Davanti a me, si passa la mano tra i capelli biondo platino e se li scompiglia, ignaro di tutto il fascino che in questo momento sprigiona. Sento che dovrei andarmi a confessare, per tutti i pensieri impuri che mi passano per la testa.

Arriviamo di sopra e ci fermiamo proprio davanti alla porta della sua camera. Le voci della signora Mackenzie e di Clay sembrano lontane chilometri. Non faccio altro che fissarlo… non solo ora, ma da sempre: da tutta la vita sono spaventato e attratto da Killian.

Mi fredda con un'occhiata. «Che cazzo ti guardi?», mi dice.

«Niente», borbotto. Abbasso lo sguardo e i miei occhi cadono sui suoi pantaloni e sul rigonfiamento tra i jeans.

Killian si avvicina, percepisco il calore intenso della sua presenza e credo di avere il viso in fiamme. Si è accorto di cosa sto fissando, devo trovare qualcosa da dire per distogliere l'attenzione da questo momento imbarazzante. Eppure, non sono bravo in questo genere di cose. «È una pistola quella che hai tra i pantaloni?», chiedo con una risata sciocca e nervosa.

Killian avanza inesorabile verso di me, finché non mi ritrovo contro la porta della sua stanza. Avvicina le labbra al lobo del mio orecchio e mi sembra di essere in paradiso.

«Guardami un'altra volta il cazzo, e giuro che ti pianto una forchetta nei bulbi oculari».

Avverto il suo fiato caldo addosso. Alzo gli occhi ed è molto più vicino di quanto riesca a sopportare. Sono uno stupido. Mi tratta come se fossi un coglione da quando siamo ragazzini, e ora eccomi qua a sperare di ricevere le sue attenzioni, anche le più piccole e insignificanti. Mi andrebbe bene anche essere preso a pugni in faccia.

«E non scherzo», aggiunge.

«Per carità, non lo metto in dubbio», ironizzo, fissando i suoi occhi insondabili.

«Quanto ti piace fare il fenomeno da baraccone», sussurra sarcastico, ma non feroce come se fossimo in pubblico. Quando siamo lontani dai suoi fratelli, Killian è più docile con me, anche se non si può dire che sia davvero mansueto.

«A te invece piace fare il fenomeno, punto e basta», replico.

«Cuciti la bocca».

«Altrimenti? Mi picchi?», lo sfido.

«Finalmente, una domanda sensata».

Deglutisco, ho la bocca secca. «Vuoi fare a botte? Ma se hai un braccio solo?». Cerco di scoraggiarlo, ma lo sto semplicemente facendo incazzare ancora di più. Sotto sotto, questa cosa mi diverte. Mi piace stuzzicarlo, sondare i suoi limiti, vedere fino a che punto arriva.

«Ti abbatterei senza problemi. Riesco a fare molte più cose io senza un arto di te con entrambi». La sua fronte quasi tocca la mia, sento ogni singola particella del suo disprezzo. Ho quasi le vertigini.

«E allora, non farti pregare. Fammi vedere quanto sei forte».

Nelle sue iridi brilla una sfumatura di stupore. Afferra la maniglia, apre la porta e poi mi spinge all'indietro: per la prima volta, sono ufficialmente invitato a entrare nella sua stanza. "Invitato" è una parola grossa, visto che mi ha appena afferrato per il colletto della maglietta, ma questo rimane un evento più unico che raro.

«Dato che ti piacciono le maniere forti», dice, «eccoti accontentato».

Mi scaraventa sul suo letto e batto la testa contro la testiera. *Wow*. In un attimo, lui mi immobilizza, incastrando l'avambraccio tra il mento e la gola. Quasi non respiro.

Ma ti prego, continua, strangolami pure.

«Piaciuta la dimostrazione?», chiede, dopo un secondo.

Mi lascia andare e tossisco. Lui si lancia sul letto accanto a me, si toglie le scarpe e mi guarda di sottecchi. Quando mi riprendo, noto che il suo letto è proprio di fianco a una finestra, che affaccia sulla strada principale. Offre una visuale perfetta di tutti gli angoli più nascosti, in cui di solito avvengono scambi illeciti di droga. Le case tozze e quadrate che soffocano il cielo sono in fila una dietro l'altra, con le finestre rettangolari, come tanti calendari dell'Avvento in serie. I pali della luce fulminati, i fili di ferro su cui è appeso qualche lenzuolo. Un campetto da basket malridotto, in cui una banda di ragazzini si rincorre come uno sciame impazzito di calabroni: potevamo essere noi qualche anno fa.

«Ti godi il panorama?», chiede Killian.

Mi giro. La luce del sole si infrange contro il suo viso, illuminandolo di un bagliore maniacale. Sembra un angelo cacciato dal paradiso. «Non dovevamo andare a svegliare Ty?», chiedo con tono innocente.

Lui sogghigna. «Dai ancora retta a mia madre?».

Si tasta i pantaloni e sfila un pacchetto di sigarette e me ne porge una. Si accende la sua, poi avvicina il suo viso al mio, in modo che io possa accendermi la mia direttamente dalla sua. Sdraiato accanto a lui, col sole che mi pizzica la pelle e una beatitudine strana in corpo, mi sento in pace col mondo e un po' filosofo.

«Quanto siamo autodistruttivi, ci hai mai pensato?», gli chiedo.

Killian aggrotta la fronte e butta fuori il fumo, che aleggia nella stanza e sopra le nostre teste. «Cioè?», domanda.

«Fumare uccide, eppure fumiamo lo stesso», spiego.

«Moriremo comunque: fumo o non fumo. Tanto vale godersela». Non mi guarda, i suoi occhi sono altrove e anche la sua voce è atona.

«Siamo nati per morire. Ma allora perché farsi tutti questi cazzo di problemi?», domando, pensieroso.

«Non mi faccio problemi», risponde, troppo velocemente.

«Però ti fai le ragazze, anche se…». Mi interrompo. Mannaggia a me e alla mia boccaccia.

Si gira di scatto e, sorprendentemente, non è arrabbiato. Mi fissa le labbra. «Dovevi vedere quanto cazzo godevano ieri sera e quanto gridavano».

Le sue parole fanno male come se mi avesse conficcato un cacciavite in pancia. «Mmm. Buon per loro», dico con la voce rotta. «E dove te le sei scopate, nei cessi?», lo provoco.

«*Sorry, mom*». Killian allunga il braccio sano per spegnere la sigaretta sul davanzale, e io faccio la stessa cosa. Mi sono già rotto di intasarmi i polmoni. In quel momento, i nostri corpi si toccano. Le nostre spalle si sfiorano, e lui non si scansa.

«E tu, con le donne?», mi chiede. «L'ultima volta che hai parlato con qualcuna era il Paleolitico».

«Già, *sorry, dad*». La battuta non lo fa ridere, ma posso capirlo, perché non fa ridere nemmeno me. Rifuggo il suo sguardo con tutte le mie forze, ma lui ancora non ha finito con me.

«Non ti manca piegare qualcuna a novanta? O, che cazzo ne so, sentire delle tette che ti sbattono in faccia?»

«A volte».
«Parli come uno a cui le donne non piacciono».
Mi stringo nelle spalle. «Magari è così».
Lui mi studia con attenzione.
«Cioè, voglio dire...», provo a rettificare.
«Sei gay?».
"Sì, se si tratta di te", vorrei rivelargli, ma sarebbe troppo umiliante dirlo ad alta voce.
«Ti scandalizzeresti?», chiedo con un filo di voce.
Killian ha uno sguardo strano, un po' nostalgico. «C'è una cosa che non sai», confessa dopo un po'.
«Be', dimmela».
«Quando eravamo piccoli e sono stato investito, sei rimasto accanto a me».
Me lo ricordo fin troppo bene. Quel giorno è impresso a fuoco nella mia memoria. Il sole cocente addosso, il furgoncino argenteo a tutta velocità, la polvere che si solleva da terra rendendo la visuale opaca, l'odore di sangue...
«Poi, dopo, non ti sei fatto spaventare dalla mia bruttezza e in un certo senso mi hai salvato la vita», continua, e si sporge pericolosamente su di me. «Sono sopravvissuto anche grazie a questo».
Il suo viso è così vicino... D'un tratto, incolla le sue labbra alle mie, togliendomi ogni briciolo di respiro. La sua mano si precipita sulla mia e le nostre dita si intrecciano. Il suo corpo si preme sul mio e la sua bocca ha un sapore dolcissimo. La schiudo, per permettere alla sua lingua di entrare. Forse sto sognando. Killian sta andando a una velocità che non mi consente di realizzare tutte le emozioni che mi esplodono dentro. All'improvviso, mi afferra il polso e si porta la mia mano sui jeans, facendomi avvertire la lunghezza del suo pene duro. Sussulto. Dovrei sbottonargli i pantaloni, ma non sono neanche in grado di muovermi. Così, lui mi aiuta: si stacca dalla mia bocca e se li toglie. Mi mette in mano il suo membro, che osservo per un secondo incerto sul da farsi. Entrambi abbiamo il fiato corto. Killian vuole di nuovo le mie labbra, che incontra con estrema facilità. Continuo a baciarlo, mentre tengo in mano la sua erezione. I suoi gemiti sommessi mi procurano brividi indescrivibili di piacere. Sta succedendo davvero? È un miracolo. Il suo corpo sudato si muove sul mio. Vorrei restare sdraiato sotto di lui per sempre, vorrei che questo momento non finisse mai...

22

Arya

Sono piegata sul lavandino e mi sto lavando la faccia. Ho dei dolori allo stomaco. Sono le due del pomeriggio, ma sono ancora assonnata. Mi passo le mani bagnate sulle guance. Stamattina è stata dura alzarsi, perché sono stata tormentata dagli incubi per tutta la notte. Mi succede sempre più spesso. Ultimamente faccio dei sogni strani, in cui mi ritrovo in un labirinto oscuro, con il cuore che palpita e l'urgenza di scappare. Mi sveglio sempre nel cuore della notte, con l'angoscia incastrata in gola e il respiro affannoso. La mia vita, di recente, sembra essere una rincorsa continua per qualcosa che non otterrò mai. Lotto ogni giorno e ogni notte per sopravvivere, ma non posso neanche più permettermi di sentirmi esausta. Andare avanti, sempre. È così che affronto le giornate.

Ieri sera, Wellington mi ha presentato sua madre: una donna di classe, volitiva, amante delle buone maniere, che non ha fatto altro che studiarmi per tutta la serata. Nonostante ciò, è riuscita a creare un clima piacevole, e abbiamo parlato di scherma, della sua villa fuori città da ristrutturare, dei suoi barboncini.

So che dovrei essere felice di avere un ragazzo normale che mi vuole bene, ma non ci riesco. Non riesco a smettere di pensare a un altro. Questo è il mio incubo peggiore. La certezza di non poter essere felice, e doverlo accettare per forza, perché non posso più tenere in stallo la mia esistenza per qualcuno che ha smesso di considerarmi.

Mi asciugo le mani e apro l'anta dell'armadietto sopra il lavandino. Afferro un barattolino arancione. Fentanyl. Me l'ha dato Wellington ieri sera.

«Può succedere di passare un brutto periodo. Se non vuoi farti aiutare da qualcuno, fatti aiutare da *qualcosa*», mi ha detto, e ha infilato il flaconcino dentro la mia borsa.

Ha ragione lui, dovrei farmi aiutare, dovrei rilassarmi in qualche modo. Il Fentanyl è un antidolorifico molto più potente della morfina. Basta una pasticca, una *soltanto*, e gli incubi svaniscono. La mando il più velocemente possibile, senza pensarci, e mi sento subito meglio.

Esco dal bagno, scendo le scale e torno dietro il bancone, perché mi sono assentata per troppo tempo. Oggi è una giornata tranquilla, c'è poco viavai. Mi chiedo se, dopo ieri sera, Ryan passerà al mio bar. Ho delle domande che mi frullano nella testa da ore.

Perché si è comportato in quel modo con Wellington? Perché ha fatto intendere al mio ragazzo che tra me e Ryan le cose siano diverse da come sono realmente? Mi odia a tal punto da voler rovinare l'unica sottospecie di relazione che io abbia mai avuto?

Il giorno dopo l'aggressione di Killian, mi sono svegliata nel mio letto e ho cercato di ricostruire i fatti. Killian che mi aveva inseguita fino a farmi precipitare, e poi Ryan che mi aveva presa in braccio: era stato tutto troppo veloce. Mi sono mossa nel letto e mi sono girata. Mio padre era seduto su una sedia di ferro, con le mani giunte in una preghiera. Quando mi ha vista sana e salva, ha sobbalzato. Mio padre non è uno che di solito mostra i suoi sentimenti, però in quell'occasione era un libro aperto. La morte di mamma ci ha devastati e non era pronto a subire un altro lutto. Chissà come si è sentito... Gli ho fatto passare una notte orribile. Dopo un primo momento di sollievo, il volto di mio padre si è oscurato dalla rabbia.

«Da oggi in poi, starai lontano da loro». Sono state le prime parole che mi ha detto. «Quei ragazzi... avvelenano ogni cosa che toccano».

Ho passato tutta l'estate prima del liceo in convalescenza, anche se per fortuna me la sono cavata solo con una frattura alla caviglia. Ho scritto tutti i giorni a Ryan. Non rispondeva mai, però io non mi sono lasciata abbattere. I messaggi che gli mandavo erano ogni giorno più lunghi. Provavo a chiamarlo, ma aveva sempre il telefono staccato. Visto che non mi rispondeva, provavo a chiamare Clayton e Tyler. Ty era l'unico che, seppur a monosillabi, si degnava di rispondermi al telefono. Non mi spiegavo quel trattamento, all'improvviso così freddo e ostile, da parte di tutti quanti. Forse, erano in uno dei loro soliti brutti momenti. L'ultima settimana di vacanza, una domenica pomeriggio, ho deciso di andare a casa di Ryan, per affrontarlo. Il bambino che mi aveva costruito una casa sull'albero, quel bambino che mi avrebbe fatto da scudo con il suo stesso corpo, non poteva cambiare dall'alba al tramonto, senza darmi una spiegazione. Per tutto il tragitto mi sono ripetuta che non c'erano ragioni per il suo comportamento. Anzi, che una ragione ci doveva essere per forza, perché non era da lui trattarmi in quel modo. E che, quindi, io dovevo scoprirla. Mi sono messa un berretto per ripararmi dal sole e ho legato la sua bandana al polso: la leonessa non si sarebbe arresa, giusto? Quando sono arrivata a destinazione, Clayton era sulla sedia a dondolo sul portico, gli occhi neri puntati di fronte a sé. Appena mi ha visto, si è alzato. A sedici anni, Clayton era più alto e più robusto della maggior parte degli uomini adulti; i capelli lucidi e neri, separati da una rigida riga centrale, gli ricadevano davanti agli occhi, donandogli una bellezza brutale.

«Che sei venuta a fare, leonessa?», mi ha detto scendendo i gradini.

Il suo portamento fiero e serafico ingannava. Non era calmo. Clayton era sempre stato diverso dai suoi fratelli; lui aveva qualcosa dentro, qualcosa che sembrava volesse sfogare a tutti i costi. Raccoglieva i sassi e li lanciava verso l'orizzonte con rabbia. Lui non aveva paura di niente. Aveva dentro qualcosa di profondo, come un disagio che non riusciva a esternare. Crescendo, Clayton è diventato forte, così forte che pareva fatto di un minerale impossibile anche solo da graffiare. Anche ora, a guardarlo, non sembrava nemmeno fatto di carne. Clayton, all'apparenza calmo e accomodante, è quello che tra i Mackenzie va più a fondo della propria pazzia, fino a distruggersi e distruggere chiunque ha intorno.

«Allora, che sei venuta a fare?», ha ripetuto.

«Devo parlare con Ryan».

«Non c'è», ha replicato con un sorriso che in realtà era un tentativo di ammaliarmi. Clayton era un manipolatore, però in questo caso gli ordini provenivano da Ryan, ne ero certa. Il rispetto di Clayton per Ryan era sempre andato oltre ogni cosa.

«E dov'è?»

«Non è affar tuo». Era ammirevole come si guardavano le spalle a vicenda.

«Voglio soltanto parlarci».

«Lui non vuole parlare con te».

«Ma perché?»

«Vattene. È la cosa migliore per tutti».

Sentivo scorrere le lacrime sulle guance, ma non volevo arrendermi. Mi stavano cacciando tutti quanti. Loro erano fratelli, e io non ero niente per loro, se non una stupida bambina piagnucolona.

«Posso salutare almeno Tyler?», ho domandato.

«No, sul serio, Arya. Va' via». Si è voltato ed è rientrato.

Ho ascoltato il suo consiglio e me ne sono andata, ma prima ho guardato per l'ultima volta la casa dei Mackenzie, un'abitazione che sembrava sul punto di sprofondare nel terreno. Affacciato alla finestra c'era un ragazzino biondo, che mi fissava. Tyler. Siamo rimasti a guardarci per un po', io non sapevo bene cosa fare: se ne fossi stata capace, mi sarei arrampicata di sopra, pur di abbracciarlo. Dopo quelli che sono parsi minuti interminabili, Tyler si è battuto tre volte la mano sul petto, ha allungato il braccio e con le dita ha raffigurato la metà di un cuore. Da allora, io e i Mackenzie siamo diventati estranei.

Verso le quattro del pomeriggio, Ryan arriva, nascosto dal cappuccio della sua felpa. La prima cosa che penso è che si siederà al suo solito posto, evitando categoricamente di guardarmi. Invece, con mia grande sorpresa, viene verso di me, con il volto segnato dalla preoccupazione.

«Devo parlarti. Hai un minuto?», dice.

Abbasso lo sguardo sulla manica sporca della sua felpa, tirata giù fino a coprire il dorso della mano destra.

«Che cos'hai fatto lì?». Indico la sua mano.

«Niente». Ma risponde troppo in fretta, come se avesse previsto questa domanda.

«Ryan, cos'hai fatto?».

Abbassa la testa, colpevole, e scopre la manica, mostrandomi il misfatto. Ha le nocche sbucciate e del sangue secco appiccicato sulla pelle.

«Oh, santo cielo», mormoro, e faccio il giro del bancone. «Vieni con me», gli ordino, dirigendomi verso le scale, con un nodo alla gola.

Cos'ha combinato questa volta?

Lui, senza dire una parola, mi segue. Entriamo in bagno e la sua presenza rende lo spazio ancora più angusto.

«Mettiti seduto», gli dico cercando di sembrare disinvolta, e faccio un cenno verso la vasca da bagno.

«Che hai intenzione di fare?», mi domanda.

Apro il cassetto dei medicinali. «Ti fascio la ferita, se solo riesco a trovare il disinfettante». Rovisto un po' e poi lo trovo. Prendo dell'alcol e del cotone. «Scopri tutto il braccio, per favore».

Armeggio con le medicazioni sopra il lavandino e sento il suo sguardo inquisitore su di me. Ryan si toglie direttamente la felpa, che getta a terra, e rimane a petto nudo: bastava solo il braccio, penso, e mi manca il respiro, mentre le mie guance vanno in fiamme. Osservo i suoi tatuaggi su tutto il petto ampio. Ho sempre avuto l'impulso di rannicchiarmici contro. Torno con gli occhi sul suo viso: quelle sopracciglia così marcate e risolute gli danno un'aria da uomo vissuto. La sua bellezza ha qualcosa di spossante.

Nessuno di noi due dice nulla. Potremmo rimanere ore intere a guardarci in silenzio. Ho l'impressione che ci stiamo raccontando le cose più profonde di noi. Questa riservatezza ferrea che condividiamo, però, mi mette a disagio. Devo porre fine a quest'angosciante susseguirsi di sguardi, così prendo coraggio e inizio a medicarlo.

«Hai fatto a botte con qualcuno?», chiedo con voce sottile.

«No. Ma mi sarebbe tanto piaciuto». Il riferimento a Wellington è lampante.

«Wellington non è male, se impari a conoscerlo», lo rassicuro.

Irrigidisce il braccio, mentre continuo a passare il cotone bagnato sulla sua mano. «Non ho voglia di conoscerlo».

«Se non lo mettessi in soggezione, penso che voi due potreste andare perfino d'accordo».

Mi guarda come se stessi scherzando. «Non credo. Lo dici anche a lui di non mettermi in soggezione?»

«Be', non penso che uno come Wellington sarebbe capace di metterti in soggezione». Ridacchio.

Aggrotta vagamente la fronte. «E perché?»

«Perché sei molto più grosso e temibile di lui».

«E farebbe meglio a ricordarselo».

«Ryan...», lo ammonisco.

«Non so di cosa tu mi stia rimproverando, Arya», ribatte con voce morbida, «ieri sono stato civile».

«Lo hai minacciato», gli ricordo, ma un piccolo sorriso mi spunta ai lati della bocca. Gli prendo con delicatezza la mano ammaccata e ci passo sopra il cotone, tamponandogli la ferita, un'altra volta. Lui sotto il mio tocco sembra rilassarsi questa volta.

«Be', punti di vista», dice.

«Potresti provare a essere gentile, Ryan».

«Non sarò mai gentile con qualcuno che ti vuole».

Il cuore batte all'impazzata, a tal punto che non riesco più a controllarlo.

«Non potrai disegnare per un po' di tempo», gli dico per distrarci. E poi l'ansia mi assale. Smetterà di venire qui? Non lo vedrò più? Non so se sarò in grado di gestire la sua assenza.

«Vorrà dire che dovrò inventarmi qualcos'altro da fare, qui dentro».

Ho un tuffo al cuore, per questa sua risposta. «Non farmi preoccupare», dico d'istinto.

Lui rimane immobile. «Ti faccio preoccupare?»

«Sì». Mi concentro sulla sua mano, perché sarebbe troppo difficile guardarlo negli occhi.

«Mercoledì, ci sarà la prima partita di campionato», cambia argomento lui. «Da quel che mi ha detto Tyler, sarà in casa, quindi alla Mordale. Perché non vieni a vedere la partita? Tyler ne sarebbe contento».

«*Tyler*? Quel Tyler che ha rinchiuso la mia migliore amica dentro un seminterrato?», rimarco.

Sospira. «Erano entrambi ubriachi».

«Lo stai giustificando?». Mi arrabbio un po'.

«No, ma lo sai meglio di me che ha problemi a gestire le sue emozioni».

«Un buon motivo per non venire. Non mi voglio trovare in certe situazioni».

«Una volta, tu e lui eravate amici».

«Anche io e te. Eppure, guardaci adesso», ribatto.

Cala il silenzio.
«Se cambi idea fammi sapere, posso passare a prenderti», insiste lui, dopo un po'.
Annuisco, e malgrado tutto... malgrado Ryan mi abbia proposto di andare alla partita solo per fare contento Tyler... sono elettrizzata all'idea di passare una serata insieme a lui, anche se staremo in mezzo ad altra gente.
«Di cosa volevi parlarmi, prima?», gli chiedo.
Il suo sguardo guizza altrove, alla ricerca di qualcosa da guardare che non sia io.
«Abbiamo un problema. A quanto pare, il tizio che abbiamo legato nel camioncino dopo le corse è uno dei Lombardo. Quanto è piccolo il mondo, vero?»
«Sì, l'ho saputo».
«Davvero? E come?».
Non rispondo.
«Tanto non ha importanza», prosegue, «ma *se* adesso non sistemo le cose...». La sua voce è impregnata di autorevolezza. Il peso del mondo gli grava sulle spalle, sempre, e io non posso vederlo così.
«Non dovrebbe spettare sempre a te sistemare le cose. Insomma, non lo trovo giusto».
Ride aspro, sulla bocca di qualcun altro quella risata sarebbe stata crudele.
«Non lo sapevi? La vita non è *giusta*».
Senza volerlo, aumento la pressione sulla sua mano. Lui trattiene un gemito di sofferenza, ma non si muove.
«Scusa», soffio.
«Non ti scusare, è tutto okay».
Ha una mano maciullata e una taglia sulla testa, per colpa dei suoi fratelli e del casino con i Lombardo: non vedo come potrebbe essere tutto okay. Ma non dico niente, per non peggiorare il suo umore. Gli fascio la ferita, invece.
«Cerca di tenerla ferma nei prossimi giorni», mi raccomando con lui.
«Senti, Arya. C'è una cosa che voglio che tu faccia per me», sussurra, e abbassa lo sguardo sulla sua felpa, poggiata sul pavimento ai nostri piedi. Aspetto che continui a parlare. «Nella tasca, c'è una pistola. Devi prenderla tu».
«*Cosa*?»
«Devi averla sempre a portata di mano, nel caso in cui...».
«I Lombardo si ricordino di me», finisco la frase. Dopotutto, ero la ragazzina che, fino a qualche anno fa, se ne andava sempre in giro con i Mackenzie.

«È l'inizio di una guerra», mi informa Ryan. «Non voglio coinvolgerti».

«Per questo mi dai la tua pistola?».

Fa un sospiro pesante. «È solo una questione di sicurezza», dice, e la sua voce sembra consumata.

«Non esiste la sicurezza, quando ci sono di mezzo le pistole».

Ryan inspira per controllarsi, ma poi batte il pugno sulla vasca così forte da farla tremare. «Cazzo», dice. «Non vuoi mai darmi retta».

«Fermo. Ti stai facendo del male», mormoro, immobilizzata.

«No. *Tu* mi stai facendo male».

A vederlo così il cuore mi si stringe in un nodo. Nonostante tutto, non si merita quello che gli sta capitando. Gli scosto un ciuffo castano dagli occhi e gli accarezzo la fronte. Lui chiude le palpebre e inspira come se l'aria fosse pregna del suo profumo preferito. Toccargli i capelli, averlo così vicino, così uomo e così robusto, mi fa capire che non potremo mai più tornare quelli di una volta.

«Promettimi che terrai vicino a te quella pistola», sussurra. «Non ti chiedo altro. Se vuoi posso anche sparire dalla circolazione, ma tienila vicino a te. *Promettilo*».

Non credo di avere alternative. «Va bene, te lo prometto».

Apre gli occhi e si alza, ancora a petto nudo. Mi supera e, senza voltarsi, dice: «A mercoledì».

So che è una cosa infantile e ridicola ma, nonostante tutto, questa piccola promessa mi scalda il cuore.

23

Beatrix

È mercoledì sera e sono seduta sugli spalti, con una ciotola di popcorn tra le braccia. C'è un sacco di gente, anche se la partita non è ancora iniziata. In un certo senso, sono emozionata. Qui alla Mordale non succede mai niente, e il campionato di basket rappresenta l'eccezione. Non sono un'amante dello sport in generale, ma sono una grande tifosa dei Cavaliers, il team della nostra scuola. Sono una fan sfegatata dal primo anno di superiori. Non mi perdo quasi mai una partita, ma se stasera sono venuta qui, dopo il casino che è successo con Tyler, è anche per merito di Lucas: questa mattina, durante biologia, mi ha supplicato di venire. Seduta accanto a me, Cassie batte nervosamente la suola delle Vans sul pavimento ed è quasi raggomitolata su sé stessa, come se cercasse di occupare il minor spazio possibile nel mondo. Non credo che sia in ansia per la partita. Osservo il pubblico. Clayton e Killian Mackenzie sono sopra di noi, avvolti nella solita aria di mistero. Ah, *ecco* perché Cassie è così a disagio, praticamente Clayton la sta puntando come un avvoltoio.

«Non farti intimorire da quello», le sussurro. «Intesi?».

Cassie annuisce, ma in realtà il consiglio è come se l'avessi dato a me stessa: non devo farmi intimorire. Dopo la serata di venerdì al Lion's, mi porto dentro da giorni una sensazione di orrore. L'esperienza nel seminterrato ha riportato a galla sensazioni che avevo rinchiuso nei recessi della mia mente. Mi sono sentita fragile e oppressa come *quella* volta. Otto mesi fa mi è capitata una cosa che non scorderò mai e che mi fa riecheggiare solo un nome in testa: Josh Green. Neanche le mie amiche si sono accorte che qualcosa non va, perché troppo abituate a vedermi forte come un uragano. Eppure, da quel giorno di otto mesi fa, sono cambiata. Ho conosciuto la desolazione e ho dovuto farci l'abitudine. Mi sento strana, come se chiudessi gli occhi e vedessi solo buio. Tuttavia, se mi concentro a lungo, riesco a vedere la luce.

«Notizie di Arya?», domando, voltandomi verso Cassie per sfuggire ai miei pensieri cupi.

«Arya ha detto che arriva con Ryan», risponde la mia amica.

«Ah, prima ci fa la ramanzina e poi si comporta peggio di noi», commento ironica.

Io e Cassie scoppiamo a ridere. Sgranocchio qualche popcorn e glieli passo, però lei rifiuta con un cenno della mano.

In quel momento, gli atleti fanno il loro ingresso in campo, con le divise arancioni e il logo nero del nostro istituto, e sono accolti da cori e fischi di consenso. Individuo subito Tyler che corre e salta in aria in modo così agile che sembra sul punto di spiccare il volo. La folla è pronta per adorarlo, già lo so.

Le cheerleader, compresa Meredith, lanciano un urlo fortissimo e cominciano a incitarlo: «Mackenzie! Mackenzie! Mackenzie!».

Non so perché, provo una sensazione di fastidio e imbarazzo. È da lunedì che cerco di ignorarlo, ma ogni tanto mi sorprendo a guardarlo. Come stamattina a scuola: mordicchiava la gomma di una matita e osservava il foglio del test di storia, con concentrazione. Le sue labbra erano un bocciolo di rosa brillante, si schiudevano appena, emettendo sospiri leggerissimi; quei denti bianchi e umidi sembravano fatti apposta per mordere. Se alle mie fantasticherie si aggiunge che ancora non gli ho ridato la felpa, è chiaro che sono nei guai.

Mentre sono persa nelle mie riflessioni, la squadra raggiunge il coach Carter, in piedi con un fischietto tra le labbra. Gli avversari con la divisa blu non ricevono altrettanto affetto. La partita inizierà tra dieci minuti, secondo il tabellone.

D'un tratto, Tyler si volta a controllare gli spalti e il suo sguardo da sbruffone si sofferma su di me. Gli alzo il dito medio.

«Spero che Mackenzie si sloghi una caviglia», spiego di fronte all'espressione sconvolta della mia amica.

«Ma non vuoi che i Cavaliers vincano?», chiede un po' incerta.

«Ma certo che sì… E poi auguro a Mackenzie salti di gioia e soffitti bassi».

«Sei senza pietà», scherza lei.

«Ehi, Bea, sei qui alla fine!», mi chiama Lucas, che sta correndo nella mia direzione con un sorriso stampato in faccia.

«Non potevo mancare!», rispondo alzandomi. Scavalco Cassie e raggiungo il campo, dove io e Lucas ci scambiamo due baci rapidi sulle guance.

«La partita di oggi sarà impegnativa, gli avversari sono degli assatanati». Indica un tizio con il doppio taglio e una cicatrice sul sopracciglio, che sta tirando al canestro.

«Ve la caverete», lo rassicuro, sporgendomi maliziosa verso di lui.

Lucas sorride imbarazzato, sta per dire qualcosa, ma poi veniamo interrotti.

«In campo! Muoviti!», ordina Tyler all'amico, che obbedisce senza battere ciglio, senza neanche salutarmi.

Mi dileguo immediatamente per tornare al mio posto, però la sua voce è così profonda che risuona per tutti gli spalti.

«Ehi, dove te ne vai, gnometta? Scappi?».

Mi giro e mi ritrovo faccia a faccia con Tyler. Ha i riccioli biondi sciolti e la canottiera della squadra gli sta così larga che si intravedono i pettorali. Non esiste ragazzo più bello e più insopportabile di lui.

«Scappo, sì. Da te».

Stringe con forza il pallone da basket che tiene in mano, gonfiando i bicipiti.

«Voglio parlarti. Posso?», domanda.

«Dopo ciò che hai fatto venerdì? Affogati!», replico, piccata.

Ridacchia. «Soltanto un secondo!», mi implora con un sorriso.

«*Uno*. Tempo scaduto». Faccio di nuovo per andarmene.

«Cosa ci facevi prima, insieme alla mia brutta copia?», dice alle mie spalle.

Sbarro gli occhi, allibita, si riferisce a Lucas. Anche lui è biondo, con gli occhi marroni e la corporatura longilinea. Cambio idea: non voglio andarmene, voglio dirgliene quattro.

Torno verso di lui lentamente, con quella che spero sia classe. Mi appoggio alla transenna che separa il pubblico dal campo di gioco, e lui mi imita. Le sue mani sono vicine al mio corpo. I serpenti d'inchiostro sulle sue dita sembrano vivi.

«Hai un ego smisurato, Mackenzie», mormoro.

«E non solo l'ego, Evans», sussurra, avvicinandosi di più. Ha un sorrisetto urticante.

«Che schifo».

«Sta' lontana dai miei amici, se non sei in cerca di guai», mi minaccia improvvisamente serio, con la voce roca così bassa da essere appena udibile.

«Forse non ti è chiaro che *io* faccio quel che mi pare. E ora lasciami in pace, non voglio parlare con te».

I suoi occhi sembrano un cielo in tempesta, mentre si scosta dalla sbarra. Fa rimbalzare la palla a terra un paio di volte, come se non mi avesse sentito affatto.

«Facciamo una scommessa. Se stasera la mia squadra vince, mi darai la possibilità di parlarti. Ci stai?», propone.

Alzo un sopracciglio. «E perché dovrei accettare?»

«Perché *non* dovresti?», chiede di rimando. «Hai per caso paura di perdere, Evans?».

Incrocio le braccia, in segno di sfida. «Se vinco io, invece, cosa ottengo, Tyler?».

Si inumidisce le labbra rosse e turgide. «Ti ricordi con che cosa ti legavi i capelli da bambina?». Dalla tasca dei pantaloncini sfila un nastro rosa, un po' logoro e sfilacciato. «Se vinci tu, te lo ridò».

Oh, porca troia... No. Non può essere. Non ci credo. Il *mio* nastro. Quello che mi ha regalato mia madre quando da piccola sono stata ricoverata in ospedale per un'infezione batterica. Lo stesso nastro che ho indossato nelle occasioni più importanti, che non mi toglievo mai, che faceva parte di me, come uno strato di pelle. Lo stesso nastro che credevo di aver perso... E per cui ho passato notti intere a piangere disperata.

«Lo hai tenuto tu, per tutto questo tempo?», chiedo quasi senza voce.

«E lo terrò ancora», dice, e il suo sorriso si apre, magnifico e disarmante. «Cazzo Evans, se vincerò questa partita».

«Stai dando per scontato che io abbia accettato di giocare».

«Non è così?», mi provoca lui.

«Dimmi come hai fatto ad avere quel nastro», sputo, arrabbiata. La domanda giusta, però, non sarebbe "come", piuttosto "perché"... Perché rubarmelo? Perché conservarlo?

Proprio allora, arrivano Arya e Ryan, che camminano tra la folla, attenti a non calpestare le scarpe di nessuno. Entrambi veniamo distratti e Tyler alza immediatamente gli occhi, che gli si illuminano. Si porta due dita alla bocca per produrre un fischio micidiale. Dopodiché, alza un braccio per salutare Arya e suo fratello.

«Ciao, Ty!», sento dire dalla mia amica in lontananza. «In bocca al lupo!».

Il coach fischia per richiamare i suoi atleti, che corrono verso il centro del campo.

«In bocca al lupo a te, Evans», dice Tyler, strizzandomi un occhio prima di allontanarsi.

Non posso credere di essermi appena fatta incastrare.

24

Cassie

Stiamo vincendo di qualche punto, la partita sta per finire e la gente è impazzita: sventola striscioni, grida, canta, intona cori. Io, Arya e Bea siamo circondate da scrosci di applausi. Sono contenta che i Cavaliers stiano vincendo, ma non oso manifestare entusiasmo, dato che Bea è così di pessimo umore che sembra stata morsa da una tarantola. In più, sto cercando a tutti i costi di nascondermi, perché alle mie spalle c'è Clayton e sotto il suo sguardo temo che potrei scomparire, come se lui potesse dissolvermi con la sola forza del pensiero e trasformarmi in cenere.

Dopo che gli ho scritto esigendo spiegazioni su come sono tornata dal Lion's, tra noi è calato il gelo. Non riesco a decifrarlo. Prima mi suscita il piacere più intenso di tutta la mia vita, poi mi minaccia di tenere il naso fuori dai suoi affari e infine mi invita a cercarlo.

Penso di esserne spaventata a morte. Clayton ha venduto l'anima al diavolo, ma c'è qualcosa di molto sensuale e fragile nel peccato. Quando ripenso a tutte le conversazioni tra me e ReservedGuy, mi chiedo come sia possibile che quel ragazzo pieno di sofferenza in realtà non esista. Forse, dietro la sua maschera di freddezza si nasconde la persona con cui ho parlato per mesi, che mi ha confessato le sue vulnerabilità come se di me si fidasse sul serio. Clayton potrebbe essere molto più di quello che vuole far vedere, ma non mi importa più ormai.

Mi nascondo la faccia tra i capelli, sentendo i suoi occhi color ossidiana su di me, attenti e indiscreti come uno scanner. È chiaro che gli piaccia giocare, gli piaccia il caos, e io sono la più adatta per accontentarlo. Estraggo il cellulare dalla tasca e gli scrivo un messaggio.

Io: Ti aspetto agli armadietti, mettiamo fine a questa situazione una volta per tutte.

Dico a Bea e Arya che devo andare al bagno, ma in realtà la mia destinazione è un'altra.

È l'ultima volta che lo assecondo, mi ripeto.

Lascio la palestra e mi immergo nel silenzio e nel buio. Raggiungo gli armadietti, ripassando mentalmente le parole che in questi giorni mi sono ripromessa di pronunciare semmai lo avessi incontrato. Non aveva il diritto di riportarmi a casa. Non era autorizzato a farlo. È una sensazione devastante quella che provo. L'idea che lui possa aver fatto di me ciò che voleva mi fa arrabbiare con me stessa al punto che mi prenderei a schiaffi in faccia, e non saprei nemmeno dire se è per orgoglio o per paura.

Lo aspetto per cinque minuti interi, poi lo sento arrivare. Mi appare davanti una figura alta e possente che giocherella con le chiavi della sua moto, accompagnata da un profumo intenso e avvolgente. Incrocio un paio di occhi neri come la morte e viluppi di ombre, occhi pronti a bruciare, situati sopra due zigomi sporgenti e su una pelle di alabastro, di un bianco lattiginoso e levigato. Un brivido di paura mi gela la colonna vertebrale.

«Dovremmo smetterla di incontrarci così», dice, fermandosi a un passo da me.

Il suo sorriso mi illumina. È dannatamente bello, al punto che perfino il suo teschio risulterebbe attraente.

«Così, come?»

«Come se avessimo qualcosa da dirci», risponde con tono perfido.

Incasso il colpo, senza tradire il dolore che mi procura.

«Non ti stanchi di fingere sempre che non ti importi di niente?», lo provoco.

«Che fai? Ora mi psicanalizzi?», replica con tono duro, avvicinandosi ancora di più.

«Cerco solo di capirti», ribatto. Devo rammentare a me stessa che lui non è chi credevo che fosse.

«E ti diverte?». La sua voce impersonale e profonda mi entra nella carne. «Dimmi, *ti diverte* non capirci nulla?»

«No», ammetto, «Non mi diverte affatto».

Ne è compiaciuto. «Perfetto».

«Ti comporti come se non provassi niente, ma…», comincio, ma mi interrompo di fronte al suo sguardo implacabile.

«Come ti sentiresti se scoprissi che io non provo *davvero* niente?», sussurra, spietato.

«Se non provassi niente non saresti qui», concludo, anche se un po' incerta.

Infila le mani nella giacca di pelle nera. «Non illuderti».

Infilzo le unghie nei palmi delle mani. Deglutisco e riprendo fiato. «Voglio sapere cos'è successo l'altra notte. Se sei stato tu a portarmi a casa, *sappi* che non ne avevi il diritto…».

«Allora, non avresti dovuto farlo», taglia corto lui.

«Fare cosa?», domando, con un brutto presentimento.

«*Implorarmi* di portarti via».

Rimango a bocca aperta. Ho la mente annebbiata. Non riesco a ricordare, in testa ho solo un flash di luci e immagini sfocate. È così frustrante non avere punti di riferimento, ma non mi fido di lui e della sua versione dei fatti.

«È successo qualcosa tra noi che dovrei sapere?». Ho paura della possibile risposta.

«Tu cosa pensi?», domanda con voce soave e sottile.

«Penso che potresti aver approfittato della situazione, ma credo anche che tu sia molto più complicato e contorto di così. Ho ragione?».

Gli fisso il petto, ma lui con due dita mi alza il mento e mi costringe a guardarlo in faccia. Sembro un uccellino ipnotizzato da un serpente.

«Vuoi sapere come è andata?», sussurra, con un sorrisetto di scherno.

«Sì», rispondo, con l'ultima briciola di coraggio che mi rimane.

«Hai bevuto così tanto da non riuscire a stare in piedi. Ti ho trovata stesa in un angolino. Quando mi hai visto, hai ripetuto più volte il mio nome: mi hai *supplicato* di portarti via. Ti ho caricato sulla moto e, per assicurarmi che non cadessi, ho dovuto tenerti davanti a me. Credimi, è stato difficile».

«Difficile?». Le sue dita mi tracciano una linea verticale sul collo, fino ad arrivare alle clavicole. Non mi ricordo più come si respira.

«È difficile guidare con il cazzo duro, Cassie».

Arrossisco violentemente. Non devo immaginarmelo: io sulla sua moto, tra le sue gambe, contro il suo *coso*…

«Tutto qui?», chiedo, stupita, mentre cerco di nascondere l'imbarazzo. «Vuoi dire che mi hai riportata a casa e basta?»

«Vedi, Cassie, per quanto mi affascini l'idea di portare un angelo sulla cattiva strada, il mio cazzo te lo devi meritare». Mi sfiora il labbro inferiore con il pollice e mi ritraggo.

Che cosa? Dio mio, quanto lo odio.

«Non allarmarti, ti ho fatto mettere il casco», aggiunge, divertito.

Non riesco a credergli. Si è comportato come se fosse uscito da una favola, ma è vestito di peccato, tenebre e oscurità. Lui è un adulatore. Vorrei solo odiarlo come continuo a ripetere a tutti, a me stessa inclusa. La verità è che, quando gli sono così vicina, è come se tutto ciò che mi ha fatto venisse risucchiato nell'oblio.

«Non ne avevi il diritto», ripeto, ma con poca convinzione.

«Un piccolo appunto per il futuro: se non vuoi che qualcuno che detesti ti carichi in moto, evita di bere fino a non ricordarti neanche come ti chiami». Il suo cellulare squilla e lo distrae. «Un attimo, mi stanno cercando». porta il cellulare all'orecchio. «Ryan?».

La sua espressione non promette nulla di buono.

25

Beatrix

I Cavaliers segnano l'ultimo canestro, poi l'arbitro fischia. Abbiamo vinto la prima partita di campionato. La squadra esulta, le cheerleader si dimenano al punto che sembra vogliano strapparsi i vestiti – be', Meredith se li strapperebbe di sicuro per Mackenzie – e Tyler viene preso in braccio dai suoi compagni.

Ecco, lo sapevo che sarebbe finita in questo modo: mannaggia a me. Mannaggia. A. Me.

Mi alzo per sgranchirmi le gambe, allontanandomi da Arya. La squadra è ancora occupata nei festeggiamenti, magari faccio in tempo a scappare? Chi lo sa. Mentre Tyler è distratto, sgattaiolo via: non importa se è considerato sleale. Sto per cantare vittoria, quando qualcuno mi saluta.

«Ciao, Bea!». È Lucas, che sta correndo nella mia direzione.

«Ciao, Lucas, grande giocata!», mi congratulo con lui, che arrossisce lievemente. Si passa una mano tra i capelli biondi, sottili come fili d'erba.

«Io? Naaah, non ho fatto niente di che!», si schermisce lui.

«Ma che dici! Sei stato decisivo!», lo incoraggio, ma forse ho esagerato perché è diventato ancora più rosso.

«Sono contento che abbiamo vinto, ma è stata una partita molto combattuta, se non ci fosse stato Tyler… Sì, insomma…». Si schiarisce la gola. «…Tyler ha fatto la differenza», aggiunge veloce.

Non so cosa ribattere. Mordicchio la collana a crocifisso che ho al collo tanto per fare qualcosa.

«Senti, ti ricordi che stasera davo una festa a casa mia? Ti andrebbe di venire?», chiede Lucas.

«Mi spiace, stasera non posso», rispondo, decisa.

In realtà mi piacerebbe andare alla festa a casa di Lucas, lui è un tipo a posto. Però, qualche mese fa, mi sono anche ripromessa che non sarei mai più andata a feste organizzate a casa di qualcuno. Non dopo *quella* volta. Non importa quanto lui sembri dolce e carino, non ho intenzione di fare alcuna eccezione.

Tuttavia, Lucas sembra abbastanza deluso, perciò valuto di cacciare fuori delle scuse: lezioni di zumba, dar da mangiare ai piccioni; potrei iniziare a tossire simulando una broncopolmonite sessualmente trasmissibile…

«Ci vediamo un'altra volta, eh?»
«Volentieri!», esclama. «Sabato! C'è una fiera di fumetti, potremmo andarci insieme...».
Faccio una smorfia.
«Ma immagino che a te non piacciano i fumetti, a giudicare dalla tua faccia».
«No, è vero, non vado pazza per i fumetti», dico con un sorriso colpevole.
«Ti piace l'arte?», domanda ancora lui.
Cos'è, un interrogatorio? Mi stringo nelle spalle, senza dare una vera risposta, perché ho davvero fretta di andarmene. Intanto, individuo le uscite di sicurezza: sono a pochi metri da noi. Se cominciassi a correre piantandolo in asso senza un apparente motivo, Lucas penserebbe che sono pazza?
«C'è l'inaugurazione di una mostra al MoMA sabato sera. Ho già i biglietti perché mio padre lavora nella sicurezza e se li è procurati... Credo proprio che dovremmo andarci».
Non faccio in tempo a rispondergli, che Tyler si avvicina a noi. Ha un'andatura lenta e felina. Si scompiglia l'ammasso di riccioli biondi che gli ricade sugli occhi furbi, pronti a divorare ogni cosa. A quanto pare, non posso dileguarmi.
«Che si dice di bello, ragazzi?», esordisce Mackenzie quando ci raggiunge, con tono di biasimo.
Nessuno di noi due risponde, così Tyler prende in mano la situazione e si rivolge a Lucas. «Ti dispiace? Devo parlare con lei», gli dice con un cenno del capo, indicando la parte opposta del campo.
Lucas aggrotta la fronte, interdetto: il suo amico gli ha appena fatto segno di sloggiare e lui non sembra averlo ancora realizzato.
«Che devi dirle?», chiede con tono basso.
«Sarà una cosa breve. Te la riporto subito quando ho finito», risponde Tyler, impassibile.
Il fatto che parlino di me come se fossi un pacco postale mi dà fastidio, e non poco. Vorrei intervenire, ma Lucas mi precede. «Non importa, Ty. Buona serata, ragazzi», dice Lucas con un tono che non preannuncia nulla di buono. E infatti... «Fammi sapere per sabato, Bea», conclude, prima di andarsene, facendomi l'occhiolino.
Tyler gli lancia uno sguardo velenoso, ma non commenta.
«Andiamo un po' fuori, Evans?», domanda poi, con un sorrisetto impertinente. È chiaramente fiero di aver vinto la scommessa.
Esco in cortile, a passi svelti, seguita da Tyler. Non posso credere di aver accettato questa stupida scommessa. Ora mi tocca concedergli di parlarmi, anche se non so esattamente cosa mi voglia dire. Io e lui non abbiamo

niente in comune, non condividiamo nulla, se non la repulsione reciproca. Se ci siamo sempre evitati, ci sarà pure una ragione, o no? Infilo le mani nelle tasche anteriori dei miei jeans a vita alta e mi giro verso Tyler. I suoi capelli biondi e scompigliati dal vento gli vanno sul viso, ma non coprono il suo solito atteggiamento sbruffone e annoiato. Già mi irrita. In più, sono indispettita sia perché ho perso, sia perché non avrò indietro il mio nastro rosa con cui mi legavo i capelli da bambina. Vorrei chiedergli di raccontarmi perché ce l'ha lui, ma sono troppo orgogliosa per farlo.

«Dimmi ciò che devi dirmi, e andiamocene. Non ho molto tempo a disposizione», gli dico, sbrigativa.

Lui si appoggia al muretto del cortile e lecca la cartina, spingendo il suo sguardo nel mio con violenza. «Hai fretta di tornare dal mio migliore amico, Evans?», domanda lui, incastrandosi la sigaretta tra le labbra rosse e carnose.

«Anche se fosse? Il *tuo* migliore amico è centomila volte meglio di te».

«Sì, come no». La sua arroganza mi turba.

«Pensi davvero di essere superiore a tutti?».

Lui fa una smorfia. «Solo un pochino». Sbuffa una nuvola perlacea di fumo. «In ogni caso, sei maleducata. Non mi hai fatto neanche i complimenti».

Lui, ovviamente, intende per la vittoria della prima partita di campionato, ma io ne approfitto.

«*Complimenti*: per avermi rinchiusa in un seminterrato!», grido, risentita. Lui non può saperlo, ma in quel seminterrato mi sono sentita intrappolata dentro i miei stessi incubi. Proprio come *quella* volta, con Josh.

«Fidati. Non vuoi parlare dell'altra sera», commenta asciutto.

«Invece sì che voglio. Perché mi hai rinchiusa là dentro, senza motivo?», lo incalzo.

«Ti ho solo dato quello che cercavi».

«Scusa... non credo di aver capito... *Che cosa*?». È risaputo che a Tyler Mackenzie manchi qualche rotella, ma qui si supera ogni limite.

«Volevi attirare l'attenzione. Ci sei riuscita. Hai attirato la *mia* attenzione».

Le ultime parole non le pronuncia con un tono provocatorio, ma a voce spenta, stanca e ruvida. Lo studio attentamente. I suoi occhi castani, sotto la luce fioca dei lampioni, hanno delle venature intense proprio come i tronchi degli alberi.

«Non cercavo di attirare l'attenzione, mi stavo solo divertendo. Ma è inutile spiegartelo, perché tanto non vuoi capire».

Aggrotta la fronte. «Ballare ubriaca e mezza nuda su un tavolo tu lo chiami divertirti?»

«Perché, tu come lo chiami?», lo rimbecco.
«Essere disperata», dice quasi sussurrando.
Disperata? Be', questo è troppo, perfino per lui. Faccio un respiro profondo, con la rabbia che mi tende ogni muscolo del corpo.
«Fottiti», sibilo. «Non mi serve il tuo permesso per comportarmi come voglio».
«No, hai ragione, non ti serve».
Sono sbalordita. Perché Tyler Mackenzie non mi dà mai le risposte scontate che mi aspetto?
D'un tratto, si avvicina a me, con lentezza. Il cuore mi batte così forte nel petto che ho paura che perfino lui possa udirne i battiti.
«Non ti serve il permesso di nessuno. Perciò smettila di comportarti come se cercassi l'approvazione del mondo intero. *Non ne hai bisogno*». Le sue parole suonano come un'accusa.
Incasso il colpo. Ho passato tutta la mia vita a reprimere ogni debolezza, credendo fosse l'unica soluzione per sopravvivere a tutto questo inferno. A soli sei anni la mia vita è cambiata. Non avevo più mamma vicino. Non avevo più mio fratello vicino. Sono rimasta sola. Certo, ero con mia zia, ma lei era sempre al lavoro e mi lasciava l'incombenza dei cuginetti. L'unica cosa che mi dava forza era la danza: passavo un sacco di tempo a guardare videocassette dei balletti di Svetlana Zakharova, sognando di poter ballare su un palco insieme a lei. Sapendo della mia passione, mia zia mi ha iscritta a un'accademia di danza, ma dopo qualche anno non ha più potuto pagare la retta. Nel giro di poco, non mi è rimasto più niente. Ho convinto tutti che stavo bene, che mi andava bene così. Ho smesso di ballare, anche se il fuoco sacro della danza in me non si è mai spento davvero. Sono venuta al mondo per danzare. Perciò, quando mi hanno assunta al Cherry Club, mi sono sentita rinata perché ho potuto riprendere a farlo. E poco importa se lo faccio in un night. Ma Tyler Mackenzie cosa ne sa?
«A cosa ti riferisci?», domando, fingendo di non aver colto il significato delle sue parole.
«Dai, Evans, sai di cosa parlo...». Mi punta addosso le sue gemme scure. «Non fingere di non sapere che mezza scuola ti viene dietro solo perché lavori come spogliarellista».
«Si fa presto a giudicare, eh, Mackenzie?», ribatto, con un sopracciglio inarcato. «Che poi parli tu, che giri con un coltellino in tasca per fare il figo e hai mezza scuola ai tuoi piedi», replico.
«Tutta la scuola», mi corregge.
«Tutta la scuola», concordo. «Ma pensi davvero che gli altri ti amino o ti ammirino? No, Mackenzie. La verità è che ti temono».

«Tutti tranne te», dice con un sorriso. Un bagliore di sfida brilla nel cielo plumbeo delle sue iridi.

Annuisco, con il fuoco nello sguardo.

«Che tu ci creda o no, non mi importa granché di cosa pensano gli altri. Non mi importa se mi temono o mi amano», aggiunge.

«Non ti importa di nulla, non è così?», lo provoco.

«Corretto».

«Non esserne orgoglioso», osservo, piccata. «Non ti fa onore».

Ride amaramente, e torna serio all'improvviso. «Però non sono sempre stato così».

«Difficile da credere».

«So cosa si prova a sentirsi costantemente giudicati», spiega. «Ci sono passato anch'io».

Sono incredula: Tyler Mackenzie è sempre incurante di quello che pensano gli altri di lui, così apparentemente incapace di provare conflitti, con quella sua solita aria annoiata e ostile, che mi riesce difficile immaginarmelo preoccupato del giudizio altrui.

«Per gli altri sembra tutto così facile, vero, Evans? Vanno a scuola, fanno le loro vite del cazzo, ogni tanto si sballano, si divertono a parcheggiarsi per un po' all'inferno. Ma per noi non è mai stato così. Per noi non è un gioco. Noi non possiamo scegliere di andarcene, siamo destinati a rimanerci, all'inferno. Non ti senti anche tu soffocare da tutta la vita?»

«Pretendi di sapere come mi sento, ma non ne hai la minima idea», ribatto, ostinata.

Non batte ciglio, né fa trapelare alcuna reazione. «Io credo di sì».

Avrei preferito che continuasse a ignorarmi perché le sue parole mi colpiscono nel segno.

«All'esterno ti comporti come se andasse tutto bene, come se fossi la studentessa modello, l'amica perfetta, la nipote ideale. Ma nessuno sa chi diavolo sei dentro, o sbaglio?», mi sfida, implacabile. «Fai tanto la dura, ti comporti come se fossi indistruttibile. Vai sempre a mille, la tua giornata è piena di impegni, perché se solo ti fermi un attimo a pensare, se solo ti fermassi a pensare a quanti casini hai nella tua vita, ti romperesti in mille pezzi».

Dentro di me si spezza qualcosa. È incredibile come sia riuscito a riassumermi con poche frasi. «Basta, Mackenzie. Non mi conosci».

Mi volto, decisa a lasciarmi alle spalle quella conversazione, prima che io possa dire qualcosa di cui poi mi pentirò. Ma lui mi afferra per il gomito e mi attira a sé. Mi si spezza il respiro quando la mia schiena urta contro il suo petto.

«Ti conosco, gnometta, molto più di quanto tu creda», sussurra al mio orecchio e un brivido mi corre impazzito lungo la schiena.

Tyler mi cinge la vita con un braccio. Il mio fondoschiena entra in contatto con il suo inguine e reprimo il bisogno di stringere le gambe.
«Vuoi sapere una cosa?», mormora.
Inspiro il suo profumo agrumato e combatto con l'istinto di chiudere gli occhi e lasciarmi inebriare. «No».
Ride, di un suono che mi penetra nella carne.
«La scommessa che ho fatto per parlarti è stata la prima che ho vinto in tutta la mia vita». Le sue dita mi sfiorano i jeans, all'altezza della coscia, poi risalgono sul mio ventre e arrivano alle braccia.
«E quindi, che significa?», chiedo col fiato corto.
Mi afferra i polsi e me li porta dietro la schiena come se volesse ammanettarmi. «Non so, speravo potessi dirmelo tu...», sussurra lui.
«Mmm... potrebbe voler dire che sei uno sfigato», dico, ma con poca convinzione, perché il suo respiro morbido mi accarezza l'incavo del collo. Mi sto squagliando come un ghiacciolo sotto il sole. Lui mi scansa i capelli dal collo e sento il potere delle sue labbra a una distanza pericolosa dalla mia pelle.
«Un vero sfigato», concorda con voce calda.
Socchiudo le palpebre, per godermi appieno questa sensazione di estasi.
«Ascolta, Evans, mettiamo in chiaro una cosa», dice con voce più fredda, «Puoi uscire con chi cazzo vuoi, ma non con i miei amici. D'accordo?».
Mi giro di scatto, sottraendomi alla sua presa.
«Non sei nessuno per dirmi che cazzo devo fare», esclamo con il volto in fiamme. «E sai? Lucas mi ha chiesto di uscire sabato sera, e penso proprio che accetterò».
Aggrotta la fronte in segno di sfida e piega le labbra iniettate di veleno, ed è un attimo che io mi perdo a guardarle. Si china sul mio orecchio. «Sì, però, non infuocarti troppo, altrimenti sembra che ti piaccio», sussurra. Se l'avesse detto con la sua voce presuntuosa e canzonatoria avrei ribattuto subito, ma ora sta usando il suo tono seducente. Perché lo fa? Ci guardiamo le labbra a vicenda.
«Tu piacermi? Ma se ti ho appena detto che uscirò con un altro!».
«Piantala di fare così. Lui è un altro che non ti piace. Non capisco perché vuoi accontentarti. Nella vita bisogna aspirare al massimo».
«E il massimo saresti tu?».
Scrolla le spalle con il suo solito sorrisetto fastidioso, come per confermare.
«Sei un tantino vanitoso, sai?», sbotto, ancora una volta furiosa.
«Quindi, non solo ti piaccio, ma ti piaccio tanto», commenta, malizioso.
«Certo! Come a un palloncino piacciono i cactus».
«Sei spiritosa, devo concedertelo».

«Se non si fosse capito, intendevo dire che non ti sopporto».
Lui mi fissa con aria divertita. «Dillo con più convinzione, Evans».
«Che?». Mi sento mancare il fiato quando si passa la lingua tra le labbra turgide, per poi addentare il labbro inferiore.
«Che non mi sopporti». La sua insolenza non ha davvero limiti.
«Vogliamo invece parlare di quanto ti piaccio io, dato che continui a pedinarmi?», contrattacco.
«Non ti offendere, Evans, ma preferisco le ragazze dalle tette sovrabbondanti», dice sogghignando. Lancia un rapido sguardo al mio seno piccolo e si mostra rammaricato.
«Sei un maschilista del cazzo», lo accuso.
«E tu sei una femminista piena di pregiudizi. Tette sovrabbondanti non è una valutazione estetica, soltanto una constatazione quantitativa», ribatte, con una scrollata di spalle.
Sto per ribattere quando avverto un rumore di passi in lontananza. Un gruppo di uomini, vestiti di nero e capeggiati da un tizio calvo, sta camminando proprio nella nostra direzione. Anzi, a dire il vero sta marciando, come se fosse in missione. Non staranno mica… venendo da noi? E invece sì.
Tyler sgrana gli occhi e avanza di un passo; d'istinto mi fa scudo con il suo corpo.
«Che cosa volete?», chiede Tyler con tono duro e pratico, quando i tizi ci raggiungono.
Percepisco l'elettricità nell'aria. Mi sporgo oltre lui e intravedo il capo, che ora gli sta di fronte, assottigliare gli occhi. Lo conosco. L'ho visto qualche sera fa al night club e una volta ha provato a importunarmi: da sotto il palco continuava a ripetermi quanto fossi carina e che voleva fare un privé con me. Ho dovuto chiamare il buttafuori.
«Ehi, sporcaccione!», sbotto, sbucando da dietro Tyler. Non so perché lo faccio, probabilmente la rabbia mi ottenebra la mente. «Evapora, per piacere!». La mia voce squillante risuona nell'aria e gli occhi di tutti i presenti si catalizzano su di me. Una dozzina di uomini arrabbiati e palestrati mi sta fissando.
«Ah, *bene bene*, tu sei quella monella del Cherry Club, è corretto?», domanda il capetto. Ha gli occhietti iniettati di sangue e la lingua gli guizza bavosa e furtiva tra le labbra. «Ti darei una ripassatina volentieri». Gli altri sghignazzano. Lui si sporge verso di me e fa per annusarmi. «Te l'avranno sicuramente detto… sei proprio una graziosa puttanella».
Sto per dire qualcosa, ma Tyler interviene prima: si interpone tra noi e in un attimo gli sferra un pugno sulla mandibola che lo fa barcollare all'indietro.
«Come l'hai chiamata?», lo provoca Tyler. «Su, avanti, ripetilo!».

L'altro ha un po' di sangue che gli cola tra le gengive, ma non smette di sorriderci.

«Abbiamo trovato l'uomo che stavamo cercando. Tyler Mackenzie non può essere nessun altro che lui», dice ai suoi. «Siamo qui a ricordarti che devi ai nostri capi un bel po' di soldi, Mackenzie», intima, e si scrocchia le dita avanzando verso Tyler: sono talmente vicini che i loro petti si sfiorano. «E la tua amichetta l'ho chiamata puttanella. Perché è quello che è: una puttanella che si spoglia per soldi».

«Hai finito di vivere», sussurra Tyler con sguardo letale. È pronto a scattare.

Tuttavia, la soddisfazione devo togliermela. Parto in quarta e sferro un pugno al viscido di fronte a me.

«Sono una puttana? Allora dopo questo bel servizio dovrai pagarmi! *Stronzo*», esclamo con foga. Ho la mano dolente. Ci vorrebbe un po' di ghiaccio, ma non lo do a vedere.

Tyler mi guarda con occhi sognanti e non riesce a trattenere l'incredulità. «Cazzo, Evans, ma dove hai imparato? Sai fare a pugni meglio di me!», commenta.

Meglio di lui? Non esageriamo.

«Geloso?», domando con un sorriso. Ma poi mi accorgo che il gruppetto di spostati lo sta per aggredire. «Attento, dietro di te!».

Tyler si volta, schivando un tizio che lo stava per colpire alle spalle. Gli tira un bel calcio sull'addome e questo si accascia per terra. Altri idioti lo attaccano e Tyler schiva parecchi cazzotti. Vorrei poterlo aiutare, ma non so che fare: resto ferma immobile come una cretina, tremante e infreddolita nella notte. Faccio dei passi all'indietro. Nel frattempo, il tizio calvo si è rialzato e sta venendo verso di me.

«Non startene ferma lì! Scappa, Evans!», mi ordina Tyler, mentre incassa un colpo dopo l'altro.

Ma non riesco a muovermi. Il tizio mi afferra per la gola e mi schiaccia contro il muretto alle mie spalle. Sento le sue dita stringermi il collo come un cappio. Lancio un'occhiata a Tyler, ma lui non mi può aiutare. Lo stanno prendendo a calci e pugni, così forte che sembra non abbia più forze. Mi sento impotente e posso solo maledire la scommessa che abbiamo fatto.

26

Arya

«Fuori, in cortile. *Ora*», sta dicendo Ryan a Clayton mentre camminiamo verso l'uscita.

Inizia a correre e io lo seguo, senza ben capire cosa stia succedendo. So solo che Ryan ha ricevuto una telefonata di Bea e da allora sembra impazzito. La partita è finita da un po' e la gente è accalcata in mezzo al campo, a festeggiare gli atleti del nostro istituto. Per uscire, quindi, dobbiamo fare lo slalom. Infatti Killian, dietro di noi, sta maledicendo tutti.

Quando arriviamo in cortile, il vento mi graffia la faccia. Sembra deserto e pacifico, ma non è così. Bea, col volto rigato di lacrime, è accovacciata accanto a qualcuno disteso sull'asfalto. Mi avvicino con Ryan, che sembra uno che sta andando al patibolo, e capisco che si tratta di Tyler, ricoperto di sangue. Tiene una mano premuta sulle costole.

«Ma cosa è successo?», chiedo disperata.

«Sono arrivati degli uomini», spiega Bea singhiozzando, con una mano tra i capelli di Tyler. «Erano troppi, più di dieci, Tyler si è difeso bene, ha tenuto testa a tutti, ma poi lo hanno immobilizzato e lo hanno… lo hanno picchiato… È colpa mia, lui ha reagito solo per difendermi».

«Ti sei difesa da sola», sussurra Tyler, «hai tirato un gran bel pugno al pelato».

«Taci!», strilla Bea, in preda a una crisi di nervi.

Ryan posa una mano sulla spalla di Bea e le si accovaccia a fianco.

«Chi è stato?», domanda.

Lei scuote la testa. Ryan allora fissa suo fratello.

Tyler prova a parlare, ma poi inizia a tossire. «Sicari dei Lombardo», dice infine. Poi mi guarda. Ho le lacrime agli occhi, ma lui mi fa un piccolo sorriso timido. «Grazie per essere venuta a vedermi, leonessa», dice.

Mi accuccio accanto a lui e gli prendo la mano: se mi parla ancora così, mi metterò a piangere come una fontana. «Dio mio, Ty, sta' zitto», gli dico.

Lui si batte l'altra mano contro il petto tre volte e con le dita raffigura la metà di un cuore. Nei suoi occhi castani brilla una reminiscenza del passato; certe cose non si dimenticano, non si cancellano, vanno oltre il tempo, oltre gli impedimenti, oltre qualsiasi volontà.

Il momento viene interrotto da un rumore di passi. Cassie e Clayton ci hanno appena raggiunti.

«Coraggio, aiutatemi a sollevarlo», dice Ryan ai fratelli.

Killian è di un pallore spettrale, non l'ho mai visto così sconvolto. Clayton, invece, è lo stesso di sempre.

«Portiamolo a casa», ordina Ryan.

27

Paxton

Mia nonna sta cucinando lo stufato di carne e c'è puzza di bruciato da mezz'ora, al punto che ho paura che i vicini chiamino i pompieri da un momento all'altro. Io sono seduto al tavolo in cucina, abbiamo appena finito di cenare.

«Nonna! Smettila di cucinare ancora, abbiamo già mangiato!», le dico, poi mi sfilo il tovagliolo di stoffa che era incastrato nel colletto della maglietta. È colpa sua: ha paura che il sugo schizzi sui vestiti, perché dice che non so mangiare.

«Ma questo è per domani a pranzo, polpettino», spiega.

«Se continuo a mangiare in questo modo, metterò su dieci chili», borbotto.

«E non sarebbe male!», mi rimbecca nonna. «Nessuna ragazza vorrebbe stare con uno così allampanato, Pax. Alle ragazze piacciono i *muscoli*».

Vabbè, come te lo spiego...

«Esatto, nonna, i muscoli, non la ciccia».

Lei si gira, con un cucchiaio di legno in mano e un'espressione contrariata. Ho paura che voglia lanciarmelo.

«Ma non ci senti, sei sordo?!», strilla neanche stesse parlando al telefono. «Io che ho detto? I muscoli!».

«Sì, okay, d'accordo, nonna».

«Hai dato da mangiare a Mr. Ripley?», chiede riprendendo a rimestare dentro la pentola. Mr. Ripley è il gatto randagio che si fa le unghie sul nostro divano. Mia nonna lo fa entrare perché gli manca una zampa e ha un occhio di vetro ed è convinta che senza di noi morirebbe di fame. Stasera non si è fatto vedere. Probabilmente è a divertirsi. Nonostante l'aspetto, quel gatto mascalzone si accoppia a più non posso.

«Sì, gliel'ho dato», mento. Mi alzo dalla sedia e mi stiracchio. «Nonna, vado a buttarmi un attimo sul divano». Mi sento pieno come un uovo.

«Paxton?!», mi chiama urlando come se fossi già nell'altra stanza.

«Sono qui, nonna, ti sento!», le dico, fingendomi esasperato.

«Perché non inviti i tuoi amici domani? Sto facendo molta carne».

«Sì, nonna, stai cucinando per un reggimento», concordo.

«Li inviti qui da noi? Per favore, amore di nonna, mi farebbe tanto piacere. Non li vedo da una vita!». Non li vede da una vita perché è una talpa: in realtà, i Mackenzie la salutano sempre dal balcone, ma lei pensa che siano le vecchiette con cui ogni tanto gioca a bridge.

«Sono molto impegnati in questo periodo», taglio corto, allontanando con tutto me stesso l'idea di me e Killian sotto lo sguardo penetrante di mia nonna.

I suoi occhi acquosi e grigi sfumano in un'espressione triste, e lei abbassa la testa. «Oh. Capisco».

Il mio cuore si ferma. «Che cosa?»

«Non c'è problema se non mi vuoi tra i piedi», ribatte con noncuranza, ma io so che le importa. «I giovani devono stare con i giovani e ormai io sono da buttare: lo capisco. Ormai non è più come una volta; in questa cultura del consumismo le cose vecchie non hanno più valore, vengono messe da parte, e neanche più riciclate». Oh, no, di nuovo con il suo solito vittimismo.

«Va bene, va bene!», esclamo esasperato. «Gli farò avere il tuo invito».

Il suo sorriso diabolico e sdentato appare all'istante. Poi, noto che lo schermo del cellulare che ho lasciato sul tavolo in cucina si è illuminato: è Killian. Mi sta chiamando a ripetizione. Cosa vorrà dirmi di tanto urgente? Mi fiondo così velocemente per rispondere che quasi inciampo sulla sedia che avevo lasciato in mezzo alle palle. Porto il telefono all'orecchio. Non sono pronto a sentire la sua voce, ma ancora meno a sentire quello che ha da dirmi.

Killian era sopra di me, il suo corpo ansante e sudato; la sua pelle era chiarissima e anche morbida: una morbidezza che ricorda certi frutti... Ma non dovevo fare certi pensieri, altrimenti mi eccitavo ancora di più. Come ci eravamo finiti uno sopra l'altro? L'azzurro conturbante e psichedelico delle sue iridi non era mai stato così vicino al mio viso... E non capivo se stesse desiderando me, o se volesse farmi a pezzi. Lo ammiravo senza trovare il coraggio di parlare. Gli leggevo le fiamme in mezzo al volto. "Non ti sei fatto spaventare dalla mia bruttezza. Sono sopravvissuto anche grazie a questo". La sua voce, in quel momento, ha raggiunto picchi di liricità in grado di crearmi uno scompenso. Ma cosa diavolo aveva appena detto? Si era drogato? Conoscendolo, poteva darsi di sì... Dalla finestra entrava una luce calda e obliqua che illuminava i nostri corpi uniti. Dalle mutande nere gli usciva il cazzo, che si strusciava contro il mio addome. Ero in fibrillazione, al punto da non capire più cosa mi stesse succedendo intorno e perché. Eravamo solo io e Killian, nel suo letto. E io avevo il suo cazzo gonfio addosso. Fine. Mi sarei preso a schiaffi, per vedere se fosse tutto quanto un sogno. Ma se lo era, non volevo svegliarmi. La sua mano si è immersa nei miei capelli e mi ha afferrato un ciuffo, mi ha strattonato, al punto che sono stato costretto a piegare la testa all'indietro. Mi ha guardato come se si aspettasse che morissi da un momento all'altro, e difatti era quello che stava per accadere. I suoi denti bianchi, le sue labbra rosse... mi facevano sentire sulla cima del mondo, sul monte Everest, come in quella canzone dei Labirinth. Ero sulla fottuta cima del mondo, il posto più alto e freddo in assoluto: con Killian. Ha abbassato la testa e le sue labbra si sono ricongiunte con le mie, dopo un tempo che mi era parso interminabile. Il suo modo di baciarmi era sgarbato, schivo, rozzo, ma così eccitante. La sua lingua era impregnata di un profumo che era un mix di tabacco e deodorante. Gesù. Il mio cuore era troppo debole per reggere tutte queste sensazioni. Il suo muoversi ritmicamente sopra di me aveva un che di selvaggio, ma non volevo di certo oppormi. Finché qualcuno ha bussato alla porta. A quel punto, Killian mi ha buttato giù dal letto.

«Killian?», ha detto la voce della signora Mackenzie.

Io e lui ci siamo guardati con espressione incosciente, poi lui ha ripreso il controllo della situazione.

«Mamma, non aprire, sono nudo!», ha detto, e in effetti non stava raccontando cazzate. Però, se sua madre avesse aperto la porta, sarebbe rimasta comunque sorpresa.

«Non hai svegliato Tyler!», ha urlato la signora Mackenzie, e Killian si è alzato per recuperare i miei vestiti e lanciarmeli con odio. «Una cosa ti avevo chiesto, soltanto una». La voce della signora Mackenzie si è allontanata lungo il corridoio.

Killian mi ha fulminato. «Vattene, veloce».

«Ma...».

«Vattene!».

«Ehi, calmiamo gli animi!».

Si è avvicinato a me, mi ha spinto e mi ha fatto urtare contro l'armadio alle mie spalle. «Sparisci! Mi hai sentito?».

Ho spalancato la bocca, ignorando il dolore dietro la schiena. «Perché mi tratti così?».

Il suo sorriso si è aperto in un ghigno battagliero, mentre piantava le sue iridi celesti dalla pupilla dilatata nelle mie. «Sta' zitto».

«E come vorresti zittirmi?», ho chiesto malizioso. Speravo rispondesse: "Baciandoti un'altra volta".

«Ti chiudo la bocca con la spillatrice se parli ancora. Adesso, siccome non stai muovendo quel tuo culo da puttana, vado a farmi una striscia», ha detto uscendo in mutande dalla sua stanza.

28

Arya

Mezz'ora dopo l'aggressione, Ryan e Clayton appoggiano Tyler sul suo letto, facendo attenzione a non procurargli ulteriore dolore. A vederlo ridotto in questo stato, il mio cuore si fa minuscolo: a malapena riesce a respirare o a tenere gli occhi aperti. Ryan gli toglie le scarpe. Mai mi sarei immaginata di ritrovarmi davanti un Mackenzie conciato così male. Cassie è immobile al mio fianco e Bea è accucciata sul bordo del letto di Tyler, senza dire niente. Lo guarda come se non avesse alcuna speranza di sopravvivere.

Mi rendo conto che, dopo tanti anni, siamo tutti qui, a casa dei Mackenzie. Tyler ha sempre avuto il potere di riunire i Dead Rabbits.

Solo che non avrei mai voluto lo facesse così.

«Spero che tu abbia imparato la lezione», dice Clayton a Tyler con un tono molto severo.

«La lezione?», ripete Tyler con scherno, e gli sfugge una smorfia di dolore.

«Un insegnamento preciso dopo questi tuoi comportamenti da coglione», dice Clayton indurendo la mascella.

Tyler sospira sofferente. «Mmm. Un insegnamento preciso non saprei: però ho capito che a Black Jack si perde sempre e tanto». Dopo aver parlato trattiene il respiro e si preme una mano sulle costole, strizzando gli occhi.

Paxton, che ci ha raggiunti da poco, sta praticamente piangendo e si soffia il naso rumorosamente.

«Ehi, non sto mica morendo», lo tranquillizza Tyler con una debole e sofferente risata.

«Però vedi di resistere, altrimenti mi toccherà chiamare qualche infermiera sexy tutta per te», dice Clayton.

Tyler, all'idea dell'infermiera sexy, aggrava la situazione con qualche smorfia di dolore fuori programma, facendoci ridere. In quel momento, Killian torna nella stanza, pallido come un lenzuolo, con in mano un bicchiere d'acqua del rubinetto reso opaco dal calcare e degli antidolorifici. Passa il bicchiere e i medicinali a suo fratello Tyler e non dice una parola. Uno zombie farebbe meno impressione di lui. Paxton è relegato in un angolino e fissa Killian con una luce malinconica negli occhi. Tra quei due sta succedendo qualcosa che non so?

29

Paxton

Ripongo i fazzoletti nella tasca e provo a darmi una controllata, ma è difficile in questi casi. Ty non se lo meritava di venire conciato così. Vorrei strangolare chi l'ha ridotto in questo stato. Hanno ferito la persona sbagliata. Nessuno dei Mackenzie lascerà che quest'azione rimanga impunita. In un modo o in un altro, in questa vita o nella prossima, si vendicheranno. E voglio sedermi in prima fila, quando questo accadrà. I Lombardo – perché di sicuro sono stati loro – finiranno tra le fiamme dell'inferno.

Mi volto verso Killian e per un attimo rimango ammaliato dai riflessi cupi che emanano i suoi capelli biondi. Sembra un vichingo alto e dinoccolato, al punto che la sua figura risulta un po' sproporzionata. Dopo ciò che c'è stato tra di noi nel suo letto, non ci siamo più visti e non ho più visto nemmeno i suoi fratelli. Non sono neanche andato alla partita di Tyler, avevo bisogno di dedicare del tempo a me stesso. Lui, comunque, non si è mai fatto sentire, tranne per avvertirmi di quanto accaduto a suo fratello.

Sono corso subito qui, senza neanche dare spiegazioni a mia nonna. La famiglia viene prima di tutto. Non importa se una parte di me si è sentita umiliata da Killian: sono andato oltre. Ho fatto l'errore di giocare con il fuoco, e mi sono scottato. Tuttavia, è così che vanno le cose. Non si desidera mai ciò che è facile da ottenere, lo so bene io e lo sa bene anche Tyler. Fin dalla prima volta che ha visto Beatrix Evans, al nostro solito campetto da basket semiabbandonato. Stavamo facendo dei tiri liberi al canestro. Nonostante Tyler avesse solo sei anni, saltava come una cavalletta e faceva più centri di tutti: in fatto di sport, era l'orgoglio di suo fratello Ryan. Le imbucava tutte, una palla dietro l'altra, come una magia: sembrava nato per volare. Poi, all'improvviso, mentre stava tirando, si è immobilizzato proprio sotto la rete. Una bambina camminava sul marciapiede, con una cartella rosa sulle spalle e un grembiule bianco dai bottoni dello stesso colore. I capelli corvini erano legati da un nastrino anch'esso rosa. Una bambina comune, eccetto che per l'aspetto smunto, la pelle bianca e un po' grigiastra come la biancheria dopo troppi lavaggi, o il latte andato a male, ma con due occhi grandi. Era piccola, magra, con una corporatura nervosa, ma il suo viso brillava di vitalità. Era come se Tyler avesse visto passare un angelo. Infine, per errore, Clayton gli ha tirato una pallonata in testa con così tanta forza da stenderlo. Ryan, Killian e Clayton si sono radunati in cerchio per accertarsi che loro fratello non fosse morto, perché a stento sembrava respirare, steso per terra e rigido come una mazza. La posizione esatta di uno che deve essere messo dentro una bara.

«Ma è collassato», ha detto Killian.

«Diavolo, quanta forza hai, Clayton?».

Clayton si è stretto nelle spalle. «Non è colpa mia se è così tonto da cadere giù come un birillo».

Il bernoccolo non è andato via per tre settimane. La signora Mackenzie gli metteva impacchi di ghiaccio sulla testa con l'inerzia e la rassegnazione di chi pensa che, pallonata o no, suo figlio è nato stupido. Ma da allora, niente e nessuno è riuscito a toglierglі Beatrix Evans dalla testa. Il problema è che sono sempre stati troppo diversi. Lei era la più brava in tutte le materie, era scaltra e spigliata con i professori. Era furba e smaliziata con le amicizie e con i ragazzi. L'opposto di Tyler, che faceva il cazzone come hobby a tempo pieno. Frequentavano la stessa scuola, talvolta perfino gli stessi corsi. Bea arrivava a scuola con i quaderni abbinati allo zaino, con l'astuccio impregnato del profumo di Narciso Rodriguez. Tyler era già tanto se si presentava a scuola con la penna. Col passare del tempo, tra loro si è aperto un abisso. Mentre Bea cercava di lottare per una vita migliore, Tyler è diventato uno scapestrato da non imitare. Hanno vissuto per anni nello stesso quartiere, ma era come se tra loro ci fosse un muro invisibile. Immaginate la scena: sotto la luce tremolante dei lampioni, Beatrix Evans usciva di casa per buttare la spazzatura in camicia da notte e ciabattine di pelo… e poi, in quell'esatto istante ma sul lato opposto del marciapiede, Tyler faceva la stessa cosa, ma con qualche livido in faccia, strafatto dalle canne, le cuffiette nelle orecchie che gli sparavano nel cervello i Nirvana, *Smells Like Teen Spirit*, e le Vans consumate per le troppe ore passate sul suo skateboard. Beatrix non si è mai accorta della casualità, o per così dire del *tempismo*, con cui Tyler ogni sera gettava la spazzatura. Se solo lei avesse alzato gli occhi, avrebbe visto quelli color cioccolato di lui, di solito vispi ed energici, squagliarsi nella sera. Avrebbe visto le labbra carnose di Tyler schiudersi in una posa di beatitudine e ammirazione dedicata solo a lei. Però Bea non ci ha mai fatto caso. Il fatto che lui abitasse di fronte era sempre stato per lei un dettaglio così irrilevante che Tyler si chiedeva spesso se Bea se ne fosse accorta che erano vicini di casa. Le volte in cui si incrociavano nei corridoi Tyler le lanciava dei segnali di sfida, continuava a trafiggerla con la sua presenza solitaria, con il suo sguardo risentito e impietoso, ma lei, a differenza di tutti gli altri, non lo avvertiva come una minaccia. In effetti, lei se ne infischiava di lui. Per anni Tyler ha creduto che lei lo schifasse, che lei fosse la classica perfettina del cazzo da cui stare alla larga se non vuoi fotterti il cervello. Tyler credeva che Bea lo giudicasse, ma in realtà Beatrix Evans era, semplicemente, troppo presa da sé stessa per accorgersi di qualcuno. Dopo le lezioni, Tyler invitava i suoi amici, Lucas, Samuel e Mathias a stare da lui: mettevano lo stereo a tutto volume, schiamazzavano fino a tardi, facendo un casino bestiale. Tyler suonava la chitarra elettrica e tutti cantavano a squarciagola le canzoni dei Guns N' Roses o dei Nirvana. Beatrix un paio di volte è uscita di casa nel cuore della notte a rigare la macchina di Tyler: a quel tempo Tyler andava in giro con una Ford Gran Torino rubata. La prima volta ha inciso sulla portiera la scritta "Stronzo", la seconda volta, pensando che l'idea precedente fosse troppo banale, ha disegnato un pisello così accurato che sfiderei Ryan a farlo meglio. La finestra dagli infissi bianchi della stanza di Bea si affacciava proprio sulla finestra dagli infissi bianchi della camera di Tyler. Spesso, di notte, Bea scriveva sul suo diario, lasciando le ante della finestra aperte, così da permettere al vento fresco di entrare; scriveva sul suo diario, coperta dalle tende bianche di lino: si sfogava con carta e penna, e ogni tanto guardava la fiacca e pallida luna, con le cuffiette nelle orecchie.

Qualche mese fa, ero in camera di Tyler a fumare un po' d'erba, sul suo letto, e in un momento di poca lucidità si è aperto con me.

«Sai qual è il problema, mitico?», mi ha detto a petto nudo e con la chitarra elettrica poggiata sull'addome. «Tutte sono ossessionate solo dal mio aspetto fisico, nessuna vede oltre. Pensano: questo qui ha un bel faccino, me lo voglio scopare. È frustrante».

«Cazzo. Vorrei avere anche io questo tipo di frustrazioni», ho ribattuto.

Lui ha ridacchiato, con quel sorriso raggiante, che in confronto il sole non è niente. «Parlo sul serio. Vorrei davvero innamorarmi, ma incontro solo persone noiose».

Ho lanciato un'occhiata al pavimento e ho visto un foglio di carta a righe scarabocchiato a matita: sembrava il testo di una canzone.

«Hai ricominciato a scrivere?», gli ho chiesto.

Si è stretto nelle spalle, mentre raccoglievo il foglio giallo e sgualcito. E, seppur tra mille difficoltà, visto che la grafia di Tyler è più illeggibile della mia, ho letto il testo della canzone.

Piccola, rallenta
Che non ho sentito una parola di quello che hai detto
Non sono così fatto, giuro
Ma sono sempre sul punto di rompermi
Rallenta
Non so più trovare me stesso

È tutta la vita che aspetto delle risposte che so non arriveranno
Tu sei troppo sicura di te
Rallenta
Perché voglio inseguirti
Distruggermi è tutto quello che faccio
Lascia che mi distrugga dietro "la ragazza con il sorriso spezzato"
La mia mente è così profonda
Che mi ci sono perso e non trovo più la strada
Sono andato troppo oltre
Ti comporti come se non fossi mai stata amata
Dovresti lasciare che io mi distrugga
Lo sai chi sono, hai paura? Rallenta
Ho una scarica di adrenalina
Se mi spari, ucciderai anche i demoni che ho in testa
Ti prego, finiscimi, voglio solo farli stare zitti
Facciamo un gioco, adesso
Abbassa la tua pistola e vediamo chi muore prima

«Wow», gli ho detto. «E questa per chi diavolo la stai scrivendo?»

«Per nessuno, sono solo degli appunti del cazzo, che adesso strappo. Ridammi il foglio».

Ma io lo sapevo che stava scrivendo di Beatrix e sono felice che lei sia qui.

30

Arya

Scendiamo al piano di sotto e ci dirigiamo in cucina. La signora Mackenzie è seduta al tavolo con le mani giunte in una preghiera. Quando ci vede, si sistema il vestito dai motivi floreali.

«Come sta?», chiede guardando Ryan.

«Avrebbe bisogno di un dottore», dice Ryan. «Ma se la caverà lo stesso».

«Non dovevate lasciare che vostro fratello finisse in questi pasticci!», strilla la signora Mackenzie sull'orlo del pianto, guardando delusa Ryan, Clayton e Killian. I suoi figli si beccano la strigliata, sapendo che devono lasciarla sfogare. «Ma che razza di gente ho cresciuto?», continua lei e posiziona le mani sui fianchi robusti. «Dovevate prendervi cura di lui!».

«Mamma», dice Ryan piano e gli altri fratelli chinano il capo. «Mi dispiace».

La signora Mackenzie prende un bel respiro e tenta di calmarsi.

«Sedetevi tutti quanti», dice alla fine. «Vi preparo una tisana».

Obbediamo subito all'ordine di Margareth: Bea è la prima a sedersi, seguita da Paxton e Killian che si mettono alle parti opposte del tavolo. Cassie e Clayton fanno a gara per stare lontani e così sono costretta a sedermi vicino a Ryan. Mi copro il viso con i capelli per evitare il suo sguardo che mi mette a nudo. Mi alzo, per aiutare la signora Mackenzie a portare le tazze fumanti a tavola.

«Cos'ho sbagliato con i miei figli, Arya?», domanda, con un sorriso indulgente.

Le faccio la cortesia di non rispondere. La lista sarebbe infinita.

Mi passa la prima tazza e la consegno a Killian. Mi sento gelare a stargli così vicino. Per fortuna, ho la scusa per dileguarmi. Il telefono mi vibra in tasca. È Wellington.

«Scusatemi», dico.

Esco dalla cucina a testa bassa e rispondo, addentrandomi nel corridoio buio.

«Ciao, piccola!», esclama Wellington con tono rilassato dall'altro capo della cornetta. «Oggi non ti ho sentita per tutto il giorno! Com'è andata la partita?»

«Abbiamo vinto», dico.
«Ah. Grandi! Pazzesco!», esulta lui.
«Sì, pazzesco», commento con poco entusiasmo.
«Non mi sembri troppo entusiasta». Fa una risatina. «Ero preoccupato, comunque. Non mi hai *mai* scritto oggi».
«Non ho avuto…». Sto per dire "tempo", ma è una scusa davvero troppo banale. «Non ho avuto la connessione. Il mio telefono sta impazzendo».
«Dovresti farlo riparare», commenta. Poi riduce la voce a un bisbiglio: «Hai provato quello che ti ho dato?». Si riferisce alle pasticche di Fentanyl. Un omaggio dall'Upper East Side. Sono vari giorni che le prendo: ogni volta che mi sento sopraffatta, ne assumo una dose e mi sento subito meglio.
«Mi sento come nuova».
«Non esagerare, mi raccomando, piccola. Tieni sempre tutto sotto controllo come sai fare tu», si raccomanda.
«Certo, certo», ribatto distrattamente, e per fortuna lui cambia discorso.
«Con chi sei andata alla partita? Non dirmi che c'era anche quel Bryan che ho incontrato l'altra sera nel tuo bar…».
«Si chiama Ryan!», lo correggo subito, quasi gridando.
«Ora ti è tornata la voce», ironizza lui, ma non lo sto più ascoltando.
Sento dei rumori provenire dalla cucina e una figura buia, incappucciata, si inoltra nel corridoio: riesco a vedere solo un paio di occhi verdi come un bosco fitto. Un paio di iridi dipinte con pennellate di rigidità e mistero. Ryan sembra prosciugato e privo di forze, quasi come fosse lui quello che è stato picchiato.
Tutti i Mackenzie sono disperati, ma lui porta tutta la coscienza e il peso di quella disperazione.
«Arya… Arya, ci sei?», dice Wellington nel telefono.
«Ci sono», mormoro a fatica, mentre osservo Ryan trascinarsi lungo il corridoio. Sembra si stia impegnando a non guardarmi.
«Questo fine settimana ti andrebbe di venire con me a un evento di beneficenza? Mia madre organizza questa serata tutti gli anni, e sai, mi piacerebbe molto se ci fossi anche tu, questa volta…».
Non so cosa replicare: sto guardando Ryan che si avvicina sempre di più a me. La sua figura snella e prorompente mi suscita sempre molto più imbarazzo di quanto non voglia ammettere.
«A mia madre sei piaciuta tantissimo, lo sai? Dice che non capita tutti i giorni di incontrare una ragazza come te, e che se ti lascio scappare sono proprio un idiota… E lei di solito è una molto difficile, non le piace mai nessuna!», continua Wellington.
«Ah, le hai presentato già molte ragazze!», scherzo, riuscendo a tornare in me.

«Dai, Arya, sai cosa voglio dire…».

«Ma certo. Ringrazia tua madre da parte mia», rispondo, senza smettere di fissare Ryan. Ha il volto coperto da un velo di sudore, come la brina mattutina. Dentro sembra scosso da brividi.

«Scusami», aggiungo poi. «Ti devo lasciare… Ci sentiamo più tardi!». Attacco e ripongo di nuovo il telefono nella tasca.

Ryan mi guarda di traverso, la sua espressione è indecifrabile.

«Ehi», sussurro, sentendomi impotente e incapace di confortarlo.

«Ehi», ripete. Si ferma di fronte a me. Provo un malessere profondo nel vederlo così.

«Vuoi parlarne?», chiedo, anche se so che non ne ha voglia.

«Tyler è stato massacrato di botte. Non c'è molto da dire», replica con un sorriso lugubre.

«Cosa farete, adesso?», domando.

Lui si stringe nelle spalle e lancia un'occhiata inclemente alla luce fredda che proviene dalla cucina.

«Spero nient'altro di stupido». Sappiamo entrambi che una realtà in cui nessun Mackenzie faccia niente di stupido sarebbe utopica.

«Ryan…». Non so bene come cominciare ma ci metto tutto l'impegno possibile per risultare dolce e al contempo determinata. «Se hai bisogno di qualcosa… se tua madre ha bisogno di qualcosa… io ci sono».

«Non serve», replica asciutto.

Ryan ha sempre rifiutato l'aiuto di chiunque, avrei dovuto immaginarlo, però questa risposta è comunque pesante da digerire. Non gli servo a niente, e forse non ha avuto nemmeno senso venire qui.

«C'è qualcosa che vorresti che faccia?», gli chiedo.

Mi scocca un'occhiata cruda. Ciò che dice non sembra neanche provenire da lui, ma da qualche altoparlante dalla voce robotica. «No, Arya».

Mi oltrepassa. D'istinto, lo afferro per la manica della felpa. Mi perdo nelle sue iridi contaminate di dolore e intolleranza: dolore per Tyler, intolleranza nei miei confronti, probabilmente. Nonostante tutto, non riesco a pentirmi di averlo fermato.

Lui osserva la mia mano aggrappata alla sua felpa e per l'imbarazzo lascio la presa.

«Ti prego, aspetta», lo imploro.

«Perché?», ringhia quasi con rabbia.

«Non ti reggi in piedi», osservo preoccupata. «Dovresti riposarti».

«Non ho tempo per riposarmi…», ribatte truce.

«Non andare a cercarli», dico. «Non andare a cercare chi ha fatto del male a Tyler. *Ti prego*».

«Se no?», mi sfida.

Ho paura che Ryan voglia vendicarsi, finendo per fare qualche sciocchezza: il lavoro sporco spetta sempre a lui.

«Non andare a cercarli», ripeto quasi senza voce.

«Prima o poi la pagheranno», mormora pieno di rabbia, fissando la porta. Però, il suo sguardo è più dolce e arrendevole; forse sta cambiando idea... Forse rimane.

Avanzo verso di lui, che indietreggia fino a schiacciarsi contro il muro. Probabilmente, è merito delle pasticche di Fentanyl che ormai da giorni mi hanno fatta sprofondare in una sedata e parziale incoscienza: in ogni caso, sto per dire qualcosa che non avrei mai pensato di affermare in vita mia.

«Io non so cosa avrei fatto se al posto di Tyler ci fossi stato tu», ammetto guardandolo dritto negli occhi.

Sorride, ma il suo sorriso trasmette solo tanta desolazione.

«Arya...». Il mio nome sulla sua bocca suona così bene, mi fa sciogliere nel profondo.

«Se fosse capitato a te, se fossi stato tu dentro quel letto», spiego con il cuore in gola, «non so se avrei retto, Ryan».

Lui non dice una parola.

Ma più Ryan mi allontana, più io avverto il bisogno di avvicinarmi a lui. Non è sano, lo so, ma non riesco a controllarmi. Non riesco a controllare la parte irrazionale che appartiene a lui, che è sempre appartenuta a lui... Dopo la notte dell'aggressione di Killian, ho cercato pezzetti di lui nel mio passato. Li ho portati nel mio presente, come cocci rotti, e ho tentato con disperazione di incollarli di nuovo, ma... oggi sembra impossibile riassemblarli. Quando Ryan mi ha abbandonato, ha portato via con sé ogni cosa: è stato come vivere in un posto di tenebre e nulla. Poi il nulla si è solidificato, si è incastrato nel mio petto e si è fuso al dolore. Ryan è schiacciato contro il muro, e io gli sto praticamente addosso. Mi sorride.

«Adesso hai capito, perché ti serve una pistola?», sussurra con sicurezza e un velo di ironia, chinando il capo verso il mio. Mi sorride e mi sforzo di ricambiare.

«Continuo a sperare di non doverla usare», ribatto.

Si rabbuia di nuovo. «Anch'io spero che tu non debba usarla». La sua fronte è vicina alla mia.

«Se tu stasera esci», lo avverto, «rimarrò con tua madre ad aspettarti finché non torni. Ci faremo un'altra tisana, tanto niente riuscirebbe a calmarci. Ma se rimani...». Il suo sguardo si accende di curiosità e io tremo. «Se tu rimani... io rimarrò con te».

«Arya, che stai...?», comincia lui.

«Resta con me», lo imploro. «Non andare, resta con me».

Inspira forte. «Non puoi restare qui».
«Non ti lascio da solo». Scuoto la testa e mi mordo il labbro. «Rimango qui. Dormirò sul vostro divano».
«No».
«Sì, invece».
«Non hai un fidanzato da cui tornare?», chiede sprezzante, ma questa volta non voglio arrendermi. Nonostante lui non mi voglia, ha bisogno di una persona che lo fermi.
«Ce l'ho. Ma non ci tornerò… non stasera… Spero davvero che tu abbia un pigiama di riserva», affermo sicura.
«Sei cocciuta», mi sorride con tenerezza.
«Dovresti saperlo».
«Perché vuoi restare qui?», insiste ancora.
«Lo sai». *Per fermarti.*
«Voglio che me lo dica tu», dichiara, duro.
Per stare vicino a te e Tyler. Per stare vicino a te.
Soprattutto.
«Voglio aiutare tua madre. Voi siete tutti stanchissimi e dovete dormire. Aiuterò tua madre a sistemare la cucina, a fare quello che deve fare…».
«Non sei costretta».
«Non mi sento costretta. Io *voglio* farlo».
«Anche Paxton dorme qui», dice Ryan. «Si è portato la vestaglietta di spugna». Ridacchia e io lo imito, immaginandomi Paxton vestito come sua nonna.
«Cassie e Bea però devono tornare a casa», rifletto. «Dovrei accompagnarle, ma non ho ancora la mia macchina». La mia Ford ancora non mi è stata restituita.
«Invece ce l'hai», dice Ryan e mi porge le chiavi della mia auto. «Ti ricordi che dovevo portartela lunedì? Il carrozziere ha fatto tardi, me l'ha riconsegnata stamattina, ma è pronta. È parcheggiata qui fuori».
«Grazie mille, sul serio». Afferro le mie chiavi e mi sento all'improvviso meglio al pensiero che il mio indistruttibile, nuovo catorcio sia tornato alla base.
Ryan si aggiusta il cappuccio, e non tradisce nessuna espressione. «Non c'è bisogno che tu dorma sul divano», dice. «Ti darò il mio letto».
Scuoto la testa. «No, tieniti il tuo letto. Non ho scelto di rimanere qui per crearti scocciature. Sul divano ci dormo io. E poi, così…».
«Così?», chiede, esitante.
«Così mi assicurerò che tu non esca da quella porta», dico nel tono più minaccioso che mi riesce.
Ryan mi guarda intensamente e, subito dopo, mi avvolge tra le sue brac-

cia, inondandomi del profumo più buono del pianeta: un miscuglio di mughetto, orchidea e ibisco. Un'emozione travolgente mi piomba addosso. È come tornare a respirare dopo anni senza ossigeno. Ci metto tutta la forza di volontà che ho in corpo per non piangergli sulla felpa e macchiargliela di mascara. Il suo corpo aderisce quasi completamente al mio, mi tiene stretta come se fossi acqua e potessi scivolargli tra le dita. Vorrei dirgli che le sue braccia sono l'unico posto al mondo in cui mi sento al sicuro. Vorrei rimanere rinchiusa in quest'abbraccio per sempre. Per un istante meraviglioso, sento che forse noi potremmo tornare a essere quelli di un tempo.

31

Paxton

È notte fonda. Il letto di Clayton è gigantesco, eppure lui è così grosso da farlo sembrare minuscolo. Dorme come un orango tango, abbracciato al cuscino, con un ginocchio al petto e un piede che penzola fuori dal materasso. È la prima notte, da quando lo conosco, che lo vedo profondamente addormentato: doveva essere davvero distrutto.

Mi alzo e mi asciugo la fronte dal sudore. Sono reduce da un sogno strano, in cui io e Killian scopavamo, ma a un certo punto si metteva in mezzo mia nonna, diventando un alieno verde con i tentacoli che voleva mangiarci dopo averci bolliti per bene nel sugo.

Oh, Gesù, sto impazzendo. Ho bisogno di un sorso d'acqua. Questa serata è stata molto strana. Tutti sembravano incazzati con tutti. Io, specialmente, ce l'avevo a morte con Killian, ma era plausibile visto come mi ha trattato. Mi infilo le pantofole e mi alzo, cercando di non fare il minimo rumore. L'agilità non è mai stata il mio forte, infatti prendo lo spigolo della scrivania con il mignolo. Mugolo dal dolore e per scongiurare un urlo atroce mi mordo le nocche della mano destra. Ma chi è quel deficiente che in una stanza così grande va a sbattere contro l'unico punto pericoloso per la propria incolumità? Ah, già, *io.* Le disgrazie me le vado proprio a cercare, mi sa. Mi defilo in fretta dalla camera. Se continuo a fare rumore e lo sveglio, Clayton mi ridurrà in poltiglia. Esco in fretta dalla camera di Clay, e accosto la porta che cigola come un mostro sofferente. Scendo le scale in punta di piedi, super attento a non inciampare, rotolare o precipitare. Percepisco un'ombra alle mie spalle e mi volto. Una figura maestosa avvolta nella notte mi sta fissando, ha in mano una pistola che gli penzola accanto alla coscia. Killian è in piedi in cima alle scale, sul suo viso un'espressione folle e incollerita.

«C-cosa d-diamine…?!», balbetto sottovoce.

«Lo uccido», dice iniziando a scendere il primo scalino.

«Non vedevi l'ora, eh?»

«Proprio così», dichiara Killian, convinto.

«Ma perché? Non è mica stato lui a picchiare Tyler!», tento di farlo ragionare. «Insomma, è legato nel retro del camioncino!».

«Sveglia! È imparentato con chi ha picchiato mio fratello!», ribatte lui.
«E quindi?», chiedo di nuovo.
«Quindi è solo colpa sua se Tyler è in queste condizioni. Non dovevano toccare il mio fratellino, ora vado a pareggiare i conti. Vieni con me?», sputa, implacabile.
«Perché, invece, non ci facciamo un'altra tisanina?», propongo, ma Killian è già arrivato al pianerottolo. Lo inseguo, gli sto appiccicato come se fossi la sua ombra. «Non essere impulsivo. Ryan si arrabbierà moltissimo se eliminerai la sua moneta di scambio».
Mi accorgo che Arya dorme sul divano, avvolta da una coperta che giurerei aver visto sul letto di Ryan prima di andare a dormire. A ogni modo, Killian mi ordina di fare silenzio, posandosi la pistola sulle labbra al posto del classico indice. Vorrei saltargli addosso, ma cerco di controllare la mia eccitazione.
«Questa è una cattiva idea», bisbiglio. «Me lo sento».
I suoi occhi scintillano voraci nel buio, e la sua voce è tagliente come una lama. «Ah, sì? *Io* vado matto per le cattive idee».

32

Beatrix

Il professor Jefferson entra in classe, con due chiazze di sudore sulla camicia all'altezza delle ascelle. Il brusio che mi circonda si spegne.

«Buongiorno a tutti, ragazzi», dice sondando la classe con lo sguardo. «Cosa sono queste facce assonnate già alla prima ora?».

Ci sono dei bisbigli sul fatto che siamo assonnati proprio perché è la prima ora, ma lui li ignora.

«Vi avverto, questa mattina vi conviene rimanere svegli perché parleremo di qualcosa che ci servirà per il resto dell'anno».

Ha una copia sgualcita di *Romeo e Giulietta* in mano. Amo la letteratura inglese, però oggi la giornata è cominciata storta. Charlotte, una delle mie colleghe e coinquiline, mi ha fatto fare tardi, perché stamattina si è portata via il mio phon, ma quando me ne sono accorta ero già sotto la doccia e con i capelli insaponati. Il risultato è che non mi sono fatta la piega. Per giunta, mi sono dovuta pure mettere del gloss scaduto che mi dà un fastidio del diavolo. Sono solo le otto e trenta del mattino e sono già nevrotica. Come se ciò non bastasse, sono arrivata a scuola in anticipo per ricontrollare gli esercizi di matematica.

«Sapete perché Shakespeare è stato, e tuttora è, così amato?», chiede il professore.

Silenzio e qualche sbadiglio.

«Nessuno che si vuole lanciare in una risposta?».

Ruoto la testa verso la finestra. Non riesco a smettere di pensare a cos'è successo a Tyler, ormai due giorni fa. Ieri non ho fatto altro che chiedermi come sta. Se avessi avuto il suo numero gli avrei scritto.

Quando siamo tornati a casa dei Mackenzie e i suoi fratelli l'hanno steso sul letto, era moribondo. Non ci siamo parlati granché, ho preferito lasciarlo riposare. Ma avrei voluto chiedergli del mio nastro rosa. Come ne è entrato in possesso? Quando? *Perché*? E come mai non vuole restituirmelo?

«Allora? Proprio nessuno che mi spieghi perché Shakespeare è stato così venerato nell'arco della storia?», domanda il professore, distraendomi. Qualcuno scuote la testa. «Ve lo spiego io. Shakespeare è amato perché parla d'amore e di sentimenti in modo sincero, sensazionale e diretto».

Arya, nel banco accanto al mio come al solito, mi dà una gomitata. Questa mattina indossa un cardigan celeste che potrebbe esser stato fatto da mia nonna all'uncinetto.

«*Ma petite!*», dico sottovoce. «Non riesco proprio a guardarti vestita così».

Ignora il rimprovero, anzi, rigira la frittata e mi rimprovera lei: i suoi occhi freddi sono piantati nei miei. «Perché ieri, *per tutto il giorno*, non hai risposto al cellulare?», domanda.

«Ho avuto da fare...», rispondo allusiva.

«Hai staccato il telefono per un giorno intero e non sei venuta a scuola, Bea. Sicura che va tutto bene?».

No. Non va tutto bene. Non riesco a dimenticare l'orrore a cui ho assistito dopo la partita di basket, a quel che è accaduto a Tyler e soprattutto a quel che è accaduto a me. Sul collo ho ancora i segni delle mani di quel tizio, ci ho dovuto mettere il correttore per nasconderli. Arya e gli altri non sono a conoscenza di quello che è successo a *me*, e non ho intenzione di dirglielo. Specialmente perché, dopo tutto quello che ha passato Tyler, non sono di certo io la vittima.

«Sto bene», mormoro, ma non la guardo negli occhi. Altrimenti, capirebbe che sto mentendo. Ma, nel profondo, so che non si berrà le mie menzogne: mi conosce troppo bene. Lei è la bambina che mangiava i taralli senza glutine al posto mio, perché a me non piacevano. Arya è la bambina che mi difendeva quando i miei compagni di classe mi prendevano in giro perché ho una fossetta solo su una guancia. Non posso mentire ad Arya Donovan. Infatti, la mia amica si sporge verso di me, con sguardo apprensivo.

«Quello che è successo a Tyler ha sconvolto anche me», dice Arya. «Non doveva succedere... E, se te lo stai chiedendo, non è stata colpa tua».

«Un po' sì», farfuglio.

«Diamine, no. Tyler ha perso dei soldi, per questo è stato picchiato. Tu non c'entri niente».

«Se non avessi istigato quell'uomo, forse...».

Forse non avrebbero picchiato Mackenzie.

È il pensiero che mi tormenta da ieri, al punto da crearmi i vuoti nello stomaco e farmi venire la nausea. Ripensare a mercoledì notte è una pugnalata nello stomaco: detesto Mackenzie per avermi messa in quella situazione, ma allo stesso tempo io e il mio carattere impulsivo combiniamo ogni volta disastri enormi, e di conseguenza non riesco a addossare a lui tutte le responsabilità di quanto è successo.

«No, non ci pensare nemmeno», taglia corto Arya. «Non è colpa tua».

«Avrei dovuto darti retta», ammetto sconfitta.

«In che senso?», chiede, confusa.

«“Lontane dai Mackenzie”, ti ricordi? Lo hai detto tu».

«Sarebbe la cosa più giusta e sensata da fare… e siamo ancora in tempo», sussurra, più a sé stessa che a me.

«Hai sentito Ryan?», chiedo ad Arya, ignorando completamente la spiegazione del professore. «Ti ha detto qualcosa su suo fratello? Si sa come sta?».

Arya fa un lieve cenno di diniego con il capo. «Né visto né sentito. Gli ho scritto varie volte e l'ho chiamato, ma niente».

«Ci sei rimasta male, vero?», domando, studiandola attentamente.

«Per cosa?»

«Be', per Ryan…».

Lei scrolla le spalle. In quel momento, Jefferson ci lancia un'occhiataccia, quindi mi sforzo di seguire la lezione per un po'. Inutile dire che mi stanco presto.

«Come è andata la notte dai Mackenzie?», chiedo ad Arya. «Comodo il loro divano?»

«Il divano non è per niente comodo, ma la signora Mackenzie è stata molto carina. L'ho aiutata, ho fatto quello che potevo. Poi, però, il giorno dopo me ne sono andata subito».

Strappo una pagina dal mio quaderno a righe e scrivo un messaggio per Cassie, che è seduta di fronte a noi. “Visto che hai ancora il suo numero, potresti chiedere a Clayton cazzo duro come sta Tyler?”.

Piego il foglio in un aeroplanino di carta e glielo lancio contro la schiena.

Cassie sobbalza spaventata. Prende l'aeroplanino da terra e legge il messaggio. Di sicuro è arrossita. Ripetono di essere nemici giurati, ma Clayton e Cassie non riescono a starsi lontano.

La mia amica si volta indignata nella mia direzione e con le labbra mima: «Sei pazza?!».

«Scrivigli. Ora», sussurro, inflessibile. «E fatti valere, estorci le informazioni, trattalo male, poi torna a ignorarlo!».

Prese come siamo dalla nostra diatriba, non ci accorgiamo della presenza del professore, che si schiarisce la gola di fronte al banco di Cassie.

«Signorina Young», esordisce, e la mia amica alza lentamente la testa.

«S-sì?», balbetta lei.

«Cosa sta leggendo di così sensazionale da non prestare ascolto alla lezione?».

Cassie ammutolisce.

«Quello che sta leggendo è più interessante di *Romeo e Giulietta*?», la incalza lui.

«E-ehm», comincia Cassie, ma la sua voce si spegne.

«Coraggio, mi passi il bigliettino». Il professor Jefferson allunga la mano e Cassie è costretta a passargli il foglio.

Jefferson lo afferra, lo ruota per capire in che verso deve leggere e si sistema gli occhiali con l'indice. Passano dei secondi interminabili, poi il professore solleva lo sguardo, tra il divertito e il disgustato.

«Mi dica, signorina Young, chi sarebbe la poetessa che le ha dedicato questi magnifici versi?».

Nessuna risposta. Jefferson si adira per l'atteggiamento omertoso della mia amica, così alzo la mano.

«Evans, quest'anno siamo partiti con il piede sbagliato», dice, affatto sorpreso che la colpevole sia io. «Visto che riesce a essere così tanto poetica, venga qui alla cattedra a recitare i versi di Giulietta».

La coscienza mi suggerisce che non è il momento giusto di ribattere. Mi alzo e raggiungo la lavagna, accompagnata da un mormorio. Jefferson mi invita a prendere il copione di *Romeo e Giulietta*, e lo sfoglio, cominciando a leggere le battute. Con la coda dell'occhio vedo la faccia imbronciata di Meredith Keller, a cui probabilmente ho appena sottratto la parte. Noto anche l'espressione incoraggiante di Arya e Cassie, che sta cercando di rimpicciolirsi in prima fila, e sembra troppo tesa perfino per sorridere.

«Ora, direi che ci manca soltanto un Romeo! C'è qualche volontario?», chiede il professore alla classe.

Kevin ha il volto da viscido, i suoi occhi sono ricolmi di una preoccupante dose di rancore: è da quella sera alle corse, dopo che Tyler l'ha minacciato, che mi scruta con odio.

«Nessuno?! Ah, Brenson! Venga pure!».

Lucas. Era seduto all'ultimo banco, ma adesso sta camminando verso di me con un'andatura fiera e cavalleresca.

«Ciao, Giulietta», mi sussurra, quando arriva alla cattedra.

«Ciao, Romeo», ricambio, e lui ammicca.

Il professor Jefferson ci osserva entusiasta, quasi come se volesse scattarci una fotografia. E proprio in questo istante, a interrompere il momento perfetto, qualcuno di inatteso spalanca la porta dell'aula. Le teste si voltano tutte insieme in un'unica direzione. L'aria della stanza sembra venire risucchiata dalla sua sola presenza. Tyler.

Ma che diavolo ci fa qui? Dovrebbe stare a casa a dormire. Ha dei lividi blu sugli zigomi, e occhi e labbra gonfi. Nonostante le sue condizioni, è già tornato a scuola. Ha uno sguardo pervaso da una tenebrosa serietà e i riccioli biondi sembrano una corona dorata. Indossa una maglietta nera aderente, che gli fascia il petto ampio e scolpito.

Sebbene io sia in piedi, davanti alla cattedra, non si degna nemmeno di guardarmi. Mi ignora con una nonchalance estrema. È l'unica persona al mondo in grado di farmi imbestialire senza fare alcunché, solo in virtù della sua esistenza.

Si scambia il pugnetto con Lucas e si mette seduto, al primo banco vuoto che incontra. Jefferson non gli dice niente, si limita a studiare me e Cassie, perché si ricorda di cosa c'era scritto sul bigliettino.

«Ragazzi, ragazzi, forza, non distraiamoci e cominciamo. Andiamo a pagina cinquantasette e recitiamo la scena del balcone!», dice Jefferson, dopo essersi schiarito la gola.

Apro il copione, alla ricerca delle mie battute, e nel frattempo Lucas si inginocchia ai miei piedi, creandomi una buona dose di imbarazzo. Si sta calando fin troppo nel ruolo, per i miei gusti. Non oso sbirciare in direzione della classe.

«"Oh Romeo, Romeo"», dico con petulanza. «"Perché sei tu Romeo?"».

Lucas non smette di sorridere.

«"Rinnega tuo padre e rifiuta il tuo stesso nome. Ovvero, se proprio non lo vuoi fare giurami soltanto che mi ami e io smetterò di essere una Capuleti…"».

Lucas abbassa la testa sul foglio, alla ricerca delle proprie battute, che recita con un suono molto macchinoso. Le mie orecchie si rifiutano di trovare un senso compiuto a ciò che sta dicendo. La mia mente sta pensando a tutt'altro, ovvero a Tyler.

Quando Lucas finisce e tocca a me, sono contenta di avere qualcosa da fare per distrarmi.

«"E come sei giunto fino a qui? Dai, dimmi come e perché… Le mura del cortile sono irte e difficili da scalare, e questo luogo, considerando chi sei tu, potrebbe significare la morte se qualcuno della mia famiglia ti scoprisse…"».

Lucas posiziona un palmo sul proprio petto, all'altezza del cuore.

«"Con le ali dell'amore ho volato oltre le mura, perché non si possono mettere limiti all'amore e ciò che amor vuole, amore osa. Per questi motivi i tuoi familiari non potranno fermarmi"».

«"Se ti vedono ti uccidono!"», esclamo con una preoccupazione accorata.

Lucas gonfia la voce e apre il petto in segno di spavalderia. «"C'è più pericolo nei tuoi occhi, che in venti delle loro spade!"», dice agitando la mano destra.

Il professore scoppia in un applauso, a cui si unisce anche il resto della classe, tranne Mackenzie.

Per fortuna, suona anche la campanella. Tutti si alzano come se fossero appena spuntati dei chiodi sulle loro sedie. Corro al mio banco e raduno i quaderni.

Sento la presenza di Lucas alle mie spalle. Arya sistema lo zaino e finge di non badare a noi.

«Ehi, Bea, notevole interpretazione», commenta Lucas.

Sono stata la peggiore delle Giuliette nella storia del teatro, ma okay. «Visto? Sono nata per stare su un palco», dico scherzando.

Mi riferisco alla danza, però, non alla recitazione. Durante il mio primo saggio di danza in assoluto, ho avuto la riprova di essere nata per il palcoscenico. Per anni ho covato il sogno di diventare prima ballerina in un teatro importante. Riuscivo a percepire l'emozione che avrei provato lassù, accecata dai riflettori, mentre fioccavano i fiori e i "brava", ripagandomi di ogni fatica e dolore. Invece, mi devo accontentare di ballare dentro un night club. Bisogna sempre fare i conti con la realtà nella vita, che è molto più deludente dei propri sogni.

«Ehi, ti ricordi che domani sera c'è l'inaugurazione di quella mostra al MoMA?», dice Lucas.

«Quale mostra?», domando, cadendo dalle nuvole.

«Arte digitale, mescolata a qualcos'altro. Ma che cazzo ne so. Te n'eri dimenticata?», chiede lui, deluso.

«Ah, sì, sì... Certo...».

«Sicura che ti va di andarci?», insiste lui.

«MoMA, hai detto?», interviene Arya. «Anche io sarò là, domani sera. La madre del mio ragazzo organizza l'evento di beneficenza dopo l'inaugurazione. Se ci siete anche voi, possiamo incontrarci là».

«Ci sarò anche io!», squittisce Cassie. «Con Roman, ovviamente. Dice che sarebbe carino se io e lui passassimo un po' di tempo insieme».

«Non gli basta quello che passate a casa sua?», intervengo, piccata.

«Be', direi che è perfetto!», conclude Arya. «Passeremo un sabato sera tra amiche, come ai vecchi tempi».

Lucas è quasi rattristato dalla notizia che ci saranno anche Arya e Cassie, e, dopo aver fatto un cenno di saluto con la mano a Tyler, scappa alla sua prossima lezione. Dopo pochi minuti, anche le mie amiche se ne vanno, mentre io temporeggio un po' in classe. Mi metto lo zaino su una spalla e osservo Mackenzie, che si sta alzando faticosamente dal banco. Ciononostante, ha ancora la solita grinta nello sguardo, quella che nessuno potrebbe mai portargli via.

Con la coda dell'occhio, noto che Meredith Keller lo sta aspettando sulla porta: ha due gambe lunghe e affusolate come stampelle e una chioma liscia e bionda che farebbe invidia a una Barbie. Non mi stupisce che Tyler abbia un debole per lei.

Mi avvicino a lui, un po' incerta su cosa dire, ma vorrei sapere come sta. Lui sembra fare di tutto per fingere di non vedermi. Ma perché mi ignora? Il riverbero della luce che entra dalla finestra sulla sua pelle bianca lo rende etereo.

«Ti serve qualcosa?», mi chiede risoluto, quando la situazione è diventata imbarazzante.

«No, volevo solo sapere…».

«Allora vattene, per favore».

Rimango impietrita. «Posso sapere come stai?», chiedo, con un tono che esce spazientito, mio malgrado.

Lui non risponde, in effetti non sono neanche sicura che mi abbia sentito. Un po' inebetita, mi avvicino fino a ritrovarmi faccia a faccia con lui, e i suoi occhi mi incendiano. Tra le mani stringe un accendino, che sputa una fiamma vivida e intensa, e si sta accendendo una sigaretta. *No*. Si sta accendendo una canna. E Jefferson ancora non se n'è andato…

«Allora?», lo incalzo. «Ti ho chiesto come stai!».

Mette l'accendino nella tasca dei jeans e mi lancia un'occhiata così minacciosa che mi gela il sangue. Ripenso alla notte in cui è stato picchiato. Quel dolore fisico, per un attimo, lo sento addosso: non credo sia umanamente possibile sopravvivere a tutte quelle botte, eppure lui ci è riuscito.

«Una risposta me la devi», gli dico.

Il suo sguardo mi indaga a fondo: mi perlustra come se si volesse impossessare di me.

«Non ti devo un cazzo».

Ma in che senso, scusa? Forse si comporta così perché ha fumato qualcosa…

«La droga fa male, eh, Mackenzie?», lo sfido, a braccia conserte.

«Che tu ci creda o no, sono pulito».

«Certo. Rimanere pulito, per uno come te, può voler dire soltanto una cosa: sniffare disinfettante».

Un ragazzo con un braccio ingessato a qualche metro da noi volta la testa, probabilmente perché ha sentito.

«Che cazzo hai da guardare?», gli abbaia Tyler.

«Ciao, Bea! Anche tu hai biologia alla prossima ora?», mi chiede il ragazzo, ignorando Tyler.

Non rispondo: ma chi lo conosce?

Tyler non nasconde la sua insofferenza. «Un'altra parola e ti spezzo anche l'altro braccio, e ti avverto: sarebbe davvero brutto alzarsi dal cesso senza potersi pulire», lo minaccia.

Il ragazzo è sgomento. Si affretta a girarsi e uscire.

«E anche tu, *Evans*, che cazzo vuoi?», sbotta, con un sorriso cattivo.

Ma cosa gli ho fatto? Sono indignata.

«Come sarebbe a dire "che cazzo vuoi?". Bel modo di rispondere a chi si preoccupa per te», replico, cercando di mantenere la calma.

Aggrotta la fronte. «E tu ti preoccuperesti per me?», chiede con voce scettica e tagliente. «Che carina», aggiunge sarcastico. Abbassa gli occhi sul copione che tengo ancora in mano e me lo sfila dalle dita, con un lampo di curiosità nello sguardo. Si lecca le labbra, apre una pagina a caso e prova a recitare un verso. «"Quando non sarai più parte di me ritaglierò dal tuo ricordo tante piccole stelle, allora il cielo sarà così bello che tutto il mondo si innamorerà della notte...". Un tantino megalomane questo Shakespeare».

«Avete qualcosa in comune, allora», ribatto, ormai accecata dalla rabbia.

«Non credo proprio. Se io fossi Romeo, sai cosa direi alla mia Giulietta?». La sua voce bassa e roca mi procura un brivido.

«Che cosa le diresti?», domando, timorosa di conoscere la risposta.

«Voglio te, solo per stanotte». Sorride, mordendosi il labbro inferiore gonfio.

Mi acciglio, e se non fosse già ridotto così male per i fatti suoi, lo picchierei. "Voglio te, solo per stanotte" è la frase che mi ha detto la sera delle corse.

Deglutisco e prendo un bel respiro. Sta cercando di confondermi. Sta parlando in codice. Peccato che io non sappia decifrarlo.

«Non cambierai mai, non è vero?».

Il suo sorriso ha qualcosa di cinico e sfrontato. «*Mai*», sussurra, e avanza di un passo verso di me. Mi sovrasta con la sua altezza e da così vicino i segni delle botte sono ancora più impressionanti.

«Immaginavo...».

«Sai qual è il problema, Evans? Stiamo insieme una sera e diventi appiccicosa».

«Pensi che mi freghi qualcosa di te? Se sono venuta qui a chiederti come stavi, è solo e soltanto perché l'ultima volta che ti ho visto eri in punto di morte».

«In punto di morte, come no», commenta. «Non me ne faccio nulla del tuo altruismo».

«Attento a come parli».

«Attenta a come parli tu... Ti ho sentita, mentre parlavi con la tua amichetta, l'altra sera. Ma se per te sono solo un tossico senza speranza, perché cazzo continui a rivolgermi la parola?».

Io-ho-detto-che-cosa? Se l'è sognato? Sento riecheggiare quelle parole in ogni angolo della mia mente.

«Che cosa?», farfuglio.

«Adesso, scusami, tolgo il disturbo», dice Tyler. «Ciao, gnometta. Ci vediamo in giro».

Si allontana e posa un braccio sulle spalle di Meredith.

33

Paxton

«Gliel'avevo detto che era una cazzata», brontolo. «Il problema è che lui non mi ascolta».

Clayton giocherella con i bossoli della sua pistola, mentre guardiamo *Star Trek* sul divano.

«Ascolterà me».

«Ormai la frittata è fatta, è inutile che lo minacci, lo indispettirai soltanto», dico, senza smettere di guardare la sua pistola.

«Mi ripeti come è andata?», chiede ricaricando l'arma per l'ennesima volta.

Ripercorro mentalmente come sono andate le cose. Prima ho visto Killian sulle scale con una pistola in mano, poi ho cercato di fermarlo senza successo, e poi… «Siamo andati in garage, ha aperto il retro del camioncino e ha sparato in testa a James Lombardo».

«Lo hai visto mentre gli sparava?», domanda Clayton.

«No, Gesù, no. L'ho aspettato in macchina».

Alza un sopracciglio. «Sei certo che abbia sparato? Hai sentito il rumore dello sparo?»

«Sì, ne sono certo. E stiamo parlando di Killian. Non risparmierebbe neanche il mio gatto zoppo e cieco».

Ci riflette un pochino, ma poi arriva alle mie stesse conclusioni. «E James Lombardo è rimasto là dentro?»

«Sì, mio Dio, puzzerà come un cadavere… Cosa che in effetti è».

Clayton alza il volume del televisore, siamo arrivati alla parte epica della vendetta dei Sith.

«Le spari proprio grosse», commenta sottovoce. E aggiunge: «Senti, questa cosa che Killian ha ucciso James Lombardo… possiamo tenercela per noi?»

«Non vuoi dirlo a Ryan?»

«Esatto».

«Non sono sicuro che sia una buona idea…».

Mi scocca un'occhiataccia e io lo assecondo all'istante.

«Ma per te potrei chiudere un occhio: ma che dico… anche tutti e due».

«E se magari chiudi anche la bocca siamo a posto».
Proprio in questo momento, Killian scende le scale, con lo sguardo assonnato. Ha chiaramente sentito parte della conversazione tra me e Clayton.
«Ehi, Paxton. Cagati in mano e prenditi a schiaffi».
«Ma voi Mackenzie di mattina siete tutti di buonumore?», commento irritato. «Buongiorno anche a te».
Killian fruga nella dispensa, poi continua: «Secondo me è colpa tua se siamo sempre così scontrosi. Sei proprio brutto».
Sbuffo sonoramente. «Non ho mai capito il bullismo: ovvero, sono brutto io e ti arrabbi tu? Mi passi la busta dei biscotti, oppure un pezzo della tua cioccolata?»
«No».
«E dai, a forza di cioccolata ti verranno i brufoli...».
«Apprezzo il pensiero, ma fatti i cazzi tuoi».
Incrocio le braccia e incollo la schiena al divano. Lo detesto, lui mi detesta, eppure non riesco a smettere di pensare alle sue labbra sulle mie. Buffo che da quel giorno sono successe così tante cose nella nostra vita che il fatto che ci siamo baciati resta la più insignificante.
«Dov'è Ryan?», chiedo a Clayton.
«All'accademia d'arte. Ora fammi guardare la televisione», replica lui.
«Ma il cadavere... chi lo occulterà?», domando, riprendendo il discorso di prima.
Clayton indica con il telecomando, prima me poi Killian. «Voi due avete fatto il danno, voi due rimediate. Entro stasera, per favore. Io poi per stasera ho altri impegni».
«Ah, sì? Tipo?», indago.
Giurerei di averlo visto nascondere un sorriso.
«Tipo cercare una principessa che su questa storia ne sa troppo».

34

Cassie

Essere di nuovo qui, in questa casa che odora di infanzia, è una sensazione strana. Perfino l'aria è soffocante e respingente. Sono seduta a tavola: davanti a me c'è una porzione abbondante di purè di patate e fagioli crudi che non ho intenzione di mangiare. Mia madre è una pessima cuoca.

«Allora, tesoro, come è andato l'inizio della scuola?».

Mia madre è seduta di fronte a me, distratta dallo schermo del suo portatile. Da qualche mese lavora come interior designer con un contratto part-time: un grande in bocca al lupo a chi l'ha assunta. Chissà quanto durerà. È sempre stata un'hippie, un'artista nell'anima che non ha mai messo a fuoco il suo vero talento. Si crede speciale e con mille attitudini, ma è solo una tossica che maltratta la figlia. A qualche metro da noi, sui fornelli brontola una grossa pentola, da cui cola del sugo come saliva schiumosa. Spero solo di essere fuori di qui prima che esploda qualcosa.

«Tesoooro? Come è andata a scuola? Perché non mi racconti mai niente?», insiste, di fronte al mio silenzio.

«Sono sopravvissuta», dico brevemente.

«Su questo non avevo dubbi, sai cavartela proprio come tua madre».

Ah, sì, come no. È vero che da mia madre ho imparato a essere autosufficiente, ma me lo ha insegnato per omissione: mi ha mostrato esattamente ciò che non devo essere.

«Perché mi hai fatta venire qui?», chiedo, decisa ad andare dritta al punto. La casa è vuota, lei è da sola, e tutto qua dentro emana una tristezza infinita.

«Come perché? Questa è casa tua!», replica.

«Ah, da quando?», ribatto sarcastica, fingendomi forte e cazzuta anche se in realtà ho il labbro che mi trema e potrei scoppiare a piangere da un momento all'altro. Ripenso alla sera in cui Paul mi ha molestata, ripenso al modo in cui mia madre ha lanciato il mio zaino sul pianerottolo e ha urlato come una posseduta: «FUORI DA CASA MIA!».

So che è malata e quella sera era la sua malattia a parlare, però fa male lo stesso. Anzi, è proprio questo a fare male, cioè sapere che lei non si rende davvero conto della gravità delle sue azioni e che non puoi nemmeno fargliene una colpa.

«Tesoro», mi riprende, come se non avessi il diritto di sentirmi offesa, o quantomeno dispiaciuta.

«Mi hai mandato un messaggio per dirmi di tornare subito a casa. Be', cosa c'era di tanto urgente?», taglio corto.

Lei si stringe nelle spalle. «Volevo rivederti».

«Mi hai cacciato di casa. Te lo ricordi? Adesso, non puoi fingere che non sia...».

«Posso dirti una cosa, tesoro? Sei melodrammatica!».

Per la sorpresa, rimango a bocca spalancata. In quel momento, mi vibra il cellulare.

«Sì, tesoro, ti vedo un tantino stressata...», continua lei, ma non la sto più ascoltando.

Il mio cuore si è fermato. Mi è arrivato un messaggio da parte di Clayton. Ci scriviamo da ieri, ovvero da quando Bea mi ha obbligata a chiedergli come stava Tyler. La nostra conversazione ha preso una piega molto particolare.

Mia madre, nel frattempo, approfitta della mia distrazione e si versa del vino rosso in un calice. Nel farlo, mi passa accanto e avverto un odore inconfondibile.

«Mamma! Puzzi di alcol! Ma che hai fatto? Quanto hai bevuto?», le domando.

Storce la bocca, pentita. «Ho alzato un po' troppo il gomito di recente. Mi manca Paul!», piagnucola. «Scusami se sono preoccupata per lui!». Emette un singhiozzo.

Guardo mia mandre con pietà. È come una bambina: non riesce a prendersi cura di sé, e senza qualcuno accanto, sua figlia o il fidanzato di turno, non è in grado di sopravvivere.

«Paul sta ancora in ospedale?», chiedo, con gentilezza.

«Non riescono a dimetterlo, è in condizioni gravi, tesoro. Spero che la polizia trovi chi lo ha aggredito. In che mondo siamo finiti... C'è da avere paura, Cassie».

Mamma non si rende conto dell'immondizia che in realtà è Paul. I fidanzati che ha accumulato negli anni sono stati una collezione di insuccessi. Il peggiore tra tutti è stato mio padre. Si sono conosciuti quando lui era già sposato. Di lui ricordo che ogni tanto mi scattava fotografie. Ora ci vediamo una volta l'anno e non riesco neanche a chiamarlo papà, ma soltanto Benjamin. Con Paul, però, credevo che fosse diverso. La verità è che ha saputo fingere bene fin dall'inizio, ha saputo curare le ferite di mia madre. Quando si sono conosciuti, mamma era in un brodo di giuggiole: finalmente aveva trovato una persona che l'amasse. Credeva di avere qualcuno accanto che ci avrebbe protette e difese, qualcuno che ci avrebbe reso la vita più semplice.

«Al primo appuntamento, io e Paul abbiamo mangiato un gelato a Central Park. Era una giornata di sole. Poi siamo andati al cinema... E tu ce l'hai un fidanzato?», dice vaneggiando, e colpisce. Tipico suo.

Scuoto la testa.

«Se non ti ingozzassi di patatine, ce l'avresti», mi attacca.

Mi mordo le labbra fino a farle sanguinare. Lo faccio di continuo, quando sono nervosa.

«Paul mi manca tantissimo», riprende mia madre, poi scoppia a piangere.

Non parlo, rimango zitta al mio posto e sospiro, guardando le pareti della stanza e annullando ogni sentimento. Ormai, questa tristezza ho imparato a gestirla. C'è solo un po' di insofferenza, su un terreno di apatia.

Non vedo l'ora di tornare a casa di Roman. Chi l'avrebbe mai detto che quell'inquietante reggia sarebbe diventata il mio posto sicuro?

35

Arya

Sto preparando un caffè, da bermi al volo, prima di andarmi a cambiare. Wellington sarà qui tra poco e non so ancora cosa mettermi, perché di sicuro il mio guardaroba non include abiti da sera. Sto per salire al piano di sopra, quando mio padre mi rivolge uno sguardo corrucciato. Prima che possa chiedergli se c'è qualcosa che non va, mi accorgo che mi fissa il bracciale d'oro che mi ha regalato Wellington, proprio qualche ora fa, quando è venuto a farmi un rapido saluto al bar. *Ah, ora si spiega.*

«Vi ho visti, a te e quel ragazzo… questa mattina… Come si chiama? Parker?», borbotta. «Molto gentile da parte sua regalarti un gioiello così prezioso».

«È ricco», cerco di tranquillizzarlo. «Per lui non è stato un grande sforzo».

«Sì, ma è un gesto troppo pretenzioso». Frank appoggia una mano sul bancone e digita qualcosa sulla cassa. «Non voglio che tu ti faccia abbindolare da ciò che possiede quel ragazzo».

«Mi conosci, papà, sai come sono fatta, sai che ho dei principi», dico sorseggiando il mio caffè, la mano che regge la tazza mi trema.

«Proprio per questa ragione mi stupisce il tuo comportamento», dice.

Rimango senza parole. Cosa intende? Da quando mi giudica così?

«Papà, se vuoi dirmi qualcosa dimmela e basta, okay? Non ci girare attorno».

«Tu e lui uscite insieme?», domanda.

«Una cosa del genere», ammetto.

Non sembra affatto contento di questa risposta.

«Ai miei tempi, o si usciva insieme oppure no. Non vi capisco, a voi ragazzi di oggi».

«Papà, non mi farò abbindolare. Promesso. Okay?»

«Arya, non sono bravo quanto tua madre in queste cose, però cerca di stare attenta. Non voglio che tu, dopo questo regalo, ti senta in dovere di… dargli qualcosa in cambio, non so se mi sono spiegato…».

Sento il calore salirmi fino alle guance e abbasso gli occhi. «Scusa, papà, ma non voglio cominciare questa conversazione».

«Fidati, sono più in imbarazzo di te», replica lui con una risata.

«No. Non credo proprio», replico convinta.

«A me interessa solo che tu stia attenta», continua.

Alzo gli occhi al cielo. «Vuoi che rimanga vergine fino al matrimonio? Di' la verità».

Fa una smorfia, come se avesse sentito il rumore fastidioso delle unghie che strusciano contro la lavagna. Agli uomini, specie ai papà, non piacciono queste provocazioni.

«Non mi dispiacerebbe…».

«Non viviamo in un film della Disney».

«Appunto». Papà prende cinquanta dollari dalla cassa e me li porge. «E lui non è il principe delle fiabe. Quindi, ti ripeto. Stai attenta». Lancia un'occhiata al mio bracciale. «Ricordati che nella vita tutto ha un prezzo».

Afferro i soldi e li metto in tasca: capisco papà, ma non sono il tipo di persona che si lascia comprare. A volte penso che sarebbe quasi meglio se Wellington non fosse ricco: mi risparmierei molti pregiudizi.

«Dove andate stasera?», domanda poi.

«All'inaugurazione di una mostra al MoMA», rispondo.

«Cose da gente altolocata», commenta lui, un po' contrariato.

«Sì, papà, quindi?».

Papà è famoso per la sua schiettezza e anche stavolta non si smentisce. «Quindi non è un posto per te».

Alzo di nuovo gli occhi al cielo. «Tante grazie. Vado a prepararmi», dico, e salgo le scale.

Ci mancava giusto l'interrogatorio di Frank. Sono giorni che mi sento appiccicata alla pelle una pesantezza che non riesco a scrollarmi di dosso. Dalla sera in cui Tyler è stato picchiato, dalla sera in cui ho visto negli occhi di Ryan la furia, non riesco più a stare tranquilla. C'è una cosa che ho capito di lui e dei suoi fratelli in tutti questi anni che li conosco. Sono testardi, ostinati, e farebbero qualunque cosa l'uno per l'altro. Questo significa che i guai sono appena cominciati…

Per distrarmi, prendo il cellulare e avvio una videochiamata con le mie amiche, mentre entro in bagno. Butto velocemente la felpa di Ryan dalle maniche sporche di sangue dentro la lavatrice, così sono sicura che Arya e Cassie non la vedano. La pistola che mi ha dato è sotto il bancone del bar, ben nascosta ma a portata di mano, come lui mi ha chiesto. Oggi, ho avuto una paura terribile che mio padre la trovasse: non so come avrebbe potuto reagire. Già lo disdegna, figuriamoci se sapesse che mi ha fornito un'arma. Nel frattempo, le mie amiche non mi rispondono. Sempre con il telefono vicino, faccio un salto in camera a pescare nell'armadio qualcosa da mettere stasera. Ci vorrebbe un outfit elegante. Che non ho. Setaccio tra le magliette e i jeans, alla ricerca di un vecchio vestito comprato anni fa. È grigio, con le maniche a lanterna, di una stoffa che somiglia alla lana fina; sul davanti, ha dei bottoni che chiudono la scollatura. Non è lungo, arriva sopra il ginocchio e dovrò abbinarci delle calze. Torno in bagno e, in quel momento, Bea risponde.

«*Ma petite!*», esclama. È in vestaglia fucsia e si sta mettendo l'eyeliner. Ha l'aria da diva anche se ancora non è pronta. «Che combini?», domanda, mentre io mi studio allo specchio: il mio viso è davvero anonimo.

«Stavo pensando a una cosa…».

«Dimmi tutto», risponde passandosi la matita sui contorni delle labbra.

«Secondo te, sono una persona opportunista?», le domando.

Bea mi guarda, un po' sconcertata. «Che vuoi dire?».

Torno a fissare la mia immagine, avvilita. Neanche il trucco riesce a dare spessore ai miei tratti: eppure il rossetto rosso che sto spalmando sulle labbra è di una tonalità scarlatta e tagliente. Mi metto un po' di mascara, cercando di non accecarmi. Forse, se mi facessi i capelli ricci sarei più aggressiva.

«Do l'impressione di una scalatrice sociale? Di una a cui interessano soltanto i soldi?».

C'è qualcosa in me, dentro i miei occhi azzurri, che si è spento e sembra imprigionato per sempre nel profondo. Una volta, non ero così. Credo.

«No, affatto. Arya, tu sei tutto il contrario. Sei sempre andata oltre le apparenze… Lo hai fatto anche con me. Sei stata la prima a farmi sentire accettata in un paese straniero». Le sue parole mi riscaldano il cuore.

«Lo so. A volte le persone fraintendono».

«Problemi loro».

Mi levo il grembiule e la divisa da lavoro, e decido di passare ad argomenti più leggeri. «Ho appena trovato il vestito per stasera, lo sai? Ti va di vederlo?», chiedo.

«Sì, fammi vedere l'obbrobrio», mi prende in giro lei.

Mi infilo il vestito che ho trovato, posiziono il cellulare in bilico sopra il lavandino e faccio una piroetta su me stessa, provando a essere aggraziata. «Allora, che te ne pare?»

«Che cosa?! Vuoi venire vestita così stasera?», chiede lei, con un'espressione strana.

«Mi sta bene, vero?», ribatto, entusiasta.

Non risponde, al punto che mi viene il dubbio che se ne sia andato il segnale.

«Ci sei, Bea, sei ancora lì?».

Lei sbuffa. «Purtroppo sì».

«Allora, che ne pensi? Ti piace? Mi sta bene?»

«Sì, è perfetto…».
«Lo sapevo!».
«Se vuoi annunciare al mondo che diventerai una monaca di clausura!», conclude.
«Ma…».
«Senti, patata mondiale, amore indiscusso della mia vita, unica ragione per cui mi alzo dal letto, hai tanti pregi. Sono sincera. Ma fai schifo a vestirti».
E ora che faccio?

36

Cassie

Ogni volta che entro nell'ampio salone di Roman rimango impressionata dall'eleganza muta degli arredamenti e dalla luce che entra obliqua dalle finestre. Tutto è così appropriato e al posto giusto. È come un set fotografico. E dopo l'incontro con mia madre, che ho lasciato a disperarsi, non sono mai stata più felice di trovarmi qui.

Miss Fridge è in piedi sulla porta, immobile come un attaccapanni, e mi accoglie con un sorriso forzato.

«Oh, salve! Buonasera!», la saluto.

«Bentornata», dice con finto tono accomodante.

Mi guardo attorno e mi rendo subito conto che Roman non c'è.

«Il signor Lancaster non è ancora tornato dal lavoro», dice Miss Fridge, come se mi avesse letta nel pensiero.

«Sono quasi le sette», commento guardando l'orario sullo schermo del cellulare.

«Tra poco dobbiamo andare alla...».

«All'inaugurazione della mostra», conclude Miss Fridge. «Il signor Lancaster mi ha incaricata di dirle che le ha comprato un abito per l'occasione...», mi informa e mi fa segno di seguirla.

«Che cosa? Un abito?», ripeto incredula, mentre saliamo la scalinata, dirette al piano di sopra dove si trovano le camere.

«Non un abito qualsiasi, uno *Chanel*!», esclama. «Il signor Lancaster lo ha commissionato su misura per lei...».

«Per me?»

«Roman si prende molta cura dei suoi ospiti».

Davanti alla porta della mia stanza, ci guardiamo dritto negli occhi. È la prima volta che lo chiama per nome: Roman. Capisco che Miss Fridge è molto affezionata a lui, quasi come se fosse un figlio.

«Non c'era bisogno», dico scuotendo la testa. «Non mi serve un vestito, Roman non si doveva prendere questo disturbo...».

«Non è un vestito, è uno Chanel, e prima di dire che non ne ha bisogno lo guardi».

Miss Fridge apre la porta e, sopra il letto a baldacchino, c'è il vestito più bello che io abbia mai visto in tutta la mia vita. È bianco, con una vaga sfumatura argentata. È molto aderente sul busto, con le spalline leggermente imbottite, la gonna è ampia, lunga fino ai piedi. È un sogno e mi incanto ad ammirarlo.

«Sarà costato un occhio della testa», dico tra me e me. Forse quanto una macchina? Non una qualunque, però, di sicuro questo vestito costa come un'auto sportiva...

«Lo provi», mi invita Miss Fridge. «E si sbrighi, il signor Lancaster arriverà con il taxi tra dieci minuti».

Chiude la porta e io sfioro la stoffa dell'abito, pensierosa. Questa sì che è stata una sorpresa. Nessuno aveva mai avuto un pensiero così gentile, e costoso, per me. Non voglio deludere Roman, o mostrarmi ingrata nei suoi confronti, ma mi chiedo se non abbia secondi fini. È solo un gesto gentile, mi convinco. Nient'altro. Ma il problema è un altro: non sono degna di indossare un abito così. Sarei un troll travestito da principessa. Mi guardo allo specchio e, come sempre, mi faccio ribrezzo. Non sono la ragazza nello specchio, mi ripeto. O meglio, lo sono. Ma non posso essere soltanto questo: un corpo che cammina. Allora perché ho bisogno di guardare le mie forme attraverso un riflesso, altrimenti sento che non esisto? L'ossessione che ho per la mia immagine è un ultimo disperato tentativo di esistere? Ma se esisto, se davvero mi *merito* di esistere, allora perché mia madre mi ha sempre trattata in questo modo? Perché mio padre fa fatica perfino a ricordarsi il giorno del mio compleanno? Nessuno mi ha mai visto davvero, nessuno si è mai accorto di me. O forse, a forza di nascondermi, a forza di essere ignorata, a forza di ritirarmi, sono diventata l'estensione del vuoto di mia madre. Mi hanno sempre trattata come se non meritassi di vivere, e crescendo ho finito per crederci e mi sono nascosta così bene dagli altri che ora nemmeno io mi riesco più a trovare. Il cibo non mi nutre e il divertimento mi fa paura. Mi sento dentro un cazzo di film horror, ma è tutto nella mia testa. Nessuno può salvarmi, non da questo. Il mio malumore è diventato quasi patologico. Mi spoglio. Mi tolgo la maglietta e i pantaloni e mi infilo il maledetto Chanel. Mi calza alla perfezione. Scivola su di me come una seconda pelle, come se mi avessero cucito addosso un sogno. Mi volto ancora una volta verso lo specchio. Nel mio sguardo c'è qualcosa di vivo e luminoso, che neanche io riesco a interpretare. D'un tratto, mi squilla il cellulare, e sobbalzo. Videochiamata in arrivo dalle mie amiche. Rispondo dopo un bel po', e la prima cosa che vedo sullo schermo è l'immagine del mio faccione. Proprio adesso, che avevo trovato un po' di autostima, sono tornata quella di sempre.

«Ciao, paperella!», esordisce Bea. «Glielo dici anche tu ad Arya che è vestita di merda, per cortesia?».

Cerco di vedere Arya dal piccolo riquadro su WhatsApp, ma è tutto pixellato. Si intravede solo che addosso ha una specie di tunica grigia.

«In tutta onestà, Bea ha ragione», le dico.

Arya spalanca la bocca. «Ma come vi permettete?»

«Senti», le dice Bea. «Ho un vestito di mia zia che potrei prestarti, dato che a me sta largo. Puoi passare un attimo da me, prima che andiamo?»

«Che palle, d'accordo», si arrende Arya.

«Posso chiedervi una cosa, ragazze?», chiede Bea. «Ho parlato con qualcuna di voi due, a casa dei Mackenzie? Tipo, di fronte al letto di Tyler, ho detto qualcosa come che è un tossico senza speranza...?»

«No, con me no», dice Arya.

«Anche a me sembra di no», replico, e in quel momento muovo la telecamera. Bea si accorge subito del mio vestito.

«Paperella! Fammi vedere un po' il tuo vestito... W-o-w! E questa meraviglia da dove sbuca?»

«Un regalo da parte di Roman».

«Ah, il riccone disturbato ha degli ottimi gusti in fatto di moda», si complimenta Bea.

«A proposito, ragazze, mi aspetta di sotto, devo scappare!».

«Sì, sì, ciao, Cassie», dice Bea.

«Ciao, Cassie, a dopo!», dice Arya, e attacco.

Mi precipito giù per le scale, saluto Miss Fridge, che si è accesa la televisione su un programma di cucina, ed esco. Un taxi mi aspetta sulla via principale.

37

Cassie

Il museo è immenso, illuminato da una luce così potente da sembrare quasi bianca. Roman mi cammina accanto, si mantiene a debita distanza da me, ma sento che i suoi occhi mi stanno facendo una radiografia. È molto più elegante e signorile di quanto a una persona possa essere concesso. Quando mi ha vista con quest'abito non ha fatto una grinza.

Alcune guide, che hanno addosso degli auricolari, ci indicano la direzione da seguire. Roman si assicura che io prosegua nonostante i tacchi alti, con molta galanteria.

Non sono mai stata trattata con tutto questo garbo.

«Vieni, ti presento delle persone», mi dice all'orecchio quando arriviamo al primo piano.

Non faccio in tempo ad ammirare le opere, che una donna magra e slanciata, sulla mezz'età, con un abito dal lungo strascico, ci guarda intensamente.

«Roman!», esclama, correndogli incontro.

«Ciao, Patricia», dice dandole un bacio sulla guancia, e lei gli si allaccia al collo, poi posa gli occhi su di me e mi squadra da capo a piedi. La disgusto, ma lo nasconde bene.

«E tu sei...», dice rivolgendosi a me.

«...Cassie, una mia ospite, e ho scoperto di recente che è anche una cara amica di Arya... Cassie, ti presento la mamma di Wellington, Patricia Parker», ci presenta Roman.

«Arya è così elegante e discreta», commenta Patricia sperticandosi in lodi. «Una ragazza davvero fuori dal comune, di un'eleganza e raffinatezza innate; il che è sorprendente, se penso da dove proviene». Detesto questa donna e la sua aria di superiorità.

Per mia fortuna, individuo Arya e Bea in mezzo alla folla, insieme a Wellington e Lucas. Arya è stupenda. Indossa un vestito blu di un tessuto finissimo che le lascia la schiena e le spalle scoperte. Anche Bea è altrettanto meravigliosa con un abito nero e guanti di velluto.

«Sai, ho invitato anche tua madre e tua sorella, stasera, ma non sono volute venire», continua la signora Parker.

«Grazie, Patricia, hai fatto davvero un bel gesto», dice lui, a disagio.

«Ma figurati». Si sfrega le mani e le sue iridi rimbalzano da me a Roman. «Volete qualcosa da bere? Vi porto un po' di spumante».

Sì, ti prego, vattene. Le mie preghiere vengono esaudite e, quando rimango da sola con Roman, tiro un sospiro di sollievo: ora posso rilassarmi un secondo.

«Non sentirti sotto pressione». Mi sorride. «Alla gente qui non importa chi sei o cosa fai, si metteranno in competizione con te per sentirsi migliori. Fagli capire di essere superiore».

Mi sfugge una risata isterica. «Più facile a dirsi che a farsi…».

«Noi dell'Upper East Side siamo degli ipocriti», commenta rubando dello champagne dal vassoio di un cameriere di passaggio. Mi porge un bicchiere e ci allontaniamo, senza aspettare il ritorno della signora Parker. «Ci inganniamo di continuo, spendiamo migliaia di dollari per stupidissimi capricci», continua lui.

Mi porto il calice alle labbra. «Vale anche per te?»

«Sì, vale anche per me. Sono un ipocrita, Cassie».

«Perché?».

Mi scruta impassibile. «Perché ti ho comprato un vestito solo per la fantasia di togliertelo».

Arrossisco violentemente.

«Ti ho messa a disagio?», chiede preoccupato.

Stranamente no, *anzi*. Bevo un altro goccio di champagne.

«Patricia Parker mi ha scambiata per una escort, vero?»

«Mi dispiace. Non dovevo dirle che sei mia ospite», replica, rammaricato.

«Onestamente, meglio escort che senzatetto come sono in realtà».

Lui ride, poi mi porge il braccio, che accetto.

«Cassie, andiamo dagli altri». Mi conduce verso le mie amiche e i suoi accompagnatori. Wellington e Arya si scambiano opinioni accese davanti a un quadro di Kandinsky.

«Io penso che siano i soldi a conferire realtà al mondo», dice Wellington.

Bea e Arya mi fanno l'occhiolino, appena mi avvicino.

«Sì, insomma, un mondo senza soldi che mondo sarebbe? Ehi, ciao, sagoma, ciao, Cassie!». Wellington fa il gesto di baciarmi la mano e io faccio un piccolo inchino.

«Di cosa diavolo stai parlando?», si intromette Roman.

«Amico, sei la persona che fa al caso nostro», dice Wellington. « Io e Lucas… Lo conosci Lucas, è un compagno di scuola delle ragazze…». Indica l'accompagnatore di Bea. «…stiamo parlando di quattrini, e tu sei un esperto in materia».

«Be'?», domanda Roman.

«Io, Lucas e Bea sosteniamo che i soldi siano il motore di tutto, ma la mia fidanzata qui presente non è molto d'accordo», prosegue Wellington.

Arya sorride, un po' tesa. «Dico solo che con il denaro puoi comprare solo certe cose, non tutto. E tu che ne pensi, Cas?»

«I-io?». Tutti mi guardano e io arrossisco. «Io dico che è meglio vivere alla grande, piuttosto che avere soldi in banca».

Wellington ci riflette. «Come mai metti le due cose in contrapposizione? Che vuoi dire?»

«Il tempo per vivere è reale, il denaro va e viene. È solo una convenzione umana», ribatto.

«Convenzione umana? Il tempo sarà anche reale, ma anche i soldi, cazzo!», interviene Bea. Il suo linguaggio colorito attira su di noi diverse occhiatacce.

«Giusto, Bea!», concorda Wellington.

«Il tempo è ancora più reale e puoi scegliere come impiegarlo», mi intestardisco.

«Piccola, Cassie», dice Bea. «Anche la facoltà di scegliere è una convenzione sociale. In realtà non siamo davvero liberi di scegliere. Ciò che ci piace, ciò che guardiamo, ciò che siamo, ciò che *pensiamo* di scegliere… tutto quanto è il prodotto della nostra società».

Lucas la fissa con venerazione. E io mi ritrovo a pensare che vorrei essere lei.

38

Ryan

Qui è vietato fumare, ma mi accendo comunque una sigaretta. Non resisto senza nicotina neanche per mezz'ora. Mi porto la mano a coppa e avvicino la sigaretta, già tra le mie labbra, alla fiamma dell'accendino.

«Che te ne pare, Ryan, di questo Duchamp?», dice una voce civettuola. La mia professoressa di progettazione multimediale indica *Ruota di bicicletta*. Ignoro l'opera d'arte e studio lei. Indossa una gonna inguinale, aderente e di un tessuto simile alla pelle. Se mi abbassassi ad allacciarmi le Adidas, vedrei le sue mutande. Da quando sono entrato al MoMA, non ho dubbi: sono sicuro che lei abbia voglia di farsi fottere da me, visto che mi parla in maniera seducente e allusiva. Ha almeno dieci anni in più di me ed è senz'altro carina, la situazione potrebbe essere eccitante, ma sono un suo studente: quest'ultimo dato di fatto mi inibisce parecchio.

«Duchamp non è lo stesso che una volta mise un orinatoio in un museo, facendolo passare per opera d'arte?», le chiedo.

«Sì. Un artista all'avanguardia», risponde lei, ammiccante. «Con Duchamp abbiamo finito. Vuoi fare un altro giro con me, Ryan?». Il suo sorriso mi dice chiaramente che tipo di giro vorrebbe fare.

Mi stringo nelle spalle e prendo una boccata di fumo: lei sembra ammaliata dalle mie labbra. Mi guardo intorno. Non c'è nessuno di interessante, qua dentro. I miei compagni di corso sono viziati e spregevoli. Non c'è niente di autentico in queste persone ed è un paradosso, dato che l'arte l'ho sempre reputata autentica. Non è l'ambiente giusto per me.

«Ryan». Mi sfiora il bicipite coperto dalla giacca dello smoking. «Queste cose, poi, te le chiederò all'esame».

«Mi farò trovare preparato su Duchamp il giorno dell'esame, professoressa, grazie per la sua premura».

Lascia il mio bicipite e si allontana, ferita dal mio rifiuto.

«Qui dentro non si può fumare, Ryan», mi riprende, abbandonando l'aria civettuola.

Scrollo la cenere della sigaretta vicino alle sue scarpe costose, lasciandola sbalordita. «Finisco questa e smetto», replico.

«Hai un grande talento, Ryan, non sprecarlo», dice, all'improvviso severa. Fino a pochi minuti prima, non mi sembrava così intransigente.

«L'unico talento che ho, professoressa Sanders, è quello di cacciarmi nei guai». Le sorrido con arroganza e poi con la coda dell'occhio noto qualcosa. Poco distante da me, c'è una ragazza voltata di tre quarti, lo sguardo puntato sulla *Notte stellata* di Van Gogh, uno dei miei quadri preferiti. Arya indossa un vestito blu che le fa risaltare le iridi cobalto. È attillato sui fianchi e finisce in una gonna lunga, di seta, che sfuma in un blu più intenso. È troppo lontana da me. Ma è una vita, che è troppo lontana da me.

La studio ancora, imbambolato. Sono incantato dalla sua schiena nuda, coperta dai lunghi capelli castani. Sembra vulnerabile, ma io so che lei è tutt'altro che debole. Lei è una leonessa: l'unica che riesce a tenermi testa. Per un attimo, tutto scompare: le luci, le voci, perfino i quadri. Per un attimo, il mondo smette di girare. Per un attimo, ci siamo solo io, Arya e la *Notte stellata* di Van Gogh.

Sin da piccolo, ho sempre creduto che ci fossero altri mondi, oltre a quello che i miei occhi potevano vedere. Immaginavo soglie incantate spalancarsi per me, abbagliate da luci penetranti, con la sola e unica promessa di salvarmi. Avevo bisogno di credere che ci fosse qualcosa in grado di salvarmi, anche se invisibile. Poi, qualcosa in grado di salvarmi è arrivato. Arya, la bambina che giocava ai videogiochi insieme a me. La bambina a cui prestavo il mio berretto, aggiustandole la visiera, perché lei voleva metterla sempre al contrario, come facevo io. La bambina con cui potevo scorrazzare con le biciclette e con cui potevo giocare a basket. La ragazzina che apprezzava i miei disegni più di chiunque altro al mondo, a cui ho regalato la mia bandana. La mia piccola Arya.

«Ryan, vado dagli altri studenti. Se hai bisogno di qualcosa sai dove trovarmi», dice la professoressa, e io neanche mi volto. Per me esiste solo Arya.

Vederla qui, in mezzo a queste persone, mi fa un effetto strano. Come se lei fosse l'unica nota di colore in mezzo al grigio. Ma che ci fa *lei* qui? Un ragazzo la raggiunge: è Wellington, il suo fidanzato. Ora si spiega tutto. Con un completo rosa mestruo indosso, Wellington le illustra ogni quadro appeso alla parete: è noioso e autocelebrativo, ma lei ride, e quella sua risata scomposta mi fa morire di invidia. Una volta, anch'io la facevo ridere così. E dentro di me si fa strada una tremenda consapevolezza. Arya Donovan non potrà mai essere mia. L'ho sempre saputo. Ce l'ho scritto nel DNA. Nonostante questo, fumare e guardarla mi rilassa: riesco a cogliere la sua bellezza in modo più spontaneo, posso fantasticare brevemente su di lei, giusto il tempo di una sigaretta. Mi soffermo sulla sua schiena nuda e sul fondoschiena a forma di cuore. Che cazzo. Spero che con la sigaretta si plachi anche il tumulto tra le mie gambe. D'un tratto, sussurra all'orecchio dell'idiota che le sta accanto. Lui le passa qualcosa in maniera furtiva e lei se lo porta alla bocca. Una mentina?

Poi mi vede e lei e il suo ragazzo si avvicinano a me. Butto la sigaretta a terra e la schiaccio con la suola della scarpa.

«Ah, ciao, Bryan», mi saluta lui con espressione da pesce lesso.

Ciao, damerino del cazzo.

«Ciao, Arya», la saluto, senza considerare lui.

«Ryan? Che ci fai qui?», mi domanda lei.

Che ci faccio io qui? Bella domanda. Sono appena diventato il terzo incomodo. Questa situazione mi sembra, di colpo, divertente, orribile e patetica insieme.

«Una visita con l'accademia», spiego pigramente e faccio un cenno alla professoressa, che ci sta guardando.

Arya guarda la professoressa Sanders. La mia cotta infantile e la professoressa che vuole fottermi si scambiano strane occhiatine.

«Sei uno studente della New York Academy of Art?», chiede Wellington sospettoso.

«Quando non sono occupato a intimidire la gente, mi diletto nel disegno», ribatto con espressione fintamente benevola.

«Oh», esala. Non ha colto la minaccia. «Che genere di disegni?»

«*Ritratti*», ribatto, fissando Arya come se potessi strapparle il vestito di dosso solo con il pensiero.

«Non vedo l'ora di vederli esposti qui dentro», dice lui, sempre pieno di sé. «La prossima volta dirò a mia madre di ritagliarti uno spazietto al piano inferiore», propone lui.

«Ah, e il motivo?», chiedo, scettico.

«Il segreto per il successo è avere i giusti agganci».

«Punti di vista, a me piace cavarmela da solo».

«Be', auguri, nel tuo caso non sarà facile. Scommetto che essere un delinquentello di quartiere non è il genere di cosa figa c carismatica da inserire in un curriculum».

Wellington avrebbe bisogno di un bel bagno d'umiltà e mi manda in estasi anche solo l'idea di annegarlo personalmente.

«Per i lavori che faccio non mi è mai servito un curriculum». Anche questa risposta va a vuoto, perché lui cinge Arya per la vita e cambia argomento: questa volta, l'interlocutore principale non sono più io. Mi annullo per un po', mentre Wellington continua a sproloquiare. Dice qualcosa a proposito di sua madre che si intende di nuovi talenti, racconta di quanto sia generosa, e Arya annuisce. Quando io e il suo fidanzato siamo a pochi metri di distanza, lei sembra perdere il dono della parola. Wellington è la persona più ottusa che io abbia mai conosciuto. Ma cosa ci trova Arya di interessante in uno così?

«Dimmi un po', Bryan, chi sono i protagonisti delle tue opere?», mi chiede, tornando a rivolgersi a me.

«Dammi retta», replico accendendomi un'altra sigaretta, «non vuoi saperlo».

«E perché no?». Ride come un deficiente.

«Nessuna idea?», lo incalzo, e lancio uno sguardo eloquente ad Arya. Non può più far finta di non capire e smette di ridere. Alla buon'ora. «Ti si è spezzato il cuore, Wellington?». Ammicco, di fronte alla sua faccia tetra.

«Qui dentro è vietato fumare, lo sapevi?», dice, cercando di sopraffarmi.

«È vietato anche parlare alla tua ragazza, senza includere te nel pacchetto?», lo sfido.

«La mia ragazza è libera di fare ciò che vuole».

«Ma tu sei ancora qui».

Mi guarda con una certa tracotanza. Sta cercando di capire se sto bluffando: crede che questa sia una partita di poker, ma la gente come me non bluffa, parla sempre sul serio, e anzi dovrebbe ritenersi fortunato che gli stia riservando un trattamento di favore e non gli abbia spaccato immediatamente la faccia. Avvicina le labbra all'orecchio della sua fidanzata, le dice qualcosa e lei annuisce.

«A dopo, Bryan. Goditi la mostra», si congeda Wellington, girando i tacchi.

39

Cassie

Ci siamo sparpagliati. Arya è andata verso Van Gogh, Roman sta aiutando Patricia a informare gli ospiti dell'asta di beneficenza che si terrà a breve, mentre Bea e Lucas sono nell'area riservata alla fotografia contemporanea. Io sto camminando lungo un corridoio e ammiro una serie di cornici. C'è un silenzio religioso. Le poche persone che sono nei paraggi sono mute come delle tombe. Poi sento dei passi raggiugermi, mi giro e mi paralizzo. Clayton cammina come se stesse fluttuando sopra una nube di perfezione, che lo rende inavvicinabile quanto spaventoso. In mano ha un bicchiere che contiene un liquido rosso sangue. Un nodo mi stringe la gola.

Clayton passa in rassegna con lo sguardo tutti i quadri, mentre sorseggia il suo drink, quasi come se non si fosse accorto di me. Rimango catturata dalla bellezza indisciplinata dei suoi tratti. È vestito completamente di nero e ha un aspetto raffinato ed elegante. Si mescola perfettamente alla gente dell'alta società. Non posso crederci: ma perché diavolo è qui? Questo non è il genere di posto in cui mi sarei mai aspettata di incontrarlo, e non può essere un caso. Si ferma a pochi passi da me e punta gli occhi sul dipinto che stavo osservando. Clayton ha un fascino ignoto e infestante. Tutte le donne qui presenti lo stanno ammirando.

«Il *Paradiso perduto*», dice dopo un po', senza guardarmi. Ho la pelle d'oca e non riesco a spiccicare parola. «Mmm, lo sai? Credo che Milton stesse dalla parte di Satana». Sta cercando di fare conversazione. Ma a quale scopo?

«Hai letto il poema?», chiedo, con voce strozzata.

Ne recita un verso a memoria. «"Non tutto è perduto, la volontà indomabile, il disegno della vendetta, l'odio immortale e il coraggio di non sottomettersi mai, di non cedere: che altro significa non essere sconfitti?"»

«Uno dei miei pezzi preferiti», dico.

Gli scappa un sorriso compiaciuto. «Satana è come un essere umano che ha sperimentato un ideale fallito. Si ribella a un Dio ipocrita, ingiusto e dispotico che lo caccia dal paradiso… La sua caduta in realtà è la costruzione di una nuova società più libera», ribatte Clayton. «E tu, Cenerentola, lo hai letto?»

«Sì», dico, orgogliosa di me stessa. «Mi piace il fatto che, rispetto ai suoi contemporanei, Milton annulli il divario che esiste tra Bene e Male. Persino Satana ha un ideale per cui combattere, un principio morale. Bene e Male sono una semplificazione: i comportamenti umani sono troppo complessi per etichettarli. A seconda di come viene raccontata una storia, tutti noi possiamo essere i buoni oppure i cattivi». Sto straparlando come mio solito, o quello che dico ha un senso? A giudicare dalla reazione di Clayton, direi che le mie parole lo hanno colpito.

«Sono d'accordo con te». Sorride e si avvicina a me, provocando uno spostamento d'aria che mi accarezza la pelle. I suoi occhi neri urlano come prigionieri in catene. «Con un'eccezione», sussurra, e la sua voce, ruvida e gelida, mi solletica l'orecchio. «Io sono cattivo. Nessuna semplificazione. Stai attenta». Qualcosa di indefinito mi vibra nell'anima. «Sai cosa mi piacerebbe vedere esposti qui dentro?», continua con un sorriso crudele.

«Che cosa?», domando incerta.

«I capolavori che ti sei scattata per me. Chissà che effetto farebbe la fotografia della tua fica aperta appesa su questo muro».

Sta superando il limite, come sempre.

«Non ti azzardare a…».

Posa il drink su un mobiletto. «Non preoccuparti. Nessuno vedrà mai quelle foto, tranne il sottoscritto… Ammesso che tu continui a comportarti bene».

«Però, hai appena detto che vorresti esporle a una mostra. Molto coerente, Clayton».

I suoi occhi neri bucano i miei.

«Non dirlo in quel modo».

«Cosa?», chiedo, confusa.

«Il mio nome».

«Non mi frega un cazzo di come ti chiami. Resti un incoerente», sibilo, accaldata.

«Perché sarei un incoerente?».

Le sue parole mi smuovono dentro qualcosa. Deglutisco, cercando di essere ragionevole con me stessa. *Non con lui, Cassie. Non per lui.*

«Sei un incoerente perché prima dici che terrai le mie foto per te…».

«Solo se ti comporti bene, Cassie», mi interrompe.

«…e il minuto dopo mi dici che vuoi esporle in un cazzo di museo!», proseguo, senza fiato.

«Sì, ho detto che mi piacerebbe esporle, ma solo dopo aver cacciato via tutti questi ricchi del cazzo. E a quel punto… rimarremmo solo io e te».

«Io e te insieme, Clayton, avremmo i minuti contati».

«Allora, ti conviene cominciare a contare…».

«Non…».

«Oh, sì. E tu adesso mi seguirai, e senza fiatare. Ho delle domande da farti, e purtroppo per te non sono uno che accetta un no come risposta». Abbassa gli occhi sui miei sandali con il tacco, i nastri che prima di uscire avevo legato in un fiocco si sono slacciati. «Ah… e poi, fammi un favore, Cenerentola. Allacciati la scarpetta. Potrei farlo io, ma non sono un gentiluomo: mi piacerebbe di più osservare come ti pieghi».

40

Ryan

Finalmente quell'idiota se ne è andato: allora non è poi così stupido. Sarò sincero, mi aspettavo sarebbe stato più difficile togliercelo dai piedi stasera. Lo guardo andare via con una certa soddisfazione.

«Che vestito di merda», mormoro, osservando il suo smoking rosa.

«Siamo in un paese libero», ribatte Arya con voce limpida. «Ognuno può vestirsi come vuole».

«Non ho problemi con il fatto che la gente si vesta come le pare», metto in chiaro. «Ma se io mi vestissi in quel modo mi sentirei un perfetto coglione».

Lei sospira, e giurerei di averla vista trattenere un sorriso. La tensione si allenta.

«Lo sapevi che Van Gogh dipinse la *Notte stellata* davanti a una finestra d'ospedale?», dico indicando il quadro che lei stava guardando qualche minuto fa.

«Non lo sapevo. Ma non prendere esempio da lui, per favore. Se devi finire in ospedale per diventare un artista, lascia perdere».

Rido e lei continua.

«Non mi hai risposto, in questi giorni», dice mascherando la delusione, ma io riesco a coglierla. «Volevo soltanto sapere come stava Tyler».

«È tornato a scuola», replico, secco.

«Lo so, l'ho visto. Mi hai ignorata. Hai ignorato tutti i messaggi che ti ho scritto. Ero in pensiero per Tyler, Ryan».

«Eri in pensiero per Tyler?», le chiedo, aggrottando la fronte. La voce mi esce più ruvida del previsto. L'altra notte, credevo fosse in pensiero per *me*. Non ho mai smesso di pensarci. Il suo profumo mi ha inondato per giorni, mi è rimasto addosso come un incantesimo di protezione, e sono sicuro che anche a lei sia rimasto addosso il *mio* profumo. Lei è così fragile, ora, che pare sul punto di spezzarsi.

«Perché sembra che tu lo voglia a tutti i costi?», domanda con voce timorosa, ridotta a un respiro. Mi sta per smascherare…

«Che cosa, voglio a tutti i costi?». Le poggio una mano sulla schiena nuda e scariche elettriche mi attraversano le dita.

«Farti odiare da me», dice.

Ah. Sento agitarsi l'ultimo brandello di anima, sporco e lacerato, che mi è rimasto. Lo sento ululare come sul fondo di un pozzo. Ci sono riuscito? Mi sono fatto odiare?

«Ti sbagli. Non è così», ribatto.

Un sentimento duro le graffia la gola, le sue emozioni così visibili si sono arse sulla lingua. Se le avesse lasciate uscire, avrebbe riso o pianto?

«Io credo di sì, invece. Anzi, non lo credo. Lo so».

La mia mano è ancora poggiata sulla sua schiena, ma è come se reggessi il vento.

«Tu non sai *niente*». Ogni conversazione tra noi suona così allusiva, mi chiedo come faccia lei a non rendersi conto di quello che provo.

Arya mi fissa schietta come solo lei è in grado di essere e, per un istante, temo che possa riconoscermi.

Sono anni, anni, che ti penso.

Involontariamente, mi avvicino all'incavo del suo collo, annuso il suo profumo: bagnoschiuma alle mandorle. Mi mancava sentirne la fragranza.

«Non so niente?», sibila.

«Se fossi più scaltra, Arya, mi vorresti lontano da te».

«E se non fossi affatto scaltra?», mi sfida.

41

Arya

Sento un calore nel petto: e non so se è paura o eccitazione. Il suo corpo è vicino, al punto che potrebbe attirarmi a sé in un attimo, ma a me sembra lontano anni luce. Indossa dei pantaloni neri, una giacca nera elegante, la più elegante che gli abbia mai visto addosso, e una camicia bianca con il colletto sbottonato. Niente cravatta: come al solito, fa sempre come gli pare. Ma sta maledettamente bene, se non fosse per l'aria distrutta.

«E se non fossi affatto scaltra?», chiedo.

«Ricordi? Sei tu che dici agli altri chi sei, e non il contrario. Nessuno può dirti chi sei, Arya, incluso io».

Il mio cuore fa una capriola. Questa frase è già uscita dalle sue labbra, in passato. Prima che cominciassi a far parte dei Dead Rabbits. Parlo a quei due mondi luminosi che sono i suoi occhi, sperando che non colga il tono indeciso nella mia voce.

«Prima stavi flirtando con la tua professoressa, vero?», domando, cambiando argomento.

Mi osserva con un po' di sovversione, mescolata a un guardingo riserbo. «Da quanto mi stavi guardando?».

"Da troppo tempo", vorrei dire. Invece non rispondo.

«Che c'è? Ti ho fatto una domanda scomoda?», lo incalzo.

«Non stavo flirtando con nessuna».

«Con la tua professoressa non ti ci vedo», affermo.

«Neanche io, ti ci vedo con Wellington, lo sai?», dice in un ghigno. La sua affermazione mi punge sul vivo.

«E perché? Cos'ho che non è abbastanza per lui?».

Il volto è scolpito dalle ombre della sala e, nonostante sfoggi un lieve sorriso, tutto il suo volto ha una fermezza che mi fa rabbrividire.

«Non sei tu a non essere abbastanza».

«Wellington non è abbastanza per me? Cosa vuoi dire?»

«Sai cos'è che non capisce uno come il tuo ragazzo?», sussurra Ryan con voce bassa, pigra e gutturale. «Sei come l'arte… e l'arte non va compresa razionalmente, ma interpretata».

Perché deve farmi questo? Perché le parole belle che escono dalle sue labbra fanno ancora più male di quelle cattive? Perché con lui è come mettere un piede in una fiaba e al contempo negli abissi? Se mi vuoi, dillo adesso, penso.

«Voglio sapere una cosa. Sono riuscito a farmi odiare da te, Arya?», chiede.

Indietreggio e mi sembra di piombare nella favola a cui lui sostiene che non apparteniamo.

«Vorresti farti odiare da me?»

«Sì», replica deciso.

42

Ryan

No. Non è quello che voglio.

Mi rendo conto che Arya decisamente non è più la bambina che conoscevo. *Quella* bambina avrebbe capito. Mi avrebbe smascherato, ma sono grato che non l'abbia fatto. Non potrei sopportarlo.

Mi accorgo che ho commesso un errore fatale: l'ho saputa perdere, ma non dimenticare. I ricordi che ho di noi mi perseguitano. Niente può impedire a quei frammenti di memoria di trovarmi: possono attraversare i muri, il cemento, infilarsi tra le sbarre di una prigione, posarsi sul cuore e non andarsene più via. Mai.

Ho l'impressione che lei sia sul punto di scoppiare. Non ce la faccio a vederla così. È troppo.

«Vuoi sapere la verità, Ryan?», chiede con un filo di voce. «Potrei mentire, potrei dirti che ti odio più di chiunque altro per avermi lasciata sola, per non avermi più rivolto la parola da un giorno all'altro, per essere stato capace di andare avanti. Potrei dirti che ti odio da morire perché adesso, per colpa tua, ho dovuto nascondere una pistola dentro il mio bar. Potrei dirti che ti odio tantissimo. Ma la verità, Ryan, è una soltanto: purtroppo, non ti odio quanto vorrei e non ci riuscirò mai».

Arya vuole uccidermi. Ha deciso di uccidermi. Altrimenti, per quale ragione lei dovrebbe pronunciare queste parole, o guardarmi in questo modo? Le sue guance sono diventate rosse, le sue labbra sono schiuse, i respiri sono spezzati e gli occhi sofferenti. Vorrei sfiorarle la guancia, raccogliere le lacrime che minacciano di scivolarle sul viso, ma mi trattengo.

Per qualche motivo, ora le mie labbra sono a pochi centimetri dalle sue e basterebbe pochissimo per scoprire che sapore hanno. Forse quello di un sogno irrealizzabile.

Se soltanto Arya me lo chiedesse, io rinuncerei a tutto: rinuncerei alla mia vita, alla mia famiglia, rinuncerei a quello che sono stato; e questa per me è una verità così atroce da risultare opprimente.

«Vuoi sapere davvero cosa penso di te?», le chiedo.

«Sì. Voglio che parli chiaramente», risponde con convinzione.

Cerca di comunicare sicurezza e risolutezza, questa volta. In cuor mio so che l'unico modo per farsi capire, in questi casi, è essere categorici.

«Va bene, ti accontento». Dopo averla desiderata così tanto, non sarebbe il colmo se alla fine lei si concedesse a me e allo stesso tempo mi detestasse? «Penso che tu abbia bisogno di essere scopata tanto, e *forte*», sussurro, inspirando il profumo inebriante dei suoi capelli. «Ma non da lui».

Arya si irrigidisce visibilmente. Non posso dare un cazzotto al muro: qui dentro mi arresterebbero. So che Arya vorrebbe andarsene, ma il mio corpo fa da scudo e lei non è una a cui piace fare scenate. Si sta trattenendo, forse perché vuole dimostrare al suo fidanzato di avere la situazione sotto controllo, ma se fossimo stati da soli mi avrebbe già tirato uno schiaffo. È questo dettaglio insospettabile di lei a farmi impazzire.

43

Cassie

Clayton mi ha portata in una stanza appartata, buia, su cui stanno proiettando delle opere di… Salvador Dalí? Siamo completamente soli, questa volta. Ho sbagliato a venire qui. Ma cosa vuole da me? Quali risposte pretende di ottenere? Passa davanti al proiettore e lo seguo. Le immagini ci scorrono addosso e siamo dentro un quadro.

«Quindi fai la escort, adesso?», mi chiede, fissandomi negli occhi.

«Era soltanto questo ciò che volevi chiedermi?», ribatto, piccata.

«Delusa?», mi sfida.

«Sorpresa», lo correggo.

«In realtà, è solo una curiosità personale. Visto come sei vestita, e visto che sei così devota a quel tizio tanto da accompagnarlo ovunque vada, pensavo che almeno ti pagasse». Il suo tono minaccioso sembra sempre avere un doppio senso nascosto, a prescindere da ciò che dice.

«Hai frainteso la situazione», chiarisco.

Clayton è uno da cui tenersi lontano, è qualcuno che odio con ogni particella del corpo, ma in fondo ne sono anche attratta perché è proibito. Da ciò che per gli altri è strano, inconsueto o perfino pericoloso io sono calamitata, e Clayton è esattamente questo.

«Non mi faccio pagare per farmi scopare da lui, mi offro gratuitamente», lo provoco. Ha degli occhi che sono piombo fuso.

«Non so se è meglio, o peggio», afferma.

«E perché pensi che la cosa ti riguardi?».

Inclina il capo. «Perché ho ancora le tue foto. Stai sempre attenta a come mi parli». La sua vicinanza mi procura un calore improvviso. All'esterno, però, non lascio intravedere nulla.

«Appunto, hai ancora le mie foto. Non mi pare ti dispiaccia conservarle», dico.

«Per farsi le seghe ci sono i porno. Molto più eccitanti delle foto di una che, senza offesa, non è niente di che», risponde lui in un ghigno.

Lo guardo, cercando di svelare i suoi misteri. C'è qualcosa di strano in Clayton. Qualcosa di difficile.

«Cosa vuoi?», chiedo con cautela. Studio il suo viso. *Lui vuole sempre qualcosa.*

«Devo chiederti una cosa, sarò veloce».
«Sbrigati», mugugno.
Aggrotta la fronte, sorpreso dal mio tentativo di ribellione, seppure fiacco. Stringo i pugni, in attesa, con il cuore martellante nel petto.
«Quella notte nel mio locale… mi hai detto che Bill the Killer era James Lombardo. Chi te lo ha detto?».
Kara Jones. La migliore amica di Judith Lancaster, ovvero la sorella di Roman. No, non posso dirlo a Clayton. Farebbe di sicuro qualcosa a Roman, o alla sua famiglia, e io non posso permetterlo.
«E perché mai dovrei aiutare uno come te…?», domando, fingendo un coraggio che non ho.
«Tu fai sempre troppe domande», mormora.
Non so come ci sia arrivata, ma la sua mano è sul mio fianco. La percepisco incandescente attraverso il mio vestito. I suoi occhi sono scuri, ma la sua espressione è rilassata, curiosa, in un certo senso sembra distratta da altri pensieri. I capelli gli sono ricaduti sulla fronte, ammorbidendo i suoi lineamenti spigolosi. È incredibilmente bello. Quando frequentava il liceo non ho mai veramente permesso a me stessa di notarlo. Ma in qualche modo, alle luci di questa sala proiezioni e dopo tre gin, me ne riesco a rendere conto. E percepisco il mio corpo bruciare.
«Dammi solo un motivo per rivelartelo», dico socchiudendo le palpebre.
«Non ho motivi da darti». La mano di Clayton su di me è come una morsa, e lui si accorge a malapena del mio tentativo di liberarmi.
«Perché ti ostini a dire che non hai un cuore?», domando, per distrarlo.
«Perché ingannarti che non sia così? Lo senti anche tu, nel profondo, il vuoto che sono», ribatte.
«Credi che io sia patetica, vero?».
Una risata gli gorgoglia in gola. «Un po' di decoro non ti ucciderebbe, in effetti».
Mi rendo conto che tra di noi c'è qualcosa di illecito. Un barlume di consapevolezza brilla nel catrame delle sue iridi. Clayton ha un'espressione che oscilla tra la pietà e l'odio.
«Come scopate tu e lui?», mi chiede, d'un tratto.
«In che senso?», chiedo, imbarazzata.
«Cosa ti fa?», insiste.
«Mi fa godere», replico con una sicurezza che non provo. «Gli basta sfiorarmi per farmi godere».
Aggrotta la fronte. «Addirittura».
«Sì».
«Piccola bugiarda». Ghigna di nuovo. «No, che non te lo scopi. Sei vergine. Soltanto una che non ha mai scopato parlerebbe in questo modo».

Non emetto un suono. Ho il palato secco.

«Non preoccuparti comunque. Prima o poi qualcuno ti scoperà», mi rassicura. «D'altronde… meglio tardi che mai».

«Dipende. Se il ragazzo in questione fosse uno come te, invece, *meglio mai che tardi*».

«Non correrai questo rischio, posso assicurartelo. Ora che so che sei una puritana del cazzo, nemmeno mi si alza più».

Odio l'effetto che mi fa. Lo odio così tanto che decido di muovere il primo passo e andarmene. Questo gioco non mi diverte più. Ma lui mi afferra il polso e mi ferma.

«Resta», suggerisce in tono leggero, ma si intuisce che è un ordine.

Tuttavia, preferisco prendere posizione stavolta e levare il disturbo. Giro i tacchi e lo lascio lì da solo.

44

Arya

Patricia ordina alla sicurezza di abbassare le luci, che diventano blu e violette. L'asta sta per iniziare. Ho la testa che mi gira, come se per tutto questo tempo fossi stata rinchiusa dentro una scatola di cartone, sballottolata da una parte all'altra.

Ryan è in un angolino a parlare con un uomo dalla barba incolta e bianca e il volto rugoso, ispessito. Quell'uomo ha un volto familiare, credo di averlo già visto da qualche parte, ma non ricordo dove. Onestamente, non mi importa. Sono troppo impegnata a rimuginare sulle ultime parole di Ryan. Non era questa la conversazione che avevo immaginato avremmo avuto dopo quell'abbraccio dolce a casa sua. Ma Ryan, a quanto pare, è tutt'altro che dolce e stasera mi ha mostrato la sua vera natura.

Wellington mi cinge la schiena con un braccio e mi stampa un bacio sulla guancia, mentre le luci si abbassano ancora di più.

«Sei pronta, piccola?», domanda.

«Non vedo l'ora», dico sorridendo.

Patricia sta dando ordini ad alcuni ragazzi che stanno spostando dei dipinti. Con il mento, Wellington indica nella direzione di Ryan, dietro di noi.

«La vera beneficenza dovremmo farla a quelli come lui».

45

Ryan

«E così», dice Alfred Lombardo, nonché l'uomo che mi sta accanto. «Stai realizzando il tuo sogno di diventare un artista?».

Non so come abbia fatto a entrare qui, e nemmeno ho intenzione di chiederglielo. Voglio solo chiudere questa conversazione il prima possibile, perché già non mi piace.

«Più o meno».

«E tuo fratello Tyler come sta?», chiede. «Si è ripreso da quel suo malaugurato incidente?».

Lo fisso con sguardo di sfida. È invecchiato dall'ultima volta che l'ho visto, ma sul suo viso è rimasta la leggendaria malignità che si è tramandata per generazioni nella sua famiglia. Rispetto agli altri, lui è diverso, lui è il capo. Proprio lui si è presentato a me, quando ero solo un ragazzino.

Alfred Lombardo è un uomo fermamente convinto di poter risolvere qualunque problema nella vita con maniere impeccabili. Lascia agli altri il lavoro sporco.

«Come sta dopo che i tuoi scagnozzi lo hanno massacrato di botte?», lo provoco. «Sta meglio. Grazie per esserti interessato».

Vedere qui un criminale del suo calibro stona. È come sollevare il coperchio di una pentola e trovarci dentro una vipera che stilla veleno, anziché uno stufato.

«Gli stavamo semplicemente ricordando che deve pagarci», mi spiega.

«Cosa vuoi?», taglio corto, con il volto inespressivo.

«Non trattarmi così, Ryan. Sono venuto fino a qui per farti un favore».

«Un favore? Di che tipo?», replico scettico.

«Ryan, sei molto audace. Ma non parlarmi così: io nutro un profondo rispetto nei tuoi confronti. In tutti questi anni, non mi hai mai dato problemi. A differenza di tuo fratello Killian».

Stringo i pugni, non mi concedo neanche di respirare. «Cosa vuoi da mio fratello?»

Ho uno dei tuoi uomini nel retro di un camioncino, Alfred. Non ti conviene fare lo stronzo.

«Porta da noi Killian, stasera prima dell'alba, e in cambio, io e mio fratello Victor ti concederemo una tregua, lasciando in pace il resto della tua famiglia e annullando il debito di Tyler. Io e mio fratello saremo all'Hotel Lombardo sulla 59ª strada. Niente armi, Ryan».

«Cosa volete fare?», mi informo, preoccupato.

Lui non risponde, indugia un po' su Arya.

«Bella ragazza che ti sei trovato, i miei più sinceri complimenti». La paura risale dal mio stomaco e rimane incastrata in gola. «Non vorresti mai che le capiti qualcosa di male, non è vero, Ryan?», aggiunge Alfred. Il cuore mi martella nel petto. «Se vuoi che tutto fili per il verso giusto, se vuoi che alla tua ragazza e alla tua famiglia non venga torto un capello, lasciaci Killian. È un problema per noi, quanto lo è per te. Lo giustizieremo. Sarà una cosa pulita. Non soffrirà, te lo prometto. Magari, avremo anche il tempo di farci una partita a biliardo insieme dopo, eh? Che ne dici? Hai la mia parola. Se non ti presenterai con Killian, però, non farò mai più un favore alla tua famiglia da ora in poi. È chiaro?».

In questo momento, capisco come non mai che Killian è un uomo morto.

«Sì, chiaro».

Alfred Lombardo mi stringe la mano. Esattamente come ormai quasi sei anni fa.

«In bocca al lupo per tutto».

Rimango a fissare un punto indefinito della stanza per minuti interi. Mi sta per scoppiare la testa. Devo uscire di qua. Mi manca il respiro. Scendo le scale, spintono la gente di proposito, le mie gambe si muovono da sole. Do un calcio alla porta ed esco in strada. Lì, mi crolla il mondo addosso. Killian. Porca puttana. Killian. Il chiasso della città, dei taxi, delle voci, della musica mi invade le orecchie, ma non lo sento. Alfred parlava sul serio, oppure è una sua stupida trappola per topi, con lo scopo di incastrarci tutti quanti? La morte di Killian basterebbe ai Lombardo per farli contenti? Ma davvero pensano che i Mackenzie volterebbero le spalle a un fratello così facilmente? Questo è certo: se Alfred crede che io lasci morire mio fratello in questo modo non ha capito un cazzo. Direi chè è giunto il momento di gocare la carta "James Lombardo". Se Victor vorrà rivedere suo figlio, i Lombardo dovranno lasciare in pace mio fratello.

46

Paxton

Il motore della macchina scoppietta un po' prima di partire. Sento le chiappe vibrare sul sedile e attorciglio le mani al volante.

Dai, piccola, puoi farcela, ripeto mentalmente alla mia Mercedes. Non sono pronto a questa prima esperienza di occultamento di cadavere, ma Clayton ci ha minacciati: se io e Killian non ci sbarazziamo in fretta di quel peso morto di James Lombardo, ci forerà la tempia a tutti e due.

Io, Killian e Tyler abbiamo passato il sabato sera sul divano a guardare la televisione e mangiare come degli indiavolati: i nachos al formaggio piccante sono sempre stati i nostri preferiti. Killian si stava divertendo un mondo a prendere in giro Tyler. Diceva che con un occhio così nero e gonfio, quasi chiuso, e con la sua aria da morto per essersi imbottito di antidolorifici, sembrava un mostro da film horror. Tyler è un po' permaloso e, anche se gli facevano male le costole, ha cominciato a prenderlo a cuscinate. Quando Clayton è tornato, la festa è finita. È calato il silenzio e perfino la signora Mackenzie, che stava lavando i piatti, ha chiuso il rubinetto in segno di apprensione. Clayton si è messo davanti al televisore, sbarrandoci completamente la visuale.

Guardava me e Killian a turno, con i suoi occhi neri e sinistri.

«Sapete che dovete fare», ci ha detto, poi si è girato verso Tyler: «E tu: vattene a letto».

Perciò, io e Killian stiamo per andare al Lion's a sistemare il casino del cadavere; un casino di cui io sono responsabile solo per non aver fermato il maggiore dei Mackenzie, che sembra nato per fare stupidaggini. Perché, detto tra noi, uccidere è stupido, oltre che illegale, immorale e via dicendo: se ti beccano, ti rinchiudono in cella e buttano pure la chiave, e io non voglio trascorrere i miei anni migliori in una prigione, grazie.

Finalmente, la macchina si mette in moto e accendo lo stereo. Parte Elvis Presley e comincio a canticchiare una delle mie canzoni preferite di sempre: *Don't Be Cruel*. Guardo Killian di sottecchi. È accasciato sul sedile con lo sguardo vuoto, batte ritmicamente la suola delle scarpe contro i tappetini, insofferente. I capelli lisci e biondi gli ricadono davanti agli occhi forsennati.

Canticchio qualche strofa, sovrappensiero.

«Vuoi stare un po' zitto?», domanda Killian con indolenza. «Mi stai fracassando le orecchie».

«Scusa, ho acceso la musica solo per... Volevo solo rompere il ghiaccio», farfuglio.

«E invece stai rompendo i coglioni».

Che tenero. Non voleva salire in auto con me, stanotte, ma suo fratello Clayton lo ha obbligato. Killian sa bene che Clay non è uno che scherza: se non sistemiamo questa faccenda del cadavere, anche Clayton potrebbe finire nei pasticci e a lui non piace che il suo destino sia nelle mani di qualcun altro. È un maniaco del controllo, e potrebbe distruggere il mondo se qualcosa non va secondo i suoi piani. Ma in fondo si preoccupa per noi. Quando Ryan è impegnato in altro, c'è Clayton a fare il paparino, anche se come capofamiglia è molto meno clemente. Esco dal parcheggio e controllo lo specchietto retrovisore.

Abbasso il finestrino e canto un altro pezzo di canzone a squarciagola. Siamo soli nella notte: io, Killian, che alza gli occhi al cielo ogni volta che lo guardo, e la mia Ford. Vorrei poter dire che sto per fare qualcosa di divertente con lui, anziché sotterrare un morto, ma nella vita bisogna accontentarsi.

Quando entriamo nel garage del Lion's, mi viene in mente una domanda essenziale da porgli.

«A proposito. Come ci si sbarazza di un cadavere? C'è una procedura da seguire, oppure...?». Mi interrompo, incerto. Se continua ad alzare gli occhi al cielo finiranno per rovesciarsi all'indietro.

Lui si arruffa i capelli ed emette un sospiro di bruta sopportazione. Scende dall'auto e sbatte la portiera. Il ragazzo è nervosetto, meglio mantenere un profilo basso. Lo seguo e mi guardo intorno circospetto. Mi pare di sentire dei rumori strani... Mi auguro che non ci siano spie della polizia nascoste nei paraggi. Killian apre il retro del camioncino dei gelati, afferra il cadavere di Bill the Killer, se lo mette in spalla e si dirige verso l'entrata del Lion's. Lo seguo, ed entriamo. Nonostante sia sabato sera, il locale è chiuso, per ovvie ragioni. Dentro c'è puzza di sigari e detergenti scadenti; i tavoli sono ingombri di calici di birra vuoti e le sedie sono a terra, disseminate sul pavimento. Killian è davanti a me, alto e ciondolante, potente come una divinità.

«Allora, come ci si sbarazza di un cadavere? Dobbiamo rimuovere gli organi? Perché, in quel caso, preferirei mettere i guanti!», dico senza ottenere risposta.

Killian si spinge fino al sopraggiungere di una lunga, tetra gradinata che conduce al piano inferiore, fino all'ingresso del seminterrato. Fa cadere il cadavere di Bill lungo le scale. Qualche tonfo e un secondo di silenzio. «Paxton, dai, vieni: scendiamo anche noi».

Faccio come dice e mi trascino nel suo locale, sperando di fare il minimo rumore con le scarpe, ma colpisco una bottiglia di vetro e la faccio sbattere contro un tavolino. Killian si volta verso di me furibondo. *Gesù*, ora mi ammazza.

«Che cazzo fai?», mi chiede.

«*Ops*», commento ridacchiando. E non posso fare a meno di studiarlo: le sue labbra sono rosa come dei petali; qualche giorno fa, quelle stesse labbra si sono posate sulle mie, pronte a divorarmi. È bastato solo un tocco per mandarmi completamente in estasi, per sentirmi scuotere fino all'ultima terminazione nervosa. Mi sembra passata una vita da quel momento.

«Guarda dove metti i piedi», sussurra con voce velenosa, il suo viso è a pochi centimetri dal mio.

«Perché? Hai paura che, per sbaglio, inciampi su di te?».

Inspira il mio odore e mi fissa disgustato. «Ci devi solo provare».

Il suo è un gioco, un gioco sadico e perverso, ma la cosa più folle di tutte è che io sarei disposto perfino a lasciarlo vincere pur di rivedere un lampo di desiderio per me nei suoi occhi. Ma, forse, mi faccio solo dei filmini mentali. Lui prova avversione per me, nient'altro, anche se mi piace sperare il contrario. Se possibile dopo il nostro bacio mostra ancora più disgusto nei miei confronti. Eppure, non riesco a fare a meno di pensare che quel giorno nel suo letto la sua eccitazione non l'ho immaginata. Questo è un dato di fatto, un dato concreto in una realtà di illusioni. Gli procuro reazioni inaspettate, a cui entrambi non riusciamo a dare una spiegazione. La sua vicinanza mi manda in estasi: Killian è il pericolo, Killian è la scelleratezza. E mi intriga da morire.

«Perché non vuoi ammetterlo?», sbotto.

«Che cosa?».

La voce mi si spezza. «Che ti piaccio».

«Scusa?». Le sue labbra sono la cosa più perfida dell'universo. «Piuttosto mi taglio il cazzo».

«Lo stesso cazzo che strusciavi su di me l'altro giorno?». *Ahi.* Forse ho esagerato.

Infatti, mi spinge contro il muro e incastra l'avambraccio di carne sulla mia gola.

«Non osare…».

«…dirlo ai tuoi fratelli?», lo interrompo.

«Mi sfidi?», ringhia.

«Cosa ci sarebbe di male?», replico, incredibilmente senza paura.

«Ripeti quello che hai detto».

«Ripeterlo? Perché dovrei? Cosa c'è, ti stai eccitando, Killian?».

Lui sgrana gli occhi. «Ti ficco una pistola su per il culo».

«Che ne sai? Magari questa non è una minaccia», deglutisco, ma mi costringo a continuare a parlare. «Anzi, dove devo mettere la firma?». Questa volta mi uccide.

«Sulla tua cazzo di lapide», sputa.

Come volevasi dimostrare. Però, mi lascia andare e mi massaggio il collo.

«Io direi che hai parlato abbastanza: passa ai fatti», lo provoco ancora.

Lui sogghigna con l'aria di un farabutto. «Ne ho già uno di cadavere a cui pensare, magari la prossima volta», dice rivolgendo un'occhiata a Bill sulle sue spalle. Mi sfiora il mento con un dito e io rabbrividisco. «Quando meno te lo aspetti», dice, serpentino.

Non vedo l'ora.

47

Arya

Wellington sta guidando come una lumaca. Anzi, lui guida talmente piano che se scendessi dalla sua Tesla per farmela tutta a piedi fino al mio bar farei prima.

«Non puoi andare più *veloce*?», chiedo, cercando di non essere scortese.

«Piccola», dice lui picchiettando le dita sul volante. «Sono praticamente al limite della velocità consentita… Hai fretta per caso?»

«No, no», chiarisco subito. «Solo che…».

Lui e Ryan sono agli opposti anche in queste piccole cose. A proposito di Ryan, non riesco a smettere di pensare a quelle parole. "Penso che tu abbia bisogno di essere scopata tanto e *forte*, ma non da lui". Faccio fatica a credere che siano sul serio uscite dalle sue labbra. Non è da lui parlarmi in questo modo. Tuttavia, anche se sono state parole crude, che mi hanno destabilizzata, in un certo senso mi hanno fatto anche provare qualcosa di nuovo. Ho visto Ryan, per la prima volta, sotto una luce nuova; una luce ambigua, che non sono sicura mi piaccia, ma che lo rende senza dubbio molto più oscuro e sensuale. Tuttavia, mi ha anche dato la conferma che il nostro rapporto non è più quello di un tempo; tra di noi non ci sono più la purezza e l'innocenza di quando eravamo bambini, e lui me l'ha dimostrato con quell'affermazione che per me è stata uno schiaffo in pieno viso.

«Solo che…?», mi chiede Wellington, curioso.

Cosa stavo dicendo? Mi sono dimenticata…

«Nulla. La mostra, comunque, è stata veramente sensazionale. Dovremmo rifarlo più spesso».

«Tutto quello che vuoi, piccola», conclude.

Sorrido e arrossisco. Ecco perché mi piace stare con lui. Abbasso gli occhi sul mio polso, e il braccialetto d'oro è lì che risplende nell'abitacolo.

«Mia madre dice che sei perfetta», dice Wellington con un sorriso, poi si volta per rubarmi un bacio a stampo, gesto che assecondo, ma che dura un attimo perché poi torna a guardare la strada.

«Ah, sì? E per cosa?», domando, civettuola.

«Non lo so, ma credo…». Scrolla le spalle e fa una pausa. «Credo… per me», conclude con un sorriso.

48

Ryan

Sono accovacciato sulla strada, non sento più rumori. Ho le mani a terra e le ginocchia contro l'asfalto. Respiro forte. Mi sento distante da tutto ciò che mi circonda. Rabbia, dolore, qualsiasi insulsa emozione è scomparsa: ora percepisco solo il ritmo dei miei respiri farsi sempre più intenso. Sento qualche piccola goccia di pioggia bagnarmi la giacca, mentre ripenso alle parole di Alfred, che ora mi rimbombano nelle orecchie e fanno male come se uno sciame impazzito di insetti mi stesse attaccando.

Mio fratello è il prezzo da pagare per la libertà, per porre fine a questa guerra.

Mio fratello Killian in cambio della pace.

I Lombardo vogliono Killian morto perché sanno che è lui quello disobbediente, sregolato, anarchico, una mina vagante: ha sempre rappresentato una minaccia per loro, ha sempre fatto di testa sua. Non ha mai seguito alcuna regola, ha sempre messo a repentaglio tutti i piani con le sue azioni insensate. Non come me, che invece sono sempre stato la loro pedina preferita, quello che credono di poter manipolare, quello a cui possono assegnare un compito perché sanno che lo porterò a termine. Ho sempre fatto tutto ciò che mi chiedevano, è vero, ma con il solo scopo di proteggere la mia famiglia: per salvare loro, ho rovinato me stesso. Ma questa volta, si sono spinti troppo oltre, stanno pretendendo troppo: non sacrificherei mai la vita di un fratello, specialmente quella di Killian. Da bambino, Killian non parlava. Mio padre si incazzava con lui perché non spiccicava parola e con mia madre perché credeva che la colpa fosse sua: la guardava come se pensasse che in grembo avesse accudito delle serpi, anziché i suoi figli.

Più nostro padre lo maltrattava così, più lui ammutoliva, come per ripicca, e si chiudeva in sé stesso. Killian ha sempre avuto un rapporto migliore e più intenso con gli oggetti che con le persone: le cose materiali non danno problemi, non angosciano, non ti fanno venire l'ansia. Gli oggetti accettano senza criticare, non ti puniscono, non deludono, non ti pugnalano alle spalle. Gli oggetti rimangono dove li lasci: non spariscono, a meno che qualcuno non te li rubi. Ma, in quel caso, te li vai a riprendere. In generale, devo ammettere che non ho conosciuto nessun essere umano più fragile di mio fratello Killian. È orgoglioso, non accetterebbe mai l'aiuto degli altri; vorrebbe far vedere che non ha bisogno di nessuno e invece, dal mio punto di vista, è quello che ha più bisogno d'amore di tutti. Ho sempre cercato di prendermi cura di lui con i piccoli gesti, perché erano proprio le piccole attenzioni che lo facevano sentire rassicurato, come comprargli il cioccolato al latte che tanto ama e farglielo trovare nella dispensa. Un tempo, quando aveva bisogno di sfogarsi, ero la prima persona da cui andava, ma oggi la situazione è cambiata. Non siamo più quelli di una volta, anche se questo non significa che ci vogliamo meno bene o che non faremmo di tutto per guardarci le spalle a vicenda. Mi rialzo da terra, tremante e prostrato. Sono disposto a tutto per proteggere la mia famiglia, perfino bruciare nelle fiamme dell'inferno per il resto dell'eternità.

Mi giro verso il Museum of Modern Art e mi rendo conto che la vita d'accademia d'arte non fa per me. Ispeziono l'ingresso e in mezzo alla luce accecante intravedo una sagoma più oscura. Clayton sta fumando e mi guarda intensamente; ha la giacca un po' sbottonata sul petto e gli zigomi rossi e sembra sudato. Ma perché è qui?

Ci scambiamo una lunga occhiata, poi me ne vado. Me ne vado dalla persona più importante della mia vita, per dire addio al vecchio Ryan come si deve, sperando che lei mi accolga per l'ultima volta.

Cammino sul marciapiede, sotto la pioggia che sta diventando sempre più fitta. I Lombardo aspetteranno Killian nell'hotel sulla 59ª strada, prima dell'alba. Ho ancora qualche ora a disposizione, ma non cambierò idea, farò ciò che deve essere fatto.

Tuttavia, quando la terra frana sotto i miei piedi, quando l'intero mondo sta per precipitare… c'è solo un posto in cui posso sopravvivere senza sprofondare completamente.

49

Arya

Quando torno al bar, la prima cosa che faccio è mettermi la divisa da lavoro e riporre nell'armadio il vestito blu che ho indossato questa sera. È notte, ormai, ma il bancone del bar è sporco: ciò significa che mio padre ha di nuovo la testa per aria. Poco male, me ne occuperò io: non mi pesa, anzi forse rimanere sveglia ancora un altro po' mi consentirà di mettere a posto vari tasselli di questa serata che nella mia mente sono ancora sparpagliati senza alcun rigore o logica.

Apro il rubinetto, prendo la spugnetta rinsecchita, la inzuppo di sapone per i piatti e comincio a strofinare le stoviglie: bicchieri, forchette, coltelli, piatti… Li insapono a uno a uno, concentrata. Mi fermo, quando sento un rumore. Guardo verso la porta. Una sagoma scura, oltre le tende a rullo, è immobile sotto la pioggia.

Ryan?

Corro ad aprirgli, lasciando sottosopra il lavello. Lo raggiungo, con il cuore che batte all'impazzata. *Ma perché è qui? Cosa ci fa qui, a quest'ora della notte?*

Comincio a fare ipotesi spaventose e improbabili sul motivo per cui si trova qui, proprio da me. Spalanco la porta e cerco di mettere a fuoco il suo viso.

«Entra», gli dico d'impulso. «Ti raffreddi qui fuori».

Lui mi dà retta. Alla luce artificiale del locale, inizio a studiare le sue espressioni. Sembra turbato. Anzi, no, non è turbamento quello che si vede sul suo volto, è qualcosa di molto più sconvolgente. Non l'ho mai visto così. Ryan trema convulsamente. Il suo volto esangue è privo di espressione, sembra che abbia la febbre. Mi sto spaventando.

«Ehi, ehi, Ryan». D'istinto gli accarezzo il viso, il collo, la nuca, gli tengo la testa come se stesse per svenire. Scotta, è bollente. Inoltre, ha gli occhi umidi, come se stesse trattenendo il pianto. Mi sento morire dentro, le ginocchia mi cedono per il dispiacere, ma mi sforzo di non crollare, almeno io. «Dimmi che è successo, Ryan, per favore».

Le sue dita mi accarezzano il braccio. Mi aggrappo alla sua nuca, mentre le sue dita scorrono sulla mia pelle in piccoli cerchi, e mi fanno contorcere lo stomaco. No, decisamente non sta bene se mi tocca in questo modo. Provo un fremito diffuso sulla schiena, un'onda lieve come un soffio ogni volta che mi sfiora…

«Sono qui, ehi», mormoro. «Va tutto bene».

Ryan ha le guance rosse e le goccioline di pioggia gli scendono sul viso. Respira affannato, ma non sembra riuscire affatto a calmarsi. Sta per avere un attacco di panico?

«Va tutto bene», sussurro ancora, anche se mi si sta annodando lo stomaco nel vederlo patire in questo modo. Non riesco a sopportare che soffra così, vorrei potergli risparmiare tutto questo dolore, prendendolo al posto suo per alleggerirlo del peso che ogni volta sorregge da solo. Se potessi, lo farei, ma lui non me lo permette. Non so cos'ha, non so cosa stia succedendo.

Io ti vedo, sono qui, vedo che stai soffrendo, ti prego, parlami.

«Lasciati aiutare, raccontami cosa c'è che non va», lo supplico.

La realtà freme intorno a noi, ma niente mi sembra più reale del tocco delle sue dita sul mio braccio. Continua ad accarezzarmi come se fossi la cosa più preziosa e rara che gli sia stato concesso di sfiorare, e questo suo atteggiamento non fa che aumentare le mie preoccupazioni.

«Ti prego, parla con me, Ryan». Affondo piano le mie dita nel suo collo e lui porta la sua fronte contro la mia, con un gesto disperato.

Calmati, ti scongiuro, penso, e poi mi rendo conto che a stargli così vicino anche il mio cuore si dovrebbe calmare, e dovrei smetterla ogni santa volta di struggermi per lui.

«Perché sei qui?», chiedo in un sussurro, mentre siamo ancora fronte contro fronte. «Potevi andare ovunque, e invece sei qui…».

Nonostante abbia imparato a mie spese che da lui non posso pretendere alcuna risposta, continuo a ripetere gli stessi errori. Il soffio del suo respiro, infiammato dalla sofferenza, si interrompe.

«Questo è l'unico…», dice con la voce arrugginita che conosco così bene.

«Cosa?»

«L'unico posto in cui avevo bisogno di tornare…».

«I-il mio bar?», chiedo confusa e agitata.

I suoi occhi verdi si accendono e mi implorano di leggerli. *Io ti vedo, Ryan, sono qui.*

«No, Arya», replica severo. «*Da te*».

Gli sono stata accanto quasi una vita intera e non ho mai colto l'atrocità della sua bellezza come in questo istante. Emette un respiro che quasi gli raschia la gola e la mia mano finisce sulla sua camicia bagnata, sul suo petto che si alza e abbassa affannoso.

«Da me?», ripeto.

«Sì», dice duramente, sempre con la fronte contro la mia.

Rimango attonita per la sorpresa. Parla in questo modo perché è fuori di sé, non ci sono altre spiegazioni. Non ragiona più... Ryan, da lucido, non direbbe mai una cosa del genere. Non ha alcun senso. Come potrebbe aver bisogno di tornare da me, quando, in questi ultimi anni, non ha fatto altro che allontanarmi?

«Ryan. Voglio sapere cosa sta succedendo», ordino mostrandomi intransigente. Solo se so cosa sta succedendo posso rimediare e aiutarlo.

Indurisce la mascella e nei suoi occhi brilla il preludio di una catastrofe. «Hanno minacciato Killian», spiega con voce lontana, come se lui fosse da un'altra parte.

Il mio cuore perde un battito. Nel suo sguardo confuso e stravolto intravedo la mostruosità e la devastazione che si celano in quelle parole. Mi basta uno sguardo, un unico sguardo per capire... Mi porto una mano davanti alla bocca.

«Oh, mio Dio».

«Cosa c'è?», mi chiede.

«*Tu*... stai andando a...». Non riesco a terminare la frase. Mi sento una che si sta schiantando sul ghiaccio.

«...sistemare le cose». Il suo sguardo è fermo. «Come sempre», aggiunge.

«Certo, come sempre», ripeto, tra lo sconvolto e l'infuriato. «Quindi, vogliono uccidere Killian?». La domanda esce come un sibilo soffocato.

Vogliono uccidere Killian. Prima o poi, sarebbe successo. Per quanto io mi sforzi, riesco a provare pochissimo dispiacere per suo fratello. In un certo senso, sarebbe meglio se Killian morisse, anche se mi sento una stronza anche solo a pensarlo. Scaccio il pensiero, dettato da un momento di egoismo e disumanità.

«Sì. Lo capisci che non posso permetterlo?», chiede Ryan, cercando in me una complice che non potrà trovare.

No, non lo capisco. Vorrei poterlo capire, ma purtroppo non posso accettare che Ryan si sacrifichi sempre per la sua famiglia. Vorrei vedere Ryan libero, felice. Vorrei vederlo per conto suo, senza la zavorra dei suoi fratelli che gli rendono la vita un inferno, che lo rendono l'uomo che oggi mi respinge, che non si lascia aiutare, che si chiude in sé stesso.

«Ora che sai cos'è successo... vuoi cacciarmi via?», chiede affannato, con un velo di oscurità che gli ottenebra lo sguardo.

Cacciarlo via? In tutti questi anni l'ho aspettato, costringendomi a vivere in una notte immobile, immutabile, che inghiottisce ogni cosa. Sono stata travolta dalla realtà, incapace di lottare, ma non lo caccerei mai via.

Addolcisco la voce, e mi distanzio da lui, creando un vuoto tra di noi.

«Senti, ti va di sdraiarti un momento? Puoi andare di sopra in camera mia… Ti preparo qualcosa da mangiare, nel frattempo che ti riposi e poi…». La mia voce si spegne. Ho bisogno di distrarmi, di fare qualsiasi altra cosa che non sia guardarlo. Mi volto, e vado verso il bancone, prendendo una boccata d'aria. Poi arrossisco lievemente. Gli ho appena proposto di salire in camera mia con enorme disinvoltura. Mi sa che sono davvero molto scombussolata per parlare così.

Sento i suoi occhi perforarmi la schiena, poi, subito dopo, sento anche la sua presenza alle mie spalle. Le sue dita afferrano i lacci del mio grembiule e avverto una scossa all'altezza del basso ventre. Divento una statuetta di cera, che si sta per sciogliere al solo suono della sua voce, bassa e lenta.

«Non voglio che tu mi chieda di restare solo perché hai paura che, altrimenti, andrò ad ammazzarmi. Lo capisci che è un po' un atto di carità? E comunque…». Percepisco le sue dita accarezzarmi la schiena attraverso la stoffa. «…non andrò ad ammazzarmi. Non ho intenzione di darla vinta ai Lombardo, non ho intenzione di darla vinta a nessuno che voglia giustiziare i miei fratelli. Puoi fidarti».

"Puoi fidarti". Di te, Ryan? Perché dovrei fidarmi?

Mi volto verso di lui e la sua mano continua a scorrere lungo il mio fianco, proprio come qualche ora fa alla mostra. Per un attimo, mi sembra di rivivere la magia di poco fa e rivedere i suoi occhi verdi che splendevano di fronte ai quadri di Van Gogh, ma l'abbaglio svanisce presto, perché adesso ci troviamo in tutt'altra situazione.

Vorrei tanto fidarmi di lui, abbandonarmi a lui, ma non posso approvare le sue scelte…

«Hai sbagliato a venire qui», dico categorica.

Mi guarda pensoso e mi prende una ciocca di capelli che si rigira tra le dita. Ha ancora uno sguardo prosciugato e stanco.

«Perché?», chiede.

Deglutisco a fatica. Ho la sensazione che questa sia l'ultima occasione che avrò per parlargli con sincerità.

«Perché non ti lascerò andare via».

Ora, la sua faccia è distesa, quasi dolce. «Potresti sempre provare a farmi cambiare idea», sussurra, e tenta di sorridere, ma i suoi occhi sono spenti. Entrambi sappiamo perfettamente che lui una decisione l'ha già presa.

Scuote il capo. In quel momento, nella testa mi rimbombano ancora le parole che ha pronunciato alla mostra: "Penso che tu abbia bisogno di essere scopata tanto e *forte*, ma non da lui".

All'inizio, questa sua affermazione mi ha fatto imbestialire, ma poi ha continuato a vorticarmi nella mente e ha instillato in me una strana sensazione. Non è più rabbia o affetto, come ho sempre pensato, ma qualcosa di più… E mi rendo conto di aver mentito a me stessa troppo a lungo. Non considero Ryan un amico o un fratello, lo desidero con tutta me stessa.

In quell'istante, le sue dita si intrecciano dietro la mia schiena e io mi sporgo verso di lui, decisa a persuaderlo a rimanere con tutte le mie forze, perdendo ogni briciolo di logica che possiedo.

«A quante cose sei ancora disposto a rinunciare per Killian?», gli domando, travolta da un sentimento nuovo, che non potrò dimenticare mai. «*A quante*?», insisto.

Non dice niente, rimane a guardarmi con quei suoi occhi di diamante inscalfibili e intensi. Poi, si toglie la giacca e la ripiega sul bancone. Mi prende in braccio. Mi solleva come quando ero piccola e mi sbucciavo un ginocchio. Mi sento così minuta al suo cospetto. La stoffa della sua camicia è zuppa di pioggia, tuttavia riesco a percepire il calore del suo petto: la sua pelle è bollente, il suo abbraccio è rovente. Mi sento protetta. Non mi sentivo protetta in questo modo da troppi anni. Vorrei che questo momento potesse durare per sempre.

Ryan si siede al suo solito posto; io rimango seduta sulle sue gambe e accoccolata al suo petto, incapace di guardarlo, in una posizione un po' scomoda ma anche molto intima. Qualcosa di incantevole mi esplode dentro come fuochi d'artificio. Se alzassi lo sguardo sul suo volto, non so cosa potrebbe succedere. Il cuore mi batte così veloce ed è così leggero che potrebbe volare via. Fisso i bottoni della sua camicia e provo a fare un discorso coerente.

«Sei già finito in prigione al posto di tuo fratello, cos'altro devi fare ancora per dimostrargli che gli vuoi bene? Per favore, non…».

«Killian è mio fratello», dice, e sento la sua voce vibrare intensa attraverso il torace. «Se gli venisse fatto ancora del male…». Emette un ringhio di sofferenza come una bestia selvatica.

Appoggio l'orecchio contro il suo petto, alla ricerca dei battiti del suo cuore.

Lui rimane in silenzio

«Se venisse fatto del male a te, invece, non potrei sopportarlo», proseguo. Ed è la pura verità: non voglio seppellire il cadavere di Ryan, non voglio vedere la sua famiglia distrutta per colpa di un pazzo senza cervello qual è Killian. Sono una brutta persona a pensarlo? Un po' mi ci sento, ma quando si tratta di Ryan…

«Non mi succederà niente», mi tranquillizza, ma la mano sulla sua coscia si chiude in un pugno.

«Non sembri così sicuro», borbotto sul suo petto.

«Lo sono», ribatte.

«No. Non è vero. Valla a raccontare a qualcun altro questa stronzata».

Le sue labbra sono vicine ai miei capelli, ne sento il soffio caldo. Rabbrividisco, quando mi parla con una voce morbida come il burro. «So che quello che sto per dirti ti deluderà, ma... io sono questo, Arya, e non so essere nient'altro. *Mi dispiace*».

Mi pizzicano gli occhi e mi rannicchio ancora di più contro di lui. Le mie dita incontrano la sua mano ferita. Gli sfiorano il palmo e sento che trattiene il respiro. Non avrei mai osato farlo, in altri contesti, ma questa volta è diverso. Gli prendo il palmo e bacio le sue dita. Sussulto al contatto delle mie labbra con la sua pelle calda. Lui mi circonda la testa con l'altra mano, premendola leggermente contro il suo petto. E io mi sento davvero a casa.

50

Ryan

Il mio respiro, ridotto a un rantolo, accelera d'improvviso quando lei mi bacia le dita. Non so cosa la spinga a compiere quest'ultimo gesto... Forse, i sensi di colpa?

Vorrei poter dire che me lo sono meritato questo momento con lei, ma non è così. I suoi baci delicati sono una piacevole tortura. Le sue labbra sulla mia carne sono dolci e strazianti. Anche se questo potrebbe essere l'ultimo granello di felicità che mi concedo in quest'esistenza del cazzo, sono certo che non ne sono degno. Al posto del cuore ho un macigno che solo grazie a lei si sgretola un po'.

Eppure, non riesco a togliermi Killian dalla testa. Vorrei scacciare via le sensazioni passate, i ricordi che mi scorticano la pelle. Vorrei abbandonarmi a tutto questo, vorrei abbandonarmi ad Arya, vorrei lasciarmi invadere dal sentimento che provo per lei, senza più pensare a Killian. Ma ho un tremore dentro che mi spaventa, che mi piega le ossa, che mi sbriciola l'anima, e ho paura che di me non rimarrà più niente, dopo stasera.

Se non fossi così meschino ed egoista, ti consiglierei di scappare da me, Arya, e invece sono stronzo: vorrei che tu mi corressi incontro, perché troverai sempre le mie braccia spalancate per te, mi troverai sempre lì pronto ad aspettarti.

E so di essere contraddittorio nei miei desideri: voglio Arya e non la voglio, e mi sento come in un limbo. Non faccio altro che ripensare alle sue labbra brucianti vicine alle mie e penso che, se solo potessi seguire l'istinto, e la baciassi, lei si farebbe baciare da me. Da quello che sono ora, e non più dall'amico d'infanzia a cui lei voleva così tanto bene. Da me. Da questo stronzo che sono diventato.

Questo pensiero mi annienta, mi stordisce, e mi godo il tocco delle sue labbra soffici e tiepide sulla mia mano. Volto la testa verso la finestra. La luce opalescente della luna è in transito oltre le tenebre. Il tempo scorre, anche se vorrei fermarlo.

Dopo stanotte non sarò più lo stesso, non sarò più il bambino che ha regalato la sua bandana ad Arya: diventerò qualcun altro, qualcun altro che non potrà mai starle vicino, diventerò un assassino. Mi sento indegno di poterla toccare in questo momento, di esistere dove esiste lei. Mi sento indegno delle preoccupazioni che in questo momento mi riserva.

Guardo i palazzoni tozzi emergere nel buio. Se non fosse la casa delle persone che amo, questo quartiere sarebbe un posto di merda.

Durante la mostra, mi hai detto che ho fatto di tutto per farmi odiare da te, Arya. Be'… sai che ti dico? Non potrai mai odiarmi più di quanto io odi me stesso. Mi odio perfino per non essere stato capace di affrontare questo momento da solo, mi odio perché ho avuto bisogno di venire da te. Mi odio perché non riesco a tenerti lontana come dovrei.

Ho sempre pensato che l'amore che provo per Arya avrei potuto dimostrarglielo solo standole lontano… Anzi, *soprattutto* standole lontano, come una stella incastrata nella notte, che non si spegne mai, che rimane lì fissa e splendente come una sentinella.

La realtà dei fatti, però, è che io appartengo ad Arya, anche se lei non appartiene a me, e dovrei smetterla di inseguire qualcosa che non mi appartiene. Eppure, la sento nella profondità della carne. Quando tutto esplode, quando il mio mondo crolla, io vado da lei, io penso a lei, io torno da lei.

C'è chi non mi capisce nemmeno se urlo, e poi c'è lei che mi capisce anche se non parlo e nei suoi baci sembrano esserci tutte le parole del mondo.

In un lampo di assoluta lucidità, mi rendo conto che vorrei non dover essere costretto dagli eventi a cambiare. Vorrei davvero conservare quel briciolo di purezza rimasta dentro di me. Ma non posso.

Spero solo che tu, a differenza mia, resterai te stessa, Arya. Resta te stessa, resta ribelle. Per me. Sempre. Non hai mai smesso di mancarmi, e io non ho mai smesso di pensarti, ma dopo stasera sarà diverso, sarà tutto diverso. Uscirò da quella porta. Uscirò da qui e sarò un altro. Qualcuno che non vorresti mai incontrare, Arya. Che non ti potrà stare accanto mai.

La guardo. Indifesa e arresa tra le mie braccia. Il suo corpo sulle mie gambe è una tentazione irresistibile. E, infatti, non so se resisto.

51

Arya

Lascio andare la sua mano e torno con la testa contro il suo petto.
«Cosa hai fatto a tuo fratello? Cosa vi siete fatti a vicenda?». C'è qualcosa che non so ed è questa sensazione a farmi stare male.
Finalmente, alzo lo sguardo e incontro il suo. Vorrei non averlo fatto, perché adesso ho la certezza che varcherà di nuovo la soglia del mio bar e se ne andrà, proprio come è arrivato. Gliela leggo in faccia la determinazione da leone.
Mi afferra la coscia con una forte presa, quasi violenta. Mi tira verso l'alto, facendo finire il mio fondoschiena sul suo inguine. Avverto scariche di piacere soffuse e inaspettate, e dalle mie labbra escono piccoli gemiti incontrollati.
Ryan si blocca ansante, sembra accorgersi soltanto ora di ciò che ha fatto. A me non dispiace affatto, tanto che un piacere intenso si fa strada tra le mie cosce. Lo guardo dritto in faccia. Conosco i suoi occhi da una vita, eppure non ho mai capito quanto potere abbiano. Un potere estremo. Il problema è che, forse, non è vero il contrario. Non ho il potere di fare rimanere Ryan qui al sicuro con me, lo so. La sua mano sulla mia coscia mi afferra sotto il gluteo.
«Ryan… per favore», ansimo, e non so bene cosa gli sto chiedendo.
Lui mi studia, come se volesse incidersi nell'anima ogni singola sfumatura di quest'istante. Ogni singola sfumatura di me. Vorrei che lui si prendesse tutto, tutto ciò che posso dargli. Sui divanetti del mio bar. Nel buio. Stanotte.
«Che vuoi, Arya?», mormora. Le sue dita incontrano il mio collo, proprio dove è inciso un leone d'inchiostro. Accarezza il suo simbolo sulla mia pelle e nemmeno lo sa.
«Resta con me», lo imploro. In passato questa frase ha già funzionato con lui, no?
Stavolta, però, mi accarezza la guancia con un gesto disperato.
«Non so restare questa volta», dice. «Non riesco ad abbandonare mio fratello, non ne sono capace».

Le lacrime mi appannano la vista. «Non importa. Resta comunque».

«Credimi. Vorrei che potesse andare diversamente», replica lui, inflessibile.

Ti ho odiato, Ryan. Ho odiato per anni le sensazioni che mi provochi. Solo tu riesci a farmi sentire piccola, inadeguata e fragile. Sola.

«Resta con me», ripeto. La mia voce si spezza in singhiozzi e le lacrime mi bagnano le guance.

Resta con me. Questa volta, ti prego, resta con me.

Mi guarda in un modo doloroso… Emozioni infinite bruciano nel suo sguardo e io le rincorro a una a una fino a imprimerle nella memoria, perché so che dopo questa sera io e lui saremo perduti.

«Arya, smettila di piangere», ordina.

Mando giù un nodo dolorosissimo di lacrime.

«Smettila di piangere, per favore», ribadisce lui.

«Non ci riesco», dico.

La punta del suo naso mi sfiora il collo e il mio battito impazzisce.

«Non puoi fermarmi, questa volta, Arya. *Scusa*».

Mi arrendo. Il motivo per cui vuole andarsene è molto più forte del motivo per cui potrebbe rimanere e, tutto sommato, è meglio se mi rassegno presto all'idea. Non potrei mai chiedergli di lasciare che suo fratello muoia. Ha fatto la sua scelta, e la sua scelta non sono io. Ma allora perché continua a fare così male?

52

Cassie

Dalla mia finestra si intravede la luna piena, una palla immensa e luminosa in una notte di velluto. La stanza degli ospiti della casa di Roman si affaccia su un giardino di siepi e di rovi, che non è mai stato più buio.

Mi strucco, poi mi infilo un vecchio pigiama di pile. Sento il rombo di un motore squarciare il silenzio. Mi affaccio di nuovo alla finestra e ciò che vedo mi fa strabuzzare gli occhi. Una moto nera è parcheggiata sulla ghiaia, con il cavalletto inserito.

Clayton è avvolto dalla foschia della sera. Mi sento inchiodata dai suoi occhi anche a questa distanza.

Non gli ho dato le risposte che cercava, e questo è un modo per farmela pagare? È un avvertimento? La pioggia gli bagna il volto spigoloso, fino al collo, per poi arrivare alle clavicole e al torace. Si porta una sigaretta tra le labbra e aspira, accendendo la brace rossa e tondeggiante all'estremità. Nonostante l'oscurità, Mi accorgo che mi guarda così intensamente che sembra quasi dirmi: "Ricordati che so dove vivi. Non importa quanto lontano tu andrai, Cassie. Ti troverò. Non fare passi falsi".

Trattengo il respiro, poi lui si rimette in sella alla sua moto e se ne va.

53

Paxton

Io e Killian stiamo scendendo nel seminterrato del Lion's. Ancora non ho ben capito come ha intenzione di sbarazzarsi del cadavere. Non si è portato neanche un paio di guanti. E come vuole trascinarlo? Ci vorrebbe come minimo un ascensore, oppure uno slittino da neve.

Più scendiamo verso il seminterrato, più si avverte un odore di fogna che pare riempire il mondo intero. Insieme al tanfo ineluttabile della morte, l'odore di qualcosa di terribile. Vengo scosso da un brivido. Sono un cacasotto. Sono nato così. Non posso farci nulla. Sono il re dei cacasotto. Occuparmi di un cadavere non è il genere di passatempo che considero nelle mie corde.

«Eccooolo qui! Come andiamo, eh, brutto bastardo?», domanda Killian da vero pazzo.

Mi metto le mani sugli occhi per evitare di guardare James Lombardo. «Killian, non si scherza con i morti!», lo rimprovero.

«Ti andrebbe una bella ripassatina nell'acido per disintegrarti ben bene?», continua lui, senza darmi retta.

Non penso stia dicendo a me, giusto? Meglio controllare…

Distanzio indice e medio, e sbircio oltre il sipario creato dalle mie mani, lanciando un'occhiata alla stanza. Su un tavolino vedo insetticidi, detersivi, altri prodotti detergenti, acidi, composti a base alcolica, a base di etanolo. E poi martelli, pinzette, barili. Killian vuole giocare al piccolo chimico? Oppure, all'allegro chirurgo?

«Ah, che schifo!», si lamenta Killian. «C'è una puzza orribile qui dentro!».

Ha ragione. Sento nell'aria il sangue, come se lui lo avesse risvegliato: lo percepisco pungermi i polmoni, con quell'odore di ruggine, metallo e putridume. E ripenso mio malgrado ancora una volta al giorno dell'incidente di Killian. Quel giorno lo ricorderò per sempre come quello in cui ho sofferto di più in tutta la mia vita.

54

Ryan

Esco dal Donovan's e mi immergo nella notte. Il mio respiro galleggia nell'aria in una nuvola vaporosa. La testa mi duole, come se l'avessero schiacciata dentro un macchinario a compressione. Il lento arrivo dell'alba è accompagnato da un silenzio terribile, mi sento un soldato prima di una battaglia.

Mi sono lasciato Arya alle spalle, mi sono lasciato alle spalle ogni cosa. D'un tratto, una figura familiare mi compare accanto. Indossa uno smoking, ha capelli e occhi neri, i tratti affilati, e sta fumando una sigaretta. Dentro Clayton c'è sempre stata un'essenza indecifrabile, ma ho sempre pensato che avesse a che fare con la fragilità e la solitudine. Quand'era piccolo aveva paura del buio. Adesso, lui il buio lo controlla. Direi, quasi, che il buio è dentro di lui.

«Ehi, che ci fai qui?», gli domando, in tono di rimprovero.

Getta la sigaretta in mezzo alla strada e quella cade proprio dentro un tombino.

«Potrei chiederti lo stesso». Mi ha tenuto d'occhio per tutto questo tempo. Sapeva che sarei andato da Arya. Ha la faccia di uno che ci avrebbe scommesso un bel gruzzoletto di soldi. Non mi piace essere sorvegliato.

«Vai a casa, Clayton».

«Credi che ti lasci andare da solo?», chiede, e scrolla le spalle.

«Non so di che parli», replico e lui mi offre un sorriso smaliziato.

«Vuoi andare a trattare con i Lombardo. Offrirgli James in cambio di Killian. Mi dispiace Ryan, ma il tuo piano non può funzionare».

«Perché?».

«Perché Killian ha ucciso James Lombardo», mi informa Clayton. «Non hai più la tua moneta di scambio. L'alternativa rimasta è una sola».

Ucciderli. Mi passo una mano in faccia. Alfred e Victor Lombardo fuori dai giochi? Non so come mi fa sentire l'idea. So solo che mi sento uno straccio. Non ho una reale volontà e mi muovo nello spaio solo perché sono programmato per farlo.

«Grazie per avermi avvertito Clayton, ora torna a casa. Questa non è la tua battaglia».

Inarca le sopracciglia e si mette le mani in tasca. Mi osserva a fondo, e in questo istante mi rendo conto che è diventato uomo, proprio come me; mi rendo conto che è cresciuto, che non è più quel bambino che una volta aveva paura del buio. Non posso più trattarlo come un ragazzino e devo fare i conti con questa verità.

«Ti ricordi quando ero un bambino e ho detto a papà che avevo paura del buio?», dice come se mi avesse letto nel pensiero. «Lui mi ha dato in mano una pistola. Poi sei arrivato tu...». Fa un passo verso di me. «Ricordi cosa mi hai detto?».

Mi ricordo quel momento. Ricordo Clayton che si teneva le gambe al petto, relegato in un angolino della sua stanza...

Il Clayton adulto si sistema la giacca e si schiarisce la gola. Di solito ci dimostriamo affetto con le pacche sulla spalla, o molto più spesso con i cazzotti. Non siamo mai stati bravi con le parole, ma ogni tanto ci proviamo.

«Mi hai detto: "Quando non riuscirai a vedere la luce, io mi siederò accanto a te, nel buio. Non sarai mai solo". Non ti ho risposto niente. Né "grazie" né altro. Ma quando tu mi hai fatto quella promessa, dentro di me ho giurato che avrei fatto altrettanto. Essere fratelli è reciproco, Ryan. E io stanotte verrò con te».

«Bene», replico senza far trapelare emozioni, anche se in realtà gli sono grato per la sua presenza. «Andiamo, non possiamo perdere tempo...».

Cammino lungo la strada buia accanto a mio fratello e gli spiego quanto è accaduto. Leggo nei suoi occhi lo stesso mio obiettivo: uccidere chiunque osi minacciare uno di noi. Uccidere i nostri nemici giurati; uccidere le persone che hanno usato il loro potere contro di noi fin da quando eravamo soltanto dei ragazzini. Per ordine dei Lombardo, Clayton è stato picchiato nell'autorimessa di suo padre, più e più volte; Tyler è stato massacrato di botte per un debito di gioco; Killian rischia la testa e io sono costretto a giocare un gioco troppo pericoloso. Non importa cosa decreti la legge della strada: questa notte sa di violenza, e noi non ci sottrarremo. Ora io e Clayton non siamo più i ragazzini di qualche anno fa, ma due uomini, e spalla contro spalla camminiamo nella notte, senza rimorsi sulla coscienza, o quasi, per il delitto che stiamo per effettuare. C'è solo la luna, unica sovrana della notte, sola e silenziosa, a testimonianza dell'efferatezza che si sta per compiere. L'hotel in cui arriviamo è squallido, spoglio e schiacciato, isolato dal mondo. Una struttura di nudo cemento che sembra cadere in pezzi. Non c'è nessuna insegna, nessuna indicazione. Entriamo nella hall e degli uomini ci chiedono cosa vogliamo.

Gli spiego che sono venuto qui a portargli mio fratello, come mi ha chiesto Alfred. Poi, guardo mio fratello, che mi fa un piccolo cenno con il capo come per infondermi coraggio. Ci lanciamo un'occhiata colma di affetto e di rispetto reciproci, consapevoli che se qualcosa andrà storto questo sarà l'ultimo nostro scambio di sguardi. Torno a rivolgere la mia attenzione a un uomo ben piazzato. Da qualche parte, ben nascosta, sotto la giacca elegante, ho una pistola. Lo scagnozzo dei Lombardo mi fa strada fino a un ascensore, mentre Clayton viene condotto alle scale dagli altri tirapiedi. Quando entro, un senso di claustrofobia mi opprime i polmoni. Evito di osservare il mio stesso riflesso negli specchi per paura di non riconoscermi. Faccio attenzione a non mettermi troppo vicino allo scagnozzo: se intravedesse la pistola che mi sbuca dalla giacca, mi farebbe fuori in un nanosecondo, con il fucile che impugna.

Usciti dall'ascensore, io e il tizio avanziamo lungo un corridoio buio. Passiamo davanti alle scale e avverto degli spari, seguiti da tonfi sordi, come di corpi che cadono. Clayton ha fatto il suo dovere. Così, estraggo la pistola il più silenziosamente possibile: la punto alla tempia dello scagnozzo, sparo il primo colpo, e il suo corpo cade a terra con un tonfo. Senza fermarmi a riflettere su ciò che ho appena fatto, apro l'unica porta che si trova di fronte a me. Entro in una sorta di sala scommesse privata. La mia mente registra solo un tavolo da biliardo. Poi vedo Victor, Alfred e altri due sconosciuti tirare con le stecche e imbucare qualche palla, bevendo del bourbon. Alfred è il primo ad accorgersi di me. Anni fa, ho fatto con lui il patto che mi avrebbe portato dritto all'inferno: sarei diventato un gangster, se lui avesse protetto mia madre e i miei fratelli. Mi guarda con occhi sorpresi mentre sollevo il braccio lentamente e gli punto contro una pistola. Lo uccido senza pensarci. E uccido Victor. Infine, uccido gli altri due. Li uccido tutti. *Bang. Bang. Bang. Bang.*

Cadono per terra con tonfi sordi e pesanti. Solo allora ripulisco la pistola con un lembo della mia camicia e la infilo nella giaccia. Mio malgrado, sorrido, incapace di mettere un freno all'adrenalina di tutta questa folle serata; mi sento euforico come mai prima, così euforico che quasi potrei abituarmici a questa sensazione.

E poi succede: la parte di me che è profondamente nauseata da quello che è stata costretta a fare prende il sopravvento.

Un conato di vomito, improvviso, mi stritola lo stomaco. Il cuore batte contro le costole e mi manca l'aria, mentre me ne vado, ripercorrendo a ritroso il tragitto che mi ha portato fino a diventare un assassino.

Clayton mi aspetta lungo le scale e mi fissa come per scovare qualche mia debolezza, ma nella sua espressione non c'è il minimo segno di tormento, anzi le sue iridi scure brillano di fierezza.

«Andiamocene», gli sussurro. «Non restiamo qui neanche un minuto di più. Sebbene siamo in un posto isolato, e in piena notte, sarebbe comunque meglio non farci vedere».

Eppure Clayton rimane immobile, accennandomi un sorriso: se c'è una cosa che so nella mia vita è che potrà anche crollare il mondo, ma mio fratello Clayton mi rimarrà sempre accanto.

55

Paxton

Amo dormire fino a mezzogiorno. È il tripudio dei sensi, una beatitudine incommensurabile. Rigirarsi tra le lenzuola a poltrire ti procura un'appagante sensazione di conquista. Ed è tutto molto idilliaco, vagamente erotico e riconciliante finché tua nonna non ti sveglia.

«PAXTON!». Nonna bussa inviperita alla mia porta. «Svegliati, mascalzone! Sto aprendo la porta!». Di solito, a casa Mackenzie, basta dire due paroline magiche per impedire a chiunque di entrare dentro una stanza chiusa. Provo a usare la stessa tecnica con mia nonna.

«Non aprire, nonna! Sono nudo!».

Ovviamente, non funziona: entra con decisione e si mette le mani sui fianchi. «Mi serve che vai a fare la spesa tu, oggi, mi fa male l'anca, non posso camminare…».

Mi alzo, ancora confuso e assonnato, afferro il cellulare sul comodino e leggo sullo schermo.

"13 chiamate perse da Ryan Mackenzie. 2 messaggi in arrivo da Killian il pazzo <3. 5 messaggi in arrivo da Clayton Mackenzie".

Sono passate due settimane dalla notte in cui i Mackenzie hanno ucciso i Lombardo e io sono tornato a stare stabilmente da mia nonna.

Li ignoro da allora. Non c'è un motivo particolare, sono io che sono fatto così: è il mio carattere, ogni tanto ho bisogno di staccare la spina e starmene per i fatti miei.

Ci sono periodi in cui sono seccante e rompiscatole quanto un pidocchio, e altri in cui, semplicemente, voglio farmi i cazzi miei. Sulla carta, potrei sembrare uno schifoso opportunista, ma la verità è che il mio umore è sempre altalenante, anche quando mi va di stare con gli altri.

«Sei proprio un buono a nulla!», strilla nonna. «Ho un nipote scansafatiche e improduttivo! Lo sai che ti dico? Non mi servi tu che vai a fare la spesa, chiama il fattorino! Veloce, chiama il fattorino!», sbraita.

«Sì, però, ti prego, calmati, altrimenti non chiamo il fattorino, chiamo l'esorcista».

Mia nonna sbatte la porta e sto per chiamare il fattorino, garantito, ma l'ennesima chiamata da Ryan Mackenzie mi impedisce di procedere.

Con un sospiro, porto il telefono all'orecchio.
«Pronto?».
La voce di Ryan è un po' risentita. «Ah, alleluia, eh! Dove cazzo eri finito?».
Eh, bella domanda.

56

Cassie

Finalmente, il suono che amo di più: quello della campanella, che è davvero musica per le mie orecchie. Non esiste melodia più dolce e piacevole al mondo.

Sono nell'aula di storia: non ho ascoltato per tutta la lezione, anche perché dietro di me c'erano Kevin e un suo amico che non la finivano di parlare e ridere.

Mi dirigo verso l'uscita come un automa, lo sguardo catturato dal mio telefonino. Sto facendo qualcosa che non dovrei, ovvero sto rileggendo vecchie conversazioni con Clayton, e sono partita dal momento in cui gli ho scritto per chiedergli come stava Tyler, sotto ordine di Bea.

Io: Come sta, Ty?
Clayton: Dovrei bloccarti. Ultimamente per te ogni scusa è buona per scrivermi.
Io: Hai le manie di persecuzione. Fino a prova contraria, ho chiesto come sta Tyler, non come stai tu.
Clayton: Continui a scrivermi, vedo.
Io: E tu continui a non rispondere alla mia domanda.
Clayton: Salire in moto con me ti ha dato alla testa.
Clayton: A saperlo ti avrei lasciata distesa sul pavimento.
Io: Dato alla testa?! Che cosa? Ma se neanche me lo ricordo il giro in moto.
Clayton: Fai un favore a te stessa. Se riesci, dimenticati di avere il mio numero.
Clayton: Anzi, già che ci sei cancellalo. E non cercarmi più.
Io: Posso dimenticarmi anche della pistola che mi hai puntato contro a scuola?
Io: Posso dimenticarmi che hai delle foto di me nuda?
Io: Posso dimenticarmi che mi stai ricattando?
Clayton: Sei furba, Cassie.
Io: Okay.
Clayton: Sono più bravo di te in questo gioco.
Io: Quale gioco?
Clayton: Fottere.
Clayton: E con lo screen che volevi estorcermi saresti andata alla polizia?
Clayton: Ma tanto gli screen delle conversazioni non sono prove affidabili.
Io: Questo è sicuro, non sono infame quanto te.
Clayton: Questo è sicuro, diavoletta.
Io: Non mi chiamare così… solo lui poteva.
Clayton: Chi? Quel coglione di ReservedGuy?
Clayton: Finiscila. Non esiste. Accettalo.

La conversazione si interrompe e riprende la notte in cui si presenta sotto casa di Roman, dopo la serata al MoMA. È un messaggio che scrivo d'impulso.

Io: Dopo questa sera ho capito che avevi ragione. ReservedGuy non esiste. Ci speravo davvero tanto, Clayton. Speravo che facesse parte di te, anche se in misura molto piccola. Speravo davvero che dentro di te ci fosse qualcosa, invece non c'è. E anche se mi manca quel ragazzo, anche se mi manca come mi sentivo con lui... non mi sei mai mancato tu. Volevo bene a ReservedGuy, invece odio te, Clayton. Ti odio per tutto il male che hai commesso, per tutto quello che mi hai fatto e per tutto quello che continui a farmi.

Lui mi risponde il mattino dopo, verso le otto.

Clayton: Mi dispiace che una ragazza come te abbia scoperto cosa significhi odiare qualcuno. Ma, Cassie, nella tua ingenuità si cela molta autocommiserazione. Ti dirò una cosa che forse non ti piacerà, in onore di tutte le belle parole di consolazione che ti rivolgeva ReservedGuy. Non sei giustificata mai a frignarti addosso. Arriva un momento in cui bisogna prendere il controllo della propria vita. Non importa da dove vieni e chi è stato cattivo con te. Non importa se sono stato io o è stato un altro a ferirti. Non importa se ci sono state persone che si sono comportate male con te. Adesso sei un'adulta. Prendi in mano la tua vita. E basta con tutte queste scuse.

Rileggo quest'ultimo messaggio un paio di volte, poi alzo la testa. Resisto al desiderio di crollare per terra e non rialzarmi mai più. Raggiungo Bea, Lucas (ormai sta sempre intorno a lei come un'ape con il miele) e Arya, che ha un'aria lugubre.

«Più tardi ci saranno le prove per lo spettacolo», sta dicendo Lucas. «Ci sarete tutte?», chiede, ma guarda soprattutto Bea.

«Sì, ci sono», risponde lei. «Voi, ragazze? Ma alla fine quale ruolo vi è stato assegnato?», domanda.

Sospiro. «Rosalina». Quella che inizialmente rifiuta Romeo.

«La nutrice di Giulietta», dice Arya. «Ho due battute in croce, che ci vengo a fare?». Però ci accompagna, anche solo per solidarietà.

57

Paxton

Quando arrivo al Lion's, noto subito il cartello "Closed". Penso subito che sia un brutto segnale: io e i Mackenzie faremo una bella riunione e, quando ci sono le riunioni, significa che qualcuno ha combinato un casino, ma non un casino qualsiasi, bensì qualcosa di grosso.

Prendo un respiro ed entro.

Ryan e Clayton sono a braccia conserte dietro il bancone. Killian sta masticando una gomma e, nel frattempo, ne appiccica una già masticata sul piano di lavoro. Tyler non c'è, probabilmente è a scuola.

«Ehilà, ragazzi», li saluto con un sorriso che non ricambiano. Ho fatto qualcosa di male, sicuro. Sono sparito per giorni, e adesso sono incazzati con me. Killian continua a masticare la gomma e a fare movimenti strani con la lingua… *No, Paxton, concentrato.*

«Sentite», dico diretto. «Sono consapevole di essere stato assente, nell'ultimo periodo. Però, non c'è niente che io non farei per voi…».

Clayton contrae la mascella.

«Okay, va bene, sono un tipo scostante. Inaffidabile. Alle volte rispondere al telefono mi procura una serie di ansie miste che non sto qui a specificare per non sembrare più matto di quanto io non sia già, ma per i miei amici mi taglierei anche un braccio se servisse…».

Killian mi fulmina con un'occhiata malevola.

«Ehm, sì, pessimo esempio», dico tra me e me. «Proviamo con quest'altro, ehm… per i miei amici mi getterei in una vasca da bagno, potete contarci».

«Paxton, gettarsi in una vasca da bagno non è pericoloso», dice Ryan.

Divento bordeaux e mi agito ancora di più. «Lo vedi, che sei prevenuto? Stavo appunto finendo di dire… in una vasca piena di sanguisughe!».

Clayton sbuffa e, prima che possa dire qualcosa sul mio comportamento, lo anticipo: «Giuro che non dirò mai più minchiate in vita mia».

«E io sono Babbo Natale», ribatte Killian.

«Paxton, sei qui perché tu e Killian non siete stati in grado neanche di sbarazzarvi di un cadavere», dice Ryan. «Sapete dove abbiamo trovato il cadavere di James, io e Clayton? Nel nostro seminterrato! Come vi è saltato in mente? Immaginatevi se la polizia fosse venuta a fare una perlustrazione! A quest'ora, saremmo tutti rinchiusi in prigione, cazzo! Non era questo che Clayton intendeva quando vi ha detto di pensare al cadavere!», sbotta.

«Ah, quindi tutto qui?». Tiro un sospiro di sollievo. «E perché non me l'avete detto al telefono?», ribatto.

«Parlare di un cadavere al telefono?», si intromette Clayton. «Già che c'eravamo potevamo pure ricordarti di come Killian gli ha sparato, così avremmo preparato una confessione perfetta per la polizia!».

Mi sento un coglione, in effetti.

«E la prima minchiata già l'hai detta», dice ridacchiando Killian.

«Tu sta' zitto!», ruggisce Ryan. «Ti devo ricordare, per caso, che se siamo in questa situazione è solo colpa tua?»

«Non mi sembra una situazione così orripilante». Killian scende dallo sgabello. «Con la concorrenza fuori dai giochi, ora siamo noi a comandare, o no?»

«*No*», dice Clayton avanzando verso di lui. «Io e Ryan comandiamo, tu stanne fuori».

Arriva a un palmo da Killian, che sorride e parla con la sua voce strascicata. «Stai attento, fratello, e ricordati chi è la tua famiglia, perché d'ora in poi ti starò addosso come un *segugio*». Killian gli respira addosso con disprezzo ma Clayton sembra assaporare la minaccia con gusto.

«Basta voi due!», esclama Ryan. Si mette tra loro e li separa. «Non è uno scherzo! E non siamo nel paese dei balocchi! Abbiamo delle responsabilità e dei problemi, problemi seri, e questo è il vero motivo di questa riunione…».

«Vale a dire?», chiedo, perché tutti sembrano perfettamente consapevoli di quello che sta dicendo Ryan.

«*Vale a dire*», ripete Clayton, «che c'è qualcuno di peggiore dei Lombardo in circolazione».

«Chi?», domando, incredulo.

«Chi controlla l'intera New York. E *quella gente…*», dice Ryan fissandoci a turno, «quella gente non ci mette la faccia come fanno i Lombardo, quella gente rimane sempre dietro le quinte e osserva. Quella gente non si sporca le mani, perché lascia che gli altri si sporchino le mani al posto suo… Se ancora non lo avete capito, siamo in guai ancora più seri».

58

Beatrix

Me la ricordo come se fosse ieri la sera in cui mia madre ha annunciato che mi sarei trasferita a New York da mia zia, rimasta vedova. La mia vita è cambiata radicalmente. Il sole accecante di Bora Bora ha lasciato il posto a un grigiore perenne. Non c'era più colore nella mia vita, non c'era più mia madre accanto a me, non c'era più mio fratello, mi era rimasta soltanto la danza... Per questo, per sentirmi meno triste, quando non ero a scuola, ballavo, improvvisando balletti sulle canzoni che passavano allo stereo. Mia zia, forse per non farmi sentire troppo sola, mi ha iscritta all'accademia del quartiere. Ricordo l'emozione la prima volta che ci sono entrata e ho visto altre bambine vestite con il tutù proprio come me. Ero così piccola che non arrivavo neanche alla sbarra. Miss Claire, la mia insegnante, era una donna di mezz'età dai capelli biondi e sempre ben pettinati in uno chignon. A metà della lezione, si è accovacciata accanto a me.

«Vuoi cominciare a ballare sul serio?». Nessun adulto mi aveva mai parlato con tanta serietà.

Ho annuito. I suoi occhi azzurri mi ricordavano il mare splendente di Bora Bora, mi fecero sentire come se fossi di nuovo a casa.

«Allora, questo dovrà essere il tuo destino, il senso della tua vita. La danza è la tua unica felicità?», mi ha chiesto.

«Sì».

Un accenno di sorriso le ha addolcito lo sguardo. «Sì, *Miss Claire*», mi ha corretto.

Il petto mi si è gonfiato di orgoglio e gioia immensi. «Sì, Miss Claire».

Ballare, ballare, ballare. Non ho fatto altro, da quel momento. E per gli otto anni successivi. Mi allenavo anche fuori dagli orari prestabiliti. Mi allenavo fino a sentirmi bruciare tutto il corpo, mi allenavo fino a non sentirlo neanche più, il corpo. La danza classica è diventata davvero la mia vita e la mia felicità. Mi guardavo allo specchio mentre piroettavo e nei miei occhi vedevo una ricettività viva, una potenza, un vigore, che mi faceva sentire invincibile e appagata. Non c'erano più limiti, in niente. La forza inarrestabile di un fiume in piena mi esplodeva dentro.

Il mio corpo diventava eterno, infinito. Potevo fluttuare nello spazio tridimensionale che mi circondava, leggera. Potevo muovermi senza paura, e potevo perfino volare. Il mio sogno era solcare i palchi più importanti del mondo. Quando ho compiuto quattordici anni, io e Miss Claire abbiamo deciso che mi sarei preparata per l'audizione alla Royal Ballet School di Londra. Non potevo permettermi la retta, quindi dovevo puntare alla borsa di studio. Questo significava che non bastava dare il massimo. Dovevo dare molto di più. Tutti i pomeriggi ero in sala, a provare e riprovare, con Miss Claire che mi bacchettava polpacci, caviglie e busto, mentre mi dava lezioni private.

«Eeee... vai con il manège di piqué», mi ha urlato un pomeriggio. «Piqué, piqué e doppia chainé, chainé, passé, sostieniiii... eeee giù!».

Quando ho terminato l'assolo, Miss Claire mi ha guardato con le braccia incrociate senza espressione. Intorno a noi un religioso silenzio.

«Come andava?», ho chiesto.

Miss Claire ormai era una di famiglia, ma soprattutto quando eravamo in sala a provare mi trattava con una freddezza e un distacco terribili.

Ha fatto una smorfia insoddisfatta. «Eri mediocre. *Sei* mediocre, Beatrix». Non sapevo cosa dire. Il sudore mi si è congelato addosso. «Perché sembra che tu non abbia dormito?», ha chiesto in tono accusatorio.

Era un discorso che avevamo già affrontato molte volte: una ballerina deve dormire almeno otto ore per sostenere i duri allenamenti e non rischiare strappi muscolari. Ma c'era quel deficiente del mio vicino di casa, Tyler Mackenzie, che sparava la musica a tutto volume fino a sera tardi...

«Devi riposarti, Beatrix, se vuoi fare questo mestiere, non puoi comportarti come le tue amiche...». Che escono, bevono e si divertono, ho concluso mentalmente.

Mi sembrava sempre che tutti uscissero, bevessero e si divertissero tutte le sere, tranne me che mi spaccavo il culo in quella saletta. A scuola mi sentivo un'emarginata. Se ne stavano sempre tutti a gruppetti a chiacchierare della serata precedente, a mostrarsi le foto sull'iPhone, e mi ignoravano. Mi ero confinata al di là di un'invisibile barriera: mi ero rifugiata nella danza per proteggermi dalla paura dell'abbandono, ma avevo finito per isolarmi. La danza era sempre stata una gabbia dorata, che ora cominciava a diventare opprimente.

«Devi riposarti la notte, Beatrix», ha continuato Miss Claire. «Non puoi ballare in queste condizioni».

Giuro che ci provavo a dormire, ma ogni volta che poggiavo la testa su quel dannato cuscino Mackenzie e i suoi amici si mettevano a suonare in garage, facendosi sentire per tutta la via.

«Stiamo preparando il tuo esame di ingresso per una delle scuole migliori al mondo e hai una sola possibilità... Te ne rendi conto?», ha detto lei, con le labbra serrate.

Certo che me ne rendo conto, ho pensato. Zia Lola ha perso il lavoro come segretaria ed è stata costretta a ripiegare su un fast food che le dà una miseria, pur di pagarmi la retta qui.

In quel momento, ho provato una rabbia e un'insofferenza infinite nei confronti di Miss Claire. Ma possibile che non capiva? Eppure, lo sapeva... lo sapeva dei sacrifici di mia zia. Ho pensato a mia zia che lavorava come una matta. Non era giusto. Non era giusto chiederle un tale sforzo per il capriccio di intraprendere una carriera in cui non avrei mai sfondato, quando invece potevo darle una mano, rimanere in casa il pomeriggio ed evitarle i soldi per la babysitter.

«Te ne rendi conto, Beatrix, sì o no?», mi ha incalzato.

«Sì», ho risposto.

«Non ti sento!», mi ha provocato.

«Sì!», ho urlato disperata. Di fronte a lei e al suo giudizio mi sentivo vulnerabile, una cosa che non mi capitava con nessun altro.

«No, figliola, non te ne rendi conto. Dove avevi la testa oggi? Non puoi permetterti di essere mediocre, Beatrix!».

Mediocre. Sai perché sono mediocre? Perché per tutta questa cazzo di vita ho sempre pensato a me stessa e alla danza, senza guardare in faccia nessuno, senza accorgermi che la mia voglia di ballare costava troppo a chi mi stava vicino...

Quando mia zia tornava a casa, la sera tardi, era così stanca che non riusciva nemmeno a cucinare, ma doveva farlo per forza perché quelle bestie affamate dei miei cuginetti non si accontentavano del cibo in scatola. Mi sentivo in colpa nei suoi confronti, perché anche io ero distrutta e non avevo la forza di aiutarla.

«Forse, la danza non fa per me», ho detto abbassando la testa. Miss Claire è rimasta senza parole. «Forse», ho continuato, «non sono più disposta a privarmi delle uscite con le mie amiche, non sono più disposta a rinunciare a tutto... Forse, ho così voglia di vivere, cazzo, che la notte non riesco a prendere sonno, forse, voglio solo essere un'adolescente normale, un'adolescente *mediocre*!».

«Tu non sei mediocre, smettila, la mia era soltanto una provocazione e lo sai! Vai a casa riposarti. Per oggi abbiamo finito».

«NO!», ho strillato con tutta la voce che avevo in corpo. «No, lei si sbaglia su di me... Mediocre è proprio ciò che sono, ciò che voglio essere. Voglio una vita normale, come quella degli altri. Mi sono rotta il cazzo».

Ha sospirato, spazientita, e le sue guance sono diventate rosso mattone. «Non sei come gli altri, non dire sciocchezze! Tu sei ambiziosa e miri alla perfezione, proprio come me!».

Ormai, i miei pensieri andavano veloci come un treno e nessuno poteva fermarmi.
«Non so se voglio passare il resto dei miei anni a cercare di raggiungere questa perfezione a cui tutte le ballerine aspirano... La perfezione non esiste, non esiste! Non si raggiunge mai, forse ci arriverò molto vicino, forse per un brevissimo istante mi potrò illudere di averla sfiorata, di averla racchiusa tra le mani come se fosse una farfalla di cristallo, ma la verità la sappiamo sia io che lei. Mi aspettano anni di sacrifici e di rinunce, e per cosa? Per essere una frustrata come lei?».
Lei ha trasalito. Le avevo appena dato della frustrata e non me l'avrebbe mai perdonato. Avevo esagerato.
«Stai commettendo l'errore più grande della tua vita», ha replicato, senza scomporsi.
Lo sapevo. Ma la parte peggiore era che, nonostante lo sapessi, non mi importava assolutamente nulla. Il fatto che non mi importasse mi faceva sentire male, mi faceva sentire come se avessi buttato quantità industriali di lacrime e sudore al vento.
«L'unico errore che potrei commettere è sprecare altre preziose ore della mia vita in questa inutile scuola», ho detto, con le lacrime agli occhi per la rabbia.
Il suo viso, di una bellezza che sembrava dipinta, era immobile come quello di un ritratto.
«Complimenti. Sei brava a sfasciare sempre tutto». Miss Claire mi ha guardato dritto negli occhi, proprio come durante la mia prima lezione di danza. «Hai una bella grinta, una buona dose di egocentrismo e decisamente una faccia tosta... Avrai successo nella tua vita, su questo non ho mai avuto dubbi. Tu sei una che se la cava. Ma te lo dice una che ha puntato tutto sulla danza, te lo dice una che si è spaccata la schiena sul palco e che è finita per insegnare danza alle adolescenti superbe come te. Non mi pento di un singolo istante. Avevo le idee chiare. O ballerina o niente. Qualunque cosa tu stia affrontando in questo momento, se sei davvero una ballerina, puoi superarla. Qualunque crisi tu stia vivendo, se sei una ballerina, non potrà mettere in discussione le tue priorità. Ma forse, non sei davvero una ballerina. Evidentemente, mi sbagliavo su di te. Ora, se non ti dispiace, sparisci dalla *mia* vista e dalla *mia* scuola!». Ha indicato la porta con una veemenza e una collera che non si addicevano affatto a quel viso di porcellana.
L'avevo delusa, l'avevo delusa profondamente. Ho afferrato decisa il mio borsone e me ne sono andata sbattendo la porta. Quando sono tornata a casa, c'era un casino del diavolo nella villetta di fronte. Il garage dei Mackenzie era aperto: Tyler suonava *Sweet Child O' Mine* dei Guns N' Roses

con la chitarra elettrica, insieme ai suoi amici, Mathias, Lucas e Samuel. Avrei voluto disintegrarli, ma non avevo tempo per innervosirmi per quei cretini. Dovevo andare a piangermi addosso. La mia rabbia e la mia impulsività dovevano sempre rovinare tutto… Non volevo litigare con Miss Claire in quel modo… Senza la danza la mia vita sarebbe stata vuota e inutile, una parte di me già sapeva che non avrei mai smesso di ballare.

Nel frattempo, più le ore passavano, più la confusione nel vicinato si faceva intensa. Allora, mi sono calata in strada e sono andata all'auto dei Mackenzie. Ci ho disegnato un pene sul cofano e mi sono sentita meglio. Forse così Tyler avrebbe smesso di fare baccano.

Ora, mi dirigo al mio armadietto per recuperare i libri della prossima lezione. Il corridoio pullula di gente. La maggior parte parlotta e mi fissa. Senza badarci, mi volto verso il mio armadietto, prendendo un bel respiro. Una scritta gigante cattura subito la mia attenzione. Qualcuno ha scritto a grandi lettere "Troia" sul mio armadietto. Prendo un altro bel respiro. Cerco di mantenere la calma. Quelle lettere, però, mi si incidono nella mente. Chi potrebbe essere stato? Le orecchie mi fischiano e il brusio delle voci intorno a me si trasforma in un suono remoto e indefinito, come un ammasso di insetti ronzanti. Credevo di averla superata, la storia della paura del giudizio e tutto il resto. Quando ho cominciato a fare la spogliarellista, la mia reputazione a scuola è cambiata. I ragazzi non mi chiamavano più "asse da stiro", ma si rivelavano attratti da me. E mi sono sentita più sicura. Pensavo di essere una persona completamente diversa, non più la ragazzina che si rifugiava nella danza per vivere. La verità è che sono ancora la stessa persona di prima. La ragazza che vive di sogni irrealizzabili e di incubi interminabili. La ragazza che ha sempre fatto affidamento solo su sé stessa. Fa male, anche se fingo sempre che non sia così. Fa male lo stesso. Apro il lucchetto con le mani che mi tremano un po' e mi costringo a non incrociare lo sguardo di nessuno, altrimenti potrei dare fuoco al mondo. Cerco i quaderni di biologia e non li trovo. Niente quaderni, pazienza. Prenderò appunti con il pensiero e se il professore oserà dirmi qualcosa… Sbatto l'armadietto un po' troppo forte e gli sguardi si fanno ancora più insistenti. Ha ragione Tyler: da quando tutti sanno che lavoro faccio sono al centro delle loro attenzioni. Tyler… Pensare a lui in questo momento mi procura una fitta strana allo stomaco. Io e lui non ci parliamo da due settimane. Da quando mi ha detto che l'ho apostrofato come "tossico senza speranza". Mackenzie. Un tossico senza speranza. Sono sicura di non averlo detto, anche se l'ho pensato per una vita, e in cuor mio non ho mai compreso come mai uno così riuscisse a conquistare il mondo intero soltanto con un sorriso. Gli viene naturale stregare chiunque. E in lui c'è molto di più di ciò che appare. Non è soltanto uno studente demotivato e privo d'interessi. L'ho capito quando ho visto alcune foto a casa sua. Una sfilza di foto incorniciate lo ritraeva che giocava con il suo grosso cane nero, Mustafà credo si chiami; mentre giocava a basket o alla PlayStation. In quegli scatti, Mackenzie aveva il sorriso più splendente che avessi mai visto. Era sempre quello che abbracciava tutti. In uno provava persino a dare un bacino a Killian, visibilmente schifato da tutto l'affetto che gli stava riservando suo fratello. Sotto quell'aria un po' maledetta, in realtà si nasconde un ragazzo luminoso, dallo sguardo caloroso come il sole e dal fascino disarmante. Non è solo bello, il suo sorriso straordinario convincerebbe chiunque a fare qualunque cosa. Mi rendo conto che lui non si deve impegnare a fare colpo sulle persone, a differenza mia. Lui non sente l'esigenza di sgomitare nella vita per ottenere qualcosa in cambio. Lui è il sole, io invece sono una rosa piena di spine. Queste considerazioni mi fanno rabbia, ma mi convincono ancora di più che Mackenzie non è ciò che mi sono sempre immaginata: è un miscuglio di oscurità e luce, un po' come un tramonto, che racchiude l'attimo in cui il giorno sfuma mentre apre le porte a un'alba nera. Qualcosa di indefinito e inafferrabile, ma indubbiamente bello.

Riguardo la scritta che decora il mio armadietto e mi chiedo se non sia il caso di cancellarla. Sapersela cavare da sole non significa essere indistruttibili. Essere sicure di sé stesse non significa che la gente frustrata può usarti come valvola di sfogo. Anche le persone forti possono spezzarsi e, a volte, basta davvero poco. Quando hai sopportato tanto e per troppo tempo non ci vuole niente a farti crollare come un castello di carte. Io mi sento proprio così, ovvero sul punto di crollare. Arya e Cassie vengono verso di me. Evito di incrociare i loro sguardi, che però si posano subito sul mio armadietto. Odio il loro atteggiamento compassionevole, quando si accorgono di cosa sta succedendo.

«Ehm, Bea?», esordisce Cassie con la sua vocina appuntita. «Quello lì è il tuo…?»

«Sì, cazzo, sì, è il mio armadietto».

Cassie spalanca gli occhi e la sua faccia diventa color glicine. «Chi è stato?», domanda.

«Ha importanza?», sbotto. «È soltanto una scritta». Sono così stanca che non mi va più neanche di reagire.

«Ovvio che ha importanza!», si indigna Arya. «Nessuno si dovrebbe permettere di scrivere quelle cose… tanto più alla mia migliore amica!».

«Chi è stato?», grida Cassie con tutto il fiato che possiede al corridoio, e tutti si girano a guardarci. Io sprofondo nell'imbarazzo.

«Qualcuno parli!», dice Arya. Non l'ho mai vista così adirata. Fissa la scritta sul mio armadietto, come se le stesse per venire un conato di vomito.

«E dai, ragazze», dico. «Archiviamo questa cosa e basta».
«No, Bea, non esiste», dice Cassie. «Non è sano fare finta di niente, dobbiamo far capire a queste persone che noi non abbassiamo la testa davanti a queste porcate».
Arya continua a scrutare gli studenti nel corridoio, con una determinazione ferrea.
«Chi si è permesso?».
Qualcuno le lancia occhiatine curiose.
«Ehi, tu!», esclama Cassie puntando il dito verso un tipo con il braccio ingessato lì accanto, lo stesso che mi fissava l'ultima volta che ho parlato con Mackenzie.
«Dicci chi è stato».
«Veramente», risponde, «io proprio non ne ho la più pallida idea…».
«Se non parli, diremo al preside che sei stato tu a imbrattare l'armadietto della mia amica», lo ricatta Arya.
Il tipo emette una risatina sarcastica. «E il preside dovrebbe crederci? È la vostra parola contro la mia».
«Se non parli», dice Cassie assottigliando gli occhi con rancore, «io ti…». Fruga nelle tasche dei suoi jeans larghi ed estrae una matita appuntita. «Ti accoltello con questa!».
Il tizio con il braccio ingessato sobbalza, come se avesse singhiozzato, ma poi si ricompone e si aggiusta la camicia con il braccio sano.
«Ma per piacere», dice con disprezzo.
Soffoco una risatina amara e intervengo. «Credi di essere figo? Ti senti una specie di eroe non dicendo chi è stato? Credi che riceverai una sorta di medaglia al valore per essere stato solidale con delle teste di cazzo? No, tenere la bocca chiusa ti rende soltanto un coglione omertoso, schifoso e vigliacco. Oppure, non parli perché hai paura… Non parli perché ti tremano le chiappe al solo pensiero di fare una scelta giusta nella tua vita. Tanto, non è te che hanno insultato davanti a tutti. Pensi che la cosa non ti riguardi, vero? Ma le persone che stai difendendo sono le stesse che non esiterebbero a fare lo stesso con te. Scegli con attenzione da che parte ti conviene stare, Braccio Ingessato».
Per un attimo, esita: sembra indeciso sul da farsi. Poi, aggrotta la fronte e sbuffa, in segno di resa. Non pensavo sarebbe stato così facile, non era nemmeno certo che sapesse qualcosa.
«E va bene… è stato Kevin», confessa piano.
«Cristo, lo sapevo», mormoro.
Probabilmente, quando l'ho rifiutato alle corse, si è ripromesso di farmela pagare. Tante, troppe persone nella mia vita credono di potermi trattare come un oggetto sessuale. Tante, troppe persone nella mia vita hanno

parlato del mio corpo, consigliandomi come dovevo trattarlo senza che io l'avessi espressamente richiesto. Il corpo delle donne, a quanto pare, non è delle donne. Tutti si sentono in dovere di giudicarlo. A ogni donna su questo pianeta viene fatto almeno un commento denigratorio al giorno sul proprio fisico. Arya sta fissando Braccio Ingessato con le mani sui fianchi.

«E dove si trova adesso Kevin?»

«Mi hai preso per un cercapersone?», ribatte lui.

Cassie ha ancora la matita in mano e gliela avvicina fino a sotto il suo naso adunco. «Non mi sottovalutare!», strilla.

«Si trova in palestra!», dice subito Braccio Ingessato.

«Molto bene». Arya annuisce fiera e ci guarda. «Andiamo, ragazze?»

«A fare che?», dico.

Scrolla le spalle. «A dirgli che è una merda, nel caso non ci fosse già arrivato da solo».

«Andate voi». Sbuffo. «Io devo cancellare questa scritta dal mio armadietto, perché il mondo funziona così al contrario che se un professore la vedesse manderebbe *me* dal preside anziché quell'inutile ammasso di atomi di Kevin».

«Io ti aiuterò a ripulire la scritta», dice Cassie. «In due saremo più veloci».

«Ho capito», brontola Arya. «Andrò da sola». Si incammina con i pugni chiusi verso la palestra scalcinata della nostra scuola. La guardo allontanarsi in tutta la sua eleganza e bellezza: nonostante sia vestita malissimo, riesce a risplendere come un diamante raro.

Arya, ti prego, sbranalo come solo una leonessa saprebbe fare.

59

Arya

Ci sono poche cose che vale la pena difendere con le unghie e con i denti, una di queste è Beatrix. La conosco da quando il grembiule di scuola le andava così lungo che le strusciava sul pavimento. La prima volta che ho incontrato Beatrix ero in bicicletta: pedalavo in mezzo a un parco, e nell'aria c'era l'odore di resina e muschio. Sono caduta e mi sono sbucciata un ginocchio. Lei si è subito precipitata da me con il suo zainetto rosa con gli unicorni che le rimbalzava sulle spalle, e mi ha allungato una mano per aiutarmi a rialzarmi. Quando ci siamo riviste il primo giorno di scuola elementare, poche settimane dopo, non è stato difficile per noi diventare amiche, o meglio sorelle. Ci siamo sempre protette l'un l'altra, fin da piccole, e abbiamo continuato a farlo finché non siamo cresciute.

Stringo i pugni e mi dirigo verso la palestra. Una volta dentro, mi accorgo che è vuota. Ciò significa che i ragazzi si stanno cambiando dentro gli spogliatoi. Sento gli schiamazzi in fondo al corridoio, la porta è semichiusa. Non mi interessa se è uno spogliatoio maschile, entro lo stesso e mi sbatto la porta alle spalle. Alcuni ragazzi a petto nudo si girano a fissarmi, sbalorditi e infastiditi. Non rallento il passo, cammino rapida, e sondo le panche, alla ricerca di Kevin. Lo vedo subito. Un ragazzo di spalle, enorme, che sta ridacchiando con un suo compagno.

«Ti stai divertendo?», chiedo alla sua schiena massiccia. «Ehi, sto parlando con te, Kevin», insisto quando non si volta.

Lui si gira piano, con un ghigno di sorpresa ai lati della bocca. Sa chi sono, e sa perché sono qui.

«Ti sei divertito a scrivere "Troia" sull'armadietto della mia migliore amica? Un gesto molto nobile, non c'è che dire… Ti ha fatto sentire potente? Ti ha gonfiato l'ego? Devi proprio avere una vita infelice, per ridurti a gesti di tale pochezza», lo sgrido.

«La mia vita è molto felice, ma grazie per averlo chiesto, *maestrina*», risponde sghignazzando.

Tutto lo spogliatoio si mette a ridere e per un momento mi sale un po' di sconforto. Ovviamente, qui dentro, nessuno si farebbe intimidire da me…

Ma dove pensavo di andare? Davvero sto cercando di far ragionare uno così? Non otterrò mai dei risultati… Ma devo tirare fuori gli artigli, come mi ha sempre insegnato Beatrix, altrimenti l'alternativa sarebbe quella di uscirmene di qua con la coda tra le gambe.

Mi schiarisco la gola e parlo. «Ho capito, ho capito: venire a fare la morale a uno come te, che si diverte a prendere in giro le ragazze, con battute antidiluviane che fanno ridere soltanto te e gli altri primati tuoi simili, è inutile quanto cercare di smacchiare una zebra con la candeggina. Perciò, eviterò di stare qui a parlare di quanto tu faccia schifo e passo subito alla parte che invece sono certa che ti interesserà. Ti faccio notare che insozzare gli armadietti pubblici della scuola con il proprio autografo – immagino che "troia" sia il modo con cui ti fai chiamare dagli amici – non solo è un atto meschino, stupido, scorretto, incivile, ma la legge sostiene si tratti di un vero e proprio atto vandalico. Incredibile, vero? Chissà cosa ne penserebbe il preside? Caro Kevin, se io volessi potrei farti sospendere, e in quel caso sai cosa succederebbe? Non passerai alcun esame alla fine dell'anno, non passerai neanche l'esame di coscienza».

Ora Kevin è meno spavaldo di prima e riflette sulle mie parole con più attenzione, anche se l'aria da rimbambito non gliela toglie nessuno. La sua espressione vacilla, diventa incerta e timorosa. Per un momento, germoglia in me un po' d'orgoglio, credendo di avercela fatta; ma quando sento dei passi alle mie spalle, capisco che non è a causa mia se il volto di Kevin si trasfigura in una maschera di terrore puro. Mi volto. Tyler è in piedi accanto a me, i lividi del pestaggio di qualche settimana fa ancora visibili. Nonostante questo, però, sembra in forma. Indossa un paio di jeans consumati e una camicia con qualche bottone aperto sul colletto. Sta fissando Kevin con un sorrisetto sadico.

«Ciao, leonessa», mormora, e il mio stomaco si annoda per quel nomignolo. «Fianco a fianco come un tempo… Che succede qui? Qualcuno ti sta dando problemi?»

«Non a me», ribatto decisa, «Kevin ha scritto "Troia" sull'armadietto di Bea».

Il volto di Tyler si fa scuro, di una durezza inesorabile, e torna a guardare il diretto interessato, stavolta con meno divertimento, anzi con espressione ombrosa e accigliata.

«*Ah*», dice asciutto. «E perché, Kevin, ti sei permesso di avvicinarti all'armadietto di Evans? Ti darò la possibilità di spiegare», dice Tyler, e poi ridacchia tra sé. «Perché non si può dire che io non sia un ragazzo per bene».

Kevin è spaventato a morte, comincia a balbettare e a dondolare sul posto. «Coraggio, a-amico, sai che era uno scherzo…».

Tyler lo guarda interrogativo. «Ti sembra che io stia ridendo?». Si volta verso di me. «Arya, per caso tu stai ridendo?».

Scuoto la testa, decisa, sebbene adesso mi venga anche un po' da ridere.

«D-dai, Tyler, dovresti saperlo», farfuglia Kevin con voce melliflua.

Tyler stringe i pugni e il suo volto diventa feroce, distruttivo. «Che cosa? Che cosa dovrei sapere, razza di idiota?».

Nessuno osa parlare qui dentro. E anche l'amico di Kevin, all'improvviso, si è smaterializzato.

«Noi siamo fatti così», dice Kevin con un sorriso viscido.

«Noi chi? Cosa vuol dire questo "noi"?», dice Tyler.

Lo sappiamo tutti. Kevin si riferisce alla categoria dei ragazzi. Ma è comunque sbagliato: non tutti i ragazzi sono come Kevin, anzi, lo è solo una stupida minoranza che si diverte a giustificare la propria imbecillità dietro falsi stereotipi.

«Le cose sono tre», lo gela Tyler ridendo, e il suono della sua risata è così inquietante che mi si accappona la pelle. «O ti riferisci a te stesso usando il "noi" perché ti credi questo cazzo, o parli a nome di tutti gli infami come te, oppure soffri di personalità multiple… Quale delle tre? Kevin, per me è importante saperlo, perché questo potrebbe cambiare il modo e l'intensità con cui ti pesterò».

Tyler e Kevin sono praticamente naso contro naso e quest'ultimo si mette a piagnucolare dalla paura.

«No, per favore, non mi picchiare…».

«Dovrei avere pietà di te?», chiede Tyler, e la sua voce è così profonda che invade tutto lo spogliatoio.

«S-sì».

«Dovrei avere pietà per della feccia?», sbraita. «Ti avevo già avvisato, razza di rincoglionito, allora sei recidivo».

Kevin deglutisce, sempre più spaventato.

«Ti avevo avvisato», sibila. «Tu, Evans, non la puoi nemmeno guardare… E se dovessi venire a scoprire che le hai anche solo lanciato un'occhiata, che hai parlato di lei, o che ti sei permesso di paragonare la tua lurida esistenza alla sua in qualsiasi altro modo, io ti ammazzo. E ricordati una cosa, tu sei soltanto un rincoglionito. D'ora in avanti, quando qualcuno ti chiederà come ti chiami tu risponderai: "Piacere, sono Rincoglionito di nome e Molto Rincoglionito di cognome". Annuisci se hai capito».

Annuisce.

«Ti premurerai di far sapere a tutti che sei stato tu a vandalizzare l'armadietto di Evans e tutti quanti dovranno sapere che hai cambiato nome, che ora tu ti chiami Rincoglionito Molto Rincoglionito, e se serve a convincerli di questo, cambia pure il tuo nome sulla carta di identità, non mi interessa.

Ma se solo scopro che qualcuno ti chiama ancora Kevin…». Tyler abbassa la voce e gli dice qualcosa all'orecchio che solo lui può udire. Kevin sbianca. «Ci siamo capiti, Rincoglionito?».

Annuisce.

«Parla, razza di idiota!», grida Tyler, e la rabbia gli gronda dal volto con violenza mai vista.

Kevin sa che Tyler non ha nessuna intenzione di risparmiarlo e, anche se una parte di me gode nel vedere Kevin ricevere ciò che si merita, d'altra parte mi dispiace vedere Tyler agire in questo modo.

«S-sì! Capito!», balbetta.

«Ah, e ringrazia che non mi scappa da pisciare», aggiunge Tyler. «Leonessa», mi interpella poi Tyler, «quanto ti piacerebbe vedere questo idiota accasciato per terra?».

Kevin mi guarda come se fossi la sua ultima ancora di salvezza.

«Diciamo che non mi dispiacerebbe», dico, incrociando le braccia, e la mia affermazione convince Tyler a scagliare il primo pugno. Scaraventa a terra Kevin, lo colpisce così forte che lo tramortisce subito.

60

Arya

Quando usciamo dagli spogliatoi, Kevin è più morto che vivo. Io e Tyler camminiamo lungo il corridoio e ci fermiamo davanti allo sgabuzzino delle pulizie, aperto. Sembra sconvolto e freme da capo a piedi.

«Cavolo, Ty, l'abbiamo fatto davvero? Non sappiamo neanche se è stato davvero lui…».

«Vabbè, nel dubbio». Scrolla le spalle. «Non vedevo l'ora di fargliela pagare sinceramente. L'aveva già infastidita prima».

«Grazie per l'aiuto», dico. «Non ho mai creduto che la violenza potesse essere la soluzione a qualcosa, ma…».

«Quelli come lui non meritano di vivere», conclude sbrigativo Tyler.

«Certo, certo», concordo un po' perplessa. «Però puoi togliermi una curiosità?», domando.

«Spara».

«Non dirmi che ti piace…».

«Chi?»

«*Tyler*», lo rimprovero. «Hai capito».

«Scusami, Arya, ma la tua migliore amica è un'egocentrica so tutto io. Non è il mio tipo. E sai come sono in queste cose, ovvero abbastanza superficiale. Non ho la testa abbastanza quadrata per farmi piacere soltanto una ragazza alla volta». Sorride in modo malizioso.

«Mmm… ho un'altra curiosità…», lo incalzo ancora.

«Dimmi».

«Bea mi ha raccontato che, secondo te, lei a casa tua ti avrebbe detto che sei un tossico senza speranza, ma lei è sicura di non averti mai detto una cosa del genere quella sera».

Tyler alza lo sguardo, due gemme scure e dolci. «E quindi?»

«Bea non racconta bugie. Invece, perché tu hai mentito? Lo sai che adesso lei si sente in colpa?».

Una risata sfibrata gli scoppia sulle labbra. «Che sono un tossico senza speranza, però, è vero».

«Dai, Tyler, non fingere di essere stupido. *Non con me*».

Lui mi guarda intensamente e rivedo il bambino che una volta aiutavo a fare i compiti. Tyler è sempre stato iperattivo, svogliato nello studio, ma è intelligente, a differenza di quello che credeva sua madre. Non biasimo la signora Mackenzie. C'è stato un periodo in cui Tyler era fin troppo irrequieto, in cui l'unico momento in cui riusciva a stare tranquillo per più di mezzo minuto era a tavola, ma anche in quelle occasioni non smetteva di dare fastidio. Ricordo il suo faccino birbante che mi guardava oltre il bicchiere di vetro, mentre emetteva dei versi il cui suono era a metà tra un gargarismo e una motosega, finché Margareth non si alzava e lo rincorreva per tutta casa a suon di sculacciate. A ogni modo, io ho sempre pensato che Tyler fosse sveglissimo e per un motivo specifico. Tyler è sensibile, e la sensibilità è la forma di intelligenza più raffinata.

«Dici che Beatrix non racconta bugie», sussurra con un velo di catastrofica ironia. «Dimmi, ti ha raccontato che quella notte nel cortile della scuola eravamo insieme per via di una scommessa?».

Scuoto la testa.

«Dimmi, leonessa, ti ha raccontato di com'era terrorizzata quando sono arrivati quegli uomini a picchiarmi?».

Scuoto di nuovo la testa, affranta. No, Bea non mi ha detto nulla… Non ha fatto proprio cenno a quella notte, come se avesse voluto evitare il discorso, e come amica forse avrei dovuto capire che qualcosa non andava. Tyler si avvicina.

«Ora tieniti forte, leonessa, che arriva la parte migliore. La tua amica ti ha raccontato di come l'hanno afferrata per la gola, sbattuta contro un muro e sollevata da terra? Ti ha raccontato che è quasi svenuta? Ti ha raccontato di quanto sono stato debole, al punto da non essere stato capace di difendere né me stesso né lei?». La sua voce bassa si insinua dolorosamente nel mio cervello. «Te l'ha raccontato la tua amica che non dice mai bugie?».

Ho il palato secco e non riesco a respirare più così bene. «No, non me l'ha raccontato».

«E secondo te il *problema* sono i suoi sensi di colpa?».

Rimango a bocca aperta. «Ma…».

«Fidati, è stato meglio così… È stato meglio ripristinare l'ordine naturale delle cose: io e lei rimaniamo confinati nelle nostre vite agli antipodi, così non ci saranno più rischi per nessuno».

«Quando parli in questo modo mi ricordi Ryan», dico, e una sensazione di nostalgia mi assale: non lo vedo né sento da due lunghissime settimane.

Tyler sfodera il suo sorriso raggiante. «Ho imparato dal migliore».

61

Beatrix

Io e Cassie siamo riuscite a ripulire il mio armadietto, giusto in tempo per il suono della campanella.

«Grazie per l'aiuto, paperella», le dico abbracciandola.

«Ma figurati», dice lei. «Io ora scappo, devo andare a lezione, ci vediamo dopo?».

Annuisco e in quel momento entrambe vediamo Arya camminare verso di noi, con un sorriso ampio, affiancata da Tyler. In realtà Mackenzie si mantiene un passo dietro di lei, come in segno di… rispetto?

«Ehi, Bea, scappo a lezione! Ci vediamo dopo, alle prove?», dice Arya.

«Sì! Sarò la Giulietta più baldracca che sia mai esistita!», replico e inevitabilmente ridiamo tutte e tre. Poi, Cassie e Arya se ne vanno, dirette alla prossima lezione e io rimango dove sono. Guardo Tyler.

Cosa ci faceva insieme ad Arya?

Mi scruta con aria impassibile, come a non voler far trapelare nulla di quello che pensa. Si avvicina di più, con molta calma. I suoi lividi sono una cartina geografica sul suo viso. Siamo soli nel corridoio, tranne che per Kara Jones e Judith Lancaster, a una certa distanza da noi. Ogni tanto ci occhieggiano, ma per lo più si stanno facendo gli affari loro. Quando Tyler invade il mio spazio, non riesco a guardare nient'altro che lui, anche se non voglio ammetterlo.

«Arya mi ha raccontato quello che è successo». Lancia un'occhiata vaga alle mie spalle, verso il mio armadietto. «Stai bene?», mi chiede.

«Sì, sto bene. Ma in quale universo questi sarebbero cazzi tuoi?», ribatto. Sì, sono ancora incazzata per la storia del tossico senza speranza.

Lui sorride amabile e mi fa indietreggiare contro l'armadietto.

«Non li stabilisci tu quali sono i cazzi miei», scandisce. Ammiro il riflesso bronzeo dei suoi riccioli, il profilo affusolato del suo collo, il suo petto definito, che si intravede dalla scollatura della camicia. I tatuaggi risplendono sulla sua pelle, neri e cangianti, come regali delle tenebre. In confronto a lui, sono così bassa che il mio naso gli arriva al torace.

«Hai fatto ancora a botte, per caso?», domando, inebriata dalla sua vicinanza.

Tyler poggia la spalla contro il mio armadietto, ormai ripulito da qualsiasi scritta indecente.

«E in quale universo questi sarebbero cazzi tuoi?», soffia sul mio viso, con occhi impenetrabili, e serra la mandibola in segno di rimprovero.

D'accordo: me lo sono meritato.

Proprio in questo istante, a molti metri da noi, vedo Kevin pieno di sangue, sorretto da un gruppetto di ragazzi, salire le scale verso l'infermeria.

«Dio», sussurro, incapace di distogliere lo sguardo dalla scena, ma Tyler nemmeno si gira. «Non dirmi che è opera tua?».

Ma non riesce proprio a vivere, senza fare a cazzotti con qualcuno, questo?

Le sue ciglia nere e folte incorniciano uno sguardo intenso.

«Posso mentire, se vuoi», dice con voce molto bassa.

«Dio mio, Mackenzie, ma che motivo c'era di arrivare a questo? Prima eri con Arya... quindi... è per la storia del mio armadietto, vero? Non voglio essere la tua stupida scusa per sfogare la rabbia e la frustrazione».

«Pensi fosse solo una scusa per sfogare rabbia e frustrazione?», domanda.

«Ovviamente. Non sei poi così tanto diverso da Kevin», ribatto.

«Ci vai pesante. Non ti faccio neanche un po' pena?». Indica il suo aspetto malridotto.

«In effetti, molta», dico, ma non alludendo al suo aspetto, e lui ride. «Quando lo capirai che picchiare la gente non è la soluzione a tutti i problemi della tua vita? Ti manca solo una clava, e poi sei pronto per tornare nella tua era di appartenenza, il Neolitico!».

Sorride debolmente e io alzo gli occhi al cielo.

«Dio», ripeto, «questa non è una scuola, questo è un *ricovero per cafoni...*».

Ridacchia. «E *io* sarei un cafone? Difendo i diritti femminili, Evans, non te lo dimenticare».

«Ma non sei contro la violenza, *Mackenzie*».

Scrolla le spalle. «Nessuno è perfetto».

«Tu no di certo, visto che spacci la maleducazione per forza di carattere. Che poi, se proprio vogliamo essere precisi, è vero: non sei un cafone, sei un delinquente».

Le sue iridi si fanno improvvisamente torbide e diventa serio. Le sue labbra arrivano a pochi centimetri dal mio viso, poi scendono verso il mio orecchio, e il suo profumo dolce e intenso mi invade le narici. Sto per svenire, non mi sento molto bene.

«Visto che ti credi tanto brava... *dimmi qualcosa che non so*».

Inspiro. La sua vicinanza sta mettendo a dura prova il mio autocontrollo. Il suo ginocchio mi sfiora la coscia, causandomi un brivido lungo la colonna vertebrale. Poggia entrambi i palmi sul mio armadietto e mi fa scudo con le braccia. Non potrei scappare, nemmeno volendo. Dopodiché, le sue gambe intrappolano le mie e il mio cuore comincia a battere impazzito. Sento un calore inaspettato muoversi nella pancia e correre sempre più in basso. Se qualcuno passasse per il corridoio, penserebbe che stiamo pomiciando, anziché discutendo. Devo cercare di distrarmi e di distrarlo, perché se continua a guardarmi in questo modo…

«Perché, invece, non me la dici tu una cosa che non so?», ribatto, ansimante.

Aggrotta la fronte, confuso.

«Il mio nastro», gli ricordo.

«Il tuo nastro, cosa?»

«Mi ricordo perfettamente il giorno in cui l'ho perso. Ero a lezione di danza. Stavo ballando e a un certo punto mi si sono sciolti i capelli. Ero così presa dai miei stessi movimenti da non averci fatto neanche caso, ma sono sicura che il nastro mi sia caduto lì, sul pavimento della scuola. Quando è finita la lezione, sono tornata a casa e mi sono accorta di non averlo addosso. Sono tornata indietro a cercarlo. Ma non c'era. Anni dopo scopro che ce l'hai tu».

Mi prende una ciocca di capelli, con un luccichio negli occhi che mi fa rimescolare il sangue nelle vene.

«Storia commovente, *bella bruna*».

Alzo un sopracciglio. «Bella bruna?»

«Molto affascinante il colore dei tuoi capelli», spiega.

«Un banale castano», dico in tono pratico, cercando di prendere tempo: continuo ad avere quella strana sensazione di vertigine.

«Niente addosso a te è banale», dice sovrappensiero, e lascia andare la ciocca che gli fluiva tra le mani con delicatezza.

Con un gesto nervoso, mi metto i capelli dietro l'orecchio. «Tu eri lì», dico riprendendo il discorso. «Eri lì quando ho perso il mio nastro, se no come avresti fatto a trovarlo?»

«Mmm», mugugna.

«Cosa ci venivi a fare alle mie lezioni di danza?»

«Per vedere un angelo ballare».

Sono turbata dall'intensità delle sue parole, soprattutto perché sono pronunciate a una vicinanza fatale dal mio orecchio. Una scarica elettrica potentissima mi attraversa tutto il corpo e rimango immobile per secondi interi. Di sicuro, sta mentendo. Probabilmente, faceva parte di quel gruppo di ragazzi che ogni tanto si divertiva a prendere a sprangate le finestre dell'accademia di danza, giusto per dare fastidio. Avrà preso quel nastro giusto per farmi un dispetto, uno dei tanti dispetti a distanza che ci siamo scambiati per una vita intera.

«Un modo carino per dire che mi spiavi?», lo provoco.

«Ti stava molto bene quel tutù», rivela, e il suo sorriso si apre, facendomi venire la tachicardia.

«Adesso non sono più un angelo», ribatto, e incrocio i suoi occhi.

«Non lo sei più da molto tempo», concorda con un'espressione lugubre. Le sue gambe stringono ancora di più le mie e sento una durezza inaspettata all'altezza del cavallo dei suoi jeans, ma non sono sicura di quello che sto sentendo; in effetti, non sono sicura di niente, se non che sono molto accaldata.

«E ti dispiace?», chiedo.

Il suo corpo robusto si avvicina al mio. «No», dice semplicemente.

Rimango in silenzio, forse un po' avvilita.

«Non mi dispiace, visto quello che sei diventata», aggiunge, con un sospiro pesante.

«E cosa sarei diventata?», domando con la pelle in fiamme.

«Una dea dell'inferno», risponde.

Una dea dell'inferno. È proprio così che mi sento, quando ballo al Cherry Club: una cazzo di dea dentro un inferno, e non è qualcosa di cui vado sempre fiera, ma ballare è sempre stato ciò che volevo. Ballare al Cherry Club mi permette di fare quello che mi piace, e soprattutto mi permette di guadagnare il denaro con cui aiutare la mia famiglia. Perciò, non mi permetterò di sentirmi sbagliata per questo.

«Visto che ti divertivi a spiare un angelo, dovresti guardare una dea dell'inferno che balla, Mackenzie».

Deglutisce, incapace di rispondere.

«Nel caso te lo stessi chiedendo, è un invito», continuo. «Questa volta hai il permesso».

«Smettila di provocarmi», sussurra al mio orecchio, emettendo un gemito roco e profondo.

«Oppure?»

«Potrei accettare».

«Nel caso accettassi… il biglietto d'ingresso dovrai pagarlo comunque».

Ride e si scosta da me, permettendomi di nuovo di respirare. Si accende una sigaretta e i suoi anelli risplendono alla luce. Abbassa gli occhi sui miei vestiti: sul mio corpetto e sulla mia gonna beige con lo spacco. Sembra ammirarne tutti i dettagli.

«Bell'outfit, ma… vuoi un consiglio? Indossa la mia felpa, le prossime volte. Ce l'hai ancora, no?», domanda.

«Penso di avertelo già detto, la tua felpa puzza di cane bagnato», ribatto.

«Sì, credo che tu me l'abbia già detto, ma è sempre un piacere sentirtelo ripetere».

«Quindi, perché dovrei indossare la tua felpa?». Non ho un tono scontroso ma lui si rabbuia ugualmente.

«Perché con quella addosso, nessuno oserà mai più trattarti come ti hanno trattato oggi».

«Mi stai dicendo che per evitare di farmi insultare dovrei coprirmi?», chiedo con sdegno.

Ecco il classico ragionamento retrogrado e maschilista che mi fa sempre montare dentro una rabbia disumana...

«Evans», replica aggrottando la fronte, «sto solo dicendo che...».

«No, Mackenzie. A costo di sembrarti prepotente, non voglio sentire ciò che hai da dire. Quando avevo quindici anni, mi hanno detto che avrei dovuto lasciare la danza, perché non mi avrebbe permesso di avere un fisico "femminile". Adesso, a diciotto, non sono ancora libera di decidere liberamente riguardo al mio corpo e alla mia vita. Non posso esprimermi come voglio, altrimenti rischio di essere considerata volgare. Vivo in una società che tutti i giorni mi fa capire che le donne come me non sono attraenti, soltanto perché alzano la testa, parlano con coraggio e non si fanno calpestare. Vivo in una società che mi ricorda ogni secondo che sono una donna, che non posso fare questo e non posso fare quest'altro. In cui tutti si sentono in diritto di esprimere pareri sul *mio* corpo, sulla *mia* vita, sulle *mie* cazzo di scelte. A quanto pare sono considerata una di quelle donne le cui parole sono percepite come troppo forti, troppo aggressive. Quindi, fammi una cortesia: non dirmi che per evitare di farmi dare della troia dovrei coprirmi. Sarebbe l'ultimo dei miei problemi, e comunque non funzionerebbe. Troverebbero altri modi di attaccarmi».

Respira, e continua a fumare. Sembra colpito dalle mie parole, ma al tempo stesso è perplesso.

«Ce la fai a stare zitta un minuto, Evans?», dice in tono duro, una volta che si è assicurato che ho terminato il mio discorso.

Va bene, sto zitta, tanto credo di aver parlato abbastanza.

«Non sto dicendo che dovresti coprirti, gnometta. Sto dicendo che con quella addosso tutti sapranno da *chi* sei protetta».

«Non ho bisogno della tua protezione», dico mascherando la sorpresa.

«Lo so».

«E allora?».

Ridacchia, e il suo sorriso è grande, potente e chiaro come un raggio di sole. «La mia felpa ti sta davvero bene, sarebbe un peccato tenerla nell'armadio». Prende una boccata di fumo. «La sai una cosa, Evans?»

«No».

«Penso che tu sia insopportabile».

Cerco di mascherare un sorriso che mi nasce spontaneo, ma senza successo.

«Sappi che è reciproco».

62

Ryan

Mi sembra di stare sveglio da due giorni, oppure di più: mi sento così stanco che ho perso la cognizione del tempo. Cammino per la strada deserta, come un sopravvissuto di guerra. Ho passato tutta la notte fuori, a rifugiarmi in un posto sicuro. La casetta sull'albero che ho costruito per Arya anni fa. Travi di legno, ramoscelli spezzati e teloni assemblati insieme con dei chiodi sopra una quercia secolare. Tutta solo per lei. Non ci andavo da anni, ma è rimasta quella di sempre. Ho ritrovato anche le scritte che ho inciso nel legno per lei. Una risale al giorno in cui ho finito di costruire la casetta: "Ti giuro che un giorno ti comprerò una casa immensa, che arrederemo come piace a te, e ci saranno tante peonie nel giardino; per ora spero che questa casetta di legno ci basti, per iniziare. Ti voglio bene, piccola combinaguai". Un'altra l'ho intagliata dopo qualche mese. "Arya + Ryan = Per sempre". Un'altra ancora il giorno dopo che lei ha rischiato la vita per colpa di mio fratello. "Scusami". A rileggerlo, mi è venuta una fitta alla pancia. Questa notte, mentre disegnavo con una torcia incastrata tra le labbra per illuminare il foglio di carta, mentre disegnavo Arya, tratteggiando con la matita il suo viso dolce, la sua espressione testarda e incantevole, la bocca schiusa come per accogliere un bacio, ho passato il dito sul suo viso, come se avessi potuto sfiorarlo di nuovo. E mi sono sentito male. Ho ripensato anche alla frase che continuava a ripetermi durante la nostra ultima notte, quando la tenevo in braccio, stretta contro il mio petto, come se fossi stato in grado di proteggerla dal mondo intero.

"Resta con me". La sua voce, dolce e dirompente come il vento, ce l'ho incastrata nella testa e non se ne va più via. "Resta con me". Una richiesta che avrei voluto soddisfare. Sono rimasto sveglio notti intere, pensando a questa frase. Ho preso un coltello e ho inciso quella scritta nel legno. "Resta con me".

In questo momento, più che in qualsiasi altro, Arya, ho bisogno di un ricordo come il tuo per sentirmi ancora umano, per non sentirmi completamente un mostro e un assassino. Rimani con me, Arya, per sempre con me, per sempre vicina al cuore. Non lasciarmi solo.

Ora mi trascino per la strada, pesante, con il quaderno da disegno sottobraccio. Il cielo è striato di rosa, segno inconfutabile che il mattino sta sorgendo. Mi faccio strada tra i villini tutti uguali, con i muri sudici e le finestre dagli infissi bianchi incrostate di sporco. La porta di casa nostra, la porta di casa dei Mackenzie, spicca tra tutte le altre: è nera, lucente e riverniciata da poco, col pomello in ottone splendente. Non si direbbe che il portico sul retro, invece, sia decadente, e che varcando la soglia all'interno della casa ci si ritrovi a fiutare umidità e polvere. Mai giudicare qualcosa soltanto dalla sua facciata, perché può sembrare impeccabile, ma dentro può essere tutto abbandonato. Mi stropiccio gli occhi e cerco le chiavi di casa nella tasca dei miei jeans. Sono sui gradini, quando qualcuno si schiarisce la gola alle mie spalle. Mi giro di scatto e, con un po' di sorpresa, noto che l'ispettore Sullivan mi sta fissando. È in borghese, senza il suo distintivo scintillante sul petto, ciò significa che è venuto qui per fare una delle sue solite visite di cortesia.

«Buongiorno», dico con voce stanca.

L'ispettore Sullivan è un ometto basso e tarchiato, con gli occhi piccoli e la mascella squadrata: nonostante l'espressione di tolleranza che mi sta riservando, sembra un pitbull.

«Buongiorno, Ryan, ti sei svegliato presto, oppure stai andando a dormire tardi?», si informa.

Gli rivolgo un sorriso accomodante, estraggo dalla tasca della giacca il telefonino e controllo lo schermo. «Sono quasi le sette del mattino, ormai chi dorme più», dico.

«Ryan, devo parlarti», taglia corto, mettendo fine ai convenevoli. Sembra serio: fin troppo.

Contraggo la mascella. Provo un tetro presagio. L'ispettore Sullivan e io ci conosciamo da molti anni. È stato il primo poliziotto ad arrestare me e Killian, quando eravamo ancora dei ragazzini e abbiamo rubato un'auto.

Quel giorno, ci ha liberati con un discorsetto paternalistico. E ci ha fatto promettere che non avremmo più combinato casini. Ed eccoci qua… direi che la promessa non è stata mantenuta. Tuttavia, da quel giorno, è come se lui avesse a cuore me e i miei fratelli e, quando può, cerca di aiutarci; infatti, quando qualcuno di noi sta per finire nei casini, l'ispettore Sullivan viene a farci visita, una visita come quella di oggi. Di solito, non è niente di irrimediabile. Killian che ha commesso qualche rapina, Tyler che si è ritrovato in qualche giro di spaccio. La moto di Clayton avvistata nei pressi di un'officina andata in fiamme. Solo che stavolta ho paura che l'ispettore sia qui per via della morte dei Lombardo… In questo caso, è qui per mettermi le manette.

«Che è successo, Gary?», chiedo sbattendo le palpebre, mantenendo il mio album da disegno stretto sulla coscia. «Vuoi entrare a prenderti un caffè?»

«Grazie, Ryan, ma no», dice categorico. «Ho bisogno di parlarti di una questione urgente».

Cazzo. Il mio cuore accelera, ma cerco di non darlo a vedere. È di sicuro qui per la morte dei fratelli Lombardo. Qualche giorno fa mi ha rivelato che i poliziotti non erano riusciti a trovare i colpevoli, che la polizia stava facendo il possibile per trovarli, ma che gli indizi portavano a vicoli ciechi. E se con le indagini fossero risaliti a me? Se avessero capito che sono stato io a ucciderli? Gary Sullivan è venuto fin qui per arrestarmi? Ma no, altrimenti insieme a lui ci dovrebbero essere chissà quante pattuglie… O forse, non mi reputa abbastanza pericoloso e quindi pensa di potermi arrestare da solo.

«Ti ascolto», dico cercando di non far trapelare emozioni, ma dentro sto soffocando.

Storce la bocca. «Brutte notizie».

Okay. Sono ufficialmente fottuto. Deglutisco, ma scopro di non avere più saliva.

«Brutte notizie?», ripeto, e mi manca la voce.

«Sì, brutte notizie, Ryan». Scuote il capo.

«Accidenti…». Non mi muovo, nemmeno respiro.

«Ryan, questa volta non ho potuto fare niente per te». Si passa una mano tra i capelli, che sono molto più grigi di quanto me li ricordassi.

Devo cercare un alibi. Devo cercare un cazzo di alibi, oppure questo mi sbatte dentro.

Sospira amareggiato. «Ti ricordi di quella storia del camioncino dei gelati?», dice.

«Il camioncino dei gelati?», chiedo confuso.

«Sì, il camioncino dei gelati. Ti ricordi quando ti dissi che i miei colleghi avevano visto i tuoi fratelli rubare un camioncino dei gelati?».

All'improvviso, capisco di quale camion sta parlando: quello con cui poi abbiamo partecipato alla gara d'auto clandestina.

«Quando è successo, ho convinto i mei colleghi a soprassedere sulla questione», continua Gary. «D'altronde, non erano certi che a rubarlo fossero stati proprio i tuoi fratelli. Tuttavia, Paul Campbell, l'uomo che hanno picchiato, si è svegliato dal coma».

«E quindi?», dico.

«Be', è tornato a casa e ha intenzione di testimoniare».

«Cioè, mi stai dicendo che quell'idiota vuole denunciare i miei fratelli?», chiedo accigliato.

«Paul Campbell si ricorda di un tizio biondo, molto alto, e senza un brac-

cio che voleva sbudellarlo. Sì, vuole denunciare Killian», mi informa Sullivan.
«Solo Killian?»
«Sull'altra persona che era con lui non si ricorda molto, non riesce a fornire descrizioni dettagliate, se non che si tratta di uno con lo sguardo terrificante, ma come potrai ben capire sono informazioni non abbastanza incriminanti per la polizia. Ryan, penso che Paul Campbell sia irremovibile. Testimonierà contro tuo fratello».
«C'è qualcosa che posso fare?», domando.
«Temo di no».
Era meglio se fosse venuto per arrestarmi, forse. «*Cazzo*».
«Mi dispiace».
«Grazie, Gary. Grazie davvero per il tuo aiuto».
L'ispettore Sullivan osserva i gradini consunti di pietra davanti alla porta di casa mia con espressione desolata.
«Non ringraziarmi, sai che farei di tutto per aiutare te e i tuoi fratelli, però, Ryan, questa volta Killian è davvero nei casini... E se posso darti un consiglio da padre...». Poggia una mano sulla mia spalla e mi guarda dritto negli occhi. «...lascia perdere, pensa a te stesso», dice. Abbassa gli occhi sul mio quaderno da disegno. «Non puoi spendere il resto della tua vita a impedire ai tuoi fratelli la galera».
La porta di casa si apre con un cigolio e mia madre emerge dall'oscurità dell'ingresso, in vestaglia e con un mollettone a tenerle su i capelli lisci e castani. Mi rivolge un'occhiata frettolosa di muta preoccupazione, poi si sofferma sull'ispettore Sullivan.
«Ciao, Gary!», esclama. «Che ci fai qui fuori? Entra immediatamente, ti preparo un caffè».
«No, non preoccuparti, Margareth, vado di fretta». Alza un palmo in segno di saluto e mi guarda per l'ultima volta prima di andarsene. «Cerca di fare il meglio per te, Ryan», sussurra, prima di dileguarsi.
Faccio un cenno d'assenso con il capo, poi salgo i gradini a testa bassa.
Mia madre mi guarda come se avessi l'aria di uno che sta patendo le pene dell'inferno: non posso darle torto, anche se cerco di dissimulare il mio dolore, per quanto mi è possibile. Entro in casa, cercando di sottrarmi al suo sguardo insistente. Arrivo in cucina, sempre con lei alle calcagna. Mi sfila alle spalle. Quando è arrabbiata con noi figli preferisce rimanere zitta e farcela pagare con un atteggiamento passivo aggressivo. Sempre meglio che essere costretti a darle spiegazioni.
Tyler e Clayton sono seduti a tavola e bisticciano, stanno dicendo qualcosa a proposito dell'uscita di un videogame sugli alieni, e mangiano i cereali con il latte.

«Clayton», dico. «Vieni con me un secondo».
«Sto mangiando, Ryan», ribatte cupo.
«Non mi interessa, devo parlarti».
Clayton emette un verso di fastidio. «E va bene», replica stizzito, e si alza, si stiracchia leggermente, fa uno sbadiglio e mi raggiunge ai piedi delle scale.
Ci appartiamo, per sfuggire definitivamente a nostra madre. Cerco di mantenere il tono di voce più basso possibile.
«Lo sapevi che Paul Campbell è uscito dal coma?», domando.
«Ah... era finito in coma?». Non riesco a interpretare il nero dei suoi occhi: non saprei dire se la sua sia ironia o finta sorpresa.
«Clay, non è uno scherzo», ribatto a denti stretti. «Quel tizio vuole testimoniare contro di voi. Se non facciamo qualcosa, Killian rischia di finire dentro, dato che Paul si ricorda perfettamente di un biondo senza un braccio che voleva ammazzarlo».
Sbuffa e si scompiglia i capelli. «*Cazzo*».
Ah, ora ha capito.
«Devi fare qualcosa», gli ordino.
Solleva le sopracciglia. «*Io*?»
«Sì, proprio tu. Io non posso, ho altre cose a cui pensare. Tyler è già impegnato con la scuola. Killian è meglio se non ne sa niente di tutta questa storia, altrimenti farà più danni che altro. Clay, tocca a te... posso fidarmi?»
«Farò stare zitto quel bastardo», replica asciutto.
«Fantastico», commento, più sollevato.
«Ah, vuoi sapere una novità?», dice Clay. «Nicholas e Tony Lombardo, i figli di Alfred, a quanto pare non hanno preso bene la morte del padre e dello zio».
Posso immaginarlo. Li conosco da quando siamo ragazzini e non hanno mai avuto reazioni tenere.
«Cosa vuoi dire? Cosa vogliono?», chiedo, anche se in cuor mio già lo so.
Clay inspira a fondo. «Sapere se qualcuno ha visto qualcosa, *quella sera*. Stanno facendo il giro del quartiere, non si danno pace, stanno cercando delle risposte a tutti i costi, vogliono vendicarsi».
«Sono risaliti a noi?», chiedo con poca partecipazione. Adesso ho *davvero* altri problemi...
«No, no, per fortuna non ancora. Però non si fermeranno», dice.
Lo so che non si fermeranno. Sono cocciuti come dei muli, quei due.
«Questo è un problema che al momento non ci riguarda», dico. «Dobbiamo risolvere alla svelta questa faccenda di Paul Campbell. Chiaro?»
«Chiaro. Ma, Ryan...».

«Nessun "ma", Clayton».

«Cazzo, Ryan, vuoi ascoltarmi, sì o no?», dice affannato. «Ti ho detto che quei due, pur di vendicare il padre, stanno passando di locale in locale, e vanno in giro con dei fucili da caccia… Ti ricordi Geoffrey, quello della tabaccheria? Gli hanno sparato a una gamba. E a quello della salumeria hanno mozzato un dito… Ryan, chi non parla sta facendo una brutta fine». Gli occhi di mio fratello brillano come le stelle a notte fonda. «So che è l'ultima cosa che vorresti sentirti dire in questo momento, ma…».

Una fitta atroce mi colpisce lo sterno e ritorno a sentirmi fragile e umano, solo per un istante.

«*Arya*», sussurro.

Clayton mi studia. «Potrebbe essere in pericolo».

63

Beatrix

Oggi, io, Cassie e Arya siamo uscite prima da scuola, perché mancava il professor Jefferson, quello di letteratura. E direi per fortuna. Non mi andava di provare di nuovo le parti di *Romeo e Giulietta*. L'ultima volta che ho recitato nell'auditorium, ovvero ieri, davanti a una moltitudine di studenti, è stato imbarazzante. Ero sul palco a recitare con Lucas e, proprio durante la mia battuta, qualcuno mi ha puntato addosso un faro.

«"Le gioie violente hanno violenta fine, e muoiono nel loro trionfo, come il fuoco e la polvere da sparo"», sono riuscita lo stesso a dire, con voce strozzata.

Lucas è stato molto carino nei miei confronti. Si è avvicinato, mi ha preso la mano. Per un po', mi sono tranquillizzata. Dopodiché, Seth, un nostro compagno di corso, ha dimenticato la sua battuta. Come se tutto ciò non bastasse, ho incrociato lo sguardo di Mackenzie, seduto tra il pubblico, che mi fissava senza sosta, mordicchiandosi il labbro inferiore in un tentativo disperato di non scoppiare a ridere. Era seduto accanto a Meredith, la quale gli accarezzava gli avambracci scoperti. Ogni tanto lanciava delle occhiate a me e alla felpa che avevo indosso: la *sua* felpa. Sì, alla fine, ho ceduto. Ho messo la sua felpa, che sapeva ancora di Tyler. Era una strana sensazione. Seth mi stava guardando.

«Ti sei distratta, Giulietta?», mi ha domandato Seth.

"Non mi sono distratta, sei tu che ti dimentichi le battute", avrei voluto dire.

«Nessuna distrazione», ho replicato invece, evitando di guardare Mackenzie.

«Continui pure, frate Lorenzo», ho borbottato.

Il professore ha incrociato le braccia, infastidito da quell'interruzione di scena. Seth si è schiarito la gola e ha proseguito.

Lucas mi osservava; poi, all'improvviso, si è avvicinato al mio viso e mi ha posato un bacio sulla guancia. Ho voltato la testa di nuovo verso Mackenzie e non sorrideva più.

Dopo le prove, sono corsa verso l'uscita. Credo che Lucas ci sia rimasto male, ma non era niente di personale nei suoi confronti, volevo soltanto sfuggire a Mackenzie.

Stamattina per sbaglio ci siamo incontrati al cambio della prima ora. O meglio, *scontrati*. Lui stava gironzolando per i corridoi. Io stavo sistemando di fretta i quaderni dentro lo zaino. Mi sono voltata e lui è sbucato all'improvviso. Ci siamo ritrovati a pochi centimetri di distanza e siamo rimasti in silenzio a guardarci per un tempo infinito. Ero così vicina da riuscire a contargli i nei sulla pelle... Lui ha deglutito varie volte, il pomo d'Adamo che saliva e scendeva lungo il collo bianco.

Ha sollevato un angolo della bocca e, con un tono denso, ricco e scuro come cioccolato, ha detto: «Bella felpa, Evans».

Ho inspirato. "Bella felpa, Evans". Tutto qui?

«Me l'ha prestata uno sfigato», gli ho detto.

Ha sorriso di nuovo, si è sistemato la cartella, appesa a una spalla soltanto, e se n'è andato.

Torno al presente e alle mie amiche. Io, Cassie e Arya stiamo entrando al Donovan's e noto che c'è molta più clientela del solito. Frank Donovan è alla cassa e ci saluta con un sorriso indaffarato. Arya prende dei tramezzini confezionati, al prosciutto, e delle lattine di birra dal frigo, e ce li offre. Si infila il grembiule e si lava le mani.

«Grazie per il cibo, *ma petite*», le dico mettendomi seduta al bancone accanto a Cassie. «Stavo morendo di fame, a casa mia ultimamente ci sono solo scatole di fagioli. Ma parliamo di cose serie... Oggi è tutto il giorno che ti vedo pensierosa. Che è successo? Non dirmi che hai ancora il dente avvelenato per quel deficiente di Kevin, per favore... Dopotutto, troia non l'ha detto mica a te».

«Aftenta, Bea», dice Cassie con la bocca piena. «No fi chiama più Kefin, ma Rincoglionifo Molfo Rincoglionifo».

La guardo con faccia schifata. «Cassie, prima di parlare manda giù il boccone, che non ho capito un cazzo di quello che hai detto».

«Si chiama Rincoglionito Molto Rincoglionito, adesso», dice Arya.

«Ma chi, Kevin?», chiedo senza capire.

«Nooo! Devi chiamaflo Rincoglinifo Molfo Rincoglionifo!», strilla Cassie, e qualcuno si gira a guardarci. «Fennò Tyfer si incaffa».

«Chi è il vostro spacciatore?», chiedo, e guardo prima l'una e poi l'altra, e con mia sorpresa Arya fa una faccia ambigua. *Ma che... si droga veramente?*

«Tyler l'ha ribattezzato», spiega Arya. «A scuola il nome Kevin è bandito. Ma comunque, no, non sono in pensiero per questo... In realtà, pensavo a Wellington».

«Ah, matrimonio all'orizzonte?», chiedo. «Dimmi di no, ti prego, sono troppo povera al momento per farti un regalo di nozze».

Lei si mette a riscaldare dei toast e io apro la lattina di birra.

«C'è una cosa che mi chiedo da un po' di tempo e volevo un vostro parere... Non credete anche voi che per me sia arrivato il momento di perdere la verginità?», ci domanda Arya.

Per fortuna, non ho ancora dato la prima sorsata, altrimenti gliel'avrei sputata sul grembiule.

«*Ma petite*. Perdere la verginità non è come imbucare un pacchetto postale. La rottura dell'imene è un passo importante», dico.

«Sono d'accordo», dice Cassie, che ha finito di masticare. «Ma se io avessi un ragazzo, francamente, ci scoperei».

La guardo male e torno a concentrarmi sulla nostra amica. «Lui ti fa pressione?», chiedo ad Arya addentando il tramezzino, e mi sporco il labbro di maionese. «Wellington, intendo, ti fa pressione per avere dei rapporti?», insisto, ripulendomi.

«No, no», dice lei. «Lui è molto rispettoso. Diciamo che il desiderio parte più che altro da me... Se proprio devo essere sincera, vivo un po' la verginità come un peso. Mi sembra di perdermi qualcosa in questo rapporto senza fare sesso, capite? Cioè, tutti dicono che sia sensazionale e robe così, ma...».

«Fidati, non è sensazionale», dico.

Entrambe mi guardano perplesse.

«Che ne sai?», interviene Cassie. «Tu sei vergine».

Sì, certo. Vergine come la Madonna.

«Supposizioni», dico sbrigativa. «Magari sarà sensazionale, okay, ma la prima volta fa sicuramente male e non dovrebbe capitare con il primo che passa».

«Anche questo è vero», commenta Arya. «Ma Wellington, dopotutto, non è il primo che passa...».

«Non affrettare le cose», le suggerisco. «Specie se...». Provi ancora qualcosa per Ryan, penso, ma mi mordo la lingua. Meglio non ricordarglielo, o altrimenti temo che potrebbe cadere di nuovo in una crisi profonda. Da quando Ryan è tornato nella sua vita, la mia migliore amica ha subito un cambiamento radicale. Non l'ho mai vista patire così. Come se ciò non fosse sufficiente, è sparito di nuovo, dandole il colpo di grazia definitivo: questa volta, spero che se ne sia andato per sempre. L'ho sempre detto e l'ho sempre pensato. I Mackenzie portano guai.

«Specie se?», chiede Arya.

«Niente, lascia stare». Mi alzo dallo sgabello e lascio metà tramezzino nel piatto. «Posso sciacquarmi le mani?».

Raggiungo la mia amica, che mi fa spazio al lavello. Mi sfrego le dita sotto il getto freddo e, quando ho finito, mi guardo intorno, alla ricerca di un panno per asciugarmi. Non c'è. Mi accuccio e rovisto sotto il lavello, tra i vari prodotti per la cucina, incastrati tra le tubature. Infilo il braccio sempre più a fondo. Amuchina, spugne per i piatti, acqua ossigenata? Le mie dita entrano in contatto con qualcosa di liscio e freddo, di metallico… Qualunque cosa sia, la afferro e poi mi prende un colpo.

«ARYA!», strillo, e lei si precipita da me.

Abbassa gli occhi sulla pistola che stringo tra le mani e impallidisce.

«Che cazzo ci fai con questa sotto il lavello?», la sgrido. «Chi te l'ha data?»

«Cavolo, Bea, stai zitta», bisbiglia la mia amica inginocchiandosi. «Mettila via, prima che qualcuno la veda!».

Cassie ha allungato il collo, interessata e… spaventata.

«Tu hai una…», urlo, ma poi dico a bassa voce: «…*arma* nel tuo bar… Arya, mi prendi per il culo?». Sono fuori di me.

«Ti posso spiegare…», comincia lei.

«Non c'è niente da spiegare», ribatto, agitando la pistola sotto i suoi occhi per farle capire la gravità delle sue azioni. «Te ne devi sbarazzare».

«Bea, ridammi la pistola».

«Non è tua, questa. Di chi è?».

Si stringe nelle spalle. «Vuoi sapere chi me l'ha data? È stato Ryan, contenta?». Me la toglie dalle mani e la rimette al suo posto, interrompendo il nostro contatto visivo.

«Perché avrebbe dovuto dartela, scusami? Sta cercando di nascondere l'arma di un delitto, e tu ti sei offerta come complice? Santo cielo».

«Era per la mia sicurezza», replica. «Non farne un dramma, *Beatrix*».

"Beatrix"? Ho sentito bene?

«Ah, quindi era per la tua sicurezza: che bravo ragazzo che è Ryan! Complimenti! Gli facciamo una statua, che dici, ti va?».

Frank ci ha sentite bisticciare e ha drizzato le orecchie.

Arya sospira, dissimulando. «Nessuno ha intenzione di fare statue a nessuno, ma *adesso*… cerchiamo di non attirare troppo l'attenzione, *per cortesia*». Si rialza e si pulisce i palmi sul grembiule.

Certo, come no, nascondiamo una pistola sotto un lavello come se niente fosse…

Guardo Cassie allibita, in cerca di supporto, ma lei scuote la testa a sua volta.

La nostra migliore amica è impazzita, e tutto per colpa di Ryan. Voglio riavere indietro la vecchia Arya, la ragazza coscienziosa che non presterebbe mai il fianco a situazioni di questo tipo; rivoglio la mia migliore amica che distingue alla perfezione un'azione giusta da una sbagliata. Rivoglio Arya, quella che si ricorda di come l'ha trattata Ryan durante gli ultimi anni. Non ho parole, davvero. Sono desolata, e arcistufa. E, proprio in questo momento, la porta del bar si apre con un cigolio. Wellington Parker. Ci mancava giusto lui.

64

Ryan

Getto la sigaretta sull'asfalto e controllo le auto parcheggiate vicino al marciapiede del Donovan's. Nessuna di queste appartiene ai Lombardo, visto che non ci sono automobili appariscenti. Da quando li conosco, a Tony e Nicholas piace andare in giro con stile.

Butto fuori l'aria e mi sistemo la giacca di pelle. Se Tony e Nicholas non sono ancora arrivati da queste parti, *lei* è al sicuro. Se qualcuno osasse anche solo sfiorarla, non risponderei più di me stesso. D'un tratto, provo una sensazione di vuoto e di malessere che mi comprime l'intestino, una sensazione simile a quella dei giorni passati, ma molto più intensa e dolorosa.

Con un sospiro, entro nel locale. Il bar è pieno di gente, le facce sono sempre le stesse, e appartengono alla clientela storica dei Donovan. C'è un intenso odore di fritto e di formaggio industriale squagliato. Non perdo tempo a perlustrare la stanza, i miei occhi individuano subito Arya. I capelli lisci e lunghi, castano chiaro, sono sistemati in modo da celarle il viso e le iridi azzurre. È bella, ma è come se cercasse sempre di nascondersi.

Mi accorgo che ci sono anche le sue amiche, sedute sugli sgabelli di fronte a lei. Lì accanto c'è anche quell'idiota del suo fidanzato. Se solo ripenso a quello che ho scoperto sul suo conto, provo l'istinto di rompergli l'osso del collo. Ha fatto sesso con delle minorenni e ha diffuso i filmini su internet, ma questo ovviamente Arya non lo sa. Se glielo dicessi, lei mi crederebbe?

Non sono cazzi tuoi, Ryan, mi ricordo. Ho una regola, soltanto una: starle lontano, farmi gli affari miei, proteggerla se serve.

Mi avvicino al bancone e, quando lei mi vede, strabuzza gli occhi. Ho i flash di *quella notte* che mi rimbalzano nella mente come palline di un flipper. Lei sopra le mie gambe, rannicchiata contro il mio petto, mentre mi baciava le dita... Un altro flash. Gli spari di pistola, il sangue che sgorgava dal petto di Victor e Alfred, un bicchiere di bourbon che si infrangeva sul pavimento. Ora sono di nuovo qui, nel suo bar; lei sta parlando animatamente con il suo fidanzato e le sue amiche e mi rendo conto che, a prescindere dalle mie scelte, non ci sarà mai spazio per me nella sua vita.

Arrivo di fronte a lei e Arya si pietrifica. Mi allento il colletto della camicia e respiro a fondo. Non posso tremare così solo perché lei mi sta davanti. Sento gli occhi di tutti puntati addosso, inclusi quelli di suo padre. Venire qui è stato inappropriato, ma necessario. Controllare che non si faccia del male è la mia priorità assoluta.

«Cosa vuoi, Ryan?», mi chiede Arya con voce spezzata.

«Vorrei un hamburger», rispondo. «Vorrei un hamburger». Che stronzo che sono, ma davvero ho detto così? A quanto pare…

«Preparatelo da solo il tuo cazzo di hamburger».

A parlare non è Arya, bensì la sua amica, Beatrix, che mi sta rivolgendo uno sguardo d'odio plateale.

La ignoro e Arya interviene. «Ti preparo il tuo hamburger», dice con fare sbrigativo, e accende il microonde.

Tiro fuori il portafogli dai pantaloni e prendo una banconota da venti dollari.

«No, offro io», commenta lei secca.

«Ah, Ryan, ciao», dice il signor Donovan, che sta consegnando uno scontrino a un cliente. Il viavai di gente che c'è qui dentro oggi mi rende claustrofobico. «Come sta tuo fratello?»

«Quale dei tanti?», chiedo brusco.

Io e Frank Donovan non ci siamo mai tollerati. Mi impegno con tutto me stesso per non mancargli di rispetto, perché è il padre di Arya, ma a volte sembra che ce la metta tutta a farmi perdere le staffe.

«L'ultimo, quello che ha il vizio delle risse e del gioco d'azzardo».

«Si chiama Tyler».

«Come sta, allora, tuo fratello?», chiede con un tono che non preannuncia nulla di buono.

«Molto male, grazie».

Arya sta preparando il mio panino senza mai alzare la testa e il fidanzato idiota ride sotto i baffi. Per un istante, immagino di spararagli un colpo in testa, spappolandogli il cranio. Sono malato? No, sono solo incazzato… Ma non posso vederlo vicino a lei. Sono così preso a osservare Wellington da non essermi accorto che il padre di Arya è a un metro da me. La mascella che gli si contrae dall'ira sembra un draghetto che sta per sputare fuoco.

«Vuoi fare lo spiritoso?», dice. «Sei dentro casa mia, ragazzo. Non ti permetto di parlarmi in questo modo».

Mi gratto la nuca, esasperato. «Non si preoccupi, signor Donovan, me ne vado».

Arya sta posizionando il pomodoro sopra il cheddar, ma le tremano le braccia. Sottoporla anche a questo, sottoporla ancora alla mia presenza dopo tutto quello che ha passato, soprattutto durante la nostra ultima notte, mi sembra troppo crudele. Ora che mi sono accertato che lei sta bene, la mia presenza qui è superflua.

Peccato che il signor Donovan non abbia ancora finito con me. Agita un dito nel vuoto nella mia direzione, con fare intimidatorio. «Se ti vedo ancora intorno a mia figlia...».

«Papà!», esclama Arya, scioccata e rossa in volto.

Padre e figlia si scambiano occhiate ostili e silenziose. Si stanno rimproverando a vicenda cose che neanche posso capire, e non voglio mettermi in mezzo.

«Lascia stare per l'hamburger, mi è passata la fame», dico, e Arya si volta verso di me. Mi guarda in modo diverso. Non più come un suo vecchio amico, ma come qualcos'altro...

«Ciao, Arya», le dico. Nelle sue iridi azzurre intravedo mescolarsi inquietudine e scompiglio. Esco da questo bar, prima di commettere un'azione troppo impulsiva e di arrivare, quindi, all'irreparabile.

65

Cassie

Frank sta sbraitando per tutto il locale. «Se vedo ancora quel ragazzo *qui dentro...*».

Arya gli corre appresso. «Papà! Papà! Per favore...».

«Lo giuro sulla tomba di tua madre, Arya, non lo voglio più vedere qui dentro, e se si avvicina al mio bar, se si avvicina a te di nuovo, Arya, io lo spedisco all'inferno!».

Arya e suo padre sono ai piedi delle scale.

«Tu non lo conosci, papà», sta mormorando lei.

«E menomale!», sbotta lui.

«Lui non è cattivo, papà!», dice Arya quasi disperata.

«Io so soltanto che a causa sua... tu...». Frank è costretto a fare una pausa. «Arya, lui una volta ti ha riportata a casa che eri in fin di vita, ti ha messa tra le mie braccia e se n'è andato. Io so soltanto questo. Non penso che Ryan sia un cattivo ragazzo, non lo penso, ma... lui e i suoi fratelli non lo fanno apposta, distruggono ogni cosa che gli sta intorno. Ryan non ha rispetto per niente e per nessuno. Lo vedi anche tu com'è, no? È supponente, viene qui come se niente fosse, si comporta come se fosse il padrone del *mio* bar, il padrone dell'universo. E poi, Arya, penso che lui sia molto pericoloso per te, non ce lo voglio qui, non ce lo voglio, punto e basta! Sono tuo padre, potrà ancora contare qualcosa la mia volontà?».

Arya dice qualcosa a bassa voce, che non riesco a decifrare. Tra me, Bea e Wellington è calato un silenzio sgradevole. In effetti, il fidanzato di Arya è rimasto impalato a guardarli come uno stoccafisso: non dev'essere piacevole per lui assistere a questo tipo di discorsi che riguardano un altro ragazzo.

«Allora, ehm, Wellington», dice Bea, dandogli una pacca sulla spalla, «ti va se andiamo un attimo fuori a fumarci una sigaretta?».

Wellington si mette le mani nelle tasche dei pantaloni, ancora piuttosto stupefatto dalla situazione.

«Sì, controllo io la cassa, voi andate pure», intervengo offrendomi volontaria, ma non era necessario specificarlo. Bea e Wellington stanno già uscendo.

I clienti mi rivolgono occhiate compassionevoli, ma presto tornano a consumare il loro pasto. Che giornataccia. Stamattina, a scuola, è stata tragica: il professore di matematica ha interrogato me, Arya e Bea, e tutte e tre abbiamo fatto scena muta. Ultimamente, non abbiamo avuto molto tempo per concentrarci sullo studio. Arya mi ha raccontato anche che cosa è successo a Bea, la sera in cui hanno picchiato Tyler. E ci mancava solo la sceneggiata del padre di Arya. Prendo il telefono. Il mio sport preferito, oltre a ingurgitare schifezze e abbuffarmi di cibi con alto tasso di zuccheri e grassi, sembra essere diventato quello di rileggere le vecchie conversazioni con Clayton. Credo sia una forma di autolesionismo. Ma il fatto è che vorrei cercare di capire come ho fatto a cascarci. Ho la cronologia completa di come mi ha fottuto alla grande e la studio. Se capisco dove ho sbagliato, forse... No, in realtà voglio solo soffrire, voglio solo rivivere il dolore che mi ha inflitto, altrimenti io non sono niente.

Clayton: Scommetto che hai un visino da angioletto. Che ne dici di farti una foto solo per me?

La mia risposta è stata una mia foto, con la lingua di fuori e il viso seducente. Sotto le braccia sollevate erano ben visibili dei grossi lividi violacei.

Clayton: Cazzo. Che hai fatto alle braccia?
Io: Ho sbattuto non ricordo dove.
Clayton: E sbatti spesso dove non ricordi?
Io: No, solo questa volta.
Clayton: Se fossi lì con te, ti bacerei i lividi fino a quando non ti passano.
Io: Allora spero non mi passino.
Clayton: Posso dirti una cosa?
Io: Vai.
Clayton: Non funziona.
Io: Che cosa???
Clayton: Fare del male a te stessa per ferire chi ti sta vicino non funziona. E sai perché? Perché ti ha insegnato a farti del male.
Clayton: Annientarsi e umiliarsi da soli non è un gesto di ribellione, ma soltanto mettere in pratica certi insegnamenti. Autodistruggersi è obbedire, in questi casi.
Clayton: Vuoi davvero ribellarti, Cenerentola? Allora emancipati, realizzati e poi distruggili.
Io: Non è un bisogno razionale, a volte non riesco a controllarlo.
Clayton: Vietato dire "non ce la faccio".
Clayton: Comunque in questa foto non ti si vedeva bene.

Gliene ho mandata un'altra frontale, in cui sorridevo con dolcezza e incrociavo le braccia sulle gambe.

Io: Qui?

Clayton: Cassie?
Io: Sì?
Clayton: Anche se apprezzo lo sforzo, non credo che tu abbia capito cosa intendo.
Io: Prova a spiegarti meglio, Mr Riservato.
Clayton: Mi piacerebbe vedere qualcosa del tuo corpo che solo in pochi hanno visto. O, almeno, spero siano stati pochi.

Il mio cellulare inizia a squillare. Chiamata in arrivo da "La stronza". Ah, mamma mi sta cercando. Le servirà qualcuno che paghi una bolletta, qualcuno che le vada a riordinare i medicinali che ha fatto scadere, qualcuno che le risintonizzi l'antenna del televisore, o robe così… Che novità. Sono quasi tentata di non rispondere.

Voglio dire, mi cerca solo quando ha dei favori da chiedermi, ma poi non esita un attimo a sbattermi fuori casa. No, non devo rispondere. Mia madre è una stronza, narcisista, approfittatrice, non posso cascarci di nuovo. Anzi, meglio: le risponderò, dirò che ho cose più importanti da fare, come per esempio i fatti miei, e dopodiché le attaccherò il telefono in faccia. Sì, farò così, deciso. Premo il bottone verde sul display e, quando accosto il telefono all'orecchio, come da prassi, la sento piagnucolare. Anzi, non sta piagnucolando, sta proprio piangendo. Devo stopparla all'istante.

«Cassie», bisbiglia con voce lamentosa e straziata, grondante di panico. «Cassie, oh mio Dio!».

«Senti, mamma, non puoi chiamarmi ogni volta quando ti pare e piace! Non…».

«C-Cassie, si tratta di P-Paul. Siamo in u-una situazione… orribile. Hanno fatto irruzione in casa».

«Cosa?».

Mia madre piange a dirotto.

«Mamma! Mamma! Adesso, calmati! Dimmi per filo e per segno che cosa è successo!».

«U-un ragazzo a-alto, capelli neri, con una tuta g-grigia, è entrato in casa nostra con una spranga di ferro, h-ha parlato con Paul, gli h-ha detto di t-tenere la bocca chiusa e… Cassie…».

«In che senso, ha parlato con Paul? Paul è tornato a casa?»

«S-sì, per fortuna, Paul è fuori pericolo a-adesso, tesoro, l'hanno dimesso, i m-medici sono stati così dolci e gentili, e gli infermieri ogni tanto vengono a fargli visita».

«Lui è ancora lì?», domando.

«Chi, tesoro?», chiede lei, confusa.

«Il ragazzo che ha fatto irruzione è ancora a casa nostra?», ribatto.

«Cassie, mi sono presa uno spavento…».

«Rispondimi!», la incalzo.

«N-no, l-lui se n'è andato...».
«Ora ti devo lasciare, mamma», dico.
Mi sento come se tanti piccoli aghi mi si fossero infilzati tra le costole. Clayton. Ancora lui. Ancora nella mia vita, per distruggerla. Annientarmi sembra essere diventata la sua missione. Voglio che la smetta, voglio che la faccia finita, voglio che lasci in pace me, mia madre e Paul. Voglio che esca dalla mia vita, una volta e per sempre. Mi accuccio sotto il lavello e rovisto tra i vari prodotti chimici; dopodiché prendo la pistola di Arya, oppure dovrei dire di Ryan, e la nascondo all'interno della tasca della mia felpa. Mi allontano dalla cassa ed esco dal bar, a testa bassa. Supero Bea e Wellington che stanno parlando così animatamente da non avermi neanche notata, e mi dirigo verso il Lion's, sicura al cento per cento di trovarlo lì dentro.

66

Cassie

Nonostante il cartello con la scritta “Closed”, la porta del Lion’s è socchiusa, perciò entro. L’interno è buio e un po’ polveroso, come se il locale fosse chiuso da settimane. Sembra deserto e inabitato, di sicuro inospitale. Ma qualcuno c’è. Una figura alta, possente e di schiena, che si amalgama alla perfezione con il buio, come se fosse essa stessa un’ombra.

Clayton sta sistemando i boccali di birra sul ripiano e i muscoli guizzano a ogni movimento, messi in risalto da una maglietta attillata. Per un attimo, mi perdo a osservarlo. Poi decido di agire. Afferro la pistola, e la estraggo dalla tasca. Nonostante la stia stringendo con tutte le forze che possiedo, ho l’impressione che mi possa scivolare dalle dita da un momento all’altro, dato che ho i palmi sudati.

Alzo il braccio e punto l’arma alla sua schiena, con il cuore che mi chiude la gola. Ho il viso imperlato di goccioline di sudore e le tempie che mi pulsano. Clayton, intanto, continua a sistemare lo scaffale senza accorgersi di niente. Dovrei dire qualcosa, dovrei farmi sentire, dovrei dirgli che sono qui. Non ho mai fatto male nemmeno agli insetti, non sarei mai capace di ferire un essere umano, quindi… perché sono qui e perché gli sto puntando una pistola alle spalle? Per quanto ancora fantasticherò di essere capace di fargli del male? Perché mi sono andata a infilare in questa faccenda?

Lui con estrema lentezza si volta. È alto e terrificante. Le spalle morbide in una posa rilassata, un piccolo diamante gli brilla sul lobo tondo dell’orecchio, gli occhi neri e fiammeggianti su un volto bianco, distruttivi come la bruciatura di una sigaretta sull’orlo di un tessuto pregiato. Mi scruta senza riserva, senza gentilezza. Fa il giro del bancone e tra noi due non c’è più niente di solido: solo distanza e aria. Clayton ha un fascino imbarazzante.

«Che sbadato», dice, e fa schioccare la lingua sul palato, in segno di rimprovero. «Non ricordavo di averti invitata… Vuoi una birra? Vuoi un cheeseburger?». I suoi occhi diventano feroci. «Che cazzo vuoi, Cassie?».

Non abbasso il braccio. Lui è ancora nel mio mirino e io ho ancora in mano la pistola, ma non sembra dargli importanza.

«Non avvicinarti, Clayton», sussurro.

Lui, ovviamente, non mi ascolta. Fissa prima me, poi la pistola. Impassibile. Non ha paura. Cazzo. Non ha paura. Ma *certo* che non ha paura. Chi mai potrebbe aver paura di me? Sono ridicola. E stupida. Sono io quella vulnerabile in questa situazione. Lui torreggia su di me, e sussulto, presa alla sprovvista. È molto più vicino di quanto sarebbe lecito.

«Che cazzo vuoi ancora, Cassie?», chiede di nuovo.

Ha oltrepassato qualsiasi barriera difensiva. Non mi tratta con garbo, non mi tratta come se fossi fragile, e questo lo apprezzo, anche se, probabilmente, non dovrei. La pistola gli sfiora la stoffa della maglietta.

«Che cazzo vuoi da me?», dice con un tono roco e profondo che mi vibra sulla pelle. Non sembra arrabbiato e la sua voce è tranquilla, fin troppo.

Inalo il suo profumo intenso. «Voglio fartela pagare», dico, e la sua bocca si schiude in un sorriso caritatevole.

«Come?».

Deglutisco. Ho un desiderio viscerale di ferirlo, e ho in mente un'infinità di modi per fargliela pagare, eppure sento che non avrei il coraggio di andare fino in fondo. Sono capace di odiarlo, ma non di ferirlo. Ma lui, questo, non deve saperlo.

«Vuoi spararmi?», prova di nuovo a chiedere, e questa volta aggrotta la fronte, scettico.

«Potrei farlo», dico alzando il mento. «Dopotutto, è l'unico modo per fermarti».

«Lo è», concorda. I suoi occhi sono inviolabili. «Quindi? Che aspetti?».

Lui è uno che si prende ciò che vuole, senza chiedere il permesso: forse, pensa che tutto il mondo sia come lui. Forse, mi sta semplicemente mettendo alla prova. Ma davvero sarebbe disposto a morire pur di vedere fin dove mi spingerei? È matto, per caso? Be', sì...

«Voglio sapere prima una cosa da te», dico. «Perché continui a minacciare la mia famiglia? Perché continui a tornare nella mia vita, perché continui a sbucare fuori, proprio quando...».

China la testa di lato e dei ciuffi scuri gli coprono il viso.

«Proprio quando?», domanda.

Proprio quando ho bisogno di dimenticarmi di te. Lo sfido con gli occhi, il labbro inferiore mi vibra impercettibilmente. Lo odio profondamente, e voglio che lui lo capisca. Lo capisce.

«Il fidanzato della tua mammina», sputa con odio, «vuole spedire mio fratello in galera. Gli ho fatto solo un bel discorsetto, tutto qua. Tu difendi la tua famiglia», spiega. «E io difendo la mia. Nulla di personale».

Ormai, la mia mano non riesce più a stare ferma, e la pistola trema sulla stoffa della sua maglietta aderente.

«E sei andato lì con una spranga di ferro in mano, solo per fargli un discorsetto?», lo provoco.

Lui scoppia a ridere.
«Per quale motivo continui a soccorrere quella pazza di tua madre?»
«Non chiamarla in questo modo! Mia madre sta male!», sbotto.
«Se sta male, rinchiudila in un cazzo di reparto psichiatrico».
«Non è così semplice».
Scrolla le spalle e fa un sorrisetto ironico. «D'accordo… Scelta tua».
«Perché non l'hai ucciso? Perché non hai ucciso Paul?», chiedo all'improvviso. «Non sei uno che si fa problemi, o sbaglio?»
«Già».
Uccidere Paul sarebbe stata la soluzione più semplice, a meno che non abbia voluto risparmiare mia madre. Era una testimone, e ciò significa che avrebbe dovuto uccidere anche lei.
«Non l'hai ucciso», ripeto inebetita. Ha avuto pietà, e difficilmente la assocerei a Clayton.
«No».
«Perché?».
Non risponde.
«Un altro errore di valutazione, Clayton?», lo istigo. «Questa volta ti costerà caro».
Piega la testa su di me, come a volermi catturare con lo sguardo, come a volermi *dominare*. E poi emette una risatina profonda e tetra. Un brivido di paura mi attraversa la schiena.
«Perché ridi?», chiedo.
«Niente. Sei divertente…».
Lui mi trova divertente. *Io gli punto una pistola addosso e lui ride.* Mi sento mortificata.
«Sai cos'è divertente? Che la pistola che ti sto puntando contro è di tuo fratello. Se ti sparassi, lo sai a chi darebbero la colpa?». Colpito… *metaforicamente.*
Non emette fiato. Torna serio. Okay, lo scherzo è finito. Le sue dita si appoggiano sul metallo della pistola e sfiorano le mie. Si blocca l'arma contro lo sterno e inspira.
«Stai parlando troppo, facciamola finita», dice duro. Abbassa la testa verso la mia. I suoi occhi mi incatenano in una morsa buia. La vicinanza del suo corpo mi procura un brivido. Respiro a malapena, inghiottita dalla sua ombra. Non posso credere di avergli consentito di avvicinarsi così tanto… Il suo fiato arde come veleno contro il mio orecchio. «Tremi, Cenerentola? È la tua occasione per vendicarti. Vuoi sprecarla così?».
Tutto ciò che dice mi appare come una provocazione, come se sapesse che non ho mai utilizzato una pistola in vita mia, come se sapesse che in effetti non riuscirei a sparare un colpo nemmeno volendolo. Come se

sapesse che è tutta una finzione. Una finzione, quello che siamo sempre stati noi.

«Pensi che non ne sarei capace?», replico.

«Al contrario». Le sue labbra bollenti sfiorano il lobo del mio orecchio mandandomi in estasi. «Sei più pazza di quanto immaginassi. Avanti, Cassie, fammi male».

Si raddrizza di fronte a me. E quando lo guardo, mi rendo conto che lui è un incantatore, un prestigiatore. Mi rendo conto che lui non ha fatto altro che giocare… e che io ho commesso degli errori. L'ho sempre trattato come se lui avesse dei sentimenti.

Poso l'indice sul grilletto e sto quasi per premerlo, ma succede tutto in un attimo. Le sue mani si attorcigliano ai miei polsi, tenendomi ferma e inchiodandomi contro il suo corpo, la pistola mi cade per terra e mi ritrovo imprigionata tra le sue braccia. La mia schiena è contro il suo petto, la sua guancia preme sulla mia testa. Mi porta i polsi dietro la schiena.

«Hai fatto male a non spararmi», dice soave mentre continua a tenermi ferma.

«Perché?», dico.

«Perché, a differenza tua, io adesso *con te* non ci andrò piano», mormora.

Continua a tenermi i polsi con le sue mani grandi, mani da cui si diramano le vene violacee degli avambracci scoperti. Gli sto addosso, il mio corpo aderisce completamente al suo, avverto una strana sensazione di quiete, come se i miei glutei avessero bisogno di incastrarsi tra i suoi pantaloni, tra le sue gambe di marmo. Le forze mi vengono meno. Lui si mette seduto su una sedia. Mi costringe a mettermi in braccio a lui. Siamo i pezzi di un puzzle che si incastrano alla perfezione, è come se fossi nata per questo. Addosso a lui mi sento fragile, insicura, ma anche della *misura giusta*. Nonostante i miei polsi siano bloccati ancora dalle sue mani, per la prima volta da quando sono con lui non mi sento in trappola. Ripenso alla sua affermazione. "Adesso con te non ci andrò piano". Forse, dovrei avere paura. Forse, sta per accadermi qualcosa di brutto…

«Che hai intenzione di fare? Ce l'hai con me?», chiedo, e volto la testa. Incontro i suoi occhi neri, imperscrutabili.

«Cassie», sussurra con un sorriso morbido e allusivo. «Non mi hai mai visto incazzato. E non lo sono. Se lo fossi, lo sapresti».

«Non sei…?», domando, incapace di stare dietro i suoi sbalzi d'umore.

«*Lo so* che non mi avresti sparato».

«Come lo sapevi?»

«Perché sei troppo innocente per questo mondo», dice con voce profonda.

Non riesco a distogliere lo sguardo dal suo viso perfetto e letale, non riesco a evitare di sentirmi così bene sopra di lui… La mia intimità, ormai calda e bagnata, sfrega sulla sua, dura e gonfia. Un calore bruciante mi invade il corpo, con potenza devastante. Clayton fa ondeggiare piano il bacino, con movimenti molto lievi. Nonostante gli strati di vestiti che ci separano, mi sento ipersensibile, inondata di un piacere straziante, quasi inverosimile. Talmente forte da sconvolgermi, e annebbiarmi la testa. Talmente forte, da farmi dimenticare di ogni cosa. Chiudo gli occhi. Mi concentro sul punto in cui il mio corpo entra in contatto con il suo…

«Continua», sussurro, e mi mordo il labbro. *Ops.* Mi è uscito. Riapro gli occhi e mi paralizzo.

Il suo respiro diventa sempre più intenso e roco, la sua voce mi pizzica la pelle. «Vuoi che continui?»

«Sì, ehm… non smettere», dico con una vocina sottile.

Mi afferra i capelli in un pugno. Emetto piccoli gemiti, poi inarco un po' la schiena, premendo ancora di più il sedere contro la sua erezione.

«La conosci la differenza tra "continua" e "non smettere"?», mi chiede, e mi afferra l'interno coscia con violenza, procurandomi un formicolio nuovo e inaspettato. Parla al mio collo scoperto, così vicino che quasi vi posa le labbra.

«Non c'è differenza», dico.

Emette un ringhio divertito. «E invece c'è un'enorme differenza. "Continua" puoi dirlo per incoraggiare chi non sa quando fermarsi. "Non smettere" è una preghiera rivolta solo a chi sa esattamente ogni cosa, quindi anche quando fermarsi. *Non fare confusione*».

La sua mano tra i miei capelli mi costringe a voltare la testa verso di lui. Incontro di nuovo i suoi occhi neri: due vulcani spenti, ma che non sai mai quando potrebbero riaccendersi.

«Quando sarai tutta sola, pensaci… *pensami*», dice.

Schiudo le labbra. Il suo viso è sempre più vicino al mio, le nostre labbra sono a pochi centimetri… Ma poi entrambi udiamo un rumore e ci voltiamo di scatto. È Killian, che è appena entrato al Lion's e in mano ha un bel malloppo di dollari.

67

Cassie

Killian agita delle banconote in aria, avanzando verso di noi, con la faccia di un esaltato. Sono ancora in braccio a Clayton, dentro il loro locale. Mi sento fuori posto, e non da un unico punto di vista.

«Ehi, Clay, sai quanto cazzo ho guadagnato oggi?», ringhia Killian.

Nessuna risposta. Le gambe solide di Clayton non si muovono di un millimetro e non lo sento neanche più respirare. All'improvviso, è diventato di pietra.

«Trecento fottutissimi dollari!». Killian parla come se fosse eccitato, con gli occhi che brillano. Questo ragazzo mi mette angoscia. La sua espressione, quando si accorge che mi trovo sulle gambe di suo fratello, cambia in un secondo e diventa truce.

Clayton sospira e io mi alzo di scatto, imbarazzatissima, con le guance che potrebbero andare a fuoco. Killian si bagna le labbra con la lingua e studia il mio corpo, con un certo interesse. Provo una strana forma di soggezione nei suoi confronti. Mi mordo il labbro, mentre i due fratelli si osservano guardinghi.

Fisso Clayton, che ha due occhi ermetici, la linea del collo elegante e sinuosa, pallida come la luna. E in effetti Clayton sembra essere proprio questo. Una luna che oscura l'intero firmamento. È l'unico sovrano della notte: così solo, così arrabbiato, così silente. Killian mi rivolge un sorrisetto, come se fossi un giocattolino di suo fratello che adesso potrebbe passare tra le sue mani, e lui in effetti non vede l'ora.

«E dunque ecco perché mio fratello non rispondeva al telefono». Mi indica con il suo braccio robotico. «Da quando sei così egoista, fratellino? Le *gioie* della vita andrebbero sempre condivise…», commenta, ironico.

Lo stomaco mi si stringe e faccio un passo indietro, ritrovandomi a pochi centimetri da Clayton, che nel frattempo si è alzato. La sua presenza alle mie spalle è molto più ingombrante del previsto, e mi avvolge come un'ombra nera.

«Ti assicuro che questa *qui* è tutt'altro che una gioia», replica Clayton, ancora dietro di me.

Io, involontariamente, tremo. Mi sono appena resa conto di trovarmi tra due criminali, che non si farebbero alcun problema a ferirmi.

Killian fa un passo in avanti, aggrotta la fronte e cerca di decifrare le espressioni del fratello per quelli che mi sembrano minuti interi.

«Tu la tieni ferma per le braccia e io le apro le cosce?», suggerisce.

Anche Clayton avanza di un passo e diventa una sagoma scura al mio fianco. Killian e Clayton sono talmente vicini che i loro nasi potrebbero toccarsi e io sono schiacciata da entrambi i lati. La mia spalla destra tocca il petto di Killian e la mia spalla sinistra tocca il petto di Clayton.

«Dove hai preso tutti questi soldi, Killian?», ringhia Clayton, facendo un cenno con la testa alla mazzetta che ha in mano.

Killian ride con atteggiamento vanesio e riesco a percepire il suo profumo alla fragola.

«Bisognava ricordare alla gente chi è il vero leader della famiglia», dice, e un lampo gli attraversa lo sguardo.

«Chi cazzo hai rapinato?». Clayton ha la voce dura.

Killian alza le braccia per poi farle ricadere lungo i fianchi, in segno di insofferenza. «Geoffrey della tabaccheria».

Clayton ghigna. «Sei sempre il solito».

«In compenso, oggi non ho ucciso nessuno».

«Vuoi una medaglia al valore?»

«No, ma vorrei che tu ascoltassi il mio piano». Killian sogghigna. «Ora che James Lombardo è morto, abbiamo campo libero…».

«James Lombardo? Il tizio che avete rapito alle corse?», dico con stupore.

Killian mi incenerisce. «Chi cazzo ha rapito chi e dove?».

Deglutisco, con il cuore che mi esplode nel petto dal terrore. Mannaggia a me e alla mia boccaccia.

«N-nessuno».

«Brava ragazza», sussurra, poi torna a guardare suo fratello. «Allora, fratellino. Non è un piano geniale?».

Clayton aggrotta la fronte. «Quale piano?»

«Riaprire la nostra sala scommesse», risponde, «incrementare gli affari e sfruttare il vantaggio che abbiamo sui Lombardo, ora che la loro famiglia si è decimata».

«Un'idea geniale, proprio. Sai che Nick e Tony Lombardo, nel frattempo, stanno facendo il giro del quartiere per scoprire chi ha ucciso il padre e lo zio?»

«E a noi cosa importa?», ribatte Killian.

Clayton parla con una voce così bassa che il suo petto vibra intensamente. «Killian. Non. Fare. Altre. Cazzate».

«Non dirmi che proprio tu vieni a farmi la predica! Ma sentiti! Chi sei? *Ryan*? Finiscila di sparare cazzate e, per piacere, offri anche a me un po' di questo bocconcino». Lo sguardo vacuo, spaventoso di Killian si posa su di me. Mi guarda con puro desiderio.

Deglutisco e vorrei scappare, nascondermi dietro Clayton, ma non sono più capace di muovermi, e poi non sono sicura che Clayton sia la persona più adatta dietro cui nascondersi.

«Lasciala stare, è solo una piantagrane. Se ne stava andando».

«Sì», confermo con voce stridula. «Me ne stavo andando».

«Oh, ma io non voglio che tu vada... voglio che tu venga...». Killian mi sfiora il viso con la punta dell'indice e sobbalzo.

«Non è divertente», dice Clayton sbrigativo.

«Non muori dalla voglia di farla venire anche tu, fratello?», aggiunge Killian, con gli occhi sempre puntati su di me.

Clayton mi analizza impassibile, gli occhi neri come voragini. «Francamente, no».

«Ma davvero? Secondo me, starebbe molto bene con un bavaglio alla bocca. Ti va di provare? Possiamo scoparcela a turno».

Clayton scoppia in una risata amara, *infida*, che mi riverbera dentro. «Scoparmi questo *detrito*? La lascio volentieri a te», dice.

Sento un vuoto profondo al centro del petto; mi sento così vuota che se qualcuno gettasse un sasso dentro di me probabilmente non si udirebbe mai il rumore dello schianto.

Killian sbuffa irritato. «E dai, però! Così mi levi tutto il divertimento. Stai diventando palloso come Ryan». Dopodiché i suoi occhi cadono sulla pistola adagiata sul pavimento. La pistola che solo pochi minuti prima ho puntato addosso a Clayton. «A proposito di Ryan... che cazzo ci fa la sua pistola lì per terra?», chiede, e va a raccogliere l'arma. «Questa la prendo io». Se la infila dentro i boxer.

Nella stanza scende il silenzio e tutti noi avvertiamo un vago russare. Killian lo segue, poi ribalta una sedia, che casca per terra con un tonfo. Il russare non si interrompe, perciò Killian lancia un'altra sedia verso l'angolo coperto dalla credenza. Sbuca fuori una figura assonnata, vestita con felpa bordeaux e jeans chiari, che sbadiglia. Capelli marroni a spazzola, un naso per cui molte ragazze venderebbero un rene e due occhi dolci incorniciati da ciglia lunghe, folte e scure.

«Che cazzo ci fai qui dentro, Paxton?», dice Killian. «Schiacciavi un pisolino?».

Paxton si rimette in piedi in fretta e si sgranchisce i muscoli. Sembra reduce da una sbronza.

«Era proprio ciò che stavo facendo, a dire la verità, prima che mi tirassi addosso una sedia!».

«Il problema sono io che ti lancio una sedia, oppure sei tu che scrocchi sempre vitto e alloggio da noi? Ma non ce l'hai una casa, tu? Parassita del cazzo!».

«Sì… il problema sei decisamente tu che lanci le sedie!», ribatte Paxton.

Killian si avventa contro di lui, al punto che Clayton è costretto a intervenire per separarli. Ma come mi è venuto in mente di infilarmi dentro questo posto losco? Approfitto della confusione generale per sgattaiolare via.

68

Ryan

Cammino lungo il marciapiede, di ritorno a casa, nella foschia grigia del pomeriggio. Intorno a me scorrono edifici dagli occhi quadrati e vacui. Ho i pugni serrati e la mascella ancora contratta, a causa di ciò a cui ho dovuto assistere al Donovan's. Vedere Arya insieme a quell'idiota mi ha fatto male. Fa sempre male, ogni dannata volta. Sono colpi che non attutisco. Una visione a cui non mi abituerò mai.

Stringo le nocche. Nonostante cerchi di convincermi del contrario, non mi sono mai rassegnato all'idea di averla persa, anche se negli anni non ho fatto altro che allontanarla, evitarla, comportarmi come uno stronzo. Era ciò che volevo, era ciò che dovevo fare. È stato abbastanza facile abituarmi a sorvegliarla da lontano, perché sapevo che separarci era la scelta migliore per tutti, in particolare per lei. Ma anche il cuore ha un'ombra. E lei mi è rimasta appiccicata alle pareti dell'anima: non importa quanto ho cercato di grattarla via, lei è rimasta lì, incollata con forza. Ma ora il nostro è un addio definitivo. Non importa quanto soffrirò. Tutto pur di proteggerla. Qualsiasi cosa pur di vederla felice e al sicuro…

Apro le mani e le guardo. Qualche giorno fa, mi sono tatuato sopra i palmi dieci lettere. Una lettera per dito. Da destra a sinistra. Prima mano: "EMHTI". Seconda mano: "WYATS". Per ricordarmi tutto. Perché la verità è che sono un vigliacco. Sono soltanto un bastardo vigliacco. Voglio tutto, senza essere disposto a rinunciare a niente. Ho sempre sperato che Arya volesse me, e soltanto me, ma io non sono mai stato disposto a darle tutto me stesso.

Una decapottabile nera inchioda accanto a me, le gomme salgono sul marciapiede e due uomini che conosco fin troppo bene mi studiano da capo a piedi. Tony Lombardo indossa una giacca di pelle, con il colletto di pellicccia. Si sfila un paio di occhiali da sole e getta ai miei piedi il mozzicone che aveva incastrato tra le labbra. Il viso incavato ricorda la fisionomia di un teschio. I capelli lisci, lunghi e scalati gli ricadono sulle spalle e accentuano ancora di più la magrezza del suo volto. Con l'età, i suoi tratti sono diventati ancora più brutali e taglienti.

Ha un occhio di vetro, bianco, iridescente, che filtra la luce del sole, e indossa un paio di guanti di pelle. Circolano molte leggende su di lui,

come per esempio il fatto che non si tolga mai i guanti perché ha le mani ustionate, o perché se le sia staccate per rimontarle al contrario.
«Ryan!», esclama digrignando i denti, la mano ancora sul volante anche se l'auto ora è spenta. «Qual buon vento!».

Ero in giro in bicicletta quando Tony e Nick Lombardo mi hanno sbarrato la strada, facendomi cadere. L'asfalto era rovente e ho assaporato la ruggine e la polvere. I miei palmi sono rimasti intatti, grazie alle bandane che spesso mi arrotolavo sulle mani, dopodiché ho aperto gli occhi. Non avevo mai visto prima di allora Tony Lombardo, il figlio del boss del quartiere, ma la sua fama lo precedeva, quindi sapevo esattamente chi era, e ne ho avuto la totale conferma quando ho notato la sua andatura claudicante. Tony mi ha fatto rialzare da terra e mi ha spinto con violenza contro il muro di mattoni alle mie spalle. Per un secondo, il mondo si è ridotto all'occhio blu di Tony Lombardo, e il resto mi appariva solo come un'indistinta macchia sfocata.
«Sei tu il piccolo diamante», ha affermato Tony ghignando.
«Sei il figlio di Jack Mackenzie?».
Un dolore acuto si è diffuso in me, fino a quando ho sentito la pelle della schiena bruciare. Ho annuito lentamente.
«Cosa volete?», ho sputato coraggioso.
«Da te? Non molto», ha detto Tony. «Da tuo padre? Un sacco di grana». Suo fratello Nick rideva alle sue spalle.
«Lasciate stare mio padre!», ho urlato.
Tony ha fatto un sorriso pieno di disgusto. «Tuo padre è un fallito. Il fallito della peggior specie. E sai perché? Perché oltre a indebitarsi con noi a poker, è scomparso per settimane, e quando l'abbiamo scovato e riacciuffato aveva le tasche bucate. Niente soldi. Gli stavamo per mozzare gli alluci con una pinza. E quando gli abbiamo tolto le scarpe, per mutilarlo con i nostri attrezzi di falegnameria preferiti, sai che ci ha detto?».
Ho chiuso gli occhi, tremando, mentre Tony mi ridacchiava addosso: la posizione di potere che stava esercitando su di me era il genere di posizione che sembrava divertirlo parecchio.
«Ci ha offerto te come garanzia», ha continuato. «Ma sfortunatamente da lui non abbiamo ricevuto ancora un soldo e ciò significa, piccolo diamante, che se tuo padre non ci pagherà, se vuoi salvarti la pelle, dovrai sfruttare le tue abilità e darci tu i soldi che ci deve tuo padre; in giro dicono di te che sei piuttosto ingegnoso».
«Q-quanti soldi vi deve?», ho provato a chiedere. Ho strizzato le palpebre, aspettando un cazzotto da un momento all'altro. Non avevo idea di come racimolare soldi, e anche se ne avessi avuta qualcuna, la sola idea di finanziare il figlio di un gangster mi faceva ribrezzo.

«Tremila dollari», ha detto Tony, e io ho iniziato a singhiozzare. «Shhh», ha mormorato. «Non piangere, ragazzo. Andrà tutto bene. Tu adesso tornerai a casa e convincerai tuo padre a pagarci, altrimenti, la prossima volta che ti vedrò a zonzo, ti schiaccerò come queste formiche. Ci siamo intesi?». Tony ha messo la suola su un formicaio a ridosso del muro e mi ha lasciato andare.

Mi sono arrotolato su me stesso, contro il muro. Tony e Nick camminavano lungo la strada, fino ad allontanarsi oltre l'orizzonte, che fumava come una grande brace.

Mio padre mi ha offerto come garanzia, non facevo altro che pensare. Per lui non sono nient'altro che un tappabuchi per i suoi guai. Mi ha offerto in pasto ai Lombardo. Suo figlio. Il suo figlio preferito. Il privilegiato tra tutti. Ha venduto me, mi dicevo, mentre mi asciugavo il sangue dal labbro con il palmo sporco di terra. Non Tyler, non Killian, non Clayton. Me. Tra tutti i suoi figli, mio padre aveva scelto proprio me… E se da una parte mi sentivo sollevato al pensiero che almeno i miei fratelli erano al sicuro, dall'altra, tuttavia, non potevo fare a meno di chiedermi perché. Perché proprio io? Ho immaginato il viso scavato e butterato dall'alcol di mio padre.

«Sei il più furbo», mi aveva detto una volta papà, «tu te la cavi sempre, in ogni situazione, Ryan. Riesci sempre a togliere dai guai la tua famiglia, hai un vero talento, piccolo mio. Tu riesci a prenderti sempre cura di tutti noi».

Ma chi si sarebbe preso cura di me?

Dopo il nostro primo spiacevole incontro, alla fine io e Tony abbiamo lavorato insieme per Alfred, suo padre. È capitato che giocassimo insieme a baseball, e ricordo che il passatempo preferito di Tony era quello di spezzare le dita a quelli che si ostinavano a vincere contro di lui. Lo faceva con una facilità disarmante, senza versare neanche una goccia di sudore.

«Un piacere rivedervi da queste parti», replico, e non riesco a tendere le labbra in un sorriso. La mia rigidità sembra divertirli.

«Sali, ti diamo un passaggio fino a casa», dice Tony.

Clayton ha detto che i Lombardo stanno facendo il giro del quartiere per "chiedere informazioni" sulla notte dell'omicidio. È chiaro che con me vogliono parlare del padre, e non certo darmi un passaggio fino a casa. Parlare di Alfred Lombardo non è in cima alla lista delle cose che voglio fare. Mi metto le mani in tasca e comincio a camminare svelto.

«Vado a piedi, grazie. Mi piace passeggiare».

Tony accende la macchina e viaggia accanto a me, con un sorriso indecifrabile sul volto. Quando i Lombardo vogliono qualcosa da te, non puoi sbagliarti: adottano sempre un atteggiamento molto cordiale.

«Quanta fretta!», esclama Tony, sempre fintamente amichevole. «E mammina come sta? Ti ricordi di quella volta in cui ci ha preparato una torta? Squisita. Dovresti dirle di rifarla...».

Continuo a camminare e la decapottabile nera continua a seguirmi, mi sento il fiato sul collo.

«Secondo te, Tony», interviene Nick, «in fronte abbiamo scritto "Pezzi di merda"?»

«Tu no... Io?», chiede Tony.

«No, neanche tu. Allora perché Ryan ci evita così?».

Ridono sommessamente.

«Nick, non prendertela. Ryan è fatto così. Ha allontanato tutti gli amici di infanzia che aveva... E le *amiche* di infanzia. Lo sai? Dovremmo fare un salto al Donovan's, una mattina di queste. Ho sentito dire che fanno un caffè delizioso», sibila Tony, che sa esattamente dove colpirmi.

Smetto di camminare, pianto i piedi per terra e faccio un respiro profondo. Le mie orecchie hanno udito bene? Hanno detto il Donovan's? Per un attimo, mi sembra di andare a fuoco e sento ogni mia terminazione nervosa attivarsi. Odio e tossine mi scorrono nelle vene al posto del sangue. Vorrei spaccare qualcosa e invece sono costretto a rimanere fermo, immobile e paralizzato, *controllato*, come sempre, con un sorrisetto da figlio di puttana stampato in faccia.

Non mi riconosco neanche più. Sto indossando talmente tante maschere da non riuscire più a capire quale sia il mio vero volto.

A ogni modo, farmi vedere vulnerabile, in questo momento, peggiorerebbe solo le cose. Incrocio gli occhi soddisfatti di Tony. Nick mi guarda a sua volta divertito, senza dire una parola: è sempre stato succube di suo fratello, il quale lo tratta come lo scemo del villaggio, ma lui è effettivamente troppo stupido per rendersene conto. *Lo sanno.* Non so come sia possibile, ma lo sanno. Sanno di Arya, sebbene io abbia sempre fatto di tutto per tenergliela nascosta. Ennesima prova che i miei sforzi di proteggerla da me stesso sono sempre stati vani, e che non sono stato capace di custodire l'unica cosa di cui mi sia mai importato davvero, oltre alla mia famiglia.

«Allora», dice Tony, «lo vuoi un passaggio, Ryan?».

Stringo i denti e afferro la maniglia. In un attimo mi ritrovo seduto sul sedile posteriore, che puzza di nuovo, con il cuore che scalpita. Tony mette la freccia e si sposta al centro della carreggiata; suo fratello Nick solleva un fucile a carabina che prima non avevo notato. Deduco che sarà una chiacchierata molto interessante, e mi metto comodo. Qualsiasi domanda hanno intenzione di farmi, dovrò trovare il modo di rispondere. Mi accorgo che stiamo andando molto piano, e qualche auto ci sorpassa, ma nessuno osa suonare il clacson.

«Immagino che tu già sappia che nostro padre e nostro zio sono stati uccisi», dice Tony con voce amabile.

La gola mi si stringe, come se avessi un cappio al collo. Ah, dritto al punto, bene. Meglio risparmiare i convenevoli e andare al sodo. In ogni caso, se sapessero che c'entriamo qualcosa, io e Clayton saremmo già morti, e probabilmente non soltanto noi.

«Lo so, e mi dispiace. Condoglianze», replico.

Tony sospira. «Sai come sono stati uccisi, Ryan?». La sua voce è leggera come un velo.

«No».

«Con un colpo di pistola», mi spiega Tony. «Cosa ci facevano mio padre e mio zio all'hotel, a quell'ora della notte? È in una zona isolata, pericolosa. Quello che mi chiedo è perché si sono presi tutto quel rischio… Di certo, non sono andati lì solo per giocare a biliardo… Capisci, Ryan? Non riesco proprio a venirne a capo».

Mi parla come se fossi il suo confidente, o il suo amico d'infanzia. Sembra che voglia sfogarsi, raccontare a qualcuno il suo tormento per farlo uscire e liberarsene, e ha scelto me per farlo. Di sicuro, non sospetta di me, altrimenti non mi parlerebbe in modo così pacato. O no? Non è detto. Rimane l'1 per cento di probabilità che sappia tutto e in realtà voglia ammazzarmi.

«Perché lo stai dicendo a me?», chiedo secco, senza esitazione.

Tony fa un sospiro lungo e rassegnato. «Sei l'ultima persona che ha visto mio padre, alla mostra d'arte. Ti hanno visto parlare con lui, quindi non negarlo. Che cosa ti ha detto? Ti ha spiegato perché era lì alla mostra, ti ha detto dove stava andando?».

Ha già ricostruito tutto fino alla notte dell'omicidio, ma prego che non sappia che sono stato io. Non può saperlo, mi convinco.

«Ci siamo incrociati per caso, mi ha chiesto come stava mio fratello», spiego. La parte pseudodrammatica e comica è che non sarebbe neanche una bugia, questa.

Tony ferma la macchina in mezzo alla strada e si volta verso di me, con gli occhi rossi, probabilmente per il pianto. «Il caso non esiste, Ryan. Cosa voleva mio padre da te?», domanda.

Cerco di rimanere tranquillo, anche se credo che a questo punto io stia cominciando a sudare. Mi sto per giocare tutto, con una sola risposta. Non c'è in ballo solo la mia vita, ma quella di tutta la mia famiglia… Soprattutto, c'è in ballo la sicurezza di Arya. Se Nick e Tony sapessero che cosa ho fatto pur di proteggere Killian, probabilmente me la farebbero pagare ferendo le persone che amo di più al mondo, e non posso permetterlo.

«Te l'ho detto», sussurro, e provo a sorridere. «Tuo padre mi ha chiesto solo come stava mio fratello, e no: non mi ha detto dove stava andando, *Tony*».

Ci guardiamo negli occhi. Provo a essere convincente, gli poso addirittura una mano sulla spalla. «Non ho idea di chi l'abbia ucciso», dichiaro.

Nel suo sguardo cala un'ombra gelida e la sua espressione si svuota, poi si inonda di nuovo di dolore. La mia mano è ancora posata sulla sua spalla e Tony la circonda con la sua. Nick, suo fratello, non tiene più neanche in mano il fucile, e l'adrenalina finalmente cala.

«Okay, grazie, Ryan», dice Tony. «Ora ti riportiamo a casa, come promesso… Ah, domani è il tuo compleanno, giusto? Ti faccio tanti auguri».

Cazzo. Il mio compleanno. Me ne ero totalmente dimenticato.

69

Beatrix

Mi stringo nel mio Blauer lucido e bianco, color panna. Non l'ho abbottonato, per far intravedere il corpetto nero che ho addosso, che ha una profonda scollatura sul davanti. Sto fumando la mia prima sigaretta del mattino, nel cortile della scuola. Tengo l'altra mano nella tasca anteriore dei jeans e mi appoggio al muretto. Lucas è proprio di fronte a me e mi guarda con un barlume di desiderio. Arriccia le labbra e si scompiglia i capelli biondicci. Il suo corpo è a pochi centimetri dal mio. Siamo in disparte, a fumare e a conversare sul perché Kevin è finito in infermeria, con il naso e le costole rotte. Lucas è rimasto l'unico di questa scuola a non conoscere gli scottanti e turpi retroscena di questa vicenda; a volte, è così avulso dai gossip da farmi credere che viva su Marte.

«La prossima volta che qualcuno ti scrive *porcate* sull'armadietto», dice Lucas facendosi più vicino a me, «vorrei essere informato».

Suona la campanella della prima ora, ma, a differenza della maggior parte degli studenti di questa scuola, non ho alcuna fretta di entrare nell'edificio e non mi preoccupano le conseguenze. Starò qui finché ne ho voglia. Neanche Lucas si muove.

«La prossima volta vorresti essere informato», ripeto, vedendo che il suo sguardo è rimasto impigliato tra le mie labbra. «Non ci sarà una prossima volta», dico secca.

«Bea». Sorride. «Sono parecchio infastidito».

«Il motivo?», domando.

Gli occhi gli brillano. Non capisco se stiamo flirtando... Ma probabilmente sì, stiamo flirtando. Dopo la mostra al MoMA siamo usciti un paio di volte, anche se ancora non è successo niente di serio tra noi due. Una volta siamo andati al cinema, a vedere un horror in cui una tizia non la smetteva di urlare; e la seconda volta mi ha portata in un pub a mangiare del cibo messicano molto piccante. Quando poi mi ha riaccompagnata a casa, non ha manifestato il desiderio di salire da me e mi ha stampato un bacio sulla guancia con galanteria. Lucas è il classico ragazzo cortese e educato, quello che è sempre gentile e premuroso con te e che tua madre approverebbe se lo conoscesse. Penso di trovarmi bene insieme a lui.

«Mi piaci, Beatrix», dice Lucas con tono innocuo. «E non voglio che qualcuno scriva porcate sul tuo armadietto».

"Mi piaci, Beatrix". L'ha detto. L'ha detto ad alta voce. Vabbè, probabilmente ha espresso il pensiero con superficialità... Ignorerò quest'affermazione e passerò oltre. Anche perché non saprei proprio cosa rispondere.

Arrossisce, quando realizza ciò che gli è appena uscito dalla bocca. «Cioè, insomma, non solo sul tuo armadietto non doveva scriverlo, ma da nessun'altra parte, e... tu mi piaci, Beatrix».

Di nuovo... *Sei proprio caparbio, Lucas.* Ora credo di non poter ignorare le sue parole. Ma cosa si dice in questi casi? Cosa si dice quando qualcuno ti confessa che gli piaci? "Grazie, altrettanto"? *Cazzo, se suona male.*

«Ti va di fare qualcosa nel pomeriggio?», mi chiede, togliendomi d'impaccio. «Potremmo stare un po' insieme, se vuoi. Che ti piacerebbe fare?».

Mmm... Non so se oggi pomeriggio mi andrà di uscire oppure di buttarmi sul divano a guardare brutti cartoni animati, scorrendo compulsivamente la pagina dei video di TikTok: mancano ancora troppe ore per stabilirlo e potrebbe accadere di tutto. Voglio dire, io cambio idea cento volte al secondo; perciò, non è il caso fare programmi così in anticipo.

«Già pensi a oggi pomeriggio?», chiedo con una risata. «Io non so neanche cosa mangerò a pranzo...». Butto la cenere della sigaretta all'angolo del muretto.

Lucas prende di buon grado il mio tentativo di decelerare la nostra frequentazione e archivia l'argomento. «Perché non me l'hai detto prima, che era stato Kevin?», insiste. Oh, no, ancora con quella storia. «Avrei potuto...», comincia.

«Tranquillo! Kevin è stato già sistemato», taglio corto.

«Ah, e da chi?».

Butto l'occhio verso Tyler, a qualche metro da noi. Mackenzie indossa un completo sportivo, da basket: i pantaloncini sono larghi e la canottiera, sulla quale c'è il numero 23, permette di intravedere le linee definite dei suoi pettorali. Si sta mordicchiando il labbro inferiore, facendo una smorfia a metà tra un ghigno malizioso e un sorriso. Osserva Meredith che sta starnazzando di fronte a lui, la guarda e riesce a rendere importante ogni suo gesto, ogni sua mossa. Quando Mackenzie ti guarda, riesce a farti sentire importante e unica. È questo il trucchetto che usa con le ragazze? Alza entrambe le braccia e si mette a massaggiarsi la nuca, sovrappensiero. I suoi bicipiti si gonfiano un po' e mi accorgo che si è messo lo smalto nero sulla mano destra.

Lucas si volta per seguire la direzione del mio sguardo. «Ehi, Ty!», lo chiama.

La sua testa scatta verso di me, come una molla. Agli angoli della bocca carnosa si forma un sorriso indolente. Mi sta fissando con astio malcelato. Non dice nulla e mi sento spaesata per qualche istante. Sento il mio cuore battere come un tamburo, imprigionata nella morsa buia del suo sguardo. *Già sono difficili le otto di mattina, se poi ci si mette anche lui…*

«Che vuoi?», chiede aspro al suo migliore amico. Nel frattempo, Meredith, infastidita, si dirige impettita verso l'entrata.

«Ma perché sei sempre così acido?», dice Lucas ridendo.

Mackenzie rimane immobile a guardarlo. «Ci sei oggi pomeriggio agli allenamenti?», domanda poi, più gentile.

Lucas si gratta la testa e ha un'aria imbarazzata. «Ah, cazzo, gli allenamenti. Scusa, Bea».

Lo sguardo di Mackenzie casca fugacemente sulla mia scollatura, poi le sue iridi scure tornano a indagare il mio viso. «Memoria a breve termine, Luke?».

Lucas ignora la frecciatina e appare desolato. «Cazzo, Bea, scusa, mi ero completamente dimenticato!».

Scuoto la testa, cercando di ignorare lo sguardo persistente di Mackenzie sulla mia figura.

«Non c'è problema. Certo però che vi allenate parecchio per questo campionato…».

Mackenzie alza gli occhi al cielo.

«La maestrina qui presente ha qualcosa in contrario sulla frequenza dei nostri allenamenti?», chiede, avvicinandosi.

Incrocio le braccia.

«Stai zitto, Mackenzie. Se studiassi con lo stesso impegno con cui giochi a basket, sono sicura che qualche sufficienza la prenderesti».

«Se i miei voti ti stanno così a cuore, perché non mi dai una mano tu? Sono sicuro che se usassi tutta quella foga con cui rompi i coglioni per aiutarmi a studiare saresti un'ottima insegnante». Scoppia a ridere. Il sole del mattino lo illumina, definendo ancora di più le ombre, rimarcando i contrasti, scolpendo ancor più nitidamente la sua bellezza. Bah.

«Non hai bisogno di una tutor. Devi solo venire a scuola e ascoltare le lezioni. Ti assenti così spesso che mi chiedo quante scuse hai utilizzato per non venire a scuola».

«Vado sempre sul classico "motivi famigliari"», dice, poi i suoi occhi scuri diventano malinconici e si riempiono di desiderio. «Ti assumerei come insegnante privata senza pensarci due volte, comunque», aggiunge.

«Ottimo, accetto l'incarico. Tanto per cominciare, facciamo un rapido corso su come levarti di mezzo… Io e Lucas stavamo parlando, Mackenzie, prima che arrivassi tu a interromperci».

Tyler si stringe nelle spalle.

«Non era mia intenzione disturbare la coppietta dell'anno».

Lucas gli lancia un'occhiataccia, poi mi fissa: gli occhi azzurrini sono imploranti. «Senti, Bea, che ne dici di vederci stasera, dopo gli allenamenti?», propone, con l'atteggiamento tipico di chi vuole deporre l'ascia di guerra.

«Spiacente. Lavoro».

«Ah, ehm… allora posso, che ne so, accompagnarti al lavoro?».

Mi mordo il labbro e mi metto i capelli dietro le orecchie. Le iridi marroni di Mackenzie si illuminano di interesse. Vuole sapere cosa dirò, e io mi sento la pressione addosso.

«Sì, certo che puoi accompagnarmi», dico con una voce suadente, e mi stacco dal muretto.

«Dopo gli allenamenti abbiamo le prove», interviene Mackenzie, piuttosto incazzato. «Ricordi? Sei ancora il batterista della nostra band, o no?».

Lucas indugia: i suoi occhi vanno da me a Mackenzie, con espressione che lampeggia "elaborazione in corso". Non sa che fare.

«Allora, ehm, Bea, dopo le prove con la band ci sono. Ci vediamo?», domanda.

«Non puoi, sei occupato», dice Tyler battendogli un pugno sulla spalla con fin troppa veemenza. «Ti ricordi che giorno è?».

Lucas corruga le sopracciglia. «Il 3 ottobre. E quindi?», chiede incerto.

«Oggi è il compleanno di mio fratello, Ryan».

«Uuuuuh, grazie per avermelo ricordato, lo chiamerò per fargli gli auguri».

Molto emozionante. «Già che ci sei, Lucas, faglieli anche da parte mia», borbotto.

Mackenzie mi ignora.

«Sei invitato anche tu, stasera, Luke. Facciamo una cena a casa».

«Ah, da quando sono invitato anche io?»

«Da adesso», ribatte Mackenzie con tono dispotico, ma in fondo è anche divertito.

«Ehm, okay… grazie per l'invito?», dice Lucas tentennante.

«Non c'è di che», dice Mackenzie e, andandosene, mi strizza l'occhio.

Lucas sbuffa, un respiro pieno di sollievo, perché Mackenzie se n'è andato, ma anche di amarezza per essersi fatto sopraffare.

«Cazzo. *Scusa*», dice per l'ennesima volta.

70

Paxton

La signora Mackenzie sta cercando di trovare un posto alle uova dentro il frigorifero, già pieno. È andata a fare la spesa, nonostante la roba non manchi. Dice che vuole preparare una torta per la festa di compleanno di Ryan e, sebbene lui le abbia detto di non volere nessuna torta di compleanno, non è assolutamente disposta a lasciar perdere. La signora Mackenzie è una delle donne più determinate che io conosca, specie quando si tratta di cibo e di cene in famiglia: ci tiene molto alle tradizioni. E io sono qui, con le candeline in mano, a darle tutto il mio sostegno possibile per l'organizzazione di questa festa. Ha comprato persino degli addobbi di compleanno: palloncini, fischietti e cappellini a cilindro. Forse non ha capito che suo figlio compie ventun anni.

«Stasera saremo io e i miei figli, e siamo a cinque, tu e Gary, arriviamo a sette, e prima ha telefonato Tyler per dirmi che ha invitato anche Lucas, per un totale di otto persone. Dici che ci basterà una torta sola?». La signora Mackenzie si asciuga la fronte con il palmo.

Mi stringo nelle spalle. «Onestamente, penso di sì».

«Hai sentito di Geoffrey? Di recente, lo hanno rapinato. Il mondo è pieno di mascalzoni!».

Rapinato? Qui c'è lo zampino di Killian…

«Secondo te dovrei telefonare ad Arya e invitarla, stasera?», domanda.

«Ehm, Arya? Perché?», chiedo.

Il mio cervello è diviso in due emisferi: uno buono, ben pensante, fiducioso, empatico; l'altro malvagio, nefasto, empio e perfino insensibile. Il primo suggerisce che sarebbe meglio tenere gli affari di cuore dei Mackenzie lontani dalla tavolata di questa sera, e il secondo è d'accordo. Per la prima volta in vita mia, tra le due mie personalità, una corrotta e l'altra irreprensibile, c'è della sinergia.

«Quella ragazza è cresciuta con voi, e ultimamente mi è sembrato che lei e Ryan siano tornati in buoni rapporti», dice la signora Mackenzie.

«Buoni rapporti? Non saprei…».

«È stata così carina quella sera in cui, insomma, Tyler è stato male… Dici che dovrei chiamarla?».

Arya è sempre stata legata a Tyler e Ryan; quand'eravamo ragazzini non si è mai persa una festa di compleanno di nessuno dei due, lei e suo padre andavano dalla signora Mackenzie anche il giorno del Ringraziamento, e in effetti sarebbe un peccato escluderla da un momento importante come il ventunesimo compleanno di Ryan. E in fin dei conti cosa mai potrebbe accadere di male? È soltanto una cena...

Senza contare che a Natale si è tutti più buoni. Anche se oggi non è Natale. Ma chissenefrega.

«Lo sa che le dico? Secondo me dovrebbe invitare Arya, signora Mackenzie, a Ryan farebbe piacere». *Dio solo sa quanto gli farebbe piacere...*

La signora Mackenzie si mette le mani sui fianchi e sbuffa. «E così saremo nove», sospira. «Una torta sola non ci basterà mai. Raddoppierò le dosi indicate sulla ricetta. Vai pure di là con i ragazzi, grazie, Paxton».

Appoggio le candeline sul tavolo. «E di che».

«Ah, e non dire nulla a Ryan! Voglio che sia una sorpresa!». Si sfrega le mani emozionata e sbatte l'anta del frigorifero.

«Sarò muto come un pesce!».

Mi incammino dondolante verso il salotto e una macchia biondo platino spicca subito. Killian sta leccando una cartina con un'intensità insopportabile, che mi fa bruciare lo stomaco. Mi concedo il lusso di guardarlo per qualche istante. Indossa una camicia bianca, sottilissima e sbottonata sul petto, sul quale ricadono alcune catenine. Ha dei jeans scuri e strappati calati al punto che per poco non gli cadono per terra. Mi chiedo perché non indossi una cintura. A quanto pare gli piace andare in giro col rischio di rimanere con l'uccello di fuori. Voglio dire, non mi lamenterei mica se succedesse.

Clayton è seduto sul divano, a torso nudo e con dei pantaloncini da palestra dal tessuto sintetico. Hanno entrambi una misteriosa aria cospiratoria.

«Dov'è Ryan?», chiedo. «Fino a un minuto fa era qui!».

«Il festeggiato è uscito», dice Killian, e sorride inquietante, portandosi la lingua tra i denti e sgranando gli occhi. «Il solito giro di vigilanza attorno al bar di quella zoccola», aggiunge.

Sì, Ryan è uscito davvero, altrimenti Killian non si permetterebbe di parlare così.

«Non smetterà mai di fare il sottone», ribatte Clayton.

Killian lecca di nuovo la cartina, questa volta più velocemente, con gli occhi rifulgenti di follia. Le sue sopracciglia bionde si sollevano.

«Non se la scopa nemmeno. Sai cosa penso, Clay? Non è nostro fratello, è stato adottato».

«Probabile».

Killian si incastra la sigaretta tra le labbra e si passa la mano meccanica tra i capelli.

«Avete pensato al regalo da fare a Ryan?», chiedo approfittando del primo momento di silenzio.
«Potremmo organizzargli un balletto», dice Clay mettendosi le mani dietro la testa e accasciandosi sul divano. «Ci pensi tu alla coreografia?».
La risata della disperazione mi si mozza in gola. Vent'anni e passa di vita, e ancora non ho imparato ad andare a tempo durante i balli di gruppo, figuriamoci cosa ne uscirebbe se inventassi dei passi tutti miei. No... pessima idea.
«Quella gran puttana di Arya che se la spassa con un altro alle sue spalle... Ryan si sta rovinando la vita, dietro quella lì. Ma sai una cosa? Scommetto tutto quello che ti pare che, se lei cambiasse idea e scegliesse nostro fratello, lui non la vorrebbe più. Ryan è un idealista e gli piacerà quella fintanto che la vedrà come irraggiungibile. Penso sia una sorta di sogno infantile, o robe così. Com'è che si dice? L'erba del vicino è sempre più buona», continua Killian.
Mia nonna, invece, dice sempre: «L'erba del vicino è sempre più verde». Ma è chiaro che l'erba a cui fa riferimento mia nonna non è la stessa a cui fa riferimento Killian. Incrocio le braccia. Forse, è stata una cattiva idea suggerire alla signora Mackenzie di invitare anche Arya, stasera. Magari, torno in cucina e glielo dico.
«Se Arya lo volesse, lui cambierebbe idea? No. Non ci giurerei», dice Clayton. «Sottone è, sottone rimarrà».
Mi schiarisco la gola. «Arya sarà dei nostri questa sera, quindi, vi prego, moderiamo il linguaggio!», esclamo. «Non mi guardate così, io non c'entro questa volta, è stata un'idea di vostra madre...», aggiungo di fronte alle loro facce sconvolte.
«"Vostra madre"?», sbotta Killian. «E tu chi cazzo sei e come cazzo parli? Paxton Hale è, per caso, la reincarnazione di mio padre?».
Clayton si mordicchia il labbro inferiore e osserva suo fratello, con l'espressione di chi sta per assistere a un'esplosione nucleare, cosa che lo divertirebbe molto.
«Facciamo una seduta spiritica per verificare?», suggerisce Clayton con un sorriso, con le fossette che addolciscono un poco la sua espressione altrimenti molto severa.
«Ehi, Clay! Ci pensi mai che i nostri genitori hanno dovuto scopare per farti uscire da una fica?», lo rimbecca Killian.
Le guance di Clayton assumono un vago colorito rossastro e torna scontroso. «E a te dove cazzo pensi che ti abbiano trovato: *sotto un cavolo*?».
Clayton si imbarazza a parlare di certi argomenti con i suoi fratelli, anche se non lo ammetterebbe mai. Per questo non c'è nessuno al mondo che si diverte più di Killian a punzecchiarlo.

«Ovvio che no, hanno fatto *bum bum*». Killian muove il bacino per simulare il gesto di una scopata e ammetto che anche io in questo momento vorrei sotterrarmi. *Gesù.* Non ci si può eccitare per così poco. Datemi la Vinavil, così posso riattaccare i pezzi della mia anima depravata.

Mi siedo sul divano accanto a Clayton, eclissandomi dietro la sua enorme stazza. Mustafà viene a farmi le feste e gli accarezzo la testolona pelosa, lui scodinzola energicamente. «Non mi sbavare addosso, però!», lo rimprovero.

Dopodiché, osservo le cornici sistemate sui mobili, che ritraggono ogni tappa evolutiva dei Mackenzie, e un po' vengo assalito dalla nostalgia. Mi mancano i vecchi tempi, mi manca il periodo di quand'eravamo dei ragazzini, in cui ignoravamo tutto e nessuna azione aveva mai delle vere conseguenze. Dopo che Killian ha perso il braccio, non è uscito di casa per settimane e settimane. Diceva di essere diventato deforme, e si era autosoprannominato Frankenstein. Ryan restava con lui giorno e notte, nella speranza che il suo disagio cessasse. Lo aiutava in tutto, anche nelle cose più semplici come salire le scale. Gli diceva che, sebbene avesse perso un arto, Killian poteva condurre la vita di prima, ci voleva solo un piccolo assestamento iniziale.

«La gente ti rispetterà», gli ha detto il primo giorno in cui Killian è uscito alla luce del sole, terrorizzato all'idea che tutti l'avrebbero preso in giro. «Ti prometto che ti rispetteranno tutti quanti. Me ne assicurerò io. Sei un Mackenzie, ricordatelo sempre».

Ma c'era una cosa che Killian temeva più di tutte, o meglio una persona.

«Ryan… ho paura… ho paura… che *lei* mi veda», ha confessato.

«Chi?», ha chiesto Ryan, stupito. Killian non era mai stato il tipo da avere una cotta.

Killian ha sorriso, è diventato color prugna. «*Arya*».

71

Beatrix

Siamo in palestra. Il coach Carter sta sfruttando l'ora di ginnastica per allenare i Cavaliers in vista di una partita importante e le ragazze sono sedute sugli spalti a guardare. Se non è discriminazione questa, non so cosa possa esserlo, ma in fin dei conti non ho alcuna voglia di sudare, quindi non credo che mi ribellerò.

Arya è seduta al mio fianco, stranamente silenziosa. Poco fa ha ricevuto una telefonata misteriosa da Margareth Mackenzie, e da quel momento si è chiusa in sé stessa. È stata invitata anche lei, questa sera, alla festa di Ryan.

«Ehi, *ma petite*, che hai deciso?», le chiedo. «Andrai o no al compleanno di Ryan, stasera?».

Lei continua a fissare di fronte a sé i ragazzi che si allenano. «Non ho ancora deciso».

«Vuoi un consiglio? Lascia perdere. Insomma, di' alla madre dei Mackenzie che ti è venuta una colica intestinale improvvisa, che ti dispiace tanto, ma che non riesci proprio ad andare. È una scusa perfetta, credimi».

Sorride. «Se ci volessi andare, invece, cosa dovrei dire a Wellington?»

«Inventati una balla», dico. «Tipo che vieni a cena da me, o cose così. Wellington è l'ultimo dei tuoi problemi. Tanto si beve tutto quello che gli racconti. È cotto di te, Arya».

L'ultima volta che ci ho parlato, fuori dal Donovan's, mi ha raccontato del loro primo incontro. Mi ha raccontato che una mattina è entrato per caso nel bar e ha visto una meravigliosa creatura dagli occhi celesti e malinconici. Gli è sembrata una sirena, e lui è rimasto stregato dal suo fascino come un marinaio nella tempesta. Testuali parole. Il lato positivo di Wellington è che sembra essere molto dolce con Arya. Il lato negativo di Wellington è che la sua dolcezza talvolta diventa stucchevole, lacrimevole, e mi fa venire voglia di sbrattare.

«Il fatto è che non mi sento a mio agio a raccontare bugie», dice Arya.

«Allora, non andare da Ryan».

«Ma in questo modo dovrei inventarmi una scusa per non andare, e la bugia la racconterei a Margareth».

«Allora vai da Ryan».
Si mette le mani tra i capelli con disperazione.
«Capisci quanto è complicata questa situazione?»
«Se non dovessi andare stasera, cosa dirai a Margareth?»
«Non ne ho idea. Non posso di certo spiegarle il vero motivo per cui non posso andare a quella cena… Ti pare?»
«E quale sarebbe il "vero" motivo?», mi informo.
Sospira. «Non lo so neanche io…».
«Ecco, appunto. Senti, Arya, tu ci tieni ad andare, stasera, e dato che vuoi andarci niente dovrebbe impedirtelo. Dillo a Wellington. Sono sicura che capirà», m'impunto.
«Va bene, va bene», dice Arya, con il tono di chi vuole troncare il discorso. «Comunque… per caso hai visto Cassie? È dall'inizio dell'ora che è sparita».
«Sinceramente non so dove sia… Ehi, mi sa che i ragazzi stanno facendo una pausa. Lucas sta venendo verso di noi».
In effetti Lucas sta attraversando il campo e si sta allontanando dai ragazzi raggruppati sotto il canestro, capeggiati da Tyler, il quale spicca tra gli altri per forza fisica e charme. Mackenzie ha la palla sottobraccio e un sorrisetto perverso. Il suo numero di maglia, il 23, è tratteggiato sulla canottiera bianca in rosso fuoco. I suoi muscoli si flettono visibilmente, quando inizia a palleggiare. Lo schianto contro il pavimento si propaga a eco per tutta la palestra. Ciò che mi attira sono le sue mani con un anello d'argento sull'anulare e il suo braccio, robusto e pieno di vene, ma mi ridesto alla svelta quando ormai Lucas è a meno di un metro da me. Scendo dagli spalti e lo raggiungo.
«Ehi», mormora stendendo le labbra in un sorriso timido, poi si attacca alla borraccia. «Scusami per stamattina», dice, e lancia una lunga occhiata a Tyler. «Ma il mio amico è fuori di testa, nessuno riesce a stargli appresso, tantomeno io».
Mackenzie continua a palleggiare, ma il suo sguardo, ogni tanto, si posa su di noi.
«Già. Non riesco a capire come facciate tu e lui a essere migliori amici… Voglio dire, siete così diversi».
Scrolla le spalle e mi studia attentamente. «Ci tengo a uscire con te, Beatrix. Non mi importa se oggi, domani o la settimana prossima. Potrei aspettare anche un anno… Vabbè, magari un anno è un po' troppo…».
Incrocio le braccia, inalberata. «Ah. Un anno è un po' troppo?».
Ride imbarazzato. «No, ritiro, non è troppo. Per te aspetterei…». Lascia in sospeso la frase. «Sabato sera sei libera? Suoniamo in un locale vicino a Times Square… Mi piacerebbe uscire con te, *ufficialmente*».

«Mi stai chiedendo di uscire con te *oppure* di venire a vedere te e la tua band strimpellare?». L'allenamento sta per riprendere, sento il fischio del Coach trapanarmi le orecchie...

«Entrambe le cose».

Automaticamente mi volto a osservare il campo e incrocio lo sguardo di Tyler, che sta correndo verso il centro. Ci guardiamo come se i nostri occhi fossero collegati da un filo invisibile; ha gli zigomi arrossati e il respiro affannoso: accenna un sorriso. Torno a guardare Lucas, che aspetta una mia risposta con trepidazione.

«D'accordo, ci sto».

Sorride vittorioso e fa qualcosa di totalmente inaspettato: avvicina il suo viso al mio e mi ruba un bacio a fior di labbra, che mi procura una scossa, come un contatto elettrico e inaspettato.

«Sì», mormora, e socchiude gli occhi per due secondi. «Sì», ripete a sé stesso.

Ma che cazzo? Lucas corre al centro del campo, saltella come se si fosse appena dopato e batte il cinque al suo amico Samuel.

La partita d'allenamento sta per cominciare. Appena il coach fischia, Mackenzie, che appartiene alla squadra opposta, gli tira una spallata. Starei qui a godermi lo spettacolo di un branco di maschi che si spintonano come cinghiali anche per tutta l'ora, ma sento alle mie spalle una voce femminile e acuta ridacchiare e tossicchiare. Meredith ha le gambe incrociate e, con i suoi occhi un po' all'infuori da rospo, fissa a tratti me, a tratti Arya e a tratti lo schermo del proprio cellulare, come se avesse appena scoperto una verità scandalosa.

«Ragazze, venite a vedere», dice Meredith alle nostre compagne di corso che si radunano in cerchio attorno a lei. «Guardate, sembra una foca spiaggiata. Io al posto suo mi sarei già andata a sotterrare», commenta, e qualcuna alle sue spalle annuisce con competenza.

Ci sono mormorii di meraviglia e sbalordimento. *Ma di chi stanno parlando?*

Arya si alza e insieme raggiungiamo quella gallina nevrotica di Meredith. Lei gira il suo telefono per mostrarci un video. È una ragazza che sta strisciando sul pavimento, in preda a dei conati di vomito, in un angolino al buio. In sottofondo ci sono voci e musica. È visibilmente ubriaca. «Voglio tornare a casa. Non volevo venire qui», sta dicendo, tra i singhiozzi, e la riconosco dalla voce. «Portami via, per favore». Non riesce a stare neanche seduta, è un tutt'uno con il pavimento. «Ti prego... portami via da qui...».

Il video risale alla festa di inizio anno, alla serata al Lion's. Cassie è davvero in condizioni pietose. Ma chi cazzo è quel bastardo che ha messo in giro questo video?

72

Cassie

Il mio petto è scosso da lacrime che non vogliono smettere di scendere. Sono raggomitolata sopra il water e fisso la porta del bagno, scarabocchiata da varie scritte, con il cuore che galoppa sempre più velocemente. Faccio scontrare la fronte con le mie ginocchia e mi asciugo gli occhi sui pantaloni della tuta, che sporco di mascara.

Quando ho visto quel video, ho avuto un attacco di panico così forte che mi sono dovuta andare a rinchiudere dentro il primo bagno che ho trovato. Ero io in quel video, io che strisciavo sul pavimento ubriaca e pregavo *qualcuno* di riportarmi a casa. Non ho avuto dubbi su chi mi abbia ripresa in quelle condizioni. *Clayton.* Ecco perché, dopo il Lion's, mi ha riaccompagnata a casa, ecco perché c'era sempre stato qualcosa che non mi quadrava. Lui, quella sera, mi ha riportata da Roman perché aveva ottenuto ciò che voleva, ovvero aveva aggiunto un altro tassello alla collezione di cazzate della vita di Cassie che avrebbe usato per pugnalarmi. Lui non fa mai niente per niente e in tutto questo tempo ha sempre cercato di perseguire il suo scopo, ovvero quello di umiliarmi, e ci è riuscito. È riuscito a mortificarmi di fronte a tutta la scuola. Lo odio, lo odio più di ogni altra cosa al mondo, lo odio più di quanto io odi me stessa, e non pensavo sarebbe mai stato possibile arrivare a tanto.

Lui mi ha ricattata, mi ha intrappolata in una rete di bugie, ha aizzato tutta la scuola contro di me, solo perché ho alzato la testa, mi sono ribellata, gliel'ho fatta pagare e ho ricambiato il favore di qualche settimana fa, puntandogli addosso una pistola. D'accordo, è stato un gesto stupido e sconsiderato. Tuttavia, avrei dovuto immaginarlo che non avrebbe preso di buon grado quelle mie azioni dettate da un momento di impulsività. Lui non perdona. E questa volta non ci sono stati errori di valutazione da parte sua, ma da parte *mia*. Se qualcuno non ha un cuore, non possiamo essere noi a offrirgli il nostro. Ha ragione mia madre, quando dice che non valgo niente. Una volta mi ha detto che preferirebbe vedermi morta anziché continuare ad avere una figlia che accumula un fallimento dietro l'altro, una figlia che, proprio come l'uomo che l'ha generata, vale meno di zero. Provo l'impulso di ferirmi, di prendermi a cazzotti, di prendere a schiaffi questo obbrobrio di faccia… Ogni mio sforzo è inutile. Sono solo un disastro che cerca di apparire normale. Sono viva, ma non mi sono mai sentita *viva*. Ma perché dev'essere tutto così… difficile? Insomma, non ho di certo chiesto io di nascere! Qualcuno, per caso, mi ha mai chiesto se volevo nascere? Cazzo, no! Non ho mai chiesto nulla di tutto questo, a dire il vero…

Qualcuno bussa alla porta. Mi asciugo il naso con la carta igienica, poi mi alzo, buttando la carta nel water e tirando lo sciacquone.

«Occupato», dico.

«Cassie!», strilla Bea, bussando forte. «Cassie, apri!».

«Cassie, siamo noi». Questa è Arya.

Merda. Avranno visto il video?

Giro la chiave e apro la porta. Non faccio in tempo a uscire che mi ritrovo stritolata tra le braccia delle mie migliori amiche. Basta uno sguardo alle loro facce preoccupate, e scoppio a piangere più di prima. Con loro riesco a sentirmi me stessa. Loro sono il mio cuore, e non posso vivere senza. Il loro affetto è l'unica cosa per cui vale la pena affrontare questa vita.

«Troveremo quel bastardo», sussurra Bea.

Arya mi massaggia la schiena. «Sì, piccola Cas, non preoccuparti… Troveremo il responsabile, e giuro sulla tomba di mia madre che gli romperò il collo. Chiunque sia. Capito?».

L'aspetto peggiore di questa faccenda è che la tela di bugie che ha tessuto Clayton mi ha imprigionata fino a soffocarmi, e io gliel'ho permesso. Clayton, proprio come un ragno, ha intrecciato la sua tela in fili sottilissimi di diamanti, in cui adesso sono prigioniera e in attesa di essere divorata.

Non posso dire alle mie migliori amiche che so chi è stato a diffondere quel video. Non posso dire alle mie migliori amiche *perché* l'ha fatto.

Arya non sa che ieri le ho rubato la pistola nascosta sotto il lavello del suo bar per andare da Clayton. Non ho mai raccontato loro che Clayton mi ha minacciata e che mi ha ricattata con gli scatti di nudo che gli ho mandato; un po' perché mi vergognavo e un po' perché avevo paura che Clayton lo venisse a scoprire. Per tutto questo tempo, non ho fatto altro che obbedire e abbassare la testa. Ho sempre avuto paura. Lui mi aveva avvisata. Mi aveva avvisata del vuoto incolmabile che gli ruggiva nel petto, ma io non ho mai voluto confrontarmi con questa verità. Una volta ho scritto a ReservedGuy13: "Sai cosa ha detto Nietzsche? 'Se uccidi uno scarafaggio, sei un eroe. Se uccidi una farfalla, sei cattivo. La morale ha standard estetici'. E io sono d'accordo con lui". E lui ha risposto così: "Sì, è vero, ma sai quanto cazzo me ne frega della morale? Ecco una lezione per te, Cenerentola. Non importa se sei una farfalla o uno scarafaggio. L'importante è che tu sappia volare". E da quel momento ho cercato di volare nonostante le mie forme, nonostante il mio peso, ho ricercato la leggerezza, soprattutto quella mentale, sebbene la tentazione di procurarmi del dolore, soprattutto fisico, fosse dietro l'angolo. Ho cercato di essere una persona più libera, più svincolata dai pregiudizi sociali. Ma era tutta un'illusione, perché eccomi qui a piangere, tra le braccia delle mie migliori amiche, eccomi qui ad annegare nelle mie stesse frottole, a desiderare di ferire il mio corpo così come sento di essere ferita nell'animo. Ho sperato fino all'ultimo che Clayton non fosse soltanto il ragazzo freddo e calcolatore che mi aveva dimostrato di essere. Ma dopotutto, si sa… le bugie peggiori sono quelle che raccontiamo a noi stessi.

73

Arya

Sono seduta dentro il mio locale, schiacciata sull'ultimo tavolino, accanto alla finestra. La posizione preferita di Ryan. Mio padre è andato a riposarsi e ho chiuso il locale per un paio d'ore. Avevo bisogno di pensare e di staccare un po' la spina dalla vita reale, almeno il tempo di finire questo cappellino. Sto lavorando ai ferri. Un passatempo che mi ha trasmesso mamma quando ero piccola. Ho intenzione di regalare a Ryan un cappellino di lana fatto a mano, credo sia un bel regalo visto che lui li adora. Mi piacerebbe vederlo con qualcosa indosso che ho realizzato io, solo per lui. Sempre che io riesca a terminarlo entro questa sera: ho deciso che proverò ad andare alla sua festa, anche se ancora non so cosa aspettarmi. Quando Margareth mi ha chiamata per invitarmi, ero stupita. La prima cosa che ho pensato è che sicuramente Ryan non mi avrebbe mai voluta lì. Non con ciò che è successo dopo *quella* notte. Dopo la notte della mostra al Museum of Modern Art, è tornato a essere il ragazzo cinico e inamovibile che non ha esitato un istante a mettere da parte la nostra amicizia pur di difendere l'orgoglio di suo fratello Killian. Io, invece, non ho dimenticato. Non ho dimenticato il ritmo accelerato del suo cuore che batteva contro il mio orecchio e il tepore del suo petto, nonostante la giacca e la camicia zuppe di pioggia. Non ho dimenticato le sue braccia avvolgenti e il suo respiro tra i miei capelli. Non ho mai smesso di pensare a quella notte, non ho mai smesso di chiedermi quali cose terribili abbia fatto pur di proteggere suo fratello. Il mio tormento non si placa. Nessuna parte di me riesce a giustificare Ryan, eppure non riesco neanche a condannarlo. Ho saputo da mio padre che Killian sta rapinando i locali del quartiere. Mi ha detto che è andato perfino a chiedere soldi a Geoffrey della tabaccheria. Nessuno si sta ribellando. Le persone hanno paura di Killian, quasi quanto hanno paura dei Lombardo. E Ryan non ha alzato neanche un dito per fermare suo fratello. Forse, dopotutto, Ryan non è così diverso da lui. Forse, ha ragione mio padre: Ryan è fatto così, va dritto per la sua strada, incurante delle persone che ferisce, credendo sempre di essere nel giusto, e soprattutto senza mai chiedere scusa. Ryan gira a testa alta, anche se è dalla parte del torto. Come se "giusto" e "sbagliato" fossero concetti irrilevanti. Come se il fine potesse giustificare sempre i mezzi. Si sente speciale, il portatore di una verità che solo lui è in grado di conoscere, ed è per questo che non ne parla mai con nessuno. Ryan si sente come se il destino dell'intero universo dipendesse solo da lui, e da nessun altro. Come se lui fosse il capo, un leone. Nessuno al mondo è più propenso di Ryan ad assumersi delle responsabilità. *Tuttavia, amare qualcuno, a volte, significa anche essere disposti a fermarlo.* Avrei dovuto dire a Margareth di no. Non avrei dovuto accettare l'invito al suo compleanno.

Sfioro il gomitolo di lana nera che ho in grembo e pondero l'idea di richiamare la signora Mackenzie e dirle che ho cambiato idea. D'altra parte, però, so che non avrei il fegato di farlo. Quella donna ne ha passate fin troppe nell'ultimo periodo e, per quanto terribile possa sembrare l'idea di una cena insieme ai Mackenzie, non durerà in eterno.

La porta si apre con un tintinnio. Alzo lo sguardo e vedo Killian, con una camicia incollata addosso e delle catenine sul petto. I capelli biondi, dalle punte quasi bianche, gli ricadono come lacci sottili sugli occhi di vetro. Mi sorride, sfodera un canino con una smorfia obliqua. Mi sento gelare fino al midollo. Si guarda attorno con espressione ilare e boriosa.

«Ciao, splendore, come mai non c'è nessuno qui? Tempi di crisi?». La sua voce è derisoria e acidula.

La sua presenza mi manda nel panico. Mi alzo, con i muscoli irrigiditi e le gambe tremanti.

«Cosa vuoi, Killian?».

Sul suo volto incavato ritrovo la stessa acredine di quella notte, in cui per poco non mi uccideva. Ritrovo nei suoi tratti folli e austeri la stessa intransigenza che mi riservava quando ancora facevo parte del suo gruppo. Mi ha sempre odiata e la cosa divertente è che non l'ha mai nascosto. Il suo odio è talmente trasparente da farmi credere che in passato io abbia fatto qualcosa per meritarmelo.

«Cosa vuoi, Killian?», mi fa il verso, imitando una vocina femminile stridula e lagnosa.

Siamo a tre tavolini di distanza, eppure non mi sento al sicuro.

«Tratti così i tuoi clienti? Non mi sorprende che gli affari ti vadano male», aggiunge.

«Siamo chiusi», dico a denti stretti, cercando di nascondere la paura a tutti i costi. «Esci da qui».

«Sei così scorbutica anche con mio fratello?», chiede candidamente, e si sposta, in modo da impedirmi un'eventuale fuga. «Io non penso proprio… Anzi, sembri essere molto gentile con tutti, tranne che con me…».

Nessuno mi procura così tanto raccapriccio e terrore quanto lui.

Si bagna il labbro. «Se ti piaccio, basta dirlo. Non c'è bisogno di fare la sgualdrina con mio fratello per arrivare a me». I suoi occhi iridescenti emanano sciagure.

Non succederà niente. Questa volta, non succederà niente. Non faccio altro che ripetermelo. Eppure, so perfettamente che Killian sogna di farmi del male da tempo immemore.

Ho il cuore che batte all'impazzata e ogni cellula del corpo è in allerta. Devo difendermi, prima che lui mi ferisca. Devo reagire, prima che lui mi attacchi. Non posso sempre soccombere di fronte a lui.

«Ti preparo qualcosa da mangiare? Un… un toast, magari? O una bistecca? C'è un contorno di patate molto buono», dico. Non aspetto neanche che lui risponda. Chino il capo e mi dirigo dietro il bancone, assestando un'occhiata di controllo al lavello… Tutto ciò di cui ho bisogno è là sotto… *Non è così lontano, dai, puoi farcela.*

Ho la testa e lo stomaco pesanti dalla paura. Sento il suo sguardo addosso che mi insegue voracemente.

«Non affaticare le tue belle manine per cucinare, splendore, non serve. Voglio qualcos'altro da te», dice picchiettando le dita sul metallo di un portatovagliolo. «Qualcosa di *mooolto* più appetitoso e succulento. Vediamo se indovini».

Deglutisco, sbattendo le palpebre. *Cosa diavolo…?*

«Mio padre è di sopra, Killian», mormoro agitata. Niente potrebbe fermarlo adesso, lo so, ma a parlare è stato il mio istinto di sopravvivenza.

Mi strizza l'occhio e io mi pietrifico ancora di più. «Un motivo in più per fare in fretta. Mi scuso in anticipo, se non avrò l'occasione di creare l'atmosfera perfetta». La sua risata sembra quella del Joker. Sembra bearsi di una follia che lo rallegra profondamente.

Mi farà del male, ne sono certa. E non c'è nessuno ad aiutarmi ora, non c'è nessuno su cui posso contare adesso, eccetto me stessa. Siamo soltanto io e lui, da soli. La pistola è sotto il lavello, devo solo trovare una scusa per accucciarmi e prenderla, però non riesco neanche a muovermi, figuriamoci a escogitare un piano di emergenza. Non avrei mai pensato che un giorno le persone che più stimavo al mondo, i Mackenzie, sarebbero diventate le stesse da cui dover difendermi, i miei nemici. Mi sembra impossibile. Una volta, sono stata una di loro. Una volta, correvo insieme a loro, giocavo a hockey e a basket insieme a loro. Una volta, avevo la loro attenzione e mi reputavano all'altezza di combattere al loro fianco. Mi concedevano perfino di batterli, mentre ora so che non ci sarebbe alcuna speranza che mi lascino vincere.

Killian mi raggiunge oltre il bancone.

«Molto carino da parte tua, accettare l'invito di mia madre». Mi lancia una lunga occhiata che ricambio prontamente. Restiamo appesi a un filo finché non continua. «Ma te lo dico subito, non sei la benvenuta in casa mia. Non lo sei per me, e non lo sei per Ryan».

«Non mettere in mezzo Ryan», sibilo. «Se sapesse che sei venuto qui…».

«Ah, Ryan, il fratellino buono». Alza gli occhi al cielo e si morde il labbro inferiore con lascività.

«Così buono che è stato proprio lui a darmi il via libera con te. Mi ha permesso di farti tutto ciò che desidero. Non gli interessi più. Sei mia, adesso».

«Non ti credo», replico, con affanno.

«Non mi credi, perché io sono il figlio di puttana della famiglia, giusto?». Afferra un coltello che ho dimenticato sul bancone e ne lecca la lama con bramosia. Forse si è tagliato, perché poi assapora qualcosa, che potrebbe essere il suo stesso sangue. Le sue pupille si dilatano e il suo sorriso si allarga, procurandomi un brivido. «*Esatto.* Il figlio di puttana sono io». Avanza verso di me con il coltello in mano. «L'eroe della famiglia ha ucciso un pezzo grosso ed è diventato il capo. Ora, è passato al lato oscuro. *Ops*». Giocherella con il coltello, lanciandolo in aria e riafferrandolo dal manico. A giudicare dalle sue espressioni, sembra il passatempo più spassoso del mondo.

«Se Ryan scoprisse…», provo a dire.

«Questa è la parte in cui ti penti di come ti sei comportata in passato e cerchi di essere carina con me?»

«Mio Dio, Killian, cosa vuoi?», chiedo esasperata. «Oggi è la festa di Ryan, non dovremmo…».

Alza gli occhi al cielo. «Ryan, Ryan, Ryan… sei un tantino cagacazzi, te l'hanno mai detto?». Ridacchia. «Ci provi a stare zitta, una volta ogni tanto? Quando ti viene lo stimolo di parlare, usa la bocca in un altro modo, alle puttane di solito piace».

«Mi fai vomitare», sputo con tutta la rabbia che ho in corpo.

«Grazie, altrettanto». Lui non prova risentimento. Un altro passo. Smette di ridere. «Farai la brava con me da qui in poi, leonessa», dice gelido. «Perché devi ricompensarmi di così tante cose, che non ne hai idea… La lista è lunga».

Ma di cosa sta parlando? Cosa gli ho fatto?

La risposta, con buone probabilità, è una: niente. Le sue azioni sono dissociate. Ha lasciato che suo fratello finisse in prigione al posto suo. Sta estorcendo denaro a gente che lo ha cresciuto, a gente che gli ha sempre voluto bene come Geoffrey! Ma quando si guarda allo specchio non si fa un po' schifo?

«Quello che mi prenderò oggi consideralo un anticipo di quello che mi spetta e che tu, d'ora in avanti, mi darai», dice.

Devo appropriarmi di quella dannata pistola, è l'unica soluzione.
«Spiegami perché sei arrabbiato con me, per favore», dico per distrarlo.
Lui non fa altro che fissarmi con empio disprezzo.
Mi abbasso e frugo tra le spugne e i vari prodotti di pulizia. Niente, non la trovo. «Perché fai così? Cosa ti ho fatto, Killian?».
Killian è a pochi passi da me, e mi guarda con una nota di curiosità: mi fa il verso, di nuovo. «Cosa ti ho fatto, Killian?», dice con una vocina ancora più untuosa di prima.
Continuo a cercare la pistola. Dev'essere qui, da qualche parte. Voglio dire, l'ultima volta c'era. *L'ultima volta*. Beatrix! E se... No, non voglio neanche prendere in considerazione quest'ipotesi: la pistola dev'essere qui, altrimenti... altrimenti, per me è la fine. Killian si accuccia e ci ritroviamo faccia a faccia: lui ha un ghigno che accentua la sua cicatrice e la rende ancora più spaventosa. Si inumidisce le labbra con la lingua in un gesto serpentino. Mi punta il coltello contro il viso, poi con la lama mi alza il mento. A contatto con il metallo freddo provo un tuffo al cuore, che comincia a palpitare.
«Hai rovinato la vita di mio padre. E ora stai rovinando la vita di mio fratello», ringhia.
Le lacrime mi scorrono lungo le guance. *Ma di cosa cavolo sta parlando?*
«Siamo alla resa dei conti, splendore», biascica.
Mi sono ormai abbandonata alla disperazione. Ho la lama a pochi centimetri dalla gola e, a giudicare dall'espressione di questo pazzo, potrei ritrovarmi morta da un secondo all'altro.
«Come abbiamo fatto ad arrivare fino a questo punto, Killian? Cosa diamine è successo?».
Scrolla le spalle. «Succede che la vita è come un ristorante. Nessuno se ne dovrebbe andare senza pagare».
Ma dove sei, Ryan? Sei sempre qui, sempre intorno al mio bar. Dove diavolo sei, adesso?
«Voglio che mi risarcisci per quello che mi hai tolto in passato... E ho diverse soluzioni», dice. «Uno. Potrei aprirti le cosce, affondarti nella fica calda e farti urlare, prendendomi per primo ciò che ha sempre voluto mio fratello. Dopotutto, sono o non sono *io* il vero, unico e inimitabile capofamiglia?».
Cerco di trattenere le maledette lacrime, ma non ci riesco.
«Due... No, credo che opterò per la prima scelta!».
Oh, mio Dio. È come pensavo. Un rigurgito acido mi stringe lo stomaco. Indietreggio, scivolando fino al mobile alle mie spalle, proprio dove ci sono i cassetti con gli attrezzi della cucina. Lui è estremamente divertito dal terrore che mi sta procurando. Anzi, non solo ne è divertito, ne è estasiato.

«Non piangere, non andrà così male, vedrai. Anzi, con un po' di fortuna, sarà una scopata decente. Ma ci sarà tempo per farti migliorare, non temere». Mi afferra un fianco e mi strattona forte.

«Lasciami, pezzo di merda! Lasciami!», urlo.

Piango fino a quando la vista non si appanna, ma lui non molla la presa. Sbatto la testa contro la maniglia del cassetto. Per un momento, mi si oscura la vista e mi ritrovo con la schiena contro il pavimento. Sono a terra, inerme, a completa disposizione di Killian. Come anni fa dentro quel fosso. La differenza è che questa volta Ryan non verrà a salvarmi.

74

Arya

Ho gli occhi chiusi e le ultime forze che mi sono rimaste stanno piano piano abbandonando il mio corpo. Riesco a vedere solo il buio dietro le mie palpebre e mi sento trascinare. Vorrei liberarmi, vorrei gridare aiuto: ma sto urlando soltanto nella mia testa. *Dove sei, Ryan? Dove diamine sei? Perché non sei qui? Perché mi hai lasciata sola? Perché non fermi tuo fratello, neanche questa volta?* Non mi sono mai sentita così debole in tutta la mia vita. Non mi sono mai sentita così alla mercé di qualcuno. Odio essere indifesa, impotente, e Killian mi ha sempre fatta sentire così. Le lacrime mi scendono a cascata lungo il viso. Mi sento strattonare i fianchi. Sento delle dita fredde che agguantano la cintura dei miei jeans. Cerco di spingermi indietro, ma senza riuscirci. Il mondo intorno a me sembra sfumare. Non riesco a percepire nessuna emozione se non un'intensa paura. Lui apre i bottoni dei miei pantaloni e li tira verso il basso.

Non puoi farmi questo, ti prego. Lo so che mi odi, ma non puoi farmi questo. Come si fa ad arrivare fino a questo punto?

Riapro gli occhi, e la realtà che mi circondava prima è ancora qui intorno a me. Solida. Incombente. Squallida.

«K-Killian, ti supplico…», lo imploro. Non mi sono mai dovuta abbassare a tanto per impedire a qualcuno di farmi del male.

Killian mi inchioda con un'occhiata, ha ancora il coltello in mano. «Voi donne incasinate sempre tutto. E tu non hai mai avuto niente a che fare con noi. Ti sei intromessa nelle nostre vite ed era solo questione di tempo prima che ci dividessi, mocciosetta».

Mia madre avrebbe voluto che perdessi la verginità dopo il matrimonio. Quand'ero più piccola mi diceva che avrei indossato un bellissimo abito bianco e che mio padre mi avrebbe accompagnata all'altare, dall'uomo dei mei sogni. Quando poi sono diventata adolescente, ho capito che non sarebbe stato così. Che non avrei mai perso la verginità *dopo* il matrimonio. Voglio dire, è fin troppo romantico come desiderio: trovare qualcuno disposto ad aspettare con te un'unione indissolubile e sacra come quella delle nozze. Chi sarebbe mai disposto ad aspettarti, al giorno d'oggi? Quindi, ho cambiato idea. Eppure, adesso, mentre ho le sue dita addosso, sento che Killian mi sta strappando via la possibilità di rispettare la volontà di mia madre. Ora che Killian prova a srotolarmi i pantaloni sulle cosce, penso che mia madre non avrebbe mai voluto questo per me. Mi chiedo cosa mi direbbe ora, se potesse vedermi e vedere come vivo: come giudicherebbe le scelte che mi hanno portata fino a qui? Mi chiedo se sappia che la maggior parte delle volte non somiglio affatto alla persona che lei voleva che diventassi. Mi chiedo se sappia delle pasticche di Fentanyl che ho ingerito proprio questo pomeriggio, per calmare l'ansia dovuta alla festa di Ryan. Questo pensiero mi spezza il cuore. Se solo lei fosse ancora viva, credo sarebbe estremamente delusa da me.

Killian si precipita su di me con uno slancio, la lama del coltello sbatte sul pavimento. Sento l'eco nelle orecchie ed è un suono crudo e agghiacciante. Provo ad assestargli un bel calcio, ma ovviamente non ottengo alcun risultato, anzi lui intrappola le mie gambe tra le sue e le stringe con una forza selvaggia. Irradia un'energia nervosa e maledetta.

«Pensi di potermi fare male, puttanella?», mi ringhia contro l'orecchio.

Mi rifiuto di incontrare il suo sguardo, anche se cerca di incrociarlo. Allunga una mano e mi afferra per il collo, sono schiacciata sotto il suo peso.

«Non mi scappi… Prova a ribellarti e sarà l'ultima cosa che farai». Mi stringe il collo. Una scarica di dolore mi percuote.

Comincio a piangere e contorcermi sotto di lui. Dopodiché ruoto la testa, in direzione del coltello, che ha lasciato incustodito. Cerco di far sgusciare il braccio sotto il petto di Killian, il cui peso nel frattempo mi sta togliendo il respiro. Devo afferrare quella lama.

Trattengo il respiro per un momento, e riesco a divincolarmi da Killian. Faccio slittare il gomito per terra e afferro il coltello. Lui strabuzza gli occhi, quando ci ritroviamo a posizioni invertite. Ecco, ora si comincia a ragionare. Gli punto contro il coltello e nei suoi occhi ci sono incredulità e incertezza: non sa che fare, non se lo aspettava. Provo l'istinto di affondargli la lama nel petto e rigirarla dentro il suo addome. Di farlo attorcigliare dal dolore. Lui mi osserva. Se mi disarcionasse, e so bene che avrebbe la forza fisica per farlo, sarei spacciata. Ma non me ne importa. Devo agire subito, approfittare di questo momento d'impasse. Senza perdere tempo, agito il coltello in aria e gli ferisco l'unico braccio di carne che ha. Gli incido un taglio netto sull'avambraccio, uno squarcio, una striatura di sangue, di un colore rosso luccicante. Entrambi restiamo qualche secondo immobilizzati per la sorpresa, completamente attoniti. Io sono sul punto di spezzarmi dalla paura. Specie dopo ciò che ho appena fatto.

«Puttanella del cazzo!», sbotta lui. Si allontana da me, furioso, con ampie falcate.

Cosa sta facendo? Se ne sta andando via? Ah, così? Rinuncia al suo piano di vessarmi così facilmente?

Osservo la sua figura barcollare sempre più lontano da me. Raggiunge la cassa: la apre e ne studia il contenuto. Oh, no. No, no, no. Mi rialzo, sebbene non abbia un grande equilibrio al momento.

«Killian!», grido, gettando il coltello per terra.

Lui sfila dalla cassa tutte le banconote che abbiamo e se le intasca, con un ghigno vendicativo. Mi sta derubando.

«Tu e tuo padre guadagnate davvero poco», dice con riprovazione. «Dovreste adottare una campagna pubblicitaria più efficace per sponsorizzare il locale… Per esempio, potresti servire ai tavoli con una tutina sexy, io diventerei vostro cliente».

Mi avvento su di lui. «Killian! Ridammi i miei soldi!».

Cerco di stringergli il collo, di fargli lo sgambetto, qualsiasi cosa. Con una facilità disarmante, si libera da me e mi scaraventa per terra, un'altra volta.

«Per questa volta mi accontento di centocinquanta dollari». Il suo sguardo si cristallizza, diventa più chiaro e compatto, come zucchero che si ghiaccia. «La prossima volta ti prendo il doppio», dice, poi esce dal locale.

Rimango sola, nella penombra, con un groppo in gola e un senso di oppressione nel petto: sbatto le palpebre più volte, traumatizzata da quanto è appena successo. No. Non è possibile. Non se n'è andato via con i soldi. Io e mio padre siamo pieni di debiti fino al collo. Questo dev'essere un incubo. Due o tre pizzicotti sulle guance e mi risveglierò… giusto? Ma no che non è un incubo, questa è la realtà, che a volte supera di gran lunga la fantasia. Mi chiedo solo se Ryan sia a conoscenza di tutto questo. Gli ha dato lui il permesso di derubarmi? Mi chiedo se Killian, in fondo, non abbia ragione e Ryan non gli abbia dato il via libera con me… Rabbrividisco. E mi sento scema. Ho sempre avuto la sensazione che in questi ultimi anni non mi sia mai capitato niente per volontà di Ryan. Pensavo: magari Ryan si sente in colpa perché suo fratello mi ha quasi uccisa e per sdebitarsi cerca di tenermi lontano Killian. Ma adesso evidentemente non gli importa più. Guardo la cassa. Killian si è preso tutto ciò che abbiamo guadagnato, ma ha lasciato qui la sua pistola. La pistola che stavo cercando disperatamente sotto il lavello, ce l'ha sempre avuta Killian…

75

Paxton

Erano secoli che in casa Mackenzie mancava l'atmosfera di festa. L'ultima volta che abbiamo provato a festeggiare qualcosa è stato il 4 luglio, qualche anno fa, ma non è andata benissimo. Anche se ora come ora non mi viene in mente perché... Ah, già, Killian ha sniffato così tanta cocaina da costringerci a portarlo in ospedale. Oggi però la giornata è cominciata sotto i migliori auspici. Innanzitutto, perché c'è il sole, dettaglio non irrilevante per un meteoropatico come me. E in secondo luogo perché ho passato un pomeriggio all'insegna dello shopping. Io e Clayton siamo andati a comprare un regalo a Ryan, e ci siamo messi d'accordo senza troppe difficoltà su cosa scegliere. Alla fine, ci siamo portati a casa il regalo perfetto: un paio di scarpe Air Jordan e due biglietti per i Knicks. Non vedo l'ora che il festeggiato scarti i regali.

In questo istante, io, Clay e Ryan siamo diretti in cucina, da cui sentiamo già provenire le voci della signora Mackenzie, di Lucas, Tyler e Killian. Clayton e suo fratello Ryan sono un passo dietro di me.

«Non hai più bisogno del tuo documento falso, adesso che hai ventun anni!», dice ridendo Clayton.

«Shhh, abbassa la voce, oppure la mamma potrebbe sentirti», scherza Ryan.

«Io e Paxton non sapevamo che cosa regalarti, hai praticamente tutto! Tranne una fedina penale pulita, naturalmente».

«Molto divertente, ragazzi», ci fulmina.

Arriviamo a tavola, che è imbandita di squisitezze, e ci mettiamo seduti. Mi correggo, io mi metto seduto, mentre Clayton e Ryan salutano Gary, un poliziotto che ormai è diventato uno di famiglia. In cambio di qualche pasto o birra gratis, Gary si assicura che i Mackenzie non finiscano in galera. Loro la chiamano amicizia, ma c'è anche chi la chiamerebbe corruzione. Punti di vista.

«Tanti auguri, figliolo», dice Gary stritolando Ryan in un abbraccio, e quasi mi vengono le lacrime agli occhi.

«Ti fa gli auguri anche mia moglie... Stasera non è potuta venire, ma ci teneva affinché ti portassi i suoi saluti».

«Ringraziala tanto da parte mia».

Anche Lucas e Tyler si alzano in piedi, quest'ultimo abbraccia Ryan, gli salta addosso come un lottatore di arti marziali miste al suo incontro decisivo. «Buon compleanno, campione», urla.

Dopodiché, anche Lucas saluta Ryan.

«Mettiamoci seduti, mettiamoci seduti!», dice frettolosamente la signora Mackenzie.

Con delle presine dalla fantasia scozzese, mette in tavola delle costolette e delle alette di pollo con patatine fritte, che posiziona accanto a un sacco di bottiglie di Budweiser. E porta piatti di marshmallow a non finire, poiché sono i dolci preferiti di Killian e a lui piace gustarli come antipasto. A proposito di Killian, è stranamente silenzioso e tranquillo, seduto al suo posto. Mangia senza disturbare la quiete pubblica. Evento più unico che raro. Per qualche minuto cala il silenzio, rotto solo dal tintinnio di piatti e stoviglie e dal grattare delle sedie che vengono spostate per prendere posto a tavola. Mi guardo intorno. Alla fine, la signora Mackenzie ha riempito la cucina di addobbi a tema. Non c'è stato verso di farle cambiare idea sulle decorazioni, ma il risultato è molto meno pacchiano di quanto immaginavo. Quando tutti si siedono, noto che una sedia è rimasta vuota, e non sono l'unico a farci caso.

«Come mai c'è un posto in più? Chi deve arrivare?», chiede Ryan.

Le gote della signora Mackenzie diventano rosse. «*Oh*», sospira lei. «Mangiate! Altrimenti qui si fredda tutto! Forza! Forza!».

Sono troppo educato per farmelo ripetere una seconda volta e mi fiondo sulle alette di pollo. I discorsi a tavola durante la cena sono tra i più svariati. Spaziamo su tutti gli argomenti, dalle partite di basket di Tyler e Lucas all'accademia d'arte di Ryan. E quando arriviamo al pezzo forte, ovvero la torta, la signora Mackenzie spegne le luci e tutti intonano *Tanti auguri a te*. Ryan soffia sulle candeline ed esprime un desiderio.

Tre porzioni più tardi di torta, la mia cintura dei pantaloni si rivela essere piuttosto stretta, il che è tutto dire visto che questi pantaloni li mettevo quando pesavo almeno dieci chili di più, ed ero bello grassottello. Gary, abbandonato sulla sedia, sembra sazio e rilassato. Dopodiché, suona il campanello e cala un silenzio tombale.

«Chi sarà mai, a quest'ora?», chiede Killian con stupore teatrale. Avverto il sarcasmo nella sua voce, ma non sono sicuro che gli altri lo abbiano colto.

Un brivido corre lungo il tavolo.

La signora Mackenzie si alza rapidamente dalla sedia e corre ad aprire, mentre tutti tendiamo l'orecchio. Il catenaccio che scorre e il cigolio timido della porta sono gli unici rumori che percepiamo. Poi, sentiamo delle voci femminile parlottare, piuttosto familiari, e ci mettiamo in allerta, specie Ryan e Killian. Dei passi si dirigono verso la cucina.

«Arya, sei proprio sicura che non vuoi fermarti neanche per un boccone di torta? Ciao, Cassie, come stai?», dice la signora Mackenzie con voce molto affannata.

«No, grazie, Margareth», dice categorica Arya, sempre più vicina.

«Io sto bene, ehm, grazie, *signora*», sento dire dalla vocina intimidita e più lontana di Cassie.

Arya entra nella stanza. Con urgenza. Ha indosso una magliettina celeste di pizzo sangallo che lascia intravedere la pancia, i jeans a vita bassa e… *dei tacchi*? Gesù, che bomba. Ha una purezza selvaggia nei tratti del viso, è innocente come un agnello, ma sprigiona la forza di un tornado.

Ryan la guarda a metà tra l'incantato e l'esterrefatto.

Ma lei si dirige verso Killian. È il suo bersaglio. Sono ipnotizzato da questa scena pazzesca. Anche se, con la coda dell'occhio, vedo Cassie che cerca di nascondersi dietro la signora Mackenzie, mentre Clayton la squadra. Arya si ferma di fronte a lui, che indugia con lo sguardo sulla sua pancia scoperta, poi alza gli occhi, senza muovere la testa di un millimetro. Arya sfila una pistola dalla tasca dei jeans e la sbatte sul tavolo.

«Ti sei dimenticato questa, oggi pomeriggio», dice. «La tua fottuta pistola. Sono venuta a riportartela. Avevi fatto un gran bel lavoro, svuotandomi la cassa, e mi sembrava brutto lasciare che ti perdessi in un bicchiere d'acqua».

Arya sembra alta tre metri. E non solo perché Killian è seduto. Ma perché è una donna ferita, che si sta rialzando.

«Grazie per il pensiero. Ora sparisci», sibila Killian, asciutto.

«No, sparisci tu, cazzo», dice Arya. «La prossima volta che ti avvicini a me, o al mio bar… la prossima volta che proverai di nuovo a *stuprarmi* o a *derubarmi*, io ti uccido, Killian. Capito?».

Killian sorride sferzante, senza abbassare lo sguardo pieno di lussuria.

Oh. Porca. *Puttana*. Volto immediatamente lo sguardo verso Ryan e vedo qualcosa che non avrei mai voluto vedere in vita mia. Vorrei sparire per l'estremo disagio che sto provando. Vorrei rannicchiarmi nella dispensa alle mie spalle e chiudermi là dentro per il resto della serata. Vorrei spalmarmi sulla parete e diventare carta da parati. Insomma, avete capito. Non posso neanche immaginare cosa provi Ryan in questo momento. Un dolore sordo, incontrollabile, atroce gli si è dipinto in faccia. È una vera e propria tortura per lui. Un silenzio imbarazzante si diffonde per tutta la cucina, un silenzio lungo e assoluto. Ryan deve avere un casino infernale nella testa, eppure la sua espressione continua a essere gelida e, tutto sommato, incredula.

Arya e Killian si stanno squadrando ancora. Dopodiché Arya comincia a camminare verso l'uscita. A questo punto, Ryan si alza, ma le ginocchia sembrano cedergli. In confronto a lei è altissimo, ma in questo momento è anche così vulnerabile...

«Arya», sussurra, sfiorandole il braccio, con lo sgomento che gli trasfigura la faccia.

Lei si divincola da lui, irritata, come se anche solo farsi sfiorare da un Mackenzie potesse metterla in una situazione di pericolo.

«Lasciami stare!».

Ryan è interdetto, confuso. Guarda il mondo esterno come attraverso lo schermo di un vecchio televisore mal sintonizzato. I tratti del suo viso si deformano nell'atto di cercare di comprendere perché Arya lo stia rifiutando in questo modo. E si chiede perché lo stia associando a suo fratello in questo modo, *in modo così vile*.

«Arya». La voce è sottile e distante, come se a parlare non fosse Ryan ma una sua registrazione, lasciata lì, al suo posto.

«Lasciami in pace», ribatte lei, rallentando il passo. Tiene gli occhi bassi come se non volesse incrociare lo sguardo di Ryan. Sembra in preda a un senso di confusione e vergogna mai sperimentate prima. Ma, soprattutto, in preda a una feroce agonia che per una sola persona sembra essere un po' troppa.

«Ehi», le mormora con dolcezza ma anche con fermezza, cercando di avvicinarsi a lei. «Mi vuoi parlare un secondo? Solo un secondo?», la implora con la voce della disperazione.

Arya si ferma, il volto spezzato dall'indecisione.

«Solo un secondo», gli concede lei, e si dirige verso il salotto.

Ryan, prima di seguirla, si volta un momento verso suo fratello Killian, che ha ancora una smorfia vagamente divertita e rovente sulle labbra. Ed è allora che Ryan realizza cos'ha appena fatto ad Arya. La cruda realtà gli piomba addosso d'un colpo. E si chiede, con un groppo alla gola, per quale diavolo di motivo Killian non vuole vederlo felice.

Vedendo la brutta ariaccia che sta tirando, Gary e Lucas decidono di togliere il disturbo, e ci salutano in fretta. Dicono qualcosa a Ryan prima che lui raggiunga Arya in salotto. Poi ci defiliamo anche noi dalla cucina, tutti tranne la signora Mackenzie e Cassie.

76

Cassie

Questa situazione è paradossale. Sono seduta a tavola a consolare la madre del mio nemico, mentre la mia migliore amica è di là a parlare con Ryan. Per l'imbarazzo praticamente tutti hanno lasciato la stanza. Tranne io e Margareth. Ha una forza d'animo incredibile come madre, non crolla mai, eppure mi sento in colpa per essere piombata così a casa sua, facendo un gran casino il giorno del compleanno del suo secondogenito. Ma quando ho trovato Arya nel suo bar in quelle condizioni, mi sono preoccupata da morire. E l'ho assecondata. Guardo Margareth, con i sensi di colpa che mi stritolano lo stomaco. La signora Mackenzie mi ha preparato una tisana, affiancata da una gustosa fetta di torta, che non so come evitare di mangiare.

«Tu e mio figlio vi conoscete?», mi chiede con tono distratto.

«Non molto bene», dico girando il cucchiaino nella tazza. «L'ho visto giusto qualche volta fuori dal bar di Arya, e ci siamo parlati di rado».

«Oh, non mi riferivo a Ryan», commenta Margareth. «Io parlavo di Clayton».

La sorpresa mi mozza il respiro. E ora? Che dico? Merda. Deglutisco. Pur di nascondere la mia faccia dietro qualcosa, do un sorso alla bevanda bollente e mi si ustiona il palato.

«Scusami, non volevo essere invadente», dice. «E ti assicuro che non sono quel genere di madre indiscreta che vuole sempre sapere tutto sulle compagnie dei propri figli».

Sì, su questo non ho dubbi. Effettivamente sarebbe stato meglio se qualche volta la signora Mackenzie si fosse preoccupata un po' di più su chi frequentavano i figli.

«No, non si preoccupi. È tutto okay. Io e Clayton ci conosciamo, è vero, ma molto poco, anzi quasi per niente».

Deglutisco ancora, cercando di sostenere il suo sguardo volitivo, pieno d'amore materno e di rimpianti.

«Clayton non è un ragazzo facile», dice Margareth. «Vero?».

Faccio segno di no con la testa.

«A scuola, i suoi professori mi dicevano che avevo cresciuto un figlio perfetto. Bello, energico, intelligente, sportivo e generoso. Sapevo che non era così». Sorride amareggiata. «Mio figlio mostra di sé solo ciò che vuole. È bravissimo nel farti credere quel che gli pare. Ma la sua vera natura è un'altra, e può anche aver ingannato il resto del mondo, ma non può ingannare sua madre». Sospira. «Quando ce l'avevo ancora in grembo e stava crescendo dentro di me, era come... un fuoco che mi corrodeva. Era così intenso, bruciava dall'interno e non mi lasciava mai un attimo di pace. Mi consumava. La prima volta che l'ho preso in braccio, quando è venuto al mondo, è stato come tenere in braccio una bomba. L'energia era... Insomma, anche allora mi spaventava. E più cresceva, più mi terrorizzava. Quand'era bambino, non ha mai socializzato. Crescendo, non ha mai avuto un amico, né una fidanzata. Non ha mai portato a casa nessuno, quest'aspetto di lui mi ha sempre dato una preoccupazione infinita». Scuote la testa come per cacciare via un brutto pensiero.

«Signora Mackenzie, perché mi sta raccontando queste cose?», chiedo con tono innocente.

«Perché tu sei stata la prima, tra le sue amicizie, a mettere piede qui dentro. Devi essere speciale, se lui te l'ha permesso, Cassie».

Non voglio infrangere i sogni di Margareth, dicendole che noi non siamo affatto in buoni rapporti. E che, soprattutto, non sono affatto speciale per lui, anzi. In più, non mi stupisce che Clayton non abbia mai avuto degli amici da far conoscere a sua madre, anche se in effetti sono sorpresa. Mi ricordo che al liceo aveva fama e popolarità. Andava alle feste più esclusive, era in cima alla piramide sociale, nel posto riservato alle celebrità.

«Mamma». Una voce calda e profonda ci costringe a voltarci. Clayton è poggiato allo stipite della porta, con le mani nelle tasche di un paio di pantaloni neri e il viso immerso nel cappuccio di una felpa grigia. «Non mettermi in imbarazzo con gli ospiti, per favore», la riprende. Gli occhi neri mordaci e ammonitori, puntati nei miei con incredibile precisione, mi pungono con un fastidio intenso, che quasi fa male. «Cassie, vieni con me», mi ordina con sicurezza destabilizzante e provocatoria.

Mi alzo in automatico sotto lo sguardo comprensivo di Margareth, chiedendomi cosa diamine voglia da me Clayton. Lui mi volta le spalle e cammina, diretto alle scale. Intravedo le figure di Arya e Ryan che stanno discutendo in salotto, ma seguo Clayton, cercando di respirare il più piano possibile, con il cuore che mi batte nel petto come un tamburo. Lui si ferma in cima alle scale, davanti a una porta che potrebbe essere proprio quella della sua stanza, oppure quella della camera di uno dei suoi fratelli. È chiaro che cercava un posto appartato per parlarmi e che, allo stesso tempo, non voleva creare situazioni ambigue e fraintendibili. Si volta e mi punta gli occhi neri addosso.

«Prima mi rincorri nel mio locale, adesso direttamente dentro casa mia. E così… Cenerentola ha perso la dignità, anziché la scarpetta: questa favola me la ricordavo diversa».

Stringo i pugni, fino a far affondare le unghie dentro i palmi. «Quando smetterai di chiamarmi Cenerentola?»

«Quando la smetterai di vivere in una misera favoletta», dice tagliente. «Perché sei venuta qui?», mi chiede.

«Per rovinarvi la festa», ammetto senza troppi complimenti, e lui sorride debolmente.

«Ci sei riuscita», risponde in un ghigno. «Sei proprio una *guastafeste*».

Mi guardo intorno curiosa per sbirciare la casa dei Mackenzie.

«Hai finito di farti i cazzi miei?», domanda Clayton, scocciato.

«Perché siamo quassù?», chiedo spaesata.

«Perché se qualcuno dei miei fratelli ci vedesse parlare, di sotto, potrebbe erroneamente pensare che io e te siamo amici». Le sue lunghe ciglia nere si abbassano. «*E non lo siamo*».

«Già», dico brevemente. «Per te sono un "detrito", giusto?».

Ricordo le parole che ha detto a Killian come se fossero impresse a fuoco dentro di me.

«Non penso che tu sia un detrito, Cassie». La sua affermazione mi procura una tempesta di brividi. «L'ho detto soltanto per renderti meno desiderabile agli occhi di mio fratello», spiega.

«Ah, tante grazie».

Lui mi ignora. «Mio fratello, ultimamente, mi usa come parametro di confronto per testare la sua eterosessualità. Se qualcuna mi piace, allora piace pure a lui. Se qualcuna non mi piace, allora neanche a lui piace. Non mi veniva in mente altro per distogliere le sue attenzioni da te. Capisci? Non sapevo come comportarmi con Killian che cerca di nascondere la sua omosessualità a tutti i costi».

«Pensi sia gay?», domando, un po' stupita.

«Penso sia confuso», replica, severo.

«Dici? A me sembra solo una testa di cazzo. Una caratteristica che, a quanto pare, è di famiglia», concludo.

Clayton ride e si avvicina al mio orecchio, inondandomi del suo profumo. «Tieni a freno la tua impertinenza, però, altrimenti, la prossima volta, lascerò che mio fratello si prenda ciò che vuole da te. Anzi, resterò lì a guardare mentre ti possiede».

Cerco di non farmi intimidire dalla sua figura possente che mi avvolge, mentre io indietreggio.

«E con l'occasione potresti anche girare un video, già che ci sei», lo attacco, senza paura.

Mi studia perplesso, le sue iridi si illuminano di una sfumatura di meraviglia.

«Che c'è?», gli domando. «Pensavi che non ci sarei arrivata? Pensavi che non lo avrei capito?»

«Che cosa, Cassie?», dice duro, e ammetto che è molto bravo a recitare. Sembra ignaro di tutto.

«Il video in cui ero ubriaca da fare schifo nel tuo locale! Il video che *qualcuno* ha avuto la brillante idea di diffondere a scuola», dico con scherno. «Chissà chi è stato, eh?».

Clayton è un muro di fronte a me, alto e inflessibile. «E, naturalmente, hai pensato subito a me», replica con una punta di sarcasmo inaspettata.

«Naturalmente», ripeto, ma questa volta con meno decisione.

Scrolla leggermente le spalle. «Onestamente, mi sento offeso. E perché avrei dovuto diffondere un video del genere?».

Sta cercando di manipolarmi con tattiche psicologiche: non devo cedere.

«Per vendicarti», rispondo prontamente. «Della pistola che ti ho puntato contro ieri, e il resto...».

Ridacchia amaramente e la sua voce roca mi si insinua nelle orecchie. «E il resto...», ripete pensieroso.

Non c'è bisogno che aggiunga altro, perché sono già diventata rossa, al solo ripensare a cos'è accaduto ieri nel suo locale, a come mi sono lasciata trasportare da lui in quel modo, e vorrei non averlo fatto.

«Ed è per il *resto* che hai accettato di salire quassù con me?». Dà una sbirciata rapida alle proprie spalle, forse indicando la propria camera nella massa nera che ci circonda. *Quanto si diverte a prendermi in giro...*

«Torniamo a quel video, per favore», dico con le guance accaldate. «*So che sei stato tu*».

«Quando fai così...». Modula la voce con tono lento e tortuoso, calcando le parole con la lingua, e il suo sguardo diventa oscuro. «...saresti da sbattere al muro».

Il cuore va all'impazzata e provo un'inattesa sensazione di panico quando mi accorgo che tutto ciò è dovuto al *suo* sguardo.

«Vorresti dirmi forse che non è così, che non sei stato tu?», lo provoco.

Vediamo se ora ha il coraggio di mentire.

Lui, cupo e invalicabile, non batte ciglio.

Il disagio di questo silenzio mi striscia sulla pelle, e mi mordo l'interno della guancia. «Non... non sei stato tu?», soffio indecisa. «Non sei stato tu a riprendermi, mentre...?».

Va bene, Cassie, non è necessario snocciolare tutti i dettagli che emergono da quel video. Una parte di me però è sollevata all'idea che ci sia una probabilità che lui quel video neanche l'abbia visto. Se non altro, mi sono risparmiata una bella figuraccia con qualcuno. «Okay, non sei stato tu a farmi quel video», concludo da sola.

Mantiene un'espressione calma, le spalle dritte, e gli occhi nei miei: mi getta ombre addosso. «Lo dici come se ti dispiacesse», risponde la sua voce sinuosa.

«Dimmi la verità, Clayton», lo prego. Ma perché ogni volta deve sottopormi ai suoi sadici giochini mentali? Non può semplicemente rispondermi e basta? «Sei stato tu oppure no? Non riesco a capire...».

Arcua le labbra, con una certa soddisfazione. «No. La mia vendetta sarà molto, *molto* più dolce, te lo garantisco».

Lascio cadere la frecciatina: non è il momento, ora. «Se non sei stato tu... allora, *chi*?», chiedo, e il tarlo del dubbio mi mangia. Per colpa di quel video, ora sono famosa in tutta la scuola come la foca ubriaca.

«C'era molta gente, quella sera, quando ti ho ritrovata per terra», dice Clayton. «Praticamente erano tutti con il telefono in mano. Non ho idea di chi possa essere stato, mi dispiace».

Clayton si avvicina di un altro passo, abbastanza da farmi avvampare. Inclina il volto, guardandomi circospetto, come se ci stesse riflettendo anche lui. «C'è qualcun altro, oltre a *me*, con cui non sei... come dire... in ottimi rapporti?».

Scuoto la testa. «Non lo so, non mi viene in mente nessuno». *Nessuno, tranne* te.

Ed è così. Clayton è stata l'unica persona che io mi sia mai messa contro. Non sono mai stata così audace, o così brillante, da farmi dei nemici. Sono sempre stata una pecorella smarrita, troppo invisibile anche solo per essere notata.

No, non mi viene in mente nessuno.

Poi il suo sguardo solerte cade sui miei avambracci. Le sue dita mi sfiorano la carne, a ridosso dei miei lividi e dei piccoli tagli, procurandomi brividi intensi e dolorosi, molto più dolorosi delle ferite stesse.

«Chi è stato?», chiede.

D'istinto, abbasso le maniche della maglietta e alzo il mento, per dare l'impressione che è tutto okay, che sto bene. Ci guardiamo e per un istante penso che qualcosa dentro di me si sia spezzato quando mi ha toccata.

«Tu», si risponde, ricordandosi dei nostri messaggi. Un momento di pausa. «Dopo quel video, magari», riflette. «Lo fai ancora?», chiede.

Mi lascio sfuggire un lieve mugolio. «Non è niente».

«A me non sembra "niente"», ribatte.

«Non sono affari tuoi, comunque».

«Perché tu mi odi», dice con strafottenza, ma anche con una punta di ironia.

Ripenso subito al messaggio in cui gli confessavo che lo odiavo. Lui non mi ha mai creduta, forse perché pensa che un essere come me sia troppo debole per odiare qualcuno: secondo la sua mentalità, i vigliacchi non sono capaci di odiare, perché sono troppo occupati a provare sentimenti come la vergogna. L'odio sarebbe troppo decoroso per una come me, glielo leggo dalla smorfia di avversione che ha sulla faccia.

All'improvviso, sento delle voci al piano di sotto: sembra Arya. Forse mi sta cercando e, dopo tutto ciò che è successo, non voglio di certo farmi trovare appartata qui, insieme a Clayton.

«Devo andare», mormoro, e lui mi osserva allontanarmi senza muovere un muscolo.

77

Arya

Ci sono momenti della vita in cui ci si trova di fronte un bivio e bisogna scegliere che strada prendere, che persona diventare. Bisogna capire chi si è, e quanto si è in grado di sopportare. E io non sono disposta a sopportare più.

Sono cresciuta con loro, penso con gli occhi lucidi. I Mackenzie mi hanno insegnato a stare nel mondo, a camminare a testa alta, a mettermi il berretto al contrario e a usare la mazza da baseball non solo per giocare a baseball. Erano le persone di cui più mi fidavo al mondo. La mia famiglia, il mio gruppo. E non avrei mai immaginato che un giorno sarebbero diventati la mia condanna.

Io e Ryan ci guardiamo. Anche se siamo vicini sento che è impossibile raggiungerlo, come se tra di noi ci fosse di mezzo il mare. La sua espressione non fa trapelare niente, nessuna emozione. Non riesco a capire cosa prova e ci rinuncio definitivamente. Forse, è meglio così. Forse, è meglio lasciar andare tutto. Non bisognerebbe rimanere così aggrappati ai ricordi, alle persone, ai momenti. Belli o brutti che siano, i periodi passano. Tutto passa. Anche se ci sembra impossibile, niente dura in eterno.

Ryan mi guarda ancora. *Dimmi qualcosa!* Come fa a starsene qui, davanti a me, come se niente fosse, dopo tutto quello che abbiamo vissuto? Come fa a non venirgli neanche una parola?

«Sarei dovuta venire anch'io, stasera», gli rivelo. «Mi aveva invitata tua madre, volevamo farti una sorpresa… Ma poi… *Killian*… Ora devo andare. Tanti auguri, Ryan, goditi il resto della festa».

Mi afferra per un braccio, quando faccio per allontanarmi.

«Fermati», dice perentorio.

«Voglio andarmene», replico con le lacrime che mi serrano la gola.

«No».

«Voglio andarmene», ripeto decisa.

La sua mano scivola sul mio braccio e arriva fino al polso. I suoi occhi verde smeraldo si intensificano ed esprimono una muta, scintillante preghiera.

Una preghiera che riesco a leggere distintamente: "Resta".
Non ho nessuna intenzione di restare, però: non mi importa come si sono svolti i fatti, non mi importa se Ryan è coinvolto in tutta questa storia oppure no, non mi importa cosa ha da dire...
«Voglio che mi racconti cos'è successo», dice. «Per favore. Voglio sapere se è vero quello che hai detto di là...».
«Pensi che stia mentendo?», chiedo incredula.
«Cristo, Arya, non sto dicendo questo».
«Allora cosa diavolo stai dicendo?», sbotto.
Lascia cadere la mano e si raddrizza, mantenendo le distanze. *È stanco.*
«Non lo so... Ma voglio solo sapere... stai bene?», chiede.
Adesso mi sento finalmente qualcuno che può dare voce ai propri pensieri. Lui sembra uno che vorrebbe sfiorarmi ma si impone di non farlo.
«Tu non eri lì, Ryan. Non eri lì, come al solito», mormoro afflitta e sfiancata. «Non ti importa più niente di nessuno... non ti importa neanche che tuo fratello arrivi a farmi del male? Ma ce li hai dei sentimenti?».
Non dice niente. Mi trafigge con i suoi occhi verdissimi, senza fiato.
«Perché non eri lì?», insisto. Vorrei *non* provare l'istinto di piangere, e invece lo provo, fortissimo. Non ricordo di essermi mai sentita così: la crudeltà di Killian ha fatto male, ma l'indifferenza di Ryan mi ferisce oltre ogni dire.
«Non avevo idea che Killian fosse lì da te», dice Ryan. «Mi credi?».
Scuoto la testa.
«Se fossi stato lì vicino... se me ne fossi accorto», dice con voce graffiante, «lo avrei fermato. Lo sai questo, vero?».
Al cospetto di Ryan non mi sento più piccola, fragile e indifesa. Il suo dolore lo rende vulnerabile.
«Mi dispiace», esala.
Apro la bocca per ribattere, ma la voce non mi esce. È dispiaciuto? Davvero? Tutto qui? E con questo vuole sistemare tutto? Con il suo dispiacere? Mi viene quasi da ridere.
«Adesso che ti dispiace, allora, è tutto risolto», replico sarcastica.
Spero che il messaggio gli sia arrivato forte e chiaro. "Vaffanculo". Non ho paura. Sono di fronte a lui per affrontarlo. Il mio cuore sta galoppando, ma lo ignoro, perché, nonostante tutto, so difendermi da sola e l'ho ampiamente dimostrato. Ryan mi ha sempre ricordato che non sono gli altri a dirti chi sei, ma sei tu che devi dirlo a loro. E io ho messo in pratica i suoi insegnamenti, nel momento in cui mi sono sentita in pericolo e lui non era lì. Ho sempre avuto paura di Killian, ma non avrei mai permesso a questa paura di zittire la mia voce, non le avrei mai permesso di farmi piegare la testa. Sebbene io tremi ancora, scossa da brividi gelati, con i muscoli esau-

sti e spossati da tutto quello che è accaduto oggi, mi sento potente come mai prima d'ora. E, finalmente, trovo le parole per dirglielo.

«Mi sono stufata del vostro atteggiamento del cazzo. Killian che prova a violentarmi, poi Clayton che minaccia la mia migliore amica con una pistola. Sì, Cassie mi ha raccontato di come l'ha ingannata per mesi, fingendosi la persona che non era, con il solo scopo di ricattarla! Sai che c'è? *Mi fate schifo*».

La faccia di Ryan cambia lentamente espressione di fronte a quest'insinuazione. «Clayton... *cosa*?»

«Non so perché io abbia dato per scontato di essere al sicuro qui... Nessuno in questo quartiere è al sicuro finché ci siete voi!». Stringo i denti, inspirando ed espirando dal naso, ogni muscolo del corpo teso nel tentativo di non crollare. «Stai lontano da me, Ryan», dico, quando lui mi si avvicina.

«Non ti tocco», promette. «Non voglio farti del male. Lo giuro».

«Stammi lontano», sibilo di nuovo.

China la testa, come se faticasse a trovare le parole. I miei occhi si velano di nuove lacrime. Con i Mackenzie ho creduto di appartenere a qualcosa. Pensavo di aver trovato il mio posto nel mondo. *Quanto mi sbagliavo...* Ma è proprio questo il problema. Lui e i suoi fratelli hanno un senso di legittimità gonfiato, pensano di poter compiere qualsiasi azione senza conseguenze.

«Se io fossi stato lì, non avrei mai permesso che ti accadesse nulla. Te lo giuro, Arya», mi dice, con voce sofferente.

«Non m'importa», rispondo. E, soprattutto, non gli credo. In fin dei conti, Ryan avrebbe potuto fermare Killian, se solo avesse voluto. Magari non questa volta. Ma avrebbe potuto fermarlo tempo fa. Avrebbe potuto lasciarlo marcire in galera, tanto per cominciare. Però è questo il punto: per lui, i suoi fratelli verranno sempre prima di tutti.

«A te e ai tuoi fratelli non importa di nulla. Non avete regole. Non vi fate scrupoli. Ve la prendete con i più deboli. Siete soltanto dei codardi! Io adesso me ne vado!», dico.

«Arya», mi supplica. «Mi dispiace tantissimo».

«Ti dispiace, Ryan? Okay, ma da adesso ci scambiamo i ruoli. A te dispiace e io me ne sbatto».

«Non fare così, dai», tenta di nuovo lui.

«L'hai voluto tu. Adesso, goditi le conseguenze», lo gelo, più decisa che mai.

78

Paxton

Arya e Cassie se ne sono andate.

Ryan entra in cucina, scuro in volto, soffocato da una rabbia mostruosa e sfolgorante, e punta Killian, con gli occhi di un falco. Ho paura per lui. Cioè, non so come fa lui a starsene così tranquillo dopo il casino che ha appena combinato.

Killian, però, è poggiato al piano cottura senza una preoccupazione al mondo: mangia i marshmallow e canticchia *Poker Face*, di Lady Gaga.

«Mamma, vattene», dice Ryan.

La signora Mackenzie si alza dalla sedia. «*Ryan*», lo rimprovera. «Non litigare con tuo fratello, adesso, per cortesia, e che Dio ci benedica, stiamo calmi… Questa serata è stata un vero disastro senza il bisogno di complicarla di più».

«Clayton», ordina Ryan, «porta via mamma».

Il terzo Mackenzie obbedisce e con nonchalance si carica sua madre sulle spalle, la quale scalcia e strepita, battendo i pugni sulla schiena del figlio, mentre viene condotta via.

Io e Tyler rimaniamo pietrificati ad assistere alla scena. Ryan non smette di fissare suo fratello, forse in cerca di spiegazioni o forse in cerca di redenzione per qualcosa che presto compirà. È talmente incazzato che a stento respira, ed è così rosso che credo stia per implodere.

«Una sola domanda», dice Ryan avvicinandosi a suo fratello. «*Perché*?»

«È solo una fica da scopare e nient'altro», risponde Killian. «Non capisco perché ti ci sbatti tanto».

Lo sta istigando. Killian è stupido a volte, ma *non così* stupido.

«Tu vuoi morire stasera», ruggisce Ryan, e nessuno, in questo momento, avrebbe la forza di fermarlo.

Killian si protende in avanti, con un atteggiamento baldanzoso. «Dimostra che hai le palle per comandare, Ryan, e picchiami! Forza!».

Ryan si scaglia in avanti; si avventa su Killian e gli tira un pugno in faccia, facendolo cadere all'indietro, contro i fornelli. Killian, ormai accasciato per terra, però, non dà segni di voler restituire il pugno. Anzi, guarda suo fratello con una tetra soddisfazione, mentre del sangue gli cola dalle gengive sui denti.

Ryan non avrebbe mai voluto arrivare fino a questo punto con Killian, non avrebbe mai voluto prendere a cazzotti suo fratello, ma ha oltrepassato i limiti. E Ryan ha smesso di sentirsi in colpa per il male che gli ha fatto. Se potesse tornare indietro e cambiare il giorno in cui è stato investito Killian, Ryan lo farebbe. Se potesse regalargli il suo braccio, lo farebbe. Farebbe qualsiasi cosa per suo fratello. Ogni cosa. Letteralmente. Gli darebbe tutto; tutto il suo amore e tutta la sua comprensione. Rinuncerebbe a vivere la sua vita, se servisse a permettere a Killian di condurre un'esistenza meno infelice. Ma Killian ha appena toccato l'unico tasto che non doveva toccare. Ha appena infranto una regola inviolabile, per la seconda volta: Arya non si tocca. Per nessuna ragione. Mai. E lo abbiamo sempre saputo tutti. Ma Killian non gioca secondo le regole.

«Lo sai? Prima Gary mi ha detto che Paul Campbell, il tizio del camioncino, è ancora convinto a testimoniare contro di te! Vuole sbatterti in galera, Killian! Ma forse è proprio ciò che ti meriteresti», sputa Ryan con odio, e gli assesta un altro pugno, poi si guarda un attimo le mani. Dieci lettere. Una lettera per dito. Da destra a sinistra. Prima mano: "EMHTI". Seconda mano: "WYATS". Da sinistra a destra. Prima mano: "STAYW". Seconda mano: "ITHME". *Stay with me.* "Resta con me". Una frase che è legata indissolubilmente ad Arya. Ryan si avventa di nuovo su Killian, che si lascia picchiare come se tutto ciò gli procurasse godimento, come se attraverso i colpi del fratello assaporasse ogni nota della propria sofferenza. Non riesco a guardare.

Ryan continua a picchiare Killian, implacabile. Al mio fianco c'è Tyler, che si è irrigidito e sembra stia morendo dentro. Anche se adesso è quasi un adulto, non smetterò mai di vedere il ragazzino irrequieto di una volta. Ora appare mansueto, perfino autorevole talvolta. Tuttavia, è come se si fosse spento lui stesso, e di fronte a una scena del genere se ne va. Esce di casa, senza dire una parola. Io, al contrario, rimango. Quando c'è di mezzo Killian, quando ci sono di mezzo i miei sentimenti, sono sempre stato abituato a fare finta di nulla. E invece ora vederlo così fa tanto, ma *tanto* male.

79

Beatrix

La musica raggiunge note più soffuse e delicate e le luci si attenuano, facendosi ancora più oscure e violette. Charlotte, la mia collega, si aggiusta la parrucca bianca, con il caschetto. Schiocca le labbra coperte di gloss e mi guarda stupita. Sono sicura di avere la sua stessa espressione. Tutti i clienti del Cherry Club stanno lasciando la sala, sollecitati dalla vigilanza. Un tizio fa in tempo a infilare tra gli stivali lucidi e neri di Charlotte una banconota da cinquanta dollari e poi si dilegua.

Ma che sta succedendo?

«Ragazze», esclama Peter, il principale, un uomo sulla trentina vestito con un completo viola e i mocassini, «abbandonate la vostra postazione. Per questa sera c'è un cambio di programma».

«Un cambio di programma?», chiede scettica Charlotte, incrociando le braccia e alzando un sopracciglio. «Come sarebbe a dire un cambio di programma?»

«Per stasera non ballerete», dice il principale. «Il locale stanotte chiude».

Fa un cenno a tutte di ritornare nei camerini. Qualcuna obbedisce senza protestare, ma non la mia amica.

«Non puoi farmi questo, Peter!», esclama Charlotte molto alterata. «Lo sai che ho bisogno di soldi!».

«Peter, dai», provo a rabbonirlo. «Non possiamo arrivare a un punto di incontro? Non possiamo trovare una soluzione? Che succede?»

«Andate via», abbaia indicando i camerini.

Meglio non contraddirlo, altrimenti ci licenzia. E io ho bisogno di questo lavoro. Ne ho un bisogno fottuto: altrimenti, addio indipendenza e mi tocca tornarmene da mia zia. Offro a Charlotte il braccio in segno di conforto, in modo che lei ci si possa aggrappare.

«Dai, andiamo a cambiarci», le dico, ma lei ha ancora il volto infiammato dalla collera.

Charlotte non perdonerà Peter tanto facilmente per averle impedito di esibirsi. Perdere i guadagni di una sera per noi è tanto, visto che lavoriamo solo due o al massimo tre sere a settimana.

«Andiamo, forza», le ripeto, e lei fa una smorfia di contrariata rassegnazione.

«Tu non vai da nessuna parte, Beatrix», dice il principale.

Mi volto. «Che intendi dire?»

«Ho bisogno di una ballerina che rimanga qui, il locale non chiude, è solo riservato, resta aperto fino all'alba, per questo ho dovuto mandare via tutti».

«Perché proprio io?», chiedo.

«Perché vuole che balli tu. Soltanto tu, Beatrix. Le altre fuori!», sbraita Peter.

«Chi? Chi lo vuole?», chiedo senza capire, mentre Charlotte e le altre mie colleghe escono scocciate.

Ma il principale, anziché rispondermi, se ne va. La musica ritorna a diffondersi per il locale in modo intenso e vibrante. Non è la classica musica su cui di solito balliamo qui dentro, ma è molto più energica e sensuale.

Rimango a osservare i divanetti per minuti interi, immobile come una statuetta, ma non arriva nessuno. Comincio a muovermi sui tacchi, reggendomi al palo, ballando nella sala vuota. Chiunque abbia pagato affinché rimanessimo solo io e lui qua dentro si aspetterà una prestazione all'altezza, ma non so se sarò in grado di soddisfare queste aspettative che ha riposto in me. Socchiudo gli occhi e mi lascio trasportare dalle parole di *Friends* dei Chase Atlantic. Riapro gli occhi, carica di tutta la grinta che sprigiona questa musica. Mi sento improvvisamente più forte, come se stessi ritrovando la mia dimensione. Esploro la sala, alla ricerca dell'unico spettatore presente.

Eccolo lì. Il cuore mi si ferma.

È la luce e l'oscurità che si fondono in una sola persona. Il tramonto più bello che qualcuno possa mai vedere.

Seduto sul divano vintage in pelle disposto sotto il palco, c'è Tyler. Punta gli occhi nei miei e ha un'aria stranamente calma.

Non so come mi sento al riguardo, né cosa significa tutto questo, ma, sebbene io stia continuando a danzare, sotto i suoi occhi non riesco a muovermi come, invece, mi risulta spontaneo davanti ad altri uomini. Mi concentro sulla musica, ma la mia attenzione è rivolta a Tyler. Si solletica il mento e il labbro come se fosse nervoso ma, al tempo stesso, non volesse interrompere il contatto visivo che si sta creando tra noi. Con l'altra mano, regge mollemente una pistola, che penzola a pochi centimetri da terra. Sotto la felpa nera con le maniche arrotolate, indossa dei jeans larghi e calati sulle anche.

Continuo a muovermi, sebbene ormai non controlli più i miei stessi gesti. Non riesco neanche più a sentire la musica e una strana forma di imbarazzo mi infiamma le guance. I suoi occhi esplorano ogni millimetro del mio corpo. Non riesco a ballare come vorrei e mi fermo. Ci guardiamo senza dire nulla, sfidandoci. Poi, scendo dal palco, lentamente, e le sue iridi marroni mi seguono, non si staccano mai da me. Con l'indice si accarezza il labbro, facendo ruotare la pistola che ha nell'altra mano. Mi trovo in piedi di fronte a lui. Non mi sono mai sentita così nuda in vita mia. Vorrei coprirmi. Vorrei, in effetti, scappare da qui.

«Perché ti sei fermata?», chiede con una voce sussurrata, mozzata. «Non ti ho chiesto di smettere».

Penso di avere la pelle d'oca e non è per il freddo.

«E tu perché sei qui? Credevo che fossi a una festa», gli ricordo.

«Ho finito prima del previsto». I suoi occhi sono densi di un sentimento che non riesco a decifrare.

«Perché hai chiesto al mio principale di far uscire tutti?», sibilo.

Sono in attesa di risposte.

Lui impugna la pistola e la appoggia tra l'inguine e l'addome. «Vuoi davvero saperlo?»

«Sì».

Il suo volto si distende. «Non volevo che dei pervertiti ti guardassero».

Ah, Mackenzie... qui dentro, per strada, a scuola... *I pervertiti sono ovunque.*

«A te cosa importa?»

«Esci con il mio migliore amico», dice. «Nessuno dovrebbe guardare la ragazza del mio migliore amico con la bava alla bocca... Non in mia presenza, almeno».

«Lo hai fatto per Lucas?».

Sfodera un sorriso impertinente. «Sì».

«E allora, Mackenzie, forse, per rispetto nei confronti di Lucas, dovresti andartene».

Contrae la mascella e sospira debolmente. «Sei pagata per ballare, o per *parlare*?».

Studia i brillantini sul mio intimo e il contorno acerbo delle mie curve con estremo interesse.

«Ballerò, se è quel che vuoi», dico, con una punta di imbarazzo.

«Non voglio solo che balli». Si schiarisce la gola. La pistola scivola sempre più giù, come a coprire l'intimità. La sua voce diventa roca e si spezza, a mano a mano che parla, mentre il suo sguardo lambisce ancora il mio corpo. «Voglio che balli e pensi a me, voglio che ti sfiori la pelle pensando che sia io a toccarti. Voglio che tu muova il culo per bene, voglio che tu mi faccia vedere quanto sei brava. E mi raccomando, guardami negli occhi, mentre fai tutto questo. Pensi di farcela, Evans?».

Rimango senza parole e ho il fiato corto. Non credo di farcela, di certo non davanti a lui. Dovrei assecondare le sue richieste: ma proprio non ci riesco. Il cuore mi accelera nel petto all'improvviso, quando le sue labbra rossastre si schiudono e i suoi occhi si accendono di interesse. Poi, mi rendo conto che questa è un'umiliazione bell'e buona. Un tentativo di sottomettermi alle sue richieste con lo scopo di farmi vedere che può comandarmi. Si sta vendicando perché sto uscendo con Lucas, perché mi sono fatta baciare proprio sotto i suoi occhi, questa mattina, e lui mi aveva espressamente detto di stare alla larga dai suoi migliori amici.

«No. Non lo farò», dico.

Tuttavia, il suo sguardo intenso mi fa vacillare.

«Lo farai. È per questo che sei qui, o no? Per fare ciò che ti chiedo».

No, così è troppo.

«Vado a chiamare Charlotte, si esibirà lei per te. Tanto una vale l'altra, no, Mackenzie?!». Gli do le spalle.

«No. *Torna qui*. Non voglio Charlotte. Non voglio nessuna. Io voglio te, Beatrix. Solo per stanotte».

Mi giro. Ormai sono salita sul palco e lui deve guardarmi dal basso. Mi piace quando sono in condizione di superiorità. "Voglio te, solo per stanotte". È una frase familiare. Il suo viso perfetto che risplende anche al buio mi cattura.

«Quindi la domanda è…», dice brusco, «ce la fai a fare il tuo lavoro in silenzio, Evans?».

Parte una canzone che conosco. *Lost in Fire*, dei The Weeknd. Faccio per andare al mio posto, sul palco.

«No, non lì», mi ferma.

«Cosa…?», domando, confusa.

«Non voglio che balli sul palco. *Vieni qui*».

Il suo sguardo si indurisce e capisco che il suo è un ordine. Lo raggiungo, ma mi tolgo le scarpe col tacco, così da poter stare più comoda.

Lui non commenta questa decisione. Il suo sguardo è fisso sul mio corpo, ma sembra così controllato da essere sull'orlo della disperazione. Decido di sfidarlo. Poggio le mani sulle sue ginocchia possenti e mi piego, affinché il mio viso possa avvicinarsi al suo. L'anellino alla sua narice brilla e fa contrasto con le sue iridi scure. Inalo il suo profumo intenso e cerco di non farmi distrarre dalla perfezione dei tratti del suo viso marmoreo e impassibile. Mi circonda i polsi con entrambe le mani e sussulto al contatto freddo con la pistola, che tiene ancora in mano.

«Potrei farti arrestare», sussurro. «Potrei inventare una balla, dire alla sicurezza che mi hai malmenata. Ti sbatterebbero una notte in cella senza pensarci».

La dolcezza del suo sguardo è di una carnalità quasi esagerata. «Potresti, ma io ti ho già arrestata: le mani attorno ai tuoi polsi ce le ho io».

«Però il colpevole sei tu».
Mi scruta con un'intensità che dovrebbe darmi fastidio e invece mi piace.
«Colpevole di cosa?», chiede.
«Stai per eccitarti».
Alza le sopracciglia, colpito dal mio esplicito tentativo di prenderlo in giro. «Mi dichiaro innocente», sussurra.
Abbasso gli occhi sulle sue dita intrecciate attorno ai miei polsi e in particolare sull'arma, che non ha lasciato e che ora mi preme contro l'osso del polso.
«Nessun uomo innocente va in giro con una pistola», osservo.
Ridacchia, ma nei suoi occhi c'è soltanto il buio. Le sue mani si appropriano dei miei fianchi e lui mi fa sistemare tra le sue gambe aperte.
«Non dovresti lasciare che io ti tocchi», dice.
«Per quale motivo?», chiedo. «Perché è proibito farsi toccare dai clienti, oppure perché è proibito farsi toccare dai migliori amici del ragazzo che hai baciato?».
Sorride, con un velo di arroganza. «Ora chiudi la bocca, e balla. Per me. Solo per me», mi ordina, ma non mi lascia andare i fianchi.
Di solito, non rispondo molto bene quando qualcuno cerca di darmi ordini. Ascolto la musica di sottofondo. Il modo in cui lui mi sta guardando, il modo in cui mi sta toccando, mi infastidisce, perché crede di avere il controllo, crede che io sia disposta a fare ciò che mi dice come fanno le ragazze che è abituato a frequentare. Crede che il suo fascino possa avere un qualche effetto su di me, ma si sbaglia.
Mi libero dalla sua presa, e faccio un passo indietro, *lentamente*. Mi porto le mani dietro la schiena e afferro i ganci del mio reggiseno, mentre i suoi occhi continuano a studiarmi. Lo slaccio e lui sgrana gli occhi. Sfilo il reggiseno più piano che posso. Lui non si azzarda ad abbassare lo sguardo, lo tiene puntato sul mio viso, come se fosse una sorta di sfida, oppure in segno di rispetto, ma io dico più per ostinazione. Percepisco anche da qui il suo respiro appesantirsi e la sua mascella serrarsi. Lascio cadere l'intimo per terra. Lui deglutisce e serra i pugni. Non gli piace questo gioco.
«Spero che tu abbia gradito lo spettacolo», dico.
Mi giro, e me ne vado. Chissà se raccoglierà il reggiseno come ha fatto con il nastro, anni fa.

80

Cassie

Arya mette in moto la macchina. Dal finestrino, entra l'aria buia e frizzante della sera. Arya è sotto shock. Le accarezzo la mano. Lei sussulta.

«Arya, non trattenerti, parla con me», dico con un filo di voce.

Dopo tutto ciò che è successo, siamo corse via da casa dei Mackenzie e siamo salite in macchina come per andarcene il più velocemente possibile. Ma ora la mia amica si è immobilizzata, le mani strette sul volante, l'espressione sconvolta. Mi sento parecchio scombussolata anch'io, sin da quando ho trovato Arya raggomitolata su sé stessa dentro il bar. Accucciata in un angolo, con le ginocchia al petto, faceva fatica perfino a respirare a causa del panico. Anche adesso, mi sembra di scorgere in lei lo stesso appiattimento di questo pomeriggio.

Deglutisce, e gira la chiave nel quadro, mettendosi la cintura.

«Sto bene, Cas», replica brevemente. Sbatte le palpebre, come per imporsi di tornare alla realtà.

«Stasera sei stata grande». Godo al solo pensiero dello smacco nei confronti di Killian. «Gli hai dato del filo da torcere, a quegli scimpanzé», aggiungo.

Le sue labbra si incurvano in un morbido sorriso. «Non credo che sia servito a qualcosa, venire qui oggi».

«Perché?».

Si stringe nelle spalle. «Cosa abbiamo risolto?»

«Be', tanto per cominciare, hai fatto capire a Ryan che razza di fratello difende!».

Si rabbuia leggermente. «E tu credi che lo abbia capito?»

«Non sono problemi nostri, Arya».

«Appunto!», esclama. «Non sono problemi nostri e pertanto penso che non saremmo dovute venire qui, stasera», si impunta. «Non possiamo mica tornare indietro e cancellare il passato, e non possiamo nemmeno farci risarcire da loro per tutti i danni morali subiti, perché lo hai visto anche tu: non gliene frega niente, *a nessuno di loro*, di quello che abbiamo passato».

Mi mordo l'interno della guancia, poi mi decido a parlare. «Su questo ti sbagli, Arya», le dico. «Dovevi vedere la faccia di Tyler quando hai messo sul tavolo quella pistola».

Tutti erano concentrati a osservare la reazione di Ryan, io, invece, mi sono voltata nella direzione del fratello più piccolo. Era una maschera di sofferenza. Aveva il volto tutto rosso, ed era chiaramente furioso; anzi, sembrava stesse per esplodere, ma si tratteneva.

A differenza di Ryan che era incredulo, Tyler sembrava aver capito al volo ciò che aveva fatto Killian. Ha stretto i pugni e il labbro inferiore gli vibrava. Un altro segnale che era sconvolto, semmai avessi avuto bisogno di ulteriori indicazioni.

Arya sospira, come se si fosse dimenticata che anche Tyler era con noi stasera.

«Non sono neanche riuscita a parlarci, con lui. Me ne sono andata via così, senza neanche dirgli "ciao"».

«Sono sicura che ha capito lo stato emotivo in cui ti trovavi».

«Certo, certo, che lo ha capito», dice. «Ma adesso mi sento in colpa, per non aver guardato Tyler neanche per sbaglio. Insomma, sono stata presa solo da me stessa, dai miei problemi, e…».

«*Arya*, va tutto bene», le mormoro in tono sottile e leggero, come una madre. «Sono sicura che Tyler ti perdonerà per questo», aggiungo. «Non mi sembra uno sciocco. È normale che nella tua situazione tu non ti sia accorta di lui».

Si asciuga una lacrima che le sta rigando la guancia e tira su col naso.

«Non lo so neanche io perché ora sto piangendo», si giustifica. «Scusa».

«Sapessi quante volte mi capita di piangere a caso». Ridacchio.

«Cazzo!», sbotta.

Mio malgrado, emetto una piccola risata. Arya che dice le parolacce è una novità.

«Mi spieghi come mai sei così *arrabbiata* con Ryan?». So che sto per toccare un tasto delicatissimo, ma ho come l'impressione che lei debba esternare ciò che ha dentro.

Infatti mi guarda, e un misto di gratitudine e comprensione le illumina le iridi celesti.

«Ecco, io…», dice. Poi, si blocca. La sua espressione muta, lentamente. Il ghiaccio, la confusione e il rancore si impossessano del suo viso.

«Voglio dire», provo a correggermi, «non metto in dubbio che Ryan sia stato superficiale… Anche insensibile, credo, in quest'occasione. Però non è di certo stato lui a… a cercare di farti del male». Gli occhi di Arya tornano a farsi rossi. «*Merda*, ora l'insensibile sono io. Scusa», mormoro.

Arya scuote la testa. «No, no, ma che dici. Il tuo ragionamento ha perfettamente senso, soltanto che io, ecco, io credo di avercela con Ryan perché...». Tira su col naso. «Ascolta, Cassie... se io non avessi avuto a portata di mano quel coltello, a quest'ora, probabilmente...». Scaccia il pensiero, scrollando la testa, eppure le lacrime continuano a scenderle sul viso. «Ciò che voglio dire è che... mi rendo sempre più conto di essere arrabbiata con Ryan perché non mi ha difesa. Perché non mi ha protetta da suo fratello. E tu potresti dire: "Ma non è mica colpa sua se ha un fratello così, non è mica colpa di Ryan se in quel momento non era lì per fermarlo". Hai ragione. È una pretesa senza senso, forse. Ma che sia giusto o no, che sia razionale o no, ritengo che proteggermi da Killian fosse una sua responsabilità e non se n'è fatto carico. Sono inoltre sicura che se non avessi avuto quel coltello a portata di mano, se Killian *fosse andato fino in fondo*... Ryan non avrebbe fatto niente. Forse... anche se Ryan fosse stato lì e avesse visto tutto quanto, non avrebbe fatto niente per aiutarmi. Credo sia per questo che sono così arrabbiata con lui. Credo che lui permetterebbe a Killian di farmi del male, senza battere ciglio».

Ora tutto mi è più chiaro.

«Non puoi punire Ryan perché sei convinta che non ti avrebbe aiutata, nel caso fosse stato lì. Non puoi. Non è giusto. Primo, perché non penso che sia vero, e secondo, perché non puoi punire una persona per qualcosa che non è successo. Si chiama pregiudizio, questo, Arya. Non ti sto dicendo che non puoi sentirti arrabbiata o delusa, ti sto dicendo solo di farlo per le cose che sono effettivamente accadute nella realtà. Vuoi infuriarti perché quello che ti è capitato è disgustoso? Va bene. Vuoi sentirti delusa perché Ryan non ha pronunciato le parole che speravi di ascoltare? Va bene. Ma non pensare affatto che lui non fermerebbe Killian, pur di proteggerti. Fidati di me».

Annuisce, e i suoi occhi si riempiono di nuovi significati. Poi mi abbraccia, incastrando il viso tra la mia clavicola e il mio collo; la Ford si spegne.

«Mi dispiace, piccola Cas, anche per quello che hai dovuto passare tu». Le sue ciglia umide mi sfiorano la pelle. «Quando mi hai detto di Clayton non ci potevo credere». Mi abbraccia ancora più forte. «Come va, adesso?».

Sentire che le dispiace in questo modo per me mi fa annodare lo stomaco. Mi stringo nelle spalle e quasi mi viene da piangere. Le sue parole mi riportano alla mente tutto quello che è successo tra me e Clayton in un attimo. Sono riuscita a raccontare ad Arya del mio primo incontro con Clayton Mackenzie, sono riuscita a descrivere la foga con cui lui mi ha puntato contro una pistola. Tuttavia, non sono riuscita a esternare completamente come mi sono sentita nei giorni a seguire. Non ho menzionato nemmeno, per esempio, il fatto che sono stata io a rubarle la pistola che le ha dato Ryan. Non ho accennato al fatto che sarebbe stata colpa mia se Killian, alla fine, le avesse fatto del male, perché lei non poteva difendersi. Colpa mia. *Non* di Ryan. Mi sento un'amica terribile. E mi sento anche una codarda, perché ora non riesco nemmeno a confessarle la verità.

«D'ora in poi mi dovrai dire tutto», dice nell'incavo del mio collo. «Niente più segreti tra noi, me lo prometti? Se qualcuno ti minaccia, tu me lo devi dire, Cassie. *Me lo prometti*?»

«Promesso», sospiro.

Si allontana da me e si asciuga la faccia. Mette in moto la macchina e poi dice: «Ti riporto subito nell'Upper East Side, almeno tu potrai stare lontana da qui».

81

Ryan

Dentro di me non c'è rimasto più niente. Mi sento stremato. Da tutto. Il mio corpo sta diventando così pesante che non riesco a sorreggerlo, e così resto immobile. Vorrei gridare, ma dalla mia gola non esce fuori nulla, c'è solo un nodo dolorosissimo di lacrime che mi impedisce perfino di respirare. Sto tremando così forte che ormai non so più se è per la rabbia o per il dolore, se tutto questo è l'inferno, oppure la realtà. Ma deve essere l'inferno, per forza.

Le lacrime mi stanno bruciando gli occhi. Non so come farla smettere, questa sofferenza. Io e i miei fratelli siamo dimenticati da Dio, siamo abbandonati a noi stessi. Il mio petto si alza e si abbassa velocemente, cerco di inspirare più aria possibile, sebbene tutto l'ossigeno del mondo non sia abbastanza adesso.

Quando ho sentito Arya raccontare ciò che le ha fatto Killian, mi sono sentito morire. Non esiste niente di più doloroso di questo. *Niente.* Nemmeno una lama infilzata nello stomaco farebbe così male. Non riesco a immaginare Arya nelle mani di mio fratello, indifesa e impotente, come una libellula nell'ambra. Provo un dolore terrificante che mi strappa completamente dall'interno, mi lacera con i morsi e i graffi più crudi. Dentro di me ci sono i lampi, la tempesta più nera che rade al suolo tutto, per lasciare il posto soltanto al nulla e al patimento. Mi sembra di essere tornato indietro nel tempo. Mi sembra di essere tornato a quella notte. La notte in cui ho perso tutto. La notte in cui ho perso *lei.* Ripenso a come l'ho raccolta da terra, pallida e rannicchiata nel fango come un fiore che appassisce. Il suo piccolo corpo contro di me, il gelo sulla sua pelle. Ho cercato di riscaldarla con le mie braccia, invano. Dentro di me chiedevo aiuto. I miei pensieri, però, erano muti. Solo il silenzio poteva spiegare ciò che provavo. Arya è stata ferita. Per colpa mia. Per colpa di Killian.

Guardo mio fratello. Ho le lacrime agli occhi. Ho pianto soltanto un'altra volta in vita mia. Ed è stato quando è stato investito. Ma Killian non è più quel ragazzino indifeso che è stato travolto da un furgoncino. Non ha più bisogno delle mie cure. Killian, adesso, minaccia ciò che di più prezioso esiste a questo mondo. Se penso a tutto quello che *lei* ha dovuto subire, mi si annienta l'anima.

Killian è accasciato sul pavimento, con il sangue rosso cupo che gli cola dal labbro, e io provo ancora l'istinto di prenderlo a cazzotti, di spaccargli il naso, di spaccargli qualsiasi cosa, e magari ammazzarlo davvero questa volta. Ucciderei mio fratello con le mie stesse mani. *Cazzo, se lo ucciderei.* Con queste stesse mani che Arya poche settimane fa ha baciato, con queste stesse cazzo di mani sulle quali ho inciso con l'inchiostro "Resta con me". Qualcuno dovrebbe fermarmi.

Mi sento svenire, sono privo di forze, completamente scarico.

Sei innegabile, Arya. Quello che sento per te è innegabile, ormai. Ovunque tu sia, ovunque io sia, Arya, d'ora in poi ti proteggerò da tutto, te lo prometto. Stasera mi hai guardato e mi hai fatto sentire manchevole e che il mio cuore è il posto più straziato che esiste. Ed è per questo che sei rara. Per questo io non ti merito. Perché avrei dovuto proteggerti, essere lì per te. Non ero nei paraggi, perché sono stato troppo occupato a tenere d'occhio i Lombardo. Li ho pedinati, ho pedinato la loro decapottabile nera che si fermava a ogni isolato per fare domande ai proprietari dei locali della zona. Sono stato così impegnato a proteggerti dalle persone che credevo potessero farti del male, che non ti ho protetto proprio da mio fratello, sangue del mio sangue. Per la seconda volta. Non avrei mai dovuto lasciarti sola, per nessuna ragione al mondo, e neanche per un secondo. In un'altra vita, avrei potuto renderti felice: in questa, posso soltanto farti il favore di starti lontano.

Vorrei essere il ragazzo che ti porta alle gallerie d'arte, e che ha paura che tutti al posto dei quadri guardino te. Vorrei essere il ragazzo che, quando hai bisogno di lui, lo trovi sotto casa con birre, sigarette e qualcosa da mangiare. Vorrei avere una vita intera da dedicarti, vorrei ascoltare tutto quello che hai da dire e poi vorrei amarti. Vorrei amarti, e non solo in senso spirituale: io vorrei dimostrartelo con tutto il mio corpo. Giuro, cazzo, vorrei poterlo fare. Ma non posso, e questo mi distrugge. Riesco solo a farti del male.

Stasera, però, ti ho vista reagire, farcela da sola. Non avevi bisogno di me e questo mi ha reso un po' orgoglioso, ma la verità è che sono io ad aver bisogno di te. Perché senza di te sto perdendo ogni cosa, ogni briciolo di buonsenso e di speranza, ogni forma di umanità. Senza di te, sto perdendo perfino me stesso. E lo so che non mi crederesti. Ma sono vulnerabile per te, solo per te. Sono vulnerabile quando ti vedo stare così male a causa mia. Non mi basterà una vita per dimenticarti, e sinceramente non voglio farlo, anche se sarebbe meglio per te se io cominciassi ad accettarne l'idea. A dire il vero, una parte di me muore d'amore per te, Arya, mentre l'altra muore e basta.

Abbasso lo sguardo. *Killian.* Sono accecato dalla rabbia e dal rancore, vorrei sfogare la mia furia contro mio fratello, con le uniche forze che mi sono rimaste. Ma il mio cuore è ridotto in cenere. Non ce la faccio. Non sopporto tutto questo. Mi accuccio e osservo attentamente Killian, che tossisce per via delle botte che gli ho dato. Mi guarda e sorride. Mi rendo conto che è come se avesse voluto fare un dispetto a *me*. Ma perché? Cosa ho fatto per meritarmi questo trattamento da lui? Lo sa quanto cazzo tengo ad Arya. Perché sembra che lui sia in competizione con me ogni dannata volta?

«Non sei mio fratello», gli dico. «Mio fratello non mi farebbe mai una cosa del genere».

Sbuffa divertito. «E cosa avrei fatto di così grave? Neanche l'ho toccata! Quella puledra impazzita mi ha riempito di calci, e mi ha ferito l'avambraccio!».

«Tu...». Mi mordo le nocche e il pianto mi inonda gli occhi, come un maremoto. Niente da fare, non riesco a controllarmi. «Tu... *cazzo*. Tu la stavi quasi per... *violentare*!». Dirlo ad alta voce fa più male del previsto.

Killian alza gli occhi al cielo, probabilmente mi ritiene solo melodrammatico.

«Dovrai ridarle tutti i soldi. Fino all'ultimo centesimo», ordino. «Mi hai capito?»

«Sai qual è il tuo problema, Ryan?», dice Killian. «Tu pensi che lei sia debole e indifesa. Credi che abbia bisogno di qualcuno che la protegga. Ma pensi davvero che lei abbia bisogno di te?»

«No, non lo penso», replico d'impulso. Anche se una parte di me vorrebbe che fosse così.

Il suo sorriso si apre, impavido. «Lei sa tirare fuori gli artigli da gattina, all'occorrenza... Avevi dei dubbi, per caso?», chiede ancora.

«Nessun dubbio. È una cosa che ho sempre saputo». In fin dei conti, sono stato io a soprannominarla leonessa. So quanto vale.

«Tu non soffri perché non l'hai salvata», dice Killian. «Tu soffri perché lei ha capito che si può salvare anche da sola, che non ha bisogno di te, e questo ti manda ai pazzi, non è vero? Poi, dicono che sono io l'egoista...».

«Killian, tu sei pazzo. Sei da rinchiudere».

«Buona questa, Ryan».

«Fottiti, Killian!».

«Quanto ti piace sentirti indispensabile per lei?», mi sbeffeggia. «Quanto ti piace rivestire il ruolo del salvatore?».

Sono un concentrato di rabbia, sono sul punto di scattare e colpirlo di nuovo. Mi sta istigando alla crudeltà.

«Parla ancora e giuro che ti ammazzo».

Lui non mi dà retta e continua. «La verità è che questo ruolo è solo una bugia che ti sei raccontato per non accettare che lei non ha bisogno di nessuno, tantomeno di te, e oggi ne hai avuto la conferma!».

Gli tiro un altro cazzotto, energico e potente, dritto sull'addome, e lui si piega in due, si poggia sul fianco e si contorce dal dolore. Tuttavia, non perde l'espressione divertita. Ma perché vuole farmi esaurire in questo modo? Perché vuole far uscire a tutti i costi il peggio di me?

Dalla tasca del suo trench beige fuoriesce la pistola che gli ha riconsegnato Arya. Ora che ci penso, questa pistola ha un'aria familiare. La raccolgo da terra e non ci metto molto per riconoscerla. La realtà, in un istante, si cristallizza. La rabbia che ho in corpo fluisce via all'improvviso, per poi ritornare e scontrarsi con la mia coscienza, infrangersi come un'onda sulle pareti del mio dolore.

«Perché hai tolto ad Arya la sua pistola?», chiedo. «Perché cazzo hai tolto ad Arya la sua pistola?».

Killian è ancora sdraiato su un fianco. Tossicchia.

«Rispondi, Killian, o giuro che…».

«Non le ho tolto un accidenti!», ribatte.

«Non mentirmi! Le avevo dato *io* la pistola!», dico furioso.

L'ha derubata, l'ha quasi stuprata e l'ha anche… disarmata? Mi incastro la pistola dentro i pantaloni.

«Stasera Gary mi ha detto che è certo che finirai in galera», gli spiego con una tranquillità angosciante, perfino per me. «Clayton ha provato a dissuadere Paul Campbell dal testimoniare contro di te, ma non c'è stato verso. A quanto pare Paul vuole che tu finisca in prigione, è molto determinato. E io, caro fratellino, farò in modo che *tu* ci finisca, in galera».

I suoi occhi azzurri si piantano su di me, increduli, violenti come pallottole. «Mi prendi in giro?», prova a chiedere guardingo, rialzandosi a sedere, sebbene con fatica. Poi alza la testa, come un gatto che fiuta l'aria. «Paul Campbell, hai detto? Ma… ti riferisci a quel mollaccione di mezz'età che vende gelati e se la fa ancora nelle mutande? Cosa diamine vuole?», chiede.

«Un risarcimento, credo», dico, e dentro di me monta una compiacenza inaspettata. Killian è nei guai come suo solito, però questa volta mi sento quasi sollevato.

«Un risarcimento? Al massimo, potrei andargli a comprare i pannolini, per farlo contento», dice Killian con scherno.

«La reclusione è quello che ti meriti, è quello di cui avresti bisogno, specie dopo stasera. Non muoverò un dito per aiutarti da ora in avanti, Killian. Tu crei un problema? Tu lo risolvi! È finita l'era del paese dei balocchi, bisogna diventare adulti, cominciare a prendersi qualche responsabilità, e se non lo capisci con le buone, allora lo capirai con le cattive. Devi pagare sulla tua stessa pelle per ciò che hai fatto oggi».

Sento un rumore di passi e un'ombra massiccia inghiottisce la mia figura e quella di Killian.

«Rimettetevi in piedi, voi due», dice Clayton secco.

Mi rialzo, a fatica, e ho un senso di vertigine nello stomaco. Non posso perdonare Killian. Non questa volta. Incrocio gli occhi neri di Clay, che ha un'espressione vagamente contrita.

«Che scena patetica», commenta Clayton con ribrezzo. «Da quando in qua, ci picchiamo tra di noi?»

«Clay, stanne fuori», lo avviso.

«Oh, ma Ryan si crede di essere papà», dice Killian in un ghigno, ancora spalmato sul mobile della cucina, e ride cercando la complicità di Clayton. «Si crede superiore a tutti noi: crede di poterci picchiare».

«Taci, Killian, ti conviene!», sbotto.

«Ti piace picchiarmi come faceva nostro padre?», chiede.

Non cedo alla provocazione.

«Quanto ci provi gusto? Di' la verità, Ryan, tu sei esattamente come lui, in fondo la mela non cade mai lontano dall'albero... Tu sei sempre stato il figlio preferito di Jack!».

Un'immagine in particolare si impossessa della mia mente con violenza. Killian che viene sbattuto da papà contro un tavolo e perde i sensi. Avvampo, non so se riuscirò a controllarmi ancora per molto.

«Giuro che ti ammazzo, porca puttana!», gli urlo contro.

«Io lo so il vero motivo per cui stai facendo tutto questo», dice Killian.

«E quale sarebbe, questo benedetto motivo? Sentiamo!», sbraito.

«Non ha niente a che fare con Arya, e cazzate varie! Si tratta di potere! Solo ed esclusivamente di potere! Vuoi spassartela, non è vero? Credi di essere un re!».

Sto per impazzire. Perlustro la stanza, per assicurarmi che nessuno di indesiderato stia origliando questa conversazione. Ma ci siamo solo noi tre. E, ovviamente, Paxton: ma lui sta sempre in mezzo, come il prezzemolo.

«Ascoltami, Killian», mormoro. «L'unico modo per uscirne vivi da tutta questa storia è che nessuno ne parli... Che nessuno dica una parola su quella notte. Siamo intesi?».

Ride di gusto, esaltato. Ormai, non mi ascolta più.

«Agli ordini, grande capo!».

Faccio un respiro profondo. «Io ti strangolo, cazzo!», esclamo.

«Ryan, ti calmi, per cortesia?», interviene Clayton. «Sei scosso, lo so. Ma vedi di calmarti, perché così non risolverai nulla». Si è interposto tra me e Killian. Il suo corpo massiccio gli fa da scudo, come se volesse proteggerlo dalla mia ira.

Sbatto Clayton contro il muro; lo scaravento addosso alla parete, prima che lui possa opporre resistenza. In una lotta corpo a corpo, sono sicuro che vincerebbe lui, ma ora si lascia sopraffare da me, forse perché sorpreso da questo mio gesto irruente, oppure, perché, a differenza di Killian, lui *almeno* in me riconosce un'autorità. Incastro il mio braccio tra il suo collo e il mento.

«Ma con chi cazzo sono cresciuto io?», gli chiedo. «Con delle carogne, ecco con chi! E tu, Clayton, vieni a dire a me di calmarmi? Il nostro *amorevole* fratellino ha quasi violentato una ragazza». Mi manca il fiato. «Lo hai sentito quello che ha detto Arya o sei sordo? Lo hai sentito? Rispondi!».

«Ho sentito!», ribatte.

«E allora, cazzo, non venire a dire a *me* di calmarmi. Soprattutto tu, Clayton. Soprattutto tu».

«Cristo», mormora lui con il mio braccio sempre sulla gola. «Ma che cazzo ti prende, me lo dici? Che cazzo ti ho fatto?»

«Che cosa mi prende? Te lo dico io, che cosa mi prende, dato che ci tieni tanto a saperlo!», sibilo a denti stretti. «Mi prende che ho due fratelli spregevoli, maledizione! E sull'amica di Arya, non hai niente da dirmi? Eh?». Aspetto una sua risposta, pur sapendo che non arriverà mai. «Sei un vero infame, Clayton. Lo sai?», dico con occhi truci e voce ansimante, quando sorride.

Non abbassa lo sguardo, anzi, le sue labbra si arcuano in un ghigno di sfida. *Lo sa.* A volte non capisco se è stronzo di suo, o se lo fa di proposito.

«Non so più cosa devo fare con voi». Premo più forte il braccio in prossimità della sua gola, ma lui non si muove. «Non so più che fare», ripeto sfinito.

Clayton sembra curioso di capire fin dove questa mia disperazione possa arrivare. Non so se la sua sia più una questione di testardaggine o di amor proprio: in ogni caso, si rifiuta sia di reagire sia di arrendersi.

Lo lascio andare, poi batto un pugno contro il muro. Inspiro forte dal naso, e lui anziché allontanarsi mi si avvicina. Clayton è solido come una roccia, inscalfibile. Lui non sa cosa significhi prendersi cura di una famiglia, non sa cosa vuol dire distruggersi per qualcun altro. Lui non sa come ci si sente. Il suo irriducibile spirito di autoconservazione lo ha sempre spinto a preoccuparsi sempre e comunque prima di sé stesso.

«Ryan», mi sussurra, «non puoi lasciare che Killian finisca in galera».

Nonostante provi una forte fitta di apprensione nei confronti di Killian, sollevo gli occhi su mio fratello Clayton cercando di non far trasparire nient'altro che odio, e lui fa scattare un sopracciglio in alto, dubbioso.

«Ti ricordo che lì dentro c'è gente che vorrebbe vederlo morto», dice.

Certo che me lo ricordo. Chi ci è finito in galera al posto suo, pur di salvargli la pelle, un anno fa? Clayton, per caso? *Oh, no.* No, certo che no: lui era troppo occupato a diplomarsi con il massimo dei voti, per guadagnarsi una sfarzosa borsa di studio per un college in cui non sarebbe mai andato… Tyler non era nemmeno maggiorenne. Perciò, è toccato a me. Non rinnego la mia scelta. Sono perfino contento che non sia toccato a Clayton o a Tyler: credevo che dopo la scuola, per loro, ci sarebbe stato un futuro roseo. Col senno di poi, mi rendo conto di quanto fossero state imprecise le mie valutazioni su di loro. Hanno seguito le impronte mie e di Killian, si sono lasciati corrompere da quello che il nostro mondo rappresenta. Comunque, al tempo, finire in galera al posto di mio fratello è stato un sacrificio che sono stato grato di compiere… Ma adesso…

«Mi hai sentito, Ryan? Lì dentro c'è gente che lo vorrebbe morto!», urla Clayton.

Nell'aria, continua ad aleggiare un vago senso di doloroso imbarazzo. Le nostre parole rimangono sospese, infestando la casa.

«Non lo capisci?!». Mi avvicino a Clayton. «Lo sto facendo *anche* per il suo bene», scandisco con rabbia, e indico la figura di Killian.

«Ah, lo stai facendo per il suo bene?», ripete Clayton con fare diplomatico. «Sicuramente quando l'avranno ammazzato ti ringrazierà». Ha ancora l'ardire di fare il sarcastico con me.

Sento Killian sghignazzare, e la rabbia che ho in corpo si riaccende, la sento bollire in tutto il corpo. «Andatevene all'inferno! Tutti e due!», sbotto. «Anche tu, Clayton, che fai l'infame con una ragazza e mi vieni pure a fare la morale! Volete continuare così? *Fate pure!* Io me ne tiro fuori!».

«Ryan», prova a rabbonirmi Clayton con voce decisa e supplichevole. «Ragiona…!».

«Non vi conviene che ragioni». Sospiro e mi metto le mani nei capelli, poi davanti agli occhi. «Perché più ci ragiono, più penso che Killian si meriti quello che gli sta per capitare».

Ciò che desidero in questo momento è farlo soffrire, tanto quanto lui ha fatto soffrire me questa sera. Forse ha ragione Clayton, non sto ragionando, ma sento che niente potrebbe alleviare le sensazioni e le sofferenze che sto provando adesso. Loro non hanno idea di come io mi senta. È come se mi stessero strappando le viscere, in continuazione. Mi muovo avanti e indietro per la cucina, come un disperato. Mi massaggio le tempie e scopro che il sudore mi si è appiccicato sulla fronte, denso e umidiccio.

«Davvero pensi che Killian si meriti di morire?», dice Clayton. «Ha sbagliato, okay, siamo tutti d'accordo su questo, credo… Ma fargli pagare quest'errore con la sua vita? *Davvero*?».

Non penso che Killian si meriti di morire: semplicemente, io non sono più disposto a parargli il culo, e sulla cresta dell'onda di quest'immensa rabbia, francamente, neanche mi interessa più se viva o muoia. Voglio solo che non tocchi mai più Arya in vita sua.

Mi avvicino di nuovo a Clayton, il viso a un centimetro dalla sua faccia.

«Dimmi *perché*».

Lui sostiene il mio sguardo. «Perché *cosa*, Ryan?»

«Dammi soltanto una buona ragione per cui dovrei aiutarlo!».

Il nero delle sue iridi si fa ancora più intenso del solito e schiude le labbra, sospirando in maniera risoluta. «Perché è tuo fratello». E, anche se Clayton non le pronuncia, le parole che ha lasciato in sospeso riecheggiano martellanti nella mia coscienza: "Nonostante tutto".

Avverto un singhiozzo sommesso e lontano. Mi volto. Mamma è sulla soglia della cucina e ha il viso rigato di lacrime. Cazzo. Siamo un disastro di figli. Non ho il fegato di sostenere gli occhi di mia madre e abbasso lo sguardo.

«Andatevene a dormire», sento dire dalla sua voce sottile rotta dai singulti. «Non vedo l'ora che questa giornata finisca, per tutti. Vi prego, andate, e fatemi pulire, che c'è un casino qui».

82

Cassie

«Dove sei stata?».

Una voce glaciale risuona negli sconfinati spazi del salone di villa Lancaster. Roman è seduto all'immenso tavolo di vetro della cucina, vestito in giacca e cravatta, con un bicchiere di whisky in mano.

«Oh, ciao», esclamo, molto sorpresa di vederlo.

Lui porta il bicchiere alle labbra e attende una risposta. «Dove sei stata?», ripete.

Sistemo il cappottino sull'appendiabiti e mi metto i capelli dietro le orecchie.

«Ti ho lasciato da parte la cena», dice.

Di solito, io e Roman non ci incontriamo mai; lui è sempre al lavoro e torna molto tardi, e io mi corico presto la sera, perché il giorno dopo devo andare a scuola. Sono molto sorpresa di vederlo seduto in cucina, con in mano qualcosa da bere, in una posa rilassata. Miss Fridge si lamenta sempre dell'assenza del padrone di casa in quella che lei una volta ha chiamato "un'arida dimora". Una volta, mi ha detto anche che sospetta che Roman stia sempre fuori casa perché queste mura gli mettono malinconia.

«Scusami se sono sparita, avrei dovuto avvisarti», ammetto. «Ma è stata una serata movimentata, ho dovuto dare il mio supporto a un'amica... E non ho proprio fame, oggi».

È stata una serata movimentata ma, anche se di solito non ceniamo insieme perché lui vive in ufficio, avrei dovuto avvertirlo lo stesso che sarei rimasta fuori a lungo. Dopotutto, la sua casa non è mica un albergo. Oddio, sembro mia madre quando parlo così.

«No», dice. «Lo sai che puoi fare come ti pare. Solo che...». Si interrompe e cala il silenzio.

«Sì?», chiedo, e cammino verso la cucina.

«Credevo che fossi scappata via», risponde, con una risata imbarazzata.

«Perché mai dovrei scappare via?».

Si scola il whisky fino all'ultimo goccio, io afferro una sedia e mi siedo accanto a lui.

«Chiunque sano di mente scapperebbe da qui, Cassie».
Lo osservo, mentre sento piano piano i pezzetti del mio cuore sbriciolarsi. Non so perché ma, sebbene io e lui ci conosciamo poco e da poco, e abbiamo avuto vite totalmente diverse, sento che condividiamo le stesse ferite dell'anima.
«Perché?».
Fissa il bicchiere di cristallo, ormai vuoto, e si acciglia. «Non sono uno di compagnia. Devi perdonarmi per questo».
«Non c'è niente da perdonare. Hai da fare con la tua azienda, e lo capisco».
«Non è solo per l'azienda... In realtà, stare qui mi mette di malumore. Vedo questa casa, guardo queste pareti, ed è come se vedessi i fantasmi della mia vita passata, di quando ero solo un bambino. Rivedo mia madre e mio padre, e mia sorella... Ora sono tutti scomparsi. Sono rimasto solo io a portare il peso della famiglia che eravamo. Te l'ho già detto, credo, ma il fatto che tu abbia accettato di stare qui mi sta aiutando molto».
«Come mai tua madre e tua sorella non abitano più con te?»
«Le ho cacciate via io».
«Perché?», domando, stupita.
«Non...». Stringe il pugno. «Non è una cosa di cui mi sento di parlare».
«Va bene, va bene», dico in fretta. «Avrai avuto i tuoi motivi, non ti biasimo per questo». O forse sì, lo biasimo? Che cuore di ghiaccio deve avere uno per riuscire a sfrattare la madre e la sorella dalla loro stessa proprietà? Ma non ci tengo a immischiarmi in affari che non mi riguardano... Non starò a casa sua per sempre, solo lo stretto necessario, prima che io trovi una sistemazione vera e definitiva.
Roman si alza in piedi e mi fissa con insistenza, per cercare di cogliere come mi sento a proposito di ciò che mi ha appena rivelato.
«Pensi che io sia una persona orribile, vero?», chiede.
«Non sono nessuno per giudicarti», replico. «Però forse tu e tua madre dovreste parlare. So cosa vuol dire essere cacciati via da casa propria, e non è bello. Qualsiasi cosa sia successa tra voi, sono sicura che parlando potrete risolverla».
Sorride pensieroso, continuando a scrutarmi dall'alto in basso. «Ho detto a Miss Fridge di mettere una libreria nella tua camera, ci siamo parlati e lei mi ha detto che ti piace molto leggere, soprattutto le autrici inglesi. C'è una prima edizione di *Jane Eyre* sullo scaffale. Spero ti faccia piacere. Vado a dormire, Cassie. Buonanotte».
«Buonanotte, Roman», sussurro, ragionando sulle parole che mi ha appena detto, entusiasta all'idea di avere una libreria tutta per me. Quando sto per ringraziarlo per il pensiero carino che ha avuto, però, lui sta già salendo le scale.

83

Paxton

Hanno appena suonato il campanello. Strano, di solito in questa casa non aspettiamo mai nessuno, ma potrebbe essere il postino: forse mia nonna ha ricevuto qualche multa? Oppure, ho ordinato qualcosa su Amazon di cui già mi sono dimenticato. Tipico di me, ordinare cose inutili che non mi serviranno a niente nella vita se non a diventare un accumulatore seriale. Il campanello suona ancora.

«Vado io!», dico alzandomi dal divano, mentre mia nonna è sperduta in qualche antro della casa a fare le pulizie.

Apro la porta, e ciò che mi ritrovo davanti mi spiazza. Come mai Clayton Mackenzie sta strofinando la suola delle sneakers sullo zerbino di casa di mia nonna? È passato qualche giorno dalla disastrosa cena di compleanno di Ryan e ancora una volta mi sono rintanato a casa della nonna.

«Ehi, bello», dice brevemente con le mani nelle tasche di una felpa grigio argentata. «Come stai? Quanti soldi hai nel salvadanaio?».

Registro a malapena le sue parole. Sono troppo sconvolto: Clayton Mackenzie fuori da casa di mia nonna. *W-o-w.*

«Ehm… *ciao*», dico. «Intorno ai trecento dollari?».

Clayton sorride. «E lo chiedi a me?».

Mi gratto la testa. «Probabilmente non ci arrivo neanche a trecento dollari».

Assume un'espressione tetra. «Cazzo».

«Si tratta di Killian, vero? È per la storia di Paul Campbell? Ma perché ti servono tutti questi soldi?», chiedo. «Non puoi risolvere la cosa, ehm… *a modo tuo*?».

Clayton curva le labbra in una smorfia pensierosa. «Mi piacerebbe molto l'idea, ma sarebbe meglio se non lo ammazzassi, questo Paul Campbell».

Clayton Mackenzie che non uccide a sangue freddo quando qualcuno minaccia la sua sicurezza o quella della sua famiglia? *Sospetto.* Ci dev'essere sotto qualcos'altro.

«E perché?», chiedo. «Chi è questo Paul Campbell?».

La sua mandibola si contrae e i suoi occhi mi penetrano da parte a parte. «Hai finito di fare tutte queste domande? Vuoi aiutare mio fratello a non finire in galera, sì o no?»

«Certo che voglio aiutarlo!», ribatto. «Qual è il piano?»
«Racimolare dei soldi. *Tanti soldi.* Che offriremo a Paul Campbell per tenere la bocca cucita».
«E se questo Paul non dovesse accettare i soldi che ci procureremo?», ribatto.
«Li accetterà», replica lui, deciso.
«Come lo sai?».
Ghigna. «Perché è un bastardo».
Ottima analisi. «Quanti soldi ci servono, ed entro quando ci servono?», chiedo.
«Cinquantamila dollari, entro questo fine settimana», dice. «In più, gli restituiremo anche il suo camioncino del cazzo».
«Wooooh!», esclamo. «Cazzo! Come faremo a fare tutti questi soldi in così poco tempo?».
Fa una smorfia pensierosa. «Furto, spaccio, rivendita di armi... Le opzioni sono tante. Basta avere un po' di fantasia».
«E qual è, tra queste, l'alternativa che non ci farebbe rischiare di passare il resto della nostra vita a marcire in prigione?»
«Non esiste un'alternativa migliore di un'altra».
Alzo un sopracciglio, scioccato. «Allora, per stabilire con quale attività illecita finiremo tutti quanti in gattabuia, facciamo ambarabaciccicocò?».
Mi incenerisce con una sola occhiata. «Ci serve della cocaina, domani sera, e tu te la procurerai». Mi punta l'indice contro. «Entro l'ora di pranzo».
«Che cooooosa?!», esclamo incredulo, e scuoto la testa energicamente. «Senti, non diciamo cazzate...», comincio, ma i suoi occhi neri diventano affusolati a tal punto che mi fanno rabbrividire di paura, e comincio ad annuire debolmente... «*Facciamole!*».
«Paxton», mi ammonisce lapidario e mi squadra da capo a piedi. «Levati il pigiama, vestiti e vai immediatamente dal tuo fornitore. Ti aspetto alle due al Lion's».
«Cosa ti fa pensare che io abbia un fornitore personale di droga?», chiedo indignato.
Incrocia le braccia e serra la mascella. La sua espressione dice chiaramente: "Vorresti forse farmi credere che non sia così?".
«Quanti chili di cocaina devo procurarmi?», chiedo arrendevole.
«Tutta quella che serve per sembrare ricco».
«In che senso?»
«Cinque grammi».
Ah. Così poco? Mi sento confuso. Come spera di guadagnarsi cinquantamila dollari con solo cinque grammi di cocaina?

«Ti spiego tutto più tardi», aggiunge Clayton.

«Posso chiederti una cosa? Perché non se ne può occupare Ryan? Perché dobbiamo pensarci io e te?», domando.

«C'eri anche tu al suo compleanno. Lo sai che Ryan non vuole più saperne di Killian», ribatte secco.

«Non credevo che parlasse sul serio».

«Quando c'è di mezzo Arya, parla sempre sul serio».

Scrollo le spalle e arriccio le labbra, mostrandomi tutto sommato disinteressato a questo dramma, cosa che non è affatto vera.

«A proposito, Ryan come sta?», mi informo, un po' in ansia.

«Non sta affatto bene...».

«Mmm... E Tyler? Non ci può dare una mano?», chiedo vago.

«Tyler ce l'ha a morte con Killian, persino più di Ryan. Tyler non rivolge più la parola a nessuno in casa. Sta sempre a suonare, oppure a giocare a basket. È diventato un fantasma, e se qualcuno prova a parlarci...».

«Okay, okay, ho capito. Ho un'ultima domanda. Poi ti prometto che starò zitto».

Sospira. «*Vai*».

«Hai almeno una vaga idea di dove si possano guadagnare cinquantamila dollari in una sola sera, con solo cinque grammi di coca?».

Sfodera un sorriso diabolico e una scintilla gli oltrepassa le iridi buie, illuminandole per un solo fugace istante.

«Ci vediamo più tardi al Lion's, bello. Grazie per esserti offerto di aiutarmi».

Proprio offerto direi di no. Ma comunque... *non c'è di che.*

84

Beatrix

È il cambio dell'ora. Le mie amiche e io stiamo passeggiando lungo i corridoi, piuttosto affollati. Arya alla mia destra, Cassie alla mia sinistra. Io al centro.

«A voi com'è andato il test di matematica?», chiede Cassie.

«Una vera schifezza», ribatto, senza rallentare il passo.

«Anche a me», dice Arya. «A te, Cas?»

«Penso di non averlo passato. Se continuo così, mi ritroverò a fine quadrimestre che mi mancheranno più materie da recuperare che anni di vita».

Sento lo sguardo di tutti puntato su di me: non c'è una singola persona che non mi stia guardando. Per di più, ultimamente un sacco di ragazze mi copiano lo stile. Molte oggi indossano un corpetto nero di pizzo e una giacca imbottita. Jeans rigorosamente chiari e a vita bassa ed eyeliner marcato. Detto legge in fatto di moda, neanche fossi Blair Waldorf. Mi aspetto, nei prossimi giorni, di vederle tutte vestite come me oggi. Un maglioncino nero a collo alto, con le maniche larghe, che lascia scoperta tutta la pancia. Pantaloni nero lucido a vita alta e un paio di Adidas bianche. Una parte di me non riesce a fare a meno di sentirsi lusingata. L'altra parte, però, sente il peso di trovarsi al centro dell'attenzione. La scritta sul mio armadietto. Il bacio in palestra con Lucas. I miei cloni che si aggirano nei meandri di quest'istituto, atteggiandosi come se fossero Beatrix Evans l'originale.

I miei pensieri si interrompono d'un tratto. Tyler e i suoi amici stanno chiacchierando ammassati contro gli armadietti a meno di dieci metri da noi. Punto i piedi a terra, mi giro in modo da dare loro le spalle.

«Ditemi qualcosa», imploro a Cassie e Arya. «Qualsiasi cosa, basta che ci facciamo vedere impegnate in una conversazione interessantissima, esilarante e super avvincente!».

Arya giocherella con le cinghie dello zaino e si stringe nelle spalle. «Così, su due piedi, non mi viene in mente nulla da dire!», protesta. «Ma possiamo continuare a ripetere che non abbiamo niente da dirci, anche all'infinito se vuoi: nel frattempo possiamo annuire e sorridere. Su chi stai cercando di fare colpo?»

«Non sto cercando di fare colpo proprio su nessuno», bisbiglio categorica. «Piuttosto, è l'esatto contrario. Voglio farmi vedere impegnata, cosicché non venga in mente ad anima viva di venire qua a parlarmi e interrompermi».

Arya sembra confusa. Cassie alza gli occhi svogliatamente dallo schermo del cellulare. «Te lo spiego io, Arya. Ricapitolando. Bea si è baciata con Lucas, e la sera stessa il suo migliore amico Tyler è andato a trovarla al lavoro. Siccome lei si è sentita trattata con sufficienza da quest'ultimo, ha avuto la genialata di *farsi valere* spogliandosi di fronte a lui... Dico bene, Bea?». Cassie allunga il collo per spiare Mackenzie & Company.

Arya strabuzza gli occhi.

«Certo che detta così suona malissimo», sbuffo.

«Ragazze, Tyler sta tirando fuori dall'armadietto un reggiseno e lo sta agitando sotto il naso dei suoi amici», dice Cassie con il collo ancora teso per spiare il gruppetto. «Ti prego, Bea, dimmi che quel reggiseno non appartiene a te».

Il sangue mi va alla testa. «Che cosa sta facendo Mackenzie?», sbotto, e purtroppo mi giro.

Tyler si mordicchia il labbro inferiore e dall'indice gli penzola l'intimo che conosco fin troppo bene. Sembra che Tyler stia sfoggiando una specie di trofeo. I suoi amici gli fanno delle domande e lui si stringe nelle spalle. Poi, come vittime di un campo magnetico dal quale è impossibile sottrarsi, i nostri occhi si cercano e si incontrano. Le sue labbra rosse e carnose si incurvano, e delle pieghette gli si formano attorno agli occhi grandi e scuri, adombrati dai suoi riccioli dorati. Lui arrossisce, poi ripone il *mio* reggiseno dentro il *suo* armadietto, strizzandomi l'occhio.

Una lieve scossa di brividi attraversa tutto il mio corpo. *Che deficiente.* Il mio odio per i Mackenzie sta oltrepassando il limite.

Da quando Arya mi ha raccontato cosa ha provato a farle Killian, e poi cosa ha fatto Clayton a Cassie in passato, il mio sogno erotico non è più acquistare la borsa a spalla di Prada, ma restare sul ciglio della strada a guardare le automobili dei Mackenzie che bruciano con il fuoco che hanno scatenato dentro di me. Non sono mai stata tanto incazzata in vita mia come lo sono adesso. Mi verrebbe voglia di sbattere le teste dei Mackenzie le une contro le altre, spaccarle in due come noci di cocco. Non ho mai conosciuto una famiglia composta da squilibrati peggiori. Specie Killian. Nessuno deve azzardarsi a sfiorare *le mie ragazze*. Nessuno. Mi giro verso le mie amiche.

«Credo che sarebbe carino vendicarci dei Mackenzie. Incendiare loro le macchine potrebbe essere un'idea. Che ne dite?».

Arya rotea gli occhi, poi il suo sguardo cade su Tyler. È carico di controversa delusione, mescolata a qualche nota di morbidezza. Mi ha detto che non si sono riusciti a parlare, dopo la sera del compleanno di Ryan, e questo le dispiace, visto che Tyler, secondo lei, è sempre stato quello sensibile della famiglia. Non sono d'accordo, ma dettagli.

«Bea, te l'ho già detto», dice Arya, «chiudiamo il capitolo Mackenzie una volta per tutte».

«Perciò, niente automobili in fiamme? È questo che mi state dicendo?», sospiro amareggiata. «E io che avevo già comprato le taniche di benzina...». Cazzo, morivo dalla voglia.

Arya si toglie i capelli dalla faccia. «Ne ho abbastanza. Ciò che abbiamo passato nell'ultimo periodo a causa loro ci basterà per una vita intera».

«Esatto, sono degli stronzi», concorda Cassie. «Dovremmo farci i fatti nostri e metterci l'anima in pace».

«Parla per te», ribatto. «Io l'anima in pace me la metto solo quando crepo». Guardo Arya. «Hai scoperto poi chi ti ha rubato la pistola?», chiedo.

«Mmm, no, pensavo fossi stata tu, ma se dici che non l'hai presa, non saprei chi possa averlo fatto».

«Forse tuo padre?», chiedo.

«Non penso, altrimenti me lo avrebbe detto, e mi avrebbe anche fatto un cazziatone».

Cassie sbuffa e si morde le pellicine del labbro.

«Sapete? Domani sera Roman organizza una festa a casa sua. *Una festa esclusiva*. Venite anche voi?», cambia argomento lei.

«Ah, sì, Wellington me lo aveva accennato», commenta Arya.

«Per questa volta, io passo», replico.

«Beatrix Evans che si rifiuta di andare a una festa!», esclama Cassie. «Sei sicura di sentirti bene?»

«*Ah. Ah. Ah*». Emetto una risata finta.

«Allora?», mi incalza Cassie.

«In realtà, ho altro da fare domani sera», dico. «Lucas mi ha invitato in un locale. Suona insieme alla sua band di sfaticati».

Arya soffoca una risatina. «Scommetto che ti divertirai un mondo!».

«Un mondo!», ripeto alzando gli occhi al cielo. «Ma, onestamente, mi sarei divertita di più a bruciare le auto dei Mackenzie...».

«La vendetta migliore è l'indifferenza. Noi divertiamoci, che a distruggersi la vita ci pensano già da soli», dice Cassie, poi sospira, afferra il suo cellulare e si isola per un po'. Spero solo che non stia combinando altri casini, con qualche altro pazzo in rete...

85

Cassie

Mentre Bea e Arya continuano a parlare, scrollo la chat con Clayton. O forse dovrei dire la chat con ReservedGuy13. Mi appoggio un secondo all'armadietto, mentre Bea e Arya continuano a parlare di chissà cosa e io mi isolo. Torno ai tempi in cui io e ReservedGuy ci davamo il buongiorno, e la buonanotte. A quando passavo i pomeriggi sul letto a parlare con lui, con l'album di Olivia Rodrigo nelle orecchie. Io gli raccontavo delle frecciatine di mia madre sul mio aspetto fisico e lui mi parlava dei suoi problemi di insonnia.

"Il sonno è una forma di abdicazione", mi ha scritto una volta Clayton. E ora lo immagino mentre componeva queste parole, buttato sul materasso con indosso un paio di pantaloni della tuta e il petto nudo. I capelli neri che gli coprivano lo sguardo affilato e concentrato.

"Abdicazione da cosa?", gli ho chiesto, confusa ma anche un po' divertita dalla piega che stava prendendo la conversazione. Con lui mi sentivo libera di poter parlare di tutto, dagli argomenti più superficiali a quelli più seri.

Clayton: Quando ti addormenti, smetti di fabbricare pensieri razionali. Abdichi, cioè rinunci alla parte cosciente del tuo cervello.

Io: Per scivolare nei sogni.

Clayton: I sogni sono folli, incoscienti e caotici.

Io: Lo sai? Da quello che scrivi, sembra che tu sia turbato… dall'idea di lasciarti andare.

Clayton: Io non ho paura.

Io: Sì, vabbè, tutti abbiamo paura di qualcosa.

Clayton: Non io.

Io: Vuoi forse dirmi che non hai paura di niente?

Clayton: Esatto. Non ho paura di niente.

Io: Com'è possibile?

Clayton: Ho imparato sulla mia pelle che la paura è un sentimento inutile. È solo un muro che ti impedisce di prendere ciò che vuoi.

Io: Però resta il fatto che, secondo me, non vuoi lasciarti andare, è come se non volessi mai… perdere il controllo?

Clayton: Non cercare di psicanalizzarmi, biondina.

Io: Non stavo cercando di psicanalizzarti.

Clayton: Invece sì.

Io: Scusa, se sono stata indelicata.

Clayotn: Hai visto *Fight Club*?

Io: Ehm, sì, ma non l'ho amato granché. Mi è sembrato un film pieno di tizi strani che si picchiano senza motivo.

Clayton: Non sono poi così d'accordo… Credo sia un film che rappresenta la depressione moderna che deriva da valori capitalistici come il consumismo. Tyler Durden, il protagonista, a un certo punto del film dice qualcosa come: «È così che va con l'insonnia. Tutto è così lontano, una copia di una copia di una copia. L'insonnia ti distanzia da ogni cosa, tu non puoi toccare niente e niente può toccare te».

Io: Ti senti così?

Clayton: Più o meno sì.

Io: Cioè, tipo…: *invincibile*?

Clayton: L'insonnia non è di certo un superpotere.

Io: Scusami. Non intendevo dire questo.

Clayton: Cosa intendevi, allora?

Io: Prendi delle medicine per dormire, o…?

Clayton: No.

Io: Come mai?

Clayton: Non voglio bruciarmi il cervello. Mi piace rimanere lucido. Odio imbottirmi di sostanze e non capirci un cazzo la maggior parte del tempo. È molto frustrante perdere il controllo sui propri pensieri e sulle proprie azioni.

Io: Capisco.

Clayton: Non credo.

Io: Perché? Anche a me piace rimanere lucida…

Clayton: Ti piace rimanere lucida… però poi ti ubriachi il sabato sera insieme alle tue amiche. Un po' un controsenso, non trovi?

Io: Mi sembra proprio che tu abbia un po' di manie di controllo.

Clayton: Non sai cosa si prova, Cenerentola.

Io: Stiamo parlando dell'insonnia, adesso, o delle manie di controllo?

Clayton: Sto parlando dell'insonnia, ovviamente. È un malessere che non conosci.

Io: Ti andrebbe di provare a spiegarmelo, allora?

Clayton: Non devi andare?

Io: No. Non vado da nessuna parte.

Clayton: Quanto tempo hai ancora a disposizione per me?

Io: Tutto il tempo che vuoi.

Nella conversazione c'è stata una pausa di diversi minuti, prima che lui ricominciasse.

Clayton: L'insonnia è una vera e propria tortura, a volte: ti consuma il corpo. Quando rimango sveglio, avverto ogni istante della notte, come se esistessi solo io al mondo. Ed è una sensazione di allerta permanente. Ti senti l'unico essere vivente sveglio all'interno dell'universo, come se a te non fossero concessi il riposo o la pace. La mente rimugina, si esaspera e ti dichiara guerra, ponendoti interrogativi senza risposta… E allora ti senti come se fossi un rinnegato o un disertore, destinato alla solitudine e al dolore. E ciò causa molta angoscia.

Io: Mi sento esattamente così. Però… io mi sento così anche di giorno, nonostante ci sia la luce del sole.

Clayton: Siamo molto simili, allora.

Io: Penso di sì.

Un tonfo sordo mi riporta alla realtà. Fisso lo schermo del telefono, quasi come se rileggere tutto questo mi avesse trasportata in un'altra dimensione. Rileggere ciò che ci scrivevamo è, ogni volta, un promemoria doloroso per la mia coscienza. Niente mi fa stare più male di ricordare quanto Clayton mi facesse stare bene. I nostri messaggi per me sono sempre stati un rifugio, un posto in cui tornare quando la realtà era semplicemente troppo terribile da vivere. Ora, non provo altro che vuoto. Vuoto profondo. Lui mi sembrava l'unica persona in grado di capirmi oltre alle mie migliori amiche. Ma l'unica persona che mi abbia mai capita in tutta la mia vita oltre alle mie migliori amiche *non esiste.* E rileggere le nostre vecchie conversazioni è come stuzzicare una ferita che si sta cicatrizzando, è un modo per mantenere viva una frustrazione che ho bisogno di sentire, e che mi ricorda quanto io in realtà sia stupida. Stupida, stupida, stupida. La schermata del cellulare cambia all'improvviso. Un'icona verde che raffigura una cornetta si impossessa dello schermo. Oh, no. No, no, no! Sto chiamando Clayton Mackenzie! Oddio, ma che cosa ho appena fatto? Oddio! Mi immobilizzo e mi catapulto nel panico. Non riesco neanche più a controllare le dita, non riesco neanche a interrompere la chiamata, perché il panico aumenta a dismisura. Ovviamente, Clayton non risponde. Mi sento una totale deficiente. Adesso lui saprà che rileggo le nostre vecchie conversazioni, come se già non pensasse che io sia patetica! Non posso crederci: voglio soltanto sotterrarmi. Finalmente, riesco a interrompere la chiamata, con le guance bollenti dall'imbarazzo. Ma poi vorrei sotterrarmi di nuovo perché, okay, avrò anche interrotto la chiamata prima che lui rispondesse, ma poi lui la vedrà lo stesso la notifica che gli segnala la chiamata persa. Ma perché faccio sempre cose di cui *poi* mi pento? La mia testa non fa che ripensare all'ultima volta in cui ci siamo visti.

«Tutto bene, Cas?», mi chiede Arya, poi abbassa gli occhi sul mio telefonino.

«Sì, sì, tutto... *benissimo.* Andiamo in classe?», replico vaga.

Bea serra le labbra e mi scruta interrogativa. «Che stavi facendo prima, con il cellulare?», domanda.

«N-niente», balbetto.

«Prova a parlare un'altra volta con uno sconosciuto, e giuro che te lo sequestro, quel dannato aggeggio!», dice Bea, e indica la mia mano destra che tiene il cellulare.

Deglutisco.

«Non preoccuparti», dice Arya a Bea, «d'ora in avanti, Cassie sarà prudente».

E poi mi accorgo che ho una chiamata in arrivo. Proprio da Clayton. Mi si stringe la gola e mi manca l'aria. *Mi sta richiamando?* Che significa? E ora che faccio? Rispondo o non rispondo? Bea e Arya sono davanti a me, e se rispondessi a Clayton Mackenzie loro poi mi farebbero il terzo grado. Inoltre, ho sinceramente paura di sentire la sua voce, la cui rigidità sarà enfatizzata dalla distanza fisica di una conversazione telefonica. Metto il telefono in tasca.

«Andiamo in classe... Oppure vogliamo beccarci un richiamo del preside?!», chiedo, con un tono di voce abbastanza autorevole da annullare i loro sospetti.

86

Paxton

Sono davanti al Lion's, con venti grammi di cocaina dentro i boxer. Sono arrivato fino a qui a piedi. Sulla via principale c'erano dei poliziotti in sosta per una pausa ciambelle. Ho camminato in fretta, sperando che non mi notassero. Ed eccomi qui, alle due, puntuale come un orologio. Apro la porta del locale dei Mackenzie, ed entro, inspirando un intenso profumo di tabacco, birra, muschio e cuoio. Ci sono pochi clienti, ma c'è lo stesso una nebbia di fumo che rende indistinguibile la sala. Killian e Clayton sono seduti al tavolo vicino al frigo delle birre. Sono uno di fronte all'altro, che si guardano in maniera sospetta. Quando si accorgono di me, Killian si alza dalla sedia e avanza a passo felpato nella mia direzione. Una serie di sensazioni contrastanti mi trafigge il petto e la pancia. L'ultima volta che l'ho visto era accasciato sul mobile della cucina, privo di forze e grondante di sangue. Sebbene in quel momento abbia provato l'istinto di abbracciarlo, le azioni che ha compiuto sono state troppo imperdonabili.

«Dove l'hai messa la neve?», mi chiede Killian, sfacciato.

«Ce l'ho in mezzo alle palle. Vuoi prenderne un po'?», lo provoco.

Il suo sorriso si allarga e per un momento mi sembra sia rimasto senza parole. La mia sfrontatezza lo ha lasciato attonito.

«Quindi, vuoi dirmi che sei riuscito a portare a termine la tua missione?», mi domanda Killian fingendosi colpito. «Ah, ma allora sei bravo *in qualcosa*, oltre a fare l'elicottero col cazzo».

«Parli come se avessi molta familiarità col mio cazzo», dico. Non so da dove mi esce tutta questa spavalderia.

Lui mi fissa come se avessi appena pisciato dentro il loro lavandino. Lo studio: Killian ha un livido rossastro sotto l'occhio e sul suo labbro roseo spicca una ferita verticale, dai colori cupi.

«Fossi in te, starei attento. Molto attento», sputa.

Non lascio trapelare alcuna reazione. Anzi, rimango composto e tranquillo.

«Sono venuto qui per aiutarti, Killian», gli ricordo. «Ho comprato della droga per aiutarti. Ma posso restituirla, se vuoi».

No, non è vero. Non posso restituirla. Ma dettagli.

Ci guardiamo in cagnesco per qualche istante. Poi lui si ammorbidisce. «Fa' come ti pare», borbotta.

Anche Clayton si alza dal tavolo e ci raggiunge. «Ce l'hai fatta? È tutto a posto?», mi chiede, e la sua figura massiccia si materializza di fronte a me.

«È andato tutto liscio, per fortuna!», dico, e assesto un'occhiataccia a Killian, che nel frattempo è diventato inoffensivo, nei miei confronti. Sembra molto sulle sue e credo che quella di prima sia stata una reazione impulsiva per difendere il suo orgoglio.

«Bene», dice Clayton e le sue iridi nere perlustrano la sala. «Ma non ne parliamo troppo, qui».

«Andiamo giù?», domanda Killian.

Clayton continua a guardarsi attorno, forse vuole assicurarsi che nessuno stia facendo caso a noi, oppure spera che non entri Ryan all'improvviso e ci becchi a confabulare.

«No. Per ora… restiamo qui», replica Clay, e Killian si fa una birra alla spina.

«Potete spiegarmi che intenzioni avete?», chiedo a questi due. «Non ho fatto domande, ho preso la roba, come mi hai detto tu, Clay. Ma non si possono fare cinquantamila dollari con cinque grammi di cocaina, anche se in questo caso ne ho presi venti. Perciò… volete spiegarmi?»

«Abbassa quella cazzo di voce!», mi ammonisce Clayton.

«Scusa!», ribatto piccato. «Ma se proprio devo finire in manette vorrei almeno avere chiaro il quadro della situazione!». L'ansietta si sta cominciando a sentire.

«Nessuno finirà ammanettato, cazzo, quanto sei pesante!», dice Killian.

«Nutro forti obiezioni in proposito», replico. Infatti, se continua a parlarmi in questo modo, quello che finirà in manette sarà proprio lui, dato che io mi rifiuterò categoricamente di aiutarlo. Torno a guardare Clayton. «Allora? Mi spieghi?», lo incalzo.

«Quello che ti sei procurato, Paxton», dice Clay sottovoce, «ci serve per darci arie da ricchi».

«Ah».

«Non solo, in realtà. Domani sera andremo a una festa esclusiva e privata, nell'Upper East Side. Offriremo la neve agli ospiti per assicurarci campo libero», continua.

Sono alquanto sorpreso, è vero, ma non sono l'unico.

«Mi prendi in giro?», sbotta Killian, battendo il boccale di birra sul tavolo per protesta. «Io sto quasi per essere arrestato e voi andate a festeggiare?».

«Io ci sto», dico a Clayton. «Fino all'ultimo brindisi».

Clayton sogghigna, e si rivolge a Killian. «Verrai a festeggiare con noi, fratello, e non ci arriveremo di sicuro all'ultimo brindisi. Prendiamo una valigetta e ce ne andiamo».

«Una valigetta?», chiedo.

«Una valigetta piena di soldi», aggiunge Clay.

«Per la miseria!», dice Killian, che si è nuovamente appassionato alla conversazione. «Di che valigetta parli?».

Clayton mette le mani nelle tasche della felpa e si appoggia al muro.

«Tempo fa, Ryan mi ha chiesto di seguire Wellington Parker, il fidanzato di Arya, dicendomi che aveva dei sospetti sul suo conto», spiega Clay. E lui ha obbedito. Naturale. «Pensavo fosse un'idea stupida, ma l'ho fatto ugualmente. Ho inziato a pedinarlo e a cercare informazioni in rete che lo riguardassero. Gli ho hackerato il cellulare e il computer. Ben presto, gli ho trovato, infatti, parecchi scheletri nell'armadio, perciò ho continuato a scavare...». Sappiamo tutti a cosa si sta riferendo Clayton: i video che Wellington ha girato con le minorenni, e poi ha diffuso, generando uno scandalo successivamente insabbiato da suo padre. «Wellington ha un migliore amico, un certo Roman Lancaster», continua Clayton. «Era su tutti i giornali, qualche settimana fa, perché suo padre si è sparato in testa. Ho iniziato a indagare anche su di lui, giusto per non lasciare nulla al caso».

«Perché?», chiedo con innocenza. «Che bisogno c'era?».

Clayton mi trucida con un'occhiata, che molto probabilmente significa: "Fatti i cazzi tuoi".

«Ho seguito gli spostamenti di Lancaster e ho iniziato a individuare le sue abitudini. Esce di casa sempre con una valigetta. Non se ne separa mai, nemmeno quando esce dall'ufficio per la pausa pranzo. Ho dedotto che non ci sono documenti della sua azienda, altrimenti li lascerebbe in ufficio. Ciò significa o che la valigetta è piena di soldi, oppure che Lancaster è un imbecille. Io punto tutto sulla prima opzione. Domani sera, organizza una festa a casa sua. Ha invitato gente ricca. Noi ci infiltreremo a quella festa, ruberemo la valigetta e pagheremo Paul per tenere la sua cazzo di bocca cucita».

«Mi sa che devo comprarmi una cravatta decente», conclude Killian.

«Quando ce l'hai il tempo per fare tutto questo?», domando sbalordito. «Per indagare su tutti, voglio dire?». Ma poi mi rispondo da solo. Clayton soffre d'insonnia. E l'insonnia può diventare una forma di contemplazione. Cioè, tu giaci là, inerte, impotente, solo, nell'oscurità della tua stanza, e ti senti schiacciato dall'inscrutabile tirannia del tempo. Oppure, può diventare una forma di incolmabile conoscenza. Quando il resto del mondo sonnecchia, tu lavori, studi, per portarti in vantaggio con il resto del mondo; puoi fare cose che, altrimenti, non ti saresti mai sognato di fare.

D'un tratto il telefono di Clayton squilla, e lui guarda lo schermo dapprima sbalordito, poi pensieroso.

«Ti stanno chiamando», dice Killian. «Che fai, non rispondi?».

Clayton afferra le chiavi della sua moto, abbandonate sul bancone, e se le mette in tasca.

«Ora vado. Ci becchiamo più tardi», dice.

87

Cassie

Il taxi accosta al marciapiede, accanto a un maestoso albero di ciliegio. Pago per la corsa con la carta che mi ha prestato Roman, e saluto il conducente, poi scendo dalla macchina e un lieve venticello mi scompiglia i capelli. Da quando mamma mi ha cacciata di casa, non ho più la mia macchina e sono costretta a muovermi con il taxi per fare avanti e indietro da scuola. Mi ci sto cominciando ad abituare. Comincio a sentirmi a casa, in questo nuovo quartiere: non l'avrei mai creduto possibile. E, invece, apprezzo le vetrine di boutique super lussuose, e le persone elegantissime che portano a spasso i loro cagnolini. Il taxi sfreccia via e mi incammino verso casa Lancaster.

Sono a pochi passi dal portone di Roman, quando sento il rombo del motore di una moto alle mie spalle. Il momento di pace viene fatto a brandelli in un solo istante. Mi paralizzo, sebbene il mio istinto mi suggerisca di correre via il più in fretta possibile.

Quando riesco a voltarmi, vedo Clayton in sella alla sua moto, con indosso il casco integrale, la visiera alzata in modo tale che i suoi occhi neri buchino l'ambiente circostante, e che colpiscano me, con una furia cieca e silenziosa. Il cuore mi schizza in gola e provo una sensazione di panico diffusa che mi offusca la mente.

Clayton scende dalla sua moto e si leva il casco, riavviandosi i capelli ondulati. Lascio che i miei occhi si approprino di quest'immagine proibita, per qualche secondo. C'è un'eleganza innata in lui, un'eleganza che però il suo temperamento si ostina a nascondere. È elegante, anche quando sfoggia il suo sorriso spietato. Tuttavia, lui qui è fuori posto. Si vede che non è di queste parti, ma soprattutto si vede che c'è qualcosa in lui di tremendo: come se si portasse dietro tutto lo squallore del nostro quartiere d'origine. Lo studio: è un blocco compatto di muscoli, che si muovono in armonie perfette; eppure nell'insieme incarna tutto meno che la perfezione. Lui sprigiona un'umanità disarmante… e devastante.

«Sorpresa di vedermi, Cenerentola?», domanda pungente.

Qualcosa nel suo tono di voce mi paralizza, senza che me ne accorga. Sembra… *incazzato*.

«Ma che ci fai qui?», domando, e assottiglio lo sguardo, mentre lui si avvicina. La mia domanda si scioglie nell'aria, insieme al remoto cinguettio degli uccelli.

«La conosci la prima legge per la sopravvivenza? Mai mettersi contro chi è più forte di te».

«Non voglio mettermi contro nessuno, Clayton», dico sbrigativa, lottando affinché la paura non mi faccia ammutolire.

«Davvero? Da come ti comporti, non si direbbe».

I miei occhi scivolano sulle sue braccia scoperte, possenti e dalle vene in rilievo, perché si è arrotolato la felpa fino ai gomiti. «E chi mi starei mettendo contro?»

«Me».

«Una novità, non è vero?», ribatto ironica, e lui mi concede un molle sorriso.

«A quanto pare, l'espressione "fare attenzione" non è presente nel tuo vocabolario», dice.

«Di cosa parli? Che cosa ho...?»

«Sei una stupida», replica acido, sempre più vicino a me. «Sei una stupida, perché non avresti dovuto farlo», dice ancora.

«Fare che cosa?», replico, confusa ormai dalla sua vicinanza.

«Infrangere il nostro accordo», ribatte.

«Un accordo? E minacciarmi con una pistola *tu* lo chiami un accordo?», dico, con una punta di sarcasmo che lo fa innervosire.

«Sì».

«Da quando?».

Il casco oscilla accanto alla sua coscia possente, quando lui si sporge verso di me. È così grosso, che mi oscura la visuale e riesco a vedere soltanto lui.

«Da quando *tu* mi hai puntato contro una pistola a tua volta».

«E con questo?», replico cercando di mostrarmi spavalda.

«In fin dei conti, non siamo poi così diversi, devi ammetterlo, tranne per il fatto che, a differenza tua, io una pistola non la punto mai alle spalle».

«Non una grande differenza se lo scopo è comunque quello di ferire», dico di getto.

«Mmm, a ogni modo... ora siamo pari: uno a uno e palla al centro. E io ti sto parlando esattamente come se tu fossi una mia pari», replica severo. «Nonostante talvolta la tua stupidità sfoci quasi nella demenza».

«Razza di...», mi infiammo.

«Stupida, manipolatrice e bugiarda», mi interrompe con le sue labbra morbide e svogliate.

«Assassino, ricattatore, farabutto!», concludo io.

Ridacchia. «Ci vai pesante».

«Nessun dispregiativo ti renderebbe giustizia».
«Troppi complimenti, Cenerentola, mi commuovo», dice. «Ma l'unica cosa che volevo sentirmi dire non l'hai ancora detta».
«Che cosa vorresti sentirti dire?»
«Che mi hai tradito», mormora. «O sei codarda a tal punto da non riuscire ad ammetterlo guardandomi in faccia?».
Abbasso la testa. Non parlo, l'obiettivo è quello di negare fino alla morte, sperando che lui non sappia... Che non sappia che ho raccontato per filo e per segno ad Arya come è andato veramente il nostro primo incontro. Scuoto la testa e mi mordo il labbro, ma probabilmente i miei occhi gli stanno confessando tutta quanta la verità, sebbene io li stia puntando in basso, attenta a non incrociare il suo sguardo.
«Mmm... dovevi tenere la bocca chiusa», sussurra con una nota di rimprovero. «Invece, sei andata dritta a spifferare tutto alla tua amichetta... Oh, sì, purtroppo per te ne sono venuto a conoscenza, e no, non è stato un comportamento saggio. Avremmo potuto chiuderla lì, sotto l'ombra di quella quercia nel cortile della scuola, ma *no*, tu sei ostinata e testarda, vuoi fare sempre di testa tua, e ogni volta continui a lasciarmi senza parole... Come si fa a essere così stupidi?».
Sapevo dove voleva arrivare... Deglutisco e per un momento una fitta di panico mi contrae lo stomaco, ma poi mi ricordo che non ho più nulla da perdere... Sono una senzatetto. Un'emarginata sociale. Sono lo zimbello della scuola, dopo quel video che hanno diffuso su di me. Potrebbe davvero andarmi peggio di così?
«Le tue minacce non valgono più niente, ormai, Clayton», dico.
«Cassie, guardami», mi ordina.
Se incrociassi i suoi occhi, sento che potrei andare in tilt.
«Clayton, lasciami in pace», mormoro. «Per favore».
Mi afferra il mento con due dita e lo solleva, costringendomi a guardarlo.
«Lo sai che mi basta poco per dare fuoco a qualcosa», mi ricorda, e la sua voce è stranamente paziente e distesa. «Posso accendere anche il mondo intero se qualcuno mi fa incazzare».
«Lo so perfettamente».
«Ma come sei capace di farmi incazzare tu... nessun altro».
Il cuore mi sta scoppiando nella cassa toracica.
«Sei venuto qui per ricordarmi che sono il tuo peggior nemico, o cosa?»
«No».
«*No*?»
«Non sono qui per questo».
«Allora che sei venuto a fare, eh?!», sbotto.
Mi guarda pacato, come se stesse ponderando varie risposte.

Alla fine, opta per quella più sincera, mentre mi solleva di più il mento.
«Sono qui perché mi hai chiamato», dice.
Cazzo. La telefonata a scuola mentre rileggevo le nostre chat… Qualcosa che non dovrei provare mi si insinua nel petto, è come una leggerezza inaspettata. Anche l'imbarazzo svanisce, nel momento in cui realizzo che lui è arrivato qui, mi ha raggiunta, *soltanto perché l'ho chiamato…*
«Cosa volevi dirmi?», mi chiede.
«Non volevo dirti niente!», esclamo, e credo di essere diventata tutta rossa. Studio la sua mascella squadrata, la curva del suo naso che termina in una punta tonda, così perfetto da sembrare dipinto. Il labbro superiore è leggermente più spesso di quello inferiore e le fossette sulle guance lo fanno sembrare più giovane, quando stranamente sorride. Il suo sorriso mi procura un calore insistente sotto la pancia.
«Bugiarda», mormora.
«Ti ho chiamato per sbaglio. Mi sono sbagliata», gli confesso.
Le sue iridi nere si illuminano per la sorpresa, poi sulla sua espressione piomba l'ombra più buia che io gli abbia mai visto addosso.
«Ti sei sbagliata», ripete aggrottando la fronte, e ha la voce un po' rotta. Aumenta la pressione delle sue dita sul mio mento e la mia pelle a contatto con i suoi polpastrelli va a fuoco.
«Sì».
«E perché non me lo hai detto al telefono, quando ti ho richiamata, che ti eri *sbagliata*?». La sua voce vacilla leggermente.
«Io non…». Mi perdo a osservarlo. Il suo viso perfetto si imprime nei miei occhi, e mi disorienta: non mi sono ancora abituata alla bellezza disordinata e pericolosa di Clayton Mackenzie.
«Quando ti faccio una domanda, sarebbe carino se rispondessi; invece, cadi sempre dalle nuvole, Cassie», dice di nuovo con quel suo tono cinico e sprezzante. «Perché non mi hai risposto quando ti ho richiamato?».
Dio, quanto è arrogante.
«Non avevo voglia di sentirti», ribatto. «Non avevo voglia di sentire la tua voce, neanche per un secondo!».
«Sei proprio bugiarda».
«Non sono bugiarda… Tu, Clayton…». C'è qualcosa che mi intimorisce di lui, qualcosa che va oltre il suo carattere. Qualcosa che va oltre il suo temperamento scostante e imprevedibile. Qualcosa che non ha niente a che vedere con il suo aspetto, ma più che altro con la sua essenza. Lui è come un lago: calmo solo in superficie. Non posso dimenticare tutto il male che ha causato intorno a me, e a *me*, un male che non dovrebbe essere perdonato per nessuna ragione al mondo. «Mi fai venire il voltastomaco!», urlo.

«Da ora in poi, tra di noi, sarà guerra, Cenerentola», dice con un sorriso.

«È sempre stata guerra, Clayton».

«E tu…». Le sue dita iniziano ad accarezzarmi il mento, delicate come se fossero di velluto. «Tu sembri fatta apposta per rovinarmi».

So che devo stare attenta a Clayton. Finora mi ci sono avvicinata in modo avventato, e non dovrei più farlo. Non solo perché lui è molto pericoloso, rivestito di incubi e peccati, ma perché sembra anche avere un potere sul mio corpo che non riesco a controllare. D'un tratto, le sue dita smettono di accarezzarmi e mi scruta torvo. Avvicina il suo corpo mastodontico al mio, e il suo casco mi si imprime sulla coscia.

«Odio essere tradito, Cassie», mi sussurra all'orecchio. «Lo sai?»

«E io detesto che mi si dica cosa devo fare».

Siamo così vicini che sento il suo fiato sul collo.

«Purtroppo per te, invece, dovrai obbedirmi».

«Io non obbedisco a nessuno, tantomeno a te. Ti è andata male», replico immediatamente.

«Credo sia andata peggio a te», sussurra divertito, e il suo casco mi sfiora l'interno coscia, fino a sfregare contro la mia intimità. Tra le sue labbra nasce un sospiro languido, mentre dentro di me si scatena un caldo infernale, tanto che vorrei spogliarmi per dare un po' di sollievo alla mia pelle rovente.

«Oh-oh. Sto tremando, guarda», lo provoco.

La sua voce morbida e profonda allo stesso tempo mi risuona dentro. «Lo sai meglio di me, che se *solo* volessi», scandisce, «potrei farti tremare le gambe».

Vengo travolta da una cascata di brividi, accolgo ogni piccolo tremore che inizia a farsi strada dentro di me, mentre il suo casco è premuto sempre più forte sui miei pantaloni. Mi costringo a oppormi a questa sensazione travolgente con tutte le mie forze… e ci riesco, alla fine.

«Dimmi cosa vuoi da me, Clayton», replico asciutta.

Si inumidisce le labbra e assume il suo solito sorriso di posa, ammaliatore.

«Domani sera, io e i miei fratelli ci uniremo a voi alla festa del tuo amichetto». Dà un'occhiata alle mie spalle, verso l'immensa proprietà di Roman. «E tu ci aiuterai a entrare. Dopo ciò che hai fatto, dopo aver infranto spudoratamente i nostri accordi, il minimo che tu possa fare è coprirci le spalle». Sogghigna divertito.

È venuto qui per dirmi questo? È venuto qui per assicurarsi che io faccia parte del suo piano?

«Che cosa volete da Roman?», domando sulla difensiva.

«Che carina, che ti preoccupi per lui… Tranquilla, non lo uccideremo».

«Voglio sapere che cosa volete da lui! Se tu e i tuoi fratelli provate anche solo a toccarlo, Clayton…».

«Lancaster si fa difendere dalle ragazze, adesso?». Ridacchia, ma le sue labbra sono spogliate di qualsiasi tipo di divertimento.

Se crede che io presterò il fianco a tutto questo si sbaglia... «Cosa ti fa pensare che io stia al tuo gioco senza fiatare?», chiedo.

«Non fiaterai».

Fa un passo indietro. Si scompiglia i capelli, si infila il casco e torna verso la sua moto. Sale sulla sua Kawasaki e accende il motore, rumoroso.

«Farai come ti dico, se vuoi salvare la vita a tua madre e a Paul».

Udire queste parole è come ricevere una serie di schiaffi. Cosa c'entrano adesso mamma e Paul?

«Cassie», dice poi, «niente passi falsi, questa volta».

Si abbassa la visiera, e riesco a intravedere per un attimo il riflesso scarmigliato e sconvolto del mio volto. Dopodiché corre via, più veloce del vento.

88

Arya

Wellington: Sono qui fuori, piccola.
Io: Dove?
Wellington: Sono dietro l'angolo, abbiamo trovato parcheggio a trecento metri da qui o poco più. Quando esci, attraversa la strada, poi gira a sinistra e mi troverai lì. Ti aspetto dentro la limousine.
Io: Arrivo subito, dammi solo un momento.

Okay, lui è qui fuori: devo prendere un bel respiro e calmarmi. Ripongo il telefono dentro la minuscola borsetta a tracolla, nera e di velluto, che si abbina al braccialetto di diamanti che mi ha regalato Wellington e al mio vestito, anch'esso nero con uno spacco sulla coscia destra. Mi sento strizzata in un abito troppo stretto per la mia corporatura, ma è l'unico vestito decente che io, Cassie e Bea siamo riuscite a trovare questo pomeriggio, andando in giro per negozi. Beatrix l'ha chiamata "terapia dello shopping" e mi ha assicurato che comprarmi qualcosa di carino da mettere per questa sera mi avrebbe tirata su di morale. Ha funzionato? Per ora no. Anzi, il mio animo da maschiaccio si sta ribellando, e io già non vedo l'ora di tornare a casa per cambiarmi.

Con la scusa di riporre il telefonino, frugo nella mia borsa e afferro un barattolino arancione dall'etichetta scolorita. Lo apro e faccio scivolare tre pillole bianche e tonde sul palmo della mia mano. Le inghiottisco voracemente e mi appoggio al bancone del mio bar. Per un istante lunghissimo mi gira vorticosamente la testa, ma al contempo dentro di me cresce una deliziosa sensazione di euforia. Come se il mio cervello si stesse espandendo, sottoposto a nuovi impulsi nervosi e luminosi. Ciò che fino a un attimo fa mi faceva preoccupare ora è d'un tratto scomparso, dissolto. È stato come soffiare sulla polvere. La facilità con cui i miei problemi svaniscono solo grazie a una pasticca di Fentanyl da un lato mi spaventa, perché so che i casini non sono realmente spariti, e questa è tutta un'illusione. Dall'altro, però, mi rassicura che avrò sempre una soluzione momentanea ai miei problemi. Metto il barattolino nella borsa e mi sento pronta a uscire, dopo essermi data un'ultima pettinata ai capelli ed essermi abbassata il vestito in modo che lo spacco non lasci troppe parti scoperte. In fin dei conti…

è solo una festa a casa del migliore amico del mio ragazzo. Mi sto facendo troppe paranoie sul mio abito. Ci sono momenti in cui non mi sento abbastanza carina, e momenti in cui invece mi vedo troppo elegante. La porta del mio bar si spalanca, una folata di vento gelido avvolge tutto il mio corpo e un freddo intenso, umido, mi si insinua nelle ossa. Due uomini, che non avranno più di trent'anni, entrano, e sotto le luci artificiali i loro visi sono molto inquietanti. Il primo ha un viso cavallino, molto magro. I capelli lisci e castani ne accentuano la spigolosità. Ha due occhi profondi e tetri, uno è blu, l'altro è di vetro… Ha un bastone nero, la cui impugnatura è tondeggiante e argentata. *È Tony Lombardo*. E, infatti, alle sue spalle c'è suo fratello Nicholas: robusto ma anonimo nei tratti, senza alcuna connotazione particolare se non quella di essere un criminale piuttosto ottuso. Nicholas e Tony sono come Tom e Jerry. Insomma, un duo inseparabile.

«Stavi per chiudere?», mi chiede Tony, scrutandomi a fondo, ma non aspetta nemmeno una risposta che si mette a sedere al primo tavolino che incontra, e ghigna. Il bastone lo nasconde sotto il tavolino. Nicholas lo segue e si posiziona di fronte a lui.

«Sì», replico. «Stavo per chiudere». Più loro si comportano in modo tranquillo, più il mio cuore ha le palpitazioni, ma non sono comunque terrorizzata come dovrei. Merito del Fentanyl.

«Ti ruberemo solo dieci minuti», mi tranquillizza Tony. «Ti dispiacerebbe offrirci una birra? Siamo un po' assetati».

Mi dirigo verso il frigo e prendo due Avery White Rascal in lattina. «Ecco a voi», dico, porgendogli le lattine.

Loro le aprono, ma prima che io possa ritrarmi Tony Lombardo mi afferra dolcemente il fianco. «Grazie, *tesoro*», dice, e la sua mano adesso risale sulla mia schiena. «Sai, è incantevole questo posto, e anche molto accogliente… Ma ho sentito dire che state per chiudere… Mi rincresce molto saperlo».

Mi schiarisco la voce. «No, veramente… noi non stiamo per chiudere».

«Ah». Sorseggia un po' di birra. «Credevo che foste pieni di debiti».

«Sì, è così». Cerco di nascondere il tremolio della voce.

«Tuo padre è di sopra?». I suoi occhi saettano verso le scale.

«Sì… si sta riposando», dico.

«Tuo padre è un gran lavoratore», commenta Tony con voce pacata e formale, che non si addice a uno come lui. «Sarebbe un vero peccato se gli levassero la sua casa».

Non ribatto. La sua mano sulla mia schiena è leggera, al punto da farmi il solletico.

«Senti, Arya… Arya, giusto?», dice con tono affabile e i suoi occhi si illuminano avidi, mentre stende le labbra bianche.

«Sì, Arya», confermo.
«Vuoi sentire una storia, *Arya*?». Ma lui non aspetta che io dica di sì. «Comincia come una favola, ma non è una favola. C'era una volta un uomo che è stato molto gentile con un ragazzo, e con una famiglia. C'era una volta un uomo che ha custodito un giovane senza un padre... Gli ha dato protezione e gli ha insegnato le responsabilità della vita, lo ha accolto, perché quest'uomo aveva un gran cuore, era magnanimo. La conosci questa storia, Arya? Sai chi sono quest'uomo e questo giovane?»
«No. Non ne ho idea», mento spudoratamente. Spero non si accorga che sto dicendo una bugia, altrimenti il suo atteggiamento cordiale si trasformerà ben presto in qualcos'altro.
«Non ti viene in mente nessuno che possa conoscere questa storia?», mi interroga.
«No, mi dispiace».
Sospira. «Mio padre è stato ammazzato, nella sala da biliardo del suo stesso hotel», dice. «I colpevoli non sono ancora stati trovati... ma l'ultima persona che ha visto mio padre lo sai chi era?».
Ho paura di sentirglielo dire, anche se potrei tirare a indovinare e azzeccarci.
«Mio padre, prima di morire, è stato a una mostra d'arte», mi spiega. «So che c'eri anche tu, lì... e che c'era Ryan».
Una fitta incandescente mi colpisce il petto, un ricordo nitido si convoglia nella mia mente e ripercorro ogni singolo istante di quella serata. Ricordo che Ryan, un attimo prima dell'asta di beneficenza, stava parlando con un uomo di cui non avevo chiara l'identità... Ma adesso saprei perfettamente dire chi fosse, e mi sento così idiota a non averlo riconosciuto prima. Alfred Lombardo, il padre di Nicholas e Tony.
«Sì, Ryan Mackenzie». Annuisce, senza che io abbia detto una parola. «Sapresti dirmi perché uno come Ryan si trovava lì?»
«Lui studia alla New York Academy of Art», ribatto svelta.
«Esatto. Perciò mio padre, che non è mai andato a una mostra in vita sua, aveva un unico motivo per essere lì, e cioè parlare con Ryan Mackenzie», ribatte con un sorriso malevolo.
Un ragionamento che non fa una piega, e io rimango immobile, concentrata sul contatto della mano di Tony sulla mia schiena.
«Ha parlato con Ryan e poi è morto», conclude Tony scherzosamente. «Un vero portatore di sciagure, il tuo vecchio amico».
Mi faccio vedere disinvolta, anche se non lo sono.
«Su questo siamo d'accordo», concordo, e lui mi sorride in segno di approvazione. Almeno, il sarcasmo ce l'ho ancora.
«Tu, per caso, sai se Ryan avesse qualcosa contro mio padre? Dei motivi che, magari, lo avrebbero spinto a gesti *avventati*?», chiede.

Se rispondessi con un "no" categorico desterei molti sospetti, perciò decido di assumere un atteggiamento criptico.

«Ma, invece di domandarlo a me, perché non lo chiedi direttamente a lui?»

«Ho già parlato con Ryan», dice. «Ci ho parlato perché io e lui siamo sempre stati sinceri l'uno con l'altro. Ma abbiamo avuto degli attriti di recente. La sua famiglia ha il vizio del gioco d'azzardo e suo fratello minore ha avuto la sfortuna di giocare con nostro cugino. Non ci hanno ancora ripagato. Siamo uomini civili noi Lombardo, Arya, ma applichiamo la legge del taglione».

«Capisco». Ho la gola straordinariamente arida. «E vostro cugino?»

«Nostro cugino sta bene, e ora che Tyler si è ripreso abbiamo entrambi seppellito i vecchi rancori e ci siamo lasciati questo bisticcio alle spalle. Così sono andato a parlare con Ryan, gli ho chiesto cosa mio padre volesse da lui e se sapeva dove stesse andando la sera in cui è morto. Lui non sapeva niente. Ma ho un sesto senso per certe cose e non mi è sembrato molto sincero. Lo sai perché il tuo amico Ryan è ancora vivo?». I suoi occhi si piantano su di me. «Perché davvero mio padre e mio zio *non* avevano motivi di incontrare Ryan Mackenzie».

«Vostro cugino James sta bene, hai detto?», chiedo.

A rispondere è Nicholas. «Sì... qualche giorno fa ci ha telefonato, dicendo che sta bene e che stava lasciando la città. Una vacanza alle Maldive», dice Nicholas.

Tony lo fulmina con lo sguardo, come si fosse lasciato scappare qualcosa di troppo. «Tu sai per caso dov'è stato Ryan la notte in cui mio padre è morto?», mi chiede, e questa volta la sua voce si fa fredda e impersonale.

«È stato qui», rispondo, e questa ammissione mi fa stringere lo stomaco. Ricordo il momento in cui mi ha presa in braccio, in cui mi ha sollevata da terra, e in cui ci siamo seduti sulla poltroncina imbottita del bar. Ricordo alla perfezione la sensazione di toccare la sua pelle bollente, la sua camicia zuppa di pioggia. Ricordo come mi ha cullata contro il suo petto, e il mio cuore si squarcia al pensiero di quella dolcezza impetuosa che mi ha trasmesso. Dopodiché, le parole di Killian, mentre camminava nella mia direzione con un coltello in mano, mi infestano i pensieri. "L'eroe della famiglia ha ucciso un pezzo grosso ed è diventato il capo. Ora, è passato al lato oscuro. *Ops*". In quel momento, ho creduto che Killian stesse farneticando... Ma ora... ricollego i tanti piccoli pezzi del puzzle. Ryan sconvolto la sera della mostra, che doveva salvare Killian. Killian che afferma che Ryan ha ucciso un pezzo grosso, assicurandosi una posizione di potere. E ora Tony, che sostiene che Ryan è stata l'ultima persona a vedere Alfred Lombardo. Chiarissimo, come una scheggia di vetro. Ryan ha ucciso Alfred Lombardo per salvare Killian, e adesso Tony vuole delle risposte da me. E io al solo ricordo di come siamo stati *noi due* per l'ultima volta mi sento male. Ma devo risparmiare Ryan dall'ira vendicativa di Tony Lombardo...

«Ryan è stato qui, sì», dico di nuovo.

«Tutta la notte?», mi chiede.

Annuisco decisa. «Siamo stati tutta la notte insieme. Avvinghiati. Non mi ha lasciata neanche per un secondo. Siamo stati nel mio letto fino all'ora di pranzo, perché sai... non abbiamo dormito granché». Abbozzo una risata imbarazzata, e Tony assume una smorfia maliziosa. Come se si stesse delineando alla perfezione la scena dentro la sua mente. Io spero vivamente che ciò che sta pensando gli piaccia a tal punto da non notare che ciò che ho appena detto è una menzogna. In fin dei conti, in un altro universo, in un universo in cui Killian non esiste, io e Ryan abbiamo passato davvero quella notte insieme.

«Immagino che il nostro amico Ryan non abbia voluto lasciare da sola una ragazza come te nemmeno per un istante», dice in un ghigno e la sua mano scende lentamente fin quasi al mio fondoschiena.

Mi mordo di nuovo la lingua: se voglio salvare Ryan, non devo muovermi. *Non devo muovermi. Non. Devo. Muovermi.* E non mi sto muovendo. Come se bastasse a evitare che Ryan finisca nei guai. Sono proprio una sciocca. Ma se questo servisse *davvero* a scagionare Ryan... rimarrei ferma anche per giorni interi. I dubbi cominciano ad assalirmi. Forse dovevo sembrare più convincente, quando Tony mi ha chiesto se Ryan fosse stato qui tutta la notte. Sono stata poco credibile. Ma la verità è che avrei tanto voluto che fosse andata veramente così, che lui fosse rimasto con me fino al giorno dopo, dentro il mio letto...

Sento scivolare la mano di Tony ancora più in basso e una parte di me vorrebbe non aver mai incontrato i Mackenzie. Vorrei non essere mai diventata loro amica. Vorrei riavvolgere il nastro della mia esistenza, tornare nel passato e stare lontana da tutti loro... Senza di loro, la mia vita sarebbe stata nettamente più facile.

«Levale le mani di dosso», ringhia d'un tratto una voce familiare alle mie spalle.

89

Ryan

Spalanco la porta del bar di Arya e la scena raccapricciante che mi appare davanti mi fa trasalire.

«Levale le mani di dosso», ringhio.

Tony Lombardo, che stava facendo scivolare le sue luride dita sul sedere di Arya, si volta a sorridermi.

«Ciao anche a te, Ryan», mi saluta con voce vellutata. «*Il diamante*», mi chiama scherzosamente, ricordandomi che la gente mi conosce anche con questo soprannome.

Io ho un solo pensiero in testa: lui è qui, è arrivato a *lei*. Prima o poi sarebbe successo, ma io ero pronto: sono stato pronto a intervenire dal momento in cui questi due sono tornati in città.

Guardo Arya, che ora ha un'espressione indecifrabile. Non sembra nemmeno spaventata, solo sconsolata. Poi torno a fissare Tony. Devo stare calmo, non devo spaccargli immediatamente la faccia: per quello ci sarà occasione in un'altra sede, *adesso* devo solo assicurarmi che questi due escano immediatamente da qui.

«Cosa c'è, Tony? Cosa vuoi?», gli chiedo, avvicinandomi sempre di più a loro. «Che sei venuto a fare qui, dalle mie parti?»

«Le tue parti?», rimarca aggrottando la fronte. «Le tue parti, ragazzino? Questo quartiere apparteneva a mio padre e a mio zio, e adesso appartiene a *noi*».

A Tony non è mai interessato nulla di controllare il quartiere. Perché adesso è tornato qui e vuole immischiarsi? Sta facendo tutto questo, solo per vendicare suo padre? Francamente, chi-se-ne-fotte. Gli lascerò il quartiere, se è il quartiere quello che gli basta per andarsene a fanculo.

«Andate via», li imploro con la voce incrinata. *Fate come cazzo volete, prendetevi tutto il cazzo di pianeta, ma andatevene via da questo bar e non toccate Arya. Per nessuna ragione al mondo.* E il sorriso di Tony si apre. Forse, ha appena scoperto ciò che voleva scoprire. Cioè, quanto ci tengo. E mi sono completamente smascherato. Ma va bene così, purché non la tocchino.

Tony si alza in piedi e Nicholas prova a fare lo stesso, ma sembra si sia incastrato tra la poltroncina e il tavolino e non sappia come uscirne.

«Noi qui abbiamo finito. È stato un piacere rivederti, Arya», dice zuccheroso.

Tony e Nicholas escono dalla porta e, anche se vorrei che questo dettaglio mi tranquillizzasse, purtroppo non è così. Sono stati qui, hanno visto come ho reagito, e questo è abbastanza per farmi agitare. Sento il soffitto di questo locale che mi si sta schiacciando e ho il respiro corto. Guardo Arya, impalata e silenziosa, pure troppo, forse. Ha indosso un abito nero ed elegante, perciò di sicuro sta andando da qualche parte. Non voglio né sapere dove né con chi. Non ci vediamo da quando è venuta a casa mia… E ora lei nello sguardo ha frammenti di disinganno e dispiacere.

«Stai bene?», le chiedo preoccupato. «Che cosa ti hanno detto?».

Lei non reagisce, e rimane ferma. «Cos'è successo quella notte, Ryan?», se ne esce a bruciapelo e la sua voce è sottilissima. «La notte in cui non sei rimasto con me».

Mando giù la saliva a fatica. *Quella notte.* La notte in cui io e lei siamo stati qui, prima che andassi a salvare Killian.

«Ci sono cose che non sai, Arya», ribatto.

«Ci sono tante cose che non so!», commenta sarcastica.

«Sì…».

«Dimmi che quella notte non hai ammazzato nessuno», sussurra, supplichevole.

«Non ho ammazzato nessuno», rispondo in automatico, consapevole che è quello che lei vuole sentirsi dire.

«Ti prego, smettila di mentirmi», dice esausta.

«Se davvero vuoi che io smetta di mentirti, allora tu smetti di fare domande a cui non posso rispondere», replico. Se le raccontassi come è andata, la metterei in pericolo, e ciò mi basta per non dire una parola. Non si fanno eccezioni, quando c'è di mezzo la sua sicurezza.

Il suo sguardo mi trafigge. «So tutto», mi confessa. «So che hai ucciso Alfred Lombardo».

Lo stomaco mi si annoda e nella stanza piomba un silenzio difficile.

E cosa vuoi che ti dica? Brava. Sì, Arya, il bambino con cui andavi in giro da ragazzina è diventato un assassino. Il bambino che ti ha regalato la sua bandana e che correva insieme a te tra i palazzi decadenti è diventato il mostro che ha sempre sospettato di essere.

Mi avvicino a lei, con cautela, mentre i suoi occhi mi guardano con terrore e confusione. Temo questo sguardo dalla notte in cui l'ho lasciata qui e sono andato via con Clayton a uccidere chi voleva giustiziare mio fratello. Ora che è arrivato, mi sento strano. Niente avrebbe potuto mai prepararmi a questo momento, ma provo anche una lucidità di pensiero che non sapevo di avere. E provo una rabbia repressa. Tanta rabbia.

«Parlami», le dico. «Ti prego, dimmi che pensi». La mia voce severa la fa tremare. Le scosto una ciocca di capelli più chiara dal viso e inspiro il buon profumo che emana: fresco, come la lavanda. Non sono qui per rassicurarla. Io sono questo, dopotutto, non voglio ingannarla.

Balbetta un po', soprattutto quando le mie dita le sfiorano la fronte.

«I-io...». Abbassa lo sguardo sui suoi piedi e, senza rendermene conto, io mi avvicino a lei sempre di più. «Cosa penso di tutta questa storia, vuoi dire?», chiede. «Penso che tu abbia fatto il necessario per salvare tuo fratello», dice, e si stringe nelle spalle, come se in fin dei conti non le importasse più niente.

«No, Arya, intendevo dire... cosa pensi di *me*?».

Il suo sguardo cambia, si carica di tristezza. «Cosa penso di te, Ryan?». Il suo viso assume i contorni del disgusto. Un disgusto che posso comprendere con tutto me stesso.

«Senti, non devi per forza rispondere», taglio corto.

«Perché gli hai permesso di venire nel mio bar? Perché hai lasciato che Killian venisse qui?», chiede ancora, e vorrei morire in questo istante. Morire ai suoi piedi, solo perché ha pronunciato questa frase. L'unica frase che speravo di non sentire. Perché so che cosa significano queste parole.

«Non me lo perdonerai mai, che non ero vicino a te, in quel momento», constato. Non mi perdonerà: una consapevolezza che si instrada in me come una malattia.

Lei si spalma contro il muro e scuote la testa, ha il labbro inferiore che trema, ma non smette di sostenere il mio sguardo. «Non eri qui di proposito, vero, Ryan? Di solito, sei sempre nel mio bar, e invece l'unica volta che si presenta qui Killian... *tu*...».

Ho la gola asciutta. «Pensi che io avrei lasciato che mio fratello...?». Mi si mozza il respiro per la fatica perfino di pensarla una cosa del genere.

Gli occhi le diventano lucidi, sono azzurri e tondi, gli stessi di quando era bambina.

«Pensi che avrei permesso a Killian di farti del male?», dico con una difficoltà immensa, e la voce esce bassissima e graffiante.

Annuisce. «È ciò che penso».

Strabuzzo gli occhi. «Lo pensi... lo pensi davvero?»

«Sì».

Non glielo chiederò ancora, ho capito. Mi sta facendo a pezzi, e non sono neanche sicuro che questo mi importi. Mi sta facendo a pezzi, e li sta bruciando. E all'improvviso sono arrabbiato, così arrabbiato che vorrei spaccare il mondo intero, solo per distruggere questa vita che continua a separarci. Do un pugno contro il muro, che si sbriciola un po', e lei sobbalza. Questa volta sì che è spaventata.

«Ora devo andare», dice. «Wellington mi sta aspettando».
Ma prima che lei possa di nuovo allontanarsi da me, la afferro per un braccio e la sbatto contro la parete, senza badare alla mia mano di nuovo ammaccata, proprio quando stava guarendo.
«Sei una stronza», affermo. Solo dopo mi rendo conto che è la verità. È così stronza, fredda e sciocca che in questo momento vorrei essere in grado di punirla. Il suo cuore si è indurito tanto da spingerla a chiudersi in sé stessa per sopravvivere, questo posso capirlo. Ma lei, con la sua dolce vocina da usignolo, è capace di parlare con una perfidia e anaffettività spaventose.
Arya è una stronza. E io, più fa la stronza, più la voglio… la voglio adesso. Sento il mio cazzo indurirsi dolorosamente tra i pantaloni al pensiero di quant'è diventata stronza. Non so perché mi comporto in questo modo, non so perché mi reprimo, quando *so* che potrei averla. Potrei sentirla sotto di me, trasmetterle tutto il calore del mio corpo; potrei essere dentro di lei, farla gemere, farle dimenticare tutto, in un attimo; farle dimenticare quanto male le ho fatto e quanto male lei mi sta facendo adesso, potrei averla fino a non capire più dove finisce lei e dove comincio io. Potrei farle chiedere perfino scusa. Eppure, non mi muovo. Ma perché devo essere così contorto? Perché non mi decido e basta? Perché non le afferro il viso e le faccio sentire cosa si prova a logorarsi dentro, costantemente, ogni singolo istante? Vorrei averla nuda accanto a me, mentre si perde tra le lenzuola, vorrei averla per tutta la notte, fino al mattino dopo. E il pensiero che qualcun altro che non sia io, prima o poi, la avrà in questo modo mi manda fuori di testa… O forse magari qualcuno già l'ha avuta, e la sola idea mi fa ribollire di rabbia. Lei rimane pietrificata, puoi muove le labbra che però le tremano. Sembra che si stia forzando a parlare, trattenendo le lacrime.
«Arya. Non sei nient'altro che una stronza, se non lo vedi…».
«Cosa dovrei vedere?», chiede.
Ah… cosa dovresti vedere? Dovresti vedere che ti ho aspettata così tanto che mi sembra di aver attraversato galassie, ti ho aspettata così tanto che il tempo è diventato inutile, vuoto. Ti ho aspettata così tanto che perfino il sole è sbiadito e io sono diventato un altro. E sono stanco di chiudere le mani e dare cazzotti contro il muro, solo per ferirmi e reprimermi, quando basterebbe aprirle, queste cazzo di mani, e mostrarti tutto l'amore che c'è dentro: "Resta con me". E se non ero lì quando Killian ha tentato di farti del male, è perché ero in giro a proteggerti. Ovunque io sia, vicino o lontano da te, io sono lì a proteggerti.
«Sei senza cuore, Ryan», dice, perché non rispondo.
Sorrido. «Sì, sono senza cuore… perché il mio cazzo di cuore l'ho dato a te. E non lo voglio indietro, Arya».

Lei mi guarda interdetta, nei suoi occhi c'è un miscuglio di emozioni che non riesco a decifrare, poi se ne va. Se ne va da *lui*. E non si gira neanche a guardarmi.

90

Paxton

Mustafà, il cane dei Mackenzie, mi sta riempiendo di peli i pantaloni costosi.

«Stai buono, stai giù!», lo rimprovero, ma senza alcun successo, perché lui continua a saltare e a strusciarmi le maledette zampe addosso.

Vengo distratto da Killian, che sta scendendo le scale, con indosso un completo verde acqua intenso, che si abbina al biondo dei suoi capelli ed enfatizza il taglio deciso dei suoi occhi azzurri. Clayton, al mio fianco, alto e oscuro come una montagna, ridacchia nel vedere suo fratello conciato in questo modo, per lui bizzarro.

«Non dire una cazzo di parola», lo avvisa Killian, quando scende l'ultimo gradino. Per tutta risposta Clayton ride ancora più fragorosamente. Killian ha tutta l'aria del "facciamo ciò che dobbiamo fare e sbrighiamoci". «E tu sta' zitto», dice Killian puntandomi l'indice all'altezza del cuore.

«Ma non ho detto niente!», protesto.

«Non importa! Sta' zitto», ribadisce.

La signora Mackenzie interviene, dalla cucina. «Ma come siamo vestiti eleganti, ragazzi! Dove andate?»

«Non fare domande», dice Clayton aspramente. «Non sarà una serata di piacere».

Tutti e tre vestiti in giacca e cravatta sembriamo agenti segreti in missione.

«Fate attenzione», ribatte la signora Mackenzie con un velo di apprensione nello sguardo, e mi guarda, come se fossi l'unico innocente del gruppo.

Ah, signora Mackenzie, se solo lei sapesse che ho della cocaina dentro i boxer si ricrederebbe, sul mio conto…

Poi, Margareth riprende ad asciugare con il panno le stoviglie bagnate e sbuffa, probabilmente pensando che la serata che le si sta prospettando sarà in compagnia esclusivamente del televisore, dato che Tyler e Ryan sono fuori casa e noi siamo in procinto di uscire.

«Ho chiamato un taxi», ci informa Clayton mentre apre la porta di casa. «Ci sta aspettando qui fuori. Vi ricordate le regole?». Scruta Killian, il quale alza gli occhi al cielo.

«Nessuno infastidisce nessuno, prendiamo ciò che ci serve e poi ce la squagliamo. Non dobbiamo farci riconoscere e soprattutto non ci ubriacheremo e non ci drogheremo», dice come se stesse ripetendo ciò che ha imparato a memoria senza capire. «Che palle», aggiunge.

«Una domanda», dico a Clayton, e osservo il taxi accostato lungo il marciapiede. «Come entreremo a villa Lancaster senza destare sospetti?»

«Abbiamo un aiuto interno», risponde Clay, che si aggiusta la cravatta nera e non riesce a trattenere un sorrisetto.

Poi, camminiamo verso il taxi e ci immagino come in una di quelle scene da film in cui i protagonisti sono al rallentatore, e hanno il vento sparato nei capelli, e il mondo intorno a loro si sfalda, ma loro continuano a rimanere in piedi, ad avanzare con un'andatura incrollabile, perché sono già crollati dentro. Io, Killian e Clayton non siamo i supereroi di questa storia, noi siamo i cattivi: e cazzo se ne andiamo fieri.

91

Cassie

Corro ad aprire la porta, con il fiatone e la testa che mi duole, a causa di un paio di shottini che ho mandato giù per anestetizzare l'ansia. Arya è vestita di nero, con un bracciale d'oro e un paio di orecchini tondi a dare luminosità alla sua figura. Wellington, al suo fianco, è vestito con un completo blu scuro e ha un sorriso teso. Sono stupendi insieme, ma non ho lo stato mentale adatto per stare qui a fargli i complimenti.

«Eccovi! Menomale che siete qui!», esclamo e volto loro le spalle, tornando in mezzo alla ressa che si è creata già sul pianerottolo. Qui dentro c'è un sacco di gente. Ci sono così tante persone che mi sta venendo la claustrofobia, per non parlare poi del fumo e della droga che gira. Amo le feste, le amo con tutto il cuore, solo che questa sembra un tantino eccessiva. Pensavo che la casa di Roman fosse gigantesca, ma vedendola adesso devo ricredermi: ogni angolo di questo posto è occupato da ragazzi e ragazze che indossano vestiti da migliaia di dollari e consumano roba che costa più di un appartamento dalle mie parti.

«Tutto bene, Cassie? Ti vedo molto agitata», mi fa notare Arya.

«Wellington!», grido. «Ti prego! Devi aiutarmi a buttare fuori quei due che stanno per vomitare dentro quel posacenere!». Due ragazzi robusti e palestrati sono piegati su un posacenere di cristallo, che è posizionato sopra il davanzale di marmo di un caminetto che non so neanche se sia vero oppure faccia solo da arredamento.

Wellington ridacchia alle mie spalle. «Quello non è un posacenere, Cassie. È un vaso».

«Un vaso?», chiedo guardandolo meglio. Come fa a essere un vaso? E quale mente superiore ci vuole per accorgersi che è un vaso e non un posacenere? *Mah*. Chi l'ha concepito doveva essere come minimo ubriaco.

«Dov'è Roman?», chiede Wellington. «Gli ho portato una bottiglia!», dice sventolando del vino che non voglio sapere quanto ha pagato.

«Non lo so!», sbuffo adirata. «Non si è fatto ancora vedere, e tocca a me gestire tutto questo casino adesso, mannaggia!».

«Rilassati, Cassie, e pensa a divertirti», ribatte lui, posando il vino e afferrando del liquore da un tavolino, che versa in un bicchiere pregiato. Me lo porge. «Tieni. Manda giù e... ri-las-sa-ti», dice.

Emetto una risatina nervosa e afferro il bicchiere.

«Un parolone», commento.

Ingoio il drink alla goccia, senza neanche soffermarmi su cosa contiene, senza preoccuparmi se è buono o meno, e guardo Arya che mi sorride incerta... Mi lascio avvolgere da una sensazione nuova di spensieratezza e mi tranquillizzo un po'. Forse, non voglio neanche ammetterlo con me stessa, ma il motivo della mia agitazione è un altro, non il baccano che c'è qui dentro. So che sta per arrivare *lui*. E devo far entrare Clayton e i suoi fratelli senza far insospettire nessuno, se non voglio che succeda qualcosa di male a mia madre e a Paul. Clayton mi ha incastrata un'altra volta, mi ha ricattata ancora, e mi odio con tutta l'anima perché non riesco a ribellarmi ai suoi soprusi, mi odio perché ho un'indole debole e sottomessa. Mi chiedo se tutto questo un giorno finirà mai. Se tutto questo tormento giungerà al termine prima o poi. Ma ho un piano anche io. Ho capito che se voglio vincere con lui non posso giocare secondo i suoi schemi, ma secondo i *miei*. E, di certo, non permetterò a Clayton di cambiarmi, e non tradirò Roman, che è una persona che mi ha aiutato, solamente per soddisfare la sete di supremazia di un sadico criminale.

«La vostra amica non viene?», chiede Wellington. «Beatrix...».

«Aveva già preso impegni», risponde Arya. «È a un concerto».

«Che disdetta!», dice Wellington. «Ci voleva una come Beatrix stasera! Lei sarebbe stata l'anima della festa».

«Il tuo fidanzato ci ha appena detto che siamo noiose», dico ad Arya, scherzando, e lei ride debolmente.

Wellington porge un altro drink sia a me che alla mia amica. «Voi due siete le ragazze più belle e meravigliose e divertenti che io conosca». Stampa un bacio sulla guancia di Arya. La mano di Wellington scende sul gluteo di Arya fino a strizzarlo. «Scusami, Cassie, ma la mia fidanzata lo è ancora di più!».

Arya si ritrae, leggermente interdetta. «Ma che fai?», mormora.

Mi scolo all'istante il drink, come se avessi passato quaranta giorni nel deserto, pur di farmi vedere impegnata. Wellington si aggiusta i capelli e il colletto della camicia.

«Piccola, ma che c'è? Sei strana!».

«Niente, sto bene», ribatte Arya. «Un altro drink, Cas?»

«Meglio di no. Se bevo un altro po'...», commento, «mi metterò a twerkare a cavalcioni sul divano, altroché!».

«Cassie!», mi rimprovera Arya, ridendo.

Sentiamo un urlo provenire da fuori e tutti ci voltiamo in direzione della porta a vetri spalancata. In quel momento, il mio telefono squilla, e infatti mi è arrivato un messaggio. Da parte di Clayton.

Clayton: Siamo arrivati.

Fisso lo schermo con il cuore che mi batte a mille, pensando che sono proprio una stupida, perché sono furibonda per come mi ha messa alle strette Clayton, ma c'è un'altra parte dentro di me, molto piccola, oserei dire quasi minuscola, che invece si sente emozionata per questo messaggio. Una parte di me... ha uno sciame di farfalle dentro lo stomaco, solo all'idea di vederlo. Anzi, un intero branco di rinoceronti. Comincio a farmi problemi pure sul mio aspetto fisico. Di sicuro, sono sensazioni fittizie dovute alla quantità di alcol che ho assunto. Ma in questo vestito lilla che mi strizza il seno – un altro regalo di Roman – mi sento molto grossa e goffa: mi sono pentita di averlo indossato. Okay, devo muovermi. Lui è qui fuori e di certo non gli piacerà aspettare.

«Torno subito», dico ad Arya e Wellington. «Ehm... vado un attimo al bagno». Sguscio via, il più velocemente possibile.

92

Arya

Le labbra di Wellington si stampano sul mio collo, ingorde, e mi spinge contro il corrimano delle scale. Ci siamo appartati e lui mi è saltato addosso immediatamente.

«Mi fai impazzire», sussurra contro il mio collo.

La testa mi gira, ma è una sensazione di euforia, rafforzata dalla convinzione che questo benessere durerà per sempre, anche se so che non è così. In più c'è la musica, che mi perfora i timpani.

"Perché il mio cazzo di cuore l'ho dato a te. E non lo voglio indietro, Arya".

E ora Wellington mi sta mettendo le mani sui seni, e voglio che continui, perché solo così posso dimenticare le parole che ho sentito da Ryan.

«Ci troviamo una camera?», dico, indicando le scale. C'è un viavai di coppie che sale e scende.

«Credevo che non volessi ancora farlo», dice Wellington afferrandomi la coscia e baciandomi il collo con più foga.

«Credo di aver cambiato idea», ribatto, e il suo corpo aderisce ancora di più al mio.

«Vuoi perdere la verginità con me?». Smette di baciarmi e mi guarda fisso negli occhi. Anziché contento, sembra dispiaciuto. Il mio ragazzo non pare avere minimamente voglia di fare l'amore con me.

«Sì… non voglio più aspettare», dico cercando le sue labbra, ma lui mi concede solo un timido bacio.

A qualche metro da noi, passano due ragazze, che serpeggiano tra la folla, due ragazze che riconosco immediatamente. Judith Lancaster e Kara Jones. Vanno nel mio liceo. Io e Wellington le guardiamo: lui si sofferma sul fisico minuto e sinuoso di Judith per più tempo del dovuto.

«Ehi», lo richiamo spazientita e le sue labbra si posano nuovamente sulle mie.

Ci baciamo per qualche altro secondo, in cui lui dischiude appena la bocca. Voglio solo dimenticarmi di tutto. Dimenticarmi di Killian, dimenticarmi di Ryan. Cancellare la scia di incubi che si sono solidificati in questi ultimi giorni, che voglio abbattere con tutte le mie forze. Voglio ricominciare, voglio desiderare qualcosa di nuovo per la mia vita e ripartire dal mio rapporto con Wellington. Per questo, voglio consacrare un nuovo inizio, perdendo la mia verginità con lui. Un modo per cambiare totalmente rotta.

«Voglio farlo», dichiaro stringendolo a me. «Roman non ha qualche camera libera?»

«Roman ha un sacco di camere di sopra», risponde Wellington contro le mie labbra: un tocco leggero, come se io fossi fatta di cristallo e lui avesse paura di rompermi. «Ma sei sicura di...? Senti, non voglio che poi tu ti penta di esserti concessa troppo presto».

Rido amaramente. «Concessa?», ripeto, ma adesso sono all'improvviso furiosa. «Guarda che l'era del feudalesimo è terminata da un pezzo».

Mi fissa serio. «Sai cosa voglio dire».

«No. Non lo so».

Prova a rubarmi un bacio, ma questa volta sono io che mi scanso.

«Sei carina quando ti arrabbi», dice ridendo.

«Allora preparati, perché sto per diventare meravigliosa». Afferro un drink che qualcuno ha lasciato sui primi gradini delle scale alle nostre spalle e glielo rovescio addosso.

93

Cassie

Percepisco un freddo intenso sulla pelle, che mi fa venire la pelle d'oca. Scruto il buio estendersi oltre le siepi, da questa posizione isolata, chiedendomi quando diavolo arriverà. Eppure, ha detto che era già qui. Poi lo vedo. Un'ombra felpata si ferma, alla fine di un sentiero di ghiaia. Un'ombra che sta aspettando che il mio sguardo si posi su di lei. Mi scruta per un tempo indefinito. Gli occhi inespugnabili di Clayton mi inghiottiscono completamente. Ci vuole qualche secondo affinché io possa districarmi dal groviglio di sensazioni che mi sta procurando. Lui se ne sta tranquillo nel buio, la sua dimensione per eccellenza, alto e invalicabile da mettere i brividi, con il gelo attorno, come se lasciasse delle impronte su una strada di polvere. Non ha nessun tipo di calore negli occhi: che saranno per sempre bui e impenetrabili, anche se ora brillano come coltelli. Non so che fare, non so se avvicinarmi o rimanere ferma qui a morire di freddo. Ma lui avanza nella mia direzione. È più elegante di qualsiasi persona io abbia visto stasera. Non so come faccia, a risplendere di questa grazia oscura, eppure ci riesce. Clayton si accende una sigaretta e il suo sguardo cupo, lento e sottile non smette di scrutarmi, mentre la sua figura si fa sempre più vicina. Fino a emergere dall'oscurità e arrivare di fronte a me, con la luce dei lampioni che si vergogna di posarsi su di lui.

«Ehi! Alla buon'ora!», lo canzono, «È un quarto d'ora che sono ferma qui a congelarmi! Sei in ritardo!», mi lamento, con i denti che battono.

Ha gli occhi neri che sono come un magnete, per me. Parla lentamente, e se prima pensavo di avere freddo… adesso sono come immersa nel ghiaccio. Lui è immenso. «Pensavo non saresti arrivata». Scrolla la cenere della sigaretta sulla siepe alle mie spalle. «Invece eccoti qui, fastidiosa e rompiscatole come tuo solito».

«Come potevo mancare?! Hai messo in mezzo mia madre! Tu l'hai minacciata!», sbraito. «*Brutto…!*».

Il suo indice si posa immediatamente sulle mie labbra, pietrificandomi. «Stai zitta», sussurra. «Siamo soli qui, ma qualcuno potrebbe passare e sentirci».

Osservo la sua mano, che questa sera è adornata di anelli. Uno in particolare, d'argento, mi procura un freddo smisurato sul labbro inferiore, e mi scosto per osservarlo. È tozzo, e con un crocifisso inciso sopra.

«Quindi credi in Dio?», mi viene subito da chiedergli.

Alza le sopracciglia. «La mia famiglia è cattolica», dice lui, guardandosi la mano che scende in un pugno e torna accanto alla coscia. Okay, lo prendo per un sì.

«E preghi, ogni tanto?», chiedo, ma visto che sono infreddolita la voce mi esce a stento.

Curva le labbra in un sorriso molle. «Prega soltanto chi ha qualcosa da chiedere, Cenerentola. Quindi, *di certo non io*».

Rimane composto, ma nel suo sguardo c'è una scintilla di distruzione.

«E-e che ne è di tutti i comandamenti che non rispetti?», gli chiedo. «"Non uccidere", per esempio. Cosa ne è, dunque, dei principi che ignori del t-tutto? "Tratta il prossimo tuo come te stesso"», lo provoco, ma lui per adesso non è indispettito dalle mie parole.

«Il tempo che avevi a disposizione per fare l'impicciona è scaduto», dice. «Ora veniamo alle cose importanti di questa sera».

«G-già, veniamo alle cose importanti», ribatto subito. «M-mia madre come sta?», gli chiedo con un groppo in gola.

Si lascia sfuggire una risatina. «Perché balbetti?»

«P-perché ho freddo!», dichiaro tutto d'un tratto. «C-che cosa stiamo facendo, qui fuori?», chiedo.

«Io sto fumando», replica con un tono di voce profondo e strascicato, e si porta effettivamente la sigaretta alle labbra. «Tu?».

Dio. Incrocio le braccia sul petto, perché sono infastidita, e perché ho freddo. «D-dimmi come sta mia madre… o mi rifiuterò di farti entrare!».

Sembra seccato. «Cerca di non fare la stupida», ribatte duramente.

«Sei tornato a casa mia?», gli chiedo. «Hai parlato con mia madre o con P-Paul?»

«*Non è più casa tua quella, Cassie*», dice.

Lo trafiggo con lo sguardo. Gli riverso addosso tutta la mia asprezza, anche se fragile: con lui mi sento esposta in una maniera che mi impaurisce, lui riesce a sfiorare le parti di me che sono in assoluto le più dolorose. Forse perché in fondo mi conosce. È pur sempre con lui che ho chattato giorno e notte ininterrottamente per tre mesi, confidandogli le cose più private di me.

«Hai parlato con mamma, o c-con Paul *di nuovo*?», domando ancora.

«Tua madre e Paul stanno bene», dice. «Finché rispetterai i nostri accordi».

«Cosa ti f-fa pensare che potrei non rispettarli?», chiedo.

«Non mi sono mai fidato di te, Cassie».

«Perché?».

Mi fissa intensamente, e mormora piano: «Perché, anche se siamo agli opposti, tu mi assomigli».

Irrigidisco la mascella e mi faccio sentire risoluta. «Perché vuoi entrare a casa di Roman? Che c-cosa ti serve, Clayton?».

Mi osserva enigmatico. «Che differenza farebbe, saperlo? Se farai anche soltanto una mossa sbagliata...».

«Potrei avvisare R-Roman», lo minaccio. «E dirgli che sei qui fuori...». Ma cosa diavolo sto dicendo? Rigiro il coltello nella piaga? Perché non mi sto zitta e basta? «Oppure, chiamo direttamente la p-polizia», aggiungo. «Avrei molte cose da raccontare, sul tuo conto». E il ricordo di quella notte dentro quell'officina fluisce nella mia mente, o lo vedo riflesso anche nei suoi occhi neri come il carbone, freddi, senz'anima, che cominciano a fissarmi. Siamo entrambi sconvolti. Sconvolti come lo siamo stati quella volta. Siamo entrambi fuoco, al punto che non mi stupirei di scoprire che siamo stati proprio noi a incendiare quel garage.

«Non lo faresti», sussurra febbrilmente, ma nelle sue iridi c'è un po' di esitazione.

«Come lo sai?», lo provoco.

«Tu provaci», dice. «E io *te ne farò pentire*».

«L'unica cosa di cui mi pento è averti incontrato».

«Mmm... queste tue continue provocazioni», dice facendo schioccare la lingua sul palato in segno di rimprovero, «non faranno altro che peggiorare le cose».

Il suo respiro mi brucia sulla pelle, ma scaccio via la sensazione venefica che ciò mi procura. Devo rimanere concentrata, non mi devo far distrarre.

«Cosa potrebbe mai farmi Clayton Mackenzie da dietro le sbarre?»

«Non immagini neanche cosa sarei capace di farti», mormora con voce bassa e roca. «Se comincio, *niente* mi potrebbe fermare, nemmeno una prigione».

Mi mordo dolorosamente la lingua. *Ricordati il piano per incastrarlo, Cassie, lui è soltanto uno stronzo che merita ciò che gli farai, non ti illudere che non sia così...*

«Stiamo a-aspettando qualcuno?», chiedo. «O sei venuto da solo?».

Le sue labbra si incurvano piano e si schiudono lascivamente, soffiandomi del fumo in faccia.

Clayton ha una bellezza che non richiede sforzo, e notare questo dettaglio mi manda puntualmente in confusione.

«Vieni più vicina», ordina.

«C-che?», replico sbigottita.

Lui sembra molto divertito.

«Ti ho detto...». Il suo sguardo scivola lungo il mio corpo e il fremito che mi percuote crepa ogni mia sicurezza. «...*vieni più vicina*», ripete.

Incrocio le braccia sul petto, in segno di inflessibilità.

«Che cosa vuoi dimostrare, Clayton?».

Ridacchia, ma è lui che ora si sta avvicinando a me e raggiunge il mio orecchio. Il suo odore è buono, inconfondibile: un mix di profumo maschile, pulito e intenso, di un'essenza a me sconosciuta ma molto attraente.

«Che avermi attorno ti manda fuori di testa, che quando mi vedi nemmeno respiri», mormora sulla mia gola.

Lo afferro con forza per la cravatta nera. Lo strattono. Avvicino il suo viso al mio, assicurandomi di guardarlo dritto negli occhi, i quali divorano ogni briciola di luce.

«Mi fai male, cazzo!», esclama.

«Chi è che non respira, adesso?», lo punzecchio. Lo strattono un altro po'.

Lui scoppia a ridere con il fumo che gli va di traverso, poi lo lascio andare. I ciuffi neri gli ricadono dolcemente sugli occhi e un'espressione distesa smussa i tratti taglienti del suo volto.

«Ti avevo chiesto di avvicinarti, solo per metterti *questa*», spiega sfilandosi la giacca. Rimane in camicia, che evidenzia i suoi pettorali massicci. Mi sistema la giacca sulle spalle scoperte, e mi sento avvolgere dal fresco e stranamente rassicurante conforto.

«E per sentire una cosa», aggiunge. Le sue labbra si abbassano a un centimetro dal mio collo, e con una punta di soddisfazione nella voce mormora: «Il cuore ti sta battendo all'impazzata... per caso hai paura di me, Cenerentola?».

Ricordati che lo odi, Cassie, ricordati quanto lo odi, e soprattutto ricordati di come hai intenzione di incastrare questo bastardo stanotte... Dio, non vedo l'ora. Dopodiché sentiamo degli schiamazzi, e veniamo interrotti. Gli schiamazzi arrivano da dietro la siepe. Due ragazzi si stanno arrampicando tra i cespugli. Riesco a distinguere un paio di colori, il biondo e il turchese, tutto il resto si amalgama nel buio.

«Potresti perlomeno cercare di essere carino, ogni tanto», dice una voce stridula. «Non c'è bisogno che mi insulti continuamente». È Paxton a parlare.

«Sei ancora in vita», gli fa notare Killian. «Questo è il mio cazzo di modo di essere carino con te. Che ti piaccia o no».

Killian atterra sulla ghiaia, mentre Paxton è rimasto incastrato.

«Scendi da lì, forza!», lo incita Killian.

«No che non scendo», dice Paxton impaurito.

«Non puoi rimanere lì per tutta la notte...».

«Non mettermi alla prova, perché posso eccome!», ribatte.
«Dai, dammi la mano», si arrende Killian, che allunga il braccio di carne nella sua direzione.
«No, no, no! Ce la faccio da solo», dice Paxton, non del tutto in grado di muoversi.
«Cazzo, ho detto che voglio la tua mano, ma non era mica per sposarti, razza di rincoglionito. Sto solo cercando di salvarti la vita».
«Oh, oh. Ma chi ti scrive queste battute? Dammi retta, licenzialo», sputa acido Paxton.
«Idiota che non sei altro…», sbotta Killian.
Volto lo sguardo verso Clayton e mi accorgo che sta ridendo. Non l'ho mai visto così *sinceramente* divertito. Poi sento il rumore di una pesante caduta. Paxton è per terra.
«Bravo coglione!», si complimenta Killian, che lo aiuta a rialzarsi. Poi i due ci raggiungono; gli occhi di Killian brillano al buio come quelli di un gatto.
«Scusa il ritardo, fratello, ma Paxton è un rimbambito», dice Killian.
«Ehi! Come ti permetti?», ribatte un'eco lontana.
«Dobbiamo entrare», dice Clayton. «E dobbiamo anche sbrigarci».
Killian si slaccia i bottoni della giacca, frugando nelle tasche interne, e tira fuori una tavoletta di cioccolato al latte.
«Hai portato una tavoletta di cioccolato al latte?», domanda Clayton.
«È per calmare lo stress», spiega suo fratello.
«In che senso?»
«Senti, andare a rapinare e uccidere la gente mi stressa, va bene?».
«Ah, quindi è di questo che si tratta?», chiedo sconvolta. «"Rapinare e uccidere"?».
Ho parlato troppo in fretta. Avrei dovuto rifletterci meglio e ipotizzare che l'odio di Killian si sarebbe riversato su di me. Mi stringo nella giacca di Clayton, ma questo non basta a impedire a Killian di rivolgere le sue attenzioni su di me.
«Non uccideremo nessuno», dice Clayton.
«Come, no?», dice Killian.
«No».
«Dai. *Solo un pochino*».
Clayton rimane immobile. «Prendiamo la valigetta, tutto qui».
«Cosa? Una valigetta? Quindi volete rubare?!», mi intrometto, in maniera di nuovo avventata.
«Non ruberemo, principessa», dice Killian. «Prenderemo in prestito un po' di soldi che non restituiremo, mentre nessuno ci guarda».
Che è la definizione precisa di rubare. Perfetto.

94

Judith Lancaster

Mettere di nuovo piede a casa mia è strano, mi sento una clandestina. E ancora più strano è che qui mi era stato proibito di entrarci, proprio dal mio stesso fratello. Per questa ragione, salire le scale di casa nostra a sua insaputa è una sensazione di puro benessere: devo dirlo, è quasi intrigante. Tanto più se a seguirmi è proprio lui. Il suo migliore amico. Wellington Parker. Arrivo in cima e mi ritrovo sul lungo corridoio principale del piano superiore, rimasto immutato da quando me ne sono andata. La mia camera è proprio giù, in fondo. Schivo un paio di corpi accasciati sul tappeto.

«Judith», mormora con affanno Wellington, e la sua confusione mi procura una soddisfazione inaspettata. Continuo a rivolgergli le spalle, per farlo crogiolare nel dispiacere; ma soprattutto per punirlo, perché è venuto qui con un'altra. Lui mi cinge i fianchi e io mi abbandono alla sua presa. Posiziona i miei glutei sul suo cazzo, che è già duro. Mi scosta i capelli lisci e mi soffia sulla schiena scoperta. «È pericoloso stare qui, nel corridoio», mi sussurra.

«Allora… andiamo in una stanza?», gli chiedo, perché non riesco più ad aspettare. Desidero assaggiare di nuovo le sue labbra, ricongiungermi a lui di nuovo, ancora e ancora: voglio recuperare tutto il tempo in cui ci hanno costretti a rimanere lontani.

«Va bene, d'accordo», dice lui, e io lo conduco nella stanza più tetra di questa casa, in segno di sfregio alla sua anima.

Spalanco una porta bianca, e ci ritroviamo davanti uno studio.

«Questa è la stanza in cui tuo padre si è…?», domanda Wellington senza fiato.

«Non parliamo di mio padre», gli rispondo, e chiudo la porta. Lo afferro per la camicia e lo conduco fino alla scrivania, lentamente. I suoi occhi marroni si sciolgono, mi pervadono, poi le sue mani mi afferrano i fianchi con prepotenza.

«Mi sei mancata da morire», dice.

«Anche tu», mugolo.

Mi sbatte contro il legno della scrivania e si infila tra le mie cosce. Sento la sua erezione premere contro le mie mutande. Ci spinge il suo sesso contro, al punto da farmi barcollare, e mi aggrappo alla sua camicia.

«Voglio scoparti, tantissimo», dice. «Sono troppe settimane che sogno di poterlo rifare».

«Ti prego, fallo», sussurro.

Le sue labbra si precipitano sulle mie e mi respira addosso con ferocia, come se volesse divorarmi. Con due dita, sposta il cotone delle mie mutande e mi massaggia il clitoride, scoprendolo bagnato. «Ti voglio», dice lui. «Non sai quanto ti voglio e quante volte ho sognato di poterti fottere, ancora e ancora». Mi infila due dita dentro, e mi sciolgo di piacere al punto che vorrei urlare, ma lui mi tappa la bocca con la mano, e continua ad affondare dentro di me. «Mi stai facendo gonfiare il cazzo nella stanza in cui si è suicidato tuo padre. Te ne rendi conto?», mi sussurra all'orecchio. «Con qualsiasi ragazza mi si ammoscerebbe in una situazione del genere. Ma non con te. Te lo sbatterei dentro fino a farti perdere la voce».

Getto la testa indietro, gemendo. Muovo i fianchi e comincio a cavalcargli le dita, a scoparmi la sua mano con una foga inaspettata, come se lui non fosse il migliore amico di mio fratello, ma uno sconosciuto. Uno sconosciuto che non sa niente di me e della mia famiglia. Mi comporto come se tutte quelle cene in famiglia non fossero mai esistite, come se lui non fosse stato seduto accanto a mio padre, parlando di me come una figlia esemplare, una ragazza per bene. Se qualcuno ci vede, Wellington rischia guai grossi, dato che io sono minorenne e lui molto più che ventenne. Ma non mi importa. Sento il mio sedere strusciare contro la scrivania del mio defunto padre, e farlo qui dentro mi eccita un sacco, anche se non dovrebbe. Mentre Wellington mi infila dentro le sue dita, mi si contraggono i muscoli dal piacere e lo avvolgo con tutta me stessa. Quanto vorrei che si decidesse a calarsi i pantaloni, ma dopo l'ultima volta ci va con i piedi di piombo…

«Vorrei che tu ti piegassi e te lo facessi mettere dentro, come in quei video che giravamo insieme», mi dice all'orecchio, sapendo che tutto questo mi manda in estasi e mi fa bagnare. Infatti mugolo di piacere in risposta.

Prendo un respiro profondo, fremo al ricordo di come mi afferrava il sedere, lo apriva e si infilava dentro di me con una precisione che mi fa contorcere ancora. «Oh, be'…».

«Dimmi che non sei andata con nessun altro», mi dice. «Dopo che ci hanno separati».

«Wellington, non…». *Non rovinare tutto. Non farmi ricordare.* Mi mordo il labbro.

«Dimmi che sei stata solo mia e basta», dice mordicchiandomi il lobo dell'orecchio. «Dillo».

«Sì. Tua e basta», ansimo, cercando di nuovo le sue labbra.

95

Tyler

La mia vita è cominciata storta. Sono nato di venerdì 17. Era una giornata piovosa di novembre. Pioveva così tanto che, quando a mia madre si sono rotte le acque, l'ambulanza è rimasta intrappolata nel traffico. E io sono nato dentro casa, precisamente nel salotto, mentre mia madre strillava sul divano, perché mi rifiutavo di venire al mondo. Mio padre ha cercato di tirarmi fuori in tutti i modi, imprecando contro tutti gli dèi esistenti, mentre mia madre gridava, gridava e gridava, ma io proprio non volevo saperne di uscire. Sapevo già che la vita sarebbe stata una fregatura. Sono uscito al contrario: cioè, anziché prima la testa, sono sbucati i miei piedi, e forse è per questo che da tutta la mia vita non faccio altro che sentirmi così. *Al contrario.* Dentro di me c'è sempre stato un enorme caos. Un caos che provavo a far evadere da dentro la mia mente strillando. Quando ero un marmocchio giocavo con le macchinine per tutta casa, le facevo strusciare sulle pareti, e strillavo come un indemoniato. Strillavo perché il mondo mi sembrava un posto non adatto a quelli come me. Più mi sforzavo di seguire un ordine, più non riuscivo a trovarlo. Ed ero uno sciocco a credere che potessi fuggire da qualcosa che avevo dentro la testa. Mia madre non mi sopportava e mio padre la pregava di trovare un modo per farmi stare zitto, dicendo che altrimenti ci avrebbe picchiati tutti e due. Così, mia madre mi dava delle medicine, che secondo lei mi avrebbero fatto bene all'umore, ma che invece mi stordivano e basta. Mi facevano diventare cupo. Ancora più cupo di prima. Sempre più isolato e lontano dalle cose, solo e spaesato, mi rintanavo nella mia cameretta a giocare con i pupazzetti dei miei supereroi preferiti, ma senza provare nulla. Ero soggiogato dagli effetti delle sostanze delle medicine che mi dava mia madre.

«Ah, ora non strilli più», mi ha detto mio padre una volta, aprendo la stanza. È rimasto fermo sulla soglia a guardarmi.

Volevo urlare, urlare per tutta casa e sfogarmi. Ma dentro di me c'erano un benessere apatico e un'incapacità a ribellarmi. E poi mio padre si è avvicinato. Io sentivo solo il rumore dei suoi scarponi polverosi sul pavimento e mi sono imbambolato a fissarli, come un rincoglionito, mentre la puzza bruciante di alcol mi invadeva le narici. Era ubriaco, come ogni volta che entrava nella mia cameretta. Se ne avessi avuto le forze, sarei scappato via, avrei urlato, avrei fatto qualcosa. Invece, sono rimasto fermo, come sempre. Mi ha riempito di pugni, fino a togliermi il fiato, fino a massacrarmi le costole, e io giacevo inerme ai piedi del mio letto. Un letto pulito e profumato e appena rifatto da mia madre. Sentivo le ossa del mio corpo scontrarsi, la pelle piegarsi come la gomma, e una parte di me era sollevata dal fatto che riuscissi ancora a sentire qualcosa.

«Devi imparare a comportarti, Tyler», diceva sempre mio padre. «Devi imparare a rispettare i tuoi genitori, e a non romperci i coglioni, piccolo scostumato!». E giù con altre botte. «Devi imparare come si sta al mondo... Perché sei nato così scassapalle? Sei un bambino stupido, sei davvero stupido! Tu ci dai solo problemi! Io e mamma neanche ti volevamo! Ce ne bastavano già tre! Tu-non-sei-stato-nient'altro-che-un-errore!».

Una parte di me già ne era consapevole. Lo avevo capito. Lo avevo capito che non mi volevano. Lo avevo capito dalle occhiatacce troppo severe e rassegnate di mia madre, dalla sua pochissima pazienza, dal modo diverso in cui trattava me rispetto ai miei fratelli e dalle botte che mi dava papà. Loro, gli altri miei fratelli, li avevano voluti. Io non sono stato voluto. *Io sono... un errore.* Per i miei genitori sono stato sempre questo: un errore. Fin dal concepimento. Con l'inizio della scuola, le cose sono peggiorate. Ho capito che lo studio non era fatto per me, fin da subito. Fin da quando le scritte mi apparivano fili aggrovigliati, privi di significato, come i capelli incastrati in una spazzola. Non riuscivo a leggere. Mia madre e le maestre mi avevano spiegato l'alfabeto almeno un centinaio di volte, e io fingevo di aver capito per non farle sentire demoralizzate, ma la verità è che quelle linee mi erano incomprensibili. Quelle linee erano mostri che prendevano forma nella mia mente. Insormontabili, indistruttibili, che mi facevano venire voglia di urlare. Mio padre mi picchiava per farmi studiare, mi diceva che ero uno sbaglio vivente, *un perdente.* Io mi prendevo le botte in silenzio, perché una parte di me sapeva di meritarle. Mi prendevo le botte, sapendo che poi un giorno le avrei restituite; magari non a lui, ma sicuramente alla vita. Un giorno avrei picchiato ancora più forte. E mi convincevo che le botte non mi facevano male. Così dicevo a Jack.

«Tanto non mi fai male».

E lui si incazzava ancora di più, menandomi più forte, lasciandomi tagli profondi sul viso. Una volta mi ha anche rotto il naso. Quando è successo, mia madre non gli ha rivolto la parola per un mese, ma poi tutto è rientrato nella normalità quando il mio naso è guarito. Ma davvero, se non ci pensavo, se in quel momento fingevo di trovarmi da un'altra parte, prendere le botte da mio padre non faceva male. Anzi... prendere le botte era qualcosa che mi piaceva. Dopotutto, non sei all'inferno, se ti piace il modo in cui le fiamme ti bruciano addosso. Ho desiderato tante volte che mio padre morisse. L'ho voluto con tutto me stesso, con ogni fibra del mio corpo, soprattutto quando mi picchiava. Tanto che poi, quando alla fine è morto, ho quasi creduto che fosse colpa mia, perché qualcuno dall'alto aveva ascoltato le mie preghiere. Mio padre è stato ucciso da diversi colpi di pistola, sparati da alcuni uomini che lo hanno sfilato dalla sua auto. Una parte di me era sollevata nel vederlo a terra in una pozza di sangue: ho continuato a mangiare il cibo che mi aveva portato Arya mentre i miei fratelli piangevano sotto la pioggia. Mio padre mi ripeteva che ero io il debole della famiglia. L'ultimo dei suoi quattro figli gli era uscito male: perdente, iperattivo e balbuziente. Lui e mia madre concordavano soltanto su una cosa: cioè che ero stupido, perché non riuscivo a leggere o a scrivere. Ma si sbagliavano. Quando il bambino sta imparando a camminare, cade cento volte, ma non pensa mai che camminare sia una cosa che gli è impossibile. Lo stesso vale per leggere o scrivere. Per me sarebbe stato più difficile, ma ce l'avrei fatta, mi dicevo. Volevo credere che fosse così. Alle volte, mi travestivo da Spider-Man per sentirmi un supereroe. Ma da dove vengo io i supereroi non fanno molta strada. Così sono diventato un delinquente, proprio come i miei fratelli. Siamo diventati quello che siamo oggi per sopravvivenza. Tutti ci rispettano, perché adesso noi comandiamo. E quando dico "comandiamo", non intendo dire che facciamo rispettare la nostra legge. Noi *siamo* la legge. Ci sono poche cose che mi salvano dall'andare completamente alla deriva. La musica, con le note elettriche che ti vibrano nel sangue, cantare con più voce di quella che a un essere umano sarebbe concesso possedere, giocare a basket, prendermi a scazzottate con i miei migliori amici, Mathias, Lucas e Samuel, e fare acrobazie sullo skateboard. E poi c'è la droga. Ma almeno quando mi faccio di qualche sostanza il mondo rimane in silenzio. Silenzio totale. Come quando ero piccolo e mia madre mi dava le medicine. È un modo per mettere a tacere tutto quel caos che si propaga nella mia testa come un'onda d'urto. Le droghe sono un po' come l'amore: ti consumano troppo in fretta, senza darti nulla in cambio, se non una sensazione passeggera di euforia, che quando finisce ti fa sentire peggio di prima. Ma non è forse questo lo scopo della vita? Trovare ciò che ami e lasciare che ti uccida. Sono nato sfortunato, e sono diventato un giocatore d'azzardo che fa la cosa che gli riesce meglio nella vita: *perdere*. Si dice che i fallimenti diano sapore alle vittorie, ma cosa succede a chi non vince mai? Nonostante tutto io sono qui, in un certo senso non mollo, perché sono curioso di vedere che succede. Perché prima o poi… tutti vincono in qualcosa.

In questo momento, ho caldo. Sono sudato. I capelli mi si sono appiccicati sulla fronte. Ma nel mio corpo scorre l'adrenalina assoluta, mentre sento le vibrazioni del palco scuotermi i polpacci e risalirmi sull'addome nudo. Abbraccio la mia chitarra e la muovo energicamente, mentre mi mordo il labbro inferiore e faccio risuonare la mia musica in tutto il locale. Sto facendo la parte dell'assolo in cui non devo cantare, ma è questione di secondi e poi potrò far uscire di nuovo la voce... Lancio un'occhiata a Lucas, che sta suonando la batteria, e lui mi sorride. Mi volto verso Samuel, anche lui con la chitarra, e lui annuisce con la testa. Mathias è al pianoforte: quel ragazzo è così bravo che avrà un futuro al conservatorio, ne sono certo. Noi quattro suoniamo insieme da anni e abbiamo una chimica pazzesca.

Mi avvicino al microfono e in mezzo alla folla vedo i suoi occhi castani, da cerbiatto. Ci sono una moltitudine di luci e un caos da spaccare i timpani, ma quando incrocio il suo sguardo, per un istante, non provo nient'altro che silenzio assoluto. *Sei l'unica persona che le fa smettere, Beatrix. Quando ti vedo, non importa dove io mi trovi, le voci nella mia testa smettono di urlare. Tu, Beatrix, hai ancora gli stessi occhi di quella bambina che ballava nella sua accademia di danza, quella che dopo le lezioni si sedeva per terra al centro della sala e si guardava allo specchio con gli occhi pieni di sogni. E puoi anche ingannare il mondo intero, puoi anche fingere che i tuoi sogni siano svaniti quando sei cresciuta, ma io ti vedo al di là dell'atteggiamento strafottente che hai deciso di assumere con il resto del mondo; io ti conosco, anche se tu non hai mai permesso a nessuno di avvicinarti.*

Canto le ultime parole dell'ultima canzone di stasera.

«*You can pretend to feel nothing*
just because you're hard to understand
but remember
who doesn't dare to grasp the thorn
should never crave a rose».

"Puoi fingere di non provare niente, solo perché capirti è molto difficile; ma ricordati una cosa: chi teme di farsi male con le spine, non dovrebbe mai raccogliere una rosa".

La musica finisce. Torna il solito rumore: il vociare inutile e confuso che mi fa scoppiare la testa, e i miei occhi tornano su Evans. Ci sono un miliardo di donne qua dentro, ma per me ne esiste una soltanto. Una che non fa altro che riservarmi il suo disprezzo. Una che mi crede un coglione, e che sta uscendo con il mio migliore amico. Scendo dal palco, perché voglio raggiungerla, ignorando del tutto il fatto che lei è venuta qui con un altro. È di spalle e sorseggia un drink, le arrivo vicino e mi chino sul suo orecchio. La differenza d'altezza tra noi è sempre notevole.

«Ehi, gnometta», mormoro.

Lei si volta immediatamente. «*Mackenzie*», mi saluta secca.

Ridacchio, spavaldo. Succede ogni volta che lei pronuncia il mio cognome. «Sei di cattivo umore?», la punzecchio.

Beve dalla cannuccia con avidità. «Sì. Odio tutti».

«Eccetto me, giusto?»

«*Specialmente* te».

Mi mordo il labbro inferiore, cercando di non ridere, ma quando le sto vicino mi è davvero difficile rimanere serio, e forse questo è il mio limite più grande, dato che questo mio atteggiamento non serve a nient'altro se non a convincerla ancora di più della mia idiozia. Qualcuno mi piomba alle spalle.

«Ehi, sei stato davvero grande!», dice Mathias dandomi delle pacche sulla schiena. «Il frontman migliore che la nostra band abbia mai avuto!».

Mi tasto le tasche dei jeans, cercando un po' d'erba da fumare, ma invece trovo di meglio: benzedrina in bustina.

«Be', non è un gran complimento dato che avete sempre avuto me», replico seccato.

Mathias mi arruffa i capelli. «Non fare il permaloso, Ty».

«Levati dai coglioni, sto parlando con una ragazza».

«Sì, ma lei non sembra abbia molta voglia di parlare con te. Ciao, Evans».

Tiro a Mathias un cazzotto benevolo sulla spalla: questi idioti dei miei amici si divertono a mettermi in imbarazzo. E, quando Mathias se ne va a prendersi i cori dal pubblico, inizio a fumare sotto l'espressione guardinga di Evans.

«È legale quella roba?», chiede lei, perplessa.

Scrollo le spalle. «Sì, finché non mi beccano».

«Lo sai? Sei *davvero*…».

«…bellissimo, lo so, possiamo andare avanti adesso?».

Rimane a bocca aperta per qualche secondo, poi fa ondeggiare il drink nel bicchiere, come per tranquillizzarsi.

«Dovresti lasciare stare quella merda», dice seria, guardando prima me e poi la sigaretta.

«Lo so, ma è questa merda che non lascia stare me».

«Sì, è quello che dicono i tossici».

Rido. «Siamo tutti dei tossici, Evans, abbiamo tutti un vuoto che cerchiamo di colmare. Alcuni sono semplicemente più bravi di altri a nasconderlo». Faccio una pausa. «Perché allontani le persone?».

I suoi occhi color cioccolato si intensificano e mi procurano brividi imprevisti, mentre la musica ci avvolge completamente.

«Perché allontani *me*?»

«Hai mai considerato l'ipotesi che tu non mi piaccia?», chiede seria, e la punta del suo naso è a un centimetro dal mio.
«No», dico, mentendo spudoratamente.
«Be', considerala».
Piego le labbra e mi scosto da lei. Aspiro il fumo che mi brucia le narici, la gola e il petto, mi sembra di andare a fuoco, dentro di me c'è una fiamma ardente, che però allo stesso tempo mi tranquillizza.
«Facciamo un gioco, Evans?», le chiedo.
«Quale gioco, Mackenzie?».
Inspiro una boccata intensa di fumo.
«Obbligo o verità».

96

Paxton

Roman è al piano di sopra, appoggiato alla ringhiera con uno sguardo fermo e di ghiaccio, che guarda la sua festa senza minimamente prenderne parte. Come se non l'avesse organizzata per il suo stesso piacere, ma per qualche altro scopo. Guarda Cassie come il grande Gatsby faceva con la sua Daisy. E questo è un problema, dato che a noi, ovvero a me, Clayton e Killian, serve che lui stia qui sotto insieme agli altri, per poter salire a rubargli la sua valigetta, dato che al piano di sotto non si trova.

Cassie si stringe in una giacca nera, di molte taglie più grande rispetto alla sua, e ci osserva spaesata. Ci ha condotti qui dentro, ma adesso non sa quale sarà la nostra prossima mossa. E, francamente, neanch'io. La prima parte del piano, ovvero quella di non sembrare dei pesci fuor d'acqua, è andata piuttosto bene. Abbiamo scambiato due chiacchiere con gli invitati; personalmente, li trovo tutti strani. Ho osservato con molto interesse gente che giocava al gioco della bottiglia e che si comportava in modo assurdo. Ho dato via praticamente tutta la cocaina che avevo comprato. E ho fatto bene, alla fine, a prenderne venti grammi, anziché cinque come aveva detto Clayton. E ora siamo qui, riuniti a chiederci perché Roman non scenda da quelle cazzo di scale.

«Allora?», chiedo. «Adesso che si fa?»

«Dobbiamo trovare un modo per catturare l'attenzione del padrone di casa», dice Clayton guardando in alto verso Roman. «E attirarlo quaggiù».

«Ho un'idea», replica Killian accendendosi una sigaretta. «Ma non so se ti piacerà, Clayton».

Clayton indurisce la mascella, che diventa spigolosa e tagliente. «Dimmi».

«Ballerai con lei». Indica la bionda che ci ha fatto entrare, aspirando dalla sigaretta. «Balla con lei… proprio qui, sotto i suoi occhi. Fidati, lui scenderà le scale per riprendersela. E a quel punto… tu gliela lascerai, ti unirai a noi, e andremo di sopra». Poi si rivolge a Cassie: «Ce la fai a distrarlo per una quindicina di minuti, principessa?»

«Voi volete che io, oltre ad avervi fatti entrare… vi aiuti nel vostro piano? *Che cosa*? Siete… *siete pazzi*?», dice Cassie.

«Se siamo pazzi, principessa? C'era davvero bisogno di chiederlo?», domanda Killian spegnendo la sigaretta in uno strano recipiente di vetro e alzando gli occhi al cielo.

«Quello... ehm... quello, comunque, non è un posacenere, è un vaso», replica Cassie indicando il mozzicone di Killian.

«No, non la coinvolgeremo. Lei ha fatto abbastanza», dice Clayton.

«In realtà, non ha fatto nulla», dice Killian.

«Se la coinvolgeremo, Killian, ci porterà solo guai». Clayton la fissa con odio e Cassie diventa viola, e sembra non stia respirando più.

«L'hai già coinvolta», dice Killian. «Se siamo qui dentro, è soltanto grazie a lei. Lei è l'unica che potrebbe attirare la nostra preda in trappola. Senza di lei, non abbiamo speranze, e questo tu lo sai».

«Non c'è un altro modo?», chiede Clayton.

«Non c'è», mormora Killian, e dallo sguardo ombroso di Clayton si direbbe che l'altro abbia ragione.

«Intanto che voi due ballate, io vado a godermi la festa», dice Killian con un sorriso amaro stampato sul volto, e se ne va, scomparendo nella mischia.

97

Arya

Sì, ho rovesciato davvero un drink addosso a Wellington. Non so che cosa mi sia preso. Ma, a volte, mi comporto in modo impulsivo. Forse, non avrei dovuto reagire così… Mi accorgo che le luci mi stanno dando fastidio agli occhi, anche se sono basse, violette, e soprattutto soffuse. Non riesco più a distinguere nulla nella semioscurità. Wellington è sparito, in realtà sono spariti tutti, anche Cassie, e io sono vicino a un gruppo di ragazzi che sta sniffando qualcosa sopra un tavolo di cristallo. C'è della musica, in sottofondo. Non riesco a zittire le voci nel mio cervello, che ripetono continuamente le parole di Ryan. "Sì, sono senza cuore… perché il mio cazzo di cuore l'ho dato a te. E non lo voglio indietro, Arya". Cosa voleva dirmi con quelle parole? Mi stava prendendo in giro, era uno dei suoi tanti modi di confondermi? *Che cosa significa, Ryan?* E perché mi sento come se la mia testa stesse per scoppiare? Perché me ne sono andata via, quando mi ha detto quelle cose? Perché non sono rimasta lì a chiedergli spiegazioni? Forse perché sono stanca di lottare, forse perché ho esaurito tutte le mie forze: non voglio più combattere per qualcuno, ma vorrei qualcuno che combattesse contro i miei silenzi, contro la mia testardaggine, contro le mie insicurezze, perché ha paura di perdermi.

Mi gira la testa e nelle orecchie sento come un ronzio, e ciò che vedono i miei occhi mi sembra un abbaglio. Killian ha una camicia bianca, sotto la giacca turchese, sbottonata in modo che si intravedano i pettorali, e ha una collanina con un crocifisso in bella mostra. I suoi capelli chiarissimi, lucenti e morbidi sono sistemati all'indietro, in modo da accentuare i tratti spigolosi, taglienti, da rettile, che nel buio sono incredibilmente tortuosi. Gli occhi affilati come rasoi, le sopracciglia perennemente aggrottate, la mano grande e magra, che regge un bicchiere. Trovo che il suo aspetto angelico sia quasi offensivo. Sbatto più volte le palpebre. È proprio Killian, anche se vestito in giacca e cravatta. L'energia che emana è inconfondibile. Lui è qui. Non è un'allucinazione, non sono gli effetti collaterali del Fentanyl. Lui è *davvero* qui. E mi ha visto. Mi sorride. Con quel sorriso vagamente sarcastico e delirante che mette i brividi solo a guardarlo. Ho avuto gli incubi su di lui per giorni, ininterrottamente: mi chiedo spesso cosa sarebbe accaduto se lui non avesse lasciato cadere il coltello accanto al mio viso, e mi rispondo che probabilmente a quest'ora lui… E l'eco agghiacciante della lama che cade sul pavimento si propaga nelle mie orecchie fino a stordirmi.

Si sta avvicinando a me e il respiro mi si mozza. Sento arrivare il pericolo, e sono pietrificata. Non posso scappare da Killian, questa è una cosa che ho sempre saputo, ma devo superare questa paura. Devo superare la paura che questo ragazzo mi incute: non lo devo a nessun altro, se non a me stessa. Ma la domanda è: cosa ci fa qui? È venuto qui… per me?

«*Leonessa*», dice, e mi scruta da capo a piedi, con una vaga follia che gli illumina le iridi.

«*Killian*», ribatto. «Ci incontriamo di nuovo».

Fa ondeggiare un bicchiere che tiene in bilico tra due dita.

«Vorrei poter dire che è un piacere», continuo, e i suoi occhi si accendono. «Ma mentirei».

Sorride, stando al gioco. «Che ci fai qui, tutta sola? Dov'è quel cazzo di esperimento venuto male del tuo fidanzato?».

Deglutisco, scoprendo di avere la gola secca. Già, questa è una buona domanda.

«Perché non te ne vai a fanculo?», rispondo.

Si avvicina a me, con sguardo appuntito, ma poi sorride, mi prende una ciocca di capelli e la sistema dietro il mio orecchio. «L'onestà è sempre stata una delle tue virtù migliori», dice piegando le labbra in un sorriso obliquo. «Insieme al coraggio».

«Che ne sa uno come te, di faccende così nobili come le virtù?».

Un ghigno diabolico gli accentua i tratti spigolosi.

«Ah, infatti non ne so niente… Ne ho sentito solo vagamente parlare».

«A ogni modo… ti sbagli, Killian», dico sostenendo il suo sguardo. «La mia qualità migliore è quella di essere una puttanella. Come mi hai detto tu. *Ricordi*?».

Assottiglia lo sguardo. «Leonessa, andiamo. Io e te ci siamo affrontati molte volte in passato. Dovresti saperlo ormai che non sono uno dalle buone maniere».

«Lo avevo intuito».

«Ma devi ammettere che il nostro incontro è stato divertente», dice scolandosi tutto il contenuto del bicchiere, che poi poggia su un tavolino di cristallo accanto a noi.

«Se ti riferisci alla parte in cui ti ho ferito, sì. Molto divertente», ribatto.

«Arya», dice. «Non fingere che quella sia stata la prima volta…».

«La prima volta per cosa?»

«La prima volta in cui mi hai accoltellato».

È chiaro che stia parlando in codice, ma è folle, completamente folle. «Cosa ho fatto per meritarmi tutto quest'odio da parte tua, Killian? Perché mi odi così tanto?»

«Vuoi davvero saperlo, leonessa?»

«Sì. Voglio una risposta».

E per la prima volta in vita sua, negli occhi impenetrabili di Killian Mackenzie brilla un barlume di verità. «Ti odio perché da quando ti conosco la mia vita non ha mai funzionato», dice serio.

Sono spiazzata: non è ciò che mi aspettavo di sentirgli dire; ma qualsiasi cosa questa frase voglia dire, non ha più importanza ormai.

«Non credo che tu abbia realizzato ciò che mi hai fatto», dico deglutendo. «E niente, niente al mondo, potrebbe mai giustificarti!».

«Piantala, leonessa, con tutto questo vittimismo. Non ti si addice per niente».

Comincio a respirare con affanno quando lui mi si avvicina ancora di più, con quegli occhi tremendi e di ghiaccio, e sono completamente in balia della paura.

«Mi hai fatto vedere cosa succede se qualcuno si azzarda a toccarti. In realtà, l'hai fatto vedere a tutta la mia famiglia», dice ridendo. «E sì, sono un pazzo fuori di testa, ma non ho la minima intenzione di sfiorarti ancora, non ci tengo a prendermi un'altra coltellata. Puoi stare tranquilla».

Ed è in questo istante, guardandolo dritto negli occhi, che riesco a leggere gli eventi da un'altra prospettiva, che quasi mi sciocca.

«Tu non stavi cercando di ferire *me*», affermo senza fiato. «Tu stavi cercando di ferire *lui*».

Killian ride, alzando gli occhi al cielo, e la sua figura assomiglia a quella di un angelo caduto in disgrazia, di un'anima rovinata da sé stessa, ma che riporta sul corpo le proprie cicatrici. «Che scoperta... *sconvolgente*», commenta ironico.

«Non hai la minima riconoscenza», sibilo a denti stretti.

«*Riconoscenza*? Mio fratello mi ha portato via ogni cosa, e mi guarda facendo finta di niente, senza neanche avere le palle di ammetterlo», dice Killian, e spalanco gli occhi. «Mio fratello è un codardo, mio fratello è *ignobile*. Dice di proteggere la sua famiglia, ma ciò che vuole il suo cuore è soltanto il potere, nient'altro...».

No, basta. Sto sentendo troppe stronzate. Ryan è diventato un assassino per colpa sua, e Killian dovrebbe solo stare zitto, dato che non si merita neanche di pulirgli le scarpe. Non riesco a capire perché adesso parli con tutto questo rancore, come se Ryan gli avesse davvero fatto qualcosa. *Che cosa diavolo gli ha fatto Ryan? Perché Killian parla così?*

«Basta parlare di lui in questo modo!», dico senza quasi più la voce, ma mentre io mi scompongo lui rimane nella sua dimensione artefatta e austera.

«Comunque sì, leonessa, sono venuto da te per ferirlo, per fargli capire cosa si prova a vivere un dolore vero e profondo. Sono venuto da te, sapendo che tu eri l'unica cosa di cui ancora un po' gli importa… Ma non è l'unica ragione. Che tu ci creda o no, quel pomeriggio sono venuto da te anche per mostrarti, Arya, che ci sono promesse che Ryan non può mantenere. Come, per esempio, quella di tenerti lontana da me».

98

Cassie

Non ci sono molte parole per descrivere Clayton, se non una. Magnifico. O forse due. Magnifico e crudele. *Pensa al piano per incastrarlo, Cassie. Pensa al maledetto piano per incastrarlo. Non al suo profumo che sta invadendo ogni cosa dentro di te. Non alla camicia che gli fascia le braccia e il petto, mettendo ancora più in evidenza le sue proporzioni. Non alle sue clavicole delicate che preannunciano un collo splendido e robusto.* Ma soprattutto, non *devo* pensare alle mani di Clayton appoggiate in maniera brutalmente dolce sul mio fianco. Quelle mani decorate con anelli d'argento sprigionano un'aggressività implacabile. Dalle sue dita si diramano tatuaggi che brillano sulla sua pelle pallida, e vene sporgenti che risalgono lungo gli avambracci. Quando gli sto così vicina è come se mi si annebbiasse il cervello e, Dio mio, detesto questa sensazione… soprattutto perché questa trovata del ballo è tutta una finta. Una pagliacciata partorita dalla mente di Killian. Ma se voglio incastrarli devo cercare di non fare stupidaggini. E infatti io e Clayton stiamo ballando, più o meno, sulle note di *I Feel Like I'm Drowning*, mentre sono immobilizzata a fissare il suo corpo senza più capire niente.

«Stai arrossendo, Cenerentola?», sussurra Clayton e la sua voce profonda mi fa rabbrividire.

In effetti, le mie guance stanno andando a fuoco. Alzo lo sguardo verso il suo, e lui mantiene il contatto visivo. Ed eccoli: due occhi neri primitivi immersi nei miei. Mi prendo tutto il tempo per guardarlo attentamente. Mi stringo nella giacca che mi ha dato, incapace di sostenere questa vicinanza tra noi.

«Qui dentro fa caldo», spiego con un po' di timidezza.

Fissa la propria giacca, ancora appoggiata sulle mie spalle, senza suggerirmi però di toglierla.

«Quando arrossisci così, diventa davvero difficile… *controllarmi*», dice, e non sono più sicura di riuscire a sopportare il suo sguardo.

«Controllarti dal fare cosa?», provo a chiedere, ma lui mi ammonisce con una sola occhiata. La sua presa sul mio fianco si fa più impetuosa.

«Niente che una brava ragazza come te sarebbe disposta a scoprire», scandisce, e ho il sospetto che la sua non sia nient'altro che una presa in giro.

Ignoro il battito del mio cuore, sempre più impazzito. «Potresti sbagliarti su di me», gli faccio notare.

«Spiegati», mi suggerisce.

«Potrei non essere così innocente come pensi tu. Credo che mi sottovaluti un po', Clayton».

«Ah, sì?», chiede, sinceramente incuriosito.

Bene, è il momento di usare un po' di psicologia inversa. Come ho già detto, ho un piano per mandare a rotoli il *suo*, di piano. Non ho intenzione di tradire Roman, l'unica persona in questo cazzo di universo che mi abbia offerto un posto in cui stare. Ma se facessi finta di non avere alcun piano, mostrandomi quindi completamente disorientata, probabilmente sospetterebbe di me, si accorgerebbe che c'è qualcosa di strano: lo sa che non obbedisco mai, senza prima ribellarmi; ma se io invece ammettessi di avere un piano… a quel punto abbasserebbe la guardia. Clayton mi reputa abbastanza imprudente e temeraria da cospirare alle sue spalle… Ma non poi così astuta da tramare senza farmi scoprire. Mi sottovaluta. E questo, stavolta, gioca a mio favore.

«Davvero credi che io non farò nulla per ostacolarti?», gli domando. «Davvero credi che ti lascerò prendere ogni cosa che vuoi?».

Mi fissa intensamente. Mi preme contro il suo corpo, mi attira a sé con uno strattone, come se per lui fosse difficile staccarsi da me.

«*Ogni cosa che voglio*», ripete. Ne è convinto, profondamente.

Ormai sono a corto di fiato, mentre continuiamo a ondeggiare, fingendo di ballare, quando in realtà entrambi vorremmo solo rimanere il più lontani possibile l'una dall'altro.

«Non funzionerà, lo sai questo? Roman non verrà mai quaggiù».

«Funzionerà».

«No», borbotto. «Non gli importa con chi ballo, a Roman interessa solo del suo lavoro, e di nient'altro. Non mi starà neanche guardando…».

E non so neanche più dove sia Roman, dato che non lo vediamo più. Gli occhi di Clayton mi scavano dentro, violandomi: sono incontrollabili e violenti. La sua voce roca mi arriva alle orecchie e scende fino al basso ventre, facendomi pentire all'istante di aver accettato di partecipare a questa stupida farsa.

«Smettila», dice Clayton con una punta di frustrazione nella voce. «Chiunque con un po' di buon gusto ti guarderebbe stasera».

Deglutisco, con il cuore che mi è arrivato fino in gola. Le luci si fanno ancora più basse… e Clayton si avvicina al mio orecchio.

«Ascoltami, Cassie. Dopo che saremo saliti al piano di sopra», mormora, «e dopo che avremo preso la valigetta, ci servirà che *qualcuno* ci faccia uscire da qui».

Il tocco delle sue mani sui miei fianchi è la cosa più intensa che abbia mai provato in vita mia, ma devo concentrarmi su altro adesso.

«Vi ho fatti entrare, questi erano i patti», rispondo a mia volta. «Non abbiamo mai parlato di come sareste usciti».

«Ne stiamo parlando adesso», dice.

«Come uscirete sono problemi vostri», ribatto decisa.

«Mmm. Sei pronta, Cenerentola?», sussurra al mio orecchio. «Le tue foto stanno per fare il giro di tutto il quartiere...». Le sue labbra mi sfiorano il lobo e il suo respiro caldo mi accarezza il lato del collo, mandandomi in estasi, perché è come una carezza dolorosa, insopportabile, ma troppo piacevole. Figlio di puttana.

Ricordati del piano, Cassie, ricordati del piano. Non crollare proprio adesso...

«Se vi aiuto a uscire da qui», dico con un groppo in gola, «cancellerai le mie foto. All'istante. Ci stai?».

Piega le labbra in un sorriso compiaciuto. Lo prendo per un sì.

«Ti aspetto di sopra tra venti minuti esatti, a partire da ora», dice Clayton.

«A partire da ora?», ripeto confusa.

«Distrai Lancaster, Cassie», dice. «Senza esagerare, però».

Senza esagerare? Ma che...?

Clayton se ne va e mi accorgo all'istante del motivo: Roman è proprio dietro di me.

99

Cassie

«Chi era quel ragazzo?», mi chiede Roman.

Sussulto, e mi perdo nei suoi occhi vuoti e artici, accentuati dalla penombra che ci circonda. Clayton è ormai sparito, e mi guardo intorno per cercare di capire da che parte sia andato e che cosa stia facendo in questo momento, ma ovviamente di lui non c'è traccia.

«Chi?», chiedo vaga.

«Quello con cui parlavi e *ballavi*», dice sottolineando l'ultima parola. «Non credo di conoscerlo».

«Oh», sospiro. «Nemmeno io lo conosco. Era solo un tizio che cercava il bagno», mi giustifico.

«E per chiederti dove si trova il bagno, si è messo a ballare con te?».

Oddio. Che scusa pessima che ho utilizzato. Comincio a sudare. Mi passo una mano sulla fronte. Afferro la fiaschetta di whisky che avevo lasciato su un tavolino vicino a noi e ne bevo un po' il contenuto: avverto la gola bruciarmi ardentemente, e la testa vorticare, ma almeno mi sento meglio. Afferro entrambe le mani di Roman e gli rivolgo un sorriso, mentre mi muovo in una danza un po' infantile: dopotutto c'è la musica e la gente sta ballando. Lui rimane teso come un pezzo di legno, e mi fissa come farebbe un padre con la propria figlia che sta facendo qualcosa di disdicevole, e così mi fermo. Mi avvicino a lui, cambiando strategia. Punto tutto sulla comunicazione.

«Perché hai organizzato questa festa? Non mi sembra che tu ti stia divertendo molto», dico.

Lui allaccia le mani dietro la mia schiena, un po' meno teso, come se non aspettasse altro che qualcuno lo smascherasse.

«L'ho organizzata per te», ammette posando la sua guancia sulla mia testa. «Mi avevi raccontato che ti piacevano le feste, e che con le tue amiche ci vai spesso».

«Oh».

«Voglio che tu sia a tuo agio qui, Cassie», mi spiega. «Qualsiasi cosa tu voglia, basta che la chiedi… Va bene?».

Le sue mani si appoggiano sulla mia schiena con tutti i palmi e io chino la testa, incastrandola tra la sua spalla e il suo collo. Nessuno si era mai preoccupato per me in questo modo, prima. Stiamo ondeggiando sulle note di *Hold On.*

«Forse non sono affari miei», dice, «però Wellington mi ha detto una cosa su di te, una cosa che non mi è piaciuta».

«Che cosa?»

«A scuola gira un video su di te», spiega. «Un video in cui sei ubriaca. Mi dispiace, Cassie».

Oh, santo cielo, perfino Roman lo sa... È tutta la settimana che vengo derisa per colpa di quel video; so che probabilmente tra qualche mese tutti se ne saranno già dimenticati, eppure non riesco a camminare per i corridoi della scuola senza sentirmi gli occhi di tutti addosso. C'è qualcuno che deve odiarmi davvero tanto.

«Senti, non ti preoccupare per me, okay? Io sto bene. Quel video è solo una stronzata. Piuttosto, a te come sta andando con la psichiatra...?». Mi interrompo, ma capisce che mi sto riferendo al suo percorso di terapia per affrontare la morte del padre.

Mi stringe a sé, in risposta, e lo sento irrigidirsi. «Non sto facendo i progressi che speravo», dice.

«Non ti buttare giù, prima o poi i miglioramenti arriveranno».

Un momento di pausa. «Non lo so, Cassie», sospira.

«Non dire così, Roman!», lo rimprovero. «Certo che migliorerai... Devi solo avere fiducia. Non mollare, okay?»

«Non so se voglio migliorare».

La sua mano scorre lungo la mia schiena e indugia un po' sopra il mio fondoschiena, prima di proseguire lungo la curva. Sento il leggero tocco delle sue dita penetrare nel vestito, e un piacere lieve e diffuso mi pervade. Alzo timidamente lo sguardo verso il piano superiore, sperando che Clayton sia lì e che mi guardi. Non si può perdere *questo.* E lui in effetti è lì, fermo al piano superiore in tutta la sua stazza, insidioso, silenzioso ma ingombrante come un'ombra. Ci fissiamo... E io spero che guardi con attenzione come Roman mi sta afferrando il sedere, voglio che guardi con quanto piacere io mi sto facendo toccare da lui in questo momento, in cui il confine tra desiderio e persuasione è molto labile. Voglio che mi guardi mentre nei suoi occhi si infrange il fascino della competizione e della vittoria. E poi... voglio che mi guardi come qualcosa che avrebbe potuto avere da dietro uno schermo, ma che nella realtà ha perso per sempre. Mancano quattro minuti. Ho solo quattro minuti per prepararmi, poi dovrò incontrarlo di nuovo, al piano superiore.

100

Paxton

Questa festa è una vera figata: c'è un numero spropositato di persone di bell'aspetto. Peccato che abbia i minuti contati. E invece sono nelle grinfie di una ragazza con due giganteschi occhi blu, che non mi lascia andare la camicia e cerca di sbaciucchiarmi senza ritegno, artigliandomi con le dita ricoperte di un cupo smalto nero. Le sue labbra sporche di vino si imprimono sulle mie clavicole, lasciando aloni rossi sulla pelle pallida. Siamo seduti sui lettini in giardino, e una brezza gelida mi arriva in faccia.

«Sei proprio carino, lo sai?», sussurra al mio orecchio ridendo. «Mi hai colpito da quando sei entrato…».

«Davvero?», chiedo ridendo imbarazzato.

«Chi erano quelli con cui sei arrivato?». Mi passa una mano sul cazzo, lentamente. «Dei tuoi amici?».

Non è il momento migliore per eccitarsi, lo so benissimo, visto che siamo in mezzo alla gente e tra pochi minuti devo essere fuori da qui: se faccio anche solo un secondo di ritardo, Killian mi sgozza e Clayton si sbarazza del cadavere.

«Sì, sì, degli amici».

Controllo sbrigativamente il polso alla ricerca del mio orologio, per poi scoprire che non ne ho uno, perché mi sono dimenticato di indossarlo. Ma dove cazzo ho la testa ultimamente? Sfilo il cellulare dalla tasca, per controllare l'orario. O meglio, ci provo, ma questa ragazzina dagli occhi color oceano me lo impedisce, afferrandomi una coscia e premendo le sue labbra contro le mie. Caschiamo sul lettino, e lei emette un ringhio compiaciuto, divaricando le gambe e sedendosi sulla mia erezione, incastrata e stretta nei miei boxer.

Ma cosa sta succedendo? Speriamo sia maggiorenne. Ha detto di sì, ma chi si fida. Stasera finisco in prigione, me lo sento. Mi si è buttata addosso senza neanche sapere come mi chiamassi, e ho provato a chiederle il suo nome, che è tipo qualcosa come Kora o Kara, ma tuttora non ne sono sicuro. La afferro per i fianchi, deciso a togliermela di dosso una volta per tutte, ma lei interpreta male questo gesto e pensa che io abbia intenzione di fottermela.

«Ehi, ferma… ferma», provo a dirle, mentre lei mugola e si struscia sui miei pantaloni e mi divora le labbra come un'assatanata. Cazzo, non voglio scoparmela, che schifo, è una ragazzina. Mi sta molestando, cazzo, aiuto. Qualcuno si avvicina a noi e un'ombra ci inghiotte. Una figura angelica e maledetta, il cui completo turchese elegante non fa altro che accentuarne l'aspetto attraente e dannato. Killian è in piedi, a fissare me e la ragazza che mi sta sopra con espressione serafica, tranne per le labbra incurvate in segno di empio disprezzo.

«Ascolta, dolcezza, mi dispiace rovinarti l'amplesso, ma lui è gay», dice a Kora/Kara.

«Gay?», ripete la ragazza, e Killian scrolla le spalle.

«Già, che ci vuoi fare, è fatto così».

«Non sono gay, sono bisessuale!», protesto.

«Non c'è mica niente di male», dice Killian.

«Mi piacciono le persone a prescindere da cosa hanno dentro le mutande. È tanto difficile da capire?», sbotto.

«Forse».

«E allora levati di torno, sono claustrofobico».

«Siamo all'aria aperta, Paxton».

«Sì, ma non riesco a stare vicino alle persone chiuse mentalmente, quindi vattene, grazie».

Killian sospira.

«Dobbiamo darci una mossa. Clay ha preso ciò che doveva prendere, e tutto è andato senza intoppi», dice con tono asettico. «Ma se preferisci svuotarti le palle, rimani pure dove sei, figurati. Noi ce ne andiamo».

Kara o Kora si stacca dalle mie labbra e si gira verso Killian: lo guarda interdetta. Ne approfitto per levarmela di dosso.

«Ma che modi!», protesta lei, quando per poco non rischia di cadere dal lettino.

«Vengo con voi, ovvio», dico alzandomi e Killian mi squadra rapidamente, emettendo uno sbuffo irritato, mentre camminiamo verso l'interno.

«Che stavi facendo con quella, Paxton?»

«Mi è saltata addosso», spiego.

«Addosso a te?!». Mi guarda schifato, come se non credesse che qualcuno possa reputarmi attraente.

«Sì, cazzo, è così difficile da credere?»

«Francamente sì».

«Stai cercando di offendermi?»

«No, stai sereno, per quello ci ha già pensato madre natura».

101

Cassie

Clayton è lungo il corridoio, poggiato al muro, nel suo completo da sera nero. Ovviamente è privo di giacca perché ce l'ho io, e il suo sguardo affilato è indistruttibile come un diamante oscuro, interrotto solo da ciocche rigide di capelli neri. In mano ha una valigetta. La valigetta che ha rubato a Roman. Mi sta aspettando, e io continuo ad avanzare verso di lui. Sento di essermi lasciata alle spalle tutto, anche la musica, poiché quassù un silenzio surreale mi sta avvolgendo. Sono passati venti minuti esatti, e io sono qui, puntuale, come mi ha chiesto.

«Sbrighiamoci», dico. «Ho detto a Roman che andavo a prendere qualcosa da bere in cucina, adesso lui mi sta aspettando, ma non lo farà per molto. Se sparisco per troppo tempo, finirà per chiedersi dove sono e verrà a cercarmi».

Piega le labbra in un sorriso sghembo ed enigmatico, mentre avanzo verso di lui e sento le gambe cedermi.

«È impaziente di mettere di nuovo le mani su di te?», chiede con calma, ma in lui percepisco del disappunto.

Evito di cedere alla provocazione, non sono venuta quassù per parlare con lui di chi può toccarmi e chi no.

«Ma dove sono gli altri?»

«Stanno arrivando», dice avvicinandosi sempre di più a me. «Questione di attimi e saranno qui».

La sua voce mi percorre la pelle e la sua presenza mi avvolge; poggia una mano contro il muro dietro di me e io mi specchio nei suoi occhi intensi e congestionati, mentre le sue labbra si muovono così lentamente da ipnotizzarmi.

«Ti strapperei quel vestito all'istante», dichiara.

«Vorresti... vorresti spogliarmi?». Le mie guance si accendono.

Ridacchia, pur mantenendo un tono di fondo amaro. «Sei in imbarazzo?».

Sì, in questo momento moltissimo, ma non rispondo.

Aggrotta la fronte. «Ti ho già vista nuda», mi ricorda. Ah, già, quelle maledette foto che cancellerà una volta uscito da qui... *Me l'ha promesso.* «Comunque, no. Non voglio spogliarti». Sento il suo fiato bruciare sulla pelle. «Ma vorrei toglierti il *suo* odore di dosso. Non lo sopporto».

«Non lo sopporti?», ripeto, confusa.

«È *nauseante*», spiega e il suo dito percorre la curva del mio fianco con una lentezza dolorosa. «Ma la mia giacca puoi tenerla...».

«Che gesto carino», commento togliendola all'istante, dopodiché gliela riconsegno. «Ma non la voglio più. Grazie lo stesso».

Mi guarda. Si sofferma sulle mie labbra... È alto e grosso da far impressione e ogni volta le sue proporzioni mi sorprendono. *Va bene, Cassie, però... rimani concentrata.* Afferra la sua giacca e, per fortuna, se la rimette: i suoi occhi sondano di nuovo i miei, come se cercasse di interpretare i miei silenzi; silenzi decisamente impacciati.

«Ti avevo chiesto di distrarlo», dice duramente indicando la parete dietro di me. «*Non* di strusciarti su di lui».

«Mi hai chiesto di ballare con Roman, ed è quello che ho fatto».

Lui incurva immediatamente le labbra con ironia sagace.

«Se farsi strizzare il culo significa ballare...».

«Spero che ti sia piaciuto lo spettacolo», ribatto.

«È stato uno spettacolo pietoso, avresti dovuto risparmiarlo a tutti quanti, ma soprattutto a te stessa».

«Non ti preoccupare», dico. «A me stessa ci penso io».

«È questo il problema», ribatte lentamente. «Evidentemente non ne sei capace». Abbassa gli occhi sulle mie braccia, che per fortuna sono coperte dalle maniche del vestito. Si riferisce ai miei lividi, che l'ultima volta ha notato quando ero a casa sua.

Deglutisco, e fisso un punto indefinito del corridoio, avvertendo un giramento di testa, poi scoppio a ridere. Rido e non riesco a controllarmi: mi succede spesso, quando bevo troppo.

Lui avanza lentamente verso di me e con una mano mi afferra le guance, stringendo la presa, facendomi male. Abbassa la testa verso di me, con lo sguardo infervorato dal rimprovero.

«Non c'è un cazzo da ridere», scandisce con voce roca, soffiandomi addosso.

Lo fisso. Nonostante mi stia sforzando con tutta me stessa, non riesco a mantenermi seria, e lo so che è per via della quantità di alcol che ho in circolazione, perché da sobria non mi comporto così.

«Sei ubriaca, Cassie?», chiede, allentando la presa sul mio viso, per consentirmi di parlare. Ma le sue dita sono ancora poggiate sulle mie guance. «Quanto hai bevuto?»

«Non preoccuparti. Mi ricordo ancora la strada per uscire da qui», lo rassicuro, e lui mi lascia la faccia con una rassegnazione al limite dell'insofferenza.

«Sarà meglio per te». Ed ecco di nuovo la sua voce tagliente. Scuote la testa e i ciuffi neri gli coprono ancora di più lo sguardo. Si tasta i pantaloni e tira fuori un pacchetto di sigarette. Se ne accende una. Raramente l'ho visto così nervoso: di solito maschera ogni emozione, ma questa volta è diverso, sembra intrattabile. Si appoggia contro il muro. Forse è l'ansia per l'attesa di uscire da qui. La schiena massiccia si curva e lui si rilassa, mentre aspira nicotina e fissa il vuoto di fronte a sé, emettendo lingue di fumo dalle labbra rosse e carnose. «Posso farti una domanda?», dice poi. «Da quando hai saputo che in realtà ero io, il ragazzo riservato... ti è mai capitato di...». Mi guarda di traverso e sorride debolmente, vagamente provocatorio, mostrando una porzione di denti bianchissimi. «*...pensarmi*?», conclude aggrottando la fronte.

Non so per quale diavolo di ragione, ma ora il cuore mi batte all'impazzata e sono sicura di essere arrossita. Ringrazio il cielo che siamo più o meno al buio.

«Sì», ammetto, ed è un po' più difficile di quanto immaginassi dirlo ad alta voce. «L'ho fatto. Ti ho pensato», dico.

Aggrotta la fronte, probabilmente stupito da quanto ha appena sentito.

«Spesso?», chiede.

«Spesso», ammetto di nuovo, e le sue labbra morbide, turgide, si modellano in un sorriso.

«A cosa pensi... quando pensi a me?». La sua voce profonda e lenta mi stordisce. Lui ha la strana capacità di farmi uscire fuori la verità con naturalezza, anche quando vorrei mentire o comunque sarebbe meglio farlo.

«Ecco... è complicato», taglio corto, e abbasso gli occhi sulle sue mani grandi che tengono la sigaretta con un misto di dolcezza e possesso.

«Sono certo di poterlo capire», ribatte con una punta di scherno e di insolenza, e quando incontro i suoi occhi è difficile, se non impossibile, trattenermi.

Parlare con il ragazzo riservato è stata una delle cose che mi ha fatto stare meglio nella mia vita... Ma è stata anche una delle cose che mi ha fatta sentire peggio, visto come si è dimostrato. Come può una singola persona farti provare due sensazioni così opposte tra loro? Decido di svelare ogni mio pensiero.

«Quando ti penso, cerco sempre di trovare una spiegazione a tutto, una spiegazione al perché, quando chattavamo, mi sei sembrato così diverso da quello che sei in realtà...».

«Ti sei data qualche risposta?»

«Sì... *che sei bravo*. Mi ricordo di te al liceo. Sei sempre stato impeccabile, mai una condotta che potesse rovinare l'immagine perfetta che davi di te. Tutti ti volevano, tutti ti ammiravano, chiunque ti metteva sul podio. Ma nessuno che ti conoscesse davvero, perché tu non l'hai mai permesso a nessuno».

«Quindi?»

«Quindi ti penso, è vero... ma più come si pensa a un incubo... Una realtà distante e spaventosa, forse anche affascinante, che, nonostante sia nella tua testa, ti fa venire un nodo alla gola e utilizza le tue paure per sfruttarle a proprio vantaggio, proprio come fai tu».

Ridacchia e quel suono si invischia nel mio cervello, facendomi tentennare. «Sono il tuo incubo?».

Assottiglio lo sguardo. «Sì...».

«Bene», replica asciutto.

«E a te, invece? Ti capita mai di pensarmi?», mi azzardo a chiedergli.

Clayton mi guarda. Con la sigaretta tra l'indice e il pollice, aspira socchiudendo gli occhi per proteggersi da quella nube densa di fumo che per un attimo smorza il colore vivido e intenso dei suoi occhi.

«Sì, Cenerentola», dice sbrigativo. «Ma solo quando devo venire».

Sento il mio cuore spezzarsi. Il silenzio più crudo. Una fitta allo stomaco.

«Sei rivoltante», dico. «Avevi detto che con le mie foto non ci facevi niente...».

«*Ho mentito*». Che stupida. Avrei dovuto immaginarlo.

«Pensavo che per te fossero meglio i porno», lo rimbecco. «Piuttosto che le foto di una che, parole tue, non è niente di che».

«Confermo. Sono meglio i porno», dice in un ghigno.

La piega che sta prendendo questa conversazione non mi piace. Non mi piace per niente. Le lacrime mi pizzicano le palpebre. Non so neanche io perché sto cominciando a piangere. Mi sta prendendo in giro? Con lui non capisco mai quale sia la verità: è così bravo a mentire, che potrebbe farlo perfino adesso. Lui è un illusionista. Lui sa solo ingannare, turbare, confondere, disorientare... Mi sta dicendo queste parole perché sa che in qualche modo mi faranno male.

«Clayton», dico a denti stretti.

«Mi piace come dici il mio nome», sussurra lasciando cadere la sigaretta sul pavimento e schiacciandola sotto la scarpa. Si avvicina a me, così piano da togliermi completamente il respiro. Mi afferra il mento e sulle sue labbra spunta un sorriso provocatorio. «Però... mi piacerebbe ancora di più se tu lo gridassi», aggiunge.

Mi scanso, bruscamente, nonostante abbia provato un brivido freddo lungo la schiena quando lui mi ha toccata.

«Finiscila», lo ammonisco. Mi guarda come se sperasse di leggermi nella mente, e nelle sue iridi brillano le promesse che ci siamo scambiati solo qualche ora fa. "Sarà guerra, Cenerentola". "È sempre stata guerra, Clayton". "E tu sembri fatta apposta per rovinarmi". Mi chiedo quale sarà adesso la sua prossima mossa; ci fissiamo in cagnesco, ma il contatto visivo tra di noi dura solo pochi istanti. Sento dei passi alle mie spalle, e così mi volto. Killian e Paxton sono arrivati, quest'ultimo ha tutta la guancia sporca di rossetto rosso. Ha pomiciato con qualcuna?

«Andiamocene da qui, mi sto rompendo il cazzo», dice Killian. «C'è solo gente di merda».

Clayton mi osserva di traverso.

«Da che parte dobbiamo andare?», mi chiede.

Inizio a camminare lungo il corridoio. «Per di qua, c'è un'altra uscita, Roman la usa per le emergenze; nessuno ci vedrà».

Mi stanno seguendo. Si stanno fidando di me. E io li sto per condurre dritti in una trappola.

«Sapete già con che mezzo tornare?», chiedo vaga al gruppo dietro di me.

«Chiameremo un taxi», dice Killian ghignando. «Tu preoccupati solo di farci strada, bella bionda».

Prenderanno un taxi, ricevuto. Ti prego. Ti prego. *Ti prego.* Fa' che il mio piano funzioni.

102

Arya

Killian se n'è andato, e ora mi ritrovo da sola, a vagare tra gli immensi spazi di villa Lancaster per imbattermi in dei volti conosciuti. Ma Cassie è sparita. E anche Wellington. Comprensibile, dato che gli ho rovesciato un drink addosso. Lui cerca di essere carino con me e io lo tratto in questo modo… Mi guardo intorno, alla ricerca di persone che conosco. Ma perché ogni volta che sono a una festa, se mi distraggo due minuti, mi perdo le persone con cui sono arrivata?

«Con permesso. Permesso. Scusa. Permesso», dico facendomi largo tra la gente. Siamo così tanti da soffocare. Per fortuna, intravedo una via d'uscita verso le scale che conducono al piano superiore. Forse, Cassie o Wellington sono saliti quassù? Potrei provare a cercarli al primo piano. Dopotutto, tentar non nuoce. O forse sì, dato che non riesco a salire il primo gradino senza reggermi al corrimano. Mi fa male la testa. Forse non avrei dovuto attaccarmi alla bottiglia di vodka, per mandare giù un'altra pasticca di Fentanyl. Mi sento come in uno di quei sogni in cui vorresti muoverti, ma sei paralizzato, e quindi ti sale un'angoscia tremenda, perché la tua mente vorrebbe andare in una direzione, ma viene frenata dal corpo. Non credo di essere in grado nemmeno di salire le scale. E ho bisogno di ossigeno, un disperato bisogno di ossigeno. Sento i miei polmoni contrarsi, un nodo alla gola e un crampo alla pancia. Le voci intorno a me diventano grida lontane.

Devo uscire da qui, devo uscire da qui, devo uscire da qui.

Torno indietro, di nuovo in mezzo alla gente, che mi aiuta a mantenermi in piedi. Mi sento d'improvviso così male che non riesco a concentrarmi su altro che non sia il dolore, e allora mi sforzo di pensare a cose divertenti, per placare questa sensazione di nausea invalidante. *Una cosa divertente, fruga nella tua mente e trova una cosa divertente, Arya…*

Qualche giorno fa, quando ero insieme a Wellington, lui si è provato un cappellino di lana bianco, e l'immagine di lui, uno spilungone con un cappello bianco in testa, mi ha fatto ridere. E infatti, abbiamo riso, mentre lui si tastava il cappellino compiaciuto. Era il cappellino di lana che avevo fatto per Ryan, e che gli avrei dovuto regalare al suo compleanno, e che invece ho rifilato a Wellington.

Cazzo.

Non fa ridere per niente.

Non so neanche in quali condizioni varco l'uscita di villa Lancaster, eppure sono fuori, all'aria aperta, che cammino sulla ghiaia, lontana da tutto.

E poi arriva. Come un lampo. Il momento in cui capisci di aver toccato il fondo.

Il momento in cui ti devi arrendere. E tutto si ferma.

103

Ryan

Cammino a piedi nella notte, mentre fumo una sigaretta. Il buio della strada è interrotto solo da qualche faro di un'automobile che corre nella foschia. Una limousine mi si accosta. Il vetro nero del finestrino si abbassa silenziosamente e appare una figura misteriosa. Un uomo dal volto butterato e con i capelli sistemati con il gel mi sorride come se avesse incontrato finalmente l'uomo che sperava di incontrare. Il suo volto è così scorticato da fare impressione e dal naso e dalla bocca non gli esce nient'altro che fumo. Non è di queste parti, non l'ho mai visto in giro; eppure, ha un'aria vagamente familiare…

«Ryan Mackenzie?», dice, e si porta un sigaro cubano alla bocca. Una nuvola di fumo mi circonda.

E ora questo tizio che cazzo vuole da me?

«Piacere di conoscerti Ryan, mi chiamo Alec Sordino», dice con voce impostata e l'auto si arresta completamente. «Ho sentito che comandi tu da queste parti».

«Sei mal informato», ribatto. «Questo quartiere è dei Lombardo».

«Avrei un paio di domande da farti». Sorride.

Alec Sordino sembra uno importante, e uno importante non scende nei bassifondi soltanto per fare una visitina o un saluto.

«Chi sei, Alec?», gli chiedo, schietto.

«Lavoro per la famiglia Marchesi», spiega. La famiglia Marchesi sono coloro che gestiscono gli affari illegali dell'intera città di New York, che dirigono i quartieri. Nessuno conosce i loro nomi o i loro volti. Ma tutti sanno chi sono. «I Marchesi mi hanno detto di dare un'occhiata da queste parti, perché secondo loro non torna qualche conto», aggiunge Alec Sordino.

«Che sfortuna».

«Gli affari stanno andando a rilento, Ryan. I Lombardo ci pagano tremila dollari a settimana in meno, da quando è morto Alfred».

«E io che ci posso fare?», chiedo.

«Sono sicuro che qualcosa riuscirai a inventartela, Ryan».

«Mi sopravvaluti».

«Io non credo: so che sei molto sveglio», ribatte. «E che i Dead Rabbits non durerebbero una settimana senza di te».

«Di' ai Marchesi di rivolgersi a qualcun altro, io e la mia banda non siamo i tappabuchi di nessuno e non facciamo l'elemosina».

«Non credo che funzioni proprio così, sai?»

«Non credo che me ne freghi qualcosa».

«Dov'è Bill the Killer?», chiede serio.

«Chi?»

«James Lombardo», dice, e sorride perché non gli è sfuggito che mi mancava la voce. «Dov'è?»

«Non so di chi parli», ribatto senza fiato.

Sorride. Mi fissa con la fronte aggrottata, il sigaro fuori dal finestrino. «Io penso che tu lo sappia, ragazzo. Penso che tu sappia anche come è perito il povero Alfred. Ai miei capi glielo spieghi tu come mai ogni settimana mancano tremila dollari sul loro conto?». Mi guarda e per un secondo sento tremare la terra sotto i piedi.

Rido, beffardo, perché questo sì, cazzo, che è divertente. «Lasciami in pace».

«Tremila a settimana, Ryan», dice Alec Sordino. «E ti lascerò in pace».

«Non ti darò un cazzo», ribatto.

Lui si mette a ridere a sua volta. «Ehi, Ryan. Hai presente Nick e Tony? Sono già incazzati per la morte del padre», dice eloquente. «Non vorrai mica farli incazzare anche per la morte di James? Era un cugino tanto affettuoso».

Gli rivolgo il più freddo degli sguardi. James è morto, cazzo. I Marchesi non lo sanno.

Neanche i Lombardo lo sanno.

L'unico che sembra saperlo, qui, è questo Alec Sordino che sbuca dal nulla.

Devo levarmelo dal cazzo. Sa troppe cose.

Dentro la tasca interna della mia giacca c'è una mazzetta di soldi, e la afferro, guardando negli occhi Alec, cercando di capire come potrebbe prendere il mio gesto. Devo farmi vedere sicuro. Gli sto per porgere tremila dollari: soldi che avrei dovuto dare ad Arya questa sera, per ripagarla di quanto le ha tolto Killian. Tuttavia, questa sera sono stato troppo occupato a prendere a pugni il muro, invece di restituirle ciò che avrei dovuto. Sono stato troppo occupato a fantasticare di scoparmela, mentre lei mi spezzava il cuore, invece di restituirle i suoi soldi. Alec afferra la mazzetta e conta i soldi; il gelo si impossessa di me, e lui ghigna.

«Sono tremila dollari», gli dico mentre lui si lecca le dita e sfoglia i contanti.

«Lo sapevo che eri un ragazzo a posto, Ryan». Si intasca i soldi e sospira. Ordina qualcosa al conducente della limousine e si rivolge a me per un'ultima volta. «Ah, ragazzo. *Arya Donovan.* Credo che in questo momento si senta poco bene. Dovresti proprio andare ad aiutarla, si trova nell'Upper East Side, nella villa dei Lancaster. Ciao, ragazzo».

La limousine sfreccia via e i miei piedi si piantano al terreno. Un sudore freddo alla fronte, una tachicardia improvvisa, un tremore interno asfissiante, mentre dentro di me sento crescere e avverarsi le mie paure peggiori.

104

Beatrix

«Obbligo o verità», dice Mackenzie. La sua voce è roca e spenta, ma mi fa gelare. Obbligo o verità. *Che cosa?*

«Ci giocavo alle elementari», ribatto indignata.

Ride. Non riesco a fare a meno di fissargli le labbra. Mackenzie ha le labbra rosse come ciliegie, non fa altro che mordicchiarsele, rendendole ancora più gonfie. La mascella tagliente e i tratti decisi del suo volto vengono smorzati dai riccioli biondi che gli ricadono in eleganti boccoli lungo il viso; il suo piercing al naso brilla nella notte. Mi impongo di guardare da un'altra parte che non sia il suo viso e, mio malgrado, lo sguardo mi scivola sul suo corpo. È a petto nudo. Perché è così che a quanto pare si esibiscono i cantanti e i chitarristi… Come no. Quanto gli piace avere gli occhi di tutte addosso… Le ragazze qua dentro non hanno fatto altro che fissarlo, e scommetto che lo stanno fissando anche ora, ma lui non le guarda. Lui guarda me. I serpenti che gli avvolgono gli avambracci risaltano sulla sua pelle e sui suoi muscoli scolpiti come se con quei disegni addosso ci fosse nato, e sono enfatizzati dalle luci blu del locale. Non è una cosa umanamente possibile, essere così belli e così perfetti: ogni cosa, ogni minimo particolare del suo aspetto è così splendido da sembrare ultraterreno. Mescolata con il buio la sua visione è ancora più incantevole.

«Se a obbligo o verità ci giocavi alle elementari», dice ridacchiando amaramente, «allora saprai *molto bene* come funziona». Inspira dalla sua sigaretta e socchiude gli occhi scuri. «Verità», dice. Sta facendo sul serio. Vuole giocare. *E va bene, Tyler, giochiamo.*

«Cominciamo da una domanda facile», dico svelta. «Perché sei così cretino?».

Scoppia a ridere e si passa una mano tra i capelli, addentandosi il labbro inferiore. I suoi occhi scuri, grandi, si imprimono nei miei, e fa un passo verso di me, perché intorno a noi c'è troppo casino e altrimenti non riuscirei a capire cosa dice. Adesso, però, riesco a inspirare tutto il profumo che emana e a percepire il contatto dei suoi anelli freddi sul dorso della mia mano.

«Perché ti sto vicino», risponde con voce roca, ma questa volta è serio, così serio da farmi trasalire. *Ah.* «Ora tocca a te», dice con soddisfazione, e io sbatto le palpebre, perché non mi sono ancora ripresa dalla sua risposta. «Obbligo o verità?»

«Verità», dico.

Il suo braccio si avvicina alla mia pancia scoperta. «Perché sei diventata così...». Mi guarda intensamente, lasciandomi senza fiato. «...distaccata?»

«Cosa vuoi dire?», chiedo incerta, avvertendo il contatto bruciante del suo braccio contro il mio ventre.

Sorride e abbassa leggermente lo sguardo. «La Evans che conosco *io*», dice, «gliel'avrebbe fatta pagare».

Ogni suo tocco, ogni suo respiro sta amplificando il senso di leggerezza che si sta impadronendo del mio corpo. Sto galleggiando. L'ambiente circostante mi vortica attorno, e mi sembra di non poggiare i piedi per terra.

«A chi?».

La sua voce è roca e bassa. «A quel pezzo di merda di Kevin... Mi aspettavo che ne so...». Ride a pochi centimetri dal mio viso, procurandomi un brivido intenso. «...che gli rigassi la macchina disegnando un cazzo gigante sul cofano?».

Rido per non piangere. Però Tyler ha ragione. Non è da me abbassare la testa in questo modo...

«No. Non mi scomodo così per chiunque», ribatto.

Stende le labbra, soddisfatto. «Mi fa piacere sapere di essere così importante per te...».

«Il piacere è tutto mio».

Stavolta non ride. «Cos'è che ti ha fatta cambiare, Evans?». La sua voce mi pizzica l'orecchio, facendomi sciogliere completamente. «Da quando non rispondi più a tono per farti rispettare? Perché, dopo che ti ha imbrattato l'armadictto, non hai detto a quel coglione nemmeno una parola?».

Si sono approfittati di me in passato, e non voglio che riaccada: non voglio avere più niente a che fare con quelle persone... Tutto qui, credo. Non ho mai avuto davvero il coraggio di affrontare Kevin. *Kevin Green. Il fratello di Josh.* Perché non riesco a spiegare quello che mi sta succedendo? Mi sento come se mi stessi arrendendo... E, per un attimo, mi sembra di tornare a quella sera, in cui è cambiato tutto.

«Dimmi la *verità*», dice, e incrocio i suoi occhi marroni, dolci e irrefrenabili. Mentre le sue dita mi sfiorano la pelle, provo un solletico intenso sulla pancia, una scia che segue il suo tocco...

«D'accordo, avrai la verità. Vuoi sapere cosa mi ha fatta cambiare? Sono cresciuta», mormoro guardandolo. «L'adolescenza per me è finita, mi sento un'adulta. Niente più ribellioni del cazzo. Niente più ideologie. E vuoi sapere quand'è che è finita? Non è finita quando ho perso la verginità e nemmeno quando ho fumato la prima sigaretta. Non è finita quando me ne sono andata di casa. Non è finita quando ho capito che il mondo è un posto del cazzo: è finita quando ho capito che, nonostante il mondo fosse un posto del cazzo, stavo accettando di farne parte. Troia è soltanto una donna che si comporta contro la morale degli uomini. E sai che c'è? Se le cose stanno così, sono ben felice di essere una troia».

105

Tyler

Dio mio, quanto le tapperei la bocca. La farei tacere all'istante, se solo *non* avessi il sospetto che mi stia nascondendo qualcosa. Qualcosa che ha a che fare con quel coglione di Kevin Green.

«Discorso notevole, Evans. Ma ti ho chiesto un'altra cosa», le faccio notare.

«Mi hai chiesto perché non ho reagito come mio solito. Te l'ho spiegato… Sono cambiata».

No, non mi convince. Non è cambiata… sembra solo… spaventata. Kevin le ha fatto qualcosa che non so? Vabbè, lei non mi dice un cazzo, quindi indagherò: e vediamo se lo devo ammazzare questa volta. Osservo con molta attenzione tutto ciò che accade intorno a me, mi piace avere il controllo, fare il punto della situazione, assicurarmi che nessuno la guardi: mi accorgo di ogni movimento, di ogni occhiata, di ogni *passo falso*. Nessuno deve lanciarle anche solo uno sguardo in tralice. Difficile, visto che siamo circondati da gente ubriaca e molesta. C'è uno che la fissa da quand'ero sul palco a cantare… Non la sta solo fissando, scommetto che sta facendo anche degli apprezzamenti schifosi tra sé e sé. Sento un formicolio partire dalle braccia e provo l'istinto di tirargli un pugno. Una carica improvvisa si sta impossessando del mio corpo, e ho la mente annebbiata dalla rabbia. Qualcosa di strano si insinua dentro di me. Una furia che trabocca da dentro come un fiume in piena. Mi muovo di un passo per affrontarlo, ma Evans mi blocca immediatamente, afferrandomi per un braccio.

«Che stai facendo?!», mi chiede.

Incrocio i suoi occhi e mi dimentico di tutto, e la mia mente diventa una lavagna che è appena stata cancellata. La squadro attentamente, senza curarmi del fatto che potrei metterla a disagio. Il top che indossa lascia scoperto gran parte del busto, e la gonna di jeans, molto corta, si solleverebbe all'istante se io la prendessi in braccio e le lasciassi attorcigliare le gambe attorno al mio bacino. E il fatto che qualcun altro, oltre a me, possa guardarla, o possa pensare ciò che penso io, mi fa venire uno strano nodo allo stomaco.

«Mi dà fastidio come ti guarda quello», dico a denti stretti. «Mi dà fastidio l'espressione che ha».

«Che espressione ha?»

«Meglio se non te lo dico. Nessuno dovrebbe guardare una ragazza in questo modo». Inspiro con la mascella stretta. «Soprattutto se la ragazza sei tu».

«Tu guarda *me*», mi dice e la sua mano scivola sul mio polso. «Ignora quello che ci succede intorno a noi… Guarda me».

Lei mi sta sfiorando, mi sta toccando, e sento la pelle bruciarmi. La guardo e cerco di controllare il respiro, cerco di controllare i nervi. Mi mordicchio il labbro inferiore per trattenere le risate.

«Devo guardare te?», le chiedo aggrottando la fronte, sperando di risultare strafottente. Guardare te. *Ma è una vita che lo faccio, Evans.*

Lei mi fissa senza dire niente: e alle volte è vero, sono proprio stupido, sono proprio un coglione.

«Sì», dice lei. «Autocontrollo, Mackenzie. Sai cosa significa, vero?».

Ridacchio. Non proprio.

«Evans».

«Che c'è, Mackenzie?»

«Se mi guardi così, però, poi io mi sento *debole*».

Mio malgrado, sorrido appena. Ripenso a quella volta in cui ci siamo parlati fuori nel cortile accanto alla palestra della Mordale. La scommessa che ho fatto per parlarle è stata la prima che io abbia mai vinto in tutta la mia vita, e non mi importa quanto mi è costato: non mi importa, se poi mi hanno picchiato. Io sono fatto così. Sono così impulsivo che contro le cose che mi interessano mi ci vado a schiantare, non mi importa neanche se possono uccidermi. Ma quando si tratta di lei dovrei esserlo di meno. Una volta che le parlo, e ha quasi rischiato di essere strangolata. È per questo che poi ho lasciato stare. Mi sono sentito malissimo a vederla in quel modo, e sapere che era colpa mia rendeva quella visione ancora più tragica.

A ogni modo, la verità è che pur di parlarle mi sarei fatto picchiare ben volentieri, perché la parte più dolorosa non è di certo prendere due cazzotti, ma la sensazione di non sentirsi mai abbastanza. Non abbastanza per lei. *Tu. Non. Sei. Abbastanza. Per. Lei.* Lo so fin troppo bene. Lo so fin da quando ero piccolo, e durante le lezioni a scuola mi distraevo per guardarla, mentre lei era semplicemente… *bellissima*. Sì, è vero, la maggior parte delle volte che sto vicino a lei *sono* un cretino. Ma lei mi fa sentire *strano*. Leggero e pesante, allo stesso tempo. E ora che vorrei spaccare la faccia al tizio che le sta guardando il culo, non lo faccio, perché mi sono appena imbambolato a fissarla. Mio Dio, quanto posso essere idiota. Comunque. Stavamo giocando, giusto? Sorrido.

«Obbligo».
«Smetti di fumare», dice immediatamente Evans. «Per stasera, niente più sostanze. Ce la fai a divertirti anche senza farti?»
«No». Con la punta della lingua, bagno il bordo di una cartina, poi la incollo, do forma alla sigaretta con le mani, la infilo tra le labbra e prendo l'accendino: dentro c'è fumo e benzedrina. Sarà almeno la quinta che mi accendo da quando io ed Evans stiamo parlando, a una distanza molto, *molto* ravvicinata. Io vivo per questo. Vivo per farmi. Così ottengo le uniche dosi di piacere in una giornata altrimenti apatica, priva di senso, uguale a tutte le altre, in cui compi azioni meccaniche, a ripetizione, fino alla nausea, fino a quando non ti fanno esaurire o non ti spengono. Ho sempre cercato qualcosa che mi accendesse, e l'ho trovato nelle droghe e nella musica; la pallacanestro mi piace, ma ormai anche quella è diventata routine. L'unica sensazione che riesco a sentire è sollievo nel compiere azioni che poi so che mi distruggeranno: in un certo senso, mi piace farmi del male. C'è molto erotismo nell'autodistruzione.
«Io scommetto che, invece, ci riesci», dice lei. «Smetti di fumare. È un obbligo».
«Questa è l'ultima di stasera». Mi avvicino di nuovo al suo orecchio. «Giuro».
Sorride, e sulla sua guancia spunta una fossetta soltanto. Ne ha solo una, fin da quando era piccola. L'ho sempre trovata una cosa tenera.
«Ti sei divertito a sventolare il mio reggiseno sotto il naso dei tuoi amici, eh, Mackenzie?», dice. «Se qualcuno scopre che quel reggiseno è *mio* e che adesso ce l'hai *tu*, penseranno che tra di noi…».
«La tua vita non è *tua*, se ti importa cosa pensano gli altri», le sussurro interrompendola, e le mie labbra sfiorano il suo orecchio e per un attimo la sento sussultare.
«Infatti, non mi importa», dice.
«Avevamo detto verità».
Ride. «Dov'è finita la tua maglietta?», domanda poi. L'ho lanciata a qualcuna durante il concerto. Non mi ricordo. Ero troppo gasato dalla musica per farci caso.
«Me l'avrà rubata una fan… Sei gelosa?», chiedo.
«Io? Gelosa di una maglietta sudata e puzzolente? Figurati!».
«La ritroverò e la darò a te», le dico. «Così, potrai fare la collezione dei miei vestiti. Tanto già la fai, no?»
«E tu», mi accusa, «raccogli ogni cosa che getto via».
Mi scappa un sorriso, che non riesco proprio a trattenere. Quando lei mi parla mi sento così: anche se ho tutta l'intenzione di contenermi, sono

un deficiente che ride per ogni stronzata. Sono un deficiente che non sa rispondere con nient'altro che battute cretine. Mi schiarisco la voce.

«Verità», dico.

«C'è qualcosa che ti piace che non sia vietato dalla legge?».

Alzo le sopracciglia. «No. Tutto ciò per cui vado pazzo è illegale. Te compresa».

Lei non mi prende sul serio: crede che tutto questo non sia nient'altro che uno scherzo, come mio solito; alle volte, neanche io so più distinguere i pensieri seri dalle cazzate. Quando la punta del mio naso le sfiora la guancia, rimane immobile.

«Molto spiritoso, Mackenzie», dice. Ma le è uscito solo un filo di voce.

«Sono solo sincero».

«Sono impressionata».

Rido di nuovo. «Ti impressioni facilmente».

«Con te sì».

«Hai sempre la risposta pronta?»

«Solo per chi ha la cazzata sempre pronta», dice, e mi fissa con aria di sfida.

«Perché ti agiti? Non stavamo… giocando?», le chiedo soffiando volontariamente sul suo viso.

«Tocca a te, Evans».

Non se lo fa ripetere. «Obbligo».

«Ahia», mormoro accarezzandole il ventre. «Ti sei appena messa nei guai».

«Sono una a cui piace correre dei rischi».

Quando il suo sguardo intercetta il mio, mi ricordo di quella sera durante la gara d'auto clandestina. L'ho fatta salire insieme a me perché sapevo che era ciò che voleva. Ora, però, mi piacerebbe tanto obbligarla a fare qualcosa che non sarebbe *per niente* disposta a fare. *Potrei chiederle qualsiasi cosa. Pur di vincere, lei obbedirebbe.* La guardo negli occhi, per capire fino a che punto potrei spingermi con lei. L'ultima volta che ci siamo trovati a questa distanza, lei si è spogliata di fronte a me. In quel night, mi sono sentito come se io ed Evans fossimo dei completi estranei: estranei perfino a noi stessi, dato che ci eravamo dimenticati chi e dove fossimo. Si è spogliata senza esitazione, con l'indifferenza più assoluta. Le sue intenzioni ora mi sono chiare. L'intento era quello di umiliarmi. Sì… questo è un fatto innegabile. Lei voleva vedermi *cedere*. Voleva infliggermi la punizione dell'umiliazione. Io l'avevo allontanata e lei voleva farmi vedere di cosa fosse capace. Voleva che io abbassassi lo sguardo sul suo corpo, mentre si sfilava il reggiseno, e resisterle è stata una vera e propria tortura. Non ci sono solo dolcezza, grazia e fierezza in Beatrix:

lei è anche una forza in grado di trascinarmi nelle acque più profonde per poi annegarmi. Lei è sadica. E io sto diventando matto. Una parte di me soffre terribilmente per tutto quello che mi sta facendo, soffre a tal punto che l'unico modo per provare un po' di sollievo sarebbe ignorarla completamente, continuare a pensare che noi due siamo troppo diversi perfino per rivolgerci la parola. Ma la vera soddisfazione me la darebbe sbattermela forte, fortissimo, legarle i capelli con il nastro che conservo da otto anni, e farle vedere quanto poco conta avere la battutina sempre pronta, fare sempre la sostenuta, se poi ti lasci scopare da uno come me. Sarebbe un bel modo di contraddirla, di mostrarle che non importa quante arie si dà, non importa quanto si dimostra intelligente agli occhi del mondo: perché, nonostante tutto, lo sappiamo entrambi. Lei è fatta su misura per me. Mannaggia a lei e a quando ha deciso di frequentare Luke. Adesso mi sta sempre in mezzo ai coglioni. Ma la parte peggiore di tutta questa storia non è avercela sempre in mezzo. È la consapevolezza che ucciderei chiunque la guardi perché sono geloso. Ma è così che lei mi fa sentire. Mi sento come nella canzone *Crazy in Love* di Eminem. Mi sembra di nuovo di trovarmi in quel night. Quanto vorrei sedermi di nuovo su quei divanetti, farle da spettatore come sono sempre stato, prenderla per i fianchi, ordinarle di mettersi cavalcioni su di me, afferrarle il sedere piccolo, tondo e sodo, prenderlo a schiaffi, e spingerla contro di me con violenza; forse, in questo modo si placherebbe un po' di foga che sento adesso. Dopo il suo comportamento al night, se lo meriterebbe. Si meriterebbe un obbligo del genere. Non si lascia un ragazzo in quello stato, solo e con il cazzo che pulsa nei pantaloni, come ha fatto lei. Se ora fossimo da soli, la punirei per quel che ha fatto e per la sfacciataggine con cui prima si è spogliata e poi se n'è andata. *Ma non siamo da soli. E io devo darmi una calmata, stasera.*

«Torna a dormire a casa di tua zia, per tutta la prossima settimana», le dico all'orecchio.

Mi guarda perplessa.

«*Cosa?*»

«Hai capito bene, gnometta, questo è il mio obbligo. Niente più amiche spogliarelliste e lavori notturni: per questa settimana, ti aspetta la vita di un'adolescente normale». Un'adolescente normale la cui finestra si trova proprio di fronte alla mia finestra…

Qualcuno mi tira un cazzotto alla schiena.

«Ehi, cazzone».

Se qualcun altro si fosse azzardato a parlarmi così, probabilmente lo avrei pestato a sangue. Ma lui è Lucas Brenson, ci conosciamo da una vita: gli insulti a vicenda sono una prassi, ci prendiamo a cazzotti dall'alba al tramonto; io dico che lui è la mia brutta copia (e chi dice il contrario non capisce un cazzo) e lui dice che io sono un cazzone. Ho assistito ai momenti bui della sua vita, e lui ha assistito ai miei; abbiamo sofferto insieme, in silenzio, perché anche lui non ha avuto un'infanzia facile, dato che i suoi genitori non si sono mai curati di lui, presi com'erano dal loro lavoro. E spesso quando eravamo piccoli andavo a casa sua; a sua madre dicevamo che studiavamo, invece giocavamo alla PlayStation, mangiavamo schifezze, talvolta ordinavamo anche al McDonald's. Era il nostro momento magico. Del resto, lui veniva preso in giro perché aveva gli occhiali spessi come due fondi di bottiglia; io venivo preso in giro perché non sapevo leggere né scrivere. Insieme ci siamo sempre fatti forza. Lucas è un po' come un fratello. Un fratello, però, che non ti metterebbe mai nei casini.

«Che cazzo vuoi?», ribatto e lo studio attentamente, cercando di cogliere nel suo aspetto o nei suoi modi di fare qualcosa che evidentemente lui ha e che a me manca.

«Lascia in pace, Bea», dice scherzando. O forse no, non sta scherzando. «Mi vuoi forse fregare la ragazza?», aggiunge.

«Sì, Luke. Se parli di tua madre», rispondo.

Lui le stampa un bacio sulle labbra e le chiede contro la bocca: «Come siamo andati, Bea? Siamo andati bene?»

«Alla grande».

Eccome. Alla grande, sì sì.

Il mio telefono squilla, e per fortuna vengo distratto dalla scena che ho davanti agli occhi.

«Tyler, menomale che hai risposto. Non sapevo chi chiamare», dice una voce debole.

«Ryan?», chiedo quasi gridando. Qui dentro c'è un casino. «Non ci parlo con te. Vai a farti fottere».

Non parlo più con nessuno dei miei fratelli, non dopo ciò che hanno fatto alla leonessa. Non mi mischio con certa feccia, ma al momento non ho i mezzi sufficienti per fare le valigie, sloggiare da casa e trasferirmi da qualche altra parte. Prima o poi, magari una volta che finisce la scuola, lo farò. Disapprovo i comportamenti di ognuno di loro. Killian non avrebbe mai dovuto cercare di fare del male ad Arya, Ryan non avrebbe dovuto giustificarlo per tutta la sua intera esistenza e Clayton non dovrebbe prestare il fianco a certe dinamiche di famiglia. Per non parlare di Paxton, che non osa mai contraddirli; quando si tratta di conquistare la loro stima e fiducia, lui è sempre in prima fila, gli leccherebbe la suola delle scarpe pur di farsi accettare; quando si tratta dei miei fratelli, Paxton non ha una cazzo di personalità e per me può fare la loro stessa fine. Mi suscitano tutti e quattro repulsione: e io mi dissocio. L'obiettivo è ignorarli fino a quando non arriverà il fatidico momento in cui potrò andare per la mia strada e farmi la *mia* vita.

«Tyler, non ti avrei chiamato se non fosse urgente», spiega Ryan.

«Attaccati al cazzo», rispondo.

«Arya sta male», dice Ryan.

Ci metto qualche secondo a realizzare. «In che senso sta male?»

«L'ho trovata svenuta nel giardino di una villa in cui si trovava».

«Ma che cazzo! Come svenuta?»

«Riesci a venire qui? Sono dai Donovan adesso».

«Arrivo, Ryan. Aspettami». Attacco alla svelta.

Fisso Evans e Lucas sbaciucchiarsi con il più feroce disgusto che mi mangia lo stomaco. Se la sua amica sta male, immagino che Evans voglia saperlo, o essere lì per lei, rendersi utile in qualcosa.

«Cambio di programma, Luke, ti frego la ragazza», gli dico, e lui si stacca da lei e alza le sopracciglia. «Più tardi ti spiego», lo rassicuro, «ma adesso deve venire con me».

Quel tizio dietro di lei le sta ancora fissando il culo. Cristo, che palle. Il formicolio nelle braccia, nelle mani e sulle nocche si fa sempre più intenso, una foga incontrollabile straripa, mentre avanzo nella sua direzione. Studio la sua faccia sorpresa e, quando mi fermo a meno di un metro da lui, pianto i piedi e gli sferro un pugno in faccia che lo fa accasciare sul pavimento.

106

Paxton

Siamo fuori, nella notte. Siamo usciti finalmente da villa Lancaster. Una schiera di lampioni illumina la strada, che si estende sotto i nostri piedi, come un tappeto rosso che accoglie i gloriosi vincenti. Mi sento rincuorato dal fatto che sta andando tutto secondo il programma, per una volta. Quella ragazza bionda, Cassie, sotto l'aria svampita di cui è rivestita, sa il fatto suo, bisogna dirlo. Senza di lei probabilmente non ce l'avremmo fatta a uscire da quella villa macabra indisturbati. Mi rendo conto di camminare con aria un po' colpevole, e così mi forzo ad assumere una posa da soldato valoroso, affiancato da Killian e Clayton che invece hanno un'andatura sciolta. E poi, eccolo là. Ad aspettarci sulla strada c'è un taxi, lo stesso che abbiamo preso all'andata: Clayton si è messo d'accordo con il conducente, in modo che rimanesse parcheggiato per tutto il tempo necessario fuori da villa Lancaster, così da squagliarcela senza perdere tempo. Quando lo raggiungiamo, Clayton mi passa la valigetta.

«Tienila tu», dice. «Hai fatto un ottimo lavoro stasera».

«Ma non ho fatto niente», ribatto, e Clay sta per dire qualcosa, ma Killian lo precede, incurvando le labbra.

«Appunto. Bravo». Ma… un ceffone ogni tanto qualcuno glielo ha dato?

«Killian, comunque prego per averti salvato le chiappe», rispondo acido. Come se non fossi pronto a rifarlo a occhi chiusi. Sono proprio un falso di prima categoria.

«Pax», dice Clayton, «grazie. Grazie per tutto quello che hai fatto in questi giorni. Ti sono debitore. Anzi». Il suo sguardo si posa lentamente su Killian. «Ti *siamo* debitori».

«Lo sai che io ci sono sempre. Qualsiasi cosa», replico, poi guardo Killian di traverso e il cuore prende a battermi in maniera incontrollata. Sì, io ci sono sempre. Soprattutto per lui. Non potrei mai tirarmi indietro. È la mia debolezza più grande, non importa quante ne devo sopportare, non importa quanto il nostro rapporto delle volte è complicato, io lo aspetterò per sempre. E se un giorno, per puro caso, gli verrà voglia di abbracciarmi, io ci sarò.

«Sì, ma adesso basta con le sviolinate», dice Killian. «Andiamocene. Non mi piace l'aria che tira stasera». Poi si affianca a Clayton. «Una domanda, fratello», gli dice. «Ma "Pax" sta per "paxerello", per caso?».

Mi imbroncio. Ah-ah-ah. *Battutona.*

107

Cassie

Sono usciti da tre minuti esatti.

È il momento. Prendo il cellulare, che sta nella borsetta. Per quanto mi tremano le mani, sono costretta a digitare due volte il codice di sblocco. Poi, compongo il numero da chiamare, il 911, e porto il telefono all'orecchio. Sta squillando. Sto per fare una stronzata?

Probabile. Me ne pentirò?

Assolutamente sì. Lo faccio comunque.

Mi sembra logico. Il fatto è che non posso lasciare che qualcuno si permetta di minacciare mia madre, rubare in casa di Roman, costringermi a essere complice, sperando poi di farla franca. Clayton vuole la guerra?

Perfetto.

Gliela servo io, su un piatto d'argento. Che cazzo.

Ormai che cosa diamine ho da perdere? Ho pensato a tutto; ho recitato bene la parte della ragazza infreddolita, mentre aspettavo fuori che arrivasse Clayton. E quando poi è arrivato, ho battuto così forte i denti da impietosirlo a tal punto da far sì che lui mi prestasse la sua giacca; ho tenuto la sua giacca addosso per tutta la festa e, quando ballavo con Roman ho aperto la borsetta, ho preso un microlocalizzatore GPS e l'ho infilato nella tasca interna della sua giacca. Prima che andasse via, gliel'ho restituita, cercando di non fare facce strane, ma lui era più impegnato a cercare di capire se fossi ubriaca che ad accorgersi che stavo cercando di incastrarlo. Ora, mi basterà dire alla polizia tutto quanto. Mi basterà fornirgli i dati della SIM del localizzatore, così da individuare la posizione di Clayton con esattezza, e consentire alle autorità di trovarlo e acciuffarlo, colto con le mani nel sacco. Gli agenti troveranno la valigetta, sapranno che è di Roman, perché glielo dirò io, e lo ammanetteranno. Già mi immagino la scena. Per il furto, ti danno almeno un anno di galera, e finalmente lui avrà quel che merita, quel che gli sarebbe dovuto spettare già mesi fa.

«911, stato di New York», dice la voce al telefono.

108

Paxton

Clayton apre la portiera del taxi e prima che entriamo ci fissa scrupolosamente. Si concentra sulla valigetta che tengo tra le mani come un tesoro prezioso: la tengo strettissima dato che ho paura che mi caschi, perché, come dice mia nonna, ho le mani di ricotta.

«Io prenderò un altro taxi», dice Clay. «Voi salite su questo».

«Perché?», chiede stranito Killian. «Perché non vieni con noi?».

Clayton piega le labbra, che formano un sorriso sfacciato e sardonico. «Precauzione».

«Cosa vuol dire, scusami?», chiede Killian con tono incazzato. «Ehi, non lascerò mio fratello qui da solo in mezzo alla strada, scordatelo».

«Voi andate. A me non succederà nulla. È meglio se non facciamo questo tragitto insieme».

«A volte non ti capisco», borbotta Killian. «Siamo arrivati insieme e dobbiamo andarcene insieme».

Il tassista si sporge dal finestrino. «Ragazzi, che dobbiamo fare? Si parte o no? Il tassametro è stato avviato, poi non ditemi che non vi avevo avvisati…».

«Sì, sì, adesso partiamo!», sbotta Killian e poi ci guarda. «Che spilorcio», sussurra.

«*Andate*», ordina Clayton. «Da qui in poi ci dobbiamo separare, ma ci vediamo a casa».

Killian alza gli occhi al cielo. «Questa me la devi spiegare, più tardi», dice puntandogli l'indice contro. «E ricordati una cosa, fratello: se ti succede qualcosa, ti ammazzo». *Top*.

Clayton trattiene una risata, mentre l'altro tira un lungo sospiro.

«E tu entra, muovi il culo», mi dice Killian, indicando l'interno del taxi.

Obbedisco all'istante; d'altronde, come potrei mai fare il contrario. "Muovi il culo". Dal Vangelo secondo Killian Mackenzie.

Lancio un'occhiata ai sedili anteriori, poi scruto lo specchietto centrale e incontro gli occhi del tassista, visibilmente scocciato.

«Dove si va?», chiede.

«Oh, di sicuro non in paradiso», dice Killian sbuffando e sistemandosi sul sedile nel modo più accasciato possibile.

Gli do l'indirizzo, prima che questo tizio ci faccia scendere da qui a calci nel sedere.

E così, ci lasciamo alle spalle Clayton, il quale rimane da solo nell'ombra della notte, a fissare i piccoli punti di luce che forano il cielo scuro. Le stelle brillano come ragnatele di diamanti sopra di lui.

109

Clayton

Mi accendo una sigaretta e contemplo il vuoto attorno a me. Mi aggiusto la giacca, controllo nelle tasche dei pantaloni e di nuovo in quella della giacca, prima in quella esterna e poi in quella interna… e lo trovo. Un microlocalizzatore GPS. Sorrido, perché dopotutto non posso fare a meno di pensare che il coraggio di quella biondina rasenti una grave forma di stupidità. Avrei dovuto immaginarlo. Lei ha imparato a giocare, e adesso comincia a dettare qualche regola. Una piccola parte di me apprezza la sua ostinazione, l'altra però si sente minacciata. Lei è stata creata per distruggermi.

L'hanno mandata su questa terra per rovinarmi la vita. Lei è la mia nemica numero uno, quella da cui mi devo sempre guardare le spalle, quella di cui non fidarsi mai, perché è sempre pronta a fottermi, e se io non fossi il calcolatore che sono, lei ci riuscirebbe alla grande. Lei è la mia più grande condanna e questo l'ho sempre saputo, fin dal primo momento in cui non sono riuscito a spararle. La promessa che io e Cassie ci siamo fatti era vera. Tra noi sarà sempre guerra, su questo non ci sono dubbi, ma… una cosa devo ammetterla, penso rigirandomi il microlocalizzatore GPS tra le dita… *nessuna è come lei.*

Aspetto che arrivi qualcuno della polizia a portarmi in centrale e interrogarmi, e fumo una sigaretta dietro l'altra. Aspetto, aspetto e aspetto ancora… Quando quelli della polizia arriveranno, penso, non mi troveranno niente in mano, non ci sono prove della mia colpevolezza, perché io della valigetta mi sono sbarazzato, dandola a Paxton. So che Cassie stava tramando qualcosa, anche se non avrei mai saputo indovinare che cosa, e non avrei mai pensato che lei potesse andare fino in fondo. L'attesa è snervante, e il tempo continua a scorrere ineluttabile: la cenere per terra si accumula, mentre ripenso a tutti i brevi momenti vissuti questa sera. La conclusione della serata mi sembra di colpo ironica e penosa insieme. Io che mi faccio incastrare da lei. Anzi, quasi. *Quasi* incastrare. E passano minuti eterni, passa forse un'ora, ma di una volante che sfreccia nella mia direzione non si avverte neanche il suono più remoto.

110

Paxton

Io e Killian stiamo aspettando Clayton. Ci ha messo in un taxi e ci ha rispediti a casa. Ma lui che fine ha fatto?

Perché non è venuto con noi? Ryan e Tyler sono fuori, come spesso succede quando noialtri siamo in casa, perché ormai è come se avessimo creato due fazioni, i buoni e i cattivi, e in tutto questo la signora Mackenzie dorme.

Io e Killian ci fissiamo in modo ambiguo, seduti al tavolo della cucina. Lui mastica una gomma alla fragola e fa cose strane con la lingua, si dondola sulla sedia come mia nonna mi ha sempre insegnato di *non* fare a meno che non volessi finire dritto su una sedia a rotelle… Picchietto le dita sulla valigetta posata sul mio grembo.

Ma quando arriva Clayton?

Non vedo l'ora di scoprire quanti soldi ci sono qui dentro. Mi ci vedo già a sorseggiare un cocktail al sapore di frutti esotici sdraiato su un lettino in una spiaggia tropicale, a sventolarmi con le banconote. Siamo appena diventati ricchi.

Me lo sento. Questa valigetta è la svolta della nostra vita. Killian fa un palloncino con la gomma, che poi fa scoppiare e gli rimane appiccicato sulle labbra. Non dovrei fantasticare di morderle. Le sue labbra perfette sarebbero solo da prendere a morsi e immagino che sapore buono avrebbero. Ormai il ricordo del nostro bacio è così lontano che potrei benissimo essermelo sognato. L'effetto che mi ha lasciato nella mente è simile a un sogno, ho i ricordi sfilacciati e interrotti, circondati da una nube fumosa e argentata, e il tutto è accompagnato da una sensazione di leggerezza surreale.

«La vuoi piantare di fissarmi?», dice continuando a dondolarsi sulla sedia, e io ignoro la frecciatina.

«Quand'è che arriva Clayton?», chiedo sbuffando. «Ci sta mettendo una vita». E poi, ecco la porta che si apre e una figura che sbuca tetramente nell'ombra.

Mi metto in piedi, posiziono la valigetta sul tavolo, impaziente da morire di aprirla.

«Cazzo, che ansia», dico.

«È il momento della verità», dice Clayton.

Clayton e Killian si mettono accanto a me, uno a destra e l'altro a sinistra, e io mi poso le mani a coppa in modo da coprire gli occhi.

«Fate voi, vi prego, io non voglio guardare», dico, mentre intorno a me si fa tutto buio. «Allora, quanti soldi ci sono?»

«Pax, ancora non l'abbiamo aperta», dice Clayton.

«E quanto ci vuole?», chiedo.

Poi sento scattare il sistema di chiusura della valigetta e c'è un lungo momento di silenzio.

Che qualcuno parli, per cortesia, o sarò costretto ad aprire gli occhi, ma non voglio farlo senza prima sapere che cosa dovrò aspettarmi.

«Cazzo», dice Clayton.

«Cazzo», dice Killian. Sposto le mani coraggiosamente, per consentire ai miei occhi di guardare, e con mia grande sorpresa scopro che non ci sono i soldi che ci aspettavamo.

«Wowowooh», ululo. «*Cazzo!*».

111

Cassie

È notte fonda, e io sono rannicchiata sotto il piumone, a osservare malinconica la luna oltre la finestra, e ripenso a questa serata assurda. Alla fine, ho lasciato che Clayton se ne andasse senza essere inseguito dalla polizia. Dopo aver provato a chiamare il 911, non sono riuscita a spiccicare mezza parola, e sono stata costretta a riattaccare. L'ho lasciato andare senza fare niente. Ho lasciato scappare via un criminale che ha commesso un furto, di cui io sono immediatamente diventata una complice. Non so cosa mi sia passato per la testa. Le ragioni per le quali non l'ho denunciato sono inspiegabili, come se una parte di me avesse provato pietà per lui, senza un'apparente ragione. E ora, scrutando fuori dalla finestra, mi chiedo dove sia andato, dove sia scappato; forse è tornato a casa? O forse è ancora in giro? Che cosa starà facendo?

Il cellulare vibra sul materasso, lo schermo illumina il buio e controllo immediatamente le notifiche. Un sorriso ebete mi sfugge dalle labbra, alla vista del *suo* messaggio. "Cassie". Ne arriva un altro, di seguito. "Ci sei, oppure stai dormendo?".

Mi mordo il labbro, mangiucchiando qualche pellicina, valutando seriamente l'opzione di ignorarlo, o anzi, meglio, di bloccarlo definitivamente. Clayton non può farmi venire ogni volta questi colpi al cuore. Ogni sera, prima di addormentarmi, guardo spesso i messaggi in cerca di lui. Guardo il suo nome in rubrica e penso. Penso a tutto quanto…

Io: Ci sono, Clayton. Cosa c'è?

Non risponde subito e mi sembra di impazzire. Mi butto sul letto, butto la testa sul cuscino, guardo il soffitto.

Clayton: Niente. Ti pensavo. E volevo sentirti.

Rileggo il messaggio almeno tre volte, perché non si sa mai, magari ho capito male, oppure ho frainteso io, invece ha scritto proprio questo. "Ti pensavo. E volevo sentirti". Mi sistemo sotto le coperte, facendole aderire al mio corpo, perché una scossa di brividi mi sta facendo raggelare. Devo rispondergli qualcosa alla svelta, oppure penserà che io mi sia incantata dinnanzi alle sue parole.

Io: Sei a casa?

Temo una risposta diversa da quella che vorrei che mi desse. Infatti, spero che lui mi scriva da casa sua, magari proprio dal suo letto, come sto facendo io.

Clayton: Sì.

E ora cosa gli dico?
Non voglio che questa conversazione finisca in questo modo. Poi, mi ricordo della promessa che mi ha fatto stasera mentre ballavamo.

Io: Le mie foto… ce le hai ancora?
Clayton: Non le ho ancora cancellate. Ma posso farlo se vuoi.

Ha mantenuto la parola. È sufficiente che io gli dica di sì e tutto questo finirà. Non potrà più ricattarmi, non ci sarà più traccia di me nella sua galleria. Ma è davvero ciò che voglio?
Be', fino a un secondo fa sì, lo era. E adesso perché non ne sono più sicura?

Clayton: Prima che tu mi risponda, però… mi piacerebbe chiarire una cosa, Cassie. Non mentivo quando una volta ti ho detto che non sono un depravato… non mi sono mai toccato usando le tue foto. Ti penserei ogni volta che mi afferro il cazzo, Cenerentola. Ma non lo faccio. Non senza il tuo consenso.

Oh, mio Dio. Sto andando a fuoco: tutto il sangue e il calore che ho nel corpo affluiscono verso la zona intima e la scala delle mie priorità cambia all'istante: l'orgoglio non è più in cima.

Io: Quindi, se io ti dessi il permesso, lo faresti?

Ci mette un po' a digitare, come se stesse indugiando nella risposta, e io mi sento più cogliona ogni secondo che passa ad averglielo chiesto.

Clayton: Cosa pensa Lancaster del fatto che stai cercando di diventare l'oggetto della fantasia di un altro?

Ha deviato totalmente il discorso.

Io: Tra me e lui non è come credi tu.
Clayton: Non credo nulla, Cenerentola. Ma una domanda. Lui sa della mia esistenza?
Io: No. Non lo sa.
Clayton: Sembra un bravo ragazzo, sembra che ti faccia stare bene. Bene come meriti. O sbaglio?
Io: Sì, lui è un bravo ragazzo.

E, anche se è un sentimento ingiustificato, io mi sento in colpa a parlare con Clayton dentro l'enorme stanza che Roman ha messo a mia disposizione, mi sento in colpa perché il mio cuore batte così forte mentre parlo con un altro e aspiro il profumo gradevole di limone che emanano queste lenzuola.

Clayton: Mi dispiace per stanotte. Volevo che tu sapessi che era l'unico modo.
Io: Spero almeno che ne sia valsa la pena.

Passa qualche minuto.

Clayton: Quindi le tue foto le cancello?
Io: Puoi tenerle...

"E puoi anche pensarmi", digito, ma senza inviare il messaggio.
Anzi, cancello all'istante questa frase. Perché scema come sono potrei inviarla per errore. Parlare con lui attraverso uno schermo è diverso dal parlare con lui dal vivo, sembra tutt'altro ragazzo, e mi fa provare delle sensazioni contrastanti. Adesso, mi sembra quasi che Clayton e il ragazzo riservato siano tornati, per un attimo, a essere la stessa persona. Il cellulare vibra, mi arriva un messaggio con un allegato.

Clayton: Però, per essere pari, dovresti avere almeno una mia foto.

Poi, di seguito, un'immagine.
Dovrei guardarla?
No, che non dovrei, che domande. Probabilmente, sta cercando di manipolarmi.
Ma la curiosità si impossessa di me, quindi ci clicco sopra. Clayton ha la testa sul cuscino, di lato e un po' all'indietro, facendo risaltare il lungo collo bianco e il pomo d'Adamo; i capelli arruffati gli coprono gli occhi e ha un sorriso vagamente tenero agli angoli delle labbra; gli occhi neri brillano di fuoco, come stelle ardenti sul suo incarnato pallido. Un braccio gli copre una parte del petto nudo e mi soffermo a osservare i suoi pettorali scolpiti, la definizione perfetta delle linee che modellano il suo corpo, fino

all'addome. Mi manca l'aria. Ho bisogno di ossigeno, o di una flebo, vi prego, credo di non sentirmi affatto bene.

Clayton: Grazie.
Io: Per cosa?
Clayton: Per averci ripensato.

La telefonata alla polizia.

Clayton: Buonanotte, Cenerentola.

Non ce la faccio.
Voglio morire. Ammazzatemi, vi prego.

Io: Notte, Clayton.

E poi nascondo il cellulare sotto le lenzuola, e immergo la faccia nel cuscino, soffocando un urlo che è un misto di disperazione e gioia.

112

Ryan

Ammazzerei mezza città pur di tenerla al sicuro.
Ma che cazzo dico.
Ammazzerei una città intera, e anche di più. Forse, è proprio questo il mio problema. Il problema è che, mentre io sono occupato a uccidere il mondo, lei si impegna con tutta sé stessa a mettersi in pericolo. Cammino sulla ghiaia, bianca e polverosa, che conduce all'ingresso sfarzoso di villa Lancaster. Arya è stesa per terra. La sua figura è in parte coperta dall'ombra delle siepi, ma riesco lo stesso a notare che lei non si muove. Ho sempre immaginato la mia vita come una penitenza, una strada vacua in cui tutto si perde e si esaurisce senza scopo, in cui Arya se ne sta silenziosamente accanto a me, inafferrabile, troppo lontana, qualcosa che non posso mai toccare. Ora, però, capisco che la vera punizione è arrivata adesso, ed è proprio questa: percorrere questo viale, in cui alla fine mi aspetta lei, accasciata per terra, priva di forze, immobile, che sembra morta.
Mi avvicino.
Mi piego su di lei e la tocco. La fronte è fredda.
Anche il suo collo. Il dolore che tutto ciò mi procura è folgorante.
Cazzo, Arya, ma come ti sei ridotta... Cristo. Ti prego, io ti voglio ancora, ho ancora bisogno di te, non sono così forte da guardarti ridotta in questo stato, non mettermi alla prova in questo modo.
Mi sento come se qualcuno mi stesse prendendo a pugni il cuore.
Pianto le ginocchia per terra e la afferro dalle ascelle, per metterla un po' dritta.
«Arya, mi senti?», provo a dirle. Lei è poggiata su di me senza più forze e le accarezzo una guancia, ragionando su come farla risvegliare.
Non posso immaginare un mondo senza di te, Arya. Chissà se riesci a sentirmi urlare dentro.
«Rispondi, ti prego», dico, e senza perdere altro tempo cerco il cellulare nella tasca dei pantaloni. Devo chiamare un'ambulanza.
Devo chiamare un'ambulanza al più presto. Lei muove impercettibilmente le palpebre.

«Ryan», sussurra.

Sentirle pronunciare il mio nome in questo modo è molto doloroso. Una sensazione strana nasce dentro di me all'istante.

Un sentimento che mi attraversa impetuoso come il corso di un fiume, che mi riempie e mi svuota allo stesso tempo, che percepisco ovunque, nelle mani, nel cuore, nello stomaco, sulla pelle. Apre leggermente gli occhi: un azzurro terso, come un cielo primaverile, limpido e tranquillo, magico, *mio*. Guarda il cellulare.

«Che stai facendo?»

«Ti chiamo un'ambulanza», spiego con il telefono attaccato all'orecchio.

«Riportami a casa da mio padre, Ryan», dice.

«Devo chiamare un'ambulanza, stai male».

«Portami da mio padre», dice di nuovo. «Devo tornare da lui». Deglutisce con fatica. «Non voglio andare in ospedale, Ryan, voglio solo tornare da mio padre».

La sollevo da terra, prendendola in braccio, e il suo vestito ondeggia nell'aria; lei è leggerissima, le faccio poggiare la testa contro il mio petto.

«Ci aspetta un taxi qui fuori», mormoro, mentre lei sistema il suo viso nell'incavo del mio collo e io inspiro il profumo gradevole dei suoi capelli. Mi viene in mente un pensiero che mi riporta a una realtà lontana e distante. Quando ero piccolo, le costruivo spesso coroncine con rami di legno e peonie; gliele mettevo tra i capelli castani che sotto il sole avevano delle sfumature dorate.

Ora mi sembra un tempo lontanissimo, quello, mentre cammino con lei in braccio fino al taxi. La sistemo in macchina in modo che lei non si faccia male. Arya vuole che io la riporti da suo padre… così dico al tassista la via del suo bar. Durante il tragitto, chiamo Tyler: l'unica persona che mi verrebbe da avvisare in questo momento.

«Tyler, menomale che hai risposto, non sapevo chi chiamare».

«Ryan? Non ci parlo con te, vai a farti fottere».

«Tyler, non ti avrei chiamato se non fosse urgente», quasi lo imploro.

«Attaccati al cazzo», ribatte deciso.

«Arya sta male».

«In che senso sta male?»

«L'ho trovata svenuta nel giardino di una villa in cui si trovava».

«Ma che cazzo! Come svenuta?»

«Riesci a venire qui? Sono dai Donovan adesso».

«Arrivo, Ryan, aspettami».

Osservo Arya, che dorme beatamente su di me, e mi ricordo di quella volta in cui l'ho trovata dentro un fosso e ho percorso la strada con lei in braccio fino a casa sua, senza fermarmi mai. In quell'occasione, avrei potuto chiamare un'ambulanza, ma non l'avevo fatto forse per paura che mi facessero delle domande su Killian; avevo lasciato che a chiamare i soccorsi fosse suo padre, una volta che io l'avevo riportata a casa. Dico al tassista di cambiare destinazione.

E richiamo mio fratello.

«Cambio di programma, Tyler. Raggiungimi all'ospedale».

113

Beatrix

Arya è stesa su un lettino, i dottori le hanno attaccato una flebo e sono spariti da qualche parte, ad analizzare un campione di sangue per capire che cos'ha e quali sono le cause del suo malessere. Ma ci hanno già anticipato che il suo collasso potrebbe essere dovuto a un abuso di sostanze stupefacenti. La mia migliore amica si droga e io l'ho scoperto solo cinque minuti fa. Questo fa di me una persona davvero pessima. Sono seduta accanto a lei, le sto tenendo la mano e mi sto sforzando di non piangere, anche se non c'è un cazzo da piangere perché si riprenderà. Siamo da sole nella stanza, poiché Ryan e Tyler sono qui fuori in sala d'attesa a parlare.

«Cosa ti è successo, *ma petite*?», le chiedo intrecciando le mie dita alle sue. «Sono la tua migliore amica, me lo puoi dire... Che cos'hai? È un periodo in cui ti vedo strana, non sei tu questa qui. È per colpa di quello che ti ha fatto Killian? È per colpa di Killian che ti tormenta? Posso dirti una cosa, patata mondiale? Sei una ragazza fortunata, sì, tranne per il fatto che un pazzo criminale ha cercato di violentarti; ovviamente sto scherzando, ho un pessimo senso dell'umorismo quando sono nervosa, ma ciò che voglio dirti è che... stasera ho capito di essermi sempre sbagliata su Ryan. Credo che lui ti voglia bene. E anche Tyler te ne vuole molto. Farebbero di tutto per te.

«Cerca di rimetterti in sesto il prima possibile, sia per me che per loro; quei due sono di là e stanno morendo di ansia per te. Tyler non fa altro che camminare avanti e indietro per il corridoio dando sbirciatine alla tua stanza e Ryan credo che morirebbe anche subito se questo fosse sufficiente a farti risvegliare all'istante. Per tutto questo tempo ha girato dentro l'ospedale come un fantasma, come a perlustrare ogni angolo di questo posto; come quando qualcuno ha perso qualcosa di importante e lo cerca nei posti più improbabili. Lui ti guarda in un modo che non so spiegare. Come se non volesse mai distogliere lo sguardo da te...

«Non ti capiterà di nuovo una confessione del genere da parte mia. Sono sempre convinta di sapere tutto, ma su di loro, sì, mi sono sbagliata e te lo sto dicendo forse perché non puoi neanche sentirmi, ma una buona amica ti dice sempre la verità, su qualunque cosa, un'amica ammette sempre i propri errori e, visto che in parte sono stata io a dirti di stare lontana da Ryan, devo anche dirti che forse non è da lui che devi stare lontano…

«Da quando stai insieme a Wellington, sei cambiata. Pensavo che la colpa fosse di Ryan, perché era tornato nella tua vita, ma adesso non posso fare a meno di pensare che invece sia proprio Wellington il motivo della tua trasformazione. Se fosse così, me lo diresti, *ma petite*? Spero solo che tu ti svegli presto, perché sinceramente non vedo l'ora di ricevere qualche spiegazione da te».

Non appena arriva l'infermiera, sospiro, poi lascio la mano di Arya; mi alzo dalla sedia e mi dirigo verso l'uscita. È meglio se torno da Ryan e Tyler, perché c'è bisogno di una presenza femminile in grado di tranquillizzare quei fratelli scapestrati. Sono tutti e due seduti in sala d'attesa. Ryan ha le mani nei capelli e Tyler muove convulsamente la gamba destra, come se non riuscisse a controllarla; quando mi vedono, sembra che abbiano avuto un'apparizione divina.

«Allora, come sta?», chiede Tyler, invece Ryan rimane muto, ma nei suoi occhi c'è la speranza che io sia qui per portare loro buone notizie.

«Come prima», dico.

Ryan immerge di nuovo la testa fra le mani e si preme i palmi contro le palpebre, sospirando rumorosamente. «Devo sapere chi è stato», dice. «Chi cazzo è stato a drogarla».

«Io un'idea ce l'avrei», dico. «Però, non ne sono sicura…».

«Parla, Evans», ringhia Tyler scattando in piedi, e la sua figura massiccia si avvicina a me, come a volermi intimidire.

Dovrei dirglielo?

E se mi sbagliassi?

Se non fosse stato *lui*? Eppure, da quando si frequentano, lei è diventata un'altra persona: più triste e apatica. Sono sua amica, mi accorgo anche del minimo cambiamento, colgo le sue espressioni, la sua negligenza dell'ultimo periodo non l'ho presa sottogamba.

«Il suo fidanzato», replico. «Wellington Parker».

Ryan rialza immediatamente la testa e mi squadra con una strana luce nelle iridi verdi.

«Come, scusa?»

«Non lo so, quel tipo mi puzza», spiego in fretta. «Cioè, voglio dire, ha sempre quel sorriso viscido e non sai mai quello che pensa. Secondo me è stato lui a darle la roba, o comunque a incoraggiarla ad assumerla. E poi… non è uno sincero, ecco. A volte, forse un paio, ci ho parlato e paragonava Arya a una sirenetta… Cioè, cazzo, quel tipo sta fuori».

Tyler e Ryan si scambiano un'occhiata breve, ma complice.

Che cazzo mi stanno nascondendo?

«Quella pattumiera vivente», dice Tyler sbalordito. «Non ci posso credere...».
«Già... Ma, ripeto, non ne sono sicura», replico. «Dovremmo chiederlo ad Arya».
Ryan fissa un punto indefinito dietro di me, il viso di marmo e sul fondo degli occhi un'espressione di ironico e crescente disgusto.
«Non ci posso credere», ripete Tyler.
E poi arriva l'infermiera che prima era da Arya: si avvicina a noi con cautela e formalità.

114

Arya

Sbatto le palpebre più volte e una luce mi esplode negli occhi, sebbene la stanza in cui adesso mi trovo non sia poi così illuminata. Mi guardo intorno. C'è un televisore tozzo e quadrato, una finestra dalle tende azzurre, e ho dei fili di plastica attaccati alle braccia, oltre a un mal di testa infernale. Sono sdraiata su un lettino d'ospedale e non ho le forze neanche per sollevare la testa dal cuscino. Sento dei rumori, sento una voce profonda che somiglia a quella di…

«Venite! Venite! È sveglia!».

La voce un po' nasale di Bea mi fa stare più tranquilla, mentre la mia amica fa irruzione nella stanza: indossa una gonna corta e un top fosforescente che le lascia scoperta la pancia; i capelli lisci e lunghi sono una cascata di ebano liquido. Per un attimo, la sua voce mi era sembrata quella di mia madre… Lei mi guarda e negli occhi ha un rimprovero materno. Spero solo che non cominci a farmi una ramanzina. Si siede sul lettino e mi prende la mano.

«*Ma petite*, vaffanculo», dice. «Sei una deficiente. Potevi rimanere stecchita questa notte, lo sai? Ma cosa ti è preso?».

C'è qualcun altro che è entrato nella stanza. Tyler e Ryan. Entrambi mi guardano: osservano le flebo che i medici mi hanno attaccato, la copertina azzurra che mi copre il busto, e non dicono mezza parola. Vorrei scomparire, perché mi vergogno. Giro la testa e guardo altrove: non voglio ricevere sgridate da Bea e non voglio parlare con nessuno, voglio solo starmene un po' per conto mio, vorrei essere lasciata un po' da sola. Sul comodino è appoggiato un vaso con dentro un bouquet di peonie. Analizzo il bouquet, riflettendo. Ma certo, i fiori deve avermeli portati Ryan, e ruoto immediatamente la testa verso di lui, sorpresa. È stato lui a trovarmi nel giardino di Roman, mi ricordo di come mi ha sollevata da terra, mi ha raccolta con la stessa delicatezza che mi riservava da ragazzino. Gli ho chiesto di portarmi da mio padre, perché non volevo finire qui dentro. Ora, mentre osservo le peonie, mi chiedo che cosa lo abbia spinto a non ascoltarmi.

Stavo. Bene. Non avevo bisogno di questo.

Non avevo bisogno di finire qua dentro.

Non c'era bisogno di far impensierire mio padre...

«Come ti senti?», mi chiede Tyler. Mi volto e vedo che si sta avvicinando: i suoi occhioni scuri mi studiano. «I dottori dicono che devi stare una notte sotto osservazione, ma che adesso sei fuori pericolo», dice, e si siede dall'altro lato del letto rispetto a Bea.

«Sto bene, Ty», mento.

Tyler mi arruffa un po' i capelli e fa un sorrisetto di incoraggiamento, che però non è molto convincente.

«Ne hai passate tante, ultimamente», si limita a osservare.

Mi sforzo di ridere.

«Giusto qualcuna».

«Passerà anche questa», mi promette, e il suo dito mi sfiora il sopracciglio per una brevissima frazione di secondo.

Mi fa un effetto strano vedere Tyler così cresciuto. Ora è molto più alto di me, ma c'era un periodo in cui lui mi arrivava alla spalla. Un tempo, ero io a occuparmi di lui, mi preoccupavo di farlo studiare, altrimenti avrebbe subito la furia irrequieta di suo padre e l'ira funesta di Margareth: ora ha le spalle larghe nel vero senso della parola.

«A causa tua, ci toccherà stare in questo posto tutta la notte», dice Tyler. «Le sedie di là sono di uno scomodo che non hai idea».

«Stai cercando di farmi sentire in colpa?», dico scioccata, ma anche improvvisamente divertita.

Ridacchia. «Devi sentirti in colpa, leonessa, *tanto* in colpa...».

«Ricordi quando ti hanno picchiato?», gli ricordo. «Ho passato l'intera notte sul vostro divano, e un masso di rocce sarebbe stato più morbido; quindi, fammi la cortesia di non lagnarti... ti prego».

Mi dà un bacio rapido sulla fronte. «Riposati, leonessa, va bene? Noi torniamo presto».

«Dove andate?».

Tyler si fa improvvisamente serio, poi però ride di nuovo. «Te l'ho detto, staremo seduti su quelle cazzo di sedie finché non ti decidi a stare meglio». Si rivolge a Bea, prima di uscire. «Dai, Evans, lasciamoli un attimo da soli».

E quando escono, Ryan rimane immobile a fissarmi; i suoi occhi verdi sono indecifrabili come al solito, e io mi sento giudicata. Non posso muovermi, e vorrei scappare, però anche lui ha deciso di non muoversi a quanto pare: dopo qualche minuto, si accende una sigaretta. Dopo qualche minuto, si siede. Il suo atteggiamento così rilassato riesce sempre a farmi male, come se lui mettesse uno scudo tra noi che io non so oltrepassare.

Scruta la finestra, pensieroso. «Mi dici una cosa, Arya?». Lo sguardo sempre rivolto alla finestra. La sua voce mi fa uno strano effetto.

«Sì», esalo. «Chiedi quello che vuoi...».
«È stato Parker a darti della droga?».
Mi manca il respiro, per un attimo non trovo le parole. «Sì, ma ho scelto io di prenderla. Nessuno mi ha obbligata».
Inspira. «Lo *ami*? Ami uno così?». E poi mi studia. L'espressione febbrile sul suo volto è la rivelazione finale di una fragilità che in lui non ho mai percepito così viva, come se fosse la destinazione ultima di ogni cosa.
Rimango spiazzata: no, non credo di voler rispondere.
Non credo neanche di conoscerla, la risposta.
«Lui non è...», provo a dire.
«Credo che tu ti stia accontentando», dice.
«Cosa vuoi dire?», chiedo confusa.
Una lunga pausa e poi un'ombra selvaggia nei suoi occhi. «Vorrei sapere se lo ami».
«Perché?»
«Perché se tu lo ami, Arya», dice con una voce bassa e penetrante che riesco a udire appena, «io mi faccio da parte».
Faccio un sorriso e uno sbuffo insieme, poi lancio un'occhiata alle peonie, forse per distogliere lo sguardo da lui. Non posso sentirmi legata a Ryan solo per il ricordo che lui rappresenta.
I ricordi fanno parte del passato, non possono riaffiorare a tormentarmi anche il presente.
Io sono con te, Ryan, ero con te in ogni momento della mia vita che voleva dividerci, in cui mi sono sentita ferita, allontanata da te, eppure continuavo a cercarti. Però, dopo quella notte nel mio bar, ho scelto di non poter continuare così...
«Non li voglio quei fiori, Ryan. Non voglio regali da parte tua», ammetto con le lacrime che mi scorrono lentamente lungo le guance. «In realtà, non voglio niente da te che non sia disposto a durare per sempre».
Credo di meritarmi qualcosa che si conservi.
Ti sto solo chiedendo qualche certezza, Ryan. Tu dammi qualche certezza, e io abbasserò tutte le difese che ho innalzato solo per proteggermi.
La verità è che mi sono sentita illusa troppe volte da lui. Troppe volte è andato via senza spiegazioni, troppe volte torna da me a pretendere qualcosa senza neanche darmi la certezza di rimanere. Non sono un giocattolo di cui può disporre come e quando vuole. Lui mi ha detto che il suo cuore l'ha dato a me e che non lo rivuole indietro, mentre io non posso mettere il mio cuore nelle mani di qualcuno che non so neanche se resterà: sarebbe folle. Perché lui è così.
Non si lascia mai fermare in niente e *non* resta. Forse una persona normale al mio posto lo avrebbe semplicemente lasciato stare.

Tuttavia, è come se stare lontana da lui non mi fosse consentito. In ogni singolo istante che la vita prova a dividerci, noi riusciamo a ritrovarci.

Solo, non come vorremmo.

Ryan abbassa gli occhi, come un uomo tradito. China il mento, prostrando la nuca al soffitto, come uno che è pronto a essere flagellato.

«Non voglio quei fiori», ribadisco. Perché quei fiori domani appassiranno, proprio come noi due, che al massimo duriamo una notte.

«Se non accetti questi fiori...», dice trafiggendomi con un'occhiata quasi d'odio, «vorrà dire che li metterò sopra la *sua* bara».

Il mio cuore perde un battito.

«Ryan, cosa vuoi...?».

Ma lui se ne sta andando e mi dà le spalle.

«Ryan! RYAN!».

Ho un nodo alla gola. «Se lo fai, questa volta non te lo perdono!», gli grido dietro. «Non fare di nuovo questo sbaglio, Ryan!».

Non uccidere.

Non comportarti come la persona che non vuoi essere.

Ma non ricevo alcuna risposta.

Silenzio totale.

115

Beatrix

Lucas: Allora? La tua amica sta bene?

Mi nascondo dietro lo schermo del cellulare e provo a formulare una risposta sensata, mentre Mackenzie mi studia. È seduto di fronte a me, accasciato sulla sediolina troppo piccola per le sue dimensioni, con espressione truce. Nessuno riesce a mettermi a disagio solo guardandomi, perciò il cellulare diventa il mio scudo.

Io: Ehi, si è svegliata da pochissimo. Sta meglio. Scusami se sono scappata via così…

Mi mordo il labbro e invio il messaggio. Alzo gli occhi e, anziché da Tyler, vengo distratta da qualcun altro. Ryan attraversa la sala con grandi falcate; non credo abbia intenzione di sedersi insieme a me e Mackenzie: si sistema il berretto dei New Era in modo da coprire lo sguardo e infila le mani nelle tasche della giacca.

«Ehi, dove vai?», gli chiede Tyler.

«Vado di sotto alle macchinette a farmi un caffè», dice.

«Devo venire con te?», chiede Tyler.

«No. Resta pure con Beatrix», dice lui allontanandosi.

116

Ryan

Sono di fronte al distributore automatico. Frugo nella tasca dei pantaloni alla ricerca di qualche moneta per un caffè, ma ho le tasche vuote, tranne che per un pacchetto di sigarette. Anziché bermi il caffè che avrei voluto, mi accendo una sigaretta, con le mani che tremano e una sensazione di acidità nel petto. La aspiro così velocemente che il fumo mi va quasi di traverso, poi getto il mozzicone in un angolo. Un desiderio incontrollato di picchiare il muro mi esplode nelle vene. Devi stare calmo, devi stare calmo, mi ripeto. Niente gesti avventati, sei in un ospedale, Ryan.

Sferro il primo pugno contro il muro. Poi sferro il secondo, ancora più ferocemente. Il dolore è tremendo. Ripenso a quanto appena accaduto con Arya. Ma che cazzo avrebbe dovuto dirmi, lei poi?

Che cazzo avrebbe mai dovuto dirmi, Arya? Non puoi fare pace con una persona che si è dimenticata di te. Si è dimenticata di me perché ha ragione Killian: sa cavarsela benissimo da sola, ma sono io che non so cavarmela altrettanto bene senza di lei.

Quest'ospedale, tra l'altro, ha fatto riaffiorare in me dei ricordi che credevo di aver sepolto. Proprio in questo posto a Tyler è stata diagnosticata la dislessia e a Killian una lieve forma di autismo. Erano piccoli, così piccoli che mia madre ha deciso di non dare peso alle parole dei medici ignorando completamente le diagnosi. Ma ogni volta che mio padre li picchiava, io sapevo perché lo stava facendo: perché secondo lui erano deboli. E io mi sentivo in colpa, chiedendomi perché stesse picchiando loro e non me.

Il peggio era restare a guardare. Colpisco la parete finché le mie mani non diventano completamente rosse.

Rosse come ruggine nell'acqua.

E neanche a quel punto mi fermo. Neanche quando la mia carne non sembra più neanche tale.

Il sangue sboccia sulla mia pelle come boccioli vermigli. Queste mani possono solo schiantarsi contro il muro, *non* possono sfiorarle le guance, queste mani *non* possono toccarla, queste mani *non* possono raccoglierla come se Arya fosse un fiore. Ma come posso anche solo pensare di…

amarla, se non amo me stesso? E come posso darle tutto me stesso se io mi sento un uomo a metà?

Nessuno si accontenterebbe di una metà. Lei è il posto più vicino al paradiso in cui io sia mai stato.

Ma io vorrei il paradiso solo per scappare dai miei demoni, e questo è un desiderio molto egoista. Tiro un altro pugno. Ferirmi allevia il senso di angoscia totalizzante che provo, allevia il dolore dei pensieri, come se prendere a cazzotti il muro fosse un rimedio molto efficace per combattere i danni emotivi, il senso di disperazione che provo. Solo il dolore può coprire il dolore, e se provo quello fisico non posso sentire quello mentale. Procedo a colpire il muro finché le braccia quasi mi si immobilizzano.

«Ryan», dice una voce alle mie spalle.

Mi giro. Sebbene gli avessi detto di rimanere di sopra, lui è qui.

Tyler ha le mani nelle tasche anteriori dei jeans e mi osserva preoccupato.

«Che stai facendo?», chiede, e io nascondo subito le mani dentro la giacca per celargli la nefandezza appena commessa. Inspiro e lo seguo dentro. Mentre un bruciore strano mi pizzica gli occhi, Tyler inserisce le monete dentro la macchinetta del caffè di fronte alla quale ero poco fa. Ha capito che non ho intenzione di parlarne. «Lungo o corto?», chiede.

«Corto, grazie». Qui dentro c'è un caldo pesante, e un ronzio insopportabile mi fischia nelle orecchie. La macchinetta si mette in moto e prepara la bevanda. Non mi sento per niente a mio agio. «Dimmi una cosa, fratellino», gli chiedo. «I soldi che hai perso con Bill the Killer… quei fottutissimi seimila dollari che ci hanno messo nei casini…». Emetto una risata priva di divertimento.

«Be'?», dice.

«…a che ti servivano?».

Scrolla le spalle. «Che cazzo te ne frega?»

«Erano per la tua amica di sopra?», domando.

Aggrotta la fronte. «Che cazzo dici?»

«Ti sei proprio rincoglionito», lo rimbecco.

«Senti chi parla», dice porgendomi il caffè e, quando lo afferro, lui mi studia le mani. Non riesco a muovere le dita e il calore della tazzina di plastica mi penetra nella pelle.

«Comunque sì, erano per lei», confessa. «Storia complicata».

«Storia complicata? Ma se non ci parli nemmeno».

«Lo so, ma cercavo solo di vincere i soldi che le servirebbero per entrare all'accademia di danza», spiega. «Tutto qui».

«E come pensavi di darglieli?».

Sbuffa. «Che ne so, glieli avrei fatti avere in qualche modo, stanne certo. Una lettera anonima da un benefattore sconosciuto, o magari una dove annunciavo una finta borsa di studio. Che cazzo ne so. Volevo solo che continuasse a ballare».

Buono a sapersi.

I nostri problemi sono cominciati perché Tyler voleva spronare una tizia a continuare a ballare.

«Comunque», dice Tyler, «cosa ce ne faremo adesso, di quel sacco della spazzatura del fidanzato di Arya?»

«Io lo ammazzo. Questa notte. Vuoi venire con me?»

«Ovvio. Se vuoi posso chiamare i rinforzi». Ridacchia, poi si scompiglia i riccioli sospirando, mentre afferra il suo caffè che è pronto. «E va bene, sarò sincero, ho già telefonato a Paxton e lui e gli altri stanno arrivando. Parcheggeranno qui fuori e poi possiamo andare».

«Andare dove?», chiedo.

«Lo hai detto tu che vuoi ammazzare quel tizio, o mi sbaglio?»

«Non con loro…».

«Per una volta che ci sarebbero utili?», chiede.

«Voglio fare questa cosa da solo».

Tyler scuote il capo. «Non fare lo stronzo orgoglioso. Lei è *anche* mia amica».

«Sì, tua, Tyler, non di certo degli altri… Mi stanno troppo sul cazzo in questo momento. Non riesco neanche a guardarli in faccia. Killian, Clayton…».

«Guarda che stanno sul cazzo anche a me, e non hai idea di quanto. Il problema è che ora mi sta più sul cazzo qualcun altro. È una questione di priorità. Domani mattina riprenderemo a non parlare con loro».

Rido tetramente, riflettendo. «E io che pensavo che fosse sufficiente tenerla lontana da noi per saperla al sicuro», dico.

«Non puoi proteggerla dal mondo intero», mi fa notare. «Killian le fa del male da tutta la vita, Ryan. E io non sono mai riuscito a fermarlo. Non riesco a proteggerla da mio fratello, perciò, so benissimo che non riesco a proteggerla affatto dal mondo intero… Però, nonostante questo, non posso fare a meno di provarci. Costantemente. Mi sento un coglione anche io». Sorride debolmente. «Finisci il caffè», aggiunge poi. «Dobbiamo rimanere svegli per un altro po'».

117

Paxton

Quando Tyler mi ha chiamato e mi ha detto di Arya sono corso qui. Anzi, *siamo* corsi qui in ospedale.

Killian e Clayton, però, sono di sotto. Io, invece, mi trovo in sala d'attesa: è vuota visto che è notte fonda, eccetto per due persone: Beatrix Evans e il padre di Arya, Frank Donovan, che parlano in piedi. Lei gli sfrega la spalla in segno di consolazione e lui si soffia il naso con un fazzoletto e si passa la mano sul capo stempiato. Frank Donovan è basso e tarchiato, e il suo sguardo è sempre talmente incazzato e fumoso che sembra una creatura uscita da un romanzo fantasy, tipo un piccolo orco. La sua camicia è inserita malamente dentro i pantaloni e, anche se è larga, non nasconde l'addome pronunciato.

Ma Ryan e Tyler dove sono?

Ah, eccoli, che si avvicinano. Frank esamina Ryan, la sua figura che avanza verso di lui con scioltezza; la sua aria da vagabondo a Frank non è mai piaciuta. Non gli è mai piaciuto quel cappello che Ryan indossa sempre, come a voler celare il proprio sguardo affilato. Ma la cosa che più di tutte Frank detesta è che Ryan non sembra in grado di stare lontano da sua figlia Arya.

Il giorno dopo che Killian ha cercato di investire Arya, Ryan tornò dai Donovan per informarsi sulle sue condizioni di salute. Frank l'ha scrutato ed è stato durissimo.

«Sei proprio come tuo padre», gli ha detto Frank. «Un farabutto, ecco cosa sei. Con quale coraggio oggi sei tornato a chiedere di mia figlia?»

«Signor Donovan», ha cominciato Ryan, «lei non mi può impedire di vederla».

«Oh, sì che posso, disgraziato!», ha risposto adirato Frank. «E te lo impedirò con tutte le forze che possiedo!». I suoi occhi fiammeggianti si sono infiammati alla vista di Ryan che, a differenza sua, manteneva la calma.

Perciò, si è diretto verso la cassa e ha sfilato millecinquecento dollari. Glieli ha allungati.

«Tienili», ha detto.

«Non voglio i suoi soldi», ha replicato Ryan.

«Certo che li vuoi!», ha gridato Frank. «Sei proprio come tuo padre! Tu e la tua famiglia siete così attaccati al denaro… Prenditi questi soldi e stai lontano da Arya. Ti bastano millecinquecento dollari? Posso anche dartene di più, ti darò tutto quello che vuoi purché tu stia alla larga da mia figlia».

«Signor Donovan…».

«Prendi questi soldi, Ryan, altrimenti sarò costretto a dire ad Arya cose sulla tua famiglia che non le piaceranno».

«Per esempio?»

«Che è stato tuo padre a saccheggiarci il bar, l'anno scorso. Ha preso tutto quello che avevamo, e se siamo indietro con il mutuo, se adesso siamo pieni di debiti, è solo colpa dei Mackenzie».

«*Lei non può*… Questo non è vero! Mio padre voleva bene ad Arya», ha ribattuto Ryan che doveva ancora metabolizzare ciò che aveva appena sentito.

«Lo sai anche tu che razza di bastardo era il tuo defunto padre, perciò, Ryan, ti do un consiglio. Se non vuoi che io faccia sapere ad Arya che razza di gente siete, accetta i miei soldi e vattene. Tanto a chi pensi che crederà, lei? A me che sono suo padre o a *te*?».

Ryan l'ha guardato a lungo, poi ha preso i soldi di Frank, se li è messi in tasca e se n'è andato. Non avrebbe mai più parlato ad Arya in vita sua.

E questo, per soli millecinquecento dollari. Frank si è convinto dell'animo corrotto di Ryan. Ciò che Frank però non sapeva era che Ryan aveva già in cuor suo preso la decisione di allontanarsi da Arya per il suo bene, anche se non avrebbe mai avuto la forza di farcela senza di lei. Dopotutto, che futuro avrebbe mai potuto darle uno che aveva delle radici come le sue? Ryan pensava che il suo destino fosse già scritto, sancito dal sangue *marcio* che gli scorreva nelle vene e al quale non esisteva via di scampo. Accettare quei soldi era stato come ammettere la propria sconfitta, ammettere che, in fondo, lui era un vero stronzo. Ma era anche uno stronzo senza altre alternative.

Quando Frank vede Ryan, cambia espressione.

Sebbene ancora non abbia parlato, è chiaro a tutti cosa sta pensando.

«Tu», grugnisce, e avanza fino a trovarsi sotto il mento di Ryan.

Frank osserva Ryan come per dire: "Scommetto che è colpa tua anche questa volta; quando ci sei di mezzo tu, lei finisce sempre male".

«Signor Donovan, le va di andarci a prendere qualcosa da mangiare di sotto?», interviene Beatrix mentre i due si guardano arcigni.

«Non ho fame, ti ringrazio», ribatte Frank, al quale vibrano le guance dalla furia.

Tentativo di calmare le acque fallito.

Decido che è arrivato il momento di entrare in scena.

«Ehilà, ragazzi!», dico a Ryan e Tyler. «Arya come se la passa? Si è ripresa?», chiedo, e il padre di Arya comincia a scrutarmi come se fosse appena arrivato un pidocchioso.

«Ciao, Paxton», dice Ryan, ma guarda ancora Frank e indurisce la mascella dalla rabbia.

«Andiamo a fare quella cosa?», li incalzo. «Di sotto ci aspettano due tipi *non* molto pazienti, dentro un camioncino dei gelati… camioncino che sarebbe meglio se non rimanesse parcheggiato davanti a un ospedale con il rischio che passi una pattuglia per caso… se capite cosa intendo».

Ryan mi trafigge con lo sguardo. «Perché sei tutto sporco di rossetto?», chiede.

«Una lunga storia», dico.

«Mai lunga quanto il mio cazzo», scherza Tyler dandomi una pacca sulla schiena, poi mi fa l'occhiolino.

Sono giorni che non mi parla, e ci sono anche un po' rimasto male per questo, ma ora che è tornato alla riscossa con le sue battutine è come se mi avesse appena detto "ti voglio bene".

«Che classe», commenta Beatrix.

Frank Donovan ci guarda sgomento.

«Eh già, Evans. Sono una garanzia», le risponde Tyler ridacchiando.

«Se lui pensa di avere un cazzo lungo, dovresti vedere il mio», dico a Beatrix sull'onda di questo sferzante umorismo.

Tyler si volta di nuovo verso di me e si acciglia, improvvisamente serio, e ho paura che mi stia per tirare un cazzotto.

«Cosa?», chiede.

«Battuta sarcastica», spiego brevemente.

E poi anche lui, proprio come suo fratello, osserva le tracce dei baci che ho sulle guance.

«Raccontaci, Pax. Da quando vai dietro alle tipe?», mi domanda.

Ma perché tutti mettono in dubbio il mio amore verso le donne?

Amo profondamente le donne.

Certo, se *non* esistesse Killian Mackenzie le amerei ancora di più…

«Che tu ci creda o no, stasera stavo per scopare», dico.

Lui ride. «Altra battuta sarcastica?».

E dai, non sono poi così male, non fosse per la parlantina, le insicurezze e il sarcasmo che affiorano sempre nei momenti meno opportuni.

È vero, potrei avere qualche problemino a frenare la lingua, a volte, ma fatta eccezione per questo mi reputo un ragazzo desiderabile.

«Allora, ci muoviamo?!», dico sia a lui che a Ryan.

«Ciao, gnometta, ciao, signor Donovan, ci vediamo tra un'ora», dice Tyler e, anche se cerca di fare quello allegro, gli leggo l'apprensione negli occhi, come se in realtà non volesse mai lasciare queste mura, per paura che senza di lui Arya non ce la facesse. E, infatti, volge la testa per l'ultima volta verso la sua stanza, facendo un piccolo, solenne cenno con il capo. Ha un senso del dovere e di rispetto nei confronti della leonessa che non gli passerà mai.

«Sembri sbronzo, lo sai?», gli comunico. «Come è andato il concerto?»

«Fatti gli affaracci tuoi», ribatte Tyler maligno, mentre ci dirigiamo verso l'uscita.

Ryan è dietro di noi, il suo silenzio mi mette profondamente a disagio, perché so a cosa è dovuto.

A lei, sempre e soltanto a lei.

E a chi le ha fatto del male.

Ucciderebbe per lei.

Morirebbe per lei.

Lui per lei farebbe qualsiasi cosa, anche inginocchiarsi ai suoi piedi, prostrarsi come un servo, come un soldato, come il suo suddito più fedele.

C'è una cosa che più di tutte Ryan rimpiange ed è quella di non aver ammazzato Wellington quando ha saputo da Clayton del video con le minorenni che aveva diffuso. Non avrebbe dovuto lasciare che un pezzo di merda del genere respirasse ancora, o che, peggio, respirasse lo stesso ossigeno di Arya. A costo di farsi odiare fino all'irreparabile, a costo di compiere azioni che lei non gli avrebbe mai perdonato.

Il camioncino dei gelati è parcheggiato proprio di fronte all'ospedale e lo raggiungiamo furtivi.

Salgo accanto al guidatore, che stasera è Clayton, e mi metto la cintura.

«Pronti?», chiede Clayton, e lancia un'occhiata alle sue spalle, verso il cassone dietro, per accertarsi che Ryan, seduto lì insieme a Killian, sia nella condizione mentale giusta per affrontare Wellington. Poi, il suo sguardo si posa severamente su Killian, che ha già una pistola tra le mani e un luccichio famelico nelle iridi.

Killian non parla con Tyler e Ryan dal compleanno di quest'ultimo; tuttavia, sebbene le recenti feroci ostilità, una regola implicita nella famiglia Mackenzie è che i fratelli ci sono sempre nel momento del bisogno. Specie se c'è da ammazzare qualcuno.

E così si parte. Noi cinque in trasferta.

Proprio come un tempo. Clayton ha fatto i compiti a casa, informandosi su Parker, compreso dove abita. Parcheggiamo di fronte a casa sua, davanti a un cancello in ferro battuto. Una villa con un giardino molto curato e verde, che però ha qualcosa di cupo: forse è l'enorme, ingombrante labirinto di siepi che si staglia proprio davanti a noi a rendere enigmatico questo posto. Quando scendiamo dal camioncino, diamo uno sguardo all'edificio. Ci sono un balconcino e una finestra illuminata, segnale che c'è qualcuno all'interno. Non possiamo oltrepassare il cancello né fare irruzione in casa: in posti come questo scatterebbe immediatamente un allarme. Bisogna agire d'astuzia. Dicevo: Clayton ha fatto i compiti a casa, perciò ha anche il numero di cellulare di Wellington. Gli telefona, facendo partire la chiamata da un numero sconosciuto. Mette il vivavoce, mentre noialtri siamo radunati in cerchio attorno a lui.

«Pronto?», chiede una voce.

«Parlo con Wellington Parker?», dice Clayton.

«Sì, chi mi cerca?»

«La segreteria del Mount Sinai Hospital. Arya Donovan è stata ricoverata d'urgenza a causa di un abuso di sostanze. Stiamo avvisando tutti i suoi contatti più stretti».

«Mio Dio. Sta bene?»

«Direi di no», ribatte Clayton. «Se la sto chiamando significa che non sta bene… Ma se vuole più informazioni, può venire direttamente in ospedale».

«Mio Dio», dice. «Arrivo». E riattacca.

«Mio Dio», interviene Killian facendogli il verso. «Che razza di rimbambito». Si sofferma a studiare Ryan. «Ci stai prendendo gusto a uccidere la gente, eh, fratellino?».

Intorno a noi cala il gelo e chiaramente da Ryan non riceve alcuna risposta. Prima di vedere segnali di vita da parte di Wellington, passano ben dieci lunghissimi, esasperanti minuti, in cui sicuramente starà facendo qualcosa come spruzzarsi il profumo. Ma… com'è che si dice? L'attesa aumenta il desiderio.

Wellington guida la sua stupida auto lussuosa oltre il cancello di ferro che si apre con un rimbombo tetro. A quel punto, i Mackenzie si buttano in mezzo alla strada, e lui frena. Clayton apre lo sportello e tira fuori il principino. Wellington è impeccabile.

Ma l'abito da sera blu elettrico, in questo momento, rende il suo volto ancora più cadaverico.

In testa ha un cappellino di lana bianco. Indubbiamente, è spaventato e sorpreso, mentre Clay gli tiene le mani legate dietro la schiena e lo costringe a camminare verso il capo.

«Ciao, Wellington», lo saluta Ryan con una voce quasi robotica, e un sorriso inquietante gli spunta agli angoli della bocca. Si guardano a lungo e con oculatezza.

Ryan assume un'espressione di sfolgorante trionfo: ha di fronte a sé un uomo che non ha più via di scampo e gli piace molto assaporare questa sensazione di rivalsa che prova nei suoi confronti.

«Ciao... Bryan?», chiede Wellington meravigliato. «Che cazzo ci fa qui uno come te, davanti casa mia? Ma levatevi tutti quanti!», sbotta.

È chiaro che Ryan prova un fastidio a livello spinale anche solo a sentirlo parlare: vorrebbe ammazzarlo, dopo però avergli schiacciato la faccia sotto la suola della scarpa, facendolo piangere e supplicare. Vorrebbe torturarlo in ogni maniera possibile. Che razza di bamboccio spocchioso che è Wellington: sta per morire e non se ne rende neanche conto. Nessuno parla, ma sono tutti schierati di fianco a Ryan, perciò anch'io mi avvicino.

«Cos'hai dato ad Arya, stasera?», gli domanda Ryan brusco.

«Ma che volete da me? Andatevene via dalla mia proprietà! O chiamo la polizia!».

«La nostra amica è finita in ospedale per colpa tua, razza di inutile e schifoso foruncolo che non sei altro!», intervengo.

«Colpa mia?!», esclama incredulo Wellington. «Non l'ho mica costretta *io* a prendere quelle pasticche!».

«Quindi confessi?», lo incalzo nell'interrogatorio.

La sua faccia diventa come quella di uno stoccafisso. «Voi siete fuori di testa! Lasciatemi andare da lei!».

«Ti do un calcio nei coglioni così forte che ti mando le palle a far compagnia alle tonsille», dice Tyler.

«Anzi, guarda un po'...». Sfila un coltellino dalla tasca dei pantaloni e gli sbottona la camicia, mentre Clayton lo tiene fermo. «Prima di farti diventare sterile ti lascio un ricordino». Gli incide le proprie iniziali sotto l'ombelico e l'altro emette urla straziate mentre il sangue gli scivola fino ai pantaloni. Killian gli punta una pistola sui testicoli e Wellington diventa giallognolo.

«Errore, bellimbusto del cazzo. Solo io posso farle del male», dice lentamente. «Hai capito? Solo io. Nessun altro».

«Pessima mossa toccarla, davvero pessima», gli sussurra Clayton all'altro orecchio e lui rabbrividisce.

Ryan muove un passo nella sua direzione, le mani ammaccate ancora nelle tasche della giacca. «Ti farò così tanto male, damerino testa di cazzo, che mi pregherai piangendo di ammazzarti», dice con gli occhi che trasmettono rabbia e dolore.

Wow. Che bello questo ritorno ai vecchi tempi, in cui noi cinque insieme siamo leggendari. Un vero peccato che poi Killian abbia deciso di fare lo stronzo. Ma stanotte si sta compiendo una straordinaria eccezione. Ryan e Killian. Due fratelli che in questo momento si odiano, uniti dall'odio ancora più profondo che nutrono nei confronti di Wellington, il fidanzato della ragazza da cui sono ossessionati, ognuno a modo proprio. Be', sono fratelli: dovranno pur avere qualcosina in comune. Frego a Wellington il suo cappello di lana e me lo metto.

«Come mi sta?», chiedo.

«Sembra che hai un preservativo in testa», dice Killian.

«Molto simpatico, sei», ribatto.

Ryan ci ignora, sfila le mani insanguinate dalle tasche e afferra la pistola, incastrata dietro i pantaloni, e la punta contro Wellington.

«Inginocchiati», gli ordina.

L'altro obbedisce piagnucolando e Clayton si accuccia insieme a lui, per non mollare la presa sui suoi polsi.

«Dicono che morire sia come una lenta e soffocante agonia. Ma ci sono morti peggiori di altre», dice Ryan. «Se ti sbudello, non morirai subito, lo sai? Vedrai prima le tue viscere lasciare il corpo, vedrai i tuoi organi per terra, e ti verrà da vomitare, ma non avrai più modo di farlo, perché l'intestino non ce l'avrai più. Ti ci vorranno minuti per schiattare. Ma saranno i minuti più lunghi della tua vita. Vogliamo provare? Tyler, passami il tuo coltellino».

Sì, cazzo, sì.

Wellington si sta facendo la pipì addosso.

Non ho mai augurato la morte a nessuno, ma per lui faccio un'eccezione. Manda quasi in overdose la sua fidanzata, si scopa le ragazzine, che poi riprende. Ryan dovrebbe ucciderlo; anche se è sbagliato, dovrebbe farlo fuori: in passato ha già compiuto azioni sbagliate per motivi giusti. Ma a Ryan Mackenzie piace tantissimo complicarsi la vita, specie per Arya. È sempre stato così. Ed è per questo che, dopo averci pensato un giorno intero, ha restituito i millecinquecento dollari a Frank Donovan, dicendogli: «Non sono come mio padre. Io valgo molto di più di questi soldi».

Ryan abbassa la pistola, mentre Wellington strizza le palpebre e piange a dirotto. In fondo, ciò che vuole Ryan è solo proteggere Arya, e può farlo anche senza commettere l'ennesimo omicidio. In quella stanzetta di ospedale, un'ora fa, Arya Donovan gli ha chiesto di non uccidere Wellington, ma non glielo ha di certo chiesto per amore di Wellington, bensì per amore di Ryan.

«Le starai lontano», dice Ryan. «Altrimenti, giuro che questa non sarà l'ultima volta che io e te ci rivedremo».

Ryan si rimette le mani macchiate di sangue in tasca e scruta i suoi fratelli.

«Lo abbiamo spaventato, e non si avvicinerà a lei mai più. Ora andiamocene», dice.

«Farò finta di non aver sentito, Ryan», dice Killian. «Ora sparagli, o lo farò io».

Ryan si infiamma all'improvviso quando Killian gli rivolge la parola; lo afferra per la giacca con rabbia.

«Non ti azzardare a parlarmi», sputa. «Né a impartirmi ordini. Non ti azzardare. Fai silenzio, Killian».

«Pfff», bisbiglia Killian quando Ryan lo lascia. «Ci tieni proprio tanto a fare il bravo ragazzo, Ryan?», gli urla dietro Killian, perché lui si è già avviato verso il camioncino. «E va bene!». Alza il braccio e lo fa cadere di nuovo contro il busto in segno di rassegnazione. «Ma questo figlio di puttana creperà. Forse non stasera. Forse non questa settimana». La pistola di Killian scivola di nuovo sui testicoli di Wellington, che è in ginocchio di fronte al maggiore dei Mackenzie. «Ma io ti prometto», gli sussurra all'orecchio, «che prima o poi tornerò da te e ti conficcherò una lama nel cuore. Io non faccio la carità come mio fratello. Il posto per quelli come te è dieci metri sottoterra... E neanche se adesso mi succhi le palle potrai salvarti, bellimbusto del cazzo».

«Tu sei uno psicopatico!», grida Wellington.

«Non ho mai detto di essere migliore di te», ribatte, e gli spara a un piede, facendolo urlare e dannare.

Clayton gli lascia i polsi e Wellington si sdraia sulla strada, piangendo.

Tyler gli dà un calcio sull'addome e Clayton lo oltrepassa con fluidità.

«Posso guidare io al ritorno?», chiedo euforico.

118

Arya

Cammino lungo i corridoi della scuola, e per poco non mi viene un colpo. La porta di quello che sembrerebbe essere uno sgabuzzino si spalanca, quasi mi arriva in fronte. Una donna giovane e stretta in un tubino scarlatto, con gli occhiali dalla cordicella in perle e un naso adunco, mi trascina dentro. Nella stanza ci sono le tapparelle abbassate, una scrivania di ferro bianco, una bandiera degli Stati Uniti, e scaffali ricolmi di libri sulla psicologia, oltre a dei cartelloni che illustrano com'è fatta una vagina.

È un ufficio. Anzi, no: è l'ufficio del consulente scolastico, che l'anno scorso era un certo John, un uomo di mezz'età, pelato e sessualmente frustrato, visto che sbavava sulle scollature delle studentesse. Quest'anno a quanto pare l'hanno rimpiazzato. La vera domanda è: cosa ci faccio qui, e perché questa donna si sta guardando attorno come se fosse un agente segreto in missione?

«Ehm, buongiorno», dico, e mi siedo su una sedia minuscola.

Lei si mette seduta sulla sua poltroncina e si sistema gli occhiali. Vede un paio di forbici all'interno di un portapenne in metallo e si affligge. «Queste le mettiamo via», dice, e getta le forbici nel cestino come fossero biancheria intima sporca. «Niente *armi* in giro».

Mi avevano detto che al mio ritorno a scuola, avrei dovuto fare due chiacchiere con il consulente… Ma questa qui… Oh, mio Dio.

È pazza. Sorride rigida, come se avesse la faccia piena di botox.

«Sei tu, *Arya Donovan*?».

Quasi quasi le dico di no.

E invece annuisco.

«Immagino che tu sappia che il preside ha ritenuto opportuno, considerato il tuo incidente con le pillole, che tu trovassi uno spazio sicuro all'interno di quest'edificio in cui poter parlare liberamente dei tuoi problemi».

«Problemi? Non ho problemi», ribatto secca.

Arriccia le labbra con aria professionale e studia delle annotazioni che si è appuntata su un quaderno.

«Il tuo primo mese di scuola, mi hanno riferito, è stato un po' difficile, eh? Hai assunto delle pillole a una festa chic... Davvero ti stai per sposare con un ragazzo dell'Upper East Side?»

«Tecnicamente, non proprio per sposare, lui...». Neanche mi risponde più al telefono...

Sono giorni che provo a chiamare Wellington, ma lui sembra essere sparito nel vuoto cosmico. Ma a lei che importa?

«Ti capisco un vero dramma. Per caso il tuo fidanzato ha un fratello più grande che mi può presentare?».

Le sorrido, non proprio amichevole. Alla faccia della professionalità.

«Io sono Monica Robinson e sono specializzata in Psicologia infantile, mi occupo dei poppanti come te», continua come nulla fosse.

«Un'idea carina, ma io non...».

«Dev'essere stato davvero tragico decidere di farla finita... Chissà com'è stato traumatico il risveglio in ospedale».

Ma questa pensa che volessi uccidermi?

«In effetti, una merda», dico.

Trascrive qualcosa sul suo quadernino con una mano premuta sul cuore e uno sguardo più preoccupato del previsto.

«No, no, ma aspetti: non volevo farla finita, io... signorina Robinson...».

Mi scruta con aria amichevole e fa scattare il pulsante della penna. «Chiamami *Monique*, tesoro».

«Monique», ripeto e mi suona parecchio strano. «Non ho tentato il suicidio, e non ho bisogno del suo aiuto, dico davvero, sto bene...», dico in fretta per alleggerire la tensione e lei mi guarda abbastanza affranta.

«Oh, ma certo, tesoro!». Cambia d'improvviso espressione come se avesse intuito qualcosa. «No, certo che no. Ma posso controllare la tua cartella per verificare che non ci siano altre pillole?». Serro le labbra e Monique sospira, come se per lei fosse chiaro che sto mentendo. «Ascolta», dice. «Essere un'adolescente è difficile, io lo so benissimo, visto che ero anch'io una...». Mi squadra con sdegno. «...ragazza che non si sapeva vestire alle superiori...». Pausa imbarazzante in cui irrigidisce le spalle e si schiarisce la gola. «Voglio dire, sono una psicologa. Nessuno meglio di me sa come ti senti.Quello che vorrei dirti è che qualsiasi disagio tu senta è tutto nella norma. Ma suicidarsi, tesoro? È un gesto un po' estremo... Perché non ti sei buttata sull'alcol, che in linea di massima è un filo meno rischioso, uhm?».

Non sono sicura che dovrebbe parlarmi in questo modo.

«Signorina Robinson, io...». Non ho tentato di suicidarmi.

Cazzo.

Ma poi che razza di incompetente è questa?

«Monique», mi corregge. «Vuoi fare un dispetto ai tuoi genitori? Opta per qualcosa di meno invasivo...».

Ma che consiglio è?
«Non volevo suicidarmi, volevo solo divertirmi per una sera», ribadisco, e credo di stare per avere un crollo nervoso. Ora capisco le occhiate ambigue di questa mattina in cortile. Tutti credono che io abbia tentato il suicidio a quanto pare. Ottimo. Monique continua assorta nelle sue elucubrazioni mentali, come se io non avessi parlato affatto.
«Ora che abbiamo risolto il discorso genitoriale, passiamo a un argomento più succulento, come… *i ragazzi*».
«Cosa vuole che le dica?». Scrollo le spalle. «Non ho più un ragazzo. Credo».
Wellington non risponde al cellulare.
Non so più cosa pensare.
Tutto questo rincorrere la vita e la gente che ne fa parte… è sfiancante.
«Hai mai pensato che se il tuo ragazzo ti ha mollata potresti prendere in considerazione l'autoerotismo?». Sembra posseduta, non sono sicura di volerla stare a sentire ancora. «Non devi vergognarti a parlarne… Questo è il tuo piccolo spazio sicuro…».
Mi alzo, come se la sedia scottasse.
«Io credo proprio di dover andare… Ho lezione di ginnastica, e il nostro coach è parecchio fiscale, e…».
«Certo, certo», risponde comprensiva. «Vieni pure a farmi visita quando vuoi, sono sempre qui, pronta ad aiutarti». *Non è vero.* «Hai un'ora a settimana obbligatoria da trascorrere su quella sediolina in mia compagnia e diventeremo grandi amiche! Faremo progressi, sono sicura. Arrivederci!».
Non sono mai stata più felice di tornare nella calca di studenti nel corridoio, e butto fuori tutta l'aria che ho nei polmoni. Col cavolo che ci torno, da questa.

119

Cassie

L'ora di educazione fisica è la più noiosa e inutile di tutta la giornata: noi ragazze facciamo tutto fuorché fare ginnastica, dato che il coach Carter si prende tutta l'ora per allenare i ragazzi nel basket. Io e Bea siamo sedute sugli spalti a guardare un po' il cellulare un po' i ragazzi in canottiera che fanno i tiri liberi. Tyler Mackenzie è il più bravo, quello che imbuca il pallone più volte e con più scioltezza: mi domando come sia possibile che i suoi capelli siano sempre così perfetti anche se è sudato. Bea lo osserva con una faccia che è un misto di rassegnazione e insofferenza. Per quanto lui la irriti, lei non riesce a trovargli dei difetti fisici neanche a cercarli con la lente di ingrandimento, e sebbene le costi molto ammetterlo con sé stessa... Mackenzie non è il cretino che ha sempre creduto che fosse. Ma conosco benissimo la mia migliore amica. E nel suo sguardo non c'è soltanto questo. Guarda Tyler come se lui fosse un sole accecante che dà fastidio agli occhi ma che non puoi fare a meno di osservare. E poi bisogna dirlo. Lucas Brenson, che è un ragazzo tutto sommato carino, vicino a lui sfigura. Ma perché Bea ci esce? Cioè, che cosa ci trova la meravigliosa Beatrix Evans di affascinante in Lucas brutta copia di Tyler Brenson? Tanto, figuriamoci se me lo dice. Sono sempre l'ultima a sapere le cose; a volte, mi chiedo se per le mie amiche io sono davvero così indispensabile come loro lo sono per me. Quando Arya, qualche giorno fa, è finita in ospedale nessuno mi ha avvertita. Che Arya si fosse sentita male a causa di alcune pillole che aveva ingerito, lo sono venuta a sapere soltanto molte ore dopo e sono stata informata dalla persona più improbabile sulla faccia della terra. Già.

Sono venuta a saperlo da Clayton. Mi ha mandato un breve messaggio per avvisarmi, perché forse ha visto o saputo, non si sa come, che quella notte non ero all'ospedale.

Non gliene faccio una colpa, se Bea ha ritenuto che fosse meglio non avvertirmi... ma mi sarebbe piaciuto, per una volta, non essere sempre l'ultima ruota del carro. Capisco che Arya e Bea abbiano un legame molto profondo, che risale ai tempi delle elementari. Sono come sorelle. Tuttavia, mi è dispiaciuto che non abbiano fatto affidamento su di me. Non sono il tipo di ragazza che gareggia per ottenere l'affetto o che elemosina le attenzioni; io so lasciare agli altri il proprio spazio. Però, a volte, vorrei essere considerata... anche se non scalpito per essere notata. Ci tenevo sul serio a essere avvisata per tempo che la mia amica si fosse sentita male. Non riesco ancora a credere che prendesse delle pasticche e che nessuna, tra me e Bea, se ne fosse accorta. Ma ciò che conta è che ora pensi a riprendersi.

Mi auguro con tutto il cuore che possa farcela. Dopotutto, nessuna è forte come lei. Da quando Clayton mi ha avvisata di ciò che è successo alla mia amica, io e lui messaggiamo ininterrottamente da giorni. Da quando mi ha mandato quella foto, che ho riguardato mille volte, siamo tornati a parlare come una volta. E io me ne sto qui seduta sugli spalti a rileggere la nostra ultima conversazione, ma ho imparato la lezione e ho messo la modalità aereo.

Clayton: Che stai facendo?

Questo messaggio me l'ha scritto in piena notte, dopo che ci siamo sentiti tutto il giorno.

Io: Sto su TikTok e parlo con te perché non riesco a dormire. Tu?
Clayton: Parlo con te, perché non riesco a dormire.

E a quel punto mi sono ricordata della sua insonnia. Mi sono morsa il labbro per minuti interi, prima di trovare le parole da scrivergli.

Io: A proposito... come va con *quel* problema?
Clayton: Come al solito, Cenerentola.

Risposta elusiva, tipica di Clayton. Ma poi mi ha mandato un altro messaggio.

Clayton: Però, parlare con te mi aiuta a distrarmi.
Io: Se non stessi parlando con me che faresti?
Clayton: A volte quando sto sveglio mi convinco che non dormire potrebbe servire a qualcosa, tipo a rispondere ad alcuni interrogativi che mi pongo di frequente. Ma per rispondere alla maggior parte di questi, mi ci vorrebbe molto più di una notte e quindi lascio stare. Perciò, se non parlassi con te non farei niente.
Io: Posso chiederti... che sensazione si prova a non riuscire mai a addormentarsi?
Clayton: Mi sento come un uomo in catene.
Io: Una volta mi hai detto che tu non hai paura di niente. È ancora così? Non ho mai capito cosa davvero intendessi con queste parole. Voglio dire, come si fa a non avere paura di niente? Io, per esempio, ho molta paura di morire. Sono una fifona, lo so. Ma ogni giorno vivo con la paura che da un momento all'altro potrei non esistere più...

Avevo già inviato il messaggio, quando mi sono resa conto che era troppo lungo.

Avrei potuto esprimere lo stesso concetto con molte meno parole. Ma questo è sintomo della mia insicurezza.

Clayton: La paura di morire non è nient'altro che la paura di vivere.

Io: Cioè?

Clayton: Non ha senso avere paura della morte, visto che non coesisterete mai. O c'è la morte o ci sei tu. A meno che tu non abbia paura di vivere: vivere con la morte dentro significa vivere con la paura. C'è una frase che dice: "I coraggiosi muoiono una volta sola e i vigliacchi muoiono molte volte".

Dunque, mi sono detta, è con questo spirito che Clayton difende i suoi fratelli? Senza la minima esitazione o paura? Avrei voluto avere il suo coraggio.

Io: Concetto molto profondo.

Clayton: E a te come va con *quel* problema?

Io: Non sono migliorata granché.

Anche se questa è una mezza verità. Da quando parlo con lui, un po' sono migliorata.

Lui ha aspettato minuti interi prima di rispondere.

Clayton: Lo senti, Cassie?

Io: Che cosa?

Clayton: Il tuo vuoto che si incastra con il mio.

Ricordo l'emozione provata la prima volta che ho letto questa frase.

E solo a rileggerla il mio cuore batte come un forsennato. Siamo due anime spezzate con i lati combacianti e io l'ho sempre saputo, l'ho sempre avvertita la sensazione che io e lui fossimo molto simili. Ma c'è un unico aspetto in cui non lo siamo per niente, ed è questo dettaglio a fare la sostanziale differenza.

Io sono sincera.

Lui no.

E non riesco a fare a meno di chiedermi che cosa voglia lui da me. La notte è il momento in cui parliamo più assiduamente, e io ho fatto le ore piccole pur di fargli compagnia quando non riusciva a addormentarsi. L'ho fatto pur sapendo che sicuramente dietro tutta questa buona predisposizione nei miei confronti ci fosse qualcosa. Forse, oltre al mio silenzio con la polizia, oltre alla valigetta di Roman, vuole qualcos'altro da me... È quasi una settimana che dormo tre ore a notte pur di parlare con lui.

Ma nonostante io sospetti che lui non sia onesto, nonostante tutto ciò che ormai so su di lui, lo rifarei. Ogni cosa. In questi giorni in cui non sono servita neanche alle mie amiche, Clayton è stato un po' il mio rifugio. Mi sono sentita *utile* quando ci scrivevamo perché non riusciva a dormire. Molto divertente e paradossale, dato che lui in teoria… dovrebbe essere il mio acerrimo nemico.

«Ti sei incantata?», mi chiede Bea.

Metto via il cellulare. «Ehm, no. Che c'è?». La osservo e lei fa una smorfia strana.

«Qual è il problema?», mi chiede abbassando gli occhi sul telefonino che ormai ho infilato in tasca.

Sospiro. «Avrei una domanda da farti…».

«Si tratta di un ragazzo?», indaga sospettosa.

Annuisco, poco convinta. «Ci parliamo da un po' di giorni. Mi ha sempre scritto lui per primo, ma ora non lo fa. Dovrei scrivergli per prima questa volta, secondo te?»

«Di chi stiamo parlando?», dice, e alza un sopracciglio esaminandomi.

«Non è importante», ribatto brevemente. «Secondo te gli scrivo o *non* gli scrivo?»

«Gli scrivo o non gli scrivo, questo è il dilemma!», esclama come se stesse recitando pomposamente su un palco. «Credevo che mettessimo in scena *Romeo e Giulietta* quest'anno, non l'*Amleto*!».

«*Gne gne*», dico. «Come sei simpatica, Bea».

Alle nostre spalle, c'è Meredith che interviene con una voce squillante e fastidiosa. «Ma è vero che la vostra amica ha tentato il suicidio?», chiede. «È così che si finisce a essere vostre amiche?».

Noto che Bea sta per risponderle, ma la fermo. «Lasciamola perdere», le sussurro.

Dopodiché il fischio del coach ci entra nel cervello e ci fa sobbalzare. Coach Carter vuole che facciamo qualcosa anche noi. Bene, l'ora di ozio totale è finita. Sia io che Bea ci alziamo dagli spalti, e ci dirigiamo verso il campo. Noto che il coach sta prendendo da parte Tyler, e gli sta parlando di qualcosa di serio, perché lui è un po' sconsolato. Anche Bea è incuriosita da questa mossa e si avvicina per ascoltare la conversazione, dato che c'è anche Lucas lì nei paraggi. Lucas afferra la mano di Bea, ed entrambi osservano la scena.

«Mi dispiace, Tyler», sta dicendo il coach. «Ma se i tuoi voti non miglioreranno, sarò costretto a espellerti dalla squadra».

«Ma, coach! Non può togliermi dalla squadra, io sono il capitano, sono il miglior giocatore in campo», protesta Tyler, e Lucas lo guarda male.

Il coach annuisce, dispiaciuto. «Mi dispiace, Tyler, ma hai troppe insufficienze e la scuola non è iniziata nemmeno da due mesi… Purtroppo ho parlato sia con il preside sia con i tuoi professori e non c'è stato niente da fare. Devi risollevare la tua media scolastica».

«Che succede se la mia media non aumenta?». Tyler è scioccato.

«Per te la stagione finisce», ribatte il coach. «Hai tre settimane per recuperare tutte le insufficienze che hai preso fino a oggi, in bocca al lupo». Gli dà una pacca sulle spalle e se ne va.

«Che cazzo!», sibila Tyler con i pugni chiusi, e si guarda intorno alla ricerca di qualcosa da prendere a calci, ma non trova niente se non un tappetino di spugna che sposta rabbiosamente con le sneakers.

Lucas e Bea si mantengono a debita distanza da lui, come se fosse una bomba pronta a esplodere.

«Ehm», gracchia Lucas dopo un po'. «Se non fossi messo male anche io a scuola, giuro che ti darei una mano…».

«Ora sì che mi sento meglio, Luke, grazie», ribatte Tyler.

Lucas diventa bordeaux e fissa la mia amica Bea. «Be'… però c'è Beatrix che è intelligente. Sei intelligente, vero?».

Ma che razza di domande sono? Come se uno scemo sapesse di essere scemo! Bea, infatti, fa un'espressione strana. Ma a rispondere non è Bea, bensì di nuovo Tyler.

«A quanto pare no, non è intelligente se sta con te», dice, e scocca un'occhiata fulminea alla mia amica, che si risente subito.

«Dai, Ty!», replica il suo amico in tono pacato. «Sto solo cercando di darti una mano, non remarmi contro». Scruta la sua ragazza in cerca di una spalla.

Devo dirlo. Non ho mai visto Bea così arrendevole.

«E va bene!», acconsente. «Ti darò ripetizioni, Mackenzie! Contenti, tutti e due?».

Tyler arrossisce lievemente, ma continua a stringere i pugni e a guardare il pavimento, mostrandosi arrabbiato. «Facciamo alle tre di questo pomeriggio a casa mia?», chiede.

Veniamo distratti. Arya fa il suo ingresso in palestra e noialtre le corriamo incontro e la abbracciamo forte.

«Bentornata, patata!», dice Bea.

«Ci sei mancata immensamente!».

Il suo ritorno a scuola non passerà di sicuro inosservato. E ora siamo di nuovo in tre. La foca ubriaca, la ragazza che ha tentato il suicidio e la troia. Quest'anno accademico non poteva cominciare nel modo migliore.

120

Ryan

L'aula di scultura è sempre semivuota, e così è anche questa mattina, se non fosse per la professoressa e un paio di altri studenti. La luce bianca entra nella stanza in obliquo e illumina il bronzo della miniatura che sto realizzando. La professoressa Sanders cammina per la stanza, c'è l'eco del rumore dei suoi tacchi. Mi volto e abbasso lo sguardo sulle sue caviglie sottili. Tacchi a punta, lucidi e neri. Una gonna in pelle succinta e una camicetta di pizzo. A proposito di arte: la figura della professoressa è una lunga linea tracciata con il pennello.

Si ferma dietro di me e posa la sua mano fredda sulla mia spalla.

«Ryan», dice. «Che cosa stai realizzando?»

«Peonie in bronzo», replico.

Sto lavorando a questo progetto ininterrottamente da giorni.

Da quando *lei* è stata ricoverata in ospedale, mi sono chiuso in me stesso e ho dedicato tutta l'energia che mi era rimasta alla scuola d'arte, annullando il mondo esterno, annullando tutti i problemi che mi circondano e che non mi danno tregua.

Una pausa da tutto.

È questo ciò che mi servirebbe.

«Un mazzo di fiori», dice la professoressa. «Come mai?»

«Volevo creare un bouquet che durasse più di una settimana», spiego.

«Un segno di eternità». La professoressa si lecca i denti. «Interessante». E la sua mano mi massaggia la spalla, mentre tutti gli studenti presenti si voltano a guardarci. Il suo presunto debole per me è sulla bocca di tutti. Alcuni dicono addirittura che io le abbia dato il mio Snapchat, cosa che ovviamente non ho fatto e mai farei. Io non faccio alcunché, in effetti, con la professoressa.

Mi limito a starmene zitto quando lei mi fa qualche avance a lezione. Nonostante ciò, tutti qui credono che io me la tiri, perché la professoressa più giovane e sensuale dell'istituto vorrebbe farsi fottere da me. La gente insiste anche nel dire che io sia attratto da lei, e mi sono chiesto varie volte se questo sia vero. Le donne più grandi mi sono sempre piaciute. La mia prima volta è stata con una donna più grande. Me la ricordo come se fosse ieri. Il suo corpo, quasi da dipinto rinascimentale, era esibito, maturo, aperto, pronto per me sul letto matrimoniale su cui era sdraiata. Cercava di provocarmi, senza risultare per questo oscena o volgare. Mi piaceva il fatto che io per lei non fossi un ragazzino, mi piaceva che, secondo lei, fossi molto più maturo della mia età. Mi piaceva soprattutto il fatto che conosceva il suo corpo, che sapeva indirizzarmi su come darle il massimo piacere, e mi piaceva la tranquillità avvolgente, con cui mi cullava mentre la penetravo. Mi piacevano l'ardore e le richieste dirette, che però non erano istruzioni. In effetti, andare a letto con le ragazze della mia età mi è sempre sembrato noioso, e con quelle più piccole non ci ho mai nemmeno pensato a farlo, tranne che per un'unica eccezione. La mia piccola guerriera, la mia più grande combinaguai, la leonessa, la mia migliore amica. Per un po' mi sono abituato a considerarla come una sorellina minore. Ma quando poi è cresciuta ha cominciato a prendere le sembianze di una donna e a scatenare in me un certo desiderio, che è sempre stato diverso da quello che ho provato in passato, molto più intenso e di certo non solo fisico. Questa volta, immagino Arya sdraiata sul letto, nuda, i seni sodi, il ventre piatto, l'aria un po' più innocente rispetto alle donne a cui sono abituato, il pube nudo, liscio e lievemente tondo. Le gambe spalancate per me. Soltanto l'idea mi fa sentire male. La mia piccolina.

D'un tratto, la professoressa si abbassa verso di me e mi inonda di un profumo stucchevole. Mi viene la nausea. Per quanto bella e attraente possa essere la professoressa, non è *lei*...

Mi dà un paio di pacche vicino al collo e va dagli altri studenti. Tiro un sospiro di sollievo e mi concentro sul mio lavoro.

121

Beatrix

Nell'esatto istante in cui suono il campanello di casa Mackenzie, mi pento della decisione presa questa mattina in palestra. Dopo che ho accettato, Tyler mi ha ignorato tutto il giorno. A ricreazione, ha parlato tutto il tempo con Meredith. Lei parla spesso di Tyler, alludendo a conversazioni private avvenute tra loro, come se avessero una confidenza speciale. Tyler sembra ignaro di questo comportamento, ma a volte, in effetti, le mette un braccio sulle spalle e cammina con lei per i corridoi, facendo credere a tutti che tra di loro ci sia una relazione segreta. Facendolo credere a me. Tuttavia, quando indago sulla cosa con Lucas, lui nega, dicendo che non c'è niente tra Meredith e il suo migliore amico.

Il corso dei miei pensieri viene interrotto da dei rumori dietro la porta. Quando si apre, lo vedo: splendente come un sole ad agosto, bello come una statua greca, ma stronzo e irritante come ogni membro della sua famiglia. Lo sguardo di Tyler si posa sulla mia camicetta, poi sulla mia gonna, e indugia un po' troppo sui miei collant, mentre si addenta il labbro inferiore. Mette le mani nelle tasche della felpa e si appoggia allo stipite della porta: mette le mani nelle tasche così a fondo che sembra voglia infilarcisi per intero. A scuola non ero vestita così. Lui ha capito perfettamente che mi sono cambiata per lui. Quando mi guarda così intensamente, mi si smuove qualcosa nello stomaco.

«Ciao», dico.

«Ciao», risponde. «Vieni, entra pure».

Lui lascia la porta aperta e varco l'ingresso: questa, rifletto, è la prima volta che vengo invitata ufficialmente a casa sua, senza pestaggi di mezzo. La luce esplode nel salotto silenzioso, e i miei occhi si posano sulle cornici sopra i mobili che raffigurano i momenti più felici in famiglia. Seguo poi Tyler, che oltrepassa la cucina e si dirige verso le scale. Gioco con le cinghie dello zaino mentre saliamo al piano superiore e raggiungiamo la sua camera. Sto davvero per entrare nella camera di Mackenzie? Esito qualche secondo, e Tyler si massaggia il collo.

«Preferivi stare di sotto?», mi chiede.

Sbircio la porzione di stanza che mi è possibile intravedere dalla porta aperta e scuoto la testa.

«No, no, qui va bene», dico.

La sua camera è in disordine, ma la scrivania è stato sgombrata per consentirci di studiare. Dalla sua finestra si vede la finestra di casa mia, la camera in cui dormo da ormai una settimana. Tyler raccoglie qualcosa da terra, forse una maglietta, e la butta sul letto. Impilati in fondo al materasso, vicino alla sua chitarra elettrica bianca color panna, c'è una serie di panni puliti che deve avergli piegato sua madre. Spiccano delle mutande blu con le astronavi, e trattengo una risata.

«Giocavi con il pupazzetto di Spider-Man?», dico raccogliendo un piccolo Uomo Ragno da terra.

Tyler diventa rosso all'improvviso e me lo toglie dalle mani.

«Era di mio fratello Killian», spiega, e lo ripone in un cassetto, quello dei calzini.

Mi schiarisco la voce e mi metto seduta sulla sedia, mentre lui rimane in piedi. In questa stanza molto piccola, Tyler è molto ingombrante, occupa tutti gli spazi. Accende lo stereo e le note di *Friends* dei Chase Atlantic si diffondono nella stanza. Mentre lui regola il volume, ripenso a quella sera al night club in cui è partita questa canzone; ripenso a come lui giaceva nel buio con la pistola premuta sulla sua intimità e ripenso agli occhi penetranti che studiavano ogni mio movimento. Ha pagato al proprietario un'intera notte solo per vedermi ballare, e solo in seguito ho scoperto che aveva litigato con tutta la sua famiglia. Ritornare a quella sera mi fa sentire strana, come se quello fosse un capitolo della mia vita da sigillare, ma lui con questa canzone sta rievocando segreti che dovrebbero rimanere sepolti. Cosa ne penserebbe il suo amico Luke se sapesse che è venuto a trovarmi al locale?

«Ti va se cominciamo a studiare?», gli chiedo, e afferro lo zaino, poi tiro fuori il quaderno di francese. La professoressa ci ha assegnato un tema da fare per la prossima settimana.

Tyler si siede sulla sedia accanto alla mia, e la sua coscia sfiora il mio ginocchio, procurandomi una strana sensazione, come un formicolio. Un'emozione fortissima e inaspettata mi pulsa dentro e mi fa trasalire, soprattutto con questa canzone di sottofondo. Sono costretta ad allontanare la gamba dalla sua a causa dei brividi sulla pelle.

«Hai già scelto un argomento per il tema di francese?», gli chiedo e per distrarmi sistemo il materiale. Ho già apparecchiato la postazione con quaderni, post-it, evidenziatori e libri, mentre lui è ancora alla ricerca della penna.

«No». Ridacchia. «Suggerimenti?»

«Be', potresti parlare di… ehm… dell'incendio di Notre Dame?».

Avrei dovuto trattarlo io questo argomento, ma non fa niente, ne troverò un altro. Così almeno potrò passargli i miei appunti, le ricerche che ho già svolto e riordinato, e facilitargli il lavoro.

«D'accordo, Evans, farò Notre Dame… da cosa partiamo?», dice con entusiasmo.

«Innanzitutto, prendi un foglio. A righe, possibilmente. Ce l'hai?», domando.

Piega la testa all'indietro ridendo e i capelli gli accarezzano la fronte. «Cazzo, no».

«Non ti preoccupare», dico strappandone uno dal mio quaderno. «Ce l'ho io, tieni». E glielo porgo.

Lui lo afferra svogliato e sospira. «Va bene… Ora, che faccio?»

«Scrivi il tuo nome», gli dico.

E fino a qui dovrebbe essere facile, giusto? Ma lui impugna la penna e fissa il foglio come se avesse un blocco mentale anche nel fare la cosa più semplice del mondo. I suoi grandi e dolci occhi scuri si stanno perdendo tra le righe e riesco a catturare la sua difficoltà.

«Una lettera alla volta», gli suggerisco piano.

Tyler è come un fiume, nel profondo di lui tutto fluisce, viene trasportato da una struggente forza interna, da una tempesta vertiginosa, che porta alla deriva ogni cosa, ma in superficie tutto rimane sospeso, in attesa, apparentemente calmo, fermo, innocente. Lui si presenta imperturbabile, quando in realtà ha un universo dentro pieno di sofferenza che non mostra mai a nessuno. Si china sul foglio e prova a trascrivere la "T" che esce leggermente storta e fuori dalle righe del foglio.

«Ora, mettici vicino la "y"», gli dico e lui esegue, come se fosse un bambino che deve imparare l'alfabeto. Mentre guardo la sua mano muoversi e il tratto blu della penna cercare di comporre la lettera, mi rendo conto di una cosa che prima di questo momento non avevo mai preso in considerazione.

Non è svogliato.

Non è pigro.

Non è stupido. Lui, semplicemente, non decifra le lettere.

O comunque, ci mette molto tempo a farlo.

«Hai qualche disturbo dell'apprendimento, Tyler?», gli chiedo. Non voglio metterlo in imbarazzo, o chissà che altro. Però a volte parlare con qualcuno di qualcosa che non hai detto mai a nessuno potrebbe essere liberatorio, no?

Lui continua a fissare il foglio per diversi istanti, prima di arrendersi e darmi una risposta. «Sono dislessico e disgrafico. Oltre a non saper leggere o scrivere come gli altri, non riesco nemmeno a trascrivere le lettere sulle righe. Sono un caso perso».

Getta la penna sul tavolo e sospira prosaicamente. Mi guarda, mordendosi l'interno della guancia, e si mette le mani in tasca.

«Sei ancora convinta a darmi ripetizioni?», mormora, con l'atteggiamento di uno che si sente sconfitto in partenza.

«Sapere che le cose saranno più complicate del previsto dovrebbe farmi cambiare idea?», lo provoco.

Sorride mollemente. «Non saresti la prima che si arrende con me».

«E invece...», sussurro. «Non mi arrenderò».

Si accascia sulla sedia e mi fissa severo. «Fai male», dice perentorio.

«Non guardarmi così», gli dico supplichevole. «Lo faccio per te».

«Carina che ti preoccupi», dice in tono scherzoso, come per sdrammatizzare. «Ma ci sarebbero molte altre cose che potresti fare per me». E lancia una breve occhiata alla stanza e al suo letto.

«Posso dirlo? Che schifo», replico. «E ora testa sul foglio, Mackenzie. Concentrati, oppure spengo la musica».

Tyler si morde il labbro e inclina la testa, come per studiare il mio viso da diverse angolazioni, e la sua bellezza mi travolge. Si sporge verso di me.

«Difficile concentrarsi ora, Evans. Molto difficile», mormora. Ho la netta sensazione che non stiamo più parlando di studio adesso. «Non ci sto capendo niente», ammette.

Il suo corpo si avvicina al mio e automaticamente apro le cosce per consentirgli di oltrepassare la barriera proibita delle mie gambe. Lui ci si incastra in mezzo e con i polpastrelli sfiora i miei collant. Le sue mani si posano sulle mie ginocchia e un calore inaspettato vibra all'altezza del mio basso ventre. Il mix di sensazioni mi manda in estasi, mentre lui si avvicina al mio viso. Poggia i suoi gomiti sui miei quadricipiti e sospira, facendo un mezzo sorriso. Mi sento in sintonia con lui e ho la sensazione che anche un solo respiro di troppo possa rompere l'equilibrio tra noi. È come se tra noi dovesse accadere qualcosa, come se il suo viso accostato al mio significasse qualcosa di diverso rispetto a tutte le volte precedenti in cui ci siamo ritrovati così vicini, ma non ci siamo mai sfiorati. Questa volta, il desiderio è così bruciante che sembra quasi una malattia. Mi stupisco di me stessa e delle mie sensazioni. I suoi occhi cioccolato, su cui si infrangono i raggi di luce che penetrano dalla finestra, sono più caldi e chiari del solito. Il suo respiro mi pizzica sulla pelle ed è così intenso che d'istinto serro le gambe, per poi scoprire che le sto chiudendo attorno al suo bacino.

«*Beatrix*», mi rimprovera per averlo stretto tra le cosce, e non ho il coraggio di fiatare.

Se una parte di me in questo momento è in visibilio, l'altra non si sente affatto bene. E lui mi osserva come se avesse percepito qualcosa. Come se sapesse... C'è qualcosa di claustrofobico e asfissiante in questa vicinanza, qualcosa di sconcertante e tremendo, e questo per una serie di motivi. Il primo, il più banale: lui è il migliore amico del ragazzo che sto frequentando, ed è riprovevole il bisogno fisico che provo nei suoi confronti. Il secondo, il più insidioso e ignoto, quello che adesso mi fa involontariamente tremare, quello di cui non mi riesco a liberare… non lo conosce nessuno. Come una bestia della notte che infilza gli artigli nei miei incubi più remoti. In questo momento, mi sento come una rosa piena di spine… una rosa di spine che nessuno può avvicinare.

Prima che iniziasse la scuola, cioè per tutta l'estate, ho fantasticato sul mio ingresso al liceo come una ragazza diversa, credendo che la gente mi avrebbe venerata o quantomeno ammirata. Ho cominciato a lavorare come spogliarellista, vivevo da sola, mi guadagnavo da vivere senza dover chiedere niente agli adulti, ero forte e indipendente. C'era solo una macchia, una bruciatura, in questa tela di idillio. Kevin Green, il fratello di Josh Green, il ragazzo che ho conosciuto una sera di otto mesi fa. Josh Green ha rappresentato tutte le mie prime volte messe insieme. Ha rappresentato il mio primo bacio, un bacio che mi sembrava un sogno dato che lui era un universitario, studiava qualcosa tipo Legge: era al quarto anno. Josh aveva un gran fisico ed era molto intelligente, anche se un po' spocchioso. Mi ricordo che abbiamo bevuto un sacco di birra e il suo alito sapeva di alcol e di qualcos'altro che non ho riconosciuto. Ero spalmata contro lo stipite della porta della cucina di casa sua, il luogo dove si teneva la festa, mentre Josh mi baciava avidamente.

«Ti va di andarcene da qui e stare un po' per i fatti nostri?», mi ha sussurrato Josh all'orecchio.

Lì dentro in effetti cominciavo a boccheggiare, e tra le altre cose mi infastidivano gli sguardi puntati su di me, specie uno: quello di Mackenzie che quella sera era lì a ubriacarsi e stordirsi.

«Okay, d'accordo», gli ho detto con fare provocatorio e un po' ingenuo. Un ragazzo più grande che mi dava attenzioni non mi sarebbe mai più ricapitato in vita mia, ho pensato, e così siamo usciti. La notte era totalmente buia, e la luna era coperta dalle nuvole.

Faceva parecchio freddo. Ci siamo allontanati dagli altri e il silenzio ci ha circondato. Lui ha estratto dalla tasca un telecomando e ha aperto il suo pick-up, che si trovava a qualche metro da noi.

«Ti va di entrare?», mi ha detto, ma non ho fatto in tempo a rispondere che lui si è seduto dentro. Sono salita a mia volta. Si è levato la giacca e mi si è subito avvicinato, con un ghigno.

«Fa un po' caldo, o sono io?»

«No, io ho freddo a dire la verità», ho risposto a mezza voce.

Ha riso e mi ha accarezzato la guancia. «Mi piacciono le ragazze timide».

Be', io mi sentivo tutto fuorché timida, ma ora i suoi tratti non erano più nitidi come dentro casa sua, si erano fatti d'un tratto sfocati e imprecisi.

«Non sono timida, Josh, io…».

Forse, non avrei dovuto dirlo. Mi ha preso il volto, questa volta con una strana forza, e l'ha portato contro il suo: mi ha riservato un bacio violento e in cui non c'era nulla di piacevole, mentre mi metteva le mani addosso, tentando di togliermi il vestito. Ha abbassato il sedile e siamo sprofondati nel silenzio e nel buio più assoluti. Il suo corpo sopra di me era pesantissimo e la sua lingua nella mia bocca scendeva in profondità, e io non distinguevo più i contorni del suo viso. Armeggiava con la sua cintura e io rimanevo immobile, senza capire.

«Basta, voglio andarmene!», ho affermato. Perché avevo detto che non ero timida? Perché lo avevo detto? Perché?!

«Me ne voglio andare da qui, Josh!», ho ribadito.

Ma lui mi ha tappato la bocca. Kevin mi ha scritto "Troia" sull'armadietto apparentemente senza motivo, ma in realtà ce l'aveva con me, perché dopo quella sera di otto mesi fa a casa sua, dopo che suo fratello mi ha violentata, ho chiamato la polizia. Dopo che Josh mi ha fatta scendere dal suo pick-up, io, tremante, mi sono accasciata a terra come un fiore appassito. Ed è per questo che Kevin voleva vendicarsi di me. Tuttavia non ho denunciato quello che mi è accaduto, ma solo l'abuso di alcolici tra i minorenni alla sua festa.

Per minuti interi Tyler mi rimane vicino, con le braccia poggiate sulle mie gambe, mentre io tremo in balia di pulsioni in contrasto tra di loro. Da una parte la paura, i sensi di colpa; dall'altro un senso di calore assoluto. Questo momento è di un'intensità insopportabile e lo sarà anche nei miei ricordi, ne sono consapevole fin da ora. Non mi sono mai sentita degna di essere amata da qualcuno, ma non mi sono mai sentita degna nemmeno di essere guardata così, come fa lui. Tyler sta cogliendo tutto il mio dolore e il mio disagio in maniera spontanea.

«*Bea*», mi dice. «Che c'è?»

«Niente».

«Tremi», mi fa notare, e il suo dito mi sfiora la guancia, come per controllare se c'è una lacrima che deve raccogliere. «Ti sto mettendo in soggezione o ti sto spaventando?».

La domanda è lecita. Tuttavia, non so perché mi sto comportando così, non so cosa mi succede. Ogni tanto mi prende il panico, come se fosse una reazione fisiologica a ciò che mi è accaduto. Anche alla corsa mi era successa la stessa cosa, ma non per la velocità. Io amo l'adrenalina e la velocità. Stare dentro la macchina insieme a un ragazzo è stato un orribile flashback.

«L'ultima volta che sono stata con qualcuno non è andata molto bene», spiego, ma penso di avere gli occhi lucidi.

Tutta la luce dentro la stanza sembra convogliarsi sul suo viso.

«Evans», dice serio. «Chi devo ammazzare?».

122

Tyler

Sono seduto di fronte a lei, i miei gomiti sulle sue cosce e le mie labbra accostate al suo orecchio. Ma le basta una sola parola e io mi metto in ginocchio.

«Dimmi chi devo ammazzare», le ripeto.

Ora ne sono convinto. L'ho sempre sospettato, ho provato a indagare già la sera del concerto, quando cercavo di chiederle perché è un periodo in cui non reagisce più… Qualcuno le ha fatto del male. E forse ora è spaventata dal fatto che sono molto più grosso di lei, che siamo soli in una stanza, che le sto vicino. È spaventata perché lei non avrebbe alcuna possibilità di divincolarsi da me, se solo io provassi a… Le sfioro i fianchi, con più delicatezza che posso, *non* per attirarla verso di me, ma per farle capire che non sono un pericolo per lei, che io non le farei mai del male: piuttosto che toccarla contro la sua volontà, mi amputerei entrambe le braccia. Lei sussulta e non è normale una reazione del genere. È così piccola che l'istinto di proteggerla è enorme.

«Cos'hai?», insisto.

«Niente», dice, e poi i suoi occhi rossi dal pianto incrociano il mio sguardo e si arrende, stringendosi nelle spalle. «A volte penso solo che…», dice. «Ecco, mi sento come una rosa piena di spine», ammette. «Inavvicinabile praticamente da chiunque. Sì, lo so, è una cosa super scontata, ma *io*…».

«La rosa è il mio fiore preferito», le sussurro e le sistemo una ciocca di capelli dietro l'orecchio. «E tu non sei una rosa piena di spine. *Tu* sei il genere di ragazza su cui la gente scrive delle canzoni».

Abbozza un sorriso. E ora vorrei afferrarle le cosce come per trattenerla contro di me, affondare i polpastrelli nella sua carne, vorrei attirarla a me, stringerla contro il mio corpo e inspirarle nei capelli, ma in effetti sarebbe disgustoso e ingiusto nei confronti di Luke. Dei momenti in cui sono stato picchiato ricordo solo una cosa. Lei. Che veniva schiacciata contro un muro, mentre un uomo per poco la strangolava. Dio, se ci ripenso mi viene il magone. Da allora l'ho evitata perché credevo fosse meglio per lei, ma quasi subito è subentrato Luke nella sua vita. E io ora sono tornato alle mie zero virgola zero possibilità di essere anche solo notato da lei. Ora, anche se siamo vicini, anche se magari potrei approfittare di questo suo momento di "debolezza", non ce la faccio, mi farei schifo. Perciò mi limito a dirle qualcosa che spero in questo momento possa confortarla.

«Quando senti che dentro di te si è spento tutto, ricordati una cosa, gnometta. A volte, bisogna saper danzare anche senza musica». E il suo sguardo si riaccende, impigliandosi nel mio. Mi sento guance e orecchie bollenti. Non so perché arrossisco così quando lei mi guarda. Ma forse una risposta ce l'ho. L'ho sempre guardata con gli occhi di uno che spiava qualcosa che non aveva il permesso di vedere e adesso che questa vicinanza mi è concessa… non mi sento degno.

Mi avvicino lentamente a lei con la testa. Poggio le labbra sulla sua guancia umida e assaggio il sapore salato delle sue lacrime; mi assicuro di non averla spaventata, ma lei non si muove, non emette fiato. Scivolo con altrettanta lentezza verso la sua mascella e le imprimo un altro bacio. Solo un bacio.

Sulla guancia. Niente di più.

123

Arya

Nelle sere infrasettimanali il nostro bar non è particolarmente affollato. Tuttavia, questa sera un gruppo di poliziotti sosta al tavolo all'ingresso e mangia ciambelle con la glassa: hanno finito il turno di lavoro e si sono riuniti qui. Pulisco il bancone, col sottofondo delle loro risate, senza badare che ho degli occhi puntati addosso da mezz'ora, e non appartengono ai poliziotti. Ryan è al suo solito posto, all'ultima fila, e sta disegnando; mi studia di sottecchi per non farsi notare, coperto da ciocche di capelli castani. Disegna da tutto il pomeriggio, e scruta me e ciò che succede intorno a me con sguardo dominatore. Un cliente arriva al bancone, riportando un piatto vuoto.

«Ehi, Arya», dice Malcolm Turner, il figlio di Geoffrey, il proprietario della tabaccheria sulla strada. Caspita, è cresciuto parecchio. In testa ha il solito ammasso di riccioli e un grande naso a patata, ma è dimagrito tantissimo. Mi si avvicina.

«Malcolm! Ciao!», lo saluto.

«Come te la passi qua dentro?», mi chiede. «Tuo padre come sta?»

«Bene, è di sopra», dico, e poi mi ricordo ciò che è accaduto a suo padre a causa dei Lombardo... «E tuo padre?», mormoro.

Intercetto lo sguardo di Ryan che ci sta fissando torvo, ma distolgo il mio immediatamente.

Malcolm scrolla le spalle. «Quella vecchia canaglia non la ammazza nessuno!». E ridiamo entrambi un po' imbarazzati. Prende un paio di fazzoletti dal portatovagliolo ed estrae una penna dai suoi pantaloni; mi scruta in modo ambiguo. Clicca sull'estremità della penna. «Ti lascio il mio numero», dice, e piega la testa sul fazzolettino. «Così, quando vuoi, ci andiamo a bere qualcosa. Mi racconti meglio come ti va la vita».

«Sì, sì certo, volentieri...».

Trascrive il suo numero di telefono e lascia il tovagliolo sul bancone.

Una figura possente, alle sue spalle, lo fissa come un falco che punta la propria preda. Ryan si è materializzato qui, più silenzioso e minaccioso che mai. Osserva Malcolm senza dire mezza parola, e ruota lentamente la testa verso di me.

«Un sandwich, grazie», ordina Ryan, poi afferra il tovagliolo sul bancone con il numero di Malcolm. Ci si pulisce le labbra, e lo scaglia nel cestino.

Malcolm se ne va, senza permettersi di ribattere.

Neanche io commento questo suo gesto, che in parte, devo ammetterlo, mi fa sorridere. In quel momento, mi accorgo che le mani di Ryan sono di nuovo contuse, però non glielo faccio notare. Gli preparo un sandwich al formaggio, chinando la testa, e i capelli sciolti mi vanno davanti agli occhi, così da nascondermi il viso. Dopo quella conversazione avvenuta in ospedale, è tornato a disegnare nel mio bar costantemente. Gli consegno il suo sandwich e lui fa una smorfia simile a un sorriso, prima di tornarsene al suo posto.

124

Beatrix

«Ehi, Tyler! C'è la spesa nel bagagliaio della macchina da portare in casa, mi aiuti?», dice la signora Mackenzie entrando nella stanza. Quando mi vede, storce le labbra. «Ah, stai con *quella*!».

«Ma'», replica Tyler, «si chiama Beatrix e mi sta aiutando a studiare…».

Ma la signora Mackenzie, impalata sull'uscio della porta, non sembra convinta. «Tu… che *studi*?», chiede aggrottando la fronte. «Quando mai?».

Tyler sbuffa. «Che tu ci creda o no, mi sto impegnando…».

Mi squadra. «Oh, sì, lo vedo l'impegno che ci stai mettendo», sospira. «Comunque, mi servi di sotto», dice. «Muoviti». Il suo sguardo sottile si posa su di me. «Il vostro pomeriggio di studi è finito», aggiunge.

«Certo, signora Mackenzie», dico afferrando lo zaino. «Me ne stavo giusto andando…».

Tyler si alza e mi afferra per il polso. «Ehi, dove vai?», mormora.

«Con permesso», dico oltrepassando Margareth.

Tyler mi segue lungo il corridoio e poi per tutte le scale. «Non sei costretta ad andartene, Evans. Mia madre è una stronza, ignorala», dice alle mie spalle.

Scendo i gradini in velocità, cammino per il salotto e mi dirigo verso la porta, che spalanco.

125

Paxton

Il Lion's stasera è pieno come mai prima d'ora. Sorseggio la mia birra alla spina seduto su uno sgabello e con il gomito poggiato sul bancone del bar, ascoltando gli Arctic Monkeys dal jukebox. La canzone è *Do I Wanna Know*, la mia preferita. Dopo qualche protesta da parte di Killian, sono riuscito a inserirla nel repertorio del locale dei Mackenzie. Killian sta sistemando i boccali di birra sullo scaffale, e io lo guardo di sottecchi mentre canticchio mentalmente la canzone.

«Secondo me dovremmo fare così», dice Killian a Clayton. «Prima da Malcolm e poi da tutti gli altri…».

«Cominciamo da stasera?», chiedo.

Killian mi guarda storto. «Il pronome "noi"…». Con un gesto indica sé stesso e Clayton. «…non include te».

«Pensavo fossimo una squadra!», ribatto.

«Esatto, lo siamo». Killian alza gli occhi al cielo. «Proprio per questo ho bisogno di una pausa».

«Hai bisogno di una pausa *da me*?!», domando.

«Corretto». Si volta verso suo fratello. «Allora, riscuotiamo prima da Malcolm?».

Da quando abbiamo scoperto che dentro la valigetta non c'erano i soldi che ci servivano, Killian si è messo in testa che per guadagnare dovremmo riaprire la sala scommesse, nonostante Ryan ce l'abbia proibito. Ma Killian freme dalla voglia di fare molta grana. Soprattutto ora che tutti credono che James sia in vacanza alle Maldive. La notte in cui Killian ha sparato a James, l'ho accompagnato. Sono rimasto ad aspettarlo fuori dal garage del Lion's, in macchina, a fare da sentinella, intanto che lui concludeva il lavoro. Killian mi ha confidato che prima di spararlgli, lo ha convinto, cioè costretto, a telefonare ai cugini e alla madre, per dirgli che stava lasciando la città e che si trasferiva per un po' alle Maldive. Ecco spiegato questo mistero del perché nessuno sa che James sia un cadavere, eccetto me, i Mackenzie, Arya Donovan e un certo Alec Sordino che lavora per la famiglia Marchesi… Ah, e la polizia. Uhu, in effetti siamo in tanti a saperlo. Vabbè. A ogni modo, Killian vorrebbe fare i soldi con la nostra sala scommesse.

Questo piano, però, non piace molto a Clayton, il quale rimane convinto che sarebbe meglio attenerci alle istruzioni di Ryan, perché qualsiasi passo falso attirerebbe su di noi ancora più sospetti. Fare mosse avventate in questo momento sarebbe come sventolare le prove sotto il naso della polizia. Del resto, Clayton ha altri progetti anche per quanto riguarda Paul…

«Con chi stai messaggiando?», gli chiedo. «C'entra per caso la biondina che abbiamo incontrato alla festa di Lancaster?»

«Lo conosci quel detto?», mi chiede Clayton.

«Quale?»

«"Chi si fa i cazzi suoi campa cent'anni"», risponde.

Clayton è un po' burbero se lo disturbi quando ha da fare qualcos'altro.

«Quindi, andiamo da Malcolm?», gli chiede ancora Killian. «È in debito con noi di ben…». Ricontrolla il telefono. «…novemila dollari».

«Lascia perdere, è una stronzata», dice Clay. «Non te li darà mai. Malcolm è un pezzo di merda».

«Sono pronto a scommettere che, con un po' di incoraggiamento, ce li darà eccome», mi intrometto.

Killian mi brucia all'istante. «Tu stai zitto. E paga quella birra». Poi ritorna a parlare con Clay: «Niente soldi, niente proposta a Paul il camionista», gli ricorda.

Clayton sospira. «Forse ho una soluzione», dice. «Ci vediamo a casa, Killian. Non aspettarmi sveglio. Ciao, mitico».

126

Cassie

Sono sdraiata a pancia in giù sul lettone della camera degli ospiti di Roman, mentre bevo del liquore costoso dalla fiaschetta. L'alcol è l'unica cosa che un po' riesce ad alleviare la sensazione costante di privazione e smarrimento che provo. La finestra è spalancata, ma non ho voglia di alzarmi e chiuderla, sono troppo occupata a parlare con Clayton. Sono così immersa nella nostra conversazione da non badare neanche più al freddo. Tutta la mia settimana è stata scandita solo dai messaggi che ci siamo scambiati, non ho avuto bisogno di nient'altro in questi giorni se non di parlare con lui. E anche se questo pensiero è sciocco e malsano, non posso negare sia la verità e non posso negare che lui mi abbia fatto stare bene. I tagli sulle mie braccia si sono rimarginati e, in generale, ho un motivo per alzarmi dal letto la mattina. Cosa non affatto scontata. Mi fa stare bene il fatto che Clayton non mi tratti da debole, nonostante gli abbia dimostrato più volte di essere una totale inetta. Non mi coccola, non mi dice ciò che voglio sentirmi dire. Una parte di me lo odierà sempre per questo, eppure c'è un'altra piccola parte di me che è profondamente attratta da lui.

Come mi fa sentire lui, anche solo dietro uno schermo, non riesce a farmi sentire nessun altro.

Rileggo l'ultimo messaggio che gli ho inviato.

Io: So solo che la vera vita non si vive a scuola, che è un ambiente molto oppressivo. Ho come la sensazione che la vita vera accada da qualche parte, molto lontano da qui, che stia accadendo senza di me. La vera vita sta scorrendo senza che io possa viverla, e non so se mai un giorno potrò farne parte. È una sensazione che provo spesso. Eppure, non ho un'immagine precisa di come questa "vera vita" possa essere o dell'effetto che mi possa fare. So soltanto che, se mai un giorno inizierà, io lo saprò e non avrò più bisogno di immaginarla.

Sono imbarazzante, lo so.

Come si fa ad annullare l'invio di questo papiro?

Ma il telefono vibra e io sono già sulla sua chat per leggere.

Clayton: La vita vera inizia quando vuoi tu. Non c'è niente che possa impedirti di viverla. Anche ora, se lo vuoi. Non c'è *nessuno* che ti ostacola. La scelta è *tua*. Non si vive per accontentare gli altri, Cassie. Pensa a te stessa.

Lui è sempre così pratico, è dotato di quel sano egoismo che, invece, a me manca, e di nuovo un senso di schiacciante inferiorità mi assale. Faccio spesso commenti irriflessivi a proposito di ciò che "vorrei", senza tenere presente che la maggior parte delle cose che voglio non mi renderebbe davvero felice.

Io: Già. È vero.

Passa qualche minuto, poi il telefono si illumina di nuovo.

Clayton: Non fai niente questa sera? È venerdì. Non esci con le tue amiche?
Io: Le mie amiche avevano da fare…

O forse dovrei dire che hanno di meglio da fare, anziché stare con me.
Oddio.
Sto sfociando nell'autocommiserazione, è così? E poi non è vero che le mie amiche non mi considerano, dai…

Io: Sono a casa, in realtà. Sono sola, perché Roman si ferma tutta la notte in azienda. C'è giusto la domestica inquietante che si aggira per le stanze…
Clayton: Vuoi cominciare da stanotte?

Sgrano gli occhi e rileggo il messaggio per almeno tre volte.

Io: Che vuoi dire?
Clayton: Stai dentro casa a deprimerti, a fantasticare sulla vita che pensi di non poter avere. Non mi sembra il massimo.
Io: Tu avresti una soluzione a questo problema?
Clayton: Io ho una soluzione a molte cose…
Clayton: Vestiti.
Clayton: Oppure non vestirti. Fai come vuoi.

Cioè?
Che cosa sta succedendo?
Vuole che io esca di casa nuda? Ma è sicuro, almeno, che tutto questo sta succedendo davvero?
È *sicuro* che il suo telefono sia ancora in suo possesso e che queste frasi le stia scrivendo proprio lui, di suo pugno? Ma, domanda ancor più fondamentale: e ora che cazzo gli rispondo?
Sospiro guardando il soffitto e mi porto il telefonino al petto, vicino al cuore che batte molto più di quanto dovrebbe. Devo prendere coraggio e

trovare le parole, non può passare altro tempo, oppure penserà che io sia deceduta.

Io: È un appuntamento, Clayton?

Invio senza guardare. Quando il telefono vibra mi manca il respiro.

Clayton: Vorresti che lo fosse?

Cazzo, cazzo, cazzo.
Mi mordo le labbra fino a sentire il sapore metallico del sangue in bocca.

Io: Può darsi. Ma prima, vorrei sapere dove mi porterai.
Clayton: Scendi. Sono qui sotto.

Coooooooooosa?! Mi butto giù dal letto e controllo fuori dalla finestra. In effetti, una moto accesa è parcheggiata sul vialetto di ghiaia. Sopra vi è appoggiato un bellissimo ragazzo che fuma, in attesa, circondato da un'ombra taciturna e perlacea. Non riesco a calmare la tachicardia. Mi infilo un gilet e un paio di jeans in fretta e furia. Mi guardo allo specchio, appeso di fianco alla libreria, ed è davvero difficile ammirare il mio riflesso senza mettermi a piangere. Ci sono parti del mio corpo che vorrei tagliare con il coltello. Vorrei modellarmi come quelle ragazze che so che piacerebbero a Clayton.

In più, non importa quanto correttore utilizzi, le occhiaie non andranno via.

D'istinto, mi levo il gilet e i jeans, dopodiché apro l'armadio; Roman ha ordinato molti vestiti su misura per me, che potrei indossare in qualsiasi occasione, e questa sembra un'occasione perfetta. Ne afferro uno dal tessuto azzurro, con la gonna a balze ricoperta di brillantini. Lo indosso. È molto aderente e ha una scollatura un po' troppo profonda. Mi stringe sui fianchi e poi cade morbido lungo le cosce. È molto comica questa situazione. Ma, esattamente, chi sto cercando di impressionare? Su chi voglio fare colpo?

Nascondo la fiaschetta sotto il cuscino e mi avvio fuori dalla stanza, verso il portone di casa. Uscire di notte insieme a un pazzo omicida senza avvertire nessuno, neanche una vecchia domestica un po' stronza, è da idioti, e io per giunta sono semiubriaca. Sto infrangendo tutte le regole presenti sul manuale di sopravvivenza del soggetto fragile, con scarsa attitudine all'autodifesa. Eppure, sento che questa notte potrebbe essere una delle più belle di questi diciotto anni di vita infruttuosa.

Il silenzio della sera è perfetto, e mi avvolge come se avessi messo un piede in un altro mondo. Clayton è una figura in lontananza che appartiene a uno sfondo fremente, buio e perfetto. E di nuovo, proprio come quella volta sotto la quercia nel cortile della scuola, vengo assalita da un orribile presentimento, che ora scaccio via come se fosse una maledizione. Questa volta andrà diversamente, mi ripeto, questa volta ho più controllo. Sia di me stessa che della situazione. Mi avvicino a lui, goffamente, e il suo sguardo analizza il mio corpo in movimento. La sua pelle è ancora più bianca e compatta sotto la luna…

Specie sulla striscia di petto nudo là dove la camicia di raso non è abbottonata.

Il nero inchiostro dei suoi capelli gli affila i tratti. Lui è… divino. Ma non appena lo studio in questo modo, mi accorgo delle enormi differenze che esistono tra di noi. Ecco quanto siamo diversi io e Clayton.

Lui ha l'aspetto di un angelo, ma ha i demoni in corpo; io ho le favole dentro e non riesco a leggerle. Lui è quanto di più pazzo, oscuro e pericoloso io conosca; rappresenta tutto ciò da cui dovrei stare lontana. Io invece mi sento debole e inerme.

Mi arresto di fronte a lui, mentre i suoi occhi neri si appropriano di ogni mia emozione. Il sussurro basso della sua voce mi fa tremare.

«Sei qui», mi fa notare.

«Dove dovrei essere?», chiedo.

«Ovunque», dice, e sorride, sebbene le sue parole stridano nella notte. «Tranne che con me».

«Posso andare via, se vuoi», dico, tradendo un po' di avvilimento.

Una folata fredda di vento mi fa rabbrividire, e lui mi porge un casco.

«Mettilo», dice. «Ci andiamo a fare un giro».

«Un giro sulla tua moto?», chiedo con voce sottile. C'è qualcosa di diverso tra noi due ora, rispetto a quando messaggiavamo. Lui dal vivo ha sempre qualcosa di differente. Più freddezza e distacco.

Ride, e sulle guance gli spunta l'ombra delle fossette. «Ci sei già salita in moto con me, anche se ora non te lo ricordi».

«Questo dovrebbe farmi stare più tranquilla?», chiedo osservando la sua splendente Kawasaki nera.

«Onestamente? No». Mi guarda come uscendo da un sogno. Indica il sellino di pelle, la parte più vicina al manubrio. «Siediti qui», ordina mentre mi infilo il casco.

Obbedisco, facendo attenzione alla gonna del vestito. Indossa il casco anche lui e si incastra dietro di me. Le sue braccia possenti mi avvolgono, trasmettendomi un calore diffuso e un fremito. Accende la moto, facendo rombare il motore. Corriamo lungo il vialetto di ghiaia e usciamo dalla proprietà di Roman. Clayton accelera, una volta che imbocchiamo la strada, le sue gambe d'acciaio sono premute contro i miei fianchi. Il modo in cui guida è così sicuro e fluido da non farmi accorgere che stiamo piano piano aumentando di velocità. Un po' sono curiosa di scoprire dove mi porterà. Tutto questo mi sembra così bello e insensato, e io vorrei chiedergli dove stiamo andando, ma ho una morsa allo stomaco che mi impedisce perfino di parlare. Dopo qualche minuto, ci fermiamo al semaforo. Lui poggia un piede sull'asfalto. Una mano la tiene sul manubrio, l'altra, invece, si posa sulla mia coscia, premendo contro la mia pelle con leggerezza. L'effetto è quello di una dolce e piacevole bruciatura. In proporzione alla sua mano, la mia gamba sembra molto piccola.

«Stai bene?», mi chiede. E poi mi tocca la pancia, come per assicurarsi che io mi spinga meglio contro di lui.

«Sì», dico impacciata. Il mio sedere aderisce tra le sue gambe, scontrandosi con qualcosa di duro, e arrossisco per l'imbarazzo.

Quando il semaforo diventa verde, lui riparte a tutta velocità. La notte è accesa di luci e movimento, sembra di viaggiare tra le stelle. Il suo corpo mi avvolge, ma ho il cuore in gola. Ed eccolo di nuovo, il brutto presentimento che torna a darmi il tormento.

«Clayton», gli dico girandomi. «Mi dici dove andiamo?».

Nell'osservare i suoi occhi attraverso la visiera, provo una paura vertiginosa, irrazionale.

«Ci vuole ancora un po'», dice.

Deglutisco. «Ci sarà molta gente in questo posto in cui stiamo andando?», chiedo.

Stringe le manopole e accelera ancora, io mi sento sempre più premuta contro di lui, ma la sensazione che mi striscia dentro non mi piace.

«Clayton…», lo richiamo.

«No», ribatte. «Saremo solo io e te».

«*Oh*».

«Cassie», dice con lo sguardo puntato verso la strada. «Ho un favore da chiederti…».

Trasalisco.

«Che tipo di favore?».

Un altro colpo di acceleratore. «Dentro la valigetta di Roman», dice lui in tono contrariato, «non c'erano i soldi che mi servivano…».

E ora capisco all'istante dove vuole arrivare, capisco all'istante perché sono seduta sulla sua moto, diretta verso una direzione sconosciuta.

«Giuro che non ne sapevo nulla!», mi affretto a dire. «Ti ho aiutato a scappare e basta! Non ho fatto nulla, io…».

«*Lo so*».

«E allora?»

«Devi parlare con tua madre», dice. «Farti aiutare con Paul affinché non mandi mio fratello in prigione».

La sua voce quando parla dei suoi fratelli è fredda, roca, molto più intensa e profonda, come se contenesse un principio di volontà inviolabile.

«Ti prego, rallenta. Così mi stai spaventando», lo imploro, ma lui non mi ascolta. «Mi metti paura, così, Clayton». E socchiudo gli occhi perché il vento in faccia mi dà fastidio.

«Devi averne», replica. «Dimmi che ne parlerai con tua madre o non mi fermo».

«Non lo farò», ribatto. «Non prendo ordini da te».

«Questo è da vedere», dice più a sé stesso che a me, e spinge la moto al massimo.

Non credo di aver mai avuto lo stomaco così in gola in tutta la mia vita. Le colline sono imbrunite, stagliate contro la notte liscia, di seta. Le fronde degli alberi sono una cupola sopra di me. Nell'aria c'è puzza di legna bruciata, i tronchi sprigionano odore di muschio.

La moto di Clayton si ferma in una stradina nel profondo della vegetazione. Siamo nel punto più alto del quartiere.

Io tremo e rabbrividisco per la paura e per il freddo, ma la rabbia che provo verso me stessa mi fornisce energia. Rabbia, perché sono perfettamente consapevole che non avrei dovuto acconsentire a vederlo, e rabbia, perché nonostante tutto so che, se dovessi tornare indietro, rifarei ogni cosa.

«Che cos'è questo posto?», chiedo, quando scendiamo dalla moto.

Lui è a un paio di metri da me, che fuma una sigaretta. «Ci venivo da bambino», risponde noncurante. «Mi è sempre piaciuto non essere disturbato». Clayton, anche in questa posa rilassata, ha un'aria molto intimidatoria.

Mi guardo meglio intorno. «Da piccolo venivi fin qui?»

«Da qui si vede tutto, sembra di stare in cima al mondo», dice.

«Cosa c'era dentro quella valigetta?», gli chiedo concisa. «Vi ho aiutati anch'io a rubarla, e voglio saperlo. Oltretutto, Roman si è infuriato quando ha scoperto che non c'era più a casa...».

Si lecca le labbra e sorride amaramente.

«Documenti», risponde vago.

Non ci credo. Incrocio le braccia.

«E basta?».

Non risponde e avanza verso di me, le suole delle scarpe che scricchiolano sulle foglie.

«Sai a cosa ci servivano i soldi che pensavamo ci fossero là dentro?». La sua voce composta e garbata mi fa sussultare. «Erano per il tuo patrigno, volevamo pagarlo per stare zitto. Adesso che non abbiamo più soldi da offrirgli come merce di scambio per il suo silenzio, non ci resterà che ammazzarlo...».

Oh, merda.

«Non lo faresti», dico.

Lui ha lo sguardo dal "mettimi alla prova e vedrai che perderai". Lui e i suoi fratelli sono così. Perdi, se provi a metterti contro di loro. Mi smarrisco a osservarlo, con il cervello intorpidito.

Mi ricordo di quella notte nell'officina, le fiamme che divampavano e lui in sella alla sua moto che mi puntava una pistola a distanza. Solo perché il proiettile uscito dalla pistola di Clayton è riuscito a schivarmi, ciò non significa che io sia al sicuro adesso; anzi, a quanto pare tutto il contrario.

"Lo senti, Cassie? Il tuo vuoto che si incastra con il mio".

«Era tutto finto, pure questa volta?», domando. Ormai, senza neanche più dispiacere da sprecare per lui.

I suoi occhi sono bui, molto bui, come se la notte lo amasse e volesse restargli aggrappata.

«No».

Il mio cuore martella fortissimo quando lui si avvicina a me.

«Vuoi che *io* parli con mia madre», dico. «Mi ricatterai con le mie foto, se non lo farò?».

Lui mi sta di fronte in tutto il suo splendore e posso ammirare ogni particolare del suo volto in maniera così nitida da fare male.

«No».

Indietreggio verso la moto e lui mi segue.

Non mi fido. Non mi fido di lui. Non mi fido neanche quando si fa vedere per quello che dice di essere, perché Clayton è come la luna.

E la luna ha sempre un lato oscuro che non mostra a nessuno.

«E allora... perché dovrei farlo?», balbetto. «Dammi una ragione per cui dovrei aiutarti se *non* sono ricattata».

«Per lo stesso motivo per cui *io* non ho ammazzato Paul all'istante», spiega con un velato tono d'accusa.

«E cioè?», lo incalzo, ma credo di aver capito.

I suoi occhi divorano l'aria come fiamme che ardono. "Per te". Questo sembra dirmi.

Mi sposto furtiva verso la sua moto, il mio tallone ha sfiorato il cavalletto e lui lo nota. Un momento di esitazione. Si piega verso di me. Mi afferra dalle cosce, mi solleva, sento le sue mani sulle natiche, sento la sua presa dolce e possessiva sul mio corpo. Mi fa sedere sulla moto. Si incastra tra le mie gambe, e un calore a ondate roventi si impossessa del mio basso ventre. Credo di avere le farfalle nello stomaco.

E il suo respiro affannato non aiuta.
«Ti fai sempre toccare così dai ragazzi?».
Parla di Roman? Vorrei rispondere, ma sembro un uccellino immobilizzato dallo sguardo di un serpente.
«No, non mi… tocca mai nessuno». Immagino le sue labbra sulle mie. Un contatto del genere manderebbe in cortocircuito il mio sistema nervoso. Ripenso ancora una volta al messaggio che mi ha mandato qualche giorno fa. "Lo senti, Cassie? Il tuo vuoto che si incastra con il mio…". Sì, ora lo sento.
«Tornando al tuo patrigno», dice, «potrei spararegli in fronte e ucciderlo in ogni momento. Lo sai che ne sono capace», dice a voce bassa. Circonda con le mani le mie ginocchia e le apre un po', in modo che i suoi pantaloni, all'altezza della sua erezione, possano sfiorare le mie mutandine. Sento brividi e tremori ovunque.
«Basta con le minacce», sospiro, ma ogni centimetro del mio corpo implora di sentire il suo, addosso.
«Non è una minaccia, Cassie», dice.
«E allora cosa diavolo stai…?».
Abbassa la testa vicino al mio orecchio. «Ti sto solo dicendo come mi comporterei se…».
Le sue dita disegnano dei cerchietti su un lembo di inguine scoperto.
«Se?», chiedo.
«Se non ti conoscessi», conclude.
"Ti sto solo dicendo come mi comporterei se non ti conoscessi".
Aiuto. Il suo viso angelico gronda di suppliche.
«Quindi, ti prego, parla con tua madre», mormora. «So che è difficile, probabilmente la cosa più difficile che ti abbia mai chiesto. Ma, per favore, parlale. Ho bisogno che tu lo faccia», dice.
«Altrimenti, lo ammazzerai?». Cerco i suoi occhi con disperazione. «Ammazzerai Paul? Non è così?».
Ci pensa. E ho paura di quello che dirà. Ho così paura che il mio cuore batte forte a tal punto che mi pulsano le tempie. I miei occhi nei suoi. *Clayton.*
«No».

127

Arya

Quando salgo nella mia cameretta, sono finalmente pronta a mettermi a dormire dopo questa giornata complicatissima. Controllo se il salvadanaio a forma di maialino con dentro tutti i miei risparmi c'è ancora. E c'è. La speranza che io un giorno possa fuggire da qui c'è ancora. Ma stasera, accanto al mio salvadanaio, poggiato sulla mensola, c'è anche qualcos'altro. Un bouquet di peonie in bronzo. Appeso vi è un bigliettino, e riconosco la grafia impeccabile di Ryan.

"Questo sarà per sempre".

128

Killian

Il mattino bruciava di caldo, e io vagabondavo per le strade. Ero in quell'età di mezzo in cui mi sentivo già abbastanza grande da incutere timore e disagio negli altri bambini, ma non abbastanza da suscitare preoccupazione negli adulti. Questo mi rendeva un essere invisibile, libero di girovagare senza dare nell'occhio. Di solito, andavo a zonzo da solo. Quella mattina, però, ero insieme ai miei fratelli. Eravamo in cerca di un'auto da rubare. Qualche giorno prima, nostro padre ci aveva fornito tutte le istruzioni dettagliate sulla rapina di automobili perfetta, sotto le grida contrariate di nostra madre che non vedeva come una cosa del genere ci potesse tornare utile in futuro. Ora stavamo per mettere in pratica gli insegnamenti di papà.

«Rubiamo questa qui!», ha detto Clayton indicando una Ford parcheggiata di fronte a una casetta con un giardino profumato e pieno di fiori.

Ryan si è guardato intorno per assicurarsi che nessuno del vicinato allungasse il collo per controllare i nostri misfatti. «Okay! Facciamo veloce!», ha detto.

Per rubare un'auto bisogna, come prima cosa, tagliare dei cavi che si trovano sotto il volante, quindi avremmo dovuto intrufolarci all'interno.

«Con che cosa rompiamo il vetro del finestrino?», ha chiesto Clayton, massaggiandosi il mento con due dita, pensieroso.

«Troviamo un rametto d'albero?», ha proposto Ryan, e Clay ha sorriso soddisfatto, estraendo dalle tasche del cappotto un paio di sassi.

«Useremo questi», ha detto Clay.

«Perché vai in giro con dei sassi nelle tasche?», gli ho chiesto.

«Perché mi diverto a lanciarli».

E a quel punto, abbiamo sentito. Un miagolio. Che proveniva da sotto il pianale della Ford. Ci siamo guardati tra di noi, sull'attenti. No, non potevamo partire con altri passeggeri a bordo.

«Tyler, vai a controllare che succede», ha detto Ryan.

«Vuoi che mi infili là sotto?!», ha chiesto Tyler contrariato, indicando lo spazio tra il pianale e l'asfalto, e i suoi occhi si sono soffermati sullo scarico che fuoriusciva dal portabagagli.

«Sì, e fai in fretta», ha ribattuto Clayton.

Tyler, che ormai aveva già imparato a non contestarci, si è intrufolato là sotto e qualche minuto dopo è uscito con un piccolo batuffolo nero tra le braccia: un gattino di pochi mesi, due al massimo, che faceva le fusa.

«Ecco dove eri finito, Cribbio!», ha urlato una voce acuta alle nostre spalle, e ci siamo voltati.

Un ragazzino mingherlino, dal viso pulito, con la punta della lingua che sporgeva dall'angolo della bocca come una radichetta agonizzante che cerca acqua in una landa colpita dalla siccità, si è incamminato verso di noi. La camicia a scacchi beige fuori dai pantaloni, e un paio di stivali in pelle scoloriti.

«Mr. Ripley!». Ha puntato il dito contro il gattino, come se quest'ultimo fosse una persona in grado di comprendere le sue parole.

Quel ragazzino era così grottesco che Clayton si è messo a ridere, dissimulando poi il riso in un accesso di tosse.

«Stupido animale randagio che non sei altro!», ha detto il ragazzino al gatto. «A nonna quasi non veniva un infarto nel cercarti! Ti vuole più bene di quanto ne voglia a me, e tu la tratti così? Andartene senza avvisare? Porta quei tuoi luridi artigli dentro casa, forza!». Poi si è grattato la testa, e si è accorto di noi. Ci ha guardato a turno, un po' imbarazzato. Ha guardato Ryan, Clayton, Tyler e infine me. «Oh… ehm, ciao. Voi chi siete?». Ci ha studiato in un crescente stato di consapevolezza. «Stavate, per caso, cercando di rubare l'auto di mia nonna?».

Tyler aveva la testa bassa, Ryan ricambiava lo sguardo rimanendo ermetico e Clayton fischiettava con le mani in tasca.

«Be', avresti qualche problema, al riguardo?», gli ho chiesto malevolo.

Ha aggrottato la fronte e ha fatto un altro giro di sguardi. «Macché!», ha proclamato ridendo. «Anzi, posso aiutarvi? Non ho mai rubato un'auto in vita mia, ma ho sempre voluto imparare! Poso il gatto e arrivo». E senza che noi potessimo dire una parola correva già sui gradini di casa della nonna, con Mr. Ripley in braccio che ringhiava e soffiava.

Quel ragazzino, ho pensato, aveva la stoffa per compiere grandi imprese e diventare un Mackenzie.

Un suono ripetuto. Un bip lungo e acuto. Avevo gli occhi chiusi, e nella mia mente c'era il buio totale, perciò, non sapevo da dove provenga questo dannato bip. Poteva provenire da tutte le parti, per quanto ne sapevo. E infatti proveniva da tutte le parti. Bip. Invadeva il mio cervello. Biiip. Un suono monotono, spiacevole, troppo intenso per le mie orecchie: mi stava sterminando tutti i neuroni. Provavo un dolore fisico estremo. Basta. Era uno stillicidio. Biiip biiip biiip biiiip. Non riuscivo a concentrarmi su altro e strizzavo le palpebre come se qualcuno mi stesse torturando. Dovevo aprire gli occhi, dovevo aprire gli occhi, dovevo aprire gli occhi, ma ero spaventato *da ciò che avrebbero potuto vedere. L'ultima volta che li avevo tenuti aperti, avevano visto una ruota schiacciarmi il corpo. Ho provato a muovere la parte sinistra del busto. Il braccio c'era ancora. Lo sentivo. Dovevo stare tranquillo… c'era ancora. Eppure, ricordavo benissimo che un furgone d'argento mi aveva investito, ricordavo il sangue nella fanghiglia, quell'odore nauseante ed eccitante di ruggine fresca. Mi ricordavo di essere rimasto sulla strada con le ossa rotte, con una ferita profonda sul torace. Era stato un incubo? Cos'era stato? Ho spalancato gli occhi. Ero in una stanza anonima, dentro un letto bianco e di ferro. Una fasciatura, anche questa bianca, mi circondava la spalla sinistra. Ma dov'era? Il mio braccio era diventato invisibile, o erano i miei occhi a essere difettosi…? Ho provato a tastarne la consistenza con l'altra mano e ho scoperto che… non c'era davvero. Il mio braccio sinistro si era volatilizzato. Prima c'era stato e ora non c'era più.*

Sarebbe ricresciuto?

Sarebbe ricresciuto come ricrescono i capelli?

Ho soffocato un grido. Biiiiip. *Bastaaaaa! Ho individuato la provenienza del rumore che mi stava mandando ai pazzi: una macchina collegata al mio torace tramite dei fili. Era il battito del mio cuore a farmi impazzire…*

La porta si era aperta con un cigolio e ho chiuso gli occhi all'istante. Ho sentito dei passi trascinarsi fino al mio letto. Poi il rumore di una sedia che strusciava sul pavimento. Respiri corti e una mano che si avvolgeva attorno alla mia.

«Mi dispiace», ha detto una voce singhiozzante.

Ryan? Ho fatto attenzione a rimanere immobile, bloccando perfino il respiro.

«Non l'ho fatto di proposito, Killian, mi dispiace tantissimo», ha mormorato. «Spero che tu ti possa risvegliare, perché altrimenti io mi ammazzo».

Stava piangendo. Non sono riuscito a dare un senso alle sue parole. Cosa voleva dire che non l'ha fatto di proposito? Fatto cosa?

«Non avrei dovuto guidare quel furgone», piagnucolava. «Fratellino, mi dispiace, mi dispiace così tanto. Io mi ammazzo, se non ti risvegli, mi tolgo la vita, mi tolgo tutto per te, però ti prego, torna, fratellino. Torna con noi, mamma ha bisogno di te, io ho bisogno di te…». Piangeva ancora, sempre più disperato. «Non andartene, Killian…».

Mi sono irrigidito e il cuore mi pulsava in gola, fino quasi a strozzarmi.

«Non avrei mai dovuto rubare quel furgoncino…!».

Altri pianti rotti e sommessi.

«Mi dispiace tantissimo, Killian».

Le parole di Ryan erano remote, relegate in uno spazio e in un tempo in cui non volevo trovarmi. Ho ripensato all'attimo prima di cadere sull'asfalto. Ho visto quel mostro di ferro dalla carrozzeria d'argento sfrecciare lungo la strada. Mi sono immobilizzato. I fanali sembravano gli occhi di un rettile e c'era un vuoto pesante dentro la mia testa. Ero incollato al terreno, mentre una scarica di paura e terrore mi attraversava la colonna vertebrale. Mi sentivo come risucchiato dalle sabbie mobili. Mi sono buttato sul marciapiede, pur di schivare quel furgone, ma non è servito. Il metallo mi ha perforato le costole e tranciato un braccio. Un dolore così soffocante e vivo è uscito da dentro di me e io non ho più provato nulla.

Speravo di morire. Sarebbe stato meglio morire lì per terra. Meglio la morte, che una vita da monco. Meglio la morte, che una vita da miserabile.

Ma, a quanto pare, la morte non ne voleva ancora sapere di me. L'ultima immagine che i miei occhi avevano catturato prima di svenire totalmente era stata la faccia di Paxton, avvolta da una luce bianca, divina. Gli occhi rossi di lacrime, le guance accaldate, le lunghe ciglia nere umide di pianto e un po' di moccio che gli colava dal naso, il labbro superiore che gli tremava alla ricerca di qualcosa da dire. Mi dava ripetuti schiaffetti per risvegliarmi. A tratti guardava me, a tratti il sangue che fluiva dalla mia spalla, e dilatava le narici, come per reprimere quell'odore nauseante. Un odore che si intensificava fino a riempire il mondo intero, un odore peggiore delle verdure ammuffite o delle cantine umide e putride in cui a volte ci siamo infilati, convinti di portare alla luce misteri sepolti.

Quell'odore, l'odore che usciva dal mio braccio, era l'odore del mostro… Del mostro che ero appena diventato. Ma Paxton non era spaventato dalla mia bruttezza. Lui mi è rimasto accanto, sempre, come nessuno ha mai fatto in tutta la mia vita, e questa sua devozione a volte mi ha messo perfino a disagio… Lui era il quinto fratello Mackenzie, quello a cui, in un certo senso, ero più legato. Anche se la mia riconoscenza l'ho nascosta molto bene, sapevo che era stato lui a salvarmi quel giorno.

Ringraziavo che fosse vicino a me. Senza di lui non ce l'avrei mai fatta.

Bip. Bip. Bip. *Quel suono mi avrebbe mandato al manicomio.*

«Mi dispiace tanto, fratellino, mi dispiace tantissimo». La voce di Ryan mi ha riportato alla realtà. La voce di mio fratello era acuta e dissacrante quasi quanto quella del bip *metallico. «Ti ricordi di quella volta in cui», ha detto Ryan tra i singhiozzi, «in cui credevi che il mondo sarebbe finito? Eri convinto che arrivasse l'Apocalisse… io cercavo di tranquillizzarti, e di farti capire che era tutto nella tua testa, ma ora capisco quello che provavi… Io mi sento così ora, Killian…».*

Quando avevo dieci anni mi era presa la fissa che il mondo sarebbe finito di lì a poco, solo perché non c'era più il cioccolato al latte nella dispensa. La scorta di cioccolato si era esaurita, e guardando fuori dalla finestra c'era una luce livida, marcescente, diversa dal solito grigiore anonimo che incombeva sulla città. Era un presagio. E avevo spiegato a Ryan come immaginavo la fine del mondo usando i razzi pirotecnici e la carta da parati adesiva ancora nel rotolo, rischiando di far crollare casa. Era stata quella la prima volta che mio padre mi aveva picchiato, e poi i miei genitori mi avevano portato dal dottore, e dallo psichiatra. In quel periodo, avevo scoperto parecchie cose sui medici: erano tipi cupi, con una forte inclinazione a diagnosticare lo stress e che "direbbero" un sacco.

«Direi che vostro figlio è un tipetto vivace».

«Direi che vostro figlio ha semplicemente tanta fantasia».

«Direi che vostro figlio ha un lieve principio di autismo».

Ma il mondo non è finito, anche se dentro di me sentivo che sarebbe stato così. Le cose non accadono solo perché le desideri con tutto te stesso. Non era finito il mondo prima. E non sarebbe finito neanche dopo quell'incidente. Tutto sarebbe andato avanti, e non importava quanto io volevo far finta del contrario. Tutto sarebbe andato avanti, in un incessante scorrere del tempo che mi avrebbe prosciugato. Avevo perso tante cose. Non avrei potuto più giocare a baseball né a basket, non avrei potuto più guidare o stare, semplicemente, in equilibrio. Non sarei stato una persona normale. E tutto questo per colpa di mio fratello. Dicono che il tempo può guarire tutte le ferite. Ma quella non sarebbe guarita mai.

«Hai provato a investirla, razza di imbecille?!». Ryan mi ha spinto contro la parete, e io ho battuto la testa contro il muro, ma non ho reagito, anzi gli ho riso in faccia. Una risata roca e viscerale. Non lo so: c'è qualcosa di divertente in lui quando si dispera.

«Che cazzo vuoi?», gli ho detto.

«L'hai quasi investita!». Mi ha spinto di nuovo all'indietro, anche se ero già incollato al muro.

Parlava di Arya Donovan. Avevo cercato di metterla sotto con la Chevrolet: in realtà, ero indeciso fino all'ultimo se metterla proprio sotto, o solo spaventarla. E se non fosse stato che, per colpa del mio fratellino qui presente, non ho più un braccio, forse avrei frenato molto prima che quella cretina finisse in un fosso. Ma, pazienza, è andata così.

«Rispondi! Hai provato a investirla?», ha gridato di nuovo, espirando lava dal naso.

Ho alzato gli occhi al cielo e ho sorriso senza mostrare i denti. «Sei un po' paranoico…».

«E tu sei un imbecille!».

«Ehi. Vacci piano con gli insulti».

A Ryan non è mai piaciuto il sarcasmo. Soprattutto, non gli piace quando qualcuno usa il sarcasmo contro di lui. Il suo problema? Prende la vita un po' troppo seriamente.

«Ti rendi conto della gravità delle tue azioni?», ha chiesto sconcertato.

Ryan, Ryan, Ryan. Sei entrato in camera mia senza neanche bussare, che razza di maleducato che sei. E mi sei venuto pure a chiedere se avessi l'intenzione di investirla. Sul serio? Cioè, investirla come tu in passato hai investito me? E perché io dovrei risponderti, quando tu per tutti questi anni sei rimasto in silenzio a fare il fratellino perfetto? Perché si aprono i dibattiti accesi solo sulle mie cazzate e mai sulle tue? Perché io dovrei ammettere di essere colpevole e tu puoi tranquillamente continuare a fare finta di niente? A fare finta di essere immacolato e privo di peccati? Tra tutti i miei strati di squallore e assenza, tra tutti i miei sbagli, c'è un dolore che si muove e striscia dentro di me come un serpente silenzioso e fa ancora più male di quanto non dovrebbe. Perché il dolore fa sempre più male se tace.

«Parla, e la facciamo finita», ha detto.

«Se ti rispondo, cosa ottengo?», ho chiesto arcuando le labbra. «Una caramella?»

«Perché volevi farle del male?», ha urlato. «Mi vuoi rispondere?».

Ah, come ci si sente, Ryan, a non sapere la verità? Come ci si sente a essere traditi dalla persona che ami di più al mondo? Come ci si sente a svegliarsi con la consapevolezza che ti manca qualcosa, e che non sarai mai più lo stesso per il resto della tua vita? Perché Arya per te, fratellino, è come lo spettro del mio arto amputato. Non fa più parte della tua vita, ma ti comporti ancora come se ci fosse. E ti comporterai come se lei ci fosse per ancora un bel po'. Ti comporterai come se te la meritassi. Come se tu fossi davvero quello più bravo, bello e perfetto della famiglia. Tu mi hai portato via il braccio, io ti sto portando via la ragazza che ami. Così siamo pari.

No. Non saremmo mai stati pari. Perché fare del male a Ryan, far soffrire mio fratello, non mi avrebbe mai restituito ciò che lui mi aveva tolto per sempre; fare del male alla ragazza di cui era innamorato non mi avrebbe fatto riavere indietro il mio braccio… E allora perché perseguivo quella vendetta? Perché ne ero così… ossessionato?

«L'ho riportata da suo padre questa notte», ha detto. «Non ho neanche chiamato l'ambulanza, e questo soltanto perché sapevo che eri stato tu, e non volevo parlare con la polizia e mentire!».

«Presumo che, arrivati a questo punto, dovrei ringraziarti, fratellino». Ho ridacchiato, ma lui non ha colto il significato nascosto di questa frase.

«Non dovresti ringraziarmi, imbecille!», ha ringhiato. «Dovresti chiedere scusa!».

«Scusa… Già», l'ho punzecchiato. «Le persone, di solito, dicono così. Vero?». Quanto cazzo sei ipocrita. E tu "scusa" me lo hai mai detto?

Si è passato una mano in faccia, una faccia sudata, e ha scrollato il capo. «Ti facevo più a posto con la testa», *ha detto*. Oh, perdonami se sono una totale delusione… Quanto ti piace sentirti superiore a tutti, fratello…

«Lo sai cosa mi piace di te, fratellino?», ho detto spassionato, e lui è rimasto in attesa, pronto ad ascoltare una riflessione profonda, che però non è arrivata. «Niente», ho concluso soddisfatto.

«Questa non è una gara tra me e te».

«Sicuro?»

«Se ti avvicini di nuovo a lei…».

«Tu che fai?», l'ho provocato.

Si è ammutolito: tipico di Ryan, lui è tutto fumo e niente arrosto. Lui chiacchiera, mentre io passo direttamente ai fatti. Un po' come è successo con la casetta sull'albero che dovevamo costruire per la leonessa. È stato Ryan ad avere l'idea, è stato lui a progettare la struttura, a trovare le assi di legno e il materiale edilizio. Però, non aveva fatto i conti con un piccolo dettaglio: lui è terrorizzato dalle altezze, soffre di vertigini e non avrebbe mai potuto avventurarsi sopra i tronchi degli alberi senza un piccolo aiuto. E il piccolo aiuto sono stato io. Gliel'abbiamo costruita entrambi, quella casetta. Lui che mi dava istruzioni dal basso e mi passava il materiale e io che rimanevo in bilico sui rami, rischiando di rompermi l'osso del collo. Ma lui non ha mai raccontato alla sua piccola Arya che io lo avevo aiutato, e sapete perché? Perché Ryan Mackenzie si crede migliore di me, crede che, siccome sono il fratello disabile e autistico, allora può trattarmi da schiavetto. E negli anni le cose non sono migliorate, lui ha continuato a fare il capetto: il lupo perde il pelo, ma non il vizio.

«Una cosa che non hai capito, fratellino», gli ho confidato in tono pacato, il genere di tono che sapevo lo avrebbe fatto imbestialire, «è che quella lì è una puttana».

È sbiancato. «Dopo tutto quello che hai fatto… dopo tutto quello che hai detto stasera, posso dirti solo una cosa. Vaffanculo, Killian», ha mormorato, quasi sentendosi male.

E io non ho potuto fare a meno di esserne compiaciuto. Però ero compiaciuto a metà. Una parte di me era felice di aver toccato un nervo scoperto. L'altra, invece, era maciullata come gli avanzi del mio braccio sull'asfalto dopo che sono stato investito. Perché, sì, era vero che Arya era una puttana, ma io volevo soltanto che lei fosse la mia puttana. E nel formulare questo pensiero mi si è stretto lo stomaco, mi è venuta la tachicardia e perfino da piangere. Voglio che lei sia la mia puttana, ho pensato. Non la puttana di mio fratello. Mia. L'ho sempre voluto, credo. Ogni volta che mi devo svuotare penso a lei; perché i porno gay, i porno etero, o che cazzo volete voi, non mi daranno mai la stessa soddisfazione o lo stesso piacere di quando immagino di possederla. La voglio. Per la fantasia inebriante di rubarla a Ryan, ma non solo. La vo-

glio. Anche se so di farle schifo. Il suo disgusto quando mi guarda ha un che di sublime. E soprattutto… la voglio…

…fuori dalle palle. Sì, è proprio questo che ho detto a mio fratello.

«La voglio fuori dalle palle, Ryan», ho detto. «Finché ti ostini a considerarla una di noi, io farò in modo che tu te ne penta… Magari, la prossima volta che ricade in quel fosso, potrebbe non essere così fortunata. Sì, sono stato io a rincorrerla con l'auto».

Il suo sguardo era perso, sembrava aver smarrito i suoi stessi sentimenti.

«Sei stato tu, quindi, ad averla quasi uccisa?», ha chiesto in tono leggero aggrottando la fronte.

«Sì», ho risposto, scrollando le spalle. «Ma è stato un errore, non volevo investirla. Non ho fatto in tempo a frenare». Ho digrignato i denti e arcuato le labbra. La verità. La verità, mio caro fratello. Io so dirla, perché tu no? Meglio essere spregevoli che vigliacchi, dopotutto. Anche tu dovresti provare a dire la verità ogni tanto.

«Ma perché sei così strafottente?», ha gridato. «Mi guardi come se ne fossi orgoglioso! Stavi per metterla sotto con la macchina, lo capisci?!».

Anche se ho sfoderato un sorrisetto arrogante, sotto i vestiti mi sentivo molto accaldato. Mi sentivo il cuore frantumato. Non avevo un briciolo di vergogna di fronte a lui, ma ne avevo tantissima nei confronti di me stesso. Sentivo il cuore accelerare come un martello pneumatico. La stavo per mettere sotto… Ciò che era cominciato come uno scherzo, come una specie di ripicca di cattivo gusto, stava per finire male… Alle volte, mi sentivo così focalizzato sulla vendetta da perdere di vista qualsiasi altra forma di umanità. Lei aveva rischiato la vita. Lei. La ragazzina per cui un tempo avrei venduto l'anima al diavolo… e in un certo senso l'ho fatto. Sono stato accecato dall'odio e dalla rabbia per realizzarlo, ma ora era come se questa consapevolezza mi stesse crollando addosso tutta insieme e mi facesse scoppiare la testa: lei aveva rischiato la vita per colpa mia. Penso che Ryan non avesse tutti i torti a essere incazzato con me.

«Ti senti orgoglioso di ciò che hai fatto?», ha detto. «Sei contento?»

«No», ho sputato tra i denti. «Ma la voglio fuori dalle palle, quella mocciosetta, da ora in poi!».

«Basta, non la voglio più tra i piedi!», ho aggiunto, mentre mi studiava enigmatico per diversi secondi, nei quali cercavo di mantenere un contegno.

«Perché?»

«Perché io sono il fratello maggiore e io decido». Mi sono passato una mano tra i capelli, cercando di controllare il respiro. «Non la voglio in mezzo alle palle! Ti è chiaro, o devo farti un disegnino? Mi scuso in anticipo, se il disegnino che ti farò non sarà bello quanto i tuoi!».

«Spiegami lei che cosa ti ha fatto!», ha chiesto.

Ho deglutito, ma avevo la bocca asciutta.

Io la odio. La odio perché le suscito repulsione e nient'altro. La odio per tutto ciò che negli anni ha pensato di me, per tutto ciò che mi ha detto alle spalle, facendosi vedere dolce e carina agli occhi di mio fratello, ma essendo una vipera dentro.

Perché io lo so.

Anche se lei fa finta di sembrare una brava ragazza…

…non lo è.

Lei ha la voce da angelo ma parla come un diavolo. Tuttavia è proprio a quella voce da angelo che penso mentre mi stringo il cazzo. E la immagino donna, con la voce più piena ma ancora infantile. «Oh, sì, Killian». La immagino gemere. «Killian, ti prego». «Killian, vienimi dentro». «Killian». «Killian, come sei dolce». È lei che odio. È lei che immagino mentre mi sbatto l'uccello. Un desiderio che si impossessa di me e mi fa diventare pazzo. La odio, perché non ha scelto me e mai lo farà. La odio, perché le faccio schifo e me lo dimostra di continuo. La odio, perché se sapesse cosa mi ha fatto Ryan lei lo giustificherebbe, continuando a stare dalla sua parte. La odio, perché da lei mi sono fatto usare, ma continuerei a farmi usare ancora, e ancora. La odio, perché io sono crudele, ma c'è qualcosa di non molto onorevole anche dentro di lei. La odio, perché se non fosse stato per la sua cotta per Ryan io e lei insieme saremmo stati perfetti. La odio, perché vorrei in realtà scoparmela di brutto. La odio, perché ha scelto mio fratello e sceglierebbe lui, sempre, e questo io lo so.

«La voglio fuori dai piedi, quella lì, Ryan», ho declamato seriamente. «La lascerò stare, non la toccherò più, se non sarò costretto a ritrovarmela dentro casa o nei miei affari».

Mi avrebbe accontentato. Sapevo che mi avrebbe accontentato. Perché nei miei confronti aveva dei sensi di colpa grossi quanto delle voragini. Avrebbe obbedito… perché Ryan vuole sempre fare l'eroe, e gli eroi si sacrificano.

«Non rischierà più la pelle, se non me la dovrò più trovare intorno», ho detto. «Non la voglio più vedere insieme a noi».

"Non avrebbe mai dovuto far parte del nostro gruppo", ho cercato di comunicargli in silenzio… Non mi ha spaccato il naso solo perché si sarebbe sentito troppo in colpa a farlo, dato che già mi aveva tolto un arto e sarebbe stato il colmo, oltre al danno, ricevere anche la beffa. Poi si è voltato e si è diretto verso la porta.

«Ehi, Ryan», l'ho richiamato. A questo punto, non sapevo se si sarebbe voltato. Io non lo avrei fatto. Ho letto abbastanza storie da sapere che non si guarda mai indietro quando si esce dall'inferno. Ma lui si è girato e io gli ho sorriso. «Come ci si sente, adesso, a vivere senza un pezzo importante di te stesso?».

Il suo sguardo si è assorbito nel mio e ho letto dello schivo imbarazzo diluito da molto risentimento. Avrebbe continuato a illudere sé stesso di essere dalla parte della ragione e di essere il fratellino buono. Ma sapete qual è la parte peggiore? Neanche in quel momento è riuscito a dirmi la verità. Illudere è il peggiore dei torti che puoi fare a chi vuoi bene. Mentire, manipolare, persuadere, imbrogliare sono cose che puoi fare con gli sconosciuti, non con un fratello. Lui mi guarda tutti i giorni raccontandomi bugie.

Come ti senti, adesso, a vivere senza un pezzo importante di te stesso?

Ho spalancato la porta del bar dei Donovan. C'era un odore delizioso di salumi e caffè: ho inspirato selvaggiamente dalle narici. Il bar era vuoto, non c'erano ancora clienti. Ma, soprattutto, non c'era Ryan. Ciò significava solo una cosa. Campo libero. Arya stava pulendo il bancone con energia: i capelli lunghi, castani, senza un taglio definito, la facevano apparire come una di quelle Madonnine nelle cartoline religiose che mia madre conservava dentro il cassetto. Non mi ha visto arrivare. Il suo aspetto era innocente, vulnerabile. Il grembiule le copriva tutto il corpo, ma sotto di esso sbucavano un paio di jeans attillati che le valorizzavano la curva tonda e soda del sedere. Se lei uscisse con me, mi sono ritrovato a pensare, sarebbe tutt'altra ragazza. L'ho immaginata con i collant neri e lucidi, stivali in pelle con il tacco che arriva fino al ginocchio e una camicia trasparente sbottonata, così da far intravedere il reggiseno. Un rossetto rosso fiammeggiante sulle labbra. Io e lei insieme in giro a fare casino per la città. Il Joker deforme con la sua Harley Quinn. Erano almeno tre anni che mio fratello cercava di tenermi lontano da lei. Dopo quel nostro piccolo incidente, Ryan non aveva fatto altro che controllare il suo bar, minacciandomi di starle lontano… Sapevo che Ryan veniva qui tutti i santi giorni a scaldare le poltroncine, senza rivolgerle la parola. Ma adesso che mio fratello era in prigione, adesso che il suo culo non era più incollato su una di queste poltroncine, potevo finalmente venire a trovarla e fare due chiacchiere. Ripercorrere un po' insieme il viale lucente dei vecchi ricordi. Questa cosa mi commuoveva. Chi l'avrebbe protetta, ora, eh? Mi sono avvicinato al bancone e ho picchiettato le dita sul legno. All'udire questo suono, lei si è irrigidita e ha alzato lentamente la testa. Incredibile che io fossi lì a sperare di ricevere attenzioni da una cretina che aveva sempre fatto la gatta morta con mio fratello. Ma lei era la mia versione femminile: audace, pazza, testarda, tenace, impulsiva. Quando Arya si è accorta della mia presenza, i suoi occhi celesti si sono impregnati di paura.

«Da quanto tempo, leonessa!», le ho detto con uno sguardo d'intesa.

Lei ha serrato le labbra e si è girata, dandomi le spalle.

Forse avrebbe preparato un caffè?

I miei occhi si sono posati sui suoi glutei, stretti in un paio di jeans, sulle cui tasche erano cucite delle stelle rosse. Ha estratto da un cassetto un coltello: no, niente caffè. Vabbè, sarebbe stato per la prossima volta. Ha infilzato il legno del bancone con la lama e ne ha accarezzato il manico.

«Un coltello? Che vorresti farci con quello?». Ho ridacchiato, e ho immaginato che dovesse essere molto divertente a letto.

Che accoglienza... Eppure questo aspetto di lei mi piace molto. Io e lei siamo pazzi allo stesso modo. Io e lei insieme saremmo capaci di ribaltare il mondo. Noi due siamo come delle particelle subatomiche che si scontrano tra loro in virtù di nessuna regola se non quella del caos più totale. Si scontrano violente... E BOOM! *L'esplosione, l'energia. Il Big Bang. Che razza di figata.*

«Vattene da qui!», ha intimato lei a voce bassa.

Una reazione plausibile, dato che l'ultima volta che ci eravamo visti lei era in fin di vita dentro un fosso: avrei dovuto aspettarmelo. Avrei dovuto essere più empatico: siamo entrambi due persone capaci di provare molto rancore.

Ho sospirato, aspettando che la sua furia si placasse.

«Vattene!», ha ribadito.

«Potrei farlo in effetti», ho detto ragionandoci. «Oppure... potrei ordinare un burrito». Ho afferrato un menù poggiato lì e l'ho studiato assorto per un po'. Ho fatto scorrere gli occhi ripetutamente dall'alto in basso e dal basso in alto. «Perché avete tolto i burritos dal menù?», mi sono informato.

«Perché piacciono a te».

Ho sorriso, colpito. Ho abbassato gli occhi sul coltello, ancora infilzato nel legno. Quanto sarebbe stato eccitante se lei me lo avesse puntato alla gola? Ho scosso la testa, ridendo di me stesso. Era molto simpatica. Ma non le conveniva scherzare troppo con il fuoco. Io ero pericoloso. Era bene che lei lo sapesse.

«Non dovresti parlarmi in questo modo», le ho fatto notare, con le buone.

«Vattene. Da. Qui».

«Me ne vado da qui quando lo dico io: se fossi in te, non farei tanto la spocchiosa. Senza mio fratello pronto a difenderti, non mi ci vorrebbe niente a farti chiudere il becco per sempre, lo sai?».

Ha alzato la testa, con coraggio o con stupidità. Nella sua espressione c'era una rabbia repressa che la consumava al sentir pronunciare le parole "mio fratello", lo stesso tipo di rabbia che consuma anche me.

«Io ti odio», ha pronunciato solennemente.

Dovevo ammetterlo: Arya Donovan era di una schiettezza toccante.

«Non mi odierai mai più di quanto ti odio io, principessa», le ho detto, e il mio volto si è oscurato. Tutte le emozioni incrociate che avevo provato finora, cioè ansia, trepidazione, affanno e privazione, in un certo senso euforia, erano svanite. Ora mi sentivo solo pervaso da un desiderio perverso di distruzione. Non mi odierai mai più di quanto ti odio io. *«Perché io ti odio,*

ti odio così tanto». E sentivo le vene sulle tempie pulsare, quasi esplodere per la rabbia e la veemenza. Ti odio così tanto…

Una verità così spassionata da risultare apprezzabile. L'espressione incredula sul suo viso: come se non sapesse se doveva essere dispiaciuta per questo o riderne. Un po' quello che provo io. Ho passato quasi tutta la mia vita e praticamente tutta l'infanzia a odiarla, a considerarla come l'artefice dei miei problemi, insieme a Ryan… Da quando avevo perso il mio braccio lei mi guardava come se fossi un mostro, come se io fossi la creatura di Frankenstein. E in un certo senso, con il tempo, ho imparato a comportarmi in modo disgustoso, sia con lei che con il resto delle persone. Cosicché la gente mi avrebbe guardato provando paura e orrore non più per la mia disabilità, ma per le mie azioni. Sono diventato il cattivo che tutti volevano che fossi. Le persone vogliono credere che nei corpi sani e belli ci sia un'anima altrettanto sana e bella, e che, d'altra parte, nelle persone storpie giaccia un animo marcio. Perché le persone sono superficiali e poi dicono che il problema sei tu. Ma nonostante il disgusto che lei provava perfino nel guardarmi… non poteva negare che noi due insieme avessimo del potenziale. Tuttavia, da quando mio fratello mi ha tranciato il braccio, non ho più speranze con lei. Ed è questa consapevolezza la ragione che mi spinge a mortificarla, umiliarla, distruggerla, radere al suolo ogni possibilità di averla attorno. Voglio allontanarla da mio fratello per fargli un torto, grande quanto quello che lui ha fatto a me, privandomi del mio braccio. Ma il mio tentativo di allontanarla da mio fratello non è soltanto un atto di egoismo. Non è per la volontà segreta o il desiderio inconscio di affermarmi su di lui. È pure un fatto di giustizia. Non me la merito io. D'accordo. Ma non se la merita neanche lui.

Ho picchiettato le dita sul bancone per un'ultima volta.

«Ricordati che non è finita qui, Arya Donovan», le ho detto, e sono uscito dal suo bar, facendo sbattere la porta.

Camminavo, dondolandomi sul marciapiede, e una voce alle mie spalle mi ha sorpreso.

«Gran bella giornata, vero?». Un ragazzo dalla chioma nera e ondulata era poggiato contro il muro a fumare una sigaretta, proprio in prossimità del bar di Arya. Clayton ha gettato a terra la sigaretta svelto, e l'ha schiacciata con la suola della scarpa.

«Che ci fai tu qui?», ho ringhiato sospettoso.

Non mi piace essere seguito, tantomeno dai miei fratelli.

E Clayton è un segugio nato.

Lui trova chiunque, ovunque, è l'ombra di tutti.

«Che ci fai qui tu, piuttosto», ha risposto lui pacato. «Credevo che tu e Ryan aveste fatto un accordo». Stava parlando del patto che avevamo stretto, dopo

che avevo provato a investirla? Il patto di stare entrambi lontani da Arya? Era di questo che stava parlando? E lui che ne sapeva?

«Tse», ho detto alzando gli occhi al cielo, con la tentazione di essere blasfemo che mi palpitava sulla lingua. Guarda un po' se mi devo sorbire la predica da Clay. *Ora mi era tutto chiaro. Ryan andava in prigione e si assicurava che Clayton facesse da guardia del corpo a quella cretina al suo posto, mentre lui non c'era. E Clayton che obbediva. Tutta la mia famiglia era contro di me, roba da matti. «Per caso sei diventato il cagnolino di Ryan?», gli ho chiesto con rabbia. «Trovati un altro hobby, Clay. Questo qui è penoso… e non molto redditizio».*

«La leonessa», ha calcato lui, «è proprietà privata, Killian».

"Proprietà privata". Marcavano il territorio. Dunque, facevano sul serio. Ryan non si sarebbe mai arreso con lei. Lui la amava di un amore al quale non c'è rimedio, come un veleno senza antidoto. Ryan era il leader della famiglia; tutti lo seguivano, e poteva dettare legge senza essere fisicamente presente. Tanto, Clayton e Tyler erano dei burattini del cazzo.

«Andatevene tutti al diavolo!», ho esclamato e ho fatto per andarmene.

«Lei era una di noi», ha detto Clayton, fissandomi zelante; i suoi occhi neri erano come la fuliggine. «Lei, un tempo, era una di noi. Ti ricordi?».

Certo, che mi ricordavo. Non avevo la demenza senile. Ho alzato gli occhi al cielo, emettendo un sospiro liberatorio.

«Se stai cercando di dirmi qualcosa… dilla e basta. Non mi piacciono i tuoi soliti giochetti mentali, lo sai».

Ha piegato le labbra in un sorriso equivoco. «Non ho nulla da dirti. Nulla che tu non sappia già». Si è schiarito la gola. «Ma non rompere il cazzo qua intorno d'ora in poi. Francamente, non ho voglia di picchiarti».

«Ti si ritorcerà contro», l'ho avvisato. «Fare il pupazzo di Ryan ti si ritorcerà contro».

Clayton si è stretto nelle spalle e si è fumato un'altra sigaretta appoggiato al muro, mentre mi giravo digrignando i denti e andandomene.

Quel giorno era il 3 ottobre, ed era il compleanno di Ryan. Mamma gli stava organizzando una festa, e lui era da qualche parte a pedinare dei mafiosi. Quale migliore regalo per il mio fratellino, se non quello di andare a trovare l'amore della sua vita, proprio quando lui non c'era? Ho aperto la porta: ero di nuovo nel suo bar, ero di nuovo nel bar di Arya Donovan.

Un anno dopo.

Ero lì per spaventarla. Ero lì per farle del male. E sapete perché? Perché Ryan aveva infranto l'accordo. Quei due si erano riavvicinati e io ora… ero lì per fare a mio fratello un regalo grandioso: chissà come avrebbe reagito quando lo sarebbe venuto a sapere… Non bene, in effetti, e io non vedevo l'ora.

L'eccitazione sarebbe stata proprio quella tipica dell'istante in cui alle feste arriva il tanto atteso "scarta la carta". Mi sono leccato le labbra furtivamente. Lei era seduta all'ultimo tavolino della sala, a lavorare a maglia. Fili di lana bianca intrecciati tra loro in una forma che somigliava a un cappello. Era deliziosa.

«Ciao, splendore! Come mai non c'è nessuno qui? Tempi di crisi?».

Lei si è alzata, tremando. «Cosa vuoi Killian?».

Questa volta, la storia la conoscete, inutile raccontarla daccapo. Ciò che non sapete, tuttavia, è che, mentre le sbottonavo i pantaloni e la trascinavo verso di me, avrei potuto prendermi quello che volevo da tanti anni... ma non l'ho fatto... non sono andato fino in fondo. Ho invertito la rotta, e sono tornato sui miei passi. Non mi diverto poi così tanto a vederla piangere. Non mi diverte farla soffrire a tal punto. Ho lasciato cadere il coltello di proposito, la lama è sbattuta contro il pavimento producendo un suono crudo e gelido. Non c'era gusto a prendersela con la forza. È vero. Voglio che lei mi desideri. Voglio che si aggrappi a me, mentre le sto dentro, voglio che lei non smetta di piagnucolare, pregandomi di continuare a scoparmela. Ma non me la voglio prendere contro la sua volontà. Voglio che lei mi desideri. Ma potrei riformulare meglio il concetto. Voglio che lei si odi per avermi desiderato. Ecco. Voglio che lei si torturi per aver desiderato, anche solo per un istante, il fratello disabile e mentalmente instabile, il fratello che ha deriso fin da quando era piccola. Voglio che si rivolti contro sé stessa, e che odi il fatto che io le piaccio, anche solo un pochino. Perché io le piaccio, ammettiamolo: il confine tra rifiuto e attrazione è molto sottile. Voglio che lei sappia di non essere immune alla mia presenza e che il terrore che prova nei miei confronti non sia solo terrore. Voglio che lei capisca di non essere speciale, né per me né per mio fratello. Le ho lasciato il coltello accanto al viso, perché una parte di me sapeva che le avrei fatto ancora più male quando sarebbe stata lei a volermi. È solo a quel punto che mi sentirò soddisfatto, sarà a quel punto che io e Ryan saremo pari. Sarà a quel punto che Ryan potrà comprendere a fondo la mia domanda, e forse perfino rispondere... "Come ci si sente a vivere senza un pezzo importante di te stesso?". Lo scopo della mia vita è far sì che abbia una risposta a questo quesito.

Questa mattina sono al Lion's, sto fumando una sigaretta e sto ragionando sul da farsi. Ho una spada di Damocle sulla testa. Per colpa del camioncino che abbiamo rubato settimane fa, rischio di finire in prigione. Per risolvere questo casino, vorrei riaprire la nostra sala scommesse, anche se Ryan è contrario. Il primo della lista a doverci dei soldi sarebbe Malcolm Turner. Quindi... ecco il mio dubbio. Riscuotere i soldi che Malcolm Turner mi deve... o non riscuoterli? Qual è l'opzione migliore? Se riscuoto i soldi, c'è il rischio che i Lombardo ci vedano come concorrenza. Se non li riscuoto, però, noi Mackenzie non potremo fare affari con Paul, corrompendolo e via dicendo. Quindi testimonierà contro di me. Ammazzare Paul non è un'opzione, purtroppo, perché dovrei fare i conti con Clayton, e so per esperienza che avere a che fare con un fratello incazzato non è gradevole.

Quindi si torna all'opzione uno. Riscuotere i soldi.

Il primo della lista, come ho detto, è Malcolm Turner. Malcolm è uno dei tanti che mi ha preso in giro e deriso anni fa. Che bella soddisfazione sarebbe svuotargli le tasche. Lancio un'occhiata verso Paxton. I muscoli delle sue spalle si muovono veloci ma si vedono poco, attraverso la maglietta larga e lisa. Il suo torace nudo l'ho visto diverse volte, eppure ora mi ritrovo a fantasticare su come potrebbe essere adesso. Sta sistemando la dispensa dei liquori.

«Ehi, cazzo!», lo rimprovero. «Fai il lavoro fatto bene, o non lo fare proprio!». Spengo il mozzicone di sigaretta in un boccale di birra pieno di acqua e sapone per i piatti.

«Stai dicendo che posso non farlo?», chiede speranzoso, e aggrotta la fronte.

Evito di guardarlo. «Quando torno, devi aver finito», rispondo.

Prendo il cappotto che ho lasciato lì su una sedia.

«Ehi, dove vai?», mi chiede.

«Da Malcolm», replico. «Ci deve un bel po' di bigliettoni». La sala scommesse è di nuovo attiva da ora, parola mia.

Paxton lascia le casse di liquori per terra.

«Vengo anch'io».

«No, che non vieni!».

I suoi occhi color noce si intristiscono un po'. Non gli piace essere escluso, e non lo biasimo. Noi per lui siamo la sua famiglia. Ce lo ha sempre dimostrato in tutti i modi... E quando la famiglia ti rifiuta, è normale sentirsi tristi e incompresi. Lui, la maggior parte delle volte, non lo fa vedere se ci resta male. Specie quando lo insulto. O quando lo bacio e poi lo rifiuto.

Ricordo ancora il sapore buono della sua lingua calda. Il suo naso alla francese premuto sulla mia guancia. Le sue ciglia che mi solleticavano la pelle. La voglia irrefrenabile di divorarlo e di respingerlo al tempo stesso era un'emozione forte come un vulcano. E la dolcezza con cui lui si lasciava baciare mi faceva andare a fuoco le viscere. Dio mio. Mi vengono i brividi anche solo a ripensarci. Ma non ho potuto permettere che succedesse di nuovo. Ho sempre creduto che Paxton fosse il quinto fratello Mackenzie. Il fratello a cui sono legato in maniera strana. Paxton è logorroico, è vero, ma nei momenti di silenzio riusciamo a comunicare senza dire una parola. Per noi sono lunghe pause di riflessione. Con Clayton e Tyler è diverso, con loro la chimica è più primordiale e violenta. Paxton, invece, è quello che riesce a far uscire la parte migliore di me. Quella parte di me che ha paura… e che spera che esista qualcuno su questo cazzo di pianeta disposto ad amarmi, semplicemente, per ciò che sono. E non solo. Paxton accudisce la parte peggiore di me. Con lui *non* mi vergogno. Lui è l'unico che può vedere la pelle nuda attorno al mio braccio. L'unico a cui lo consento. Se io lo perdessi, se perdessi il mio rapporto di fratellanza con Paxton, la parte migliore di me andrebbe distrutta per sempre. Quante cazzate che dico. Il punto, comunque, è che non si baciano i fratelli. Io e lui non siamo fratelli di sangue, questo è vero, ma lui è di famiglia, anche se una parte di me vorrebbe che non fosse così.

«Giuro che se mi fai venire con te», dice, «più tardi finirò di fare l'inventario degli alcolici come se avessi sempre fatto questo di mestiere».

Sorrido.

«Cazzo. D'accordo. Ma tieni chiuso il becco, e lascia parlare me», gli dico, e lui trattiene un sussulto di gioia.

129

Ryan

Sono seduto sul ciglio di questo marciapiede da un tempo imprecisato, tra le sterpaglie e l'immondizia lasciata a marcire per terra. Ho le gambe anchilosate, e in generale mi sento intorpidito e assonnato, ma sono rimasto qui immobile per ore. Per così tante ore che ho anche finito l'intero pacchetto di sigarette. Il cielo è lievemente tinto di rosa, segno che l'alba sta per sorgere: l'ho attesa per tanto tempo. Tutti i locali sono chiusi, compreso quello dei Donovan di fronte a me, ma c'è un negozio di autolavaggio aperto: il proprietario sta pulendo la strada con una pompa d'acqua, la quale scende per tutta la discesa fin dove mi trovo anche io. È un torrentello sul lato della strada che precipita in un'apertura di scarico ancora funzionante: una bocca larga e semicircolare scavata nello zoccolo del marciapiede.

Ripenso al bigliettino appeso alle peonie in bronzo che ho lasciato ad Arya ieri notte. "Questo sarà per sempre". Per sempre. Come quello che sento nei suoi confronti. L'immagine che ho di lei, ora, è diversa da quella che avevo da ragazzino: adesso il suo aspetto nel complesso è statuario, ma i suoi gesti sono veloci e impazienti. L'abbacinante biancore della sua pelle è punteggiato da qualche piccolo neo. Desidero toccare la curva profonda dei suoi fianchi. Qualunque cosa sarebbe meglio che rimanere qui seduto per ore a soffrire, ma la mia è una forma irrecuperabile di ossessione. Lei mi disprezzerà vedendomi seduto qui? Cosa penserà del fatto che sono rimasto qui tutta la notte solo per sapere se ha da dirmi qualcosa? Le sembrerò un pazzo. Ma solo perché mi sono impedito di averla in passato, non significa che ora io mi debba negare del tutto: forse, il momento delle penitenze è finito. Ora che Killian finirà in prigione non c'è bisogno di tenerla lontana da me, perciò, perché ostinarsi a continuare a farlo? Perché sopprimere un istinto così forte che, negli anni, è quasi diventato un bisogno? Devo parlarle. Per dirle cosa non lo so, ma devo parlarle. Arya, il giorno del mio ventunesimo compleanno, ha affrontato Killian meglio di quanto abbia fatto io: ora ha paura, è in modalità sopravvivenza, e si comporta da stronza, non posso biasimarla. Mio fratello l'ha derubata, e io ancora non le ho riportato i suoi soldi. Avrei voluto ridarglieli, se non ci si fosse messo di mezzo Alec Sordino... Lei ha dimostrato di essere meno docile di quanto tutti credessero più e più volte. Non si è fatta scrupoli a combattere contro quelli che una volta erano i suoi migliori amici; non importa ciò che abbiamo vissuto anni fa, per lei noi ormai siamo degli estranei. Anzi, dei nemici. Lei crede che sarei capace di farle del male quanto Killian, ma la verità è che io non potrei mai farlo, andrei contro tutta la mia famiglia se questo mi garantisse di proteggerla. Averla vista in un letto d'ospedale, però, mi ha fatto cambiare nuovamente prospettiva. Non siamo soltanto io e i miei fratelli le disgrazie della sua vita. È come se lei attirasse ogni calamità nel raggio di cento chilometri, e per questo ha incontrato prima noi e poi Wellington Parker. Se c'è qualcosa di pericoloso in giro, posso star certo che troverà Arya. Perciò, anche se la mia presenza nella sua vita è nociva, e anche se l'esistenza che conduco non mi permetterà di essere quello che lei desidera, forse potremmo avere una tregua, tornare a essere "amici". Ammesso che lei voglia ancora continuare a incespicare sulla cattiva strada, frequentando uno come me.

Che stronzo che sono.

Io non voglio esserle *amico*. Ma questo lo lascerò scegliere a lei: mi sono stufato di privarmi di ciò che voglio; per una volta in vita mia, sarò egoista. Sono anni che non mi concedo mai a niente e nessuno, se non a relazioni occasionali e prive di senso. Forse, è arrivato il momento di smetterla: rivoglio indietro la mia amica, la mia confidente, il mio porto sicuro, la ragazzina che avrebbe fatto di tutto pur di essere una di noi. Io devo dirglielo. Ma dirle che cosa?

Dopo altre tre, o forse quattro ore, quando una fetta di sole è sbucata tra le nuvole, Arya esce dal bar, ed è ancora più bella di come ho fantasticato che fosse per tutta la notte. Mi vede, e sembra un po' sconsolata e un po' contenta. Si guarda attorno, poi attraversa. Questa mattina ha le spalle sciolte e rilassate. Anche il suo passo è cambiato. Sembra un po' meno una persona che si prepara a tirare un pugno, e soffoco una risatina stanca. Nonostante tutto, i suoi occhi sono più azzurri del cielo soprastante. Si ferma a qualche passo, come se non volesse avvicinarsi troppo a me

«Perché non entri, anziché stare qui fuori?», dice, e suona come un rimprovero.

Si accorge che le sto fugacemente osservando le gambe, avvolte in leggings lucidi e neri, e si schiarisce la gola. Di solito, indossa sempre e solo i jeans, è raro vederla con altri abiti, soprattutto quando lavora.

«Entri a fare colazione?», chiede di nuovo.

«In realtà, vorrei parlarti».

Sembra sorpresa.

«E di cosa?».

Forse sono io, ma la percepisco provocatoria. Come se io e lei non avessimo davvero qualcosa di cui parlare? Mi sento mancare il fiato. Mi passo una mano in faccia e prendo un bel respiro. Sento il rombo di una macchina avvicinarsi, lo sento fin dentro le orecchie e scatto in piedi. Un'auto sta sfrecciando sull'asfalto. Afferro Arya per un braccio e la attiro a me, sul marciapiede Il mio viso è contro il suo, e i nostri nasi quasi si toccano.

«Cristo, Arya, fai attenzione», mormoro immergendomi nei suoi occhi timorosi.

Cambia espressione, tentando di divincolarsi. «Lasciami, mi fai male». Ma il suo tono è arrendevole e obbediente, e i nostri nasi si scontrano. Le sue labbra sono leggermente schiuse e le sue palpebre semiaperte. La mia mano si poggia sulla sua testa, si infila tra i suoi capelli setosi. Arya fa per avanzare ma inciampa. Reagisco afferrandole i capelli della nuca e lei emette un piccolo gridolino.

«Fai attenzione a dove metti i piedi», la rimprovero serrando la mascella. Inspiro forte dal naso, cercando di calmare i battiti del mio cuore che sono aumentati a causa dello spavento. Il suo corpo profuma di mandorle: è buono, intenso, dolce. Non lo ricordavo così. Ogni volta, sembra sempre più buono, e questo è una tortura. Faccio un passo indietro e mi metto le mani in tasca.

«Perché sei qui, Ryan?», chiede con sospetto, ma in fondo sembra lusingata.

Mi sforzo di spiccicare parola. Abbasso teneramente lo sguardo su di lei. Le passo il pollice sullo zigomo pieno di lentiggini delicatamente, e lei si lascia toccare, si lascia avvolgere dal tepore della mia mano. «Dovrei parlarti», sussurro.

«Allora dimmi», mi esorta. «Ho dei clienti, devo rientrare presto».

All'improvviso, il mio cellulare squilla nella tasca, ma lo ignoro.

«Sì, be'...».

Il cellulare squilla ancora. Che cazzo.

«Ho una domanda...».

«E quale sarebbe?».

Non posso più tirarmi indietro, ne sono consapevole. «Vorrei che mi rispondessi».

«A che cosa?». Il suo viso si avvicina inevitabilmente al mio.

«Ieri sera ho lasciato qualcosa in camera tua».

Arrossisce un po' ed è così bello quel rossore sulle sue guance: mi verrebbe voglia di farle cose sconvolgenti, alla luce del sole. «Sì», concorda.

«E cosa ne pensi?».

Il telefono squilla di nuovo e lo estraggo dalla tasca, sbuffando sonoramente. Quando leggo sulla schermata da chi proviene la telefonata rimango sorpreso. Tuttavia, torno a guardare Arya.

«Non serve che tu mi dia una risposta adesso», la rassicuro, e non riesco a decifrare cosa lei provi. «Ti aspetto stasera, al Lion's. Se non verrai... capirò». E poi riprendo il telefono. «Adesso, scusami, mi chiamano», aggiungo.

"Spero davvero che verrai", cerco di comunicarle con lo sguardo.

«Sì, pronto?»

«Ehi, Ryan! Ti disturbo?», sento dire da una voce equivoca, che si sforza di apparire confidenziale.

«Sì, mi stai disturbando», dico. «Che c'è?».

Mi sta disturbando eccome, dato che dall'altro capo della cornetta c'è Malcolm Turner. Il tizio che ieri ci stava spudoratamente provando con Arya sotto i miei occhi. Pulirsi la bocca con il tovagliolino su cui aveva trascritto il suo numero è stato incredibilmente appagante.

«Giuro che non avevo intenzione né di chiamarti né di disturbarti», mi assicura lui con voce melliflua, ma nutro molti sospetti in proposito. «Ma volevo solo chiederti una cosa...».

«Che cosa?», domando confuso, e lancio un'occhiata ad Arya. La controllo mentre attraversa ed entra nel suo bar.

«Ho fatto delle scommesse con voi Mackenzie settimane fa, non so se ti ricordi, Ryan, era per il Super Bowl, ma io ti avevo già pagato. Oggi Killian è venuto da me e vuole che saldi a lui il debito che avevo già saldato a te».

«Parli sul serio?»

«Parlo sul serio, e dato che tu e i tuoi fratelli vi comportate così, Ryan, penso proprio che ne parlerò con Tony, vediamo se i Lombardo riescono a rimettervi a posto...», dice Malcolm.

Mentre mi dirigo al Lion's, incazzato come una belva, replico freddo: «Lascia Tony fuori da questa faccenda, Malcolm, altrimenti tu e tuo padre avrete grossi problemi con la mia famiglia; e non mi interessa nulla se tuo padre è in buoni rapporti con Arya».

130

Cassie

Seguo mia madre in cucina; è vuota e asettica, con superfici turchesi ed elettrodomestici nuovi e di marca: dev'essere merito di Paul, ha risistemato la casa da quando è uscito dall'ospedale. Remunerativo il suo lavoro da gelataio… La finestra spalancata ravviva i colori bianchi e blu. Mia madre apre un pensile e afferra un calice di vino. Le rughe le appesantiscono la faccia e un mollettone le lega i capelli, mostrando la ricrescita. L'ultima volta che l'ho vista, aveva un taglio di capelli perfetto, sembrava uscita da una rivista di moda. Ma mia madre è così. Riesce a passare dalla massima eleganza alla massima sciatteria nell'arco di pochi giorni.

«Allora… perché sei qui?», chiede lei brusca mentre si versa da bere, e io appendo la giacca sullo schienale della sedia.

«Ehm…», dico, e cerco di assumere un tono simpatico e partecipe. «C'è una cosa di cui vorrei parlarti».

Il vino si scontra con il vetro del bicchiere, che si riempie fino all'orlo.

«Di che si tratta?». Oggi mia madre ha un atteggiamento sospettoso, come se riuscisse a captare dalla mia presenza dei segnali muti.

Volto la testa verso la porta, da cui si intravede una porzione di salone e da cui si avvertono i rumori della televisione e le risate incontrollate di Paul. L'ultima volta su quel divano…

«Sei venuta a chiederci dei soldi?», mi accusa mia madre.

«C-cosa?», balbetto per la sorpresa, e la osservo, mentre lei tiene gli occhi bassi. I polsi ossuti fuoriescono dal maglioncino di lana, una lana grezza che pizzica sulla pelle. «No!», aggiungo sconcertata.

«Non abbiamo soldi da darti», dice con voce piatta e si porta il calice alle labbra, e lo mordicchia: mi sento come una mendicante tra le mura di quella che dovrebbe essere casa mia.

«Non sono venuta qui per chiederti dei soldi, mamma», dico, ma lei sorride annuendo tra sé e sé, e butta giù una sorsata.

«Già, ormai sei diventata ricca, giusto?». Ride. «Sei diventata una donna chic! E perché sei tornata nei bassifondi?»

«Ma di che parli?», le chiedo, e lei lancia una rivista sul tavolo. La apre su un articolo che parla di un giovane imprenditore di successo, definito il sex symbol più giovane e ambito di Manhattan. All'occhio mi colpisce una dichiarazione di Roman: «La Lancaster Industry è molto famosa e quotata a Hong Kong. Possediamo partecipazioni in area medica e biochimica, ma ogni tanto vendiamo whisky».

«Nell'articolo si parla anche di te», dice mia madre e si incastra un'unghia tra i denti, leccandosi il pollice in un'espressione sbalordita e perplessa. «"Roman Lancaster, un assiduo frequentatore di locali notturni, adesso pare abbia messo la testa a posto. Di lei non sappiamo molto. Dietro quel viso d'angelo, per caso, si nasconde una ragazza a pagamento come tutte coloro che frequentano il sex symbol?"».

Sono esterrefatta. La stampa mi ha definita "ragazza a pagamento", e passando in rassegna l'articolo Roman non ha mai smentito.

«Ti riterrai soddisfatta», dice mamma. «Ora hai l'attenzione che hai sempre cercato», sospira. «Se non sono i soldi, allora cos'è che vuoi?», insiste e si poggia sul piano cottura. Agita il bicchiere e indica la sedia su cui ho posato la giacca. «Non ti accomodi neanche», osserva.

In tutta risposta, mi siedo automaticamente, e qualcosa nell'espressione di mia madre cede, si rilassa. Le risate di Paul provenienti dalla sala si fanno ancora più fragorose. Ci fissiamo per un po'.

«Un favore, mamma», le dico. «Sono qui per chiederti un favore».

Una volta tanto nella tua vita potresti farmene uno, mi ritrovo a pensare.

Aggrotta la fronte e sul suo viso si dipinge un'espressione scioccata. «Ah, tu vorresti chiedermi un favore?».

Quando fa così mi fa proprio incazzare. Vorrei riuscire a districarmi dalle emozioni che provo quando sono con lei. Spesso, immagino scenari in cui sono completamente libera da mia madre. Gran parte della mia infanzia e della mia adolescenza l'ho passata a cercare di architettare piani complicati per ricevere la sua approvazione o il suo rifiuto.

«Che tipo di favore vorresti chiedermi, Cassie?», dice come per mettermi alla prova. «Sentiamo».

Lo so dal principio che lei non accetterebbe mai. E non so neanche perché glielo sto per chiedere… una forma disperata di ribellione?

«Potresti, per favore, convincere Paul a…». Deglutisco un groppo di saliva che quando scende quasi fa male. «A non denunciare l'aggressione, per favore?».

Mia madre scoppia a ridere e, incredula, poggia il calice sul tavolo.

«Sei una sorpresa continua, piccola mia», dice, e mi pianta gli occhi addosso. «Ma sei seria?! Paul è finito all'ospedale, Cassie. I colpevoli *devono* pagare».

Non rispondo. Così lei si stropiccia il naso energicamente.

«Erano amici tuoi, quei teppisti che lo hanno picchiato?»

«No, no». Scuoto la testa.

«Mi spieghi perché vuoi difendere gente del genere? Lo sai che Paul ha rischiato di morire? Ti ricordi che uno dei due ragazzi ha fatto irruzione in casa nostra con una spranga di ferro? Ma chi sei, Cassie? *Chi sei diventata?*».

Il labbro inferiore mi trema convulsamente. Già. Perché cerco di difendere gente del genere? Oltretutto, Clayton non mi risponde più da ore. Non mi risponde più da quando ha ottenuto ciò che voleva, ovvero la promessa che avrei parlato con mia madre per evitare che il mio patrigno denunci suo fratello. È solo questo che vuole da me, è solo per questo che mi ha portata sulla sua moto, che ha parlato con me per giorni, che si è presentato sotto casa di Roman. Clayton mi ha spinta a mentire, a rubare, e perfino a cercare di proteggere chi ha cercato di fare del male alla mia migliore amica, cioè Killian... Mi sta conducendo silenziosamente su un sentiero oscuro, fatto di sangue e fango, costeggiato da rovi e spine, da rose nere e buio, un buio terribile. Mi sta inghiottendo nella sua oscurità e io neanche me ne rendo conto, o comunque non faccio niente per impedirlo davvero. Perché sto facendo ciò che mi chiede?

«Mamma», provo a farla ragionare. «Non voglio aiutare chi ha mandato Paul all'ospedale, ma se... se Paul li denuncia... non... non farà una bella fine...».

I suoi occhi spiritati sono spalancati. «Passi alle minacce?», strilla.

«Non urlare!», dico. «Sto solo cercando di aiutarti!».

«Questo è troppo, Cassie», dice. «Torni qui per minacciarmi! Non ti è bastato...». Mi fissa scrupolosamente. «Non ti è bastato cercare di sedurre Paul! Ora vuoi anche che i tuoi amici teppisti che lo hanno picchiato la facciano franca! Ma mi vuoi almeno un *briciolo* di bene?»

«Mamma, non venire a parlarmi tu di affetto! E comunque...», dico quasi piangendo, «non ho cercato di sedurlo! Te lo giuro, io...». Crolla vertiginosamente il silenzio.

Mia madre fissa un punto alle mie spalle e io percepisco un'ombra ingombrante avvicinarsi.

«Che succede qui?», chiede Paul e, per un attimo, mi paralizzo. Dopodiché, afferro la giacca, me la infilo e provo a uscire dalla cucina.

Paul mi afferra per un braccio. I peli gli escono dalla canottiera, riccioluti e neri come peli pubici. «Dove vai?», ringhia, e i suoi occhietti acquosi esprimono riprovevole eccitazione sessuale.

«Lasciami!», esclamo, divincolandomi. Ma lui non molla la presa.

131

Ryan

Paxton si ispeziona le unghie, senza un percettibile interesse, mentre sosta dietro il bancone e tamburella con le dita dell'altra mano su un sottobicchiere. Le luci fredde del locale fanno spiccare il blu dei suoi abiti: una polo e dei jeans. Quando Paxton si accorge che sono entrato al Lion's, i suoi movimenti si fanno vigili e scattanti.

«Ehilà, Ryan!», mi saluta.

«Dov'è Killian?», gli chiedo.

Comincia a vagare dietro il bancone, fingendo di guardarsi intorno. «Non saprei», dice.

Un breve scambio di occhiate gli fa capire che mi aspetto qualche spiegazione in più. Tuttavia, persevera nel suo mutismo.

«Allora?», dico brevemente.

Il sollecito non pare scomporlo più di tanto. Annuisce e alza lievemente gli occhi al cielo: tic che ha ereditato da mio fratello Killian. «È di sotto con Tyler», dice Paxton. «*Perché*?», chiede preoccupato.

Aggrotto la fronte, mentre mi dirigo verso il nostro seminterrato, e Paxton mi segue. «Con Tyler? Che stanno combinando quei due?».

Scendo i gradini, avvertendo dei rumori che non riesco a distinguere. Paxton è alle mie spalle, il passo svelto e frenetico che mi rincorre, il fiatone per lo sforzo. Ci stiamo immergendo nel buio. Svolto l'angolo. C'è un ronzio proveniente da un vecchio frigorifero, messo qua sotto per conservare gli avanzi, per lo più carne e birra. Sopra, una lampada al cherosene rotta, dei vecchi scatoloni, dei fazzoletti e degli stracci.

Killian e Tyler stanno maneggiando dei soldi: stanno contrattando. Killian indossa un impermeabile beige e ha degli scarponcini neri e lucidi; si è messo uno smalto nero sulla mano, ha l'eyeliner e un po' di brillantina sulla faccia. Si è fatto bello per andare a derubare Malcolm? Osservare il suo abbigliamento mi costringe a riconoscere che d'altro canto il mio è dozzinale e perfino fuori moda: non mi compro dei vestiti da secoli, vado in giro con lo stesso paio di Adidas da anni.

«Mi servono cinquecento dollari», sta dicendo Tyler mentre si intasca un paio di banconote. «Cinquecento, non cento».

«Mi vuoi spiegare per cosa diavolo ti servono?!», ringhia Killian, sfilandogli altre banconote. «Quanto è costoso mantenere una famiglia», brontola tra sé e sé.
«Te l'ho spiegato, devo portare fuori una ragazza», dice Tyler.
«Deve essere una escort di lusso, se ti servono cinquecento dollari per scopartela», ironizza Killian.
«Vaffanculo e dammi questi soldi», ribatte Tyler.
«Ah, ciao, Ryan!», dice Killian istrionico quando mi vede. «Qual buon vento».
«Questa mattina ho ricevuto una telefonata da Malcolm Turner», gli spiego, sperando che colga il non detto. «Ti ricordi di Malcolm, vero, Killian? Il figlio di Geoffrey».
«Ah, sì? E come sta?», chiede.
«Non se la passa granché. Qualcuno lo ha minacciato nella sua stessa tabaccheria», dico. «Mi sei venuto in mente tu».
«Felice di essere sempre nei tuoi pensieri», replica Killian sorridendo, e le sue labbra sbrilluccicano, segnale che si è messo un po' di gloss. Lancia un'occhiata alle mie spalle, verso la sagoma nascosta di Paxton. «Ehi, razza di nullafacente, torna a lavorare! O altrimenti ti licenzio!».
«Ma non c'è nessuno di sopra!», protesta Paxton.
«Non mi interessa, Paxton, vai a sistemare gli scatoloni e servi i clienti! E tu cosa vuoi, Ryan?», mi chiede Killian.
«Ho sentito Malcolm al telefono e mi ha raccontato tutto. Non mi piace che gestisci gli affari al mio posto né tantomeno che mi disobbedisci», rimarco. «Perciò, ora tu andrai da Malcolm e gli ridarai i suoi soldi. Mi hai capito?», dico a Killian con una pacatezza nella quale si cela una vaga severità.
Reprime un sorriso. «Col cazzo, fratello», replica ridendo.
«Killian!», lo rimprovero.
«Mi deve dei soldi, Ryan».
«Li doveva a me», sottolineo, mentre mi incastro una sigaretta tra le labbra e la accendo. «E mi ha già pagato una settimana fa».
«Vorrà dire che pagherà due volte».
«E se lo raccontasse a Tony? Se gli racconta, per esempio, che hai provato a estorcergli del denaro? Come pensi che reagiranno i Lombardo, quando sapranno che la situazione è fuori controllo?»
«Se Malcolm lo racconta a qualcuno lo ammazzo», sputa Killian tra i denti. Sì, se non lo ammazzo prima io.
«Va bene», sospiro arrendevole. La cenere della mia sigaretta si sparge per terra.
«Va bene?», ripete, come se una mosca gli fosse appena entrata nell'orecchio e non avesse sentito bene.

«Va bene», ribadisco. «Ma voglio una parte di quei soldi», aggiungo.

«Ah-ah-ah, buona questa», risponde ridacchiando Killian. «*No*».

«Mi servono dei soldi», asserisco. «Per favore», aggiungo arrendevole.

A questo punto ride, è più forte di lui, dopodiché, notando la mia espressione interdetta, si ipnotizza: c'è qualcosa sul mio viso che lo cattura.

«Scusami», dice Killian in tono pratico. «Mi stai implorando, per caso?»

«Puoi prestarmi dei soldi?», ribadisco umiliandomi.

«A che ti servono?», prova a chiedere con un esilarante tono amaro.

Alec Sordino e la famiglia Marchesi sono dei contatti che sarebbe meglio per l'incolumità di tutti che io mi tenga per me.

«Non rompermi le palle, Killian. Mi servono tremila dollari», ripeto, e poi penso: oppure Alec Sordino e la famiglia Marchesi ci ammazzano tutti quanti, dato che non ho ancora saldato il mio debito con loro.

Killian produce una breve risata e cerca gli occhi di Paxton. «Lo hai sentito, Pax? Prima vuole sbattermi in galera e adesso viene a chiedermi un prestito. Incredibile».

«In effetti, Ryan», dice Paxton canzonatorio, e lo incenerisco.

«Me li presti questi soldi, sì o no?», chiedo a mio fratello, e lui sfoglia le banconote e mi porge una mazzetta.

«Sì, ma devi promettermi che non vedrò più la tua faccia depressa per almeno una settimana», dice porgendomeli.

Li afferro e comincio a contarli, sperando che non mi stia ingannando sulla cifra.

«Intanto che conti, ricordati che ti ho parato il culo. Potresti anche ringraziarmi», dice Killian.

Gli sventolo i soldi sotto il naso, una volta che mi sono assicurato che sono tutti quelli che gli ho chiesto.

«Stai parando il culo anche a te stesso, con questi», scandisco.

«Pfff», mi ridicolizza, accigliato. «Eccolo, il santo della situazione! Mi vieni a chiedere i soldi, io te li presto, e ti devo dire "grazie" io! Non si è mai sentito! Mi insegni a rigirare la frittata ogni volta, come fai tu? E poi... dai soldi che avevo, cinquecento li ho dati a Tyler e tremila li ho dati a te! E ora mi rimangono solo cinquecento dollari! Prima tu e Tyler fate la parte dei fratellini buoni, poi mi venite a ripulire le tasche! A qualcun altro servono soldi, per caso, già che ci siamo?».

Mi guardo intorno. «Dov'è Clayton?». Ma nessuno risponde: i miei fratelli cominciano a diventare omertosi.

«Questa è un'altra lunga storia, Ryan», dice Paxton con calma. «Vuoi metterti comodo, prima di ascoltarla?».

«Ehi, ma tu sei ancora qui?», lo rimprovera Killian.

Paxton mi racconta di come lui, Clayton e Killian si sono intrufolati nella villa dei Lancaster, di come abbiano rubato una valigetta che pensavano contenesse dei soldi, con lo scopo di corrompere Paul Campbell, alle mie spalle.

«E in questa valigetta che avete rubato...», chiedo, mentre un refolo di vento scende dal piano superiore, «c'erano davvero dei soldi?».

Killian e Paxton si guardano di sfuggita, poi quest'ultimo sospira, aggrottando curiosamente la fronte.

«No».

No, certo che no: mai che fanno qualche previsione corretta.

«E cosa c'era, dunque?», lo incalzo, e dentro di me si fa strada un brutto presentimento.

«Documenti», dice Paxton.

«*Cosa*? Tutto qui?», domando, in parte sollevato.

«Non dei documenti qualsiasi», ribatte Killian.

Tyler risale le scale. «Scusate, ho da fare», dice, e raggiunge il piano superiore, segnale inconfutabile che non vuole avere niente a che fare con tutta questa storia...

«Che tipo di documenti, allora?», chiedo spazientito.

«Atti di proprietà e piani urbanistici», dice Killian.

«E quindi?», replico stringendomi nelle spalle.

«Case, Ryan», dice Paxton. «Qualcuno vuole comprarsi dei terreni, o delle abitazioni, qui nel nostro quartiere. Una società. Una certa, ehm, Camelot qualcosa».

«Camelot Fusion», dice Killian.

Mi massaggio le tempie e sospiro.

Come se poi tutta questa faccenda dovesse in qualche modo riguardarmi.

«E a noi ce ne dovrebbe importare, perché...?», chiedo.

«Su quei documenti c'è un progetto residenziale, vogliono ridare valore al quartiere», spiega Paxton.

«Qualcuno si vuole comprare casa nostra e a te non frega un cazzo? Questo è il *nostro* quartiere, Ryan!», esclama Killian.

«Se cominciano a comprare, vendere e ristrutturare case *su tutto il territorio...*», dice Paxton, «noi non avremo più il nostro quartiere, non avremo più i nostri giri... saremo fottuti».

«Volete forse dirmi che è questo ciò che sta facendo Clayton?», domando. «Sta cercando di capire a chi appartiene la Camelot Fusion, la società che vorrebbe comprarsi il nostro quartiere?»

«Esatto, è andato a chiedere informazioni sulla società», dice Killian. «Vuole andare fino in fondo a questa storia. Capire, prima di tutto, perché la Camelot Fusion è interessata al territorio. Capire chi sono i fondatori dell'azienda e soprattutto capire perché Lancaster possedeva degli atti di proprietà».

«Lancaster è ricco», dico. «La società potrebbe appartenere a lui».

«No, Ryan», dice Paxton. «Non credo. Un diciottenne che dalla morte del padre ha sperperato i soldi dell'eredità non investirebbe mai in un progetto così ambizioso».

«E allora come mai aveva lui quegli atti di proprietà?», chiedo.

«Boh», dice Paxton.

«È quello che ci stiamo chiedendo tutti», dice Killian. «Non lo sappiamo, ma siamo determinati a scoprirlo».

«E come?», insisto.

Killian e Paxton si stringono nelle spalle.

«Mi fa piacere vedere che siete così informati», li punzecchio. «Ora, mentre voi *due* giocate a fare i piccoli criminali investigatori, io vado ad assicurarmi che Malcolm Turner non vada a fare la spia con i Lombardo. Ci becchiamo tra qualche ora».

132

Beatrix

Io: Sei in ritardo.

Dopo aver scritto a Mackenzie, poso il telefono sul tavolo, accanto all'astuccio, e sospiro sfogliando il quaderno per l'ennesima volta. Il saggio di francese l'ho finito. L'ho riscritto persino in bella copia, ma Tyler non è ancora arrivato: dobbiamo incontrarci per le ripetizioni a casa di mia zia, questa volta, visto com'è andata con sua madre l'ultima volta che ho messo piede dentro le mura dei Mackenzie. Ma lui non si è ancora fatto vivo, ed è in ritardo di un'ora. La sua voglia di studiare è ai minimi storici, a quanto pare. Mordicchio la gomma sulla sommità della matita, e al solo pensiero di com'è andata *l'ultima volta* mi si chiude lo stomaco. Sono stata smascherata. Il mio atteggiamento da dura, cinica e menefreghista ha lasciato spazio alla sensazione di totale crollo che ho provato anche solo a *ricordare*. Il campanello suona, e con un balzo vado ad aprire la porta, mentre avverto le urla entusiaste dei miei cuginetti alle mie spalle. Trovarmelo di fronte mi fa un effetto strano, come di calore superficiale. Tyler indossa la sua uniforme di basket, sul suo petto spicca un 23 color rosso vermiglio. La sua fisicità così imponente, se contrapposta alla dolcezza dei suoi tratti, mi turba. Una parte di me è consapevole che non faremo accenno all'argomento affrontato l'ultima volta che ci siamo visti, e si sente anche rincuorata per questo. L'altra parte, invece, vorrebbe rivelargli tutto. Confidare a qualcuno ogni cosa potrebbe farmi sentire meglio, credo.

«Sei in ritardo», ribadisco.

«Sì». Ridacchia, entrando. «Lo so, Evans. Li ho letti tutti i messaggi in cui lo ripetevi».

«E se li hai letti allora perché non hai mai risposto? E perché sei vestito così?»

«Stasera c'è la partita. Verrai a vedermi?», dice mordendosi il labbro.

«Va bene».

Posa la sua cartella, fin troppo leggera e vuota, e si guarda intorno: non è mai stato a casa di mia zia. Fissa il tavolo color noce su cui ho poggiato il materiale di studio come se quella fosse la sua condanna, una pena da scontare, dopodiché i suoi occhi si posano su cinque piccole creature pestifere in fila sul tappeto, al cui cospetto c'è un esercito di giocattoli.

«E qua chi abbiamo?», dice Tyler. «Chi sono questi *gnometti*?».

«La tua inventiva con i soprannomi», borbotto, «meriterebbe dei riconoscimenti accademici».

La più grande, Sydney, presenta sé stessa e tutti gli altri.

«Sydney, Mallory, Philip, Leon e Connell. Piacere di conoscerti, Amico di Beatrix».

«Vi ha detto che sono *soltanto* un suo amico?», dice Tyler mettendo il broncio, poi si volta verso di me e mi strizza l'occhio.

«In effetti», rettifico, «ho detto che sei un *amico* del ragazzo che sto frequentando».

«Vostra cugina», dice Tyler, «è innamorata persa di me, ma si vergogna di ammetterlo. Mi raccomando, non ditelo a nessuno, dev'essere un supersegreto tra di noi».

Mallory ridacchia e Tyler avanza verso il tappeto.

«Se vuoi giocare con noi devi toglierti le scarpe!», esclama Connell.

Mackenzie gli arruffa i capelli. «Va bene, campione». E poi, dopo essersi accertato che gli dessi il permesso con uno sguardo, si sfila via le sneakers, restando in calzini bianchi.

«A cosa volete giocare?». Si mette seduto. Sul tappeto c'è una marea di giocattoli. Carro dei pompieri, macchine sportive, casette Lego, e bambole dai capelli strappati. Tyler afferra un pupazzetto di Hulk. Si gira verso di me, che sono rimasta in piedi accanto al tavolo. «Dai, Evans, vieni anche tu a divertirti con noi».

«Che divertimento», ironizzo. «Okay, ma solo dieci minuti», dico. «E poi cominciamo a studiare».

«Beatrix è *così noiosaaa*», bisbiglia Mallory all'orecchio di Tyler.

«Ehi, ti sento, piccola streghetta!», la rimprovero, e lei ride sfacciata, arrossendo nell'ammirare Tyler, il quale si scompiglia i capelli.

«Chi vuole fare l'aeroplanino?!», domanda.

«Io!», strilla Sydney, seguita da altri "io" "io" indistinti.

Tyler solleva Sydney e la fa roteare per aria: il vestitino rosa che svolazza per il salotto, e lei che ride come una pazza. Passiamo una buona mezz'ora a giocare con i miei cugini: Tyler ci sa fare con i bambini, pare che abbia fatto il babysitter per una vita, e non sembra il figlio minore della famiglia. Tyler fa fare l'aeroplanino a tutti i miei cugini, più e più volte, mi gira la testa solo a guardarli. Dopodiché giocano a spegnere finti incendi, giocano a Barbie contro supereroi, e rovesciano un puzzle senza risolverlo.

«È ora di studiare, adesso!», intervengo, e Mallory si ammoscia all'istante.

«Nooooo», dice.

«Sì, invece», replico. «Tyler deve studiare francese!».

Adesso è Tyler a mettere il broncio. «Nooo», dice lui imitando la posa accasciata e abbattuta di Mallory.

«Giocherete con Tyler un'altra volta», prometto, e mi alzo, raggiungendo il tavolo, e avverto i passi di Mackenzie che mi seguono. Ci sediamo. «Continuiamo con il tema di francese?», domando mentre lo guardo.

La finestra aperta gli illumina il volto, e io sento un brontolio nello stomaco. Sono a digiuno da ore. Ma la sensazione di nausea non ha niente a che fare con la fame. Gli occhi grandi e scuri di Mackenzie sono color caffè amaro sulla pelle ambrata; le labbra sempre mordicchiate ora sono aperte in un sorriso. I suoi capelli sono illuminati come se il sole lo amasse, e volesse rimanere tra i suoi ciuffi dorati il più a lungo possibile. I serpenti che gli avvolgono le braccia donano al suo aspetto quella nota di oscurità che addosso gli sta così bene. Emana un profumo gradevole di vaniglia, tanto intenso che la felpa che mi ha dato ne è ancora impregnata. Scuoto la testa per riprendere la concentrazione persa.

«Allora?», domando di nuovo. «Continuiamo con il tema di francese?»

«Ti ho risposto, Evans», dice lui. «Ti ho detto di sì».

Ah, non avevo sentito.

«L'altra volta eravamo rimasti...», comincio io, cercando di ricordare.

«...al mio nome». Ridacchia.

Gli passo una biro. «Stavolta direi di fare il cognome, che dici?».

La stappa. «Direi che è una buona idea, accetto la sfida». E dal suo zaino recupera il vecchio foglio sgualcito a righe che gli ho dato ieri.

Mentre lui scrive con molto impegno la parola "Mackenzie", io mi ritrovo a scarabocchiare il bordo del foglio su cui ho svolto il mio tema. Scrivo "Tyler". E, dopo essermi resa conto di ciò che ho fatto, arrossisco violentemente. Ho perfino fatto i ghirigori agli angoli delle lettere. Tossicchio per dissimulare il misfatto, invece attiro l'attenzione del diretto interessato, che alza la testa e guarda in direzione del mio quaderno. Lo chiudo e lo sbatto sul tavolo. Già lui pensa che io sia nevrotica, se poi mi comporto pure così...

«Vediamo a che punto sei», dico vaga, e controllo il suo foglio. «Qui ti sei scordato una lettera», sussurro accanto al suo viso, e non credo di essere più capace di respirare, a causa della sua vicinanza. «Scusa, Mackenzie». Mi allontano un po' da lui per ristabilire gli equilibri.

«Non è per fare la stronza: ma come hai fatto a non farti mai bocciare?», domando poi, mentre studio la sua grafia grande, un po' storta ma dolce.

Si morde l'interno della guancia. «I miei fratelli andavano a parlare con i professori», dice, e questa semplice frase spiega tutto.

È molto carino, devo ammetterlo, che lui e i suoi fratelli si siano sempre spalleggiati per affrontare ogni problema.

«D'accordo, d'accordo… Lumière», dico sbrigativa.
«Lumière?», dice oltraggiato.
«Tu hai il diritto di appiopparmi soprannomi orribili e io no?», chiedo, e il suo braccio sfiora il mio. La sua pelle è fresca quanto l'acqua di un ruscello.
«"Gnometta" *non* è un soprannome orribile», rimarca. «Significa che sei così piccola che potrei anche metterti in tasca, se volessi. "Lumière", invece, che vuol dire?».
"Luminoso". Vuol dire "luminoso". Penso di essermi sciolta come burro in padella.
«Dai, andiamo avanti», lo esorto. «Altrimenti, di questo passo, non finirai mai il tema di francese».
«Se questo significa che io e te ci incontreremo a casa tua fino alla fine dell'anno… potrei non volerlo mai finire».
«Che idiota», sospiro, ma le guance mi pizzicano e provo una strana sensazione di calore.
Lui mi guarda di sottecchi. «Dimmi una cosa, Evans… dubiti mai di te stessa?»
«Di continuo», ammetto. «Solo, non lo faccio quasi mai vedere…».
«È per questo che ti comporti così?»
«Così, come?».
Si bagna le labbra, sovrappensiero, il suo orecchino d'argento, un pendente a forma di piuma, riluce.
«Con gli altri sembri sfacciata, volgare… infida. Non sei così con me», dice.
«Come sono con te?», chiedo.
Lui ci pensa. «Non saprei, sei diversa. Molto più accondiscendente».
«Neanche tu, con me, sei come sei con gli altri», ribatto.
«E come sono con gli altri?»
«Arrogante, e spaccone. Ma non solo, tu sei… tu sei ammaliante».
Avvicina il suo viso al mio, e solleva appena un sopracciglio, un gesto capace di farmi annebbiare la coscienza per un momento.
«Ammalio anche te?», chiede.
«Sì», sospiro.
«*Davvero*?».
Trattengo una risata. «No, Mackenzie». E per gioco gli do un colpetto in testa con il quaderno.
Il suo sorriso si apre, imbarazzato. «Che stronza!», dice diventando scarlatto. «Perché me lo hai fatto credere, se non lo pensi?»
«Perché mi piace quando diventi tutto rosso», lo prendo in giro.
«Sei una stronza manipolatrice», asserisce con gli zigomi bordeaux.

«Ah, sì?», chiedo sbattendo le ciglia.
«Sì».
«Non dici sul serio», lo stuzzico.
«*Sì, sono molto serio*».
«Sei irremovibile, eh? Me lo sono meritato, okay». Scrollo le spalle.
Accosta le sue labbra al mio orecchio, lentamente. L'elettricità che emana è inspiegabile. «Ma sei la stronza manipolatrice più carina che io conosca», dice con una voce roca che mi attorciglia le viscere, tornando il ragazzo insolente e sicuro di sé qual è.
"Carina", ha detto. Non "bella", come Meredith o la moltitudine di ragazze bionde con cui è stato negli anni…
«Dai, concentrati sul tema», dico rabbuiandomi, con una sensazione strana che mi ribolle nel petto.
In due ore, scriviamo solo due righe su Notre Dame. Mentre lui lavora, io rifletto a fondo. I suoi fratelli devono avere delle personalità molto influenti se hanno convinto tutti i professori, ogni anno, a promuovere Tyler. È fortunato, in un certo senso, ad avere una famiglia che gli vuole così bene e che si fa in quattro per lui. Quando se ne va, i miei cugini lo salutano come si saluta un supereroe e lui esce di casa con la promessa che tornerà presto. Di solito, i papà fanno così.
Dopo aver chiuso la porta, riapro il quaderno di francese. Sfoglio le pagine come per ricordarmi con malinconia delle ore passate insieme questo pomeriggio. E tra quelle pagine mi trovo… due biglietti per la prima del *Lago dei cigni* all'opera. *Stasera.* Credo di avere un mancamento.
Due biglietti per… È uno scherzo? Stasera? Ecco perché mi ha chiesto di andare a vederlo alla partita di basket. In modo che così, dopo, potremo andare a teatro! Ma non direttamente dalla partita, vero? Io dovrò prima passare a casa a cambiarmi, e indossare il mio abito più bello e più elegante. Mi sventaglio con la mano e sbatto le palpebre. *Il lago dei cigni.* Sogno di andarci fin da piccola. Ma lui come diavolo fa a saperlo?

133

Cassie

Lancio un'occhiata attraverso la porta della camera di Roman che è di un lusso sfrenato, ancora più del resto della casa. Il drappeggio dorato della coperta mi colpisce per quanto è luminoso. Roman si sta togliendo dei pantaloni di raso, sottili, e li sta piegando, guardando fuori dalla finestra. Da quando c'è stato il furto a casa sua, Roman ha deciso di mettere un sistema d'allarme all'avanguardia, ha rinforzato le serrature alle finestre e chiude ogni stanza a chiave, tranne la camera da letto, a quanto pare.

Poi Roman si volta. Quando i suoi occhi di ghiaccio incontrano i miei, mi sento in imbarazzo, priva di ogni senso di pudore, colta in flagrante a osservarlo mentre si sta cambiando. Le mie guance vanno a fuoco.

«Sai giocare?». Indica un tavolino circolare a qualche metro di distanza, su cui c'è una scacchiera.

«Non gioco da molto, però ricordo qualcosa».

«Ti ricordi quanti tipi di aperture ci sono?», mi domanda con sguardo intenso.

«Mi ricordo solo che la regina è il pezzo più forte di tutta la scacchiera», dico risoluta, e lui sembra colpito. Spero che non l'abbia presa come un'allusione sessuale.

«Sì, ma lo scopo del gioco è non far morire il re», dice, e sospira.

Anche se non dovrei, questo mi fa pensare a me e Clayton. Clayton muove la sua regina, solo per salvarsi. È questo che sta facendo, sta muovendo tutti i suoi pezzi, perché lo scopo del *suo* gioco è non farsi fare scacco matto e non importa chi dovrà sacrificare. Sembra pronto a tutto. Be', gli scacchi sono un gioco maschilista, rifletto.

«Cassie», dice Roman tranquillo, «c'è qualcosa di cui mi vorresti parlare?»

«Sì, in effetti sì». Deglutisco e mi aggrappo allo stipite della porta. «Oggi sono andata a trovare mia madre…».

Lui aggrotta la fronte. «Mi fa piacere», dice con una nota di preoccupazione nella voce. «Vuole riaverti a casa?»

«No, no», preciso. «Però… ho visto l'articolo, Roman. L'articolo in cui si parla anche di me. Mi hanno definita "ragazza a pagamento"».

«Una volta mi hai detto che non ti dava fastidio essere considerata tale, perciò non ho tentato di smentire con la stampa».

«Sì, ma… che c'entra? Un conto è se si tratta di Patricia Parker, un conto è la stampa. Non voglio che tutto il mondo pensi che io sia una ragazza a pagamento!».

«Rettificherò», dice. «Farò un'altra intervista e spiegherò meglio la tua posizione».

Sospiro. «Tante grazie».

«Non c'è di che», dice. «Puoi farmi una cortesia?». La sua non è una richiesta, ma un ordine.

«Certo».

«La prossima volta che vuoi parlarmi, vieni nel mio studio. Non nella mia camera da letto».

Mi schiarisco la voce. «V-va bene».

«O rischierò di farmi idee strane», aggiunge, e sorride, un sorriso teso che non gli schiude neanche le labbra.

«Ti accosto la porta», dico, poi scendo velocemente le scale, con il cuore in gola per la sorpresa, e con i suoi occhi vuoti e artici incastrati nella mente.

Roman è indubbiamente bello, ma c'è qualcosa di strano in lui e sinceramente, dopo il furto della valigetta, ho paura. Ho paura che sappia che sono stata io a rubare la sua valigetta, ho paura che preveda le mie mosse, ho paura che da un giorno all'altro mi ritroverò per strada, di nuovo con il borsone dei vestiti in mano, senza più una casa in cui stare…

Questo pomeriggio ho scritto a Clayton varie volte, ma lui non mi ha mai risposto. Forse avrà avuto da fare? L'ho informato che avevo parlato con mia madre, che lei però non sembrava intenzionata a darmi retta; gli ho scritto che Paul probabilmente testimonierà, e che suo fratello andrà in prigione. E non riesco neanche a esserne dispiaciuta. Dopotutto, Killian se lo merita. Devo però assicurarmi che non capiti niente di brutto né a mamma né a Paul. Prendo il cellulare e chiamo Clayton. Passano diversi secondi, poi sento la sua voce.

«Pronto?», dice.

Mi si spezza il respiro. «Sono io», sussurro.

«Cassie». La sua voce è ruvida e raschiosa, come due pietre che sfregano tra loro. «Che c'è?», chiede.

«Mia madre non vuole darmi ascolto», dico, e mi trema la voce. «Non mi darà mai ascolto, Clayton».

«Sì, ho letto i messaggi», dice.

«Io e lei non riusciamo a comunicare, è stata una pessima idea parlarle».

Mi rendo conto di una cosa. Anche senza Paul, io e mia madre siamo inconciliabili. E non capisco perché continuo a deprimermi per questo. Forse perché a volte è più facile e più prudente rimanere in una brutta situazione, anziché assumersi la responsabilità di uscirne. A volte desidero ardentemente vivere una vita felice, tanto da chiedermi se in fondo non sia colpa mia di questa mancata realizzazione. No, mi dico: semplicemente, non vivo una vita felice perché non si sono mai presentate le circostanze adeguate. Quando cerco di immaginarmi come potrebbe essere una vita felice, mi accorgo che è sempre la stessa da quando ero bambina: una casa circondata da alberi e fiori, un giardino rigoglioso, un fiume nei paraggi, una stanza piena di libri, e qualcuno che mi ami. Non desidero nient'altro se non potermi sentire serenamente a casa. Ma mi sembra un'idea irraggiungibile.

Mi siedo sulle scale, incastro il telefono tra orecchio e spalla, prendo la pelle attorno all'avambraccio e mi pizzico forte. Più e più volte, finché gli ingranaggi del cervello non rallentano.

«Lo sai? Credeva che fossi andata da lei per chiederle dei soldi», dico, e trattengo una risata amareggiata.

«Quindi, sei sicura che non c'è speranza?», mi incalza.

Nessuna speranza. Affondo le unghie nella carne. *Mi concentro sul dolore che mi sto procurando.*

«Cassie?».

Comincio a piangere silenziosamente e mi asciugo le lacrime con la manica della maglietta. Ma perché sto piangendo? È per mia madre, o per l'indifferenza di Clayton?

«Cassie? Puoi rispondere, per favore?», mi incalza con tono seccato.

«Non sono riuscita a farle cambiare idea», ammetto infine. «Paul testimonierà contro tuo fratello. Mi dispiace, Clayton».

Silenzio totale, silenzio assordante.

«Clayton?», riprovo.

Ha ottenuto ciò che voleva, cioè che io parlassi con mia madre, e ora non gli servo più. Non capisco perché continuo a insistere con lui. *Cassie, tu non provi niente per lui. È una finzione. Ti piace che sia violento con te, perché in tutta la tua vita non hanno fatto altro che ferirti. Per te il dolore è rassicurante. Qualcosa a cui sei abituata.*

«Clayton?».

Credo che mi abbia appena attaccato il telefono in faccia.

134

Tyler

La folla è in delirio. È questa la magia del nostro sport. Sei in campo e tutti ti acclamano. Senti il tuo nome gridato tra gli spalti e puoi gridare a tua volta: più gridi, più ti ascoltano e ti considerano. Gli incitamenti dei compagni di squadra, l'adrenalina del gioco, il rumore delle sneakers che stridono sul campo. È come musica. Si crea una melodia.

Ora mancano cinque minuti alla partita. Luke si dirige verso gli spalti e in meno di un secondo capisco perché. Sta andando da *lei*. Evans stringe una ciotola enorme di popcorn, e si fa largo per trovare un posto a sedere, mentre Lucas le va incontro. Stasera è di una bellezza surreale, indossa dei pantaloni a vita alta d'argento con gli strass e un top, sotto un giaccone imbottito. Lei e Lucas si dicono qualcosa che non capisco. Vengo distratto da un paio di ragazze che stanno urlando il mio nome a qualche metro da me: hanno gli occhi a cuoricino, proprio come ce li aveva Mallory, la cugina di Evans, nel pomeriggio.

Quest'associazione mi fa divertire.

Quando Luke torna in campo mi avvicino a Evans. Li avrà visti, i biglietti per *Il lago dei cigni* che le ho lasciato nel quaderno?

«Ehi, Evans!», la saluto. «Sei molto elegante, stasera».

«E tu sei molto sudato», dice, e una sola fossetta appare sulla sua guancia paffuta.

Mi avvicino e lei si sporge dalla ringhiera. Vorrei stringerle la faccia tra le mani, quando sorride così.

«Comunque, mi cambierò stasera», dice lei ammiccando. «O pensavi che mi sarei messa questi straccetti?».

Nella mia mente la immagino vestita da Catwoman… Beatrix Evans mascherata da Catwoman a teatro… Ma poi smetto di fantasticare, o avrò un problema serio tra le gambe per tutta la partita.

«Chiamali straccetti», dico imbambolato dal luccichio dei suoi pantaloni. «Ti passo a prendere alle nove. Dopo la partita non perdere tempo in chiacchiere e corri a casa a prepararti».

«Vuoi dire che non mi è permesso perdere tempo *con altri ragazzi*?», mi corregge.

«Con Luke», la redarguisco. «Non ti è permesso perdere tempo con Luke».
«Grazie per i biglietti, Mackenzie. Ma sappi una cosa: io non mi faccio comprare», sussurra seria.
«E tu sappi, Evans», le dico a mia volta, «che se sei venuta qui per lui, stasera, puoi anche andartene», ribatto. «Non voglio sentirti urlare il nome di un altro in mia presenza».
Sorride. E io scendo in campo più arrabbiato e determinato a vincere che mai.

135

Arya

Il locale dei Mackenzie è caldo e rumoroso. È un po' vecchio stile ed è pieno di cimeli sportivi, appesi alle pareti e sparsi qua e là. Nell'aria aleggia un odore d'erba scadente e un penetrante aroma di birra. Sono arrivata qui a piedi e sono tutta rossa in faccia per la camminata. Il dolcevita grigio e i pantaloni stretti mi stanno incollati addosso. Mi guardo attorno e scruto il bancone nero. Sto cercando Ryan. Ci sono delle cose tra me e lui che non posso più ignorare. Non posso più ignorare il desiderio che provo quando gli sto vicino, né la sensazione che ho quando lo vedo all'angolo del mio bar seduto a disegnare. A vederlo sul marciapiede questa mattina mi si è stritolato lo stomaco: era sfinito. Sembrava disposto a morire pur di ricevere anche la più piccola delle attenzioni. E ho compreso che non posso più ignorare il fatto che, in un modo quasi viscerale, noi ci apparteniamo fin da quando eravamo piccoli. Sono stata ferita tante volte da lui, ma il male più grande è negarmi la sua vicinanza. Non voglio lasciarlo andare, non posso. Perché per quanto dolore io abbia provato a causa dei Mackenzie, è grazie a lui e ai suoi fratelli se adesso sono quella che sono. In questi giorni, da quando non faccio più uso di Fentanyl, ho capito molte cose. Ho scoperto che quando guardo Ryan sorrido. Che vivo solo negli istanti in cui lo vedo. Col senno di poi, mi sono resa conto che il Fentanyl è stato un grosso errore, ma ho pur sempre bisogno di qualcosa con cui allentare la tensione che mi cresce dentro. Per questo, prima di venire qui, ho preso il Valium. Ammorbidisce le percezioni, sembra di essere avvolti nell'ovatta. Così sento di avere la situazione sotto controllo. Poi qualcuno piomba alle mie spalle.

Sussulto, quando un panno con l'odore di ammoniaca si imprime sulla mia bocca.

E perdo i sensi.

136

Paxton

La gente crede che il gangster Tony Lombardo *non* abbia bisogno di un motivo per fare del male agli altri. Che non abbia bisogno né di permessi né di un'autorizzazione per sparare in testa a qualcuno. Si vocifera perfino che una volta abbia spaccato il cranio di un uomo a mani nude, che si metta i guanti perché una volta per puro divertimento una volta le abbia messe sopra una piastra ardente, che si sia cavato un occhio da solo e che con il suo occhio di vetro sia capace di guardare nel buio. Naturalmente, le persone si sbagliano. Tony Lombardo ha *sempre* i suoi motivi: ciò non significa che siano buoni, e infatti non lo sono mai... specialmente questa notte. Ma Tony ha sempre agito secondo una sua logica inviolabile, secondo dei codici sacri, infrangibili. E, anche questa volta, non fa eccezione. Per questo Tony fa paura, per questo è così crudele e spietato. È un uomo di fede e non disonorerebbe mai la propria religione.

La musica in sottofondo sembra lontana, come appartenente a un'altra dimensione. Qualcuno ha messo *Heartless* al jukebox, ma io sono concentrato sull'espressione devastata sulla faccia di Ryan, sui suoi occhi verdi che sono gemme spente. Noi cinque – io, Ryan, Clayton, Killian e Tyler – siamo riuniti in un cerchio.

«Perché mi avete chiamato?», chiede Tyler. «Ero a una partita, e tra dieci minuti devo portare fuori una ragazza... Non ho tempo da perdere». Curioso: dopo le partite di Tyler succedono sempre enormi tragedie.

«Hanno preso Arya», dice Ryan, lanciando un'occhiata alla porta sbarrata della sala scommesse.

«Lei è là, insieme a Nicholas e Tony Lombardo, e forse con loro c'è anche qualche altro uomo». La faccia di Ryan è qualcosa di indescrivibile: è il ritratto del panico.

«In che senso, l'hanno presa?», domanda Tyler, e anche il suo umore è cambiato. «Arya era al Lion's?»

«Sì», spiega Ryan. «Era venuta qui per me. Ci dovevamo incontrare».

«Chi te l'ha detto che ora è là dentro?», chiede Killian.

Ryan ha il volto arrossato, come se stesse trattenendo il respiro, in apnea.

«Uno dei Lombardo», dice Ryan. «È uscito a mandarmi il messaggio. Ora è tornato dentro per riferire a Tony il *mio*, di messaggio».

«Che messaggio?», chiedo, e Ryan ha una calma innaturale.

«"Arya non si tocca"», ribatte il nostro leader.

Non so come sia possibile, ma a quanto pare Tony Lombardo è a conoscenza del segreto di Ryan. Ha capito che l'unica cosa che lo tiene ancora in vita, l'unica ragione per cui respira ancora, è quella ragazza. Arya Donovan è l'unico essere umano in grado di cavargli fuori un briciolo d'umanità. Arya Donovan possiede ciò che gli altri non si potrebbero mai neanche sognare: un pezzo del suo cuore. Un cuore strappato, lacerato, malridotto, distrutto e calpestato, un cuore a metà, ma pur sempre un cuore. E il cuore di Ryan vale molto. Perciò, ora, colpevole solamente di essere l'unica cosa preziosa per Ryan, Arya è imprigionata nella sala scommesse del Lion's, e noi dobbiamo aiutarla.

«Cosa vuole *da noi* Tony Lombardo?», bisbiglia Clayton. «Perché ha preso Arya? Perché la tiene in ostaggio?»

«Qualunque cosa voglia», sentenzio con una certa autorità, «io dico che gliela dobbiamo dare». E in fretta, aggiungo mentalmente.

«Tony ci vuole tutti lì dentro», dice Ryan e ci scruta: uno per uno, a turno, come se fossimo i suoi più fedeli soldati.

«Per questo ho chiamato anche te, Tyler. Se anche solo uno di noi scapperà, o non si presenterà, lui *le* farà del male», conclude.

«Ehi, Ryan», dice Clayton, «pensi che Tony lo abbia scoperto?». Si riferisce all'omicidio di Alfred e Victor Lombardo.

Ryan deglutisce, lo sguardo vuoto, in attesa. «Se ne avesse la certezza, a quest'ora saremmo già morti». Scuote il capo e l'atmosfera si fa nervosa. Ciò però non esclude che lo saremo tra poco…

Killian ride isterico, il che fa presagire che un disastro bello grosso è imminente. Tyler, che è rimasto in silenzio a lungo per elaborare la notizia, si incammina verso la porta: non lascerebbe mai che succeda qualcosa di male alla leonessa.

«Dobbiamo liberarla», dice Ty.

«Resta fermo, tu», gli ordina Clay, afferrandolo per un braccio. «Ci serve prima un piano». E i suoi occhi puntano su Ryan, in cerca di supporto. «Altrimenti sì che moriremo tutti». D'accordo, Clayton ha ragione: ci serve un piano.

«Allora, capo, qual è la strategia?», chiedo a Ryan.

«La *cosa*?», chiede lui.

«Oh, merda, moriremo tutti sul serio», sospiro.

«Non moriremo tutti», ribatte Killian digrignando i denti. «Ne morirà soltanto qualcuno, uno o due al massimo».

«Devo dire che ora mi sento rincuorato», commento.
«Killian ha ragione», dice Clay. «I Lombardo non sono tipi da sparatorie; sono quel genere di persone che ammazzano per vendetta o per lanciare dei messaggi».
«Be', io non posso essere quello che muore stanotte», dice Ty. «Visto che devo portare una ragazza a teatro, prima di lasciarci le penne. E gradirei se non moriste neanche voi».
«Ti va di farci una scommessa?», chiede Killian.
«Su cosa?», dice Tyler.
«Su chi morirà tra di noi», ribatte.
«No», dice Tyler.
«Hai paura di perdere?», lo provoca Killian.
«Non ci scommetto sulla mia morte», sbotta Tyler.
«Perché no? Scommettere sulla vita o la morte è quello che facciamo ogni giorno», dice Killian scrollando le spalle.
«Ho una soluzione», interviene Clayton con tono pratico e ragionevole.
«Grazie a Dio», sospiro con il cuore che batte come un tamburo.
«Diamo fuoco a questo posto a partire dalle fondamenta», dice Clayton. «Se i Lombardo vogliono ucciderci, che morissero insieme a noi».
«Assolutamente no», ribatto prontamente.
Ryan non dà nemmeno peso alle parole di suo fratello, sta riflettendo su altro, e quando è così silenzioso mi fa paura.
«Faremo come dicono», sentenzia infine Ryan. «Ci vogliono là dentro? Andremo là dentro. Faremo finta di niente, faremo finta di non sapere niente sulla morte di Alfred e Victor, come abbiamo sempre fatto. Se non ci comporteremo in modo sospetto, nessuno sospetterà di noi».
«Sveglia!», urla Killian. «Sospettano *già* di noi!».
«Li convinceremo della nostra innocenza!», dice Ryan.
«E come pensi di fare?», lo schernisce Killian. «Leccandogli il culo, vero? Facendo il soldatino?».
Ryan sta per perdere la pazienza. È chiaro a tutti. Non accetta l'idea che Arya possa essere in pericolo.
«Ascoltami bene, Killian», sputa Ryan, «Arya è là dentro e io non la lascerò da sola, e non lo farete neanche voi; sono pronto ad assediare questo posto, se è necessario a tenervi qui dentro. O vuoi mettermi alla prova? Tu verrai con me. Tutti voi verrete con me». Con l'indice disegna un semicerchio a mezz'aria. «Usciremo da questo casino insieme, come abbiamo sempre fatto».
«Come una famiglia?», domando.
«Sì, Paxton, come una famiglia, e tu ne fai parte», dice Ryan. «Mi serve anche il tuo aiuto. Adesso più che mai».

Sono forse l'unico che in questo momento può capire il suo strazio e la sua disperazione. Gli do un paio di pacche sulla schiena. «Ci sono, amico, io ci sono».

«Killian», dice Ryan. «Mi serve anche il tuo aiuto».

I Mackenzie, a volte, possono essere feroci come delle belve, ma in fin dei conti morirebbero pur di salvarsi a vicenda. Nonostante tutto, loro ci saranno sempre l'uno per l'altro.

Killian, infatti, alza gli occhi al cielo. «Okay, d'accordo, fratello, ti aiuto: salveremo la principessa. Facciamo questa cosa e sbrighiamoci».

Non abbiamo un piano, ma ho fiducia in Ryan: gli affiderei la mia vita.

Ci dirigiamo verso la porta. La paura ha ceduto il posto alla consapevolezza, all'azione. La mia presenza di spirito, stasera, sarà fondamentale. Ryan apre la porta della sala scommesse e una nube di fumo nauseante ci annebbia la vista. Stanotte qui dentro alberga anche un vero e proprio mostro: Tony Lombardo. Ce lo troviamo di fronte, al centro della sala. A differenza di tutti i suoi colleghi gangster, Tony è l'immagine della sobrietà, con quel gilet scuro, le mani infilate in un paio di guanti, i pantaloni dal taglio semplice, fatti su misura, dalle linee severe. Il viso stretto, cavallino, è spettrale, anche nella penombra. I capelli lisci come spaghetti e l'occhio di vetro che brilla al buio non aiutano. Nell'insieme è molto magro e slanciato, ma c'è qualcosa nel suo fisico di spaventoso, è come se fosse stato assemblato congiungendo tra di loro articolazioni sbagliate. Il suo sguardo è carico di un profondo odio omicida, ma sorride amorevolmente: le sue labbra bianche si distendono quando ci vede.

«Nick», ordina. «Perquisiscili».

Suo fratello e un altro paio di uomini fanno come Tony ha ordinato e ci passano le mani lungo tutto il corpo a turno… Scovano un paio di pistole su Killian e Clayton e le sequestrano. La porta dietro di noi si chiude. Ci sono altri uomini, vestiti di scuro, schierati sul fondo, uno dei quali ha immobilizzato Arya con un coltello alla gola. Lei e Ryan si guardano a lungo. Lui è spaventato, ma anche pronto a perdere ogni cosa pur di salvarla. Mi accorgo che uno degli uomini che ci perquisisce è il tizio che ha picchiato Tyler e quasi strangolato Beatrix, fuori dal cortile della scuola. Tyler lo fissa con le fiamme e il veleno che gli danzano negli occhi: se solo potesse, gli renderebbe il favore all'istante, ma ciò significherebbe mettere in pericolo la vita di Arya, quindi si trattiene.

«Eccovi qui, tutti riuniti», dice Tony Lombardo con tono vellutato e sottile. «La banda al completo, no? Non manca nessuno all'appello. Abbiamo il capo, il *diamante*». Fa un sorriso di semiapprovazione verso Ryan. «Abbiamo il pazzo con il braccio bionico, il belloccio con il vizio del gioco d'azzardo…». Indica Killian e Tyler; si sofferma a guardarmi ma passa oltre e il suo sguardo si posa su Clayton. «...e tu chi sei? Come ti definisco? Di te dicono che sai sempre tutto, che ti trovi ovunque, proprio come un'ombra».

Quando lui non risponde, Tony indica Arya. «E non ci facciamo mancare neanche la ragazza».

Tony cammina avanti e indietro, reggendosi al suo bastone.

«Prima ho ordinato da bere e, se posso darvi un consiglio, i vostri liquori sono un po' troppo annacquati... Questo posto non sembra neanche un locale, più che altro dovrei dire che è un ricettacolo di sporcizia, vizi e violenza. Dico bene?».

Nessuno parla, nessuno dice niente.

Tutti sanno che a Tony Lombardo piace fare lunghi monologhi.

«Volete sapere una cosa, ragazzi?», dice.

L'odore qui dentro è così nauseante e sgradevole che ti fa venire voglia di respirare il meno possibile. Invece, Tony Lombardo sta traendo un lungo, ampio respiro, di quelli che ridanno ossigeno.

«Vi racconterò una cosa che di me non sa nessuno», continua. «Sono affetto da osteonecrosi, la cosiddetta morte delle ossa, e vi assicuro che è una seccatura. Ogni passo per me è un supplizio ed è per questo che uso un bastone per camminare». Tony emette una risata indulgente. «Su di me circolano numerose leggende, e molto spesso le leggende mescolano la menzogna alla verità. E sapete qual è la leggenda che si racconta su di voi?», aggiunge candidamente. «Che abbiate ucciso mio padre». I suoi occhi appaiono commossi. La vendetta di Tony Lombardo gli scava un buco ardente nel cuore. «Proprio per questo nessuno di voi uscirà vivo da qui», dichiara. La sua faccia assume un colorito ancora più pallido. Diventa bianca come la pancia dei pesci.

Mi si strizzano all'improvviso le budella. Vorrei urlare qualcosa, tipo "acciderbolina" o "perbacco", ma risulterebbe un'esclamazione stupida, indelicata, e fuori contesto; perciò, me ne sto zitto in attesa di chiarimenti. Perché, invece di versare altro inutile sangue, non possiamo farla finita con una stretta di mano amichevole?

«Voi morirete tutti quanti stanotte», decreta Tony Lombardo, e sinceramente io gli credo. «E vi spiegherò anche perché. Sapete, Mackenzie, qual è il vostro problema?».

Nessuno gli risponde. Hanno la bocca sigillata dal panico? O sono solo curiosi? Non ho il coraggio di guardarmi intorno.

«Il vostro problema è che siete in gamba, molto più in gamba dei ragazzi della vostra età, ma io sono più in gamba di voi».

«Sempre un passo avanti, eh, Tony?», lo schernisce Killian, senza paura.

Non credo di avere più saliva da deglutire.

«So che avete ucciso mio padre e mio zio», ribadisce Tony. «E credo che voi abbiate ucciso anche mio cugino James. Ci avevo quasi creduto che fosse andato alle Maldive, sapete? Vi ha fregato un piccolo dettaglio».

Inevitabilmente, gli sguardi di tutti noi si posano su Killian.

«Un uccellino mi ha detto che voi Mackenzie avete messo su un giro di scommesse sportive, proprio in questa stanza, che fa concorrenza a quello di mio cugino», dice Tony imperturbabile.

Questo significa solo una cosa: quel coglione di Malcolm Turner non ha tenuto il becco chiuso.

«Killian, tu vuoi rubare i clienti a mio cugino. E tu, Ryan, sei stato l'ultimo a vedere mio padre e mio zio alla mostra d'arte prima che morissero», dice Tony.

Qui la situazione si mette male.

Tony si avvicina a Ryan. «Una coincidenza instilla il sospetto», mormora Tony, così vicino a Ryan che sembra lo voglia baciare. «Ma due coincidenze forniscono una prova, Ryan Mackenzie. Forse *non* per quelli della polizia, ma per quelli come me sì».

Una gocciolina fredda di sudore mi sta colando dalla fronte, ma Ryan rimane immobile.

«Sappiamo entrambi, Tony», replica Ryan asettico, «che se la pensassi davvero così a quest'ora saremmo già morti».

Tony apprezza l'audacia del ragazzo e si lascia scappare un sorriso. «Lo sarete… non avere fretta», dice.

«Le tue supposizioni non valgono niente», si intromette Tyler. «Non hai prove».

Tony sorride e lo guarda costernato. «Lo sai? Ho una zia a cui piaceva scommettere quasi quanto piace a te. E sai che fine ha fatto? È morta».

«Cosa vuoi, Tony?», taglia corto Ryan. «Dimmi ciò che vuoi e io te la darò».

Killian fa una faccia schifata, come per far emergere tutto il suo disgusto per questa ruffianata.

«Sei così giovane, e forse non ti rendi conto di come funzionano queste cose», ribatte Tony. «Ma non sono qui per negoziare. Voi *morirete*. Farò le condoglianze a Margareth, Ryan, come tu le hai fatte a me dopo che hai ammazzato mio padre e mio zio, e dopo che tuo fratello ha ammazzato mio cugino per rubargli i clienti e il lavoro da allibratore».

«Ti stai sbagliando di grosso, Tony», dice Ryan. «Non siamo stati noi ad ammazzare la tua famiglia». Oh, mio Dio. La strategia è davvero quella di negare fino alla… be', fino alla morte? Funzionerà?

«In effetti, sono sorpreso anche io», dice Tony. «Non avrei mai pensato che una banda di reietti e piantagrane, una banda di smidollati come voi, potesse arrivare dove siete arrivati oggi, eppure». Tony emette un sospiro pesante e si avvicina ad Arya. «Lei, però, è quella che mi aveva convinto più di tutti voi. Quando sono andato a trovarla nel suo bar, mi ha raccontato di una notte di passione tra di voi, Ryan... Mi ha raccontato che non potevi di certo essere stato tu ad ammazzare mio padre, visto che eri impegnato con lei».

Arya e Ryan si guardano, e colgo del desiderio nei loro occhi, mescolato a disperazione.

«Vuoi una spiegazione, vero, Tony?», dice Ryan cercando di essere persuasivo. «Vuoi una spiegazione a tutto questo? D'accordo. Ti racconteremo ogni cosa, lo so che vuoi sentircelo dire».

Gli occhi di Tony esultano in silenzio, poi dice: «Era ora, Ryan».

«Lasciala andare però».

L'uomo che tiene immobilizzata Arya le affonda il coltello nella carne. Lei si lascia scappare un gemito di dolore. *Oh. Oh.* La situazione si mette male. Tony si passa le dita attorno alla bocca, ragionando. Osserva Killian.

«Puoi mettere il tuo braccio di carne qui per terra, per favore, Killian?», chiede Tony indicandosi le scarpe e il biondo fa un passo in avanti senza esitare. «Inginocchiati e metti il braccio qui sopra», gli ordina mellifluo Tony, e qualcuno gli passa una pistola.

«Tutto qui, Tony?», lo provoca Killian, anche se con sguardo preoccupato, mentre obbedisce.

Sbircio nella direzione di Ryan, che sembra stia per svenire, o per avere un attacco di qualcosa. Il mio cuore si ferma. Vedere Killian indifeso, ai piedi di Tony Lombardo, è doloroso, anche se lui si ostina a fare lo spavaldo.

«Sì, ti sparo all'altro braccio», risponde Tony con tono amabile. «Va bene?».

Porca puttana, non sono sicuro di voler assistere a questa scena prima della mia morte.

«Preferirei se mi sparassi in fronte direttamente. Posso esprimere l'ultimo desiderio?», dice Killian con scherno.

«No».

«Andiamo, Tony, chi è che negherebbe a qualcuno il suo ultimo desiderio?!»

«Se il qualcuno in questione sei tu... direi chiunque con un po' di sale in zucca».

«Questa è cattiveria, Tony», ribatte Killian, ma l'altro gli afferra il braccio e lo piega con forza. Sento un *crac* preoccupante e Killian ringhia. «Ti conviene ammazzarmi, razza di idiota. Perché giuro che quando tutto questo finirà, se non sarò morto, ti cercherò ovunque pur di piantarti una pallottola nel cranio», sbotta, tentando di tenere a bada il dolore.

Ryan sta implodendo. Non può vedere suo fratello soffrire in questo modo, lo sappiamo tutti.

«Vuoi sapere cos'è successo, Tony? Vuoi sapere cos'è successo alla tua famiglia? Vuoi sapere se siamo noi i colpevoli di tutti questi crimini di cui ci accusi?», dice Ryan. «Ti dirò la verità, ma *lei* deve andarsene da qui». Prende un respiro e indica Arya.

Tony fa un cenno all'uomo che la tiene prigioniera e l'omone la lascia andare spingendola in mezzo a noialtri. La prima cosa che Arya fa è abbracciare Ryan, il quale la stringe forte a sé e inspira il profumo dei suoi capelli con gli occhi chiusi, come se gli fosse concesso qualche secondo in paradiso.

«Basta smancerie, e parla», dice Tony.

Ryan sembra sollevato. Quando Arya sarà al sicuro, dovrà salvare la pellaccia agli altri poveri cristiani che rimarranno qua dentro. Tuttavia, Arya Donovan non è una ragazza docile, e quando Nick si avvicina per prenderla e portarla fuori, *lei si scansa*.

«Non toccatemi, bastardi! Io rimango qui!», sbotta Arya.

«No che non rimani», interviene Ryan alzando la voce, incredulo.

«Sì, invece!», ribatte lei.

«È solo una ragazzina che gioca a fare la dura», la sminuisce Ryan, pallido e malfermo. «Non capisce che qui facciamo le cose sul serio. Perdonala, Tony».

Arya gli rivolge uno sguardo d'odio e si mette dietro Clayton. «Resterò qui», dice lei. «Faccio anch'io parte dei Dead Rabbits».

«Arya», sibila Ryan. «Fai come ti ho ordinato, cazzo».

Lei alza il mento e guarda di fronte a sé, come per dire che non le interessa, non seguirà nessun ordine, questa volta. Farà di testa sua. Ryan potrà anche essere il capo, ma non le può di certo impedire di stare qui. E non glielo ha forse detto lui che nessuno può dirle chi deve essere? *Che era lei a doverlo dire agli altri e non il contrario?* Lei è cresciuta con noi, ha fatto parte della nostra famiglia, e non ci volterà le spalle.

Ma Ryan si distrugge dentro, vedendola lì, insieme ai suoi fratelli. La sua espressione tradisce quello che ha sempre voluto dirle. Ryan vorrebbe dirle tante cose. Vorrebbe farle sapere che lui è contorto, corrotto, sbagliato e crudele, un uomo a metà. Ma non è ancora così danneggiato da non potersi riparare per lei. Ryan vorrebbe dirle che, in passato, ha fatto degli errori, e che continua a farne molti altri, ma l'errore più grande sarebbe quello di non redimersi per lei, anche se cercare di essere migliore per qualcun altro è la parte più complicata dell'amore.

«Non sai che cosa rischi, stando qui», le dice Ryan.

«Possiamo sbrigarci a deciderci?», chiede Killian. «Il braccio mi formicola in questa posizione».

Tony gli tira un calcio sull'addome e Killian si contorce per il dolore, accasciandosi a terra. Mi si spezza il cuore.

«Piantatela di blaterare, adesso!», strilla Tony e, anche se non sono stato mai zitto per così tanto tempo in vita mia, serro le labbra ancora più forte. «E tu, Ryan, non fare il finto tonto con me. Una promessa è una promessa, o vorresti forse dirmi che non sei un uomo di parola? Confessa ciò che tu e i tuoi fratelli avete fatto, e *forse* risparmierò la ragazza».

«Io e i miei fratelli non abbiamo fatto nulla», ribatte Ryan ridotto a uno straccio, e Tony sghignazza. È evidente che l'unico che potrebbe farci uscire da questo casino è Ryan, così come è abbastanza evidente che il piano di Ryan non stia funzionando. «Dovrei confessare qualcosa che non ho fatto, Tony?», prosegue Ryan. «È così che applichi la tua legge? Giustiziando innocenti? Questo quartiere non ti accetterà mai, se...».

«Non discuterò di come intendo gestire quello che sarà il mio quartiere con te, Ryan. E non accetto consigli da un ragazzino che vuole mostrare i muscoli».

«Devi darmi retta, Tony, io e la mia famiglia non c'entriamo nulla con tutto questo. Stai tenendo in ostaggio le persone sbagliate».

«Ti sto dando la possibilità di spiegarti, Ryan», dice Tony spazientito. «Perché mi fai perdere tutto questo tempo? Non giocare con la mia pazienza, ragazzino, non ne ho poi così tanta...».

«Allora fammi sparare dai tuoi uomini», lo esorta Ryan sull'orlo della disperazione. «Coraggio, Tony, ordinagli di piantarmi una pallottola nel petto. Perché non lo fai?».

Si studiano a vicenda. Tony è sicuro di sé, competente, ha il viso di uno che ne ha passate tante, e Ryan accanto lui sembra... be', sembra un ventunenne sbarbato. Tuttavia, in Ryan c'è del *carisma*... Un carisma che ha fin da quando era un dodicenne con il berretto messo al contrario. Ryan è sempre stato uno con le palle, con un temperamento unico.

«Non era una domanda retorica», prosegue Ryan, implacabile. «Ti ho chiesto perché non mi spari, Tony».

«Ehi!», interviene Tyler. «Lo stai supplicando di spararti? Vuoi smetterla, Ryan?».

Tony si porta un indice alle labbra e fissa curiosamente Ryan... Sono loro due i veri protagonisti, stanotte. Se fossero su un palco, Tony e Ryan sarebbero gli attori principali, e il pubblico non avrebbe occhi per nessun altro che per loro... In realtà, mi rendo conto che stiamo solo perdendo tempo... Ma certo! Ryan sta implorando Tony affinché lui gli spari, ma non si aspetta che Tony lo faccia davvero, non senza prima avere una confessione. In sostanza, sta solo cercando di guadagnare tempo. Tempo per permettere a noialtri di agire alle spalle di Tony Lombardo. Abbasso lo sguardo su Killian, accucciato per terra. *Che piano terribile.* Però è l'unico che abbiamo.

«Pssst», sussurro.

Killian mi guarda.

«Prendi la pistola», mimo con le labbra.

«A chi la prendo?», sibila.

«A Tony. Ce l'ha nei pantaloni». Accenno alla tasca di Tony, da cui sbuca un revolver. «Prendila ora, forza, che è distratto!».

Killian si muove lentamente come una lucertola, avanzando di millimetro in millimetro. Mi accorgo, in un attimo di folle lucidità, che anche questo piano è folle: anche se Killian riuscisse a prendere la pistola di Tony, saremmo comunque circondati da una decina di uomini armati fino ai denti. Che speranze potremmo mai avere? Una pistola contro dieci fucili. Quanto sangue si spargerà stanotte? Non voglio veder morire i miei migliori amici.

La risata di Tony è asciutta come il fruscio delle foglie secche, e mi distrae.

«Non riesco a capire, Ryan», sbotta Tony, «se tu sia stupido, o se c'è un barlume di follia in te che non si riesce a spegnere nemmeno in una situazione del genere».

«Alle volte siamo così concentrati su qualcosa, su qualcuno, da non renderci conto che cosa ci succede intorno», ribatte Ryan, sibillino, mentre Killian continua a muoversi. «Siamo convinti di avere la verità dinnanzi ai nostri occhi, di avere in pugno qualcuno, quando in realtà siamo circondati da mille variabili che potrebbero mandare a monte i nostri progetti. La verità, Tony, è qualcosa che più pensiamo di stringere tra le dita, più ci sfugge».

«Parli sempre per metafore, tu?», lo deride Tony.

«Oh», sospira Ryan. «Non era una metafora».

Killian afferra la pistola di Tony, spingendolo via, e la passa a Ryan, che sfoggia un sorriso compiaciuto.

Tony strabuzza gli occhi e Killian striscia all'indietro fino a noi, dopodiché si rialza. A Ryan gira la testa e, in generale, si sente frastornato e intorpidito, ma con un'arma in mano tutto acquista una luce migliore. Osserva il ferro che stringe tra le proprie mani bramoso... A questo punto, tutti ci aspettiamo che sollevi la pistola e che la punti contro Tony Lombardo; insomma, che faccia qualcosa di questo tipo. Invece...

«Volevi una prova che non fossimo stati noi? Eccola», dice Ryan.

Gliela riconsegna. Gli riconsegna la pistola. Ma che cazzo fa? Ora sì che le probabilità di uscire vivi da qui si riducono a zero. Tony Lombardo afferra l'arma e ridacchia, un po' confuso da tutti questi colpi di scena, e non posso che dargli ragione, perché lo sono anch'io...

«Ti racconterò ogni cosa», dice Ryan. «E non mi serve avere una pistola in mano, perché ciò che dirò sarà la verità. Ci tengo a sottolineare che ho avuto la possibilità di spararti, ma non l'ho fatto. Volevo dimostrarti che una guerra non la voglio».

«Che cazzo stai facendo, idiota!», bisbiglia Killian.

«Ryan, non vedo l'ora di poterti prendere a pugni!», sbotta Tyler.

«*Gesù!*», esclamo terrorizzato.

Tony Lombardo spara per terra e noi tutti sobbalziamo. L'odore acre e pungente della polvere da sparo si mescola alla puzza preesistente.

«Fate silenzio!», ordina Tony, e i suoi occhi sono puntati su Ryan. «Hai una sola possibilità», gli dice. «Una soltanto».

Sto crepando asfissiato dall'ansia. Spero che Ryan non ci riservi sorprese, adesso.

«Ho parlato con tuo padre alla mostra, e Alfred non era lì per caso, è vero», dice Ryan. «Gli ho chiesto io di incontrarci là, perché tuo padre mi aveva promesso di aiutarmi con un affare, e io e te sappiamo quanto tuo padre fosse in gamba negli affari».

Tony è inorgoglito. «Che tipo di affare?»

«Ci volevano sfrattare da casa», risponde Ryan. «Un'agenzia immobiliare si è presentata da noi, ci ha detto che la nostra abitazione era stata dichiarata inagibile. Io e Clayton ci siamo rimboccati le maniche e abbiamo fatto qualche ricerca, perché non ci sembrava possibile. Vero, Clayton?»

«Sì, è così», dice Clayton reggendogli il gioco.

Quello che sta per raccontare adesso Clayton è la verità. Tuttavia, lui ha indagato sugli atti di proprietà trovati nella valigetta di Roman solo da questo pomeriggio, senza Ryan. Ma la racconta come se fosse una cosa accaduta mesi fa.

«Dopo che la nostra casa è stata dichiarata inagibile, sono... cioè, io e mio fratello *siamo* andati a chiedere informazioni», spiega Clay. «La società che sta dichiarando inagibili una serie di proprietà è la Camelot Fusion. Ma all'ufficio che si occupa di questo non hanno saputo dirmi a chi appartiene», interviene Clayton. «Ciò che io e Ryan siamo riusciti a scoprire è che questa società vorrebbe comprarsi molte abitazioni nel quartiere e ne sta già smantellando molte altre. Sta succedendo un putiferio sotto i nostri occhi, Tony... E noi non ce ne siamo accorti». Passa la palla a Ryan.

«Quella notte, alla mostra, ho chiesto a tuo padre se conoscesse la Camelot... Se poteva darmi una mano a non perdere la nostra casa», dice Ryan a Tony.

«Quando poi tu sei venuto a farmi domande, non te l'ho detto, perché... be', mi vergognavo. Non riuscivo nemmeno a garantire un tetto alla mia famiglia, mi sentivo un uomo incapace. Io e tuo padre ci siamo incontrati, Tony, perché volevo che mi aiutasse a non farmi sfrattare».

«Okay, questo spiega di sicuro perché tu e mio padre vi siete incontrati», dice Tony. «Ma non spiega perché James sia scomparso né perché sono morti mio padre e mio zio».

«È vero», si intromette Clayton. «Ma c'è una cosa che dovresti sapere, Tony. Dopo la morte di tuo padre e tuo zio, siamo entrati in possesso di una valigetta».

«Una valigetta?», chiede Tony.

«Una valigetta contenente alcuni atti di proprietà e dei progetti che la società, la Camelot appunto, ha per il nostro territorio. Vogliono costruire un quartiere residenziale. Casa nostra, nel giro di qualche mese, potrebbe non esistere più. Verrà smantellata. E indovina un po'? Il progetto principale della società si espande attorno alle abitazioni di tuo cugino, di tuo padre e di tuo zio... Hanno sempre voluto le *vostre* case», conclude Clayton scrollando le spalle. «Non solo le volevano... ma sono il fulcro del loro progetto. Forse sono stati loro ad ammazzarli? Mi sembra che abbiano senz'altro un motivo per farlo».

«Come avete fatto tu e i tuoi fratelli a entrare in possesso di questa valigetta?», chiede Tony.

«Non è importante», replica Clayton. Confessare a Tony di averla rubata a Lancaster significa mettere in pericolo lui e le persone che abitano con lui, e Clayton non lo farebbe mai.

«Non dirmi cosa è importante e cosa non lo è», ribatte Tony.

«Rifletti», ricomincia Clayton. «Ryan non aveva motivo di uccidere tuo cugino, di ammazzare tuo padre o tuo zio... Qualcuno là fuori, invece, sì. È più facile impossessarsi di un quartiere dove regna l'anarchia, dove i suoi padroni sono morti. Trova a chi appartiene la Camelot e probabilmente troverai gli assassini che stai cercando».

Lo scetticismo di Tony è palpabile. «Ammesso che tutto questo sia vero», ribatte, «il giro di scommesse come si spiega?»

«Vi chiedo scusa a nome di mio fratello», risponde prontamente Ryan. «Non volevamo rubarvi il giro o i clienti: non è mai stato nei nostri piani. Non sappiamo dove sia tuo cugino, al momento. Forse è davvero alle Maldive, non so».

Io lo so, James Lombardo è sottoterra. Morto stecchito. Come il resto della sua famiglia.

Un po' mi dispiace, ma meglio loro che noi...

«Pregate soltanto che mio cugino sia vivo, Mackenzie», ringhia Tony. «O altrimenti ciò che mi state raccontando ora non ha nessun valore».

«Tony», dice Clayton, «se vuoi una prova che tutto ciò che stiamo dicendo è vero... ti basta controllare dentro il vecchio armadio di legno lì in fondo».

Tony, sospettoso, si avvia verso l'armadio polveroso. Lo apre. Estrae da un ripiano una valigetta di pelle.

«Dentro ci troverai tutti i documenti di cui ti abbiamo parlato», dice Clayton. «Troverai il progetto della Camelot e tutto il resto».

Tony spalanca la valigetta. E miracolosamente, dopo averne analizzato il contenuto, decide di risparmiarci tutti. Ai Mackenzie piace farcela sempre per un pelo.

Clayton scuote la testa, pensieroso, i capelli neri brillano alla luce fioca. Il suo viso è un insieme di linee dure e inconfondibili, ma sono soprattutto la sua mascella squadrata e la sua corporatura muscolosa a renderlo il Mackenzie dall'aspetto più inquietante e brutale. Ed è ancora più brutale adesso che nei suoi occhi c'è una luce nuova, diversa, forse dovuta all'euforia di averla scampata per un soffio. Clayton ha sempre creduto che Cassie rappresentasse la sua rovina. Per colpa di Cassie, Clayton ha rischiato di finire sbattuto in prigione, ha rischiato di farsi incastrare. Per colpa di Cassie, Clayton si sente come privato della propria libertà, e non c'è niente che lui brami di più della libertà, che è, nell'insieme delle cose immorali, la più immorale di tutte. Ma ormai per lui è troppo tardi. Le poche volte che Clayton poggia la testa sul cuscino e gli capita di sognare, gli appare lei, con le sembianze di un mostro, una silfide di ghiaccio. Nei suoi sogni, Cassie lo sottopone alle torture peggiori: lo affoga lentamente, gli incendia il cuore nel petto, lo acceca. In altri sogni, è Clayton a darle la caccia. La insegue e la cattura sempre. La sbatte per terra e le afferra il collo con le mani, la strangola, con il cuore che trabocca di vendetta. E lei non lotta. Nei sogni di Clayton, Cassie si lascia fare qualunque cosa da lui. Lascia che le zanne da lupo di Clayton, le sue labbra roventi, sprofondino nell'incavo del suo collo, ed è a quel punto che Clayton prova la più terrificante sensazione di sconfitta di sempre. Una sconfitta che gli buca il petto. Ma stanotte è diverso, stanotte quella sconfitta diventa una vittoria, e anche lui deve ricredersi... Molto ironica, la vita. Se noi non avessimo rubato la valigetta a casa di Roman, se quella sera non fossimo andati a villa Lancaster, a quest'ora saremmo tutti morti. In un certo senso, Cassie ci ha appena salvato tutti quanti, e in fondo al cuore Clayton gliene sarà sempre un po' debitore.

137

Cassie

Sono seduta sulla fontana che si trova nel giardino della villa di Roman, i piedi nudi dentro l'acqua fredda. Ho la chat del gruppo delle mie migliori amiche aperta sulla conversazione che abbiamo avuto prima.

Bea: Vi devo confessare una cosa, ragazze. Stasera andrò a teatro! Indovinate con chi? Già, con Mackenzie. Assurdo, vero? Ha comprato due biglietti per *Il lago dei cigni*!

Arya: Ma è fantastico, Bea! Io sto uscendo, ragazze, devo risolvere una cosa con Ryan.

Io: Raccontaci poi come va!

Arya: Assolutamente! Scappo adesso, ci sentiamo più tardi.

C'è un silenzio di quaranta minuti.

Bea: Mackenzie è in ritardo! Siamo in ritardo! Lo spettacolo starà per cominciare!

Io: Arriverà, non essere ansiosa.

Bea: Arya, che fine hai fatto? Che fine avete fatto tutti quanti?

Passa altro tempo…

Io: Tyler è arrivato?

Bea: No.

Io: Non puoi andarci da sola? O se vuoi posso accompagnarti io!

Bea: Mi è passata la voglia.

Io: Fammi sapere, intanto che ti decidi io per sicurezza mi vesto ed esco. Passerò un po' di tempo nel giardino di Roman a raccogliere i fiori.

Ed eccomi qui. Osservo la sagoma sghemba e tremolante della luna che si riflette sull'acqua. Il vestito che ho addosso, lo Chanel commissionato su misura per me da Roman, è immerso nell'acqua, nella turbolenza superficiale, dovuta al movimento frenetico delle mie caviglie. Sono vestita con il vestito più prezioso che ho nell'armadio e sono seduta su una grande fontana di marmo circolare, avvolta da alghe e muschio, con dei delfini che sputano acqua, consapevole che ormai non dovrò andare a teatro con Bea. Ma sono rimasta lo stesso qui fuori, perché sto aspettando che un cavaliere senza macchia e senza paura con un'armatura d'argento, in sella al suo cavallo bianco, mi salvi. Rido tra me e me, al pensiero di questa fantasticheria romantica, alzando lo sguardo prima verso la notte puntellata di stelle, poi verso la villa di Roman. Da qui si intravede la finestra della camera degli ospiti in cui dormo. Sono sgattaiolata via da lì come una fuggitiva, sono corsa sul prato a piedi scalzi, ho attraversato i ciliegi e ho raggiunto la fontana zampillante d'acqua lucente come il cristallo. Ero alla ricerca della pace, visto che oggi è stata una giornata orrenda. Volevo solo starmene un po' all'aria aperta, avvolta nel silenzio notturno. Ascoltare il dolce suono di questa musica d'acqua è riconciliante, mi tranquillizza. A volte penso che dovrei essere, o fare, chissà che cosa nella mia vita. La società è complicata in modo insostenibile, con i suoi miliardi di voci, con le pretese di ciascuno di avere una vita intensa e meravigliosa, unica… ma nessuna lo è davvero. Soprattutto io, che potrei perfino annegarci nella mia irrilevanza. Guardo il vestito che ho addosso. L'abito sembra costituito da fili d'argento intrecciati che scintillano come un ruscello che si snoda nella neve. Sembra fatto dello stesso tessuto pregiato con cui è avvolta la luna.

Avverto dei passi alle mie spalle che frusciano nell'erba. Mi giro e la vedo. Una figura statuaria, che si staglia imponente sotto un ciliegio. La sua pelle bianca riluce. I capelli sono fitti, una selva scura, scombinati e mossi come se il vento ci soffiasse sempre in mezzo, neri come l'ala di un corvo, come il peccato, come una sbavatura d'inchiostro. Non ho più fiato in corpo. No, non posso farmi stregare da lui in questo modo. Prima mi attacca il telefono in faccia, e poi si presenta qui… Che vuole? Sta diventando una pessima abitudine, per lui, venire a villa Lancaster senza alcun invito. E se Roman lo scoprisse? Se scoprisse che c'è un ragazzo, un ladro, un bugiardo, un assassino, che ha l'abitudine di farmi visita, di notte, dentro la sua proprietà? Lo caccerebbe. E caccerebbe perfino me: non mi stupirebbe se l'obiettivo di Clayton fosse questo. Mi costringo a parlare, mal celando l'astio.

«Ciao, Clayton».

«*Cenerentola*». Sorride e sembra perfino cordiale e di buon umore. Non ha un briciolo di remora, non ha un briciolo di tentennamento.

«Sei così silenzioso: mi hai messo paura», dico. «Non dovresti essere qui».

Non dice niente e anche il suo silenzio è risoluto.

«La situazione non è cambiata», chiarisco. «Non posso fare nulla per aiutarti, o per aiutare tuo fratello». In questo mondo, neanche Clayton Mackenzie può ottenere ogni cosa che vuole con uno schiocco di dita, e questo mi rincuora.

«Lo so che tua madre non cambierà idea».

«E allora perché...?».
Sguscia dall'ombra e avanza, come se stesse camminando su una nube rarefatta di perfezione assoluta.
«"Tutti i desideri che cerchiamo di soffocare covano nel nostro animo e lo avvelenano. L'unico modo per liberarsi di una tentazione è cedervi"», recita, e sorride vagamente.
Sta parlando in codice, come suo solito? Ma lui non è il tipo che sorride a vanvera, né il tipo che viene qui senza un secondo fine. Quindi, cos'è che vuole davvero?
«Chi lo disse? Oscar Wilde?». Credo di ricordare, ma non ne sono sicura.
«Sì». Si avvicina implacabile, con le mani nelle tasche, e l'unica cosa che riesco a pensare guardandolo è che la sua bellezza è davvero ingiusta. Studia curioso i miei piedi immersi nell'acqua. «Posso farti una domanda?», chiede pensieroso.
«Okay», acconsento.
«Stai cercando sul fondale una monetina portafortuna, o che altro?». Nasconde un sorrisetto beffeggiatore. Clayton poggia una mano aperta sull'acqua scura come a placarla, poi si siede accanto a me; la sua stazza enorme incombe su di me e mi procura intensi brividi di freddo. C'è un momento in cui udiamo solo lo sciabordio della fontana, e nient'altro.
«Posso fartela io, una domanda?», gli chiedo, e il suo sguardo scivola sulle mie braccia, sui miei lividi e sui miei graffi. «Una domanda seria, però».
«Sì», dice, e mi sorride.
«Cosa succederà *adesso* a mia madre e a Paul?», chiedo con tono sottile.
L'ultima volta che ci siamo visti, ha promesso che non sarebbe successo niente, ma sappiamo tutti quanto valgono le sue promesse.
«Non lo so», risponde infatti.
«Non ti va, per una volta, di comportarti come una brava persona?».
Ci sono talmente tante cose irrisolte tra noi, che anche solo una semplice richiesta di questo tipo appare come un'accusa, o quantomeno come una forte provocazione. Il genere di provocazione che sembra entusiasmarlo.
«Non sono una brava persona, ma mi ritengo *giusto*», replica con un sorriso sornione. «Non sfrutto le prostitute e non uccido i bambini».
«Alan McLean era un innocente».
È la prima volta che ne parliamo apertamente in toni tranquilli, e il suo sguardo nero diventa insidioso, ma poi mi osserva con divertita diffidenza.
«Nella vita non esistono gli innocenti», dice, e si toglie le scarpe. «Esistono solo i truffatori. Gli innocenti sono solo dei truffatori che non si sono ancora fatti beccare».
«Non tutte le persone sono come te», ribatto.
Anche lui immerge i piedi nell'acqua.

«E per quanto riguarda il tuo patrigno, Cassie, ho fatto quello che era giusto. Francamente, l'unico gesto generoso che mi sentirei di fare nei confronti di uno del genere è regalargli un po' di corda per impiccarsi».

«Tu non sei cattivo», sussurro.

«Qui ti sbagli», replica duramente.

«Sbaglio spesso», ammetto. «Soprattutto quando si tratta di te... Ma mi sbaglio *anche* se credo che questa volta potrai comportarti *come* una brava persona?».

Si tasta i pantaloni, afferra un pacchetto di sigarette e se ne accende una, la fiamma dell'accendino gli illumina il viso e le labbra.

«Ho un'altra domanda per te», dice con voce rauca. «Sei pronta?». Schiude le labbra e il fumo lo avvolge.

«Sentiamo».

«Perché ti fai del male?», chiede in tono severo, con lo sguardo puntato sulle mie braccia. «Perché vuoi darla vinta a *loro*, Cassie?»

«Loro?», ripeto.

«La tua famiglia», specifica.

Una sensazione di malessere serpeggia dentro di me e si attorciglia in una spirale d'ansia. «Non tutto, nella vita, è una lotta, Clayton», ribatto.

«Invece sì», sussurra con compiaciuta rivendicazione. «E se non combatti, finirai per farti schiacciare».

«Ci sono battaglie che non si possono vincere», spiego.

Lui ride e, in bocca a qualcun altro, questa risata non sarebbe così crudele come appare su di lui.

«Ciò non significa che puoi considerarti esonerata dal lottare», replica.

«Combattere pur sapendo che perderai», commento amaramente, «si chiama autodistruzione».

«E dimmi, sono curioso, Cenerentola, come lo chiami il dichiararsi sconfitti in partenza?». Aggrotta la fronte. «Io, per essere gentile, lo definirei passività».

«Non prendiamoci in giro, tu non sei affatto gentile», taglio corto.

Il sorriso gli illumina il volto. «Hai ragione». Clayton si lecca le labbra. «Se fossi *gentile*, probabilmente, non farei questo». Si avvicina a me, la sua voce si insinua nel mio orecchio. Mi si blocca il respiro quando la sua mano grande e calda si poggia sulla curva del mio fianco. E mi spinge giù.

Cado nell'acqua gelida che mi toglie il fiato. Gli schizzi del mio tuffo gli bagnano la maglietta. Se la toglie e rimane a petto nudo. Il suo petto è così definito da sembrare intagliato nell'acciaio.

«Tu... sei davvero...!», lo rimprovero a bocca aperta, scuotendo la testa.

«Coraggio, dillo pure», mi provoca, con una scintilla di trionfo negli occhi. «Non mi offendo».

«Sei davvero...», riprovo, e sento la rabbia crescere dentro di me. «... una grande testa di cazzo!», dico con più rancore di quanto io non voglia metterci, e lui sorride mollemente, compiaciuto. «Sei un bugiardo», aggiungo.

«Perché sarei un bugiardo?», chiede.

«Potevi risparmiartele le cose che mi hai detto», gli faccio notare, ormai furibonda. «"Il tuo vuoto che si incastra con il mio" e tutte le altre sciocchezze. Il tuo unico scopo era solo che io parlassi a mia madre e basta! Non ti importa di me! Non ti importa della mia famiglia! Non fai altro che usarmi».

«*Non* ti ho usata».

«Sei bugiardo!», strillo di nuovo.

«Sii prudente con le parole, Cassie», dice.

«Non dirmi ciò che devo fare!», esclamo adirata.

Lì seduto, nella sua primitiva eleganza, Clayton mi guarda dall'alto in basso, aspirando boccate di fumo che poi svaniscono nell'aria proprio come farà la sua presenza, che è cenere, tenebre e ombra. Osserva il mio vestito che si è aperto al centro della fontana come una grande ninfea. Rimaniamo fermi a fissarci. Immobili. Come al centro di un grande cerchio d'energia. Resto imbambolata a ripensare alle parole che gli ho rivolto e che sono sicura che si meriti. Poi si immerge anche lui dentro la fontana. La sua stazza corpulenta non teme il freddo. Continua a fumare tranquillo la sua sigaretta, le braccia aperte sui bordi della fontana, le palpebre socchiuse quanto basta per permettere che il suo sguardo rovente si imprima sul mio corpo.

«Dimmi che mi odi», ordina.

«Cosa?», dico avvicinandomi a lui, con una risata un po' tesa.

Clayton abbassa le lunghe ciglia nere su cui sono imperlati cristalli di luce, il suo mento si muove fluido verso di me. Mi guarda. Anzi, mi trafigge con i suoi occhi scuri e morbosi. Schiude le labbra e io mi sento mancare.

«Dimmi che mi odi», ripete, mentre mi avvicino a lui ancora di più.

Il suo corpo è illuminato dalla luce della luna che si riflette sull'increspatura dell'acqua.

«Ti odio, ti odio, ti odio». E glielo ripeto quasi sulle labbra. «Ti odio profondamente».

«Sul serio, Cenerentola?», chiede con una punta di soddisfazione che non riesce a nascondere.

«Mai stata così seria», ammetto.

«Come mi odi?».

Quando i nostri sguardi si intrecciano, si insinua in me un dubbio, un timore, il soggiogante presentimento di essere completamente assuefatta alla sua presenza. Non riesco neanche a ricordare quando ho smesso di avere paura di lui.

«Da non respirare. E tu mi odi?»

«Sì», dice. «Così tanto che non riesco a pensare a nient'altro».

All'improvviso non ho più freddo. Il vento intorno a noi cessa di respirare, e io mi sento molto accaldata. Le mie dita cadono sul suo collo sinuoso, glielo accarezzo, procurandogli piccoli brividi. Si sta lasciando sfiorare, il che è una sorpresa. Però mi fissa il polso come se fosse pronto ad afferrarlo da un momento all'altro, se le cose dovessero mettersi male. Qualsiasi cosa stanotte abbia portato Clayton Mackenzie qui da me deve essere un vero miracolo.

«Cassie», sussurra mentre faccio scorrere le dita fino alle sue clavicole. «Non sai in che guaio ti stai cacciando».

«O forse», replico con il viso in fiamme, «lo so, e non me ne importa».

Un paio di ciocche nere e bagnate gli occultano lo sguardo, rendendolo ancora più freddo ed enigmatico.

«Sai», dice Clayton, «farsi del male per camuffare il proprio dolore è un anestetico molto potente... Ma fare del male agli altri è altrettanto efficace».

«A chi mai potrei fare del male?», chiedo.

«A me», risponde con semplicità. «Hai detto che ti ho usata solo per salvaguardare mio fratello», spiega. «Ora *usami* tu».

«Che?»

«Sfoga sul mio corpo ciò che faresti al tuo. Che cosa usi per farti del male? Un coltello? Un paio di forbici?». La sua voce è fredda e scivolosa come il marmo. «Non ti preoccupare, ho una soglia del dolore molto alta».

«Non dici sul serio». Ridacchio, a disagio.

«Tu provaci», suggerisce. «Potresti rimanere sorpresa nello scoprire *quanto* sia soddisfacente».

Clayton, di certo, non può parlare sul serio. È un calcolatore, un bugiardo. Questo potrebbe essere un altro suo bluff. Tutto questo è una prova, una sfida, uno dei suoi soliti giochi in cui non ci sono limiti, né morale. Gli piace divertirsi. Gli piace oltrepassare le mie barriere, spingermi oltre ciò che è normalmente concesso fare. Dimostrarmi che di me può fare ciò che vuole.

«Che cos'è che usi per farti del male?», chiede di nuovo. «Qualsiasi cosa sia, valla a prendere. Ti aspetterò qui».

«Clayton...».

«Ti sto servendo la tua vendetta su un piatto d'argento», dice. «Se non la raccogli, sei davvero stupida».

«Se mi metti un coltello in pugno», lo avverto, «potrei diventare pericolosa».

Ride sommessamente. «Non hai bisogno di un coltello per quello, Cassie», dichiara. Getta la sigaretta in mezzo al prato e torna a fissarmi cupo.

«Non stasera», dico categorica. «Stasera non voglio giocare».

«Io e te giochiamo sempre», afferma con voce profonda, ma anche con sguardo fosco, instillante e folle. «Non lo dimenticare».

«Che vuoi dire?»

«Non sono nato per farti del bene». Una consapevolezza ferrea gli ottenebra le iridi. «Non ti tratterò mai come meriti». Si alza e avanza verso di me, costringendomi a indietreggiare. Il suo petto emerge dalla fontana, grondando acqua, robusto e muscoloso come quello di un tritone.

«Allora perché sei qui?». Mi sembra una domanda intelligente da porre, ma appena lui mi risponde mi sento un po' sciocca.

«Perché sono un egoista», replica, mentre la fontana ci scroscia attorno e il chiarore dell'acqua accentua i suoi caratteri scuri. «Quando ti ho detto che mi ritengo giusto, ho mentito. Non esiste giustizia in ciò che faccio e che penso. Ma questo tu già lo sai».

Deglutisco a fatica. «Hai un'idea sbagliata di te stesso», lo smentisco, anche se una parte di me non può fare a meno di essere d'accordo con ciò che ha detto. Però, in effetti, immersa nell'acqua insieme a lui, mi sento stranamente tranquilla, come mai mi sono sentita prima di stasera. Lui vorrà forse farmi del male, ma anche del bene. Male e bene contemporaneamente.

Clayton alza gli occhi verso la finestra della stanza in cui alloggio. «Con lui, con Roman…». Fa una pausa. «…non sta succedendo quello che sta succedendo tra noi, vero?»

«Che cosa sta succedendo tra noi?», gli chiedo provocatoria.

Sorride, perché il mio tono ironico è fin troppo evidente: ma prende di buon grado l'insuccesso, e riformula. Si avvicina, lentamente, così lentamente che il mio cuore prende a battere come un forsennato. Mi afferra i fianchi, le sue mani sono delicatissime e la mia gamba si scontra sulla sua coscia.

«Apriresti le gambe, *per favore*?», domanda.

Mi gira la testa, le sue parole si insinuano nella mia mente e io gli obbedisco. Il mio vestito lo avvolge. Si appropria dei miei glutei e mi spinge contro di sé, dopodiché mi tiene stretta solo con una mano, dato che l'altra la tiene poggiata sul marmo al centro della fontana. Ammiro il suo petto tornito e mi sento investita da una scarica di piacere sovrumana. La mia intimità aderisce completamente alla sua gamba, e il clitoride pulsa mentre viene stuzzicato dal suo quadricipite. Il suo respiro si fa affannoso, e preme le mani nel punto in cui le cosce incontrano i fianchi. Sento, attraverso i suoi pantaloni, la sua erezione spingermi tra le gambe mentre il calore si accumula nell'inguine.

Mi rendo conto all'improvviso che, quando siamo vicini, mi sento meno sola. Ed è una bella sensazione non sentirsi sola. Abbassa la testa verso il mio orecchio e una ciocca bagnata dei suoi capelli mi sfiora la guancia accaldata.

«Ecco che succede tra di noi», mormora. «È così anche con lui?».

Ho la mente annebbiata e il corpo che non risponde ai miei comandi.

«Qualsiasi cosa faccia con lui», replico, annaspando in tutte queste emozioni, «non ti riguarda».

Trattiene il respiro per un attimo, poi butta fuori l'aria con calma. «Mi *riguarda*, visto che è al mio cazzo che pensi, mentre sei in *quel* letto». Osserva di nuovo la finestra. «Nuda, calda, bagnata e sola».

Questa schiettezza, così inaspettata, mi fa avvampare. Per fortuna le sue labbra sono vicine al mio orecchio e i nostri sguardi non possono incrociarsi. Ma il fatto che lui nonostante tutto evita di concedersi a me è una forma avanzata di tortura. Però, mi dico, più si concede ora, più farà male quando inevitabilmente questa serata finirà.

«E tu continui a *non* pensarmi, giusto?», lo schernisco. «Credi che io sia troppo pura per uno come te?»

«Forse», conviene.

«Il fatto che io sia vergine, il fatto che non abbia mai dato neanche un bacio, non significa che...».

«Non hai mai dato un bacio?», ripete.

Deglutisco faticosamente. «No». Mi pento di questa confessione all'istante. «E tu?», gli chiedo per focalizzare le attenzioni su di lui.

Lui ride, e la sua risata di tenera e vaga presa in giro mi entra nell'orecchio. «Ho fatto molto più che dare un bacio», dice, e sento le sue mani stringere di più i miei glutei.

«Ridi di me?», chiedo.

«No», dice lui, ma ha ancora le fossette sulle guance. «Anche se tu sei vergine, o non hai mai dato un bacio, questo non significa che...». Scuote il capo e accosta il suo viso al mio. «Non importa», dichiara.

«Cosa?», domando.

«Se mi dai il permesso di pensarti», mormora con voce roca, «non credo che continuerei a considerarti così pura».

Mi aggrappo alla sua schiena, mentre lui si spinge ancora un po' di più contro di me.

«Allora, ho il tuo permesso?», chiede, e ho le guance in fiamme.

L'emozione mi impedisce di fermare il tremore, ma mi concedo una sottile risata. «Sì», dico timidamente. «Hai il permesso di pensarmi».

E la sottile musica d'acqua che ci avvolge diventa sempre più intensa.

138

Arya

Non credo che riuscirò a dormire, questa notte. Guardo i palazzi che si stagliano nel cielo buio, attraverso la finestra resa opaca dai miei respiri. Seduta sull'ultimo divanetto imbottito del mio bar, il posto di solito occupato da Ryan, non riesco a fare a meno di ripensare a questa notte e riviverne ogni frammento tragico. Gli scagnozzi dei Lombardo mi hanno puntato un coltello alla gola, e mi hanno ferita alla guancia: il dolore è stato accecante e immediato; poi ho sentito la pelle attorno alla lesione gonfiarsi, ma in quel momento riuscivo solo a concentrarmi su Ryan. Non pensavo alla mia incolumità, pensavo alla *sua*. Lui, che ha sfidato a viso aperto il criminale più pericoloso del quartiere, raccontando balle spudoratamente. Lui che ha ucciso, mentito, e si è esposto. Per la prima volta, ho visto con i miei stessi occhi l'uomo bellissimo, ma senza scrupoli, che Ryan è diventato, e in cui lentamente si sta trasformando sempre di più, uno splendido sconosciuto che non ha più niente a che vedere con il ragazzino che conoscevo. Eppure, quando poi mi sono ritrovata tra le sue braccia, ho avvertito il calore e l'intensità del suo corpo precipitarmi addosso e una valanga di emozioni mi ha riempita, stordita, abbagliata... Come se fossi tornata in me stessa. E ho capito che il mio Ryan era lì, nascosto da qualche parte, sotto strati e strati di privazioni. Ryan era lì, sepolto sotto la sua incostanza. Lui era lì, a ricordarmi in silenzio tutto il tempo, di tutti *gli anni*, che ho passato ad aspettarlo. Anni in cui ho sfogliato l'album di fotografie di quando ero piccola, soltanto per ritrovare quelle in cui ero insieme a lui e ai suoi fratelli, in posti felici e in giorni felici. Anni in cui ritornavo nel campetto da basket malridotto dove passavamo intere giornate quando eravamo ragazzini, soltanto nella speranza di rivedere lui e i suoi fratelli. Anni in cui lo osservavo entrare in questo bar in silenzio, egemonico, con i suoi occhi verdi, splendenti e inquisitori che scrutavano ogni minimo mio movimento. Anni in cui ho sperato che lui mi parlasse ma lui non lo faceva; anni in cui invece mi sono convinta che mi odiasse, e forse potrebbe anche essere così, ma... non riesco a dimenticare tutte le cose che lui e la sua famiglia, malgrado tutto, mi hanno insegnato. Stanotte ho capito che non l'avrei lasciato lì da solo in quella sala scommesse, ad affrontare questa battaglia in solitudine. L'amore che Ryan prova per i suoi fratelli è un fardello che non potrà mai portare tutto da solo e di cui non si potrà mai liberare, e io non voglio restare qui senza fare nulla mentre si distrugge. La mia capacità di restare a guardare la sua sofferenza senza fare niente è decisamente scarsa. È chiaro, ormai, che *non* posso fare a meno di lui. Non ho *mai* potuto fare a meno di lui. Non posso fare a meno del mio migliore amico, del ragazzo a cui sono così profondamente legata, anche se mi ha delusa molte volte, e non ha esitato a lasciarmi quando c'era da scegliere tra me e la sua famiglia. Lui non mi fa stare bene, lui mi ha abbandonata nel momento in cui ero più fragile; lui mi volta le spalle e poi ritorna quando vuole, proprio quando credo di essermi dimenticata di lui. Ritorna per mettermi in pericolo, per scombussolarmi completamente... No, lui non mi fa stare bene. Ma allora *perché* lo voglio lo stesso nella mia vita? Perché l'idea di lasciarlo andare definitivamente fa così male? La verità è che io non l'ho mai lasciato andare. E dopo questa notte, ho capito che... lotterei a fianco a lui, sempre e comunque. Anche se lui non mi vuole accanto a sé. Lotterei con lui, perché nessuno dovrebbe sfidare da solo il mondo intero, non è giusto: e io sono stata addestrata dai Mackenzie stessi a combattere, quindi saprei sostenerlo. Io e Ryan in questo siamo simili: vivere la vita come se fosse una missione. Quasi mi scende una lacrima, che però cerco di trattenere, e sorrido alla finestra. Questa è ufficialmente una delle notti peggiori che io abbia mai vissuto, perché mi sento irrequieta e agitata, mentre guardo il panorama fuori dal mio bar. La vita, da qua dentro, sembra più sicura...

Ma lì fuori c'è un mondo reale e minaccioso, un mondo che non risparmia nessuno, e da stanotte mi è chiaro: *noi* Dead Rabbits ci siamo dentro fino al collo. Un rumore improvviso mi distrae. La porta del bar si spalanca, ed entra una folata di vento fredda: mi asciugo al volo le lacrime, poi mi irrigidisco all'istante.

«Ryan», mormoro.

Ho la brutta abitudine di non chiudere mai a chiave la porta, sperando sempre che lui entri da un momento all'altro, che mi faccia visita nelle ore più improbabili della giornata, e ora infatti è qui. La sua figura buia, imponente, varca l'uscio. A risplendere ci sono solo un paio di occhi verdi come vegetazione rigogliosa, ma il suo viso è duro come la roccia. Indossa gli stessi vestiti che aveva durante lo scontro nella sala scommese, e il fatto che lui ora sia qui, davanti a me, senza un'apparente ragione, mi fa scoppiare il cuore nel petto.

«Perché...?», inizio a chiedere senza voce. *Perché sei qui? Non devo farmi illusioni.* Ma è difficile: dopo tutto quello che è successo, lui ora è qui, *da me*, e io non riesco ancora a realizzarlo.

«Arya», dice lui.

Non so se alzarmi o rimanere qui seduta, con il cuore nel petto in procinto di esplodere, mentre lui avanza con ampie falcate per poi fermarsi, proprio dove un bagliore di luce gli illumina i tratti delicati.

«Ti ho spaventata?», chiede un po' preoccupato con il suo timbro maschile e profondo. «Come mai non sei di sopra?»

«Io, ehm…».

«Non volevo spaventarti», dice duro.

«Non mi hai…». Scuoto la testa, mordendomi il labbro, mi sa che ho gli occhi lucidi. «No. Non mi hai spaventata», dico cercando di riprendermi.

Muove un passo in avanti, con un portamento valoroso e distinto. La mia reazione naturale è quella di sobbalzare.

«Non vuoi che mi avvicini», dice, capendo quanto una parte di me sia intimorita da tutto quello che sta accadendo, e lui sussulta e strabuzza gli occhi, come se avesse appena ricevuto uno schiaffo. La parte peggiore è non riuscire ad articolare mezza parola in questo momento.

"Ryan, *io voglio* che ti avvicini, invece", vorrei urlargli. Ma è un pensiero che non riesco a esprimere ad alta voce.

«Perché sei qui, Ryan?»

«Non riuscivo a dormire, sapendo cosa ti è successo stanotte, per colpa mia», spiega con tranquillità.

«Non è colpa tua».

«Oh, sì».

«Niente di ciò che è accaduto stanotte è colpa tua», dico con voce rotta. «Levatelo dalla testa. Non. È. Colpa. Tua».

«Invece sì», ribatte prontamente, stringendo i pugni. Ha l'aria di uno che picchierebbe il muro fino a frantumarsi tutte le ossa delle dita. «Quella che non ha colpe sei tu, Arya. Se solo non ti avessi detto di venire da noi, al Lion's, stasera…».

«Ryan, basta».

«Quello che faccio per proteggerti non sembra mai essere abbastanza».

Si sente in colpa per ciò che mi è successo. Si sente in colpa perché mi hanno puntato un coltello alla gola. Si sente in colpa perché stavamo quasi per morire. È venuto qui perché gli faccio pena? Ryan si colpevolizza sempre, ogni volta, anche se non dovrebbe. Si passa una mano sulla fronte, massaggiandosi le tempie, e inizia a tremare leggermente, come se il suo cervello stesse producendo immagini insopportabili.

«Se ne sono andati», dico deglutendo. «I Lombardo se ne sono andati. Stai tranquillo».

Ryan è bello in un modo sfiancante, anche adesso che è stanco e ridotto uno straccio, anche adesso che soffre in silenzio e cerca di essere freddo e schivo nei miei confronti. Mi studia attentamente e io ricambio il suo sguardo.

«Non è per *me* che non riesco a stare tranquillo», dice. «Ma per *te*».

Aspetto che prosegua.

«Non voglio che tu soffra ancora, Arya. Non voglio che tu abbia ulteriori ricordi terribili da aggiungere alla tua numerosa lista, pronti a perseguitarti non appena poggi la testa sul cuscino».

«Non è successo niente, okay?»

«Non riesco a lasciarti sola stanotte, Arya, è per questo che sono qui».

«Io sto bene», mento, e lui emette una risata spezzata.

«No che non stai bene!», esclama con disappunto. «E se *io* non fossi lo stronzo che sono, non avresti neanche bisogno di mentirmi su come ti senti!». Sembra fuori di sé, ma sta facendo uno sforzo enorme per gestirsi, lo capisco dai muscoli contratti e tesi del suo volto. «Devi farmi una promessa, Arya», continua lui. «Non devi *mai* lasciare la porta del bar aperta», ringhia sottovoce, sofferente, e lancia un'occhiata alle sue spalle, da dove proviene il vento.

«Io…».

«*Mai*», taglia corto asciutto.

Il suo tono un po' mi impaurisce, e così mi affretto a rispondere. «Se non avessi lasciato aperto… non saresti potuto entrare», gli faccio notare e lui si massaggia la faccia con fare agitato, un po' scioccato dalla mia risposta.

«L'hai lasciata aperta per me?», domanda aggrottando la fronte.

«Sì», ammetto con tono sconfitto, tanto è inutile far finta che non sia così.

Ryan respira a fondo, come per tranquillizzarsi.

«Sono tornato qui, perché volevo assicurarmi che tu e tuo padre foste al sicuro», spiega tornando in sé, ma con ancora i pugni chiusi e uno sguardo livido.

«Io e mio padre siamo al sicuro, come vedi».

«Rimarrò qui per tutto il tempo che serve, te lo prometto: non hai nulla da temere, non correrai più pericoli per questa notte». I suoi occhi esprimono un giuramento, un giuramento che sembra fare più a sé stesso che a me, e seguono veloci le scale. «Vai a riposarti, credo che tu ne abbia bisogno», aggiunge con tono dispotico.

No. Non ho bisogno di riposarmi, Ryan. Io ho bisogno di te.

«Non ho sonno», ribatto.

«Rimarrò qui fino all'alba», dice come se non avessi parlato. «Nessuno ti farà del male nelle prossime ore, Arya, finché ci sono io nei paraggi. Tu vatti a riposare. Questa notte non ti accadrà più nulla».

Manca poco al sorgere del sole…

«Che farai fino all'alba?».

Ed è a questo punto che mi accorgo dell'album da disegno che fa scivolare su un tavolino. Giusto: le vecchie abitudini non si perdono mai e, mio malgrado, sorrido.

«Mi terrò occupato», dice, e sulle sue labbra spunta un sorriso amaro. «Ho dei disegni da finire per un esame all'accademia». *Okay, d'accordo.*

«Arya, ti prego, va' di sopra», intima, guardando di nuovo le scale, e io mi sento morire, mentre rimango seduta con le mani artigliate al divanetto.

Mi sta dando ordini dentro casa mia? Mi sta dando ordini proprio come qualche ora fa di fronte ai suoi fratelli e ai Lombardo, quando mi pregava di uscire dalla sala scommesse? Eppure, mi sembrava di averglielo fatto capire chiaramente…

«Resterò qui, Ryan», ribatto con tono morbido ma risoluto. «Resterò qui con te».

Resta con me anche tu. Ti prego. Non chiedo altro.

«Arya».

«Lo sai?», dico sorridendo e scrollando la testa, e i capelli mi coprono gli occhi. «Per un attimo, questa mattina, avevo sperato che…», sussurro, ma a un certo punto mi blocco, mi si mozza il fiato. L'idea di averlo perduto per sempre, lui, il mio migliore amico, la sola persona alla quale avevo affidato i miei segreti, mi riesce piuttosto penosa e non riesco a sopportarla.

Lui mi guarda, a tre metri di distanza, aspettando che io continui con il mio discorso. È arrivato il momento di parlare, e di dirci tutto, dirci ogni cosa, onestamente: eppure adesso le parole mi sembrano superflue.

«Che cosa? Che cosa avevi sperato?», chiede.

Avevo sperato che mi baciasse. Quando mi ha strattonata per scansarmi dal marciapiede. Ho letto terrore puro nei suoi occhi.

«Niente», farfuglio. «Però mi chiedevo… di cosa volevi parlarmi questa mattina?», provo a chiedere timidamente. «Sembrava urgente».

Lui esita ancora, per l'ennesima volta. «Nulla di importante», dice sbrigativo, e il mio cuore affonda nel petto, pesante come un macigno.

Non riesco a sopportare più questi silenzi. Non riesco a sopportare più che lui non si voglia concedere a me. Se questa volta lui non mi parla…

«Ryan», lo esorto, osservando i suoi occhi torbidi, e un senso di inadeguatezza mi assale.

Ci risiamo? Punto e a capo? Sul serio? Questo è un cerchio che non finirà mai, a quanto sembra… Ma allora che senso hanno avuto le peonie che ho trovato in camera mia, con il bigliettino scritto di suo pugno "Questo sarà per sempre"? Che senso ha avuto il fatto che la notte scorsa ha passato tutto il tempo seduto sul marciapiede di fronte al mio bar, pur di vedermi questa mattina?

«Ti prego, Ryan, dimmi qualcosa», lo supplico.

Serra la mandibola e mi fissa implacabile. «Sei incazzata con me, Arya?». Sta superando il confine che gli ho interiormente imposto per salvaguardare il mio briciolo di salute mentale rimasta. *Parla, Arya, mio Dio, digli quello che provi...* Vorrei dirgli che ho sofferto così tanto, ma proprio *così tanto*, che a un certo punto ho creduto di essere stata abbandonata da tutti. Da mia madre. Da mio padre. E, infine, da lui. E purtroppo una parte di me si è sentita *stanca* anche solo per cercare di riprendersi, di riprovarci, di ripartire. Un'altra parte di me, d'altro canto, è diventata apatica, egoista, disumana e sola, perché adesso non mi emoziona o sorprende *quasi* più niente. Quasi, appunto.

«*Sì, sono incazzata con te*», dico a denti stretti. «Parecchio incazzata, in effetti». Per non avermi mai dato spiegazioni. Per avermi abbandonata. Per tutto il vuoto che ha lasciato nella mia vita.

«Lo sento quanto sei *incazzata* con me», sussurra. «Ma voglio sentirlo fino in *fondo*».

Lui mi guarda, mi scruta come se stessi cercando di attirarlo sempre più vicino a me, nell'oscurità. Compie un passo in avanti, e il pavimento sotto di me pare tremare.

«Odiami, Arya, ti prego. Odiami con tutta te stessa», dice con una voce tonante che mi fa rabbrividire. Un altro passo in avanti, e io mi sento mancare il respiro. Decido di alzarmi, ma non riesco ad allontanarmi. «Odiami. Perché posso prendermi *ogni cosa che voglio* da te», dice. «Odiami perché ogni volta che ti dimentichi chi sono, io torno a ricordartelo». E la sua presenza è così vicina che sento i brividi sulla pelle. La sua incostanza mi spaventa, mi fa perdere i punti di riferimento logici che nella vita mi sono serviti per sopravvivere. «Odiami perché ti ho lasciata sola, odiami perché ti ho ferita, perché ho permesso alle persone che amo di ferirti».

Ryan sta parlando come se anche lui avesse patito altrettanta sofferenza, come se non fosse stata poi del tutto una sua scelta quella di lasciarmi...

I miei occhi cominciano a riempirsi di lacrime. «Smettila, mio Dio, Ryan, io non...».

Ryan è di fronte a me, si è avvicinato lento e silenzioso come un gatto.

«Odiami perché non posso darti *niente* di ciò che mi chiedi», mormora. A questo punto, il suo sguardo si punta violento nel mio e vedo l'uomo che è diventato, l'uomo che mi fa paura, che non possiede un briciolo di umanità. Ma dura poco. Emette un respiro profondo, fremente. «Non posso darti il mondo perché il mondo ce l'ho adesso davanti agli occhi», dice. China la fronte sconfitto, appoggiandola alla mia, che scotta, come un forno bollente. Il mio cuore fa una capriola. «E non posso darti tutto me stesso, Arya», ammette, e il suo respiro caldo mi fa quasi perdere i sensi e mi brucia addosso. Forse è solo una mia impressione, ma le sue labbra si incurvano leggermente. «Perché un pezzo di me è *già* tuo».

Le lacrime mi scorrono copiose lungo il viso, e sento le ginocchia cedere. La gola comincia a chiudersi. Emetto un suono a metà tra riso, singulto e pianto. E poi Ryan mi bacia. Non ho le forze di respingerlo. Ma anche se avessi tutta la forza del mondo, non lo respingerei. Ryan mi bacia e io sono del tutto impreparata quando succede, sono del tutto impreparata quando le sue labbra si poggiano piano ma decise sulle mie. Dopo tutte le ore che ho passato a guardarlo parlare, ridere e incupirsi, o semplicemente a studiarlo quando disegnava nel mio bar, dovrei sapere tutto ciò che c'è da sapere sulle sue labbra. E, invece, sono così calde adesso premute sulle mie, sono così *buone*. Le sue mani, capaci di brandire una pistola e uccidere senza pietà, sono così dolci, forti e ben salde adesso che intrappolano il mio viso con facilità e mi trasmettono tutto l'ardore del suo corpo. Le sue dita si incastrano sul mio viso, mentre le sue labbra mi assaggiano. Hanno un sapore unico. Dal fondo della gola mi esce un suono indistinto, mentre appoggio le mani contro il suo petto e mi sento certamente indifesa, ma non in pericolo. Non penso a nient'altro se non alla dolce pressione delle labbra di Ryan contro le mie e al profumo di agrumi che emana la sua pelle, ai suoi respiri affannosi e al suo corpo che avvolge il mio. Non guarderò mai più le labbra di Ryan allo stesso modo, dopo stasera. Non le guarderò mai più senza pensare a quanto siano morbide, divoranti e magnetiche. E mi abbandono a questo bacio senza resistenza, senza alcuna voglia di oppormi; una parte di me è consapevole della grande debolezza che sto commettendo. Ryan, alla fine, si prende sempre ogni cosa che vuole da me. Ma non me ne importa. Sono ancora quella ragazzina che è disposta a dargli il mondo. Lo sono sempre stata, nonostante tutto. Mi aggrappo al suo collo, gli accarezzo la nuca, mi reggo a lui perché le mie gambe non mi sostengono più. Sentire le sue braccia forti attorno a me, il suo odore maschile così buono, le labbra schiudersi per riprendere il respiro, le sue mani che mi sorreggono il viso mi fa perdere la testa. Ryan cerca la mia lingua e la intreccia alla sua.

E ci ritroviamo, non so come, seduti sull'ultimo divanetto del bar, io cavalcioni su di lui. Ryan che mi afferra le cosce e mi spinge con foga contro la sua intimità gonfia e poderosa. Si sta lasciando andare con me, molto di più di quanto abbia mai fatto in vita sua, eppure ho come la sensazione che lui si stia ancora trattenendo. Voglio di più da lui, voglio sempre di più. Mi aggrappo delicatamente al suo collo e il suo sapore mi stordisce, mentre lui mi mordicchia il labbro inferiore, mi afferra i capelli con foga e la mia testa cade leggermente all'indietro. Se i bambini che una volta eravamo ci guardassero ora, che cosa direbbero? Quei bambini che correvano in bicicletta per le strade, che giocavano pomeriggi interi a basket, quei bambini che facevano le gare di velocità fino a rimanere senza fiato, quei bambini che delle volte si sedevano sulle altalene aspettando il tramonto, quei bambini che si guardavano sempre con meraviglia.

«Ryan», dico staccandomi dalle sue labbra e nascondendo il viso sul suo petto ampio e vigoroso. Sto così bene che all'improvviso una serie di dubbi immotivati e superficiali mi assale. Lui è stato sicuramente con altre donne prima di me, donne magari più brave, più grandi e più belle ed esperte di me. Non posso reggere il confronto con il suo passato, soprattutto ora che mi sto comportando come una bimbetta intimidita. «Ryan», biascico di nuovo, con il dubbio che non mi abbia sentita.

Mi accarezza piano la testa, arruffandomi i capelli, e sento i battiti del suo cuore molto accelerati. «Ehi, *piccolina*, dimmi».

Lui mi tiene talmente stretta a sé che non riesco a vederlo in viso, e passa davvero molto tempo prima che io riesca a sollevare il capo.

«Voglio passare la notte con te, Ryan», dico. «Non mi importa cosa succederà domani, voglio stare con te questa notte. *Sarà quel che sarà*».

La verità è che, anche se ora mi sento in paradiso, anche se non ho mai voluto nessun altro se non lui, dal primo momento, non posso mai prevedere come andranno le cose tra di noi... Anche se questo mi sembra un punto di svolta, per il mio benessere devo mettere in conto che le cose tra me e Ryan potrebbero cambiare drasticamente con il mattino, e non per mia volontà. *Sarà quel che sarà.* Lo vedo soffocare la delusione, mentre mi aggiusta i capelli e li scosta dal mio viso per guardarmi meglio.

«Non devi fare niente che non ti senti di fare», dice serio, e i suoi occhi peccaminosi mi stanno comunicando qualcosa. «So aspettare», aggiunge.

Sa aspettare? Ma perché aspettare? Non si torna indietro, arrivati a questo punto. È questo ciò che sta cercando di dirmi? Sostengo il suo sguardo mentre il mio petto si alza e si abbassa rapidamente. Vorrei abbandonarmi totalmente a lui, percepisco questo bisogno con una chiarezza di intenti mai avuta prima d'ora. Mai avuta con nessuno. E so che anche lui mi vuole con la stessa intensità, ora che sono seduta tra le sue gambe... perciò, non capisco perché trattenersi. Odio il fatto che lui si freni, non capisco perché debba farlo. Mi vede come qualcosa di innocente e fragile, pronto a spezzarsi come il cristallo? Voglio fargli capire che non è così.

«Non essere dolce con me», lo sprono sommessamente. «*Per favore*».

Mi afferra il sedere, tirandomi in avanti, tirandomi a sé con violenza, e sprofondo su di lui, incastrandomi sulla sua intimità. Un piacere doloroso mi pervade la pancia.

«Non vuoi che io sia dolce?», chiede con lentezza e mettendomi i brividi. Impugna di nuovo i miei capelli, mostrandomi quanto sa essere feroce e brutale, se lo vuole; mostrandomi che la dolcezza non gli appartiene neanche un po'. «Non vuoi che io sia delicato con te?», sussurra lentamente.

Posa le labbra sul mio collo, lo riempie di baci, poi fa scivolare le labbra lungo le mie clavicole. Le sue mani tirano i miei capelli con veemenza.

«È questo che vuoi...?», chiede tornando a guardarmi. I suoi respiri umidi lungo la curva del mio collo, i suoi sospiri roventi sulle mie labbra mi bruciano fin dentro i polmoni... Lui sta donando calore alla mia pelle, al mio cuore, che, per troppi anni, sono stati freddi come il marmo. «Stai attenta a quello che desideri, leonessa, perché poi una volta avanzata una richiesta non potrai tirarti indietro».

«Voglio solo che tu sia te stesso», affermo, decisa. E quando mi prende il volto tra le mani, mi guarda come se lui fosse Van Gogh e io la sua tela, come se fossi la sua arte.

«Sono già me stesso, non lo vedi?», ribatte lui.

«Che vuoi dire?»

«Voglio dire che sarei davvero lo stronzo che dici, se ci rinunciassi».

«A cosa?»

«Ad averti».

«Meglio così».

«E tu chi sei, Arya?».

Mi mordo il labbro. «Non la ragazza così per bene che tutti credono che io sia».

Le sue grandi mani calde si infilano nelle tasche dei miei jeans per farmi aderire alla sua intimità sempre più dura. «Nessuno, in effetti, sospetterebbe mai di due occhi azzurri così innocenti...».

Prendiamo forma nel buio, lentamente, in un limbo che non ci consente di tirarci indietro né di spingerci oltre.

139

Cassie

Mi infilo nel letto con il batticuore, con le punte dei capelli ancora umide per via del tuffo dentro la fontana che mi ha fatto fare Clayton. Non riesco a smettere di pensare a questa notte. Al corpo mastodontico di Clayton che riemergeva ogni tanto dall'acqua, ai suoi occhi magnetici che mi impedivano di guardare altro che non fosse lui, alle sue labbra rosse e illecite. Al modo possessivo con cui mi ha afferrato la coscia e mi ha sospinta contro di sé. Al suo profumo. Che sa di lui, e di lui soltanto, e non è paragonabile a nessun altro profumo al mondo, perché il suo è più intenso e capace di coprirli tutti. Intorno a noi la fontana zampillante di acqua lucente come un cristallo era come un sogno. Troppo splendente per essere reale. Mi nascondo la faccia con il lenzuolo, rossa di vergogna anche solo al pensiero della sua eccitazione contro l'interno delle mie cosce, e ansimo terribilmente. «Hai il permesso di pensarmi», gli ho detto. Dio, ma come mi è venuto in mente di dirgli una cosa del genere? E io ho il permesso di pensare a lui? Come si immagina un ragazzo che odi profondamente e che, altrettanto profondamente, ti attrae? Afferro il telefono, lasciato sul materasso, e fisso lo schermo, un po' delusa per non aver ancora ricevuto un suo messaggio. So che non dovrei aspettarmi niente da Clayton Mackenzie; niente che non siano colpi bassi, tradimenti, bugie e inganni. Ma allora perché ho il cuore che sfarfalla impazzito? Perché ho voglia di sentire la sua voce per l'ultima volta, prima di dormire? Scorro la rubrica del telefono e lo chiamo. Dentro la fontana gli ho accordato il permesso di pensarmi. Sento squillare. E se rimanessi al telefono con lui per tutta la notte, in modo che non abbia il tempo di pensarmi?

«Cassie?», domanda una voce roca e dura dall'altro capo del telefono. Dietro il suo tono freddo e impassibile, si cela una punta di preoccupazione.

«Ehi», ribatto con un sospiro sollevato.

«Che è successo?»

«Niente, sono solo…», farfuglio.

«Sei solo…?».

Stupida.

«Sei arrivato a casa?», indago timidamente.

La sua risata roca è poco più di un soffio e mi fa tremare. «Sono rientrato ora».

«Va bene». Poggio la testa sul cuscino, con il cuore ancora agitato. «Posso farti una domanda già che ci sono?»

«Quando mai ti trattieni dal fare qualcosa?». Ridacchia con voce profonda. Avvampo. Certo che mi conosce proprio bene…

«Prima, dentro la fontana, quando parlavamo del fatto che sono vergine e che non ho mai dato un bacio, non so se ricordi, stavi per dirmi qualcosa».

"Anche se tu sei vergine, o non hai mai dato un bacio, questo non significa che…".

«Sì, mi ricordo».

«Cosa volevi dire?». Lo sento respirare più forte.

«Vuoi proprio saperlo al telefono?»

«Si tratta di una confessione tanto brutta?». E sono un po' preoccupata di cosa Clayton Mackenzie pensi di me, una verginella senza speranza, campionessa olimpionica in figure di merda.

«Dipende dai punti di vista», replica lui senza emozione.

«Vorrei sapere cosa stavi per dire».

La sua voce diventa più morbida ora, come se stesse sorridendo. «Anche se tu sei vergine, o non hai mai dato un bacio, Cenerentola, questo non significa che non ti lasceresti fare qualunque cosa da me. Stavo per dirti questo, ma mi sembravi già abbastanza in imbarazzo».

Il mio viso va completamente a fuoco. «Ne sei proprio convinto?»

«Che eri in imbarazzo?»

«Che ti permetterei ogni cosa».

«Mi sbaglio?»

«Sì, Clayton. Ti sbagli».

«Quindi non è forse vero che faresti ogni cosa che ti chiedo, Cassie?». Lui non parla a caso. Lui sa giocare.

«Ho cercato di far ragionare mia madre, solo per proteggere lei e Paul. Era per il loro bene, non di certo per farti un favore. Nessuno dovrebbe avere a che fare con voi Mackenzie, ed è quello che ho cercato di spiegarle». Ma lei ha frainteso.

«I consigli che dai agli altri cerca di darli anche a te stessa una volta ogni tanto».

«Non credere. Lo faccio già». Clayton non sa quante volte mi sono ripetuta di stargli alla larga, e quante volte ho lottato per riuscirci. Ma ho sempre fallito.

«Allora il problema è che non li ascolti», conclude.

«Forse perché non mi voglio abbastanza bene».

E lui ci riflette un po'.

«O forse ne vuoi troppo agli altri».

«Amare qualcuno non è mai sbagliato», puntualizzo.

«Alle volte sì, ed è sempre meglio perdere gli altri piuttosto che perdere sé stessi». Fa una piccola pausa. «Essere buoni non serve a niente, Cenerentola. Non c'è qualche ricompensa se sei buono con chi ti ha ferito o ti ha fatto del male».

«Non si fa del bene perché ci si aspetta qualche ricompensa, Clayton. E se fai del bene perché in cambio vuoi ottenere qualcosa non stai facendo veramente del bene».

«Questo mondo non ti merita, Cassie», dice Clayton morbidamente, e io osservo il buio oltre la finestra.

E, ancora una volta, ho sbriciolato la quiete della notte per chiamare lui. Io e Clayton ci incontriamo sempre nel buio, quando il cielo si arrotola in morbide volute scure, formicolanti di stelle, quando la luna risplende nel suo più oscuro ardore.

140

Paxton

Ryan è sul marciapiede, all'altezza di un vicolo buio, uno di quelli in cui, quando era piccolo, si andava a infrattare con i suoi fratelli. Sta aspettando qualcuno, perché si stringe le nocche e le fa scrocchiare, come succede quando ci sono cose urgenti da gestire con una certa precauzione. Questa notte ha rischiato di morire; peggio ancora, ha rischiato che i suoi fratelli morissero; la cosa peggiore in assoluto: ha rischiato che Arya morisse. Non ha più niente da perdere, e questo è chiaro a tutti. Si accende una sigaretta, il cui fumo sale lungo le palazzine buie, affusolato. E poi, eccola arrivare, la limousine che stava aspettando con trepidazione. Scende Alec Sordino. La sua solita faccia scorticata e un sigaro cubano alla bocca, stretto in un completo impeccabile. Ryan si tasta la giacca, per assicurarsi che i soldi siano ancora lì, intatti.

«Ehi, ragazzo», lo saluta Alec. «Spero che tu abbia portato con te i soldi che mi devi questa settimana».

Ryan gli porge una busta, con dentro i soldi che gli ha dato suo fratello Killian. «Eccoli qui», dice contraendo la mascella.

Alec Sordino apre la busta e conta le banconote, con un ghigno compiaciuto.

«Gli ultimi soldi che avrai da me», aggiunge Ryan, e Alec di getto scoppia a ridere.

«Devo forse ricordarti che tu sei solo una pulce addosso a un cane grosso, e che basterebbe davvero poco a quel cane per grattarti via, qualora senta un po' di prurito?».

Il paragone lo fa sorridere, ma Ryan non sembra spaventato dalla minaccia.

«Tu e i tuoi fratelli», dice Alec, «siete proprio il genere di pulci che danno *molto* prurito. E tu, ragazzo, mi devi tremila dollari a settimana, o preferisci che i Marchesi sappiano che cosa è accaduto a Victor, Alfred e James Lombardo?».

Le persone come Alec Sordino sono diverse da tutte quelle che Ryan ha conosciuto finora. Sono diverse da Alfred, ma anche da Tony. Le persone come Alec definiscono il proprio operato come "commercio" e vanno in giro con i loro abiti lindi come se fossero degli agenti di borsa. A livelli più alti di quelli a cui Ryan è abituato, il crimine e la politica sono pressoché la stessa cosa.

«Tieniti stretti i soldi che ti ho dato», gli dice Ryan. «Perché non ne avrai altri. Ai Marchesi non importa dei Lombardo, perché ci sono loro dietro la Camelot Fusion, o mi sbaglio?»

«Che ne sa un ragazzino come te della Camelot Fusion?», chiede scioccato Alec.

«Io so molte cose», dice Ryan.

«Be', ti consiglio di non ficcare il naso in ciò che non ti riguarda», dice Alec.

A Ryan non piacciono i rompicapi, ma quando se ne ritrova uno sottomano si impegna a risolverlo. Quando lui e Alec si sono incontrati l'ultima volta, è stato Sordino a dirgli che Arya si trovava stesa nel giardino dei Lancaster. Così ha pensato che per qualche motivo i Marchesi stessero osservando la villa di Roman. Forse perché lui è in possesso di alcuni documenti che riguardano loro? Non lo sa, ma è piuttosto certo che Alec non sia dotato di magia oscura per sapere con certezza che cosa succede a chilometri di distanza. Non gli importa, chi sorvegliano i Marchesi. Chiunque siano, Ryan sa che avevano già in programma di fare fuori James Lombardo, perché il progetto residenziale nella valigetta parla chiaro.

«I Marchesi vogliono fuori dai piedi i Lombardo», dichiara Ryan con un sorriso. Alec è chiaramente sconvolto. «*Noi* Mackenzie vi abbiamo semplicemente reso un favore, dato che le proprietà dei Lombardo sono nel vostro mirino di interesse, e volete costruirci attorno un nuovo quartiere residenziale... Senza dei capi è tutto più facile. Dico bene?».

Alec non risponde.

«Chissà che ne penserebbero i Marchesi se scoprissero che Alec Sordino gli nasconde informazioni preziose, tipo che Alfred Lombardo in realtà è già morto, con il fine di guadagnarci alle loro spalle». Ryan infila il dito nella piaga. Alec Sordino ha la faccia che trema e un'espressione truce. «Questi sono i soldi che *non* ti devo, Alec», dice Ryan indicando con lo sguardo la mazzetta che ha in mano. «Considerali un...». Fa una pausa. «...piccolo omaggio *per toglierti dai coglioni*».

Ed è così che Ryan Mackenzie si libera di Alec Sordino. A differenza di quello che crede suo fratello Killian, a Ryan non è mai importato un accidente di fare il supereroe. Ciò per cui ha sempre lottato è la sua famiglia. E continuerà così senza preoccuparsi di chi dovrà sacrificare. Senza preoccuparsi di sporcarsi le mani in prima persona.

Sei in gamba, ragazzo, pensa probabilmente Alec Sordino, mentre Ryan si allontana senza voltarsi indietro. E una cosa, stanotte, è certa. Se mai un giorno Tony e Ryan dovranno contendersi la corona e duellare per il trono di padrone del quartiere, Alec Sordino punterebbe tutti i suoi soldi su Ryan. Perché solo un vero figlio di puttana batte un altro vero figlio di puttana.

Capitolo bonus

Cassie alza lo sguardo con sorpresa nella mia direzione e smette di agitare i piedi dentro l'acqua della fontana. Sono qui da un po' di tempo, ma lei se n'è accorta solo ora. È vestita come una principessa che ha bisogno di essere salvata, totalmente incurante del fatto che, invece, è stata lei a salvarmi questa notte. Mi avvicino di qualche passo e un caldo senso di euforia mi invade i muscoli. Sono appena sfuggito alla morte, grazie a lei, e questo è l'unico pensiero che si dibatte nella mia testa da quando ho lasciato la sala scommesse del Lion's. Non ho mai creduto nella fortuna, prima di stasera. Non ho mai creduto in niente.

«Ciao, Clayton», dice con voce sottile. È ancora arrabbiata, lo sento. So cosa sta pensando: che sono un completo bastardo e ha ragione.

«*Cenerentola*», la saluto di rimando con un sorriso.

Il respiro le si blocca in gola, mentre analizza il mio aspetto. «Sei così silenzioso: mi hai messo paura», si spiega tentennando. «Non dovresti essere qui».

Sembra completamente disorientata dal mio arrivo e sono curioso di scoprire a quali teorie giungerà questa volta per spiegare il mio comportamento.

«La situazione non è cambiata», dice d'un tratto. «Non posso fare nulla per aiutarti, o per aiutare tuo fratello».

«Lo so che tua madre non cambierà idea», replico freddamente.

«E allora perché…?».

«"Tutti i desideri che cerchiamo di soffocare covano nel nostro animo e lo avvelenano. L'unico modo per liberarsi di una tentazione è cedervi"». Sorrido e lei si insospettisce: sa che non sto parlando a vanvera, eppure continua a far finta di non afferrare il concetto.

«Chi lo disse? Oscar Wilde?»

«Sì». Studio i suoi piedi immersi nell'acqua e la mia mente continua ad arrovellarsi attorno al dilemma di questa notte. Se Cassie non mi avesse pregato di risparmiare Paul Campbell, non avrei mai rubato la valigetta di Lancaster e, senza i piani urbanistici della Camelot, io e i miei fratelli a quest'ora saremmo già morti. Oggi ho imparato una lezione importante. Posso fare affidamento sulla mia astuzia solo fino a un certo punto; do-

podiché interviene il destino. Non ho mai creduto nel destino prima di incontrare lei.
«Posso farti una domanda?», le chiedo.
«Okay», mi accorda.
«Stai cercando sul fondale una monetina portafortuna, o che altro?», domando ridacchiando.
Poggio una mano aperta sull'acqua scura come a placarla e mi siedo accanto a lei; Cassie rabbrividisce come una foglia.
«Posso fartela io, una domanda? Una domanda seria, però», puntualizza.
«Sì».
«Cosa succederà *adesso* a mia madre e a Paul?». È spaventata perché è convinta che io sia un mostro senza un codice morale. Ma una specie di codice morale ce l'ho: manipolo, raggiro e uccido solo per difendermi. È più facile essere spietato con chi non è lei. Con lei sembra tutto meno consequenziale.
«Non lo so».
«Non ti va, per una volta, di comportarti come una brava persona?», pigola.
«Non sono una brava persona, ma mi ritengo *giusto*. Non sfrutto le prostitute e non uccido i bambini».
«Alan McLean era un innocente».
La osservo divertito: per la prima volta, fa riferimento all'incontro in officina e le sue iridi ardono come allora. Perché disseppellire il ricordo? La risposta, però, è semplice. È la sua penitenza. Vuole vedermi strisciare.
«Nella vita non esistono gli innocenti», le spiego mentre mi tolgo le scarpe. «Esistono solo i truffatori. Gli innocenti sono solo dei truffatori che non si sono ancora fatti beccare».
«Non tutte le persone sono come te», ribatte.
Non so se essere lusingato oppure offeso: nel dubbio, immergo i piedi nell'acqua.
«E per quanto riguarda il tuo patrigno, Cassie, ho fatto quello che era giusto. Francamente, l'unico gesto generoso che mi sentirei di fare nei confronti di uno del genere è regalargli un po' di corda per impiccarsi».
«Tu non sei cattivo», sussurra d'un tratto.
«Qui ti sbagli».
«Sbaglio spesso», dice. «Soprattutto quando si tratta di te… Ma mi sbaglio *anche* se credo che questa volta potrai comportarti come una brava persona?».
Immagino l'improbabile scenario in cui io mi comporti così. Potrei risparmiare la vita di Paul senza dover rinunciare a salvare quella di Killian. Potrei trovare un modo, potrei farlo per Cassie.

Cassie non lo sa. Ma le sono debitore.

Per avermi salvato questa notte.

Per avermi salvato molte notti.

Forse può funzionare.

Può vincere lei.

E mettermi in ginocchio.

Lei, così fragile e indifesa, così vistosamente priva di malizia, incapace di provare alcunché di negativo verso qualcuno. Non è mai stata un pericolo per la mia incolumità. Non nella maniera in cui credevo, comunque. Non ho mai avuto bisogno di svilirla; perché potevo restare seduto a guardare mentre ci pensava lei stessa.

Mi tasto i pantaloni, afferro un pacchetto di sigarette e ne accendo una, alla ricerca di un modo per tenere le mani occupate e soprattutto per pensare.

«Ho un'altra domanda per te», le dico. «Sei pronta?»

«Sentiamo», mi provoca, già pronta ad attutire il colpo che le arriverà.

«Perché ti fai del male? Perché vuoi darla vinta a *loro*, Cassie?»

«Loro?», ripete confusa.

«La tua famiglia».

«Non tutto, nella vita, è una lotta, Clayton». E la sua espressione diventa amara.

«Invece sì… E se non combatti, finirai per farti schiacciare».

«Ci sono battaglie che non si possono vincere».

«Ciò non significa che puoi considerarti esonerata dal lottare».

«Combattere pur sapendo che perderai», dice ironicamente, «si chiama autodistruzione».

«E dimmi, sono curioso, Cenerentola, come lo chiami il dichiararsi sconfitti in partenza? Io, per essere gentile, lo definirei passività».

«Non prendiamoci in giro, tu non sei affatto gentile».

Rido genuinamente. «Hai ragione». E mi lecco la bocca, riflettendo sul mio errore. Avvicino lentamente le mie labbra al suo orecchio. «Se fossi *gentile*, probabilmente, non farei questo». Poggio la mano sulla sua schiena fresca e la spingo.

Cade nell'acqua con un tuffo e soffoco una risata. Mi spoglio per nascondere il sorriso, rimanendo a petto nudo.

«Tu… sei davvero…!», mi rimprovera.

«Coraggio, dillo pure», la esorto. «Non mi offendo».

«Sei davvero…», riprova, e le parole le escono fuori dalla bocca come singhiozzi. «…una grande testa di cazzo!».

Ci va pesante, mi ritrovo a pensare ridacchiando.

«Sei un bugiardo», aggiunge con rancore.

Mi rabbuio. Il male che le ho fatto glielo leggo negli occhi. Vorrei dirle che non sono in conflitto con lei; che non c'è mai stato nulla di personale. Vorrei dirle che non agisco per mia reale volontà, ma che obbedisco alla legge del sangue. Il fatto che lei mi desideri comunque dopo tutto quello che le ho fatto è forse la cosa peggiore.

«Perché sarei un bugiardo?», chiedo. Il minuto prima la faccio arrossire e quello dopo le faccio venire una gran voglia di uccidermi.

«Potevi risparmiartele le cose che mi hai detto. "Il tuo vuoto che si incastra con il mio" e tutte le altre sciocchezze. Il tuo unico scopo era solo che io parlassi a mia madre e basta! Non ti importa di me! Non ti importa della mia famiglia! Non fai altro che usarmi».

È come se tutto l'ossigeno del mondo fosse svanito all'improvviso. Il mio battito cardiaco accelera.

«*Non* ti ho usata».

«Sei bugiardo!», strilla di nuovo.

«Sii prudente con le parole, Cassie», la ammonisco.

«Non dirmi ciò che devo fare!», esclama su tutte le furie.

La sua collera si diffonde nell'aria. Ero convinto che Cassie non conoscesse altro che buoni sentimenti, che non fosse capace di provare qualcosa di negativo per gli altri. Il suo buonismo, delle volte, è stucchevole e prevedibile. Ora, confrontandomi con i suoi occhi limpidi, mi rendo conto che tutto l'odio che ha sempre covato nei miei confronti non le appartiene. Sono stato io a instillarglielo.

Tutto il male che brucia in lei non è nient'altro che il mio veleno. Mi immergo nella fontana lentamente e continuo a fumare la sigaretta che mi sono acceso poco fa.

«Dimmi che mi odi», le ordino.

«Cosa?», dice confusa, ma si avvicina a me come attratta da un magnete.

«Dimmi che mi odi», ripeto con pazienza.

«Ti odio, ti odio, ti odio». Le sue labbra si avvicinano alle mie. «Ti odio profondamente».

«Sul serio, Cenerentola?», la provoco.

«Mai stata così seria», ammette.

«Come mi odi?».

Avverto un brivido rotolarle lungo la schiena e farle venire la pelle d'oca. «Da non respirare. E tu mi odi?».

Sembra che tema questa risposta.

«Sì», dico, e la sua mano si posa sul mio petto. «Così tanto che non riesco a pensare a nient'altro».

Non indietreggio quando lei mi tocca. Ma sento i miei muscoli contrarsi.

«Cassie», sussurro lentamente, ottenebrato da questo suo tocco. «Non sai in che guaio ti stai cacciando».

«O forse lo so, e non me ne importa». La sua mano trema contro la mia pelle e io inizio a respirare più velocemente.

«Sai...», dico osservando le cicatrici dei tagli lungo i suoi avambracci, «farsi del male per camuffare il proprio dolore è un anestetico molto potente... Ma fare del male agli altri è altrettanto efficace».

«A chi mai potrei fare del male?», sussurra lei, fissando le sue dita distese sul mio petto.

Essere faccia a faccia rende questo scambio molto intimo e il suo tocco mi sta distruggendo. Respira a malapena.

«A me», ribatto. «Hai detto che ti ho usata solo per salvaguardare mio fratello. Ora *usami* tu».

Una proposta che non potrà rifiutarsi di accettare, se è vero che mi odia come dice.

«Che?», chiede confusa.

«Sfoga sul mio corpo ciò che faresti al tuo. Che cosa usi per farti del male? Un coltello? Un paio di forbici? Non ti preoccupare, ho una soglia del dolore molto alta».

«Non dici sul serio», dice ridendo.

«Tu provaci. Potresti rimanere sorpresa nello scoprire *quanto* sia soddisfacente». La sua espressione confusa mi spinge a continuare. «Che cos'è che usi per farti del male? Qualsiasi cosa sia, valla a prendere. Ti aspetterò qui».

«Clayton...».

«Ti sto servendo la tua vendetta su un piatto d'argento», dico. «Se non la raccogli, sei davvero stupida».

«Se mi metti un coltello in pugno potrei diventare pericolosa».

Trattengo una risata. «Non hai bisogno di un coltello per quello, Cassie». Getto la sigaretta in mezzo al prato e torno a osservarla. Al liceo, era una ragazza anonima. Se avessi saputo che un girono sarebbe diventata così bella non mi sarei mai avvicinato a lei.

«Non stasera. Stasera non voglio giocare», dichiara.

«Io e te giochiamo sempre», dico come una sorta di promemoria a me stesso. «Non lo dimenticare».

«Che vuoi dire?»

«Non sono nato per farti del bene», replico con una voce che è per metà uno sfregio e per metà un ringhio. «Non ti tratterò mai come meriti». Mi avvicino, ma lei indietreggia, all'improvviso spaventata.

«Allora perché sei qui?», chiede con voce sottile, tenera.

«Perché sono un egoista». E ispeziono la sua espressione: non c'è traccia né di paura, né di cautela, ma solo di speranza. «Quando ti ho detto che mi ritengo giusto, ho mentito. Non esiste giustizia in ciò che faccio e che penso. Ma questo tu già lo sai».

«Hai un'idea sbagliata di te stesso», replica con fare cocciuto.

Alzo lo sguardo verso la finestra della sua stanza. «Con lui, con Roman… non sta succedendo quello che sta succedendo tra noi, vero?»

«Che cosa sta succedendo tra noi?».

Cassie.

Le afferro i fianchi con delicatezza, per attirarla verso di me ancora di più. «Apriresti le gambe, *per favore*?».

Si avvinghia a me e il suo vestito galleggia nell'acqua. Per un attimo, sento mancarmi il respiro. Non sono mai stato così vicino a qualcuno in vita mia. Non mi sono mai lasciato toccare così. Abbasso la testa vicino al suo orecchio, mentre mi spingo contro di lei.

«Ecco che succede tra di noi», le spiego. «È così anche con lui?»

«Qualsiasi cosa faccia con lui», dice annaspando, «non ti riguarda».

«Mi *riguarda*, visto che è al mio cazzo che pensi, mentre sei in *quel* letto». Osservo di nuovo la finestra della sua stanza. «Nuda, calda, bagnata e sola».

Ho il fiato corto, però, e sono molto meno risoluto di quanto vorrei.

«E tu continui a *non* pensarmi, giusto?», mi provoca. «Credi che io sia troppo pura per uno come te?».

Pura? Sì.

Innocente? No.

«Forse».

«Il fatto che io sia vergine, il fatto che non abbia mai dato neanche un bacio, non significa che…».

«Non hai mai dato un bacio?», domando incredulo. È molto più santarellina del previsto.

«No. E tu?».

Non riesco a trattenere una risata. «Ho fatto molto più che dare un bacio». E le mie mani arrivano ai suoi glutei.

«Ridi di me?»

«No». Cerco di camuffare il divertimento, tornando serio. «Anche se tu sei vergine, o non hai mai dato un bacio, questo non significa che…». Scuoto la testa, temendo che quello che potrei dire possa metterla eccessivamente in imbarazzo. «Non importa».

«Cosa?», mi esorta a continuare.

«Se mi dai il permesso di pensarti… non credo che continuerei a considerarti così pura».

Si aggrappa alla mia schiena e un'onda di dolore mi attraversa lo stomaco; per placare il mio desiderio mi spingo contro di lei ancora più forte.

«Allora, ho il tuo permesso?», chiedo, incalzandola. Ritrovarmi a dover bloccare i miei pensieri su di lei si sta rivelando fin troppo difficile nell'ultimo periodo.

«Sì», dice finalmente. «Hai il permesso di pensarmi».
Io non dico niente, continuo a guardarla e a riflettere sul fatto che questo sia un istante perfetto. Lei non sa che fare. Continua ad accarezzarmi i capelli con le dita. Come ci sono arrivate le sue dita tra i miei capelli? Si è spinta molto più oltre del previsto, e io gliel'ho concesso, senza rendermene conto.
Dopo minuti interminabili passati in questa posizione, mi alzo, e lei sembra confusa. Le offro il palmo della mano mentre la fisso negli occhi sperduti.
«Che fai?», mi chiede, ancora immersa nell'acqua.
«Balliamo».
«Sì, certo», dice lei sfregandosi le spalle per il freddo. «Nei tuoi sogni».
Sì.
Ogni notte.
Mi infesti ogni cazzo di notte.
«Non costringermi a usare la forza». Ma la mia intimidazione non va a buon fine, perché scoppia in una risata. È questo che le suscito, adesso? Solo grasse risate? E da quando ha smesso di avere paura di me, esattamente?
«Clayton, non ballerò con te, tu non puoi…», inizia, ma io la sollevo e il suo vestito perde l'acqua con un effetto cascata. Urla, ride, scalcia. Lei è capace di scacciare la morte con una risata o un semplice battito di ciglia. Quando si divincola da me, si mette a correre come per scappare.
Corri quanto vuoi, Cassie Young, tanto non puoi fuggire da me, mi ritrovo a pensare mentre la sua risata mi rilassa il petto. Se scappi ti riprendo. Non hai scampo.

Ringraziamenti

Siamo quasi giunti alla fine di questo primo volume e, prima di salutarci, alcuni doverosi ringraziamenti.

Il primo grazie va sicuramente alla mia testardaggine e alla mia determinazione, che mi hanno dato la forza di continuare a scrivere questa storia anche quando tutto sembrava remarmi contro.

Ma senza Elena, la prima persona che ha creduto davvero in questo progetto e che lo ha portato tra le vostre mani, tutto questo non sarebbe stato possibile. Quindi un grazie enorme e caloroso a Elena e alla Newton Compton che hanno scelto di prendersi cura di questo romanzo e di renderlo reale.

Grazie a Marco: il mio ragazzo, il mio migliore amico, il mio confidente e la persona di cui più mi fido al mondo. Grazie per avermi sopportata anche quando sono stata insopportabile.

Grazie a mia madre, che avrei citato a prescindere in questa pagina anche se non mi avesse minacciata di farlo; grazie perché so che credi in me, nonostante tu ti sia offerta di comprare tutte le copie del libro disponibili per non farmi fare una brutta figura.

Grazie a mio padre, che è sempre molto orgoglioso di me. (Lo so già che sei orgoglioso, papà, e non c'è bisogno che tu legga questo libro per dimostrarlo).

Grazie a Federica, per essere la prima ad aver creduto in questa storia. Grazie per ogni cosa che fai, in realtà.

Grazie a Julia, Giada, Gaia, Mery, Alex, Viola e a tutte/i le/i bookstagrammer/booktoker che parlano di *Cruel* spammandolo sui loro profili tutti i giorni, come se l'avessero scritto loro.

In generale, grazie a tutti i lettori che ci sono da Wattpad e che sostengono questa storia con un amore che non mi sembra di meritare.

Grazie a Laura, Martina e Dayane; grazie per le risate e l'affetto che mi donate ogni giorno; grazie per i vostri consigli, per il vostro sostegno e per la vostra amicizia; grazie perché siete delle compagne di viaggio fantastiche e non potevo desiderare accanto persone migliori; spero di poter vedere un giorno i vostri libri in libreria.

Grazie a Meridyan Art, perché solo lei poteva realizzare questo capolavoro di copertina: sappi che ne sono ossessionata e l'appenderò sopra il mio letto come santino.

Grazie anche a chiunque abbia "commentato" *Cruel* quando era online; grazie per ogni elogio e per ogni critica.

Infine, grazie a te, lettore, che hai tra le mani questo libro e stai leggendo queste righe. È stato un percorso travagliato quello che mi ha portato da te, ma spero che questa sia una bella conclusione per entrambi. "Conclusione" si fa per dire! Spero vivamente di rivederti con il secondo volume!

Indice